ほんとうのトコロ、

認知症ってなに？

山川みやえ　土岐 博　佐藤眞一（編）

HANDAI Livre 069

大阪大学出版会

はじめに

複雑で絶望的な病

認知症になったら、誰が、何に困るのでしょう。一体いつまで自分として暮らしていけるのか、人生をあきらめることになるのか、不安さえ予測することができません。「何もわからなくなって周囲に迷惑をかけてしまうのではないか」。自分がかかるとしたら、そう思うかもしれません。家族がかかったとしたら、「どうやって介護をしたらよいのだろう。仕事を続けられるだろうか」。そう考えるかもしれません。いずれにしても、それ以上のことを想像することができるでしょうか。少しでも楽観できる将来があると思う人が一体どれだけいるでしょう。病院はどこにかかったらいいのか、入院するのか、どんな薬を飲むのか、良くなるのか、予防できるのか。なぜこんなに先行きが見えないのでしょうか。ほんとうのトコロ、認知症ってなんなのでしょうか。

認知症に対する誤ったイメージ

認知症を発症すると、生活するために非常に大切な「認知機能」が低下します。自分がわからないままに生活し、さまざまな症状を経て死に至ります。その発症の時期や進行、症状や程度は一人一人異なります。そして、誰もが不安になる大きな理由のひとつが、すべての人に発症のリスクがあるということでしょう。

すべての患者にまったく同じ経過と症状がないこと、すべての人に発症のリスクがあることが、この病気を理解しがたく、治療や介護を困難なものにしていることはいうまでもありません。これが先行きを見えなくしている理由といえるのです。

子どもから高齢者、治療にあたる医療者までが、病気といえば「急性期の病」であり、治療できるもの、治療してもらえるものとあたりまえに認識してきました。このような治療は、病院に通って、薬を飲み、人に寄り添ってもらい、回復していく自分を思い描くことができます。病長くかかっても、少しでも治る見込みのある病気であれば、病院に入院してでもなんとか闘って社会生活に戻ることを考えるでしょう。

しかし、発症すると自分では考えることが難しい状態になり、やがて他の人と同様に死に向かう認知症を理解するには、急性期の「病気になった自分」として思い描く姿と「認知症になった自分」はまったく一致しないという厳しい現実を知らなければなりません。

誰にでも起こり得る、治療できずに必ず死に向かう、一人として症状が一致しない、この認知症という病は、果たして「病気」といえるのでしょうか。

高齢化との関係

このようにして考えていくと、認知症とは身体の機能を失っていきながら意思を表現できなくなる、すべての人がたどり着く老化現象そのものであり、「死ぬことが運命付けられた、すべての人がかかる病」ととらえることができます。つまり、認知症と老化の間には境目がないから予防が難しく治療することができないという理解です。

認知症を老化現象の一つであると捉える例として、老化現象で一番身近な老眼と比較することが、意外に適切です。かけ離れているようですが、この二つを対比することで、認知症という病気の問題が浮き彫りになります。

老眼は、老化が始まっていることをすべての人に教えてくれます。ほぼ全員が40歳代に老眼の始まりを認識します。眼の水晶体を伸縮させる筋肉が動かなくなり、すべての距離にピントを合わせられなくなる現象です。一旦老眼になるとメガネなしの生活は考えられなくなり、死ぬまで老眼と付き合う必要があります。それでも老眼を病気だととらえる人はほとんどいません。なぜでしょうか。それはその人だけの問題として認識できるからです。老眼になった人がメガネをかけて、見えづらいという不自由を感じているとき、誰からも介助を受ける必要もありません。認知症は発症してしまうと、程度の差はあれ死ぬまで身内や他人の世話を受けながら生活を続ける必要があります。他人の世話になりながら生きることが、病気だと強く感じる理由なのです。

このように老眼のような老化現象ととらえると、認知症が治らない、治療をしにくいものであることはすぐに理解できることでしょう。しかも、老眼が教えてくれるもうひとつの重要なことは、老化と認知機能の衰えの始まりです。老化が始まるのは大体40歳からが目安ですが、これとともに確実に認知機能も悪化していきます。しかも認知機能の衰えは老眼と同じように、始まりも現れ方も、人それぞれ進み方も異なりますが、死ぬまで付き合っていかなければならないのです。

認知症を老化現象と考えることで見えてくる対策があります。超高齢社会において、認知症とはなにか、一般から医療者まですべての人が、これまでの思考の転換をしなくてはならない時期にきているのです。

高齢期を病気の慢性期とともに生き、死ぬようになったことに、全ての人が気付かなくてはなりません。そして、人生をどうリメイクしていくのかを自分で決める「自律」が必要だと言えます。

認知症になったら、何もかも、あきらめなくてはいけないのでしょうか。認知症がどのように始まりどのような経過をたどるのかはさまざまな研究や取り組みから少しずつわかってきました。脳は生きているうちに病理検査をすることはできませんし、薬も開発しにくい臓器です。まだわかっていないことがたくさんあるのですが、大学の多方面での研究から、認知症になってもあきらめなくていい理由がわかってきています。また、できるだけ早い時期に支援を受けることで、自分らしい暮らしが長く続けられることもわかってきています。老年期に入るまでに、予防のためにできる事があるのか、するべきことも検討され始めています。

自分で人生の最期を決めてよい

医療と介護を受けることが、老化も認知症の発症もゴールではありません。症状がでてきたとき、医療と介護にのみ頼ることで病気に合わせて生きてしまう患者さんを、多数みてきています。老化とどう付き合いながら高齢者となって生きていきたいのか、認知症にかかったとき、自分は医療や介護という資源をどう使いたいのか。家族がそうなったらどうしたいのか。周囲を巻き込んだうえでどのように対処していくのかを早くから自分で考えて、自分で決めてよいのです。

認知症者の増加に対し、各自治体でも徐々に対策がとられ始めているのが広報誌などでも見て取れるようになってきました。認知症の患者の周囲にいる人は、生活のすべてに大きな影響を受けます。患者になるかもしれない自分と、患者の家族になるかもしれない自分以外に、考えなければならない立場があります。家族のみならず患者がかかわる近隣の社会も対応していく必要があります。認知症は「社会の問題」でもあるのです。団塊の世代が後期高齢者になる2025年を越えると、非常に多くの人が認知症にかかることが予測されます。人が集まるさまざまな場所で、社会が対応する必要が出てくるでしょう。

できるだけ多くの知見を集め、多くの人が共有して伝え合っていくことが、この複雑で絶望的な病《やまい》、認知症とどのように生きていくかを、誰もが自分の一生をできるだけ豊かなものに変えていくことにつながると考えています。私たちの取り組む「認知症横断プロジェクト」では大阪大学のなかで医学部のみならず、すべての学部において認知症にかかわる研究者を招いて関係者が集まり、実情に耳を傾けて議論を重ねてきました。さらに、市町村の介護保健担当者や図書館、企業、などにも範囲を広げて医療や介護のほかの、さまざまな認知症とともに生きるための資源を見出してきています。

本書では認知症の人が生きる現場で働き、研究する人たちの知見の積み重ねを紹介し、「認知症とは何か」を明らかにしていきます。死を視野にいれた対策を自分で立てることは困難に違いありません。本書が、自分が利用できる認知症とともに生きるための資源となり、今から自分で対策を立てることに力を与え、高齢期を自律の精神で暮らしていくきっかけと、手立てとなることができれば幸いです。

認知症に優しい街の提案

さらに、認知症横断プロジェクトでは、多くの講演を聞いて、認知症という病気の特徴を知った上で、どのような社会を作るべきかを提案する「阪大認知症プロジェクト」を作り上げました。その内容をこの本のあとがきに記すことにしました。認知症は社会の病気です。うまい仕組みを作らないと社会全体が崩れていきます。認知症とうまく付き合うために、阪大プロジェクトを五つのキーワードで表現しています。「予防、医療、介護、自律、協力」です。「予防」は健康社会を作る上での大事なプロセスです。「医療」や「介護」は認知症という社会の病気に特化する形で、その体制を作り上げる必要があります。「自律」とは自分のことは自分が責任を持ち、周りをよくする行為です。「協力」とは一般には社会との協力ですが、とくに市役所などの自治体との協力が大事です。

本書のタイトル、「ほんとうのトコロ、認知症ってなに？」の答えは、読者の皆さんそれぞれが、ぜひこの本で見つけて欲しいと思います。私たちが思うのは、認知症は「生と死」を運命付けられている生物である人の老化現象の一つであり、一度それが表面化すると治すことが難しい（出来ない）病気だということです。しかも、認知症が多くの人にとっての関心ごとなのは、それが「社会の病気」だからです。がんや心筋梗塞などはそれにかかった人の病気で、その人の問題です。一方で、認知症は社会的動物であって社会の構成員である人がその役割を損なってしまう病気です。だからこそ、社会がしっかりとその病気と共に生きていかなくてはならない問題なのです。

認知症の人を取り巻く環境を社会が作っていく必要があります。社会（集団）として強い集まりになるためには、弱いところを補いながら、外に向かって堂々と進んでいく社会を作っていく必要があります。

この本からそんな思いを汲み取ってくださると、この本を執筆編集した私たちにとっては嬉しい限りです。それとともに「認知症に優しい街ができる」ことを心から願っています。

目次

はじめに……i
カバー解説……xii
編著者一覧……xiii

第1部　認知症は脳の病気？
1章　認知症って本当はどんな病気？……山川　みやえ　3
2章　さまざまな認知症のさまざまな治療……數井　裕光　21
3章　ヒトの脳機能の柔らかさ……畑澤　順　41
4章　心と体のレジリエンス――漢方医学がもたらす復元力……萩原　圭祐　55
まとめ「患者はなぜあきらめようとするのか？」……74

第2部　認知症の予防と治療は可能か？
1章　運動は記憶力や学習能力に影響を与える……島田昌一・近藤　誠　81
2章　認知症の人に対する認知活性化療法……山中克夫　97
3章　自治体で取り組む認知症予防戦略……野口　緑　111
4章　健康長寿と人生の最終段階の医療……神出　計・樺山　舞　129
まとめ「何が予防と治療を困難にしているのか？」……146

第3部　認知症が教える個人の自律と社会の姿とは？
1章　認知症の「自律」支援……大庭　輝・佐藤眞一　153
2章　看護師が地域社会で果たせる役割……勝眞久美子　165
3章　認知症を地域で支えるための専門医療と地域連携……池田　学　183
4章　自分らしく生きるためのさまざまなツールと取り組み……山川みやえ　201

まとめ「いつまで人として（自分らしく）暮らしていけるのか？」……224
引用文献……229
あとがき……239
編者紹介……243

カバー解説

何気ない日常にいきなり宇宙船がやって来て、中からおじいさんが降りてきます。おじいさんは家族ですが、突然のおかしな登場に家族は呆気にとられています。おじいさんは、今まで家族が知っているおじいさんではないような、まるで宇宙を旅してきたかのように、もしくは宇宙人と友だちになってきたかのように、これまでのことを忘れてしまっていたり、何かを超越したような理解できないことをしゃべったりします（認知症になっています）。でも、この家のおじいさんであることに変わりはありません。家族はこの後、どう接していけばよいか考えることになるでしょう。家（家族）は少し壊れて傷つきましたが、みんなで修理（サポート）していくよりほかありません。でもおじいさんの宇宙船の周りには金色にたなびく雲が浮かんでいます。仏像の周りに浮かぶ雲と同じです。認知症の人たちは、時折、神様のお告げのような不思議なことを言うことがあります。私たちの日常に何かを投げかけ、考えさせるきっかけを与えてくれます。そう思えるようになるまでに時間はかかりますが、「認知症って何？」という問いかけが私たちを成長させてくれることもあるのです。こんな青天の霹靂に、簡単に答えは出ませんが、より良い答えを探そうとする努力、それこそが認知症の人との関係における家族や社会全体の前進に必要なことなのかもしれません。

カバーイラスト担当
新田慈子（大阪府社会福祉事業団ＯＳＪ研修・研究センター研究員）

編著者一覧（各章執筆順　*は編者）

山川みやえ（やまかわ・みやえ）　*大阪大学大学院医学系研究科 保健学専攻
數井　裕光（かずい・ひろあき）　高知大学医学部 神経精神科学教室
畑澤　順（はたざわ・じゅん）　大阪大学大学院医学系研究科 放射線統合医学
萩原　圭祐（はぎはら・けいすけ）　大阪大学大学院医学系研究科 先進融合医学共同研究講座
島田　昌一（しまだ・しょういち）　大阪大学大学院医学系研究科 神経細胞生物学
近藤　誠（こんどう・まこと）　大阪大学大学院医学系研究科 神経細胞生物学
山中　克夫（やまなか・かつお）　筑波大学人間系
野口　緑（のぐち・みどり）　兵庫県尼崎市企画財政局 大阪大学大学院医学系研究科 公衆衛生学
神出　計（かみで・けい）　大阪大学大学院医学系研究科 保健学専攻
樺山　舞（かばやま・まい）　大阪大学大学院医学系研究科 保健学専攻
土岐　博（とき・ひろし）　*大阪大学名誉教授
大庭　輝（おおば・ひかる）　京都府立医科大学大学院医学研究科 精神機能病態学
佐藤　眞一（さとう・しんいち）　*大阪大学大学院人間科学研究科 臨床死生学・老年行動学研究分野
勝眞久美子（かつま・くみこ）　なな―る訪問看護ステーション（大阪府箕面市）
池田　学（いけだ・まなぶ）　大阪大学大学院医学系研究科 精神医学教室

第1部

認知症は脳の病気？

1章
認知症って本当はどんな病気？

山川　みやえ

「認知症って本当はどんな病気なんだろう？」看護の実践と教育を担っている先生に質問しました。認知症の病気と症状、重症化予防、社会との関係などを看護の立場から、実例も含めながら語っていただきます。

病気の考え方

まず初めに、認知症について説明します。しかし、その前に病気というものについて説明しなければならないと思うのです。

読者の皆さんは病気になったことがありますね。たとえば風邪を引いた、というようなことです。しかし、自分は風邪を引いたからもう絶望的だという人は少ないでしょう。人によっては、風邪になったために日常生活で支障をきたしたという人もいるかもしれませんが、一般に急性の病気やそのうち治るとわかっている病気の場合は、人々の悲愴感は少ないと思います。これが慢性（完全に治るということはなく、長い経過をたどるもの）の病気の場合はどうでしょうか。

治ることはないとわかっている場合、その病気とうまく付き合っていくことが重要です。たとえば慢性の病気の代表的なものに糖尿病があります。糖尿病自体は治ることはないといわれています。しかし、その原因となっている高血糖状態をうまくコントロールすれば、症状が悪くなることをある程度抑えられることがわかっています。

では、慢性の病気の中で、認知症をきたす変性疾患（アルツハイマー型認知症、レビー小体型認知症など）に代表される進行性（どんどん状況が悪化するもの）の病気の場合はどのようにすればよいでしょうか。今は何も問題はなく過ごしていても、徐々に症状が出てきて、自分でできることが徐々に減っていき、そのうち介護が必要な状態になりうるといわれたら、あなたはどうしますか。

診断をつける意味

病気をどうとらえるかは人それぞれです。風邪だからつらくなく、認知症だからつらいということでもありません。病気は時として日常生活に大きな影響をもたらしますが、どのくらいのインパクトがあるかは人それぞれです。病気にはさまざまな特徴があるものの、いろいろな病気を考えるときに、病気から考えるのではなくその病気を持っている人の生活を中心にして、病気が悪影響をおよぼすことがあるなら、それはなぜなのかを考えることが必要です。一方で、病気になったことで良かったこともあった、という人もいるのです。

もう10年以上前になりますが、私が糖尿病の自己管理についての研究をしていたとき、血糖コントロールのために、生活習慣を改善するようにと医療者から言われている患者さんたちには、果たして良いことがあるのか、あるとしたらそれはどんなことかを患者さんへのインタビューを通してあきらかにしました。

病気になって良いことはありましたか？　などと聞かれたら「そんなわけないだろう」と怒り出す患者さんもいるかもしれないとビクビクしながらインタビューをしましたが、意外と良いこともあったのです。たとえば、食事療法などをする上で、家族の協力を実感し、家族の中での自分の存在価値を再認識したということや、自分の身体を大事にするようになったということもありました。このように、病気になったことは決して良いこととはいえませんが、自分自身の生活を見直したり、周りの人との関係性に感謝したりするという前向きなこともあります。それこそが、病気とともに生きる意味だともいえると思います。

では、アルツハイマー型認知症のように進行していく病気ではどうでしょうか。アルツハイマー型認知症の診断がついたら、進行する、治らない、大事な人のことも忘れてしまう、自分でできることがなくなっていき誰かに頼らなければならなくなる、お金はどうする、仕事は……。さまざまなことを想像し、絶望感におそわれてしまう人がほとんどかと思います。どうせ治療方法はないのだから、知らないほうが良かったという人もいるかもしれません。

しかし、2015年より国の施策として進めている「認知症施策推進総合戦略～認知症高齢者等にやさしい地域づくりに向けて～（新オレンジプラン）」[1]では、認知症をもつ人に対してできるだけ早期に支援するため、早期発見、早期対応を推進しています。つまり、早期に認知症であることを知るほうが、そうでない場合よりも認知症をもつ人にとって良いことがあるからに違いないということなのです。そうでなければ、単に絶望しかないのだとしたら、「認知症」というような強烈なインパクトのある診断はつけるべきではないということだと思うのです。

では、「認知症」と言われた人にとって、良いこととは何でしょうか。それは認知症とともに生きている人が教えてくれています。アルツハイマー型認知症の診断後、絶望からどのように笑顔を取り戻したのか、それには周りのサポートがあったから、仲間がいたからということが大きいという人もいます。認知症のケアに携わるものとしては、この言葉を励みにして、いかに認知症とともに生きる人がより良く生きるために、時に背中を押し、病気によって生じる生活上の不具合を、病気の特徴を捉えて環境を整えたり、関わり方を工夫したりしてサポートしたいと思っています。

「認知症」について

認知症という病気は不思議な病気です。なぜならこれほどイメージが先行している病気は少ないからです。「認知症」という言葉は、知らない人はいないくらいありふれたものになっていいます。しかし、実際に「認知症」になってしまったらどうなるのか、どうすれば良いのかということはあまり知られていませんし、「認知症」を正確に説明してくださいと聞くとほとんどの人が答えられません。多くの人は、「もの忘れがあるでしょう」だったり、「何もできなくなるんですよね」だったり、「徘徊とかで行方不明になったり、興奮して暴れたりするんでしょう」などと、ほとんどイメージの中で「認知症」を認識していると思います。

ここで、本当のところ、認知症とは何かを考えてみたいと思います。認知症の定義はさまざまなものがありますが、厚生労働省は、「生後いったん正常に発達した種々の精神機能が慢性的に減退・消失することで、日常生活・社会生活を営めない状態」(2)といっています。しかし、これは必ずしも正しいとはいえないと思います。なぜなら、「日常生活・社会生活を営めない状態」に初期からなるわけではなく、かなりの個人差があるからなのです。

「認知症」とは、一度発達した知能が、脳の部位が変化することにより、広い範囲で継続的に低下した状態であると定義づけられます(3)。「状態」であるため、それ自体は病名ではありりません。認知症という状態を引き起こすさまざまな病名があります。アルツハイマー型認知症、脳血管性認知症、レビー小体型認知症、前頭葉側頭葉《ぜんとうようそくとうよう》変性疾患などがその代表的なものです。ここでは、それらを総称して認知症疾患と呼ぶことにします。

自分らしく生活するための早期対応へ

近年の画像診断技術の発展により、ごく早期、もしくは発症前からの脳の変化を特定できるようになりました。アルツハイマー型認知症、レビー小体型認知症、前頭側頭葉変性疾患などの認知症疾患の一部には根本的治療方法がないため、治らないとなると、診断されてしまったら、「早期発見、早期絶望」になりがちです。「認知症には絶対になりたくない」という読者も多いでしょう。なぜなりたくないかというと、「すべて忘れてしまうから」、「家族に迷惑をかけるから」、「何も自分でできなくなってしまうから」ということを思うからです。しかしながら、実は、適切なサポートがあれば、進行しても自分らしく生活することは可能です。そのためには、認知症とともに生きる人とその周りの人が、認知症になった後のサポートをうまく選択していく必要があるのです。

図1では、認知症疾患の進行とともに起こりうる出来事と、認知症をもつ人の自立度と生活

の質の程度の変化を示しています。この図はとても大事な図だと思っています。図1の縦軸は自立度と生活の質の程度を示しています。自立度とは自分で自分のことをする度合いや社会的な自立度を示しています。横軸が時間の経過で、時間が経過するほど、自立度や生活の質の程度が低下していくことを示しています。

図1についてもう少し詳しく説明します。認知症疾患は発病してから、徐々に知能が低下していくため、何かしようと思ってもどうしたら良いのかわからない、道具の使い方がわからない、さっき言われたことを思い出せない、言葉が上手く出てこない、などさまざまな症状が出現します。どのような症状がいつ頃でてくるのかは、認知症の原因になっている認知症疾患によりますし、個人差がありますが、一般的に進行に伴い、生活も上手くいかなくなるこ

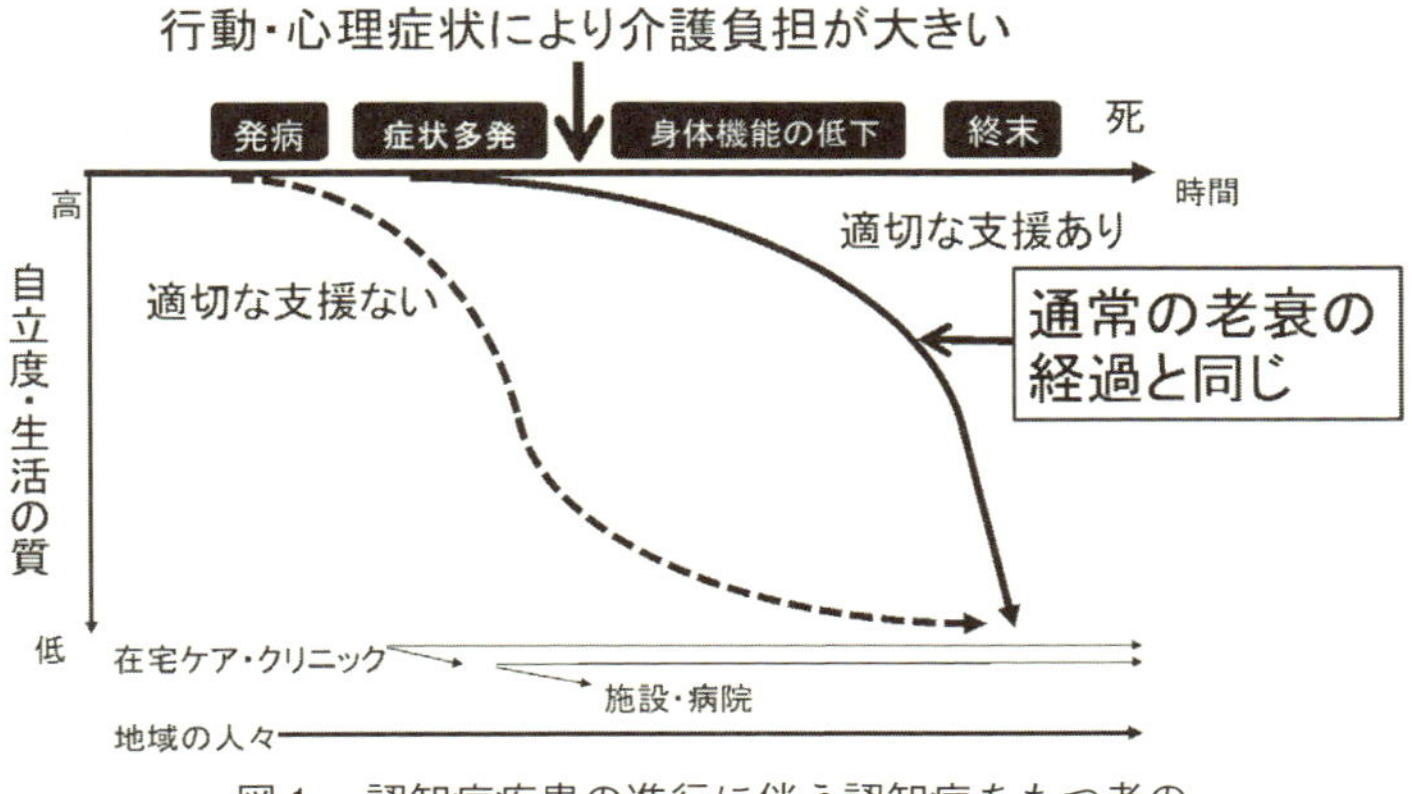

図1　認知症疾患の進行に伴う認知症をもつ者の自立度・生活の質の変動

とが増えます。できなくなることが徐々に増えていくという恐怖は想像を絶するでしょう。気分も落ち込んでしまいます。また、もの忘れがあり、状況をうまく理解することが難しくなれば、訳がわからずに逃げようとしてしまうことなど当然のことだと考えられます。

このような状況は、認知症とともに生きる人にとっては当然の反応ですが、周りからは、興奮している、抵抗が激しいという評価を受けるだけに終わることも多く、認知症をもつ人にとっても苦しい時期だと思います。たまに「本人は忘れてしまうから苦しくないのではないか」という話も聞きますが、認知症疾患すべてでもの忘れがあるわけではありませんし、また、あったとしても、初期にはもの忘れを自覚している人が多いのです。

認知症はある意味、認知症とともに生きる人と周り（家族、友人、専門職など）との物事の認識がちぐはぐになってしまうことによって引き起こされる問題だといってよいでしょう。双方の文脈が異なるのです。逆にいえば、認知症とともに生きる人の状況や文脈を理解することで、そのギャップが出来てしまうことも防ぐことができます。そして、このギャップは初期から症状が多発する中期ごろに最も顕著になり、認知症とともに生きる本人も周りでサポートする人にとっても一番苦しい時期だといえます。この後は、徐々に自立度や生活の質が下がり、認知症による精神症状よりもむしろ身体的介助が重要になってきます。そして終末期を迎えるという経過をたどります。

認知症ケアの考え方の基本

図1のように、「適切な支援」を病気の初期から継続して受けることができれば、認知症の行動・心理症状の悪化を防ぎ、認知症の本人の自立度は出来るだけ高く保ち、最期は通常の老衰と同じように死ぬことも可能です。逆にそうでない場合、たとえば、認知症の理解が少ないために、認知症の人ができないことを叱責したり、まだ働けるのに解雇されてしまったりということがあると、急速な自立度の低下につながる危険性が高くなります。図1を見ればわかるように、一度低下してしまうと、適切な支援に持っていくのは難しいです。つまり、認知症の行動・心理症状の重症化予防が重要で、認知症疾患の診断を受けても重症化予防をし続けることがカギとなります。

では、認知症の行動・心理症状はどのようにして現れるのでしょうか。認知症ケアの基本となる考え方に「パーソンセンタード・ケア」というものがあります(4)。パーソンセンタード・ケアは認知症をもつ人を「一人の人」として尊重し、その人の視点や立場に立って理解して「その人を中心としたケア」を行おうとするものです。このパーソンセンタード・ケアはとくに目新しいものではありません。相手を大事にしつつケアをしてきた人達にとっては、ずっと実践して来たことです。

図2を見てください。認知症ケアの基本的な考え方として、認知症の行動・心理症状を引き起こす五つの要因を示しました。「その人を中心としたケア」を達成するには、その人の性格、生活歴、周囲の社会心理（人との関わりなど周りからの影響）、健康状態、脳の障害（認知症疾患の病態）からその人をとらえることが必要とされています(4)。

この中で、周囲の社会心理と健康状態だけが周りにいる者が調整できるところです。生活歴や性格は変えられません。また認知症の原因となっている脳神経障害も今のところ治すすべはありません。そのため、認知症をもつ人の性格や生活歴を理解しつつ、周囲の社会心理環境を整えること、認知症をもつ人の身体状態を注意深く観察して、できるだけ身体的な健康問題を排除する、もしくは健康問題が起こらないようにすることが必要です。

→それぞれの要素に対して全体的に関わることが重要

図2　認知症の行動・心理症状を引き起こす五つの要因
（トム・キットウッド，2005より、著者作成）

認知症疾患の特徴と脳―タイプ別認知症の症状と関わり方

認知症疾患では、初期に障害される脳の部位が異なります。認知症疾患は知能が低下する病態ですが、多くの知能は大脳皮質がその中枢です。認知症疾患を理解するためには、まずは大脳の機能を知ることから始めましょう。図3に主な大脳の機能について示しました。

大脳の外側は新皮質《しんひしつ》といって前頭葉《ぜんとうよう》、側頭葉《そくとうよう》、頭頂葉《とうちょうよう》、後頭葉《こうとうよう》に大別されます。側頭葉の内側にあるのが旧皮質《きゅうひしつ》（単に、皮質ともいう）で大脳辺縁系《へんえんけい》と呼ばれる部位があります。ここに海馬《かいば》というタツノオトシゴのようにみえるところがあり、ここで新しい記憶を脳に書き込み、取り出す働きを担っています。

それぞれの認知症疾患である脳血管性認知症、アルツハイマー型認知症、レビー小体型認知症、特殊

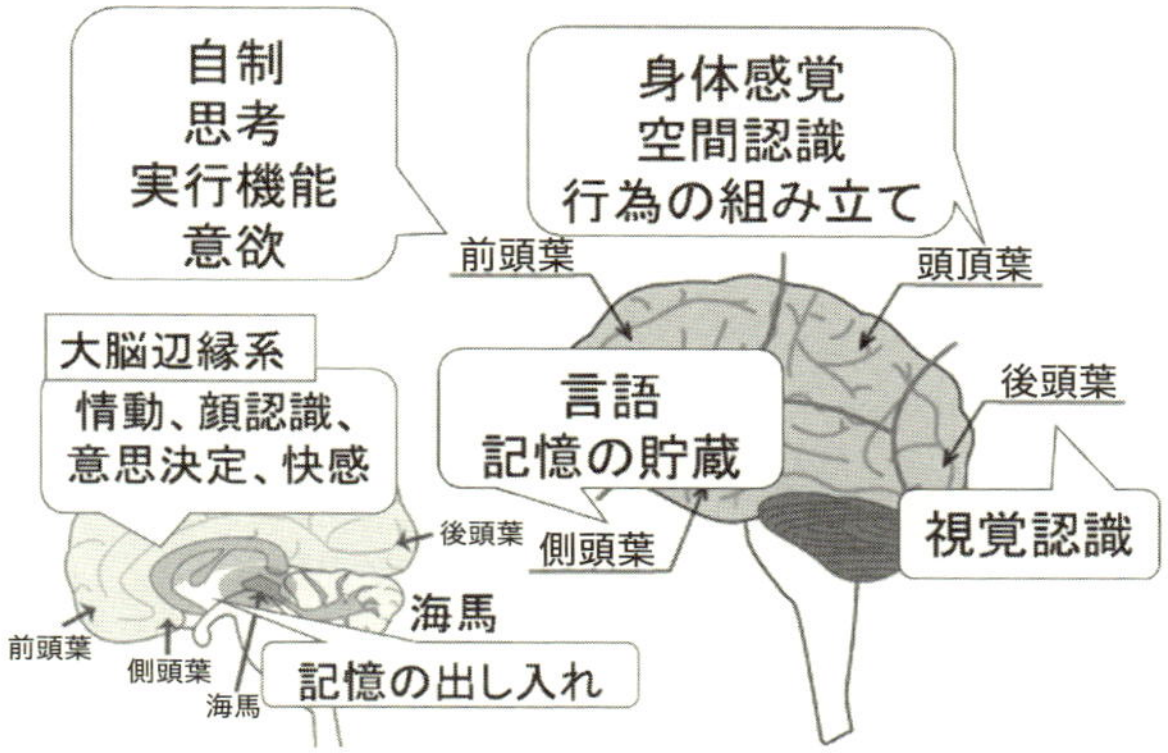

図３　大脳の場所別の機能
（左下は脳を垂直方向に切断した際の脳の内部を示す）

な認知症として、前頭側頭葉変性《ぜんとうそくとうようへんせい》疾患の特徴は、第1部2章「さまざまな認知症のさまざまな治療」（31ページ）をじっくり読んでください。

事例の紹介

ここで、もう少し認知症をもつ人についての理解を深めるために実際の認知症とともに生活している人の経過を紹介します。ここでは、アルツハイマー型認知症のAさんを紹介することにします。

アルツハイマー型認知症（若年性：65歳未満で発症した認知症疾患）

Aさんは50代後半の女性です。夫とは15年前に死別して以来息子を一人で育てました。現在息子（30代前半）は仕事のため遠方にいるため、公営住宅に一人暮らしをしています。高校卒業後、会社で事務仕事をしていました。おっとりとした性格で、周りへの気遣いを忘れなかったため職場に友人もたくさんいました。

表3　事例Aさんの状態の変化（発症から2年間）

時期	本人の状態	Aさんへのケアサポート
X年6月	仕事への意欲がわかず、うつだと思っていた。	とくになし。
X年8月	仕事で単純な計算ミスをくりかえすようになった。	同僚がおかしいと気づくが、疲れているのだろうと思っていた。
X年12月	風邪をひいてからの仕事のミスがかなり目立つようになった。一人で近医（内科）受診。物忘れ外来を紹介された。	上司もおかしいと思い、病院に行くように助言。医師は疲労だというが、心配なら認知症の可能性もあるのでと言って、もの忘れ外来を紹介された。
X＋1年2月	気が進まなかったが、もの忘れ外来に受診したところ、若年性のアルツハイマー型認知症だと診断された。アリセプト3ミリグラムが処方された。息子に連絡した。この時の認知機能検査で認知症の疑いがあった。	病院の医療ソーシャルワーカー（MSW）が、制度の説明をした。介護保険ではなく、障害者自立支援制度を勧めた。上司に病気のことについて報告するように勧めた。息子は電話で報告を受けショックを受けた。
X＋1年3月①	将来を悲観して、仕事をやめようと思い上司に伝えた。またそのことを主治医にも伝えた。息子も受診同行した。日常生活は問題なかった。精神障害者手帳の取得を申請した。	主治医はすぐに退職しないように助言した。必要なら職場に説明するとのことであった。息子とAさんには病気の特徴を説明した。

X＋1年3月②	このころ仕事のミスは相変わらずあり、集中力がなくなり、疲労感がたまっていった。ためらったが、経済的にも余裕がなかったため、上司に主治医からの助言を伝えた。	上司は息子とも連絡をとり、すぐに退職しなくて済む方法を考えたいといった。上司はAさんの許可を得て同僚にも病気のことを話した。同僚はショックを受けたが、Aさんが仕事を辞める必要はないと考えていた。息子は転職して母親と同居しようと考えていた。
X＋1年4月	上司、息子と共に受診し、今後の方向性の面談をした。介護保険の申請手続きを考えるようになった。息子に迷惑かけたくないと一人暮らしを継続することを主張した。買い物はあらかじめチェックして同じものを買わないようにしていた。	主治医、MSW、看護師と共に面談をした。まだ軽度でできることも多いので雇用形態を変えてできるだけ継続するように助言した。一人暮らしのため、地域包括支援センターにも連絡した。上司は会社に説明し、障害者雇用に切り替え、就労継続することになった。
X＋1年5月からX＋2年3月	障害者雇用に切り替えて、それまで担当していた業務から単純な作業を同僚とペアで実施することになった。同僚の真似をすれば、徐々に仕事にも慣れていき、以前の元気を取り戻した。息子と相談して公営住宅の管理組合にアルツハイマーであることを公表した。	職場は表計算やグラフを作るなどの仕事が苦手であることを確認し、仕事内容を変えた。同僚らがサポートした。地域包括支援センターは、近所の人にも協力を得たほうが良いと助言し、Aさんと息子と病気の開示について話合った。公営住宅の管理組合は、時折様子を見に行って、声かけなどした。息子は自分で探して家族会に入った。

X＋2年4月	徐々に仕事の能率が落ち、些細なことでいらだつようになっていった。受診したところ、MMSEは16点であった。仕事をする楽しさよりも、億劫であることのほうが強かった。自宅は物が片付けられずに散乱していた。同じパンがいくつもたまっており腐っていたのを帰省した息子が発見した。	同僚は認知症が進行した可能性も示唆し、受診に同行した。主治医は検査をして脳萎縮が進んでいることを確認した。MSWから連絡を受けた地域包括支援センターは介護保険の導入の手続きを進めた。地域包括支援センターの相談員は介護保険制度を進め、資料を取り寄せ、Aさんと息子に詳しく説明した。
X＋2年5月	介護保険の受給を申請した（その後要介護2と判定された）。買い物などはガイドヘルパーを使い外出した。デイサービスなどの見学に行き、手伝いなどができるところをケアマネジャーとさがした。仕事は一旦休職したが、いずれ辞める決意を固めていた。	ケアマネジャーが選定され、担当した。若年性であるため、デイサービスでも、もともとの働き者であることも考慮し、個別対応してもらえるところを探した。また、ホームヘルパーの導入も考え、すすめていた。休日には同僚が代わる代わる様子を見にいった。

Aさんへの関わり方のポイントは以下の通りです。

- Aさんのように仕事がうまくいかなくなることで発見されることが多い。また、普段からAさんと上司や同僚の信頼関係ができていたため、上司からの病院受診の勧めにスムーズに対応できた。
- 診察した医師も適切に専門医療機関（もの忘れ外来）への紹介をし、またそこでアルツハイマー型認知症の診断をした医師も診断だけではなく、今後の生活についてのサポート（医療ソーシャルワーカーなど）につながった。
- 何より、Aさんの現状の生活の中心となっている職場をうまく巻き込んで、Aさんと上司に病気の説明や就労継続の話をしたことがAさんのその後の生活にも影響を与えていた。これがすぐに退職ということになると、不本意な退職となって、後悔することになるため、Aさんの生活を考えた上でのサポートであった。
- 障害者雇用に切り替えて就労を継続できた。さらに、症状をよく理解して、表計算やグラフなど苦手な作業を課さず、同僚と共に簡単な作業をすることになったことがさらに良い結果をもたらしたと考えられる。結果的に約1年間は穏やかに就労継続できた。
- 周囲への認知症疾患の開示は非常に難しい問題であるが、一人暮らしであることを考えると、周りの見守りは、危機管理上も非常に重要である。今回Aさんは、地域包括支援センターの相談員のサポートもあり、開示について、意思決定ができる軽度の段階で家族と話しあうことができた。

- 息子は非常に母親思いであったが、できる範囲で母親のサポートをするようにして、決して無理させないようにAさんも、サポーターも関わっていたことが良かった。息子はこれまでのところは抱え込むこともなかったため、Aさんが母親として迷惑をかけたくないというところが現在までのところ可能であった。
- 結果的にAさんは退職する運びとなったが、不本意な退職ではなく、仕事が億劫になってきたということでも納得した上での退職になったことが良かった。
- ケアマネジャーも介護保険サービス導入時に、Aさんが他の利用者（デイサービスなど）に比べ若いことを考慮して施設選びをしていたことが良かった。さらに一人暮らしをサポートするための準備を介護保険制度と障害者自立支援制度の両方をうまく使っていた。

このように、進行していく中でも、自分の納得いくように生活していくことは可能です。早期に認知症であること（疑いも含めると）が、最大限に活用されて、その後のAさんの生活をサポートできていました。

まとめ

一般的に進行性で根本的治療法のない病気になった場合、徐々に進行して生じる新しい困難にどのように向き合うのか、ある程度予測しながら、生活支援の準備をしていくことが重要です。パーソンセンタード・ケアの概念により、いかにして認知症の行動・心理症状を抑えるかが重症化予防のポイントです。そのために、身体的な問題にも常に注意を払いながら、その時々で認知症とともに生きる人のできることを維持できるような関わりをすることが重要だと思います。認知症は病気の一つですが、診断したことで少しでも認知症とともに生きる人にとって、つらいことの中でも何か安心したと思ってもらえるように、病気と上手く付き合いながら生活していく方法を、診断された人、その人を支える周囲の者がイメージできるように医療者や介護者のなかで考えて進めていくことが大切です。

2章
さまざまな認知症のさまざまな治療

數井《かずい》 裕光

一口に認知症と言っても、さまざまなタイプがあります。それぞれに異なった脳の部位の損傷により発病します。その症状も大きく異なります。その分類と治療法について、治療の現場の医師に語っていただきます。

認知症にはさまざまなタイプがある

本書第1部1章の「認知症って本当はどんな病気？」でも述べられていますが、認知症は脳の部位が変化することによって知能など生活に必要とされる能力が継続的に低下する状態を指しますので、認知症という言葉自体は医学的にいう「病名」ではありません。脳のどの部位がどのように変化していくかによって、認知症は、アルツハイマー病、血管性認知症、レビー小体型認知症、前頭側頭葉変性症、正常圧水頭症《すいとうしょう》などのさまざまなタイプ、つまり疾患に分かれます。

どの認知症がどのくらい多いのかということは、いくつかの調査がありますが、平成18年から20年に日本で行われた大規模調査によると、最も多いのはアルツハイマー病で約7割、2番目が血管性認知症で約2割でした(1)。頻度の多い疾患は、認知症の治療を語る上で重要ですが、治療ができる疾患も重要です。認知症の疾患には、完全に治すことが難しいものが多いですが、治療可能な認知症もあります。表1では治療可能性の観点から認知症を分類しています。

まず、シャント術という手術で治療可能な正常圧水頭症があります。正常圧水頭症の中で、原因が不明で、ゆっくりと症状が進行してくるため他の認知症と間違えやすいのが特発性正常圧水頭症です。次に重要な疾患として、症状を改善させることは難しいが進行を止められる血管性認知症があります。その他に、薬によって認知症の進行を遅らせることが出来る疾患で、これがアルツハイマー病とレビー小体型認知症です。残念ながら、現時点では進行をおさえることもできない疾患が前頭側頭葉変性症です。しかし、これらの治療が難しい疾患に対しても対応する手立てはあります。本章では、それぞれの疾患の治療法、対応方法を紹介します。

表1　治療可能性の観点から見た認知症のタイプ

完治できる可能性がある認知症	特発性正常圧水頭症
改善は困難であるが、それ以降の進行を防げる認知症	血管性認知症
改善は困難であるが、進行を遅らせることが出来る認知症	アルツハイマー病 レビー小体型認知症
改善も、進行をおさえることもできない認知症	前頭側頭葉変性症

認知症のタイプ別の治療法、対応方法

特発性正常圧水頭症

まず、治る可能性の高い特発性正常圧水頭症について説明します。私たちの頭と脊髄（背骨にそってある神経の太い束）内部や周辺には脳脊髄液《のうせきずいえき》という無色透明な液体が流れています。脳は形が変わらないように、脳脊髄液が脳内の水分量を調節しています。この脳脊髄液は、脳の内部の空洞で産出され、脳の中やその周辺、脊髄などを回り、脳の表面などから吸収され血管に流れます。この脳脊髄液がうまく脳内を循環することで、脳をやさしく適度な水分量でつつんでいます。脳脊髄液の量が少なくなっても多くなってもいけません。

しかし、特発性正常圧水頭症は、この脳脊髄液がうまく吸収されずに脳にたまってしまうことで起こります。なぜうまく吸収されなくなるのかはわかっていません。たまった脳脊髄液は、脳を圧迫してしまいます。それによって、ぼーっとしたりする時間が増えたり、意欲や集中力がなくなったり、もの忘れが徐々にひどくなったりするなどの認知機能の障害、足が上げられずすり足になったり、小刻みにしか歩けないなどの歩行障害、トイレが我慢できなかったり、漏らしてしまったりなどの排尿障害という特徴的な三つの症状が現れます。通常、脳脊髄液がたまると、その水分量で頭がい骨内部の圧力が上がりますが、この特発性正常圧水頭症では、この圧力は正常範囲内です。ですので、正常圧という言葉が使われます。2016年に発表された調査結果によると、わが国では、地域在住の高齢者の約3パーセントに特発性正常圧水頭症が見られることがわかりました(2)。決してまれな病気であるとはいえません。

特発性正常圧水頭症の診断には頭のMRIが重要です。特徴的な画像所見があるので、それを専門家がみることで、診断できます。

特発性正常圧水頭症の治療法は、頭の中に溜まりすぎた脳脊髄液を減らすことです。その減らし方には主に2種類あります。図1をみてみましょう。

図1はいずれも、手術によって、脳内の脳脊髄液をおなかに流すシャント術というものを示しています。よく行われているシャント術には、脳の内部の空洞とおなかをつなぐVPシャント術と、腰の脊髄部分にある空洞とおなかをつなぐLPシャント術があります。LPシャント術は図を

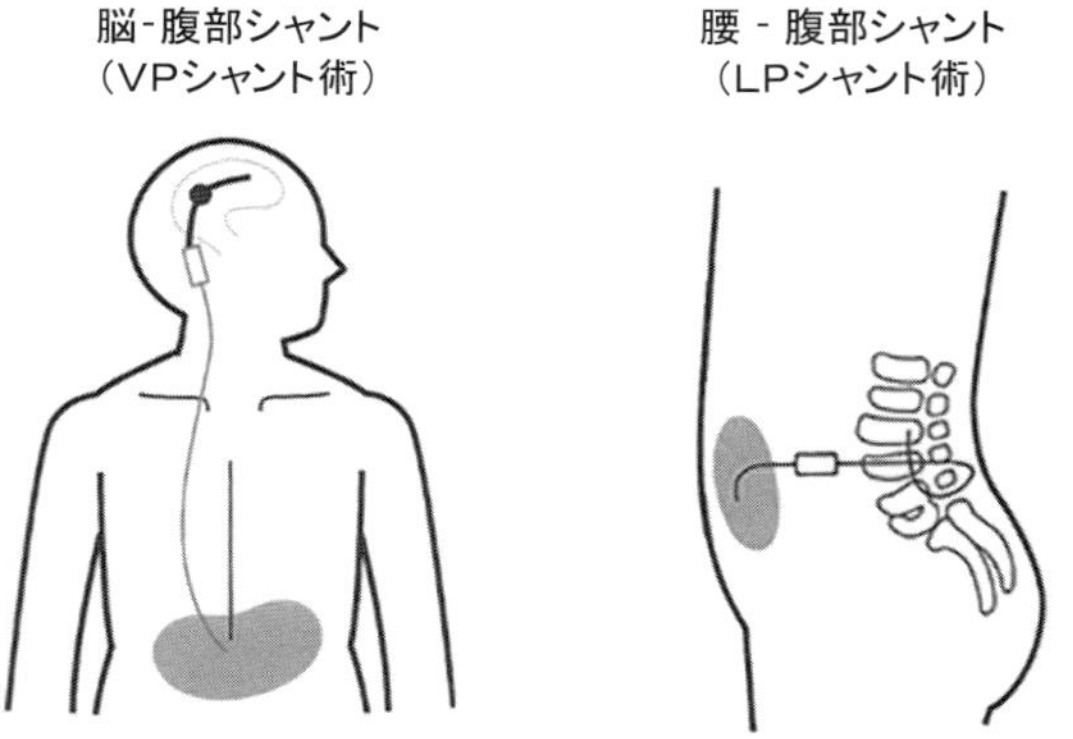

図1　VPシャント術とLPシャント術

見てもわかるように、脳を傷つけることがない手術法です。

私たちが実施した研究のデータでは、特発性正常圧水頭症に対してVPシャント術を行うことで、約半数弱の患者さんのもの忘れなどの認知機能の症状が消失することがわかりました。これは驚異的な数字です。

さらに近年、手術によって脳を傷つけないLPシャント術が普及してきました。脳と脊髄とはつながっているため、LPシャント術でも頭にたまった脳脊髄液を脳の外に流せるのです。そして、私たちが実施した調査で、これらの二つのシャント術後の改善率[4,5]はさほど変わらず高いことがわかりました。やはり誰でも頭の手術は避けたいものです。このLPシャント術は、患者さんとご家族の、手術に対する抵抗感を減らしたと感じています。特発性正常圧水頭症では軽症の時期に治療をするほど術後に自立した生活を送られる確率があがります。つまり、早期診断が非常に重要です。そのため、認知症かもしれないと思った時には、このように治る認知症もあるため、一度は専門医を受診し、脳のMRIをとってもらいましょう。

血管性認知症

私たちの脳にはたくさんの細い血管が張り巡らされています。それぞれの血管には、脳のそれぞれの領域に栄養や酸素を供給したり、老廃物を運び出す役割があります。血管性認知症は、これらの脳の血管が詰まったり（脳梗塞）、破れたり（脳出血）した結果、その血管が運んでいた酸素や栄養素を受ける神経細胞が使えなくなって生じる認知症です。したがって、症状は、血管が詰まったり、破れたりした脳の領域が果たしていた機能がうまくいかなくなることで現れます。

私たちの脳はどの部位でどのような機能を担うのかが決まっています。たとえば、言葉に関する機能を扱っている領域に栄養や酸素を与えている血管が詰まると言葉がうまく話せなかったり、人の話が理解できなかったりするという、いわゆる失語症になります。また、物事を記憶しておく領域の血管が詰まると忘れっぽくなります。脳梗塞や脳出血で、一度死滅してしまった細胞を蘇らせることは困難です。

しかし、新たな脳梗塞や脳出血が生じない限り、血管性認知症は進行しません。したがって、血管性認知症の患者さんでは、新たな脳梗塞や脳出血が生じないように予防する手立てをとることが重要です。これは、すなわち、喫煙、肥満、運動不足、過度の飲酒、悪い食習慣、睡眠不足などの好ましくない生活習慣を改め、高血圧、糖尿病、脂質異常症、心房細動などの脳梗塞や脳出血につながりやすい生活習慣病の治療を適切に受けることが重要です。

また血管性認知症の患者さんには自ら目的をもって積極的に行動したりすることやさまざまなことに対する意欲がなくなったりしやすいため、患者さん本人だけでは上記の生活習慣病の治療やリハビリテーションを受けようとしたり、規則正しい生活を送ろうとしたりすることはありません。そこで周囲の人からの誘い、声掛け、支援がとても重要です。

アルツハイマー病

最初に紹介したように、さまざまな認知症のタイプの中で最も頻度の多い疾患です。アルツハイマー病では、ほとんどの患者さんの最初の症状がもの忘れです。そしてこれが徐々に目立つようになります。たとえば、物の置き忘れが増えたり、同じことを何度も言う回数が増えたりします。ここで良く質問されることとして、通常の歳をとった際に起こるもの忘れとの違いがあります。アルツハイマー病によるもの忘れと普通の老化によるもの忘れとを区別する必要があります。表2を見てください。

アルツハイマー病では、もの忘れが出現した後に、時間や場所がわからなくなる、言葉の理解があいまいになる、日常的に使っていた物品をうまく使えなくなる、道に迷うようになるというような症

表2　通常の老化によるもの忘れとアルツハイマー病のもの忘れとの違い

みるポイント	老化による物忘れ	アルツハイマー病
忘れるもの	体験の一部	体験そのもの
「○○はありましたか」と聞くと	「あった」と言える	「あったこと」がわからなくなる
半年～１年間の進行	ない	ある
場所や時間の感覚	障害なし	障害されることがある
もの忘れに対する自覚	ある	ないことが多い

状が半年～1年単位で増えていくのが一般的な経過です。歩く、座るなどの運動機能はかなり進行しないかぎり障害されません。このことはアルツハイマー病を疑う重要な所見であるとともに、運動が比較的最後までできるということで、徘徊が問題となりうる特徴とも言えます。

アルツハイマー病の診断には頭のMRIが必要です。特徴的な画像所見があります。ただし、65歳未満で発症した若年のアルツハイマー病患者さんでは記憶障害が比較的軽度で、また高齢発症のアルツハイマー病の人で見られるような画像所見が見られないことがあります。そのような患者さんの診断には脳の血流を測定するSPECT（スペクト）という検査が有用なので専門医療機関に受診したほうが良いでしょう。

さて、次に治療薬について説明します。私が最初に述べたように、アルツハイマー病は薬で進行を遅らせることのできる疾患です。現在、日本では4種類の薬に効果が認められ、保険適応になっています。表3を見てください。

薬の名前には一般名と製品名の2種類があって、私たち医療者は一般名を使いますが、患者さんたちは製品名を使うので、ここでは、製品名を使います。アリセプト、レミニール、イクセロンパッチ（あるいはリバスタッチパッチ）という3種類の薬は同様の作用で、3種の間で、効果にもあまり大きな違いはないといわれています。しかしジェネリック（後発品）が使用可能になっており、安価であることからアリセプトがよく使われています。イクセロンパッチ（ある

表3　アルツハイマー病の治療薬

一般名	ドネペジル	ガランタミン	リバスチグミン	メマンチン
(製品名)	(アリセプト)	(レミニール)	(イクセロンパッチ) (リバスタッチパッチ)	(メマリー)
剤型	錠剤、D錠、細粒、ゼリー剤、ドライシロップ	錠剤、OD錠、内用液	貼付剤	錠剤、ドライシロップ
使用可能となった年	1999年	2011年	2011年	2011年
適応のある認知症	軽度～高度	軽度～中等度	軽度～中等度	中等度～高度
投与回数	1日1回	1日2回	1日1回	1日1回
作用機序	アセチルコリンを増加させる	左と同じ ＋ その他	左と同じ ＋ その他	NMDA受容体アンタゴニスト

OD錠とは「口腔内崩壊錠」の略で、口の中に入れるとすぐに唾液で溶けるので水なしで服用できます。D錠とは「速崩錠」の略で、服用に少量の水が必要です。

いはリバスタッチパッチ）はわが国では皮膚に貼る薬が使用可能です。アリセプトとレミニールには時々吐き気や下痢などを起こすことがあるので、そういう場合は、イクセロンパッチ（あるいはリバスタッチパッチ）を処方する場合もあります。四つ目の薬はメマリーという薬で、今までの三つの薬とは少し違う作用になります。

これらの薬の一般的な使用法は、軽度の段階でアルツハイマー病の診断を受けた場合、まず最初にアリセプト、レミニール、イクセロンパッチ（あるいはリバスタッチパッチ）のどれかを開始します。しかしその薬を継続的に服用していても、アルツハイマー病はゆっくりと進行するので、中等度になった時点でメマリーを併用します。そして、メマリーを併用していてもさらに進行するので、進行していった時点で、アリセプトの量を10ミリグラムに増やしてメマリーを併用するというのが一般的な処方です。アルツハイマー病では、これらの薬を継続的に服用することが大切なのですが、アルツハイマー病患者さんはもの忘れのために、薬を自己管理することはできません。そこで患者さんが間違いなく薬を服用できるよう周囲の人が支援する必要があります。

レビー小体型認知症

レビー小体型認知症は、数自体はアルツハイマー病よりは少ないですが、近年、神経画像検査が進歩し、診断がより正確に行われるようになってきました。この病気は小阪憲司先生という日本人の研究者が１９７６年に発見した疾患です。

レビー小体型認知症には特徴的な症状があります。まず、もの忘れや集中力などの認知機能がその時々でかなり変動します。また、見えないものがみえる幻視という状態が繰り返されます。さらに、特発性パーキンソニズムといって、パーキンソン病によくみられる小刻みな歩行や姿勢を一定に保てなかったり、動きが減るというような運動の問題が起こります。さらに、レム期睡眠行動障害という睡眠の問題が起こります。睡眠はレム睡眠とノンレム睡眠に分かれているのはご存知かと思います。レム睡眠の時に人間は昼間に得たたくさんの情報を整理します。そしてノンレム睡眠の時に身体を休めて疲労回復します。レム期睡眠行動障害は、レム睡眠時に夢にしたがって手足を動かしたり、歩いたりする状態になる症状で、夢遊病よりもっと激しいです。これは、自分ではわかりにくいので、ベッドパートナーなどに聞くとよいでしょう。

レビー小体型認知症では、上記の認知機能の変動、繰り返す幻視、特発性パーキンソニズム、レム期睡眠行動障害の四つの症状のうち二つ以上があり、かつ進行していくことで生活障害が生じている場合に診断されます。

レビー小体型認知症の治療としては、前述のアリセプトが認知機能障害の進行を抑制することが明らかになり、保険適応になっています。さらに、アリセプトで妄想、幻覚、認知機能の変動が改善することもわかってきています(6)。また、私たちの研究グループは、アリセプトに夜間睡眠中の体動と中途覚醒を減少させ、睡眠障害を改善させる効果があることを明らかにしました(7)。レビー小体型認知症の研究は、今後ますます活発になっていくので、良い治療法が少しずつでてくると思います。

前頭側頭葉変性症《ぜんとうそくとうようへんせいしょう》

最後に、進行を遅らせることも難しい前頭側頭葉変性症について説明します。この疾患はその名のとおり、脳の前頭葉と側頭葉に主病変を認め、「したいことはするが、したくないことはしない」という特徴を持っています。そんなの誰にでもあることだと読者の皆さんは思うかもしれません。しかし、仕事などしたくないことでもしなければいけないことも多いのがこの社会です。人々はしたくないことでも我慢してしたりして、自分を理性でコントロールしながら生きています。この理性をうまく使えるようにするのが主に前頭葉の役割です。

そのため、前頭葉や側頭葉が変化していくと、この理性的な部分が失われて、「したいことはするが、したくないことはしない」ということが目立ってきます。自分本位な「わが道を行く行動」と感じる場合もあります。さらに、同じことをし続ける常同《じょうどう》行動（たとえば同じ時間に同じ場所にいく、毎日同じ料理をつくるなど）があります。我慢ができないことも多いので、人の食べ物を盗って食べてしまったり、会議中に堂々と寝てしまったりするなどのいわゆる社会からは受け入れられがたい行動もあります。人格変化もあり、介護する家族には大変な負担になることが多いです。また側頭葉は言葉の意味などを記憶する言語の領域でもあるので、前頭側頭葉変性症では、言語障害なども目立ちます。現在のところ、前頭側頭葉変性症は、治療薬も含め有効な治療法が確立されていません。

さまざまな認知症のタイプの疾患を説明してきましたが、認知症の人をサポートする上で、最も精神的にも身体的にも負担が大きいのは、もの忘れなどの認知機能障害よりも、それに伴って起こる行動・心理症状ＢＰＳＤ《ビーピーエスディー》（Behavioral and Psychological Symptoms of Dementia）です。それぞれの疾患の行動・心理症状の特性を知って、適切な対応をすることが重要です。

行動・心理症状に対する適切な対応

ＢＰＳＤとは、認知症患者さんによくみられる、攻撃性、落ち着きの無さ、興奮、社会的に受け入れられない行動、幻覚、妄想、不安、うつなどの症状をまとめた概念です。認知症という長期にわたる療養生活の中で、患者さんと家族が最も悩む症状で、家族の介護負担や早期からの在宅生活の破たんにつながる原因ともなります。しかしこのＢＰＳＤは適切な対応法で予防できたり、症状が軽減したり、消失したりするので、ＢＰＳＤに対する患者さん本人と家族への教育的なサポートは重要です。

原因疾患別の対応法の例

アルツハイマー病の患者さんにはもの忘れに関連したＢＰＳＤが多く認められます。たとえば、同じことを何度も聞いて周囲の人を閉口させます。これに対しては、対応する人を増やし、介護する人一人当たりが対応する時間を減らすように介護体制を整えることが有用です。また、アルツハイマー病の人に違う説明を色々考えてするより、同じ説明を繰り返す方が覚えてもらいやすいと言われています。食事を食べた後にまだ食べていないと言って再度要求する場合は、お茶碗や食器を食後すぐに片付けず、しばらくだんらんしてみるとよいと言われています。

財布や眼鏡を置き忘れる場合は、軽症の方であれば一つずつ置き場所を決めて覚えてもらいます。アルツハイマー病でも軽症の方は情動による記憶の増強効果は維持されているので(8)、眼鏡を置く場所の横に大好きなお孫さんの写真を置いて、眼鏡を置くたびにお孫さんの写真を見て「可愛いな」というような情動を喚起させ覚えやすくするという手立てをとってみます。

本人が物を探している時には、一緒に探します。そして家族が先に見つけていても、それをとって渡すのではなく、患者さん自らに見つけてもらうように、「その辺りを探してください」と声掛けします。家族が見つけて渡すと、「あなたが隠していたのね」と物盗られ妄想に発展することがあるからです。

レビー小体型認知症の患者さんは幻視を幽霊だと思い、いつか危害を加えてくるに違いないと恐れています。そこで患者さんに、レビー小体型認知症であることの裏付けとなった視覚認知検査や脳血流SPECT検査の結果を示しながら、この幻視は、脳のこの場所の病気による幻視なので、実際には存在しないこと、だから危害を加えることはないことを断言し、安心感を持ってもらうように声掛けします。このような説明を何度か繰り返すことが大切です。レビー小体型認知症の患者さんの記憶障害は比較的軽いので、徐々にこの説明を覚えてくれます。そして幻視を体験しても、大丈夫だと自らに言いきかせてくれるようになります。また家族にも「担当医があのように言っていたから大丈夫よ」と声かけしてもらいます。

さまざまなBPSDが、患者さんの不安によって誘発されたり、悪化したりすることをよく経験します。レビー小体型認知症患者さんに対しては、他の認知症以上にBPSDが出現しやすいので、患者さんの不安を軽減するための声かけを行い、生活環境を調整することが重要です。

前頭側頭葉変性症は前述したような、わが道を行く行動、社会的に受け入れられない症状、常同行動などを有するため対応が難しい疾患です。この疾患の場合、行動を修正することは困難なことが多いので、ある程度は許容することがコツです。

たとえば、デイケアなどで自分の席を勝手に決めて、その席に他の人が座っていると、退かせようとすることがあります。前頭側頭葉変性症の患者さんに限り、同じ席に座ることを許容してあげた方がいいと思います。また常同的周遊といって、患者さんが独自に決めた経路を毎日歩くという症状があります。これも制止するのではなく、安全に歩いてもらうことを基本として対応する方がうまくいくことが多いです。

前頭側頭葉変性症のこの常同的周遊という症状とアルツハイマー病でよく見られる徘徊は、周囲の人にとっては「目的のわからない外出行動」という点で似ています。表4を見てください。これらの一見同じような症状でも原因はまったく異なり、また配慮すべき点も異なるので適切な対応法も異なります。

さらに常同行動を利用した対応法も検討可能です。前頭側頭葉変性症の患者さんは独自の好む作業というものをしばしば持っています。たとえば、私のある患者さんは編み物が大好きで、編み物セットを渡しておくと数時間は編み物に没頭してくれます。そこでご家族がどうしても用事で家を空けないといけないときには、患者さんに編み物セットを渡して、これに没頭している間に用事を済ませるという対応をとっていました。

このように認知症のタイプの疾患の特徴をよく知って対応すると適切な対応につながりますが、疾患を知らないと、上記の常同的周遊と徘徊の例のように間違った対応につながりかねません。できるだけ早期に診断をしてもらうようにすることが必要です。

表4　アルツハイマー病の徘徊と前頭側頭葉変性症の常同的周遊に対する対応法の違い

	アルツハイマー病の徘徊	前頭側頭葉変性症の常同的周遊
原因	何かを求めて（自分の家）を探している。 不安感、疎外感を持っている。	同じ経路を散歩したいという強い欲求。
配慮すべき点	視空間認知障害のために道に迷う可能性がある。	通常は迷うことはない。 欲求は強く制止困難。
適切な対応	安心させてあげる。 一緒に散歩する。	安全に周遊させてあげる。

画期的なウェブツールとしての「認知症ちえのわnet」

これまで紹介してきたさまざまなBPSDに対するさまざまな対応法がマニュアル本などで提案されています。しかし、それらの対応法がどの程度有効なのかについては、これまでに確認されたことはありませんでした。そこで私たちは「認知症ちえのわnet《ネット》」というウェブサイトをつくりました。この中で、さまざまなBPSDに対するさまざまな対応法について効果があった確率を計算して公開しています。その仕組みは、図2の通りです。

図2の説明をもう少し詳しくします。認知症患者さんに何らかのBPSDが生じると、介護する方は何らかの対応をします。その対応法で、BPSDが軽減することもあるでしょうし（うまくいった）、軽減しないこともある（うまくいかなかった）と思い

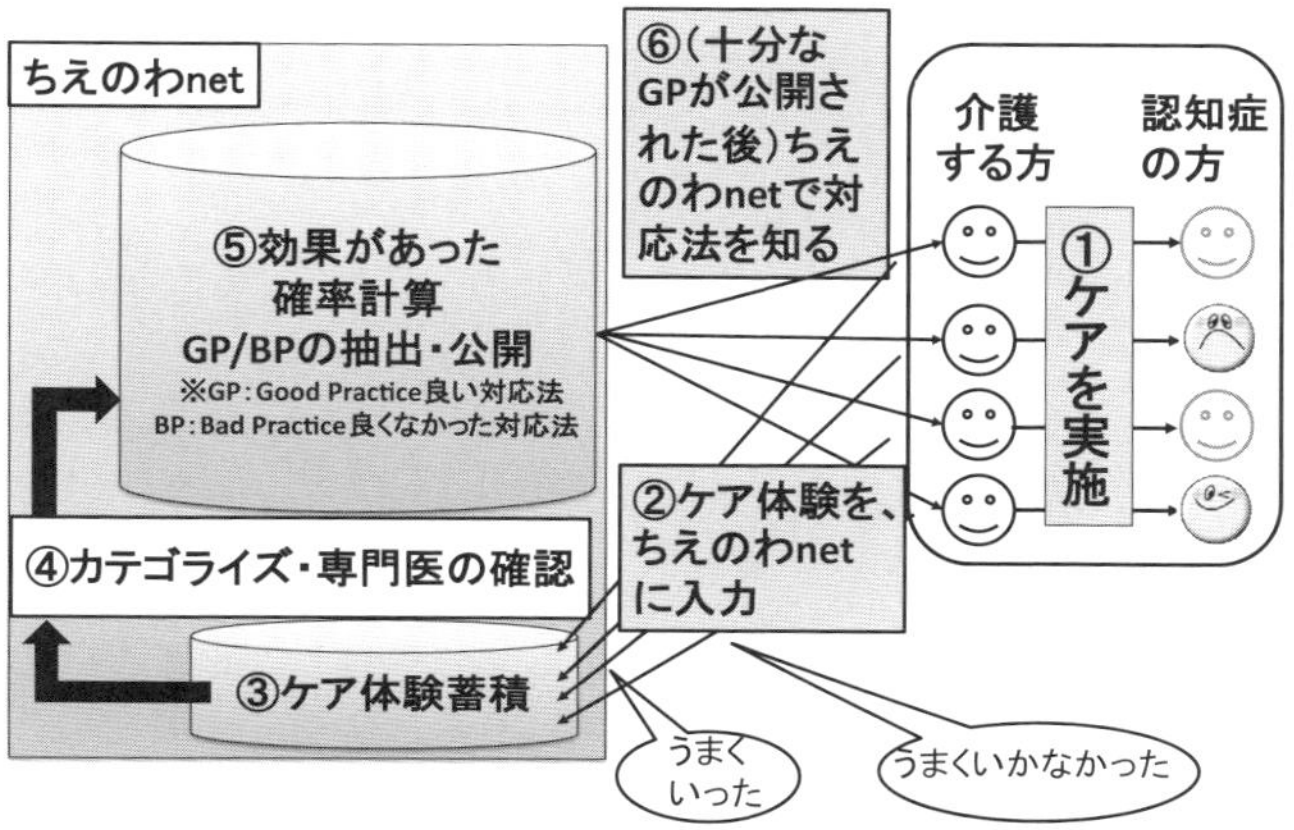

図2　「認知症ちえのわnet」の仕組み
GPは良い実践、BPは良くない実践。

ます。この「ＢＰＳＤ＋対応法＋うまくいった／いかなかった」という情報のセットを「認知症ちえのわｎｅｔ」ではケア体験と呼び、全国の家族介護者、ケアしている人などからこのケア体験を投稿してもらっています。そしてこのケア体験をＢＰＳＤごと、さらに対応法ごとに整理し、それぞれの効果があった確率を計算し、公開しているのです。

このサイトでは、効果があった確率の高い対応法を良い実践（good practice: ＧＰ）、効果があった確率が低い、あるいは悪化させる対応法を良くない実践（bad practice: ＢＰ）と呼び、両者を紹介し、公開することも目的の一つです。

家族介護者が自分の家族の認知症の人に関するケア体験を登録する際には、まずご家族が自分を登録します。次に介護している認知症本人を登録します。その後、ケア体験を登録します。認知症ちえのわｎｅｔには、「このような対応法が良いと考える」という知識を投稿していただくのではなく、その対応を認知症の方に実践した結果を投稿していただきます。そのため現実場面での効果が明らかになると考えています。

認知症ちえのわｎｅｔには２０１８年11月29日現在、12万３７９８人が訪問していて、閲覧数合計は30万１６７５件です。１１４１人がこのサイトに登録しており、投稿されたケア体験数は１２３２件です。この１２３２件をＢＰＳＤのカテゴリごとに分類すると、物忘れが２５５件、落ち着かない行動・不安・焦燥が２４１件、拒絶・拒否が１４７件、幻覚・妄想が１４９

件、食事・排泄・入浴の問題が116件、怒りっぽい・興奮・暴力が92件、徘徊・道迷いが76件、その他が87件、睡眠障害が37件、自発性低下・うつが32件となります。

そして現時点で効果があった確率が計算されている症状と対応法のペアは、「薬を飲み忘れる」対する「薬を本人に手渡しできる体制の構築」という対応法の効果があった確率が92パーセント、「薬カレンダーの利用」が55・3パーセント、「薬ボックスの利用」が40パーセントでした。「同じことを何度も聞いたり言ったりする」という行動に対する「あえて同じ説明の仕方を繰り返す」という対応法の効果があった確率は56・3パーセント、「食事を食べたことを忘れる」という行動に対する「食器などを片付けずにそれを見せる」という対応法の効果があった確率が66・7パーセントでした。また「ある物が人や顔などに見える」という症状に対する「見間違えているものを除去する」という対応法の効果があった確率が91・7パーセント、「配偶者が浮気している」という症状に対する「そのような事実が無いことを説明する」という対応法の効果があった確率が0パーセントでした。

ケア体験を投稿していただく際には、認知症の方の属性（原因疾患、重症度、性別）も同時に登録していただいています。したがって、今後さらにケア体験の収集数が増えた後には属性別の効果があった確率も計算し、公開しようと思っています。たとえば、軽症のアルツハイマー病の男性の方に対する効果があった確率が○○パーセントというようにです。そしてある属性の方に対して奏効確率の高い対応法が抽出された時には、同じ属性の認知症の方を登録している登録者のメールアドレスにその対応法を自動送信する仕組みを今後構築する予定です。

おわりに

認知症の原因疾患や症状によって治療法や対応法が異なります。そして治療可能な認知症、治療可能な症状があります。認知症かなと思ったら、まずどのタイプの認知症か、疾患を診断してもらってください。認知症の治療は正しい診断からはじまるのです。

3章
ヒトの脳機能の柔らかさ

畑澤　順

PET（ペット）検査はがん診断の切り札です。この検査の世界的な名医は世界で一番多く生きている脳の働きを観察することができます。認知症は脳の病気ですが、その脳は変幻自在の柔らかさを見せてくれます。脳の働く現場を話していただき、認知症治療のヒントを探ります。

脳のはたらき

脳は、意識の源です。呼吸、心拍、体温、睡眠、食欲をコントロールし、ヒト（人）が生存するのに欠かせない機能を担っています。光、音、温度、匂いを感じ、情報として処理し、それを元に思考し、行動し、記憶します。経験したことから学習し、未経験の事態に対処します。楽しい、うれしい、可笑しい、悲しい、かわいそう、という感情も脳の働きがもたらします。想像する、夢を描く、希望をもつ、も脳の機能です。

脳は頭がい骨に覆われているので、長い間その働きを調べることは困難でした。唯一の方法は、亡くなった方の生前の症状と脳の病変の場所を関連づけることでした。言葉に障害がある人が亡くなって脳を調べると左大脳に病気があることが多いこと、左半身が麻痺した人は右前《ぜん》頭葉《とうよう》・頭頂葉《とうちょうよう》に病気があることがわかり、脳機能は局在していると考えられるようになりました。てんかん治療のために、側頭葉《そくとうよう》の海馬《かいば》を切除すると「ものを覚えること」ができなくなるので、記憶には海馬が関係しているらしいこと、事故で前頭葉に損傷を受けると、今まで温厚篤実だったヒトが粗暴になり、礼節に欠けるような振る舞いが多くなるので、人の性格には前頭葉が関係しているらしいことがわかり、（記銘力、社会的行動などの）高次脳機能にも特定の脳領域が関係していると考えられるようになりました。20世紀初めまでのことです。

１９２０～30年代、モントリオールの脳外科医でマギル大学教授ペンフィールド（Penfield）はてんかんの開頭手術の際に、右大脳半球の中心部に微細な電極を刺し電流を流しました。そうすると左の手指が動きました。電極の位置を少し動かし、再び電流を流すと今度は左足が動きました。電極の位置を変えては電気刺激を繰り返し、筋肉の反応を観察して手足の運動を司る脳の領域を決めていきました。こうして、人の脳の機能局在地図が創られていきました。

20世紀の半ばまでには、脳機能は神経細胞が電気的に興奮することによって生じること、神経細胞が興奮するにはエネルギーが必要なこと、働いている脳にエネルギー源（ブドウ糖）を供給するために血管が拡張し、血流が増加していることがわかってきました。１９６０年代に、デンマークやスウェーデンの科学者が体外に配置したカメラで人の脳全体の血流を測定する方法を開発しました。この方法を用いると、覚醒下《かくせいか》（意識のある状態）で健常な被験者の脳血流を測定することができます。人の高次機能の局在を調べることができるようになりました。視覚刺激（目でものを見る）、聴覚刺激（耳で音を聞く）、読み書き、計算、会話などの最中に脳血流を測定し、脳のどの場所の血流が増えているかが解析されました。耳の鼓膜を介して音刺激が脳に到達する場所は、一次聴覚野（側頭葉）です。聴覚刺激では、言葉を聞いているときと音楽を聴いているときでは異なる脳領域の血流が増加していました。言葉を聞いているときは一次視覚野周囲に広がる縁上回《えんじょうかい》（側頭頭頂連合野）の血流も増加していました。目の網膜を介して光刺激が脳に到達する場所は、一次視覚野（後頭葉《こうとうよう》）です。文字を読んでいる場合は一次視覚野だけではなく紡錘状回《ぼうすいじょうかい》（後頭側頭連合野）の血流も増加していました。読み書き、会話時にはいくつかの脳領域の血流が同時に増加していました。高度な脳機能を遂行するためには、より広汎な脳領域（大脳連合野）が動員されていることがわかってきました。現在では、機能的磁気共鳴法（ｆＭＲＩ《エフエムアールアイ》）の手法を駆使して、ヒト脳機能の局在が詳細に解明されています。ｆＭＲＩの基本原理は、大阪大学・情報通信研究機構脳情報通信融合研究センターの招へい教授　小川誠二博士によって開発されました。

　私の診た患者さんに、脳血管もやもや病の方がおります。小学校5年生で発症し、来院時には右半身麻痺、全失語（言葉が理解できない、意味のある言葉を話せない）の状態でした。生命はとりとめましたが、左前頭葉、側頭葉、頭頂葉に広汎な損傷があり、この領域の血流が低下していました。症状が回復するのはむずかしいと思われました。しかし、3年後、中学2年生の時には歩いて来院できるまで回復し、会話もほぼ正常、英語の勉強も始めていました。脳血流を測定してみると損傷した左大脳と反対側の右大脳の血流が増加していました。右大脳が代償性に活動し、症状が軽快したと考えられます。もう一人の患者さんは20才の方です。2才の時に難治性てんかんのために左大脳半球を広汎に切除した患者さんです。左運動野を含めて切除したので右半身が麻痺するはずですが、歩いて来院しました。脳血流を測定すると、残っている右大脳半球の運動野の血流が右半身の運動時に増加していました。この二人の患者さんは、小児期に重大な脳損傷があっても、その領域の脳機能は他の脳領域の活動によって代償されることを示しています。

39才の患者さんは重篤な脳髄膜炎を患い、視覚と聴覚を失ってしまいました。このような場合、患者さんとのコミュニケーションは手指を触って行います。右手親指を1回タッチすると「あ」、2回タッチすると「い」、人差し指を1回タッチすると「か」、中指を2回タッチすると「し」となります。このとき脳血流は、後頭葉の視覚連合野、側頭葉の聴覚連合野、前頭連合野の言語関連領域で増加していました。本来は「文字を読んだとき」、「言葉を聞いたとき」、「言葉を話すとき」に活動する脳領域です。この患者さんは人工内耳《ないじ》を装着し、耳からの音声を「聞く」ことができるようになりました。この時は、一次聴覚野と聴覚連合野の血流のみが増加しており、後頭連合野、前頭連合野の血流はもとに戻っていました。成人であっても、脳機能の障害に際しては大脳連合野がフレキシブルに対応していることを示しています。

ここまでをまとめると、

1. 特定の脳機能は、特定の領域に局在している。
2. 高次脳機能には、より多くの脳領域（連合野）が活動する。
3. 特定の脳領域が傷害されると、他の領域が機能を代償する。
4. 大脳連合野は、高次機能の遂行に際して多機能性。

ということになります。

脳と遺伝子

2000年に、ヒトの遺伝子の本体、DNAの30億塩基対の全配列が解読されました。特定の塩基配列（遺伝子）がDNA上に点在し、DNAを鋳型にしてつくられるRNAがこれを解読して特定のタンパク質を合成します。タンパク質（酵素）は生命現象を維持する化学反応を司っています。DNA上には2万数千個の遺伝子があり、親から子へ（50パーセントは父親から、50パーセントは母親から）伝えられていきます。遺伝子は「命の設計図」と呼ばれ、病気の原因遺伝子の探索が行われています。

免疫学の分野で1987年にノーベル医学生理学賞を受賞した利根川進博士らはその後、脳の高次機能と遺伝子の関係を研究しました。その結果、特定の遺伝子を破壊したマウス（KO《ノックアウト》マウス）と正常マウスでは学習機能に差があることを証明しました。

丸い水プールにマウスを入れて長時間泳がせると、両方ともプールの中に休憩所があることに気がつきます。何回も訓練すると休憩所の場所を記憶し、まっすぐ休憩場に向かうようになります。3日後に水プールに入れると、正常マウスはまっすぐ休憩所に向かいますが、KOマウスは休憩所を探してぐるぐる泳ぎ回ってからようやくたどり着きます。つまり、KOマウスは学習することはできるものの、学習効果を持続させることができない（覚えたことをすぐ忘れてしまう）ということになります。破壊された遺伝子はCa MKIIという酵素をコードしています。この酵素は海馬に高濃度にあります。この実験は、特定の遺伝子とその産物であるタンパク質（酵素）が高次脳機能に関与していることを初めて明らかにしました。

ヒトで遺伝子と形質の関係を調べる方法に双生児法があります。一卵性双生児はお互いに100パーセント同じ遺伝子を持ち、二卵生双生児は50パーセント同じ遺伝子を持っています。ある形質（形態的特徴）について一卵性双生児ペアの方が二卵性双生児ペアよりも相似性が高い（より互いに似ている）と、その形質の発現には遺伝子の影響があるといえます。

50組の一卵性双生児ペアと50組の二卵性双生児ペアの身長を測り、一卵性双生児間の相関係数と、二卵性双生児の相関係数を算出し、身長に対する遺伝寄与率は0・80と計算されています。体重の場合、一卵性双生児間の相関係数と、二卵性双生児間の相関係数を算出し、体重に対する遺伝寄与率は0・40と計算されています。この場合、体重よりは身長に対する遺伝寄与率が高いということになります。一般的に遺伝寄与率が75パーセントより大きいと、遺伝性が高いと判断されます。

大阪大学には大規模な双生児登録があり、この中でボランティアを募って40組の一卵性双生児ペア、18組の二卵性双生児ペアの脳ブドウ糖代謝を測定しました。すべて日本人で日本語を話し、国内に居住し、一定の年令までは同一家族として生活しました。全員右利きです。検査時には健康な皆さんです。脳領域ごとにブドウ糖代謝の値を計測し、領域ごとにペア間の相関を調べました。相関係数を元に、遺伝寄与率を計算しました。その結果を表に示します（表1）。活動が活発な脳領域ではエネルギーが必要なので、エネルギー源となるブドウ糖を大量に消

表1　脳の各領域のブドウ糖代謝に対する遺伝寄与率

右大脳半球	遺伝寄与率	左大脳半球	遺伝寄与率
前頭葉	30%	前頭葉	22%
側頭葉	36%	側頭葉	80%
頭頂葉	41%	頭頂葉	86%
後頭葉	22%	後頭葉	30%
辺縁系	4%	辺縁系	4%

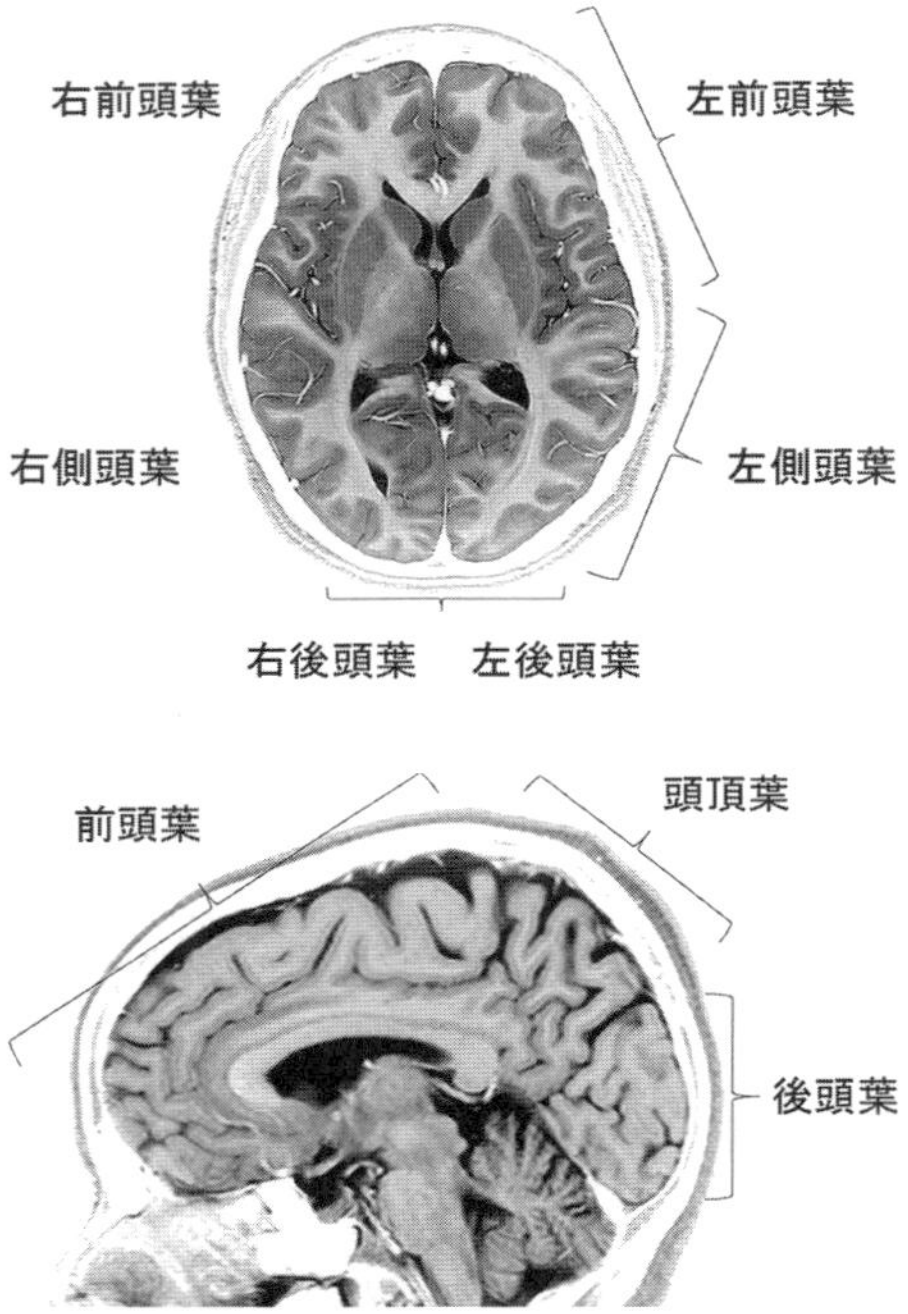

図1　ヒトの脳のMRI画像
(上)は頭を上から見た横断面、(下)は縦断面。

費します。したがって、脳ブドウ糖代謝を指標にしても脳血流と同じように脳機能を推定することができます。この研究から、左大脳半球の側頭葉と頭頂葉（図1）のブドウ糖代謝は飛び抜けて遺伝寄与率が高いことがわかりました。ヒトには右大脳半球と左大脳半球があり、各々異なる機能を担っています。右利きのヒトの言語中枢は左大脳半球に局在しています。空間認知機能は右大脳にあります。左大脳半球の側頭葉や頭頂葉への機能局在は、遺伝子レベルで調節されているのかもしれません。一方、その他の領域への遺伝寄与率は決して高くはないことがわかりました(1)。出生直後のヒトの前頭葉はまだ未熟で、白質線維の髄鞘化《ずいしょうか》が進んでいません。生後1年6か月で、ようやく髄鞘化が完成しブドウ糖代謝が高くなってきます。この成熟の期間に環境の影響を受ける余地があるのかもしれません。被験者の年令は30才代から80才代ですから、この間の後天的因子（生育環境、食事、経験、病気など）の違いが反映されているのかもしれません。遺伝子上の設計図だけではない他の因子が影響していることを示しています。

ここまでをまとめると、

（1）脳機能は、遺伝子による影響と後天的な因子による影響を受けている。
（2）左側頭葉と左頭頂葉の活動には遺伝子による影響が大きい。
（3）前頭葉、右側頭葉、右頭頂葉、後頭葉、辺縁系の活動は遺伝子による影響が小さい。

ということになります。

脳機能の柔らかさ

「脳機能の柔らかさ」という標題は、人の高次脳機能はＤＮＡの塩基配列、遺伝子だけで機械的に決定されているわけではなく、後天的な因子の影響を受けて柔らかく変化することを表しています。

それでは、この「柔らかさ」を生み出す仕組みはどうなっているのでしょうか。

脳が機能するには、電気的活動だけではなく神経伝達物質と呼ばれる化合物が必要です。脳では神経細胞がシナプスを介してお互いに連携し、神経細胞群として機能します。個々の神経細胞の興奮・抑制は神経伝達物質が介在し、連携する神経細胞群に伝達されます。たとえば、前脳基底部無名質にある細胞群（マイネルト基底核）からは大脳皮質全体に興奮性の信号が送られています。投射先のシナプス前部に信号が到達すると、シナプス終末からシナプス間隙にアセチルコリンが放出されます。アセチルコリンはシナプス間隙を通って次の神経細胞の膜表面のアセチルコリン受容体に結合し、信号を伝えます。

アルツハイマー型認知症ではシナプス終末からのアセチルコリンの放出が低下し、シナプス間隙《かんげき》（シナプス間のすきま）のアセチルコリン濃度が低下し、信号伝達が低下してしまいます。現在、アルツハイマー型認知症の治療には、アセチルコリン分解酵素阻害剤（アリセプトなど）が用いられています。この薬によって、シナプス内でのアセチルコリンの分解を抑制し、アセチルコリン濃度が低下しないよう調節しています。症状の進行を緩徐にすることができます。パーキンソン病ではシナプス前部からのドパミンの放出が低下、うつ病ではセロトニンの放出が低下しています。神経伝達物質アセチルコリン、ドパミン、セロトニンなどは、個々の神経細胞の活動を多数の神経細胞に瞬時に伝達し、情報を統合するための役割を担っています。

神経伝達物質を生成するにはさまざまなタンパク質（酵素）が必要です。タンパク質（酵素）の合成は遺伝子によって制御されています。一卵性双生児の場合、まったく同一の遺伝子が作るタンパク質を介して脳は機能しています。しかし、性格や行動はまったく同じではありません。おそらく生涯の中でＤＮＡ（遺伝子）になにかが起こり、神経伝達物質による神経細胞間の神経信号の伝達や拡散、統合のプロセスに変化が生じ、神経細胞の興奮抑制の様式にペア間の差が生じたと考えられます。

成熟した神経細胞は細胞分裂をしませんので、個体発生の過程で一旦できあがったＤＮＡの塩基配列は生涯変化しません。一卵性双生児ペアの神経細胞のＤＮＡ（遺伝子）は生涯同一のままで、ここに「柔らかさ」を生み出す仕組みはありません。一方、遺伝子の全塩基配列が明らかになって以降、遺伝子の働く仕組みの詳細がわかってきました。DNA（遺伝子）にしたがってアミノ酸からタンパク質（酵素）が作られますが、その際、DNA塩基にメチル基が結合すると合成が止まること、メチル基がはずれると合成が始まることがわかってきました。遺伝子には、それが機能するためのスイッチがあり、遺伝子の働きを制御していることが明らかになりました。その後多くの遺伝子にスイッチがあることがわかってきました。遺伝子それ自体の塩基配列の変化ではなく、個々の遺伝子のスイッチ機能が「脳機能の柔らかさ」の源かもしれません。

これまで、形質の発現は「遺伝子」と「環境」という二つの因子で考えられてきましたが、DNAの塩基配列の変化なしにスイッチに影響する「環境（後天的因子）」によって「遺伝子」の機能発現が影響される仕組みの存在が明らかになりました。これはエピジェネティクス（Epigenetics: 遺伝子の構造変化を伴わない後天的な遺伝子制御）と呼ばれています。一卵性双生児ペアの中で、一方は健常なのに他方はアルツハイマー型認知症、という場合があります。こういう方々の詳細な生涯歴の調査、DNAメチル化などのスイッチの解析が行われています。

遺伝子のスイッチは病気の治療にとって重要です。〝がん〟では細胞増殖遺伝子が正常の制御を逸脱して働いています。この遺伝子のスイッチをオフにする新しい医薬品が開発されました。ハンチントン病は異常遺伝子によって起こる脳の病気で、若いときに認知症を発症します。この遺伝病に対して、原因遺伝子のスイッチをオフにする医薬品（ヒストン脱メチル化酵素阻害剤）が開発され、異常遺伝子の働きを抑えることによって症状を改善させる試みが始まっています。

まとめ

双生児のPET検査を行い、50組100人の一卵性双生児の方々にお会いしました。確かに顔かたち、体型、声色、仕草は見分けがつかないほどよく似ています。頭部MR検査では、顔かたちだけでなく脳の形も非常によく似ています。しかし各々には、別々の感性、個性、人格、夢があります。遺伝子という「生命の設計図」を超えたエピジェネティクスがあり、個体が経験する一生の出来事に反応し変化する脳があります。認知症においても「脳機能の柔らかさ」を利用した新しい治療の可能性が広がっています。

4章 心と体のレジリエンス——漢方医学がもたらす復元力

萩原《はぎはら》 圭祐

人は複雑です。心の病気は体の異常な症状として現れます。その逆もあります。漢方医学の考え方は認知症という難しい脳の病気も心体の病気と関連している可能性を主張しています。漢方の医師が日常の診療・研究の経験から認知症予防と治療のヒントを与えてくれます。

はじめに

私は、現在、大学病院の漢方外来を担当し、リウマチ・膠原《こうげん》病・難治性のアレルギーなどの免疫難病、進行したがん、認知症やパーキンソン病などの神経難病、内分泌疾患、先天性の小児の疾患や引きこもりやうつ、婦人科疾患など多彩な疾患に対して、総合診療的に漢方治療で対応しています。私自身の中では、漢方医学と現代医学は融合され、いわゆる「気血水《きけつすい》」で代表される漢方概念と最新の現代医学の知識は違和感なく共存しています。しかし、医療関係者や医学生に漢方の教育を行うとなると話は別でした。そもそも、漢方用語の解説が、馴染みのない外国語の講義みたいになって、漢方の背景をなかなか共有できません。漢方の予備知識のない人たちにも、漢方の本質を、直観的に伝える方法はないかと、いろいろと試行錯誤しました。そんなとき、出会った言葉が「レジリエンス」でした。レジリエンスは回復力や復元力と訳され、最近では、心理学や社会学の領域において注目されています。このレジリエンスという言葉に触れ、漢方は心と体のレジリエンスを高めることで臨床効果を発揮する医学だと確信するようになりました。この章では、漢方を知らない方にも、わかりやすく、認知症の領域での漢方の役割・可能性について解説したいと思います。

そもそも、漢方って何？

漢方とは、江戸時代に、オランダ医学である蘭学と区別するために生まれた言葉です。もともとは、本道《ほんどう》と呼ばれ、いわゆる内科の診療体系でした。医学体系を表す際には、漢法と表記し、薬を表す際には、漢方を用いました。しかし、生薬をやみくもに組み合わせても漢方ではありません。『傷寒論《しょうかんろん》』などの代表的な医学古典を基に生薬が組み合わせられたものが漢方になります。

漢方に対する一般的なイメージは、冷え・倦怠感・抑うつ気分などの不定愁訴に用いられ、その効果はマイルドで、薬効機序は不明であり、研究による科学的根拠に乏しいという感じではないでしょうか。しかし、漢方は急性疾患にも高い効果を示します。たとえば、こむら返りによく用いられる芍薬甘草湯《しゃくやくかんぞうとう》は、使用後10分前後で痛みが軽減することが知られています。マラソン大会の後には、足のけいれんなどに使用された芍薬甘草湯の袋がたくさん落ちているとも言われます。風邪によく用いられる葛根湯《かっこんとう》も、内服後に、うどんやおかゆを摂り、布団にくるまって、発汗を上手に誘導すれば、翌日には解熱する場合もたびたびあります。花粉症に用いられる小青龍湯《しょうせいりゅうとう》も、多施設共同研究の結果では、内服後1週間もすれば、有意に症状が改善することが報告されています。

漢方における研究による科学的根拠も徐々にですが、蓄積されています[1]（表1）。大建中湯《だいけんちゅうとう》は、術後腸閉塞《ちょうへいそく》予防を目的に、日常的に使用さ

表1　高齢者の安全な薬物ガイドライン2015で示されている漢方のエビデンス

処方名	臨床結果
大建中湯	術後のイレウス予防 術後の腸管蠕動の改善
抑肝散	認知症の周辺症状の改善 レビー小体型認知症の幻視の改善
半夏厚朴湯	誤嚥性肺炎の予防 嚥下反射の改善
補中益気湯	COPD患者の栄養状態の改善
麻子仁丸《ましにんがん》	健常者での便秘改善効果

（ガイドライン2015の内容を一部改変）

れている処方ですが、2015年に術後早期の腸管蠕動機能《ちょうかんぜんどうきのう》改善効果が比較試験で報告されています。高齢者の便秘は、腸管の蠕動《ぜんどう》低下を背景としていることが多いことから、筆者は、大建中湯を高齢者の便秘によく用いて手ごたえを得ています。半夏厚朴湯《はんげこうぼくとう》は、喉のつまりなどを示す気鬱《きうつ》に対する代表的処方ですが比較試験において、誤嚥性《ごえんせい》肺炎の既往歴を持つ患者の肺炎発生率が、統計的に有意に抑制していることが報告されています。補中益気湯《ほちゅうえっきとう》は、気虚《ききょ》に用いられる代表的な方剤ですが、消化機能の改善や免疫状態の改善作用がいわれており、COPD《シーオーピーディー》（慢性閉塞性肺疾患《まんせいへいそくせいはいしっかん》）患者における増悪回数の低下や栄養状態の改善を示します。

家族が認知症になったときに、介護者の気力を奪うといわれ、問題となっているのが、周辺症状（BPSD）と呼ばれる暴言や妄想、暴力や不潔行為などです。抑肝散《よくかんさん》は、介護の現場で、BPSDに対して日常的に使用されている漢方です。現在では、すっかり認知症患者の漢方のイメージですが、もともとは子どものいわゆる疳《かん》の虫《むし》に使われた薬でした。2005年にBPSDに有効であることが報告され、以後、レビー小体型認知症の幻視にも有効性が確認されています。これらのエビデンスの構築により、漢方は、高齢者医療での役割が期待されています。では、漢方は、どうやって効いているのか？　誰しもが思う疑問です。次に、漢方を理解するために必要なキーワードをご紹介します。

漢方を考えていくキーワード、「システム論」と「レジリエンス」

漢方外来をしていると、患者さんから、「実は、○○の症状で、漢方で何とかなりませんか？」とよく言われます。その言葉には、患者さんが持つ漢方に対するある種のイメージと期待が示されています。実際、漢方はときどき驚くような臨床効果を示すことがあり、私も、専門のリウマチ膠原病分野で驚くような効果を示した症例を何度も経験しています。しかし、個別の症例を解説しても、その処方を使用した状況が、多くの患者に当てはまるわけではありません。漢方の効果を考える上でのキーワードとして、「システム論」と「レジリエンス」が挙げられます。

まず、初めに理解していただきたい点は、漢方医学は、心と体を一つの生体システムとして捉えているということです（図1）。一方、現代医学は心と体を別々で考えます。肝臓、心臓などのさまざまな臓器、各臓器における組織、それらを形作る細胞、細

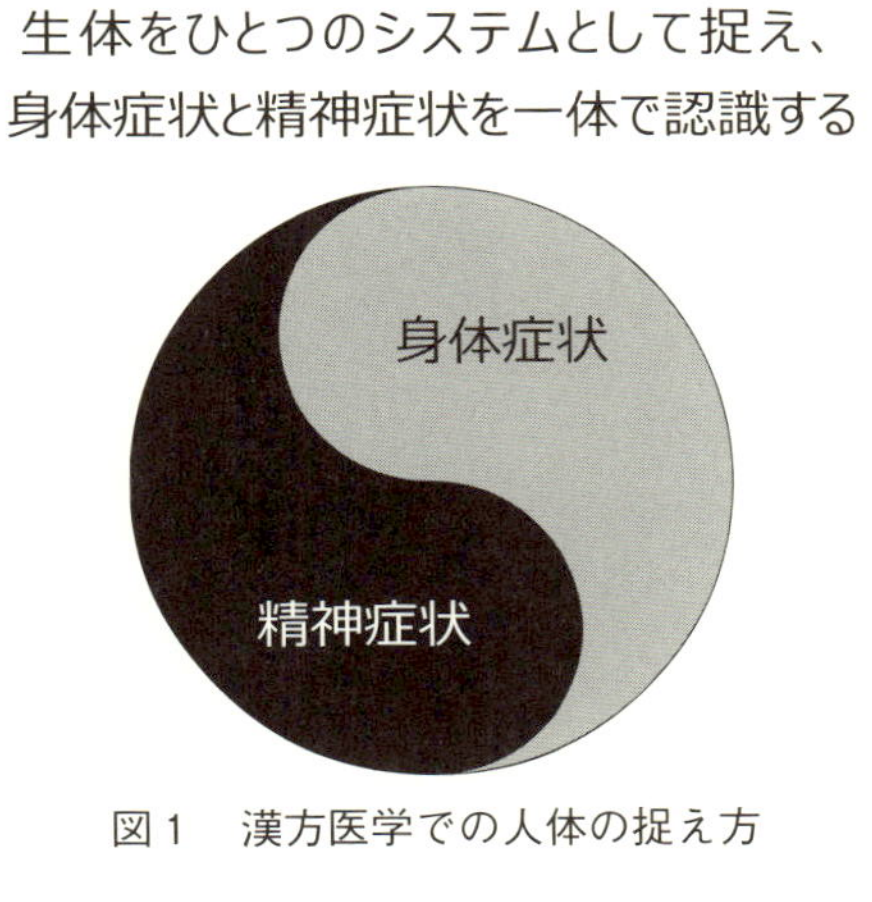
生体をひとつのシステムとして捉え、
身体症状と精神症状を一体で認識する
身体症状
精神症状

図1　漢方医学での人体の捉え方

胞から分泌《ぶんぴつ》されるさまざまな機能を持つタンパク質、その分泌を制御する遺伝子の働きなど細分化されています。しかし、最近の研究では、心は神経伝達物質の働きに問題があり、セロトニンは不安や緊張と関連すると言われています。うつ病に対して、抗うつ薬としてセロトニン再取り込阻害薬（ＳＳＲＩ）が使用されるのは、その考え方に基づいています。ところが、問題は、それほど単純ではありません。単なる栄養の吸収器官と思われた消化管からもセロトニンが分泌され、脳に影響を与えることがわかってきました。これを脳腸相関《のうちょうそうかん》と呼んでいます。心の病と思われていたうつ病に関しても、めまいや耳鳴り便秘や下痢などの身体症状を示すことがわかっています。２０１６年のラグビーワールドカップで注目を集めたのが、五郎丸選手がペナルティーゴールを蹴る前に行った独特の動作、いわゆるルーティンでした。試合終盤に疲労がピークの時に、勝負のストレスに打ち勝ち、心を安定させるために、メンタルコーチと作り上げたのが、あのルーティンなのです。体の動きを一定にすることで、心が安定する。五郎丸選手は、心と体の働きを体現してくれているのです。

漢方は、心と体が一つの生体システムとして調和の取れた状態にあることが理想的だと考えます。しかし、システムの制御は、いつもそれほど簡単なものではありません。季節の変化や、インフルエンザなどの感染症や花粉症、仕事のストレスや過労、心と体の安定は簡単に崩れてしまいます。だからといって、システムを安定させようとして、新たな制御を加えても、新たな不安定要素が生まれ、結果としてシステム全体の安定性は一定になるという考えがあります。医学の領域における具体例としては、抗生剤の乱用による耐性菌の出現などが挙げられます。では、どうすればいいのか？　漢方は、生体システムのレジリエンスを利用し、システム制御を行っているのです。次に、レジリエンスを意識するようになったある患者さんのエピソードを紹介したいと思います。

レジリエンスを意識するようになった出会い

その患者さんは、70代のご婦人で、両手と両足がカサカサになる、医学的には皮膚の角化症《かくかしょう》を訴えて受診されました。すでに、近くの皮膚科で、さまざまな治療を受けておられ、さまざまな皮膚科の外用剤が試されましたが、効果がありません。そこで、漢方治療を希望され来院されました。最初の印象は、何となく沈んでいる感じでしたが、とくに注目していませんでした。血液検査では、さまざまなアレルゲンが陽性でしたので、抗アレルギー剤を処方し、同時に手足の湿疹に対し加味逍遥散《かみしょうようさん》を処方しました。加味逍遥散は、漢方をよく知る方なら、更年期に伴うイライラなどに使われるイメージだと思いますが、私は、いわゆる主婦の手湿疹によく処方しています。そうすると、何年も悩んでいた皮膚のカサカサが徐々に改善し、ツルツルになりました。それに合わせて、患者さんの表情も明るくなりました。私の思っている以上に、すいぶん感謝してくれるので、少し不思議な感じでした。よほど、悩んでいたのかな？と思っていたのですが、理由はそうではなかったのです。

ある日の外来の際に、この患者さんはご自身の深い悲しみを話し始めました。お話によれば、その方は、頼りにしていた身内の方を、突然の交通事故で亡くされたのでした。あまりの衝撃に、仲の良い人たちにも、その悲しみを話せず、心の深いところに仕舞い込んだそうです。その頃から、手足がカサカサになり始めたのでした。医学的には不適切な表現かもしれませんが、「乾いていたのは患者さんの心のほうやったんや」「漢方は、その乾きを癒してくれたから、あんなに感謝してくれたんか」と感じることができました。

「このことを話したのは、先生が初めてです。心が楽になりました」と笑顔を見せて、その患者さんは、診察室を出て行かれました。この経験は、私の心に深く刻まれました。心の中にあった奇妙な違和感が明らかになったからだけでなく、患者さんの心と体のつながりを実感できたからでした。では、次に、レジリエンスについて解説します。

レジリエンスって何？

日本は、本当に天災の多い国だなと思います。２０１１年に東日本大震災がありましたが、その後も、数年おきに大きな地震があり、台風や近年の異常気象が引き起こした災害もテレビや新聞をにぎわしています。こういった個人では避けがたい災害のあった後に、問題となるのが、ＰＴＳＤ《ピーティーエスディー》（心的外傷後ストレス障害）です。ＰＴＳＤが、なぜ問題なのかと言えば、不安や不眠から体調の乱れだけでなく、トラウマの記憶が呼び起こされ、パニック障害となり、社会復帰が遅れたりすることです。では、すべての人がＰＴＳＤになるのか？　どうやら、そうではないようなのです。

人生において、配偶者を失うストレスが最高レベルと言われています。アメリカの臨床心理学者ボナノらは、２０５人の配偶者を亡くした人を対象に10年間追跡調査しました。当然、その多くの人がＰＴＳＤになるのではと考えられましたが、慢性的な抑うつ状態になった人は、全体の25パーセントで、悲しみで落ち込んでいた20パーセントの人たちは、自然に回復し、45・9パーセントの人たちは、大きな落ち込みは見られなかったのです。もちろん、この結果の解釈は色々です。そもそも夫婦関係が良くなかったのでは？　など推測してしまいますが、２００１年9月11日ワールドトレードセンターで起きたテロ事件、いわゆる「９１１」においても同様な調査が行われ、PTSDになった人は全体の30パーセント程度だったことが確認されています。必ずしも、すべての人がPTSDになる訳ではないのです。そこで、レジリエンスという考え方が注目されるようになったのです。レジリエンスとはもともと々は物理学から来た用語です。金属などの素材に力を加えて、その金属が復元する弾力性を指す用語だったようです。それが転じて、ある種のストレス（圧力）から回復する力という風に概念が拡張され、現在では、心理学や社会学の分野で注目されているのです。

では、レジリエンスが導き出されるために何が必要でしょうか？　難しい試験がある。結果を求められる仕事がある。明日、苦手な人に会わないといけない。こんなストレスがあれば、ついつい、逃げ出してしまいそうになるのが人間ですが、スタンフォード大学の研究によれば、まず、マインドセットといって、ストレスと向き合うことを勧めています（図2）。「やるしかない」そんな覚悟で、ストレスに向き合えば、本来なら発揮されないような力が体の中から湧いてきます。それを、彼らはチャレンジ反応と呼んでいます。「火事場の馬鹿力」「窮鼠《きゅうそ》猫

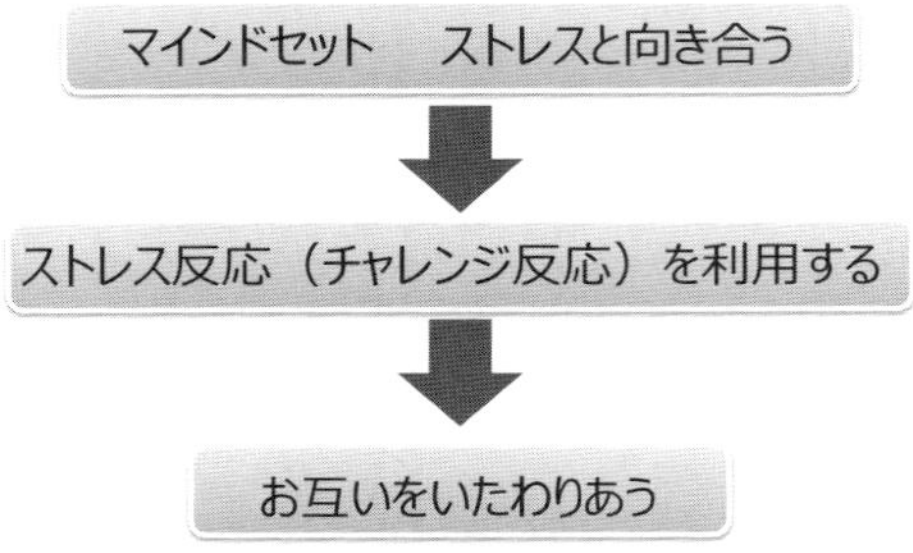

図2　スタンフォード大学の提唱するレジリエンスの誘導法
（スタンフォードのストレスを力に変える教科書より）

を噛む」など、昔から、窮地に立ったら思わぬ力が出ることは、よく知られた現象です。でも、そんな簡単に問題が解決したり、勝利できるなら、そもそも、誰も苦労はしません。一瞬、何でもできそうに思えた感覚も、いくらでも湧いて来そうな力も、苦しい場面を迎えると、とたんに消えてなくなりそうになります。そんな時にこそ、いたわりあう気持ちが必要になるのです。「いつも応援してるよ」「頑張っているところを、いつも見ていますよ」など、結果が芳しくなく、くじけそうになったときに、こういった思いやりがレジリエンスを導くのです。

レジリエンスと漢方

漢方では、すでに述べたように、心と体はお互いに影響しあいながら、一体であると考えます。興味深いのは漢方の五臓の考え方です。漢方における五臓概念は、「肝《かん》・心《しん》・脾《ひ》・肺《はい》・腎《じん》」からなりますが、現代医学における臓器概念とは違って、システム概念になります。漢方でいう肝とは、現在医学における肝臓ではなく、現代医学での、内分泌代謝系、自律神経系を指していると考えられます（図3）。ですから、体に栄養を巡らせるのは肝の働きです。しかし、漢方では、肝は、同時に心の働きも調節すると考えます。イライラしたり、不安になったりするのは、肝の働きが悪いからだと考えます。抑肝散が認知症の患者さんのBPSDに効果がある

肝は内分泌・代謝系＋自律神経系
心は循環器系＋中枢神経系
脾は消化器系
肺は呼吸器系
腎は泌尿生殖器系＋生命エネルギー

図３　漢方における五臓概念

ことも、肝の悪い働きを抑える薬という風に理解すれば、わかりやすいと思います。抑肝散の使用のコツは、患者から隠れた怒りを感じ取ることです。単純に、問題行動を起こす高齢者をおとなしくさせるのではないのです。行き場のない怒りに寄り添う薬なのです。最近、ユマニチュードというフランスから始まった介護技術を使うと、BPSDが改善し、介護者の介護負担が減少することが報告されています。その介護アプローチは、認知症患者の特性を踏まえた、アイコンタクト、ふれあい、声かけになります。まるで、漢方の診察技術のようですが、そのアプローチが、問題行動を起こす患者の怒りを改善させているのかもしれません。

以上を踏まえて、さきほどの患者さんのケースを考えていきます。大きなストレスが、患者さんの心に衝撃を与え、いわゆる凹《へこ》みを作ります。医学的には、視床下部・下垂体系に影響が与えられ、副腎皮質ステロイドの分泌が亢進し、内分泌系の異常が、体に影響を与え、皮膚の乾燥症状として現れてきます。加味逍遥散は、ホルモンバランスの乱れと抗炎症作用を示すことで、皮膚の乾燥症状を落ち着けて、体のバランスを改善します。その結果、心の凹みが押し戻され、トラウマから立ち直ることができたと考えます（図4）。現代医学的にアプローチすれば、SSRIなどの抗うつ薬を処方し、同時に皮膚の湿疹に対してステロイド軟膏を処方するところでしょうか。

それでもいいのかもしれませんが、漢方は、レジリエンスを利用し、ひとつの処方で、心と体のシステムを改善し、トラウマを克服させました。医療現場では、役割の異なる多様な医療職が集まっています。組織におけるレジリエンスの誘導には、相互の信頼関係が必要といわれています。患者と医療者が、「どうせ病気なんか治らない」「どうせ漢方なんか効かないのでは？」と思っているようでは、レジリエンスは誘導されず、漢方の持つ薬効は発揮されにくいと思われます。

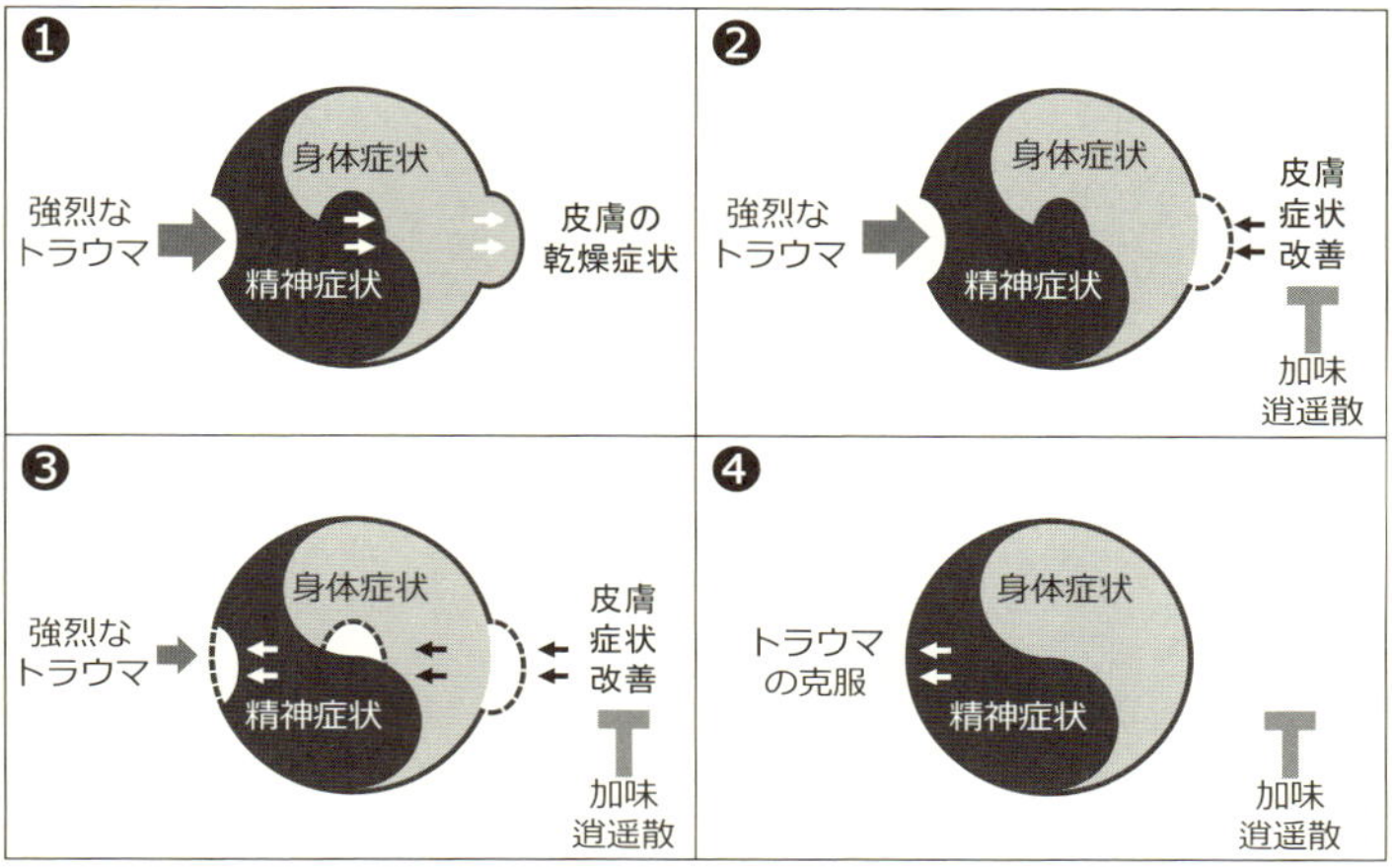

図4　漢方がレジリエンスを誘導する例

漢方とレジリエンスの関係性は、興味深いことに、漢方の三大古典である『黄帝内経素問《こうていだいけいそもん》』「経脈別論篇」に、以下の記載がみられます。

是之時《このとき》に当《あ》たって、勇者《ゆうしゃ》は気行《きゆ》きて則《すなわ》ち已《や》む。怯者《きょうしゃ》は則《すなわ》ち着《ちゃく》して病《やまい》と為《な》る也《なり》。

勇者とはレジリエンスが発揮されている状態を指しており、漢方でいう気が巡《めぐ》って、病気になりにくいが、発揮されなければ、外的誘因により、病気となってしまうということが記載されています。さらに、

病《やまい》を診《しん》する之道《のみち》は人の勇怯《ゆうきょう》、骨肉《こつにく》と皮膚《ひふ》とを観《み》て、能《よ》く其《そ》の情《じょう》を知《し》り、以《もっ》て診法《しんぼう》と為《な》す也《なり》。

とレジリエンスと身体の状態を把握することを診察とするとの記載が認められています。つまり漢方とは、生体システムの関係性を把握し、レジリエンスの障害となるものを理解し治療につなげていく医学体系であると言えると思います。最後に、私の講座で取り組んでいる高齢者医療対策について簡単にご紹介します。

フレイル・サルコペニアと漢方について

フレイルとは、２０１４年に日本老年医学会より、介護前段階を意味する用語として提唱されました。当初は、身体面が中心でしたが、うつや認知症などの精神面、孤独や閉じこもりなどの社会面も含まれるようになりました（図５）。フレイル対策には、線を引いたこの三つの側面をコントロールしていく必要があります。実際、骨粗鬆症《こつそしょうしょう》や加齢による筋量・筋力の低下を意味するサルコペニアは、認知症と関連があることが報告されています。とくに、サルコペニアは、寝たきりを引き起こす重要な因子として注目され、その発症には、加齢に伴うさまざまなホルモンの低下や炎症に加え、栄養状態の悪化、糖尿病などの慢性疾患も関与することが知られています。

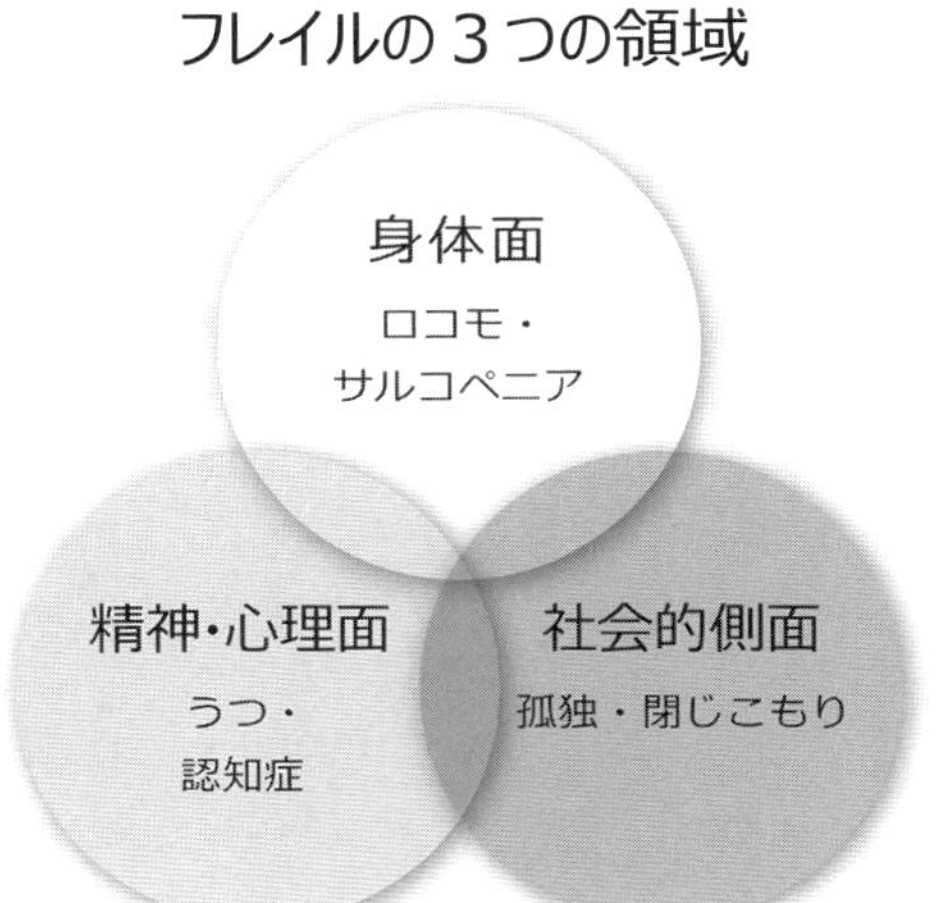

図５　フレイルの定義は拡張されつつある
（国立長寿医療研究センター　鈴木隆雄氏の資料を基に作成）

しかし、サルコペニアに対する治療介入の検討では、サプリメントなどは効果が安定せず、男性ホルモンや女性ホルモンによる介入はがん化の問題があり、新たな治療手段の開発が望まれています。

漢方は、もともと不老長寿を目指した医学です。黄帝内経素問には、男女の成長から老化への記載が認められ、老化による症状として、

筋骨解堕し、天癸《てんき》尽《つ》く。故に髪鬢白く、身体重く、行歩正しからず。

(筋骨が弛んで筋力が低下し、生殖能力が衰え、髪は白くなり、体は重くなり、歩行はよろけてくる)(筆者意訳)

と、フレイルの概念にあたる記載がすでに認められています。漢方における腎とは、腎臓(kidney)ではなく、泌尿・生殖器系を意味します。腎は先天と呼ばれ、父母から受け継いだ生命力を意味します。ヒトの成長、発育、生殖に影響を与える生命エネルギーを「腎気《じんき》」と呼び、加齢により減少し、

図6　腎虚により起こる諸症状

「腎虚《じんきょ》」の状態になると、腰痛や下肢のしびれ、脱毛、耳鳴り、皮膚の乾燥、排尿障害などが出現すると考えられています（図6）。腎虚を補う方剤、いわゆる補腎剤として、六味丸《ろくみがん》、八味地黄丸《はちみじおうがん》、牛車腎気丸《ごしゃじんきがん》などが用いられ、牛車腎気丸は、化学療法による末梢神経障害を改善させる作用が報告されています。私たちは、サルコペニアを腎虚の一症状ではないかと考え、代表的な補腎剤である牛車腎気丸の抗サルコペニア効果を検討しました。

京都大学で確立・継代《けいだい》されてきた老化促進マウスの中で、認知記憶障害のモデルとされてきたSAMP8マウスを使い、8週齢のこの老化促進マウスに牛車腎気丸を餌に混ぜて服用させ、38週まで飼育し、ヒラメ筋における組織学的検討を行いました。その結果は劇的でした。牛車腎気丸投与により、老化促進マウスの筋萎縮は、正常老化のSAMR1のレベルまで改善しました（図7）。百メートル走など瞬発力が必要な競技

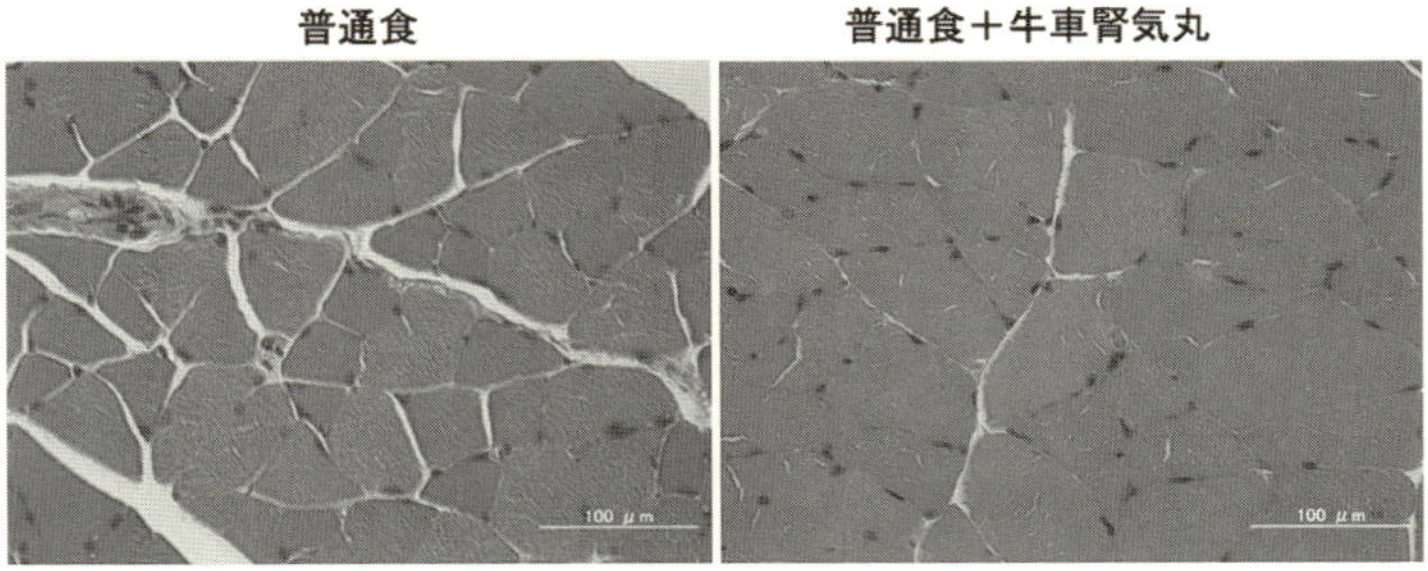

（老化促進マウスのヒラメ筋をヘマトキシリン・エオジン染色し検討）

図7　牛車腎気丸の抗サルコペニア効果

老化促進マウス（SAMP 8）に、牛車腎気丸を普通食に混ぜて投与し、38週齢まで、飼育した。普通食だけで飼育したマウスに比べ、明らかに、筋委縮が改善していることが示されている。

で働く速筋《そっきん》と、マラソンなど持久力が必要な競技で働く遅筋《ちきん》のバランスの改善も確認され、サルコペニアの改善が明らかになりました。私たちは、さまざまな分子生物学の実験により、牛車腎気丸が抗サルコペニア作用を示す薬理機序も明らかにしています(2)。

高齢者の痛みは、リハビリの遅れや運動量の低下を招き、サルコペニアやフレイルを進行させます。私たちは、マウスの神経痛モデルを使って、牛車腎気丸の疼痛改善効果を検討しました。6週齢の雄マウスの左坐骨神経を結紮《けっさつ》し、痛みを示すモデルを作成し、手術当日より牛車腎気丸を4週間投与し、疼痛行動を評価しました。牛車腎気丸は、さまざまな疼痛行動を、1週目から有意に改善させました。図8に、寒冷刺激による実験の結果を示しています。神経痛モデルでは、冷たい刺激を痛みと錯覚し、疼痛行動を示します。しかし、牛車腎気丸を投与すると、明らかに疼痛行動を起こすまでの時間が延長し

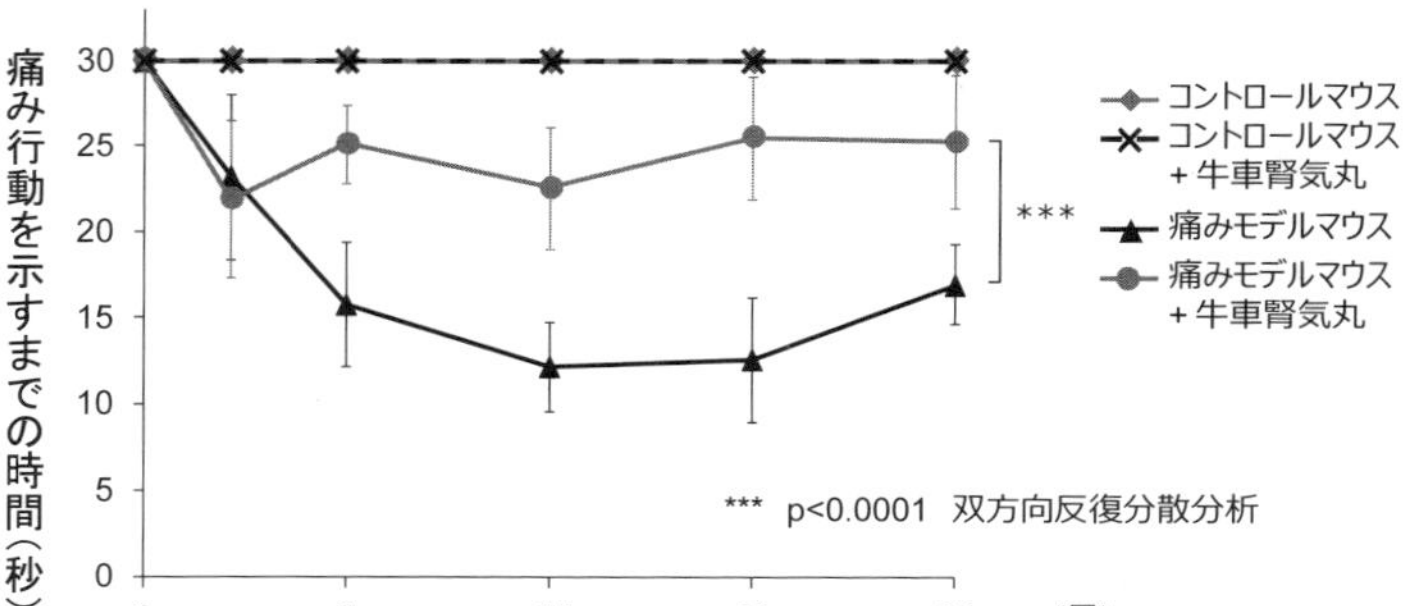

図8　牛車腎気丸の疼痛改善効果について
(Nakanishi et al Molecular Pain 2016を参考に著者作成)

ました。私たちは、さまざまな実験により、牛車腎気丸が疼痛を改善する薬理機序も明らかにしています(3)。つまり、牛車腎気丸は、サルコペニアの改善に加えて、高齢者の疼痛管理にも有用である可能性が示されました。現在、牛車腎気丸のヒトにおけるフレイルの改善効果の検討に向けて準備しています。身体的フレイルの予防から精神的フレイルである認知症の予防につながればと思ってます。

おわりに

漢方は、心と体のレジリエンスを高めて、その臨床効果を発揮します。レジリエンスの誘導には思いやりや労わりあいが欠かせません。認知症というと、とかく記憶の低下や問題行動が話題になります。でも、思いやりの心があれば、代わりに誰かが覚えていてあげればいいことです。問題行動も、何故、そんなことをするのか、少し振り返る気持ちが必要になっていきます。今回は、紙面の都合で深く触れませんでしたが、日常生活を見直す養生の考え方も、漢方の効果を発揮するためには欠かせません。心と体のつながり、思いやりとレジリエンス、養生などを意識して、漢方を使用すると、漢方は予想以上の効果を発揮してくれます。読者の方々にも、そんな漢方との幸せな出会いがあることを願っています。

第1部のまとめ

「患者はなぜあきらめようとするのか?」

ここまで、「認知症とは?」というところから、認知症の原因となるさまざまな病気について学習しました。その上で、脳の病気である認知症をより深く理解するために、脳機能、そして心の一端を担っている脳と体の関係性について漢方の観点から学びました。ここでまとめを書いてみましたので、小休止のような形でリラックスしながら読んでもらえたらと思います。しかし、ここでのまとめのタイトルは「患者はなぜあきらめようとするのか?」というかなり衝撃的なものとしました。それはあとの章でも述べますが、現在の認知症にはなりたくないという誰しもが思うことの対極に認知症の診断というものがあるからです。そのため、敢えてネガティブな側面からの「患者のあきらめ」について考えてみたいと思います。

認知症と言われた人は何をあきらめようとするのでしょうか。それはその人がどの場面で認知症となるのかによって違います。そしてその「あきらめ」の内容も異なってきます。

たとえば若くして認知症の診断、もしくは疑いなどあれば、「なんで?」「これから仕事どうしよう?」という生活に直結するような場面を直視しないといけません。そのときは自分の「それまでの生活を続けることとこれからの生活でやりたかったこと」を簡単にあきらめることなどできないでしょう。高齢で発症した場合でも、認知症にはなりたくなかったという人がほとんどで、診断の際には涙する人もいます。

認知症の診断を受けた患者さん何人かに聞いてみると、診断を受けて、「ああ～、やっぱりな」と思うようです。よく世間では、認知症は、本人は忘れてしまってわからないといわれることがありますが、そうではありません。愛媛大学医学部で認知症の診断や家族支援の専門家である谷向先生たちの研究では、実にもの忘れのある認知症の人の9割が最初に自分が物忘れがあると自覚しているということがわかりました。診断までの間、物忘れによりつじつまが合わなくなった生活の中で、なぜこんなことが起こっているのかという苦しさがあったのだろうと推測します。そして診断を受けて、「ああ～、やっぱりな」と思うようです。それはある意味納得した上での、「仕方がない」という一種のあきらめなのかもしれません。

このあきらめは家族にとってもあります。これも患者さんの場合と同じで、「それまでの生活とこれからの生活でやりたかったこと」をあきらめないといけなかったり、仕方がないと一種受け入れたようになったりということです。認知症という言葉にはそれだけの非常に大きなインパクトがあるのです。

インパクトのある認知症を深く理解するために、1章では認知症は脳の病気であることを説明しました。脳の中で起きている変化は、何気ない生活を送り続けるのに必要な機能に影響を与えてしまうので、生活上での不具合が起こりやすくなることがわかりました。その中で、まわりの環境がその不具合の現れ方に影響することもわかりました。逆に言えば、環境を良くすれば、認知症による不具合を軽減できるのではないかといえます。

認知症になってしまい、仕方がないとあきらめるのであれば、認知症のことをもっと知り、できることがないか、工夫できることはないかということを模索します。その時に認知症を引き起こす病気を知ろうということで、2章の認知症の病気別の特徴も学習しました。そこでは、さまざまな種類があることがわかり、それらの特徴を知ることによって、その人の置かれた環境でどのような困り事があるのかがわかるようになりました。ある程度改善が見込まれる病気もあったり、進行を遅らせることもできるたりするため、やはり早期診断が重要であることも理解できたと思います。

ここまで見ていくと、どうも認知症には環境が大きな影響を与えているとわかります。認知症は遺伝ではないかといわれることもあります。この遺伝と環境と脳機能を根本的に詳しく知るために3章があると言えます。そこでは、世界で一番PETで生きている人の脳を見ているであろう科学者による脳機能に関する最新の知見を勉強しました。そこでは、脳のさまざまなポテンシャルを感じられる話がありました。私たちの身体は遺伝子による影響と後天的な環境による影響を受けています。脳の部位によって遺伝子の影響を受けやすいところとそうでないところもあるようです。そう考えると認知症の発症や進行には遺伝子が関係するようです。しかし、環境によって遺伝子の機能の現れ方が変わっていく可能性もあることがわかりました。つまり、認知症の発症やその後の進行には環境がある程度影響するものと思われます。脳はよく似た形をしていますが、その中身には別々の感性、個性、人格、夢があると筆者は言っています。人間が経験する一生の出来事、つまり環境に反応し変化する脳はその機能のやわらかさを持っており、さまざまな環境に適応できる可能性を秘めているのだと思わせられます。

さらに認知症の病巣である脳から考えを拡げ、4章では、心と身体を一体的にとらえる漢方医学の観点から、人間の復元力、回復力である「レジリエンス」について学びました。心は人間がとても大切にしているものです。心がどこにあるのかは、アリストテレスの時代からあり、ドキドキするから心臓にあるのではないかと考えてみたり、ヒポクラテスは脳にあると思っていたりとさまざまです。「脳＝心」とは言えませんが、脳が心を生み出す大きな基盤になっていることは間違いないでしょう。脳は環境に合わせてその機能をやわらかく変える可能性が高いことから、心と身体を一体的に考える漢方医学の基盤となるレジリエンスは、ある環境の影響をうけた心と体を持つ人間の状態をより良い方向にもっていくキーになるかもしれません。4章で筆者はレジリエンスを誘導するには、相手との相互の信頼関係が重要だと言っています。この相手とは周りの環境、その中に人も含まれますので、周りの人との信頼関係を築くことで状況を改善できるのではないかと期待しています。

ある60代前半のアルツハイマー病の人が、自分でできることが一番うれしいから（認知症になってしまった）この身体でがんばるといっていた言葉を思い出しました。人はどんな状況でもできるだけ自分で何でもやりたいと願っていますが、状況が悪くなった時に、周りの人に少し頼るということをすると、つらい中でも良い方向性に持っていける力（レジリエンス）を生み出すことができると思います。病気になったことは仕方ないけれど、周りの人を信じて頼る、これが前向きな「あきらめ」になるのかもしれません。

（山川みやえ）

第2部

認知症の予防と治療は可能か？

1章 運動は記憶力や学習能力に影響を与える

島田 昌一・近藤 誠

認知症は脳の認知機能の障害です。神経細胞は一度破壊されると回復しません。それでも人はうまくできています。海馬では大人になっても神経細胞の赤ちゃんが作られています。運動するなどして脳に刺激を与えると、その神経細胞の赤ちゃんは育って行きます。さらに赤ちゃんの数も増えます。そんな神経細胞の誕生から成長の現場を、研究の最前線から明快に語っていただきます。

運動は脳に良い効果をもたらす

中高年齢者にとって日常生活でウォーキングなどの適度な運動を習慣づけることが、心臓病、高血圧、動脈硬化、糖尿病、骨粗鬆症《こつそしょうしょう》などの全身性のさまざまな病気の予防や改善に役立つことは皆様もご承知の通りです。また、適度な運動は認知症にかかわる脳の記憶、判断、学習、情動《じょうどう》などの多くの神経系の機能にもさまざまな良い効果をもたらします。中高年齢者にとって適度の運動の習慣は老化に伴う認知機能の低下や神経疾患や精神疾患の予防にもつながります。

では運動することが、なぜ脳にも良いのでしょうか。言い換えれば運動がどのような仕組みで脳に対して良い効果をもたらすのでしょうか。図1は、マウスを用いた実験で、毎日走らせたグループのマウスと、走らせていないグループのマウスを比較すると、神経新生、抗うつ効果、記憶学習能力のすべてが増加しています。少し専門用語が出てきましたので、それぞれの意味をわかりやすく説明します。

脳の海馬では大人になっても新しい神経細胞が生まれている

われわれの体のほとんどの臓器のほとんどの細胞は、それぞれ異なるスピードですが分裂、増殖を繰り返しています。たとえば皮膚の表面の表皮は、重層扁平上皮《じゅうそうへんぺいじょうひ》という何層にも積み重なった上皮細胞《じょうひさいぼう》からできていま

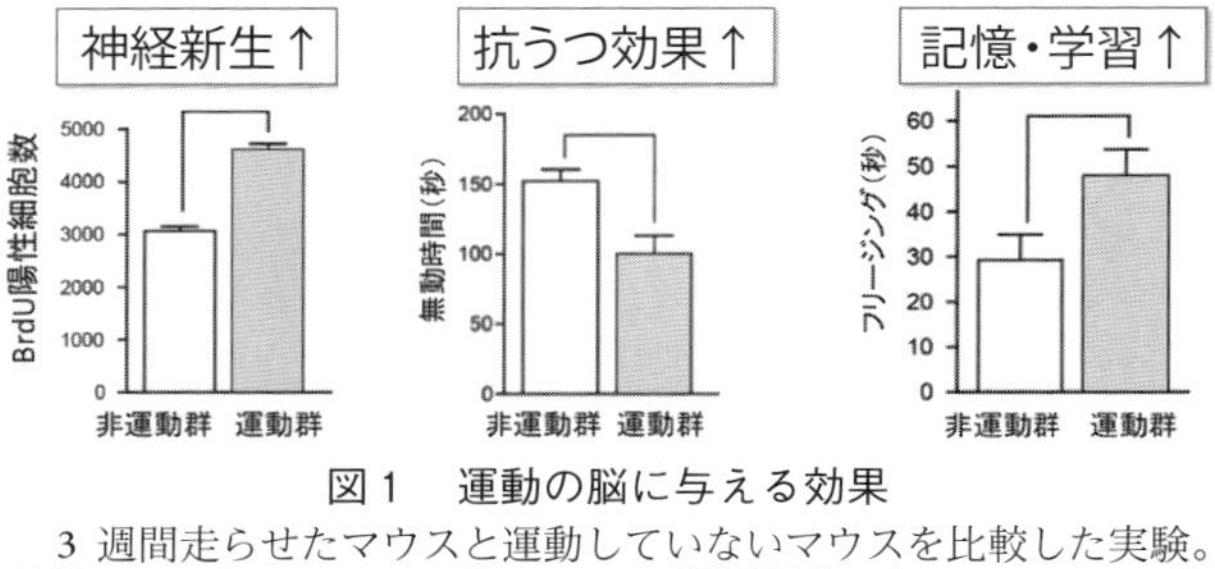

図1　運動の脳に与える効果

3 週間走らせたマウスと運動していないマウスを比較した実験。運動していないマウスに比べて、3 週間運動したマウスでは、海馬の神経新生が増加し、抗うつ効果が強まり、記憶能力が向上していることが分かった。
文献（1）より改変

す。表皮の一番深い場所にある基底層《きていそう》の細胞は常に分裂増殖を繰り返し、そこで生まれた細胞は順次表面に向かって供給されています。そして最後にその上皮細胞は死んで角質層《かくしっそう》に組み込まれ、角質層の表面は垢《あか》となってはがれ落ちます。この様なターンオーバーを繰り返すことにより、皮膚の外界から体を守るバリア機能や恒常性《こうじょうせい》は保たれています。

一方、神経細胞は非常に特殊な細胞で、発生の段階でさかんに分裂増殖を繰り返し脳を形成しますが、いったん脳が作られますと、通常その後、神経細胞の増殖は止まり、発生の段階で作られた神経細胞が生涯そのまま働き続けます。ところが脳内に2か所だけ例外的な場所があります。側脳室《そくのうしつ》の脳室下帯《のうしつかたい》と、海馬《かいば》の歯状回《しじょうかい》にある顆粒細胞下帯《かりゅうさいぼうかたい》と呼ばれる場所です。ここでは大人になってからも新しい神経細胞が生まれています（図2）。ここには神経幹細胞《かんさいぼう》が存在し、この幹細胞から分裂増殖によって、新しい神経細胞が誕生しています。この現象は神経新生と呼ばれています。とくにこの2カ所の中でも海馬での神経新生によって生まれる新しい神経細胞は、われわれの記憶や学習に関連する認知機能や、感情のような心の動きを調節する情動機能に関係する重要な役割を担っています。

1日あたりに作られる新しい神経細胞の数が増加する、つまり神経新生が増加すると、記憶・学習能力が向上し、また抗うつ効果も向上することがわかっています。記憶能力や学習能力が向上するということは、イメージしやすいと思いますが、抗うつ効果の向上というのが、どういう意味なのか少しわかりにくいかもしれません。もちろん、うつ病の患者さんのうつ状態が改善するということも抗うつ効果です。それ以外にも、ここで述べる抗うつ効果というのは、ストレスに対応し、適応する能力の向上というような広い意味を持ち、これはうつ病の患者さんに対しても、健康な人においても共通して当てはまるものです。

この神経新生によって新しく生まれる神経細胞の数は、内的、外的なさまざまな要因によって調節されています。内的な要因としては、年齢が挙げられます。若いときは神経新生が活発に行われ毎日多くの神経細胞が生まれていますが、年齢が増すにつれ次第に新しく生まれる神経細胞の数は減少します。

外的な要因としては、豊かな環境で育った

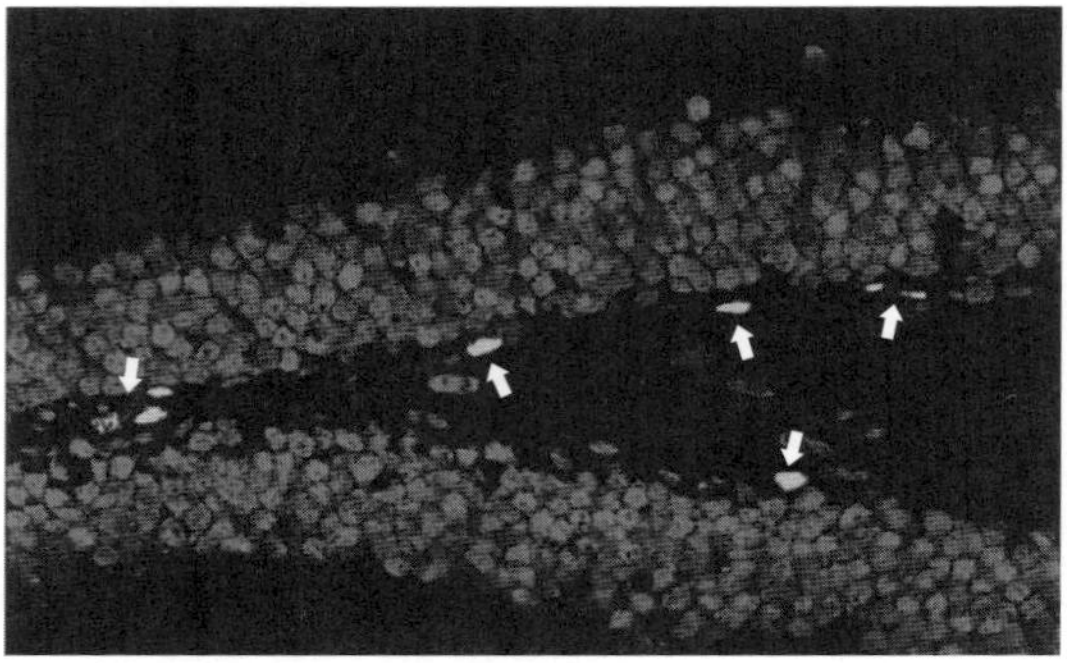

図2　マウスの海馬の歯状回における神経新生

写真の上下に広がる赤色に標識された細胞は脳の海馬の歯状回にもともと存在している神経細胞（顆粒細胞）、緑色に標識された細胞（矢印）は新しく生まれた神経細胞（新生ニューロン）。
文献（1）より改変

場合、つまり子ども時代に楽しく十分に遊べる環境や親の深い愛情のもとに育った場合、神経新生は増加します。逆に、子どもの時期に十分に遊べなかったり、親からネグレクトされるような環境で育つと神経新生は減少します。また、運動することによって神経新生は増加しますが、ストレス、睡眠不足、うつ状態などが続くと逆に神経新生は減少します。それ以外にも、抗うつ薬や一部の認知症の薬などの投与によっても、神経新生が増加することが報告されています。

適度な運動は、薬の服用などと比較しても、副作用に相当する部分がほとんど無いので、神経新生を増やす手段としても、推奨すべき方法の一つです。運動はいくつかの経路を通して多角的に脳の神経新生を増やします。大きく分けて二通りの異なる経路が存在しています。一つは運動することによって、筋肉を初めとする末梢《まっしょう》のさまざまな臓器からホルモンや栄養因子が血中に放出され、これらの血液中で増加したホルモンや栄養因子が脳に影響を与える経路です。もう一つの経路では運動することによって脳で直接、神経伝達物質や神経栄養因子が産生・放出され、神経幹細胞が刺激されて、神経新生が促進する経路です。われわれはこの後者の経路について、研究を行っていますので、その内容について少し詳しく説明いたします。

運動の習慣が抗うつ作用を増強する

運動を行うと脳のセロトニン細胞（セロトニンを産生している神経細胞）からのセロトニン（5-HT）の放出が増加します。運動によって引き起こされる神経新生の亢進《こうしん》には、この脳内でのセロトニンの放出の増加が必要不可欠です。セロトニンは神経伝達物質の一つですが、睡眠や覚醒などの生体リズム、体温調節、記憶、学習、情動、消化管の運動調節などさまざまな機能と関係し、幸福感や満足感の形成にもセロトニンが働いています。また、このようなセロトニン神経系の異常は、うつ病、不安障害、過敏性腸症候群などさまざまな疾患の原因に関与しています。このセロトニンの受け手となるのがセロトニン受容体（5-HT受容体）です。セロトニン受容体は大きく分類すると7種類で、さらに細かく分類すると17種類が存在します。

われわれは運動によって生じる神経新生の増加や抗うつ効果について、マウスによる実験で脳内のどのタイプのセロトニン受容体が関わっているのかを調べました。その結果、セロトニン3受容体（5-HT3受容体）が、運動によって海馬で増加する神経新生や、抗うつ効果に重要な役割を果たしていることがわかりました(1)。

その方法を簡単に説明しますと、セロトニン3受容体の遺伝子を欠損したマウス、すなわちセロトニン3受容体ノックアウトマウスを用いて実験すると、セロトニン3受容体の作用は観察できなくなります。つまり、このノックアウトマウスと正常なマウスの違いを比べることにより、セロトニン3受容体特有の働きを調べることができます。

正常なマウスを自由に走らせて運動をさせると、海馬での神経新生によって新しく生まれる神経細胞（新生ニューロン）の数が増え、行動実験では抗うつ効果が増強します。一方、同じ実験をこのノックアウトマウスで行うと、運動しても神経新生の新生ニューロンの数は増えませんし、抗うつ効果も増強しませんでした。また、運動をしないときの海馬の新生ニューロンの数は、正常なマウスでも、このノックアウトマウスでも同じで変わりませんでした。

つまり、運動によって生じる神経新生の増加や、抗うつ効果の増強は、セロトニン3受容体を介して起こっていることがわかりました(1)。それでは海馬でセロトニン3受容体が活性化すると次にどのような仕組みで神経新生が増加したり、抗うつ効果が生じたりするのでしょうか。この受容体は海馬のすべての神経細胞が持っているわけではなく、海馬の一部の細胞のみが持っています。海馬の歯状回の顆粒細胞下帯には神経幹細胞が存在し、神経新生の源になっていることを、先に説明しましたが、セロトニン3受容体を持っている神経細胞は、この神経幹細胞の隣や非常に近くに存在しています。詳しく調べるとこの受容体を持っている神経細胞の特徴として神経細胞の発達や成長に必要なＩＧＦ-１という因子を産生していることがわかりました(2)。そして、マウスの海馬で実際にセロトニン3受容体を刺激すると、ＩＧＦ-１が放出されました。神経幹細胞にはＩＧＦ－１受容体が存在するので、このＩＧＦ－１の刺激で神経新生が亢進すると考えられます。一方、セロトニン３受容体ノックアウトマウスでは、この受容体を刺激する薬を投与しても受容体がないのでＩＧＦ－１の放出が見られませんでした(2)。

ここまでの説明が複雑になりましたので、簡単にまとめますと、運動をすると脳内のセロトニン細胞からのセロトニンの放出が増加します。海馬にはセロトニン３受容体を持っている特殊な神経細胞が存在し、運動によって増加したセロトニンがこの受容体を刺激すると、その神経細胞からＩＧＦ－１が放出されます。このＩＧＦ－１が、神経幹細胞のＩＧＦ－１受容体を刺激することによって神経新生が亢進し、最終的に抗うつ効果が増強すると考えられます(2)(図３)。

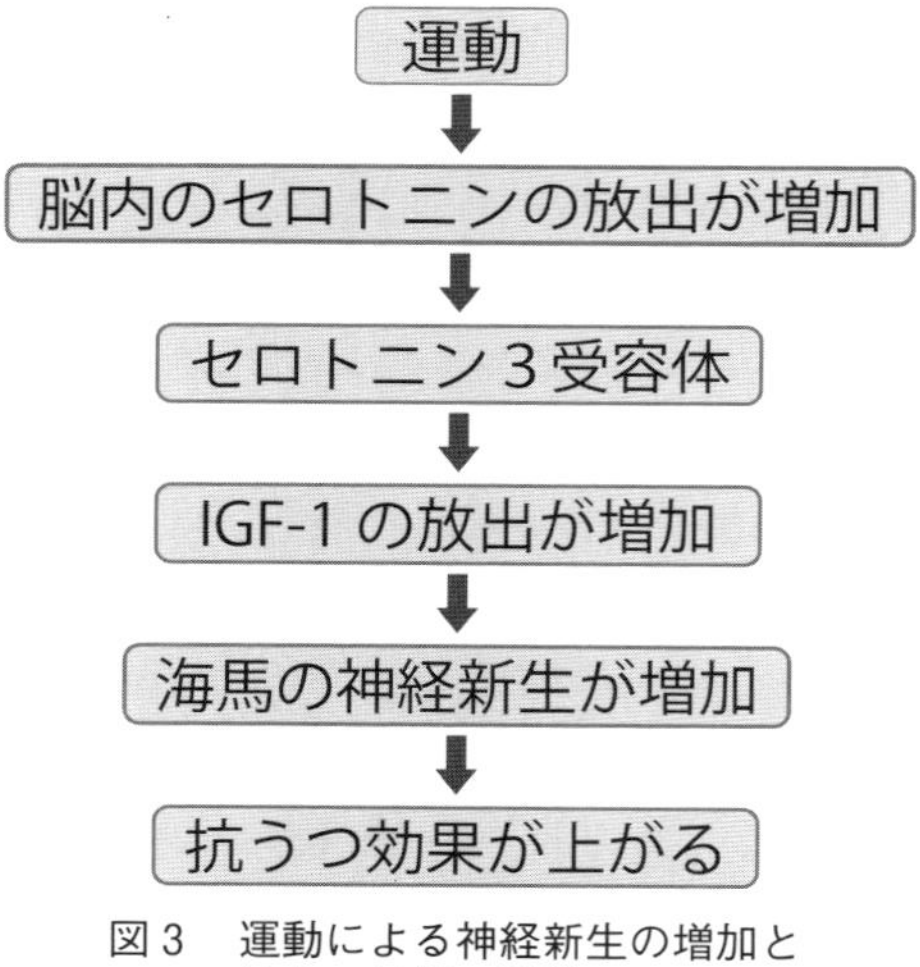
運動
脳内のセロトニンの放出が増加
セロトニン３受容体
IGF-1 の放出が増加
海馬の神経新生が増加
抗うつ効果が上がる

図３　運動による神経新生の増加と抗うつ効果の増強

運動が脳内でのセロトニン遊離を促進し、海馬歯状回の 5–HT3 受容体を発現している神経細胞を活性化し、この細胞から IGF–1 が放出される。歯状回の顆粒細胞下帯で IGF–1 が増加すると、神経新生が増加し抗うつ効果が増強する。

よく似た状況を見分ける記憶能力が向上

運動で神経新生が増加することによって、抗うつ効果が増加するばかりでなく、記憶・学習能力が向上すると述べましたが、神経新生が関与する記憶とはどのような特徴があるのでしょうか。

これまでの研究から神経新生は記憶のパターン分離に不可欠であると考えられています。われわれの日常生活には、類似した出来事が沢山あふれていますが、そのわずかな違いを記憶し見分けることができる能力が「パターン分離能」です。

たとえば、近所の大型ショッピングモールに毎回、車で買い物に行っているとします。何百台と車が並ぶよく似たパターンの駐車場の違う位置に毎回車を止めて、買い物が終わるとほとんどの場合は正確に自分の車の駐車した位置を覚えています。われわれはこのようによく似た状況でも違いを記憶し、それを手がかりに、その違いを正確に区別することができます。このような脳の働きを記憶のパターン分離と呼んでいます。

神経新生はこの記憶のパターン分離に不可欠であると考えられています。新しい出来事が記憶に加わる際には、その記憶が過去の出来事の記憶と混ぜこぜにならないようにしなければなりません。パターン分離能は、これまでのよく似た出来事の記憶と、新しい出来事の違いをコード化して記憶する能力です。このパターン分離能は、情動や不安障害にも深く関係してきます。安全な状況と、見かけ上良く似ているが危険な状況とをしっかりと区別できる能力が、生き物にとっては非常に重要な能力となります。

たとえば生物界では天敵が獲物を襲うときは、物陰に隠れたりカモフラージュをしたりして獲物を待ち伏せます。その際に、獲物の方は普段の身の回りの景色のわずかな差異に気付くことができなければ天敵に襲われてしまいます。人間社会においても、オレオレ詐欺、ネット上の偽通販サイトや偽銀行サイトなどの詐欺は、いかにも本物らしく見せる巧妙な手口になっています。このような詐欺を見破るためには、微かな違和感や不自然さに気付くことができるしっかりとしたパターン分離能が必要となるわけです。このパターン分離能に問題が生じると、何が安全で何が危険かを区別することができなくなり安全なことまで危険と考え、常に不安や恐怖心に苦しめられることになります。心的外傷後ストレス障害（ＰＴＳＤ）では、過去の強いトラウマに対してパターン分離が十分にできていない場合がしばしばあります。戦争の帰還兵がＰＴＳＤになり、トラックのエンジン音を聞くと（戦場ではない場所に居るのに）、戦車や爆撃機が近づいてくるのと勘違いし、パニックに陥るのもパターン分離がうまくできていない例の一つです。また、アルツハイマー病の患者でパターン分離能力が低下しているという報告もあります。

運動をすると神経新生が増加し、記憶・学習能力と抗うつ効果が増強するという話を、この章の最初に書きました。記憶能力の向上と抗うつ効果とは一見あまり関係のないもののように思えますが、記憶の中でもとくにパターン分離能が向上すると、安全か危険かをしっかりと見分けられるようになり、必要以上の不安、心配、恐怖を感じなくてもすむようになります。このことが抗うつ効果とも関連しているのでしょう。

神経新生と細胞の死と学習を伴う運動

運動によって神経新生が増加することはお話ししましたが、神経新生のプロセスをもう少し詳しく説明します。主に三つのプロセスがあり、神経幹細胞からできた神経前駆細胞が分裂増殖をして増えるステージ、その神経前駆細胞が幼若な神経細胞である新生ニューロンに分化するステージ、幼弱な新生ニューロンが移動しながら突起を伸ばして他の神経細胞とシナプスを作り、成熟した神経細胞となり神経回路に組み込まれるステージが存在します。

これらの過程の中で、神経新生によって新しく作られる新生ニューロンは、数が余分に作られます。その中で一部の新生ニューロンは他の神経細胞とシナプスを作り、海馬の神経回路の中に組み込まれ、そのまま生き続けますが、その他の新生ニューロンは神経回路に組み込まれずに、アポトーシスと呼ばれる方法で死んでしまいます。このように海馬では新生ニューロンが成熟した神経細胞になる過程で、アポトーシスにより半分以上の細胞が死ぬと考えられています。あらかじめ余分な数の新生ニューロンを作り、必要とされるものだけが残るという仕組みです。

このように、運動によって神経新生は増加しますが、一方で一部の新生ニューロンはアポトーシスによって消失します。

しかし、興味深いことに運動の種類によっては、新生ニューロンの生存率を上げることが分かっています。どのような運動かというと、巧緻《こうち》運動と呼ばれるもので、学習を伴う運動です。たとえば、自転車に初めて乗る子どもが練習を繰り返して、補助輪が無くても自転車に乗れるようになるまでの練習行程、これらの期間の運動が巧緻運動に当たります。自転車を自由に乗りこなせるようになってからは、学習を伴う運動の部分は少なくなってしまいます。つまり、巧緻運動とは、複雑な運動を学習しながら修得していく過程そのものです。

運動の習慣や豊かな認知活動は認知機能の衰えを予防する

興味深いことに、アルツハイマー病の患者の死後の脳の病理学的所見と認知症の症状の重症度とは、必ずしも比例していない場合があるということがわかっています。脳の病理解剖の所見からは、アルツハイマー病と診断される人の4分の1に生前認知症の症状が認められなかったという報告もあります。つまり脳の組織に見かけ上アルツハイマー病と同じ程度の神経変性のダメージが認められても、認知機能が正常に保たれている人がいるということです。これらの人は認知予備能が高いと考えられています。

運動の習慣は、この認知予備能を高める要因の一つと考えられています。また、この認知予備能は職業の種類、教育歴、読書や楽器演奏などの余暇活動、社会活動などと関連があると報告されています。若い頃から豊かな認知活動に携わってきた人は、脳の神経細胞間でのネットワークが発達しているので、脳の神経細胞が部分的に障害されその機能を失いかけても、残された神経細胞とそのネットワークが柔軟に対応して、代償的な活動をすることよって失われようとしている認知機能をある程度まではカバーできるという考えです。

人体は省エネで効率よく機能するように設計されています。人体の組織の中で使う必要の無いものに対して、体は余分の栄養やエネルギーを供給せず、スリム化し最低限の形で維持しようとします。逆に使用頻度の高いものに対しては、その機能を強化する方向に働きます。たとえば、筋肉は使わないと（使う必要がないと）どんどん痩せて萎縮します。宇宙飛行士が無重力の状態の宇宙で長期間過ごす場合や、病気にかかって、長期間寝たきりの入院生活をしている場合に、筋肉が痩せ衰えて歩くのも難しくなります。

神経も同じように使わないと、神経間の情報交換のネットワークのつながりが弱くなります。逆に、よく使っていれば、その神経を使う必要性に応じて神経細胞の間でのネットワークのつながりは強化されます。神経間のネットワークは道路交通網のようなものです。交通量の少ない地域に3車線の幅広い道路をつくる必要はありませんが、逆に交通量が多くなった地域では渋滞を緩和するために、道路の車線を増やしたり、新しいバイパス道路を建設したりして、より充実した交通網を造り上げます。

認知症によって脳の一部の神経細胞で変性や障害が起こり、その機能が失われそうになったときに、神経細胞間でより強力なネットワークを構築している人は残された神経細胞が失われた機能を代償的にある程度カバーできるということです。つまり、道路交通網があまり発達していない地域で道路が災害で寸断されると、たちまち物流が途絶え、社会が回らなくなります。しかし、交通網の発達している地域ならば、同様の場合でも、バイパス道路などを駆使して、物流が途絶えることなく、なんとか目的地まで到達でき、最低限、社会を動かすことができるのと似ています。

おわりに

この章では運動の習慣が脳に与える良い効果について、述べてまいりました。運動を行うことは単にカロリー消費だけでなく、活発な神経活動をともないます。それぞれの筋肉の伸縮の程度、関節の曲がり具合、体の位置関係や重力に対するバランスなどさまざまな情報の脳への入力と、それらの情報を元に筋肉の収縮や弛緩を命令する脳からの出力とが、リアルタイムに連動して初めてスムーズな運動ができます。まさにコンサートの際にオーケストラの指揮者がそれぞれの楽器の奏者を時間経過とともに操るように、運動中に脳は数百の筋肉を時間経過と共にコントロールしています。学習を伴う巧緻運動は、オーケストラが新しい曲を練習するようなものです。指揮者（脳の神経）が個々の奏者（筋肉）と協力し練習を繰り返しながら、演奏の完成度を高めていきます。この際に、多くの神経の複雑な働きが必要となり、神経の間で新しいつながりができ、神経ネットワークのより強い結びつきが生まれると考えられます。

高年齢になってからでも、運動を習慣づけることは、筋肉や骨を丈夫にするばかりでなく、脳の機能も高め、認知症などの老化に伴う病気の予防や発症を遅らせたり、病気の症状を軽減させる重要な要素となります。

2章 認知症の人に対する認知活性化療法

山中　克夫

認知症の多くは進行性の病気で、薬で治すのは難しいとされています。一方で、脳は柔らかく、生きている限り変化しています。脳を課題や会話を通じて活性化させる方法が導入されています。今回は実際に方法を開発し実践している研究者から、その内容を詳しく語っていただきます。

認知活性化療法とはなにか

さまざまな課題やテーマに沿ったおしゃべりを通じて、認知機能全般に働きかけること、同時に対人交流を通じて社会機能に働きかけることを目的とした技法は、「認知的働きかけ」と呼ばれています。この認知的働きかけの代表的なプログラムに「認知活性化療法」があります。このプログラムは、軽度・中等度の認知症の人を対象とし、小グループで実施されるもので、当時ロンドン大学に在籍していたオーレル（現ノッティンガム大学）の研究チームによって開発されました。これまで認知活性化療法では、標準的なプログラム、長期的なプログラム、個別で実施できるプログラムが開発されています。このうち、標準的なプログラムは日本版が開発されています。日本版では、わが国の文化に合わせて内容が調整されており、マニュアルも出版され、広く利用することができます(1)。

標準的なプログラムについて詳しく説明すると、全部で14回の活動からなり、週に2回ずつ実施し、7週間で1クールを終わるようにできています。1回の活動時間はおよそ60分です。各回では表1に示したように、それぞれテーマが設定されており、テーマに沿った課題を行います。それらのテーマは、①聴覚などの感覚を通じて働きかけるもの、②回想を通じて働きかけるもの、③人や物の呼名、カテゴリー分け、言葉の連想などの人や物の認識に働きかけるもの、④お金、計算、地理など、日常的な事柄の

表1　各回のテーマ

第1セッション	体を動かして遊びましょう
第2セッション	音や音楽を楽しみましょう
第3セッション	子どもの頃の話をしましょう
第4セッション	食べ物や食事の話をしましょう
第5セッション	最近のニュースや流行の話をしましょう
第6セッション	魅力的な人や場所について語りましょう
第7セッション	言葉の続きを当てましょう
第8セッション	料理や工作を楽しみましょう
第9セッション	言葉探しクイズを楽しみましょう
第10セッション	地図を作りましょう、地図で確認しましょう
第11セッション	物の値段やお金について考えましょう
第12セッション	数字ゲームを楽しみましょう
第13セッション	もっと言葉を使ったクイズを楽しみましょう
第14セッション	チーム対抗クイズ大会

話題をもとに認知機能に働きかけるものの四つに大きく分けることができます。

図1は、日本版の認知活性化療法の課題の一例として、第6回の「魅力的な人や場所について語りましょう」の有名人の顔の写真を用いたパズルを表しています。この課題では、参加者の世代になじみのある有名人の写真を見せ、その人がどんな活躍をしたのか、またその人の顔の特徴や印象について話し合います。それはたとえば、大きなホクロがあるとか、笑顔や笑った時の真っ白な歯が印象的だとか、そういった内容です。その後、採りあげた有名人の顔写真について、上下二つのパーツに分けたものをテーブルの上にバラバラに置き、みんなでパズルを楽しみます。参加者にとって難しいようでしたら、ヒントとして、有名人の名前を示したり、見本の写真をみせたりします。名前を示すときに、先のおしゃべりで挙がった顔の特徴を挙げるのもよいでしょう。また、参加者の多くがごく軽度の認知症で、易しすぎると思った場合は、顔写真を四つぐらいのパーツに分け、難易度を上げることもあります。

図1　認知活性化療法の活動の例
（顔さがしの課題）
（山中他，2015, p62）

ここでは、認知機能への働きかけとして、懐かしい記憶を呼び起こすこと、集中して顔をよく見ること、顔の部分や全体の特徴をとらえること、それを言葉にしてみることなどをねらいとしています。

認知活性化療法の大切な原則

イギリスのオリジナル版で、標準的なプログラムの開発を担当したスペクターらは、テーマの選定にあたり、認知症の人の認知機能改善に関する課題について、過去の研究を徹底的に調査しました。そして、過去に効果が報告されている課題をピックアップするとともに、現場スタッフからの意見をとりいれ、さらに試験的な研究結果をもとに、先に挙げた14のテーマやそれに基づく課題を考案しました。スペクターらは、開発で最も影響を受けたのは、フランスのブレイユらのプログラムであったと述べています。しかし、このプログラムの内容は、病初期の認知症の人を対象とし認知機能の改善と日常生活上の自立を目指したもので、難易度が高いものでした。そこで、スペクターらは過去の課題を参考にしながら、その一方で、グループホームや施設で暮らす、より症状が進行した認知症の人でも楽しめるように内容を変えたり工夫を行いました。

話はさかのぼりますが、認知活性化療法が開発される以前のイギリスでは、認知症の人の認知機能改善のための技法として、現実見当識訓練（リアリティー・オリエンテーション・トレーニング）という技法が利用されていました。これは認知症のごく初期から低下することが多い、時間や場所などの現実認識の改善を目的とした技法でした。しかし、現実認識は認知症の人にとって最も苦手な点であり、スタッフも進行しづらく、次第に使われなくなっていきました。その当時を振り返った文献では、実際の進め方は柔軟さを欠いていたことが書かれています。おそらく課題内容を忠実に実施しようとしたら、つらそうな参加者の様子を見て、耐えられなくなるスタッフもいたのではないかと思います。

こうした訓練の失敗に陥らないため、認知活性化療法では、1990年代後半にイギリスのキットウッドにより提唱された「パーソン・センタード・ケア」（「人」を中心としたケア）を大原則としています。これは認知症の人を「人」としてきちんと扱う、その人の存在を認めるといった、本人の側に立ってケアを行う原則を説いたものです。認知活性化療法では、実施するうえで多くの原則が示されていますが、以下の六つの点は、とくにパーソン・センタード・ケアの原則に沿ったものと考えられます(2)。

① 本人を敬う　　相手を敬い、尊重する心で接する

② 本人が参加し関われる　活動を作るのは参加者自身であり、彼らが実質的に関われるように努める
③ 本人が一体感を持てる　全員が参加でき、一体感が生まれ、グループの絆が深まるように努める
④ 本人が選択できる　参加者自身が活動内容を選択できるように努める
⑤ 本人が楽しめる　まずは本人が楽しめることを大切にする
⑥ 事実より意見　知っているかどうかを尋ね気分を損なうのではなく、人生の先輩に意見をうかがう姿勢で接する

認知活性化療法の効果

認知活性化療法の効果に関して、たとえば標準的なプログラムでは、認知活性化療法に参加する群（参加群）と通常の生活を続ける群（通常群）とに参加者をランダムに割り振ることをはじめ、厳密な手法を用いた大規模な検証が２００３年に報告されています。この研究では、何らかの理由で途中で参加できなくなった人の初期評価のデータも含めて効果の推定を行う、厳密な解析法が用いられました。その結果、参加群では通常群に比べ、認知機能および生活の質

に関して統計解析上で顕著な改善がみられました。また、認知機能の効果に関しては、薬の効果の検証でよく使われる治療必要数（1人に効果があらわれるまでに何人治療する必要があるのかを示す指標）の分析も行われ、抗認知症薬と同程度の効果が得られました。こうした研究をはじめ、他のさまざまな認知活性化療法の成果もあわせ、イギリスの国立医療技術評価機構（NICE：ナイス）の認知症ケアに関する2006年のガイドラインでは、「1.6.1　認知症状の改善や機能維持の目的」で認知的働きかけの技法が推奨されています。そこでは、「認知症のタイプにかかわらず、軽度ないし中等度の認知症の人々は、構造化されたグループによる認知的働きかけのプログラムに参加する機会が与えられるべきである」と記されています。日本版に関しても、イギリスに比べれば小規模で無作為化比較ではありませんでしたが、ほぼ同様の解析を行い、通常群に比べ参加群では、認知機能や気分に統計解析上で顕著な改善がみられました(4)。

イギリスのオリジナル・プログラムでは、標準的なプログラムの後、週に1回ずつ全部で24回、つまり24週継続できる長期的プログラムもマニュアル化されています。オーレルらは、標準的なプログラムを終えた参加者を長期的プログラム参加群と通常群にランダムに割り付け、大規模な効果検証を行いました。しかし、開始前と終了後を比べた結果では、参加群が通常群に比べ顕著に改善がみられたのは自己評定による生活の質のみで、認知機能には顕著な改善がみられませんでした。ただし、「長期的プログラムの実施の有・無（2条件）×抗認知症薬の服薬の有・無（2条件）」の4条件間で認知機能への効果に違いがみられ、長期的プログラムと抗認知症薬を併用した場合に顕著な改善がみられました。

さらに原版では、集団で実施することができない場合に、家族などの介護者により個別に実施できるプログラムも開発されています。しかし、残念ながら、この個別のプログラムに関しては、本人の認知機能と生活の質のどちらも効果が認められませんでした。

また、人手や時間の面で、週2回認知活性化療法を実施するのは難しいという現場の意見をもとに、週1回のペースでも効果がみられるかどうかの検証も行われています。この研究では、現場の人手不足のことを考え、専門職ではなく、家族等の介護者によってプログラムが実施されました。小規模ではありますが、厳密な計画に基づく分析を行った結果では、「研修を受けた介護者がプログラムを実施した群」「研修を受けていない介護者がプログラムを実施した群」「通常群」で比較したところ、認知機能や生活の質について各群の得点差はみられませんでした。

以上の結果をまとめると、認知活性化療法では、①個別ではなくグループで実施され、②週1回ではなく週2回実施され、③トレーニングを受けた専門職がリーダーをつとめる場合に短期的な効果が得られているようです。長期的に実施する場合には、グループで実施され、薬と併用した場合に効果がみられました。ただし、長期的プログラム単独で効果がみられなかったのは、実施頻度が週2回ではなく週1回と少なかったからかもしれません。そのようなことから、筆者は、1クールを終えた後にも、再び標準プログラムを初回から週2回のペースで実施することを勧めています。各回ではさまざまな課題が用意されているので、それらを利用すればマンネリ化も防げると思います。

オリジナル版の認知活性化療法の効果の実証性に関しては、これ以外にも、費用対効果や、わが国をはじめイギリス以外の国で適用した場合の効果について報告されています。是非研修などの機会に参加し、プログラムを活用してみてください。ところで、こうした認知活性化療法の成果をもとに、わが国でさらなる有効性を持つ認知的働きかけのプログラム開発を目指していくことも大切です。私たちはそのような研究にもとりくんでいきたいと思います。

認知活性化療法の実際

筆者は日本版を開発し、グループホームやデイサービスなどで、たくさんの認知活性化療法の実践をしてきました。実践は今も継続しています。そこでは、広い意味で「健康教室」と紹介し、認知症の人にプログラムに参加してもらっています。認知活性化療法に出会うまで、私はグループ活動の経験がほとんどありませんでした。しかし、認知活性化療法の活動は楽しく、私自身の認知症の人へのイメージも変わりました。

一般的に認知症の人というと、認知機能の低下だけではなく、迷惑で困った行動をする人と思われているかもしれません。しかし、認知活性化療法の活動では、多くの参加者がスタッフや他の参加者と交流を楽しんでいました。また、参加者に年齢を感じても、認知症があることを忘れることがよくありました。実際、認知活性化療法の活動をたまたま見かけた人から、参加者が認知症の人だと思わなかったと言われたことがあります。毎年、学生の皆さんに認知活性化療法の実習に参加してもらっていますが、実習体験を通し認知症の人のイメージが変わる学生も少なくありません。

認知活性化療法では、認知機能が重度に低下した人や、激しい行動・心理症状がみられる人などの場合には参加制限が設けられています。そうした人たちでは、グループよりも個別の対応が適切だからです。それでも実際は、参加者の中に他の時間帯や場面で、周囲の人が困るような行動がみられる人がいることもあります。ところが、認知活性化療法の時間では、そうしたことがみられず、活動を楽しんでいることがよくありました。そのような経験から、適切な場や活動を提供し働きかけや関わりを行えば、症状が目立つことなく、安定した生活を送ることができる認知症の人も少なくないのではないかと思うようになりました。

また、認知活性化療法では、スタッフの集合研修が短いのが強みとなっています。基本的に集合研修は、原理・原則、活動例に関する講義とグループワークの演習からなり、1日程度で終えることができます。その後、研修を修了した人には、スーパーバイザーやリーダーのもとで、スタッフとして、いくつかのクール（14回）に参加し、技術を習得してもらいます。イギリスでは、1年程度、進行を助けるスタッフとして参加した後、リーダーとして関われるようになるという話を聞きました。

ところで、この認知活性化療法で最も難しい点は、参加者に単に楽しんでもらうだけではなく、頭を使って考えてもらう機会を作ることだと思います。認知機能の維持や改善をねらっているプログラムだけに、この点はとても重要になります。そのためのテクニックとしては、参加者に考える時間を与え反応を待つこと、適切なヒントを与えること、適切な難易度の課題を設定することなどがあります。

このことに関連し、私たちは小規模ではありますが、認知活性化療法の研修に関する研究を報告しています。この研究では、グループホームの職員（研修生）に対し、まず集合研修を行い、その後、実際の活動を通じてトレーニングを積むために、1クール（14回）の間、認知活性化療法にスタッフとして参加してもらいました。ところが最初の方の回では、質問やクイズに対し、参加者からすぐに回答が得られないと、研修生が自分で答えてしまうことが頻繁にみられました。日頃のレクリエーションであればそれでよいかもしれませんが、これでは参加者の自発性や考える機会をうばってしまいます。そこで、反応が得られない場合は少し待つ、それでも難しい場合は、手がかりやヒントを与えるなどの段階的な対応を行う点の確認を行いました。その結果、後半の回では、研修生の関わりが改善され、確認した点について配慮できるようになりました。開始前に比べ1クールの終了後では、研修生の自尊感情（自信）も、統計解析上顕著に改善され、十分な効果が得られました(3)。

「認知症」とは生活や社会参加を「制限」するもの──認知活性化療法の実践から考えたこと

最後に認知活性化療法の実践をもとに、本書のテーマである「認知症ってなに？」という点について考えてみたいと思います。私は認知活性化療法を通じ、一般の高齢の人と同じように活動を楽しむたくさんの認知症の人たちに出会いました。そうした体験を通じ、認知症の人はごく普通の高齢者とあまり変わらない面をたくさん持っていると感じました。

内閣府が2012年に行った「高齢者の健康に関する意識調査」の結果では、行政に力を入れてほしい健康管理として、第1位に「認知症」があげられています。このところの高齢者の健康志向化は目を見張るものがありますが、過剰な不安から認知症予防への関心が高まっていたとしたら、同時に認知症の人に対するネガティブな印象も強まっていくと思います。ひょっとすると、認知症の人のケアや対応といったタイトルの書籍や記事は、それだけで社会全体の認知症になることへの不安を高めているかもしれません。

多くの人が認知症になることを恐れている。しかし、認知症の本人の皆さんの思いが綴られた文章を読むと、認知症になったからといって、それで人生が終わってしまうわけではないということを強く感じます(5)。認知症になり困ることはたくさんあるでしょう。しかし、一つ一つの瞬間で喜怒哀楽を感じ、困難とぶつかりながらも、時には周囲の人を思いやり、人として当たり前の人生を送っている部分もあると思います。

こうしたことをもとに、私は認知症について、世界保健機関(WHO)の国際生活機能分類(ICF)でいう、「心身機能と身体構造」「活動」「参加」に対して「制限」を与えるものととらえるのが一番よいと感じています。つまり、認知症とは何かといえば、「制限」を与えるものと言ってよいでしょう。

誰でも制限が加わるのはいやでしょう。その意味で、認知症になりたくないと思うのはごく普通な気持ちですし、認知症予防は大切な施策だと思います。しかしその一方で、認知症になってもそれで終わりとは言えません。「制限」を受けながらも、「こんなことができました」「こんなうれしいことがありました」と喜びを感じる、それを本人のみならず、家族や職員をはじめ周囲の人たちと分かち合う人生を送ることはできると思います。

関連する話として、2011年にオランダのフーバーらのグループは、従来の「身体的健康」と「精神的健康」に加え、新しい健康の概念として、「社会的健康」を打ち出しました。この社会的健康とは、病気がともなう場合であったとしても、自分の可能性を引き出す力や義務を果たす力、あるいは、たとえ病気があったとしても自分の生活について、ある程度自立して管理できる力や仕事を含め社会的な活動に参加できる力と考えられています。社会的健康では「機会」や「場」を考えることが重要となりますが、病気とうまく付き合うことができれば、人は制限を受けながらも、仕事や社会的な活動に参加でき、健康を感じることができると言われています(6)。

社会的健康の話のように、私たちのケアの方向性は、認知症により「制限」されても、本人やその周囲の人々に喜びのある生活、実りのある生活を提供することと言えるのではないでしょうか。また、たとえ認知症になったとしても、その制限を小さくできる、テクノロジーの開発であったり、皆で支え合う地域や社会の仕組み作りであったり、そうしたことが同じように大切だと思います。そのためには、当事者・介護者・官・産・学・地域の六つが一体となった取り組みが必要だと思います。

3章 自治体で取り組む認知症予防戦略

野口 緑

兵庫県尼崎市は保健指導の成果で、心筋梗塞などの血管性疾患の数が大幅に減っています。認知症は脳の病気であり、血管性認知症は習慣病因子を健全に保つことで、予防が可能だと考えられます。保健指導を実践されており、その実証にも取り込まれている先生に保健指導とその中身について語っていただきます。

自治体のしごと

税の再配分

自治体というと難しく聞こえるかもしれませんが、都道府県や市区町村のことを地方公共団体（地方自治体）といいます。私たち国民は、必ずいずれかの自治体の住民です。自治体は、日本のどこで暮らしていても、誰もが憲法で保障された基本的人権が尊重されるよう、国民がしあわせに暮らすためのルールである法律を、それぞれの地域、それぞれの自治体の住民の実情に合わせて解釈し、施策や具体的なサービスを通じて住民に提供するのが自治体の仕事です。

各自治体は、法律で定められた手順に基づいて、多くの施策を実施していますが、その元手になるのが住民（個人や法人）一人ひとりから納付される税金です。集まった税金を必要な人に公正に再分配するのが自治体のしごとです。税の再分配分には、福祉給付や支援金などのお金の再配分だけではなく、ごみの収集や公園整備、教育の提供なども含まれます。

その再分配の一つに、国民健康保険や後期高齢者の医療費（医療の現物給付）や介護保険サービスがあります。治療が必要になった人が安心して病院にかかったり、介護が必要になった人が、家族の有無に関係なく介護を受けたりできるよう、全国からの税の再配分はもちろん、居住している都道府県、市区町村のそれぞれで集めた税金が再配分されています。75歳以上が加入する後期高齢者医療保険制度では、居住地の市区町村と都道府県がそれぞれ、後期高齢者が要した医療費の8・3パーセントずつを負担しています。介護保険制度でも同様に、介護に要した費用の12・5パーセントずつを、居住している都道府県と市町村が負担しています。後期高齢者医療と介護保険のいずれも、国負担分も併せて50パーセントが税金から賄われています(1)。

後期高齢者医療費や介護給付費は後回しにはできないため、市区町村に納付された税金のうちから優先的に支出する対象になります。したがって、この経費が増大すると、他の再配分、たとえば、まちの環境整備や教育などに税金を充当するには、やり繰りが必要になり、少し先延ばしせざるを得ないかもしれません。

「対処」から「予防・重症化予防」へ

わが国の皆保険制度は、フリーアクセスが保障され、安価で高度な医療を受けられる、世界に誇るべき制度です。一方、わが国は世界で初めて超高齢社会を迎え、老年人口割合が3割の時代が続き、働き盛り世代の社会保障費負担は今後も増加することが見込まれます。税の再配分のやり繰りがますます厳しくなることが見込まれる中、「このような時代にあっても、皆が安心して医療や介護を受けられ、かつ、まちが活力を持ち続けるためには、私たちは何ができるだろうか」。これが、兵庫県尼崎市がヘルスアップ尼崎戦略に取り組んだ一つの動機です。

これまでの自治体の仕事は、問題や困りごとに対応策を考えてサポートする、いわば「対処」型が中心でした。しかしこれでは、問題そのものの発生を減らすことができません。さらに進む少子化高齢化の中で、今後生じる可能性がある課題を分析し、その源泉を断つ、いわば「予防」型の仕事が、自治体において極めて重要になってきているのです。

健康課題も同様で、病気や障害に対し必要なサービスを準備するだけでなく、何故そのような健康課題が生じたのかを考える。とくに、生活習慣病は、放置すると脳卒中や心筋梗塞などの重大な病気を引き起こしますが、その原因のほとんどは、何気なく繰り返している生活習慣であり、課題は暮らし方の中にあるのです。認知症の発症にも生活習慣との関係が明らかにされつつあり、とくに血管性認知症においては、その予防を考える上でも、日々の暮らし方を振り返ることが重要になるのです。

暮らし方は、一人ひとりのライフスタイルによって異なります。したがって、認知症をはじめとするまちの健康課題の具体的な解決策を持っているのは、一人ひとりの市民であり、立ち止まって考える機会を持つことができれば、皆で解決できる可能性が高まるのです。

予防を重視した自治体の仕事を進めるためには、自治体が把握している多くの情報、たとえば、まちで暮らす人の年齢構成や増えている疾病や介護の原因になっている状況などを市民と共有し、これから、まちでどのようなことが起こるのかを皆で一緒に考え、解決のための学習や互いの役割を確認する場をつくることが重要なのです。そうした取り組みを通じて得られた、予防の施策が、超高齢社会においても、健康寿命の延伸を実現させ、まちの活力を生むと考えています。

ある自治体を対象にした研究では、地域の高齢者が定期的に集まって、談話や運動、作品作りを行ったり、高齢者と子どもが交流したりする場に参加したグループは、参加しなかったグループと比べて5年間の要介護認定率が低く(2)、とくに、認知症を新たに発症して要介護認定を受ける割合が、参加しなかったグループに比べて、参加したグループで3割減少したという報告(3)があります。こうした交流の場づくりを自治体と住民とが積極的に行い、まちの環境を整えることで、健康寿命の延伸は実現させられる事例です。本来の自治体の仕事は、法律に基づく事務を執ることだけでなく、自治体で暮らす人々に必要な施策を、独自の税財源を使って、自由に展開することが可能なのです。

同じように税金を払っていても、享受できるサービスが自治体ごとに異なることを、多くの人が、あまり意識していないと、しばしば感じることがあります。超高齢社会において、自分はどのように暮らしたいか、そのためには、どのような健康状態でいなければならないのか、そして、それを実現するために、どのようなまちの環境（つまり、公共サービス、学習機会や人との交流の場も含めて）や行動が必要なのか、そうしたことを皆が考えることが、対処から予防に転換したまちづくりにつながっていきます。自治体を運営しているのは、一人ひとりの市民なのです。

予防の重要性に気づいて欲しい働き盛り世代の実情

働き盛り世代の健康管理の現状

予防施策によって人の命を救うことができるのか。この一つの解が得られたのが、ヘルスアップ尼崎戦略の黎明期の取組みでもあった、尼崎市職員に対する生活習慣病予防の対策です。

私がこの部門に配属された2000年当時、尼崎市職員は、事務系から消防士、バスの運転手、保育士、ごみの収集や街路樹の剪定など、あらゆる職種の職員全体で約4000人いました。そして、健康課題の一つが、職員の現職死亡、そして長期療養者の増加でした。市の職員は60歳以下ですが、毎年平均11人、多い年には20人が現職で死亡しており、その原因の第1位が悪性新生物（がん）で、それに次ぐのが脳卒中や心筋梗塞などの循環器疾患でした。40歳代、50歳代の職員が職場で突然倒れ、救急搬送しても命を救うことができない、そうした事例が繰り返し起こっていたのです。そうした中、尼崎市職員の健康保険組合は医療費が増加し、財政運営が厳しい状況でした。

当時、職員の健康管理のうち、生活習慣病に関連するものは、労働安全衛生法に基づく年1回の定期健康診断と事後指導、高血圧教室や肥満予防教室などのセミナーの開催など、一般企業と同様にさまざまな取り組みがなされていました。しかし、受講者は、健康に関心が高い、真面目である、あるいは、業務時間中に指導を受ける時間的余裕がある人などに限られ、毎年参加する顔ぶれは大きく変わらないのが現状でした。一般的に健診を受けることで、生活習慣病の早期発見はできますが、「病気」といえる前の段階から予防するためには、健診事後の保健指導や学習の機会が何より重要なのです。しかしながら、産業保健のスタッフは、脳卒中や心筋梗塞を発症した職員の、業務負荷軽減の調整に奔走することが一般的なのです。

「40～50歳代という年代でなぜ倒れてしまうのだろう」。高血圧や糖尿病にはほとんどの場合、自覚症状はありませんし、生活に大きな支障をきたすことはありません。しかし、ひとたび脳卒中や糖尿病の合併症を発症すると、多くの場合が不可逆的な身体障害を伴います。いかに、本人や家族にいたわりの言葉をかけても、もとの身体機能には戻れません。生活習慣病は予防が可能なのに、何故、予防できなかったのだろうか、そのようなことを考え出したのが、スタートでした。生活習慣病によって倒れる職員を減らすチャレンジの初めに取り組んだのは、循環器疾患を発症した職員の、入庁時から発症時までの健診データをすべてつなぎ合わせ、どのような経過をたどったかを確認する作業でした。

マルチプルリスクファクター症候群

12万人以上の勤労者のうち、心筋梗塞などの冠動脈疾患発症群と、同じ職場、同じ性別の非発症群の健診データを過去10年間さかのぼって、両者の生活習慣病のリスク因子の平均値を比較した旧両同省研究班の観察研究の結果が図1です。

いずれのリスク因子項目とも、冠動脈疾患発症群の方が、それ以外と比べて、健診結果の平均値が高い値で推移しています。さらに重要なことは、その平均値が決して、疾病と診断される値を超えていないということです。たとえば、体格指数であるＢＭＩは25を超えると「肥満」であると区分されますが、グラフＡのように冠動脈疾患発症群の平均値は25を超えていないのです。さらに、収縮期血圧は１４０㎜Hgを超えると「高血圧症」と診断されますが、グラフＤのように平均血圧値は緩徐に上昇しているものの１４０㎜Hgは超えていません。つまり、健診結果が極めて悪い人ばかりが倒れているわけではないということを、これらのデータは示しています。

このようなわずかな異常、または正常でも少し高めの値が複数、一人に重なり、持続すると、血管が傷つき、心筋梗塞や脳梗塞を起こしやすいというのが「マルチプルリスクファクター症候群」なのです。マルチな（＝さまざまな）リスク（＝危険因子）とは、高血圧や耐糖能異常、高中性脂肪といった血管病を引き起こす危険因子が重なっている状態という意味です。逆に考えると、このようなわずかな異常を持続させなければ、冠動脈疾患を防ぐことができるのです。

こうしたマルチプルリスクファクター症候群を引き起こす一つの要因は、肥満で、

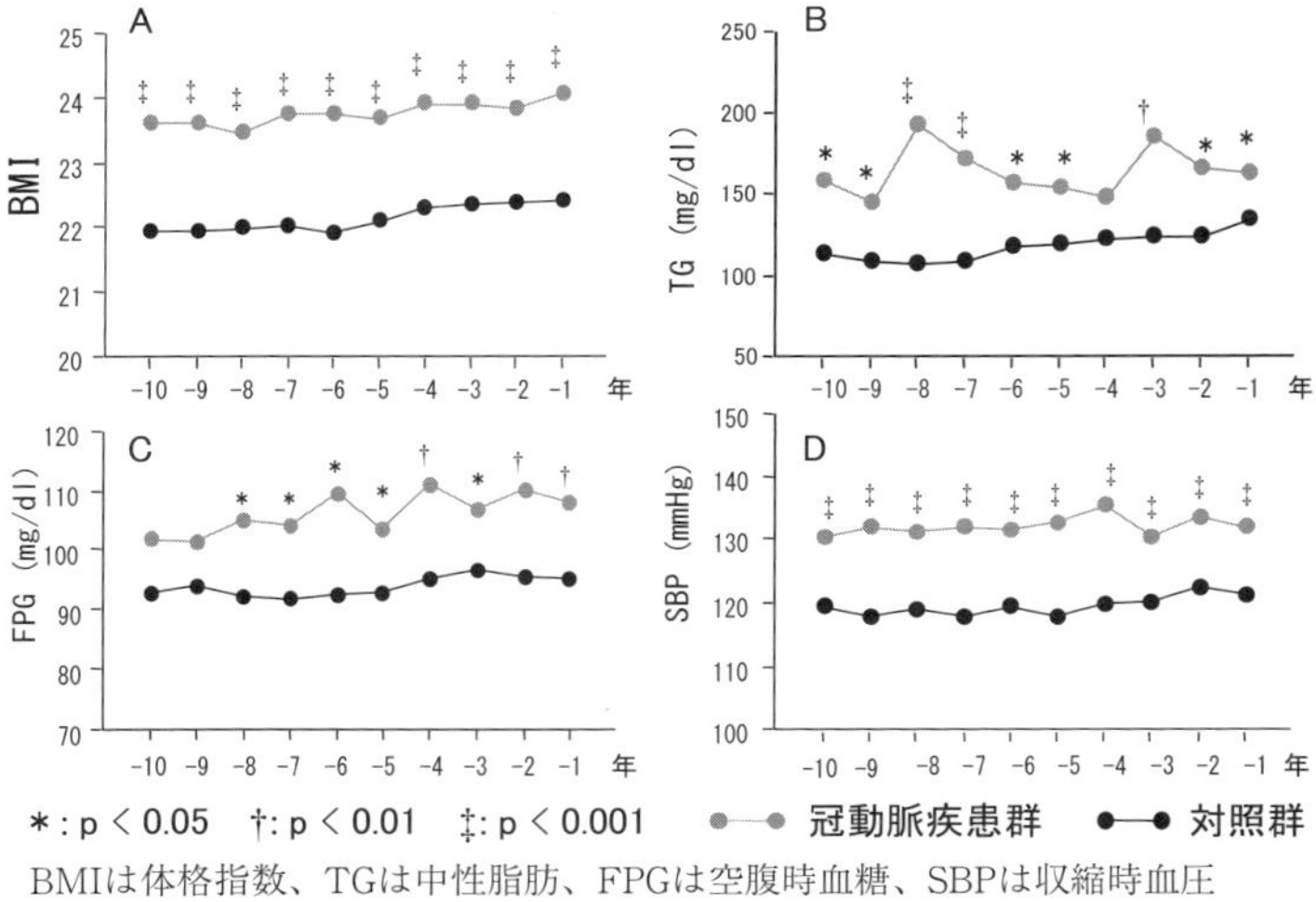

BMIは体格指数、TGは中性脂肪、FPGは空腹時血糖、SBPは収縮時血圧

図１　冠動脈疾患発症前10年間の危険因子の推移
（労働省調査研究班）

中でも内臓脂肪の過剰蓄積があると、インスリン抵抗性（インスリンは分泌されていても、十分な作用効果が得られない）を引き起こし、さまざまなリスク因子の出現に関連していることが、１９９０年後半に、世界のさまざまな医学研究でも明らかにされていました。このような状態は「メタボリックシンドローム」と呼ばれます。

どこで予防し損ねたか—健診結果は宝物

われわれは、マルチプルリスクファクター症候群について学び、職員一人ひとりの健診結果を「さまざまなリスクの重なり」という観点で確認することにしました。当時、脳梗塞、心筋梗塞を起こした職員の健診結果を、過去から現在まで逆のぼって経年的な変化を調べたものの一つが図2です。血管病で倒れた職員は、肥満の状態で10年程度経過した40歳

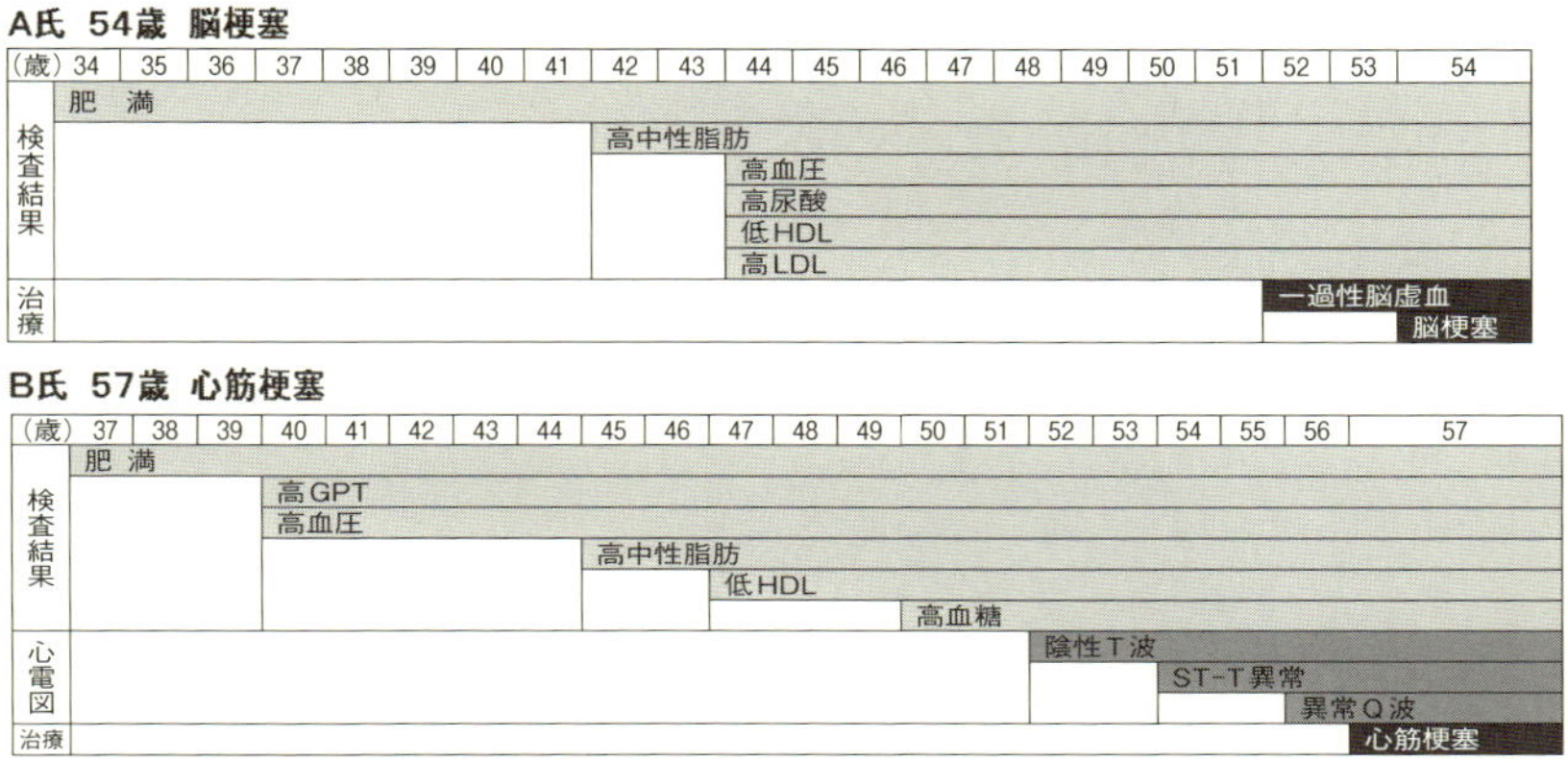

図２　脳梗塞、心筋梗塞を起こした職員それぞれの健診結果の経年変化

前後で、血圧や中性脂肪、尿酸などのリスク因子が基準値を超え、それぞれの値は正常をやや超える程度で10年推移した後、脳梗塞、または心筋梗塞を発症しています。同様の疾患で倒れた職員の多くが、類似の経過をたどっていました。

この事例を見ても、リスク因子の集積から脳梗塞や心筋梗塞の発症まで10年を要しています。しかし、その間に日々の生活を振り返るチャンスがあれば、血管病は回避できたと考えられます。「リスク因子が集積している人の、リスク改善を急ぐ必要がある」、そう考え、前年分の職員健診の結果を、リスク集積数の多い順に序列してみることにしました。これは、早く会いたい人のリスト、つまり、保健指導の優先順位リストになるのです。

毎年実施されている定期健康診断の結果は、もちろん、その時点での病気の有無を判断するために有効ですが、それだけでなく、このように、経年的な変化をみることに使えば、将来を推測することができる大切な資料になるのです。

「予防で人の命が救える」と信じて取り組んでいるか

職員の定期健康診断結果を用いて、リスク集積数の多い者から序列してみると、1か月ほど前に、突然職場で倒れて死亡した職員が第3位にランクされていました。彼の健診結果は、顕著な異常がなく、明確な死因は特定されていませんでしたが、マルチプルリスクファクター症候群の観点で考えてみると、確かに、わずかに基準値を超えている検査結果が複数ありました。

また、第1位にランクされていた職員は脳卒中で入院中、第2位はすでに心筋梗塞で治療中でした。この結果を目の当たりにし、大変驚きましたが、同時に、エビデンス（科学的根拠）を活用することで、極めて効率的に対象者と出会え、効果が見込める対策をうてる集団を対象とした、効率的で効果的な対策とは、このように取り組むべきなのだと実感しました。

こうなると、すぐに、第4位以下にランクされている人たちが気になります。「急がないといけない」という思いから、第4位以下の職員を対象に、精力的に保健指導を行いました。

その翌年からの職員の現職死亡の出現率が、図3です。保健指導を強化して実施した期間中、メタボリックシンドローム該当者が減少し、心筋梗塞などの虚血性《きょけつせい》心疾患による現職死亡は出現しなくなり、脳血管疾患による死亡も激減しました(4)。

このような、徹底的な保健指導による現職死亡の減少の経験は、組織内部でも、生活習慣病の重症化が可能であることを確信させ、もし、血管病を発症した職員がいた場合、どこ

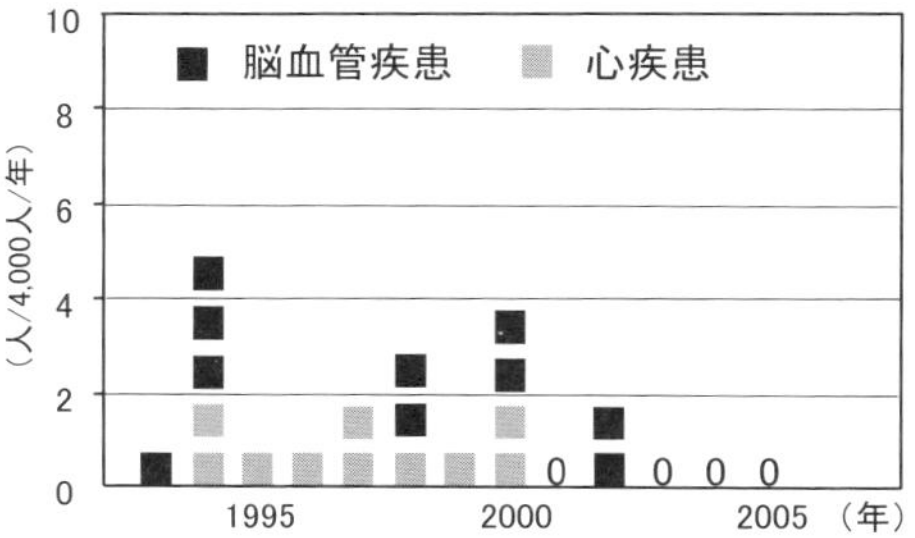

図3　心血管疾患による現職職員死亡数の推移
（尼崎市職員健康管理のまとめ）

かの段階での予防対策が不十分だったのではないかと振り返る意識を定着させました。

尼崎市でのこうした取り組みが参考にされ、平成20年度から、新たな特定健診制度がスタートしました。予防対策で人の命を救うことができる、そうした経験が契機となり、尼崎市独自に行う市民の健康寿命の延伸対策へと発展していきました。

対処から予防へ――ヘルスアップ尼崎戦略事業

まずは健診受診率の向上から

予防可能な病気で亡くなる人の割合を減少させるためには、まずはどのような原因で亡くなる人が多いのか、どのような危険因子をもつ人が多いのかなどの、わずかな健康異常を複数もつ、健康実態の分析を始める必要があります。保健指導の優先順位を考えるため、市民の健康実態を表すあらゆるデータを収集し、分析を行いました。

平均寿命を調べると、尼崎市は兵庫県下最下位で、65歳未満死亡の割合が上位に位置し、その原因の約2割が脳卒中や心筋梗塞などの生活習慣病でした。これは介護保険給付を受けている人たちにも共通する原因疾患です。これを解決するためには、生活習慣病の予防対策であり、まずは健診です。しかし、当時の尼崎市国民健康保険（以下「国保」）加入者の健診受診率は19

パーセントにとどまっており、５人に１人しか健診を受けていませんでした。これでは、本当に予防を必要とする人に出会うことができません。

　そこで、まず取り組んだのは、町内会や地域団体の集まりがあれば出向いて健診について説明する、いわゆる、「どぶ板大作戦」でした。内臓脂肪蓄積が引き金となってわずかな異常（リスク因子）が一人に集積してしまうメタボリックシンドロームの概念と、それを放置することによる脳卒中や心筋梗塞の発症、そして、その予防のためには、まず健診を受けて欲しいこと、さらには、今後の高齢社会における医療費負担を自分たちの習慣の改善によって軽減できることなどを市内１００か所近くで繰り返し伝えました。そうした取り組みも功を奏し、平成20年度の健診受診率は42・３パーセントまで上昇し、その後10年間、40パーセント前後を推移しています。

保健指導にこだわった対策と結果

　健診受診率が上昇したことによって、これまで一度も健診受診経験のない、血圧２００㎜Hg、ヘモグロビンA1c《エイワンシー》10パーセントなどの数値を超えている多くの人と会うことができました。尼崎市では、「健診は保健指導が必要な人と出会うための大切な道具」と考えて、集団健診の受診者すべてを対象に、健診結果を説明しながら返却することにしています。保健指導では、死亡や障害につながる病気を回避するために、自らどのような行動を選択することが良いのか、体のメカニズムの説明を通じて、理解を深めてもらっています。

特定健診がスタートして10年が経ちますが、尼崎市では緊急搬送されるような心筋梗塞の発生件数が年々減少し、さらに、心筋梗塞の死亡率（標準化死亡比）においては、特定健診開始前の過去5年間は、兵庫県や近隣市と比べてもかなり高かったものが、特定健診開始後5年間では、県や近隣市と比べて低くなっています（図4）。同様に、脳梗塞の死亡率も減少しています。これらの結果、平成20年度と比較した平成27年度の、1人当たり1か月あたりの医療費も、近隣市と比べて約1万円程度伸びが抑制される結果になっています(5)。

このような血管病の減少の達成は、血管性認知症の発症予防にも大きく貢献しているものと期待しています。

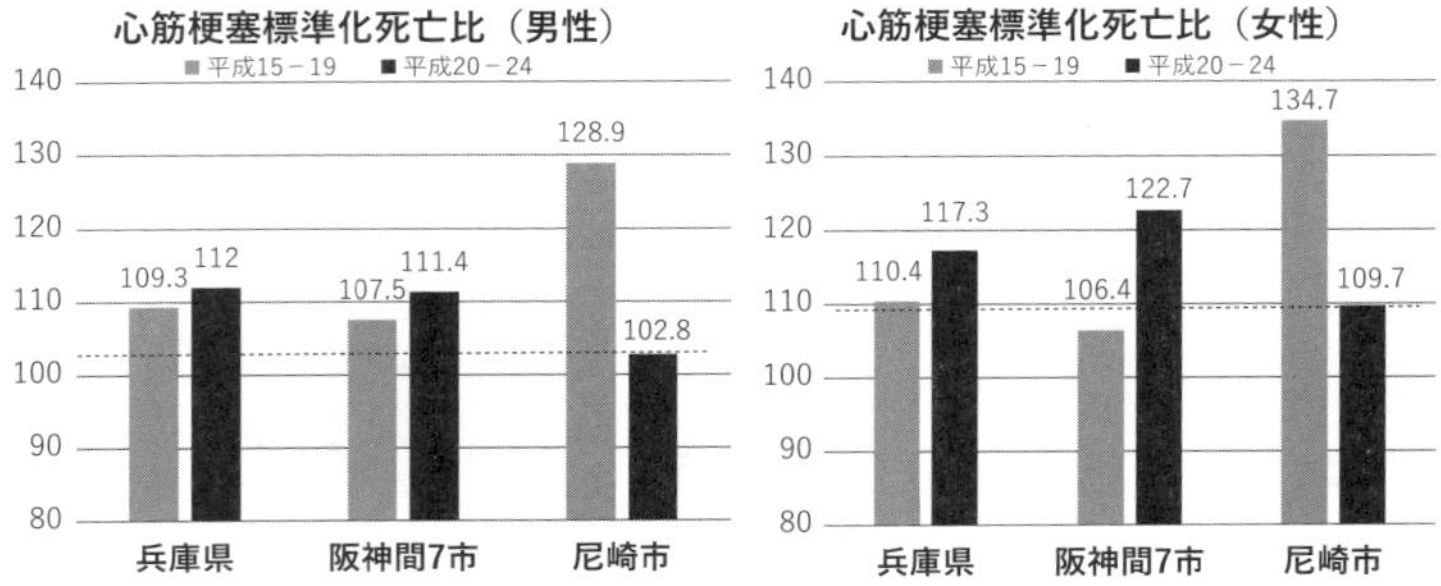

図4　特定健診開始後5年間で下がった尼崎市の心筋梗塞死亡率の近隣市との比較

ヘルスアップ尼崎戦略と認知症予防

健診で認知機能を確認しよう──認知症予防事業

健診の目的は、予防可能であるにもかかわらず、発症すると生活の制限を来す多くの病気を防ぐための、「とるべき生活習慣を教えてくれる道しるべ」のようなものであり、自らの暮らし方の良し悪しがわかる「生活習慣の通信簿」でもあります。

脳卒中や心筋梗塞を発症した方から、「ある日突然だった、運が悪かったから罹った」と嘆くのを聞くことがありますが、実は、突然ではなく、長期間にわたって必要以上に高い血圧や血糖に血管の内皮細胞がさらされ、知らぬ間に血管が傷つき、その結果、ある日いよいよ、脳や心臓などで破綻してしまう。その段階で初めて、自覚症状として認識されるのです。加齢とともに血管も老います。長く使った血管は、だれもが硬く変化していきます。我々は、このような血管病変が脳で起こった時に認識される病気の一つに、血管性認知症があると考えています。

血管性認知症は、脳卒中や心筋梗塞と同じように、リスク因子の集積をどれくらいの間、そのままにしておいたか、の結果として生じる病気の一つだと考えると、特別な病気でなく、また誰もが同じように起こる可能性がある病気で予防できる可能性もある身近な病気ととらえることができるし、暮らし方によって予防ができることになります。つまり、生活習慣病のリスク因子を放置することで、心臓の冠動脈の硬化が進んだ結果を示す心電図検査の結果と同様に、ＭＭＳＥ（ミニメンタルステート検査、Mini Mental State Examination）による認知機能の検査結果は、長期間にわたる脳の血管障害の結果ととらえることもできます。自らの認知機能の目安を知ることで、これ以上認知機能を下げない生活習慣の目標を立てられます。

尼崎市では、そのような機会を年に1回の健診として実施し、脳卒中、心筋梗塞と併せて認知機能低下を予防するための生活改善を一緒に考える取り組み「認知症予防事業」を、平成27年から始めています。年間1000人くらいの方々が受検し、予備群である軽度認知障害（ＭＣＩ）領域の可能性がある人もスクリーニングされています。心電図の結果を毎年確認するのと同様に、ＭＭＳＥの結果を前年と比較し、血圧や血糖など、認知機能低下を進める恐れのあるリスク因子の改善を目的に、生活習慣を修正する保健指導を行っています。また、認知症に効果があると言われる運動や食事による、認知機能低下改善効果の評価も始めています。

ヘルスアップ尼崎戦略の取り組みにより、心筋梗塞や脳梗塞などの血管病による死亡率減少という成果が見えたことは、認知症予防にも一定の成果が期待できるのではないかと考え、これまでの取り組みを継続的に進めています。

認知機能低下者とはどういう人か

検査の結果、点数が低かった方々には家庭訪問をして、結果を返していますが、これは同時に、我々がMMSEの点数と生活の様子を関連づけて学ばせてもらう取り組みでもあります。当初、認知機能低下があると、生活障害があるのではないかと考えていましたが、それは先入観に過ぎず、MMSE検査結果で、半分くらいの15点しか点数が取れていない人であっても、一人で近くのスーパーで買い物をし、日常的にバスを利用し、地域の会合や友人とのお茶会にも出かける、少し忘れることはあっても「老化」と笑い飛ばす、いわゆる普通の高齢者という印象です。

地域コミュニティが豊かなこれまでの日本社会では、絶えず誰かと話す機会があり、人間関係の中で、何かを忘れても誰かが補ってくれ、生活には支障を来さなかったのかもしれません。しかし、都市部においては、単身高齢者が多く、認知機能低下による社会生活障害を補ってくれる隣人も減少する中、価値観を共有、または理解してくれる人が少ない、孤立した生活において、大きなストレスや不安が生じるなど、何かのきっかけによって認知機能低下がさらに進んでしまうのではないかと思われます。そう考えると、認知機能が低下する以前の、より若いうちから、地域とのつながりをもつ暮らし方ができるような、協働のまちづくりを進めることも、認知症予防対策としての自治体の役割ではないかと考えさせられます。

認知症予防対策におけるもう一つの自治体の役割

今後、高齢化率がさらに増加するのに併せ、認知機能低下者がますます増加することが予想されます。自治体においては、認知機能の低下が顕著な人への対策メニューは複数準備されていますが、認知機能低下を予防する対策メニューはまだまだ不足していると言えます。

認知機能の低下を恐れながら生活するのでなく、積極的に予防していく環境づくりこそが、今後、新たな行政施策に求められています。マンションが多い地域と隣家まで距離のある地域、コンビニエンスストアが近くにある地域と大型店まで車で買い出しに行かないといけない地域、そうしたまちの特性によって、コミュニティを支えるまちづくり施策の在り方が異なってきます。集落ごとの人口、年齢構成など、まちの特長や歴史がコミュニティ形成に大きく影響しますが、そうした情報を豊富に把握しているのが自治体であり、その情報を市民と共有しながら、まちの課題と解決策を共に考える場づくりが、もう一つの自治体が担える認知症予防対策だと実感しています。

健康や福祉の分野だけでなく、行政運営に携わる多くの部署が、認知症予防の観点で施策を構築し、サービスを提供していくことが、これからの自治体のしごととして求められると考えます。

4章 健康長寿と人生の最終段階の医療

神出《かみで》 計《けい》・樺山 舞

「死ぬまで健康でありたい」と願うのはすべての人だと思われます。現実はそれとは大きくかけ離れています。その要因は認知症であり、フレイルであり、脳梗塞などの後遺症によります。訪問診療医として在宅医療を精力的に行っている医師に、どのようにすれば死ぬまで健康でいられるのかを語っていただきます。

今なぜ健康長寿か？

最近、新聞の健康関連記事やテレビの健康番組でほとんど毎日のように「健康長寿」という言葉が出てきます。誰もが「健康で長生きすること」を望んでいるわけで、それはとても良いことなのですが、そもそも今なぜ健康長寿なのでしょう？

現在、わが国は高齢者（65歳以上）の割合が27・3パーセント、つまり国民の4人に1人以上が高齢者である超高齢社会（老年人口21パーセント以上）を迎えており、この増加は2060年頃まで続くことが予測されています。これは国民の平均寿命が年々伸びていることの現れです。

2017年現在の平均寿命は、男性が81・1歳、女性が87・3歳で、男女を合わせると約84歳となり、わが国は香港に次いで世界第2位の長寿国なのです(1)。このように平均寿命が延びているのは、日本が第二次世界大戦後の大きなダメージから立ち直り、非常に豊かな国となったこと、そして医療水準が非常に高いことなどを反映していると思われます。しかしながらこれだけ高齢者が増えてくると社会構造そのものに大きな影響がおよんできます。

認知症者の推定者数は、2012年に報告され、テレビ番組のNHKスペシャルでも特集されて話題になりました。それによると、軽度認知障害(MCI)を加えると、わが国での認知症者の推定者数は800万人を超えているとの衝撃的な報告でした(1)(図1)。

今後ますます認知症は増加すると思われるので、介護の問題を含めてどのように認知症者と共生していくかがこの本の主題なのでしょう。そして現在、2025年が近づくにつれ医療保険、介護保険、年金などの社会保障システムをどのように維持していくかということが、大きな議論になっています。

少子高齢化に伴い、税金を支払い医療・介護保険、年金を生み出す生産年齢人口とこれらを受けることの多い老年人口のアンバランスが生じるため、将来的には現在のシステムは成り立たないと予測されています。とくに、2025年には人口の多い団塊世代が全員、疾病や要介護が増えると言われる後期高齢者になるため、とくにこの社会保障制度の存続が危惧されてい

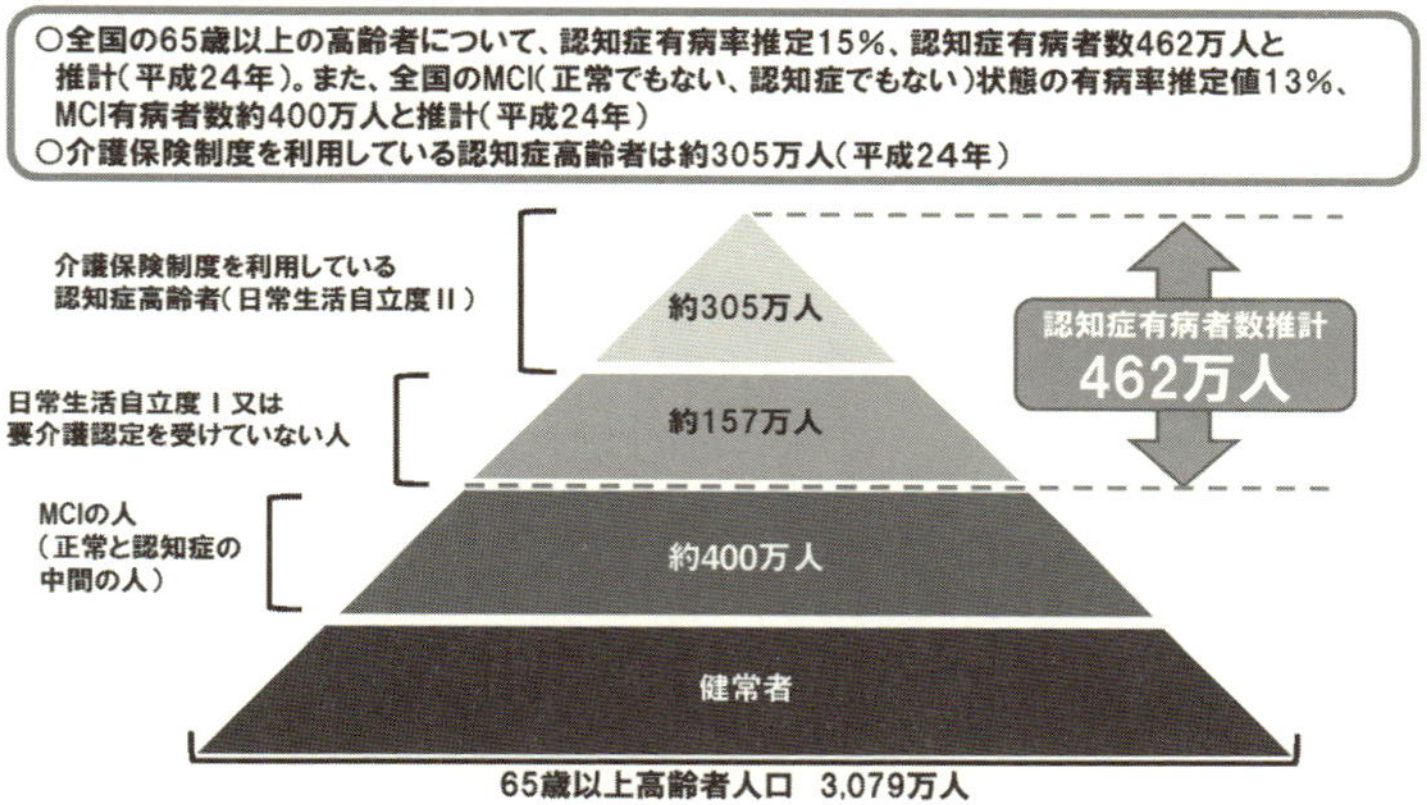

図１　わが国の推計認知症者数

（都市部における認知症有病率と認知症の生活機能障害への対応（H25. 3）および『「認知症高齢者の日常生活自立度」Ⅱ以上の高齢者数について』（H24. 8公表）を引用を一部改変）

ます。

図２に示すように、１９６５年には１人の高齢者を生産年齢人口９人で支える「胴上げ型」、２００８年には１人あたり３人の「騎馬戦型」となり、まだなんとか支えられますが、２０２５年には数字上、１人の高齢者を生産年齢人口２人で支える時代が来て、若者の負担が非常に大きく、維持が難しくなります。

そして２０５０年には１人の高齢者を１人の若者が肩車で乗せる時代となります。肩車をしている若者がすぐへたってしまい、財政破綻が予測されています。わが国の医療保険は国民皆保険制度で世界的に非常に高く評価されてことは知られており、介護保険も同様に高い評価を受けています⑵。

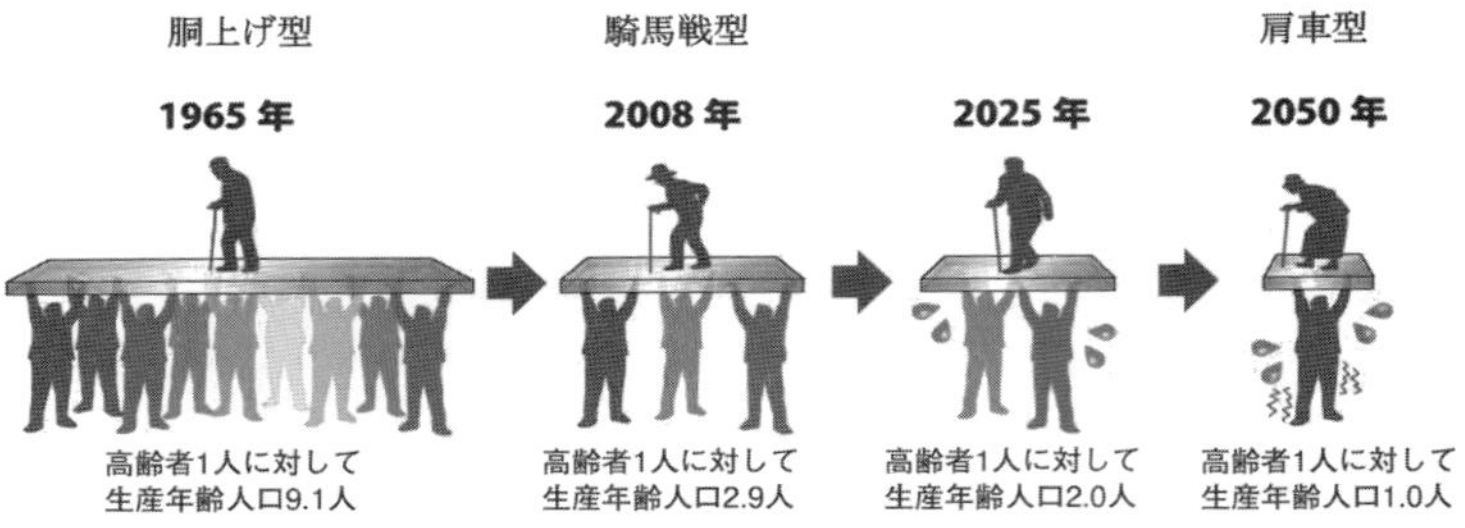

図２　社会保障財政の将来見通し
（厚生労働省発表のデータより算出）

このような、世界がうらやむ質の高い保険制度を、どう維持していくかがわが国にとって、差し迫った非常に重要な課題となります。

現在出されている、わが国の健康施策の柱となる方針、「健康日本21（第2次）」[3]（図3）には、将来的な社会保障制度の維持を可能にするための方策が根本に反映されていると考えられ、最上位の目標は「健康寿命の延伸」です。

「健康上の問題で日常生活が制限されることなく生活できる期間」、これが健康寿命の定義です。平均寿命が延びると同時に健康寿命も延びて現在わが国の健康寿命（74・9歳）は世界第一位となっています（WHOの2016年の報告による）。

健康寿命を延ばすためには、できるだけ疾病に罹患せず、身体機能と認知機能、両方の低下を可能な限り防ぎ、健常に保たねばなりません。健康寿命を平均寿命以上に延伸することで、図4に示したように平均寿命と健康寿命の差、男性で約8歳、女性で約9歳のギャップ（差）を埋めることが重要

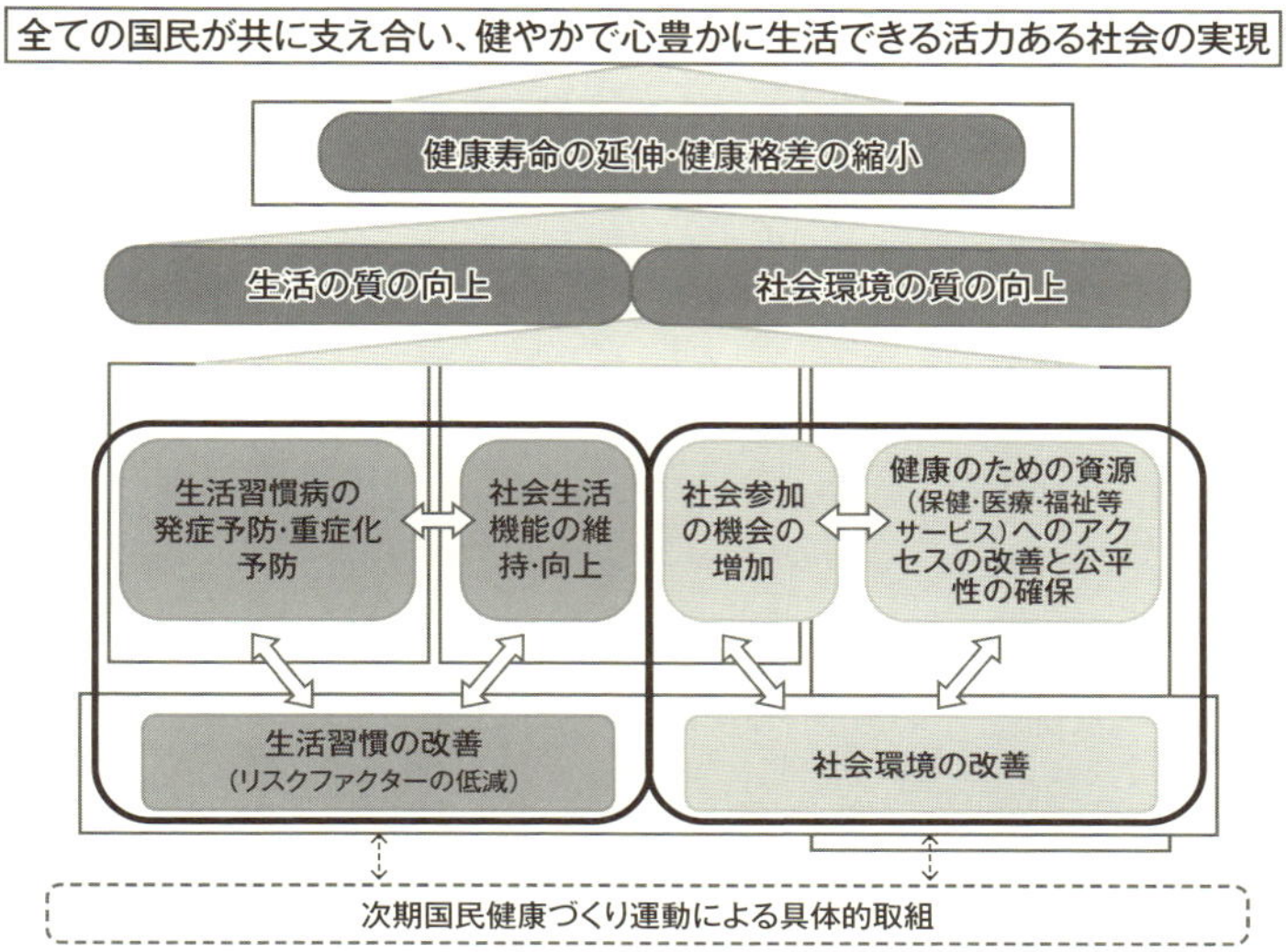

図3　健康日本21（第2次）の概念図

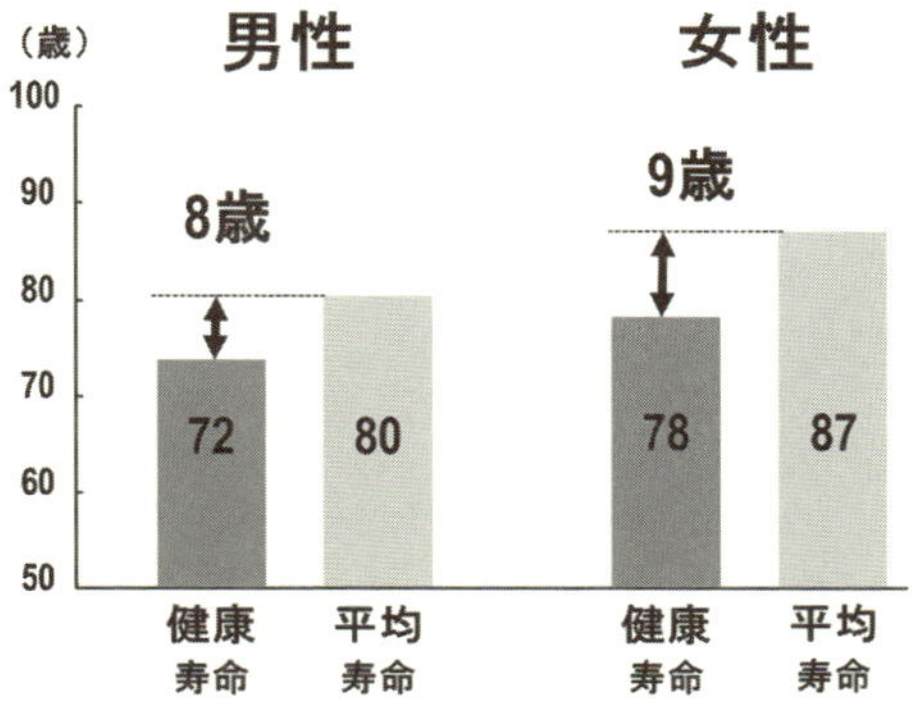

図4　平均寿命と健康寿命のギャップ
（WHO 2013年度 Global health observatoryによる）

です。

　ではどうすれば健康寿命をそれほど延伸することができるのでしょう？　この答えにあたるのが「健康長寿の要因」になります。健康長寿の要因をさまざまな研究方法で探求し、結果として出て来た要因を、実現に向けて実行する、これこそが健康長寿の延伸につながると考えられます。

　われわれは健康長寿の要因を解明するために、2010年より「高齢者長期縦断疫学研究（SONIC研究）」（Septuagenarians, Octogenarians, Nonagenarians Investigation with Centenarians Study）を、大阪大学の中で高齢者や老化の研究をしている学部・学科、さらには慶応大学や東京都健康長寿医療センターとも協力をして、学際的に行ってきました[4]（図5）。

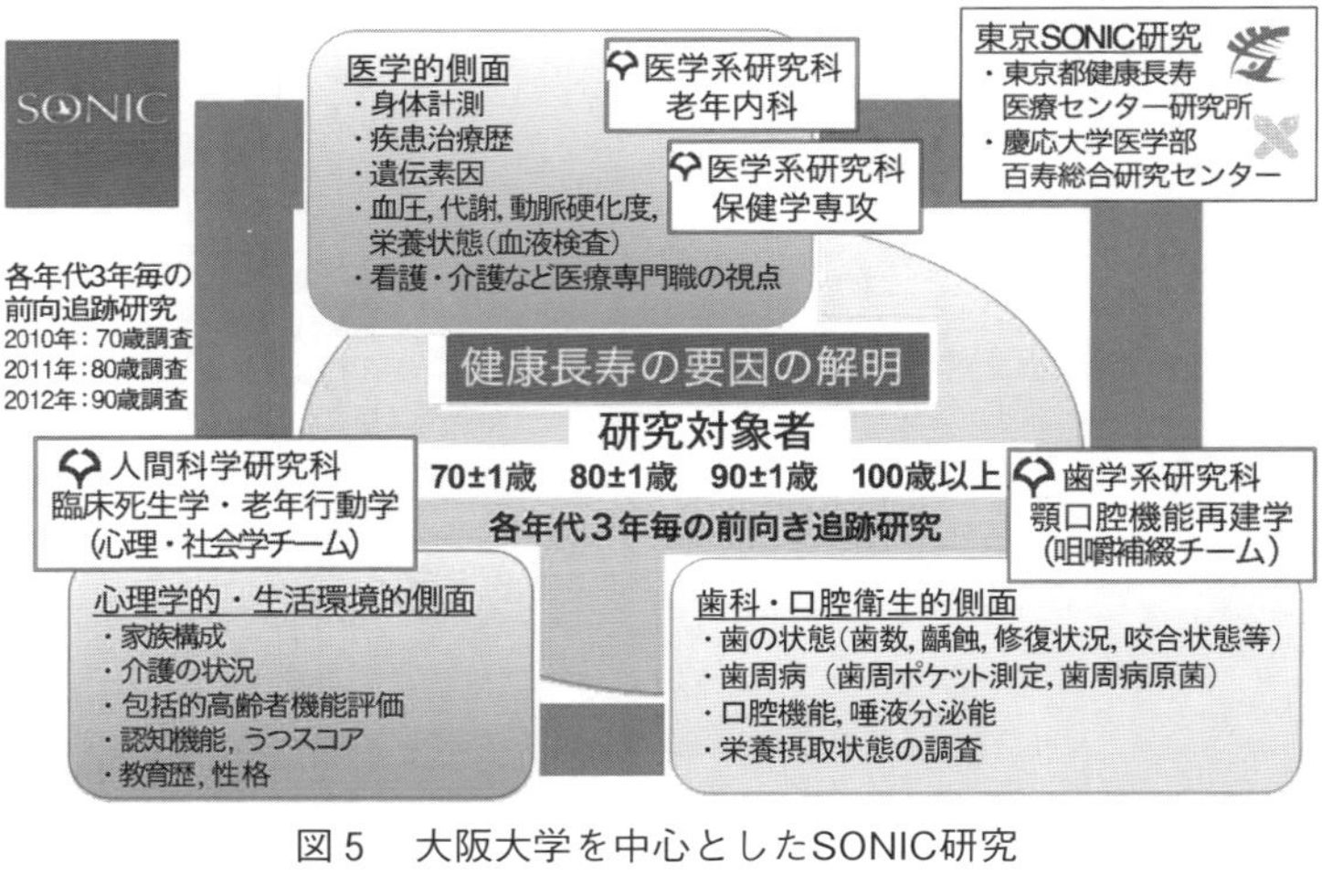

図５　大阪大学を中心としたSONIC研究

本章では、これからの時代において健康長寿社会を実現するために、健康長寿要因の探求を目指した研究、取り組みについて、SONIC研究で得られた知見を含め解説します。

健康長寿要因の探求に必要な研究を考える

健康寿命を延ばすということは、自立して日常生活を営む時間を長くすることに他なりません。一般的に、いつから自立が損なわれるのかという問題は答えが難しいのですが、わが国には幸い介護保険制度がありますので、要介護認定を受けて介護保険を利用すると自立出来なくなったと考える、と理解しやすいです。

事実、わが国の健康長寿の定義では、要介護2以上の認定が下れば健康寿命は損なわれた状態と考えられています[5]。図6に示すように、要介護認定の原因疾患・病態は、約3割が生活習慣病を基盤として発症する脳血管障害や心疾患、約

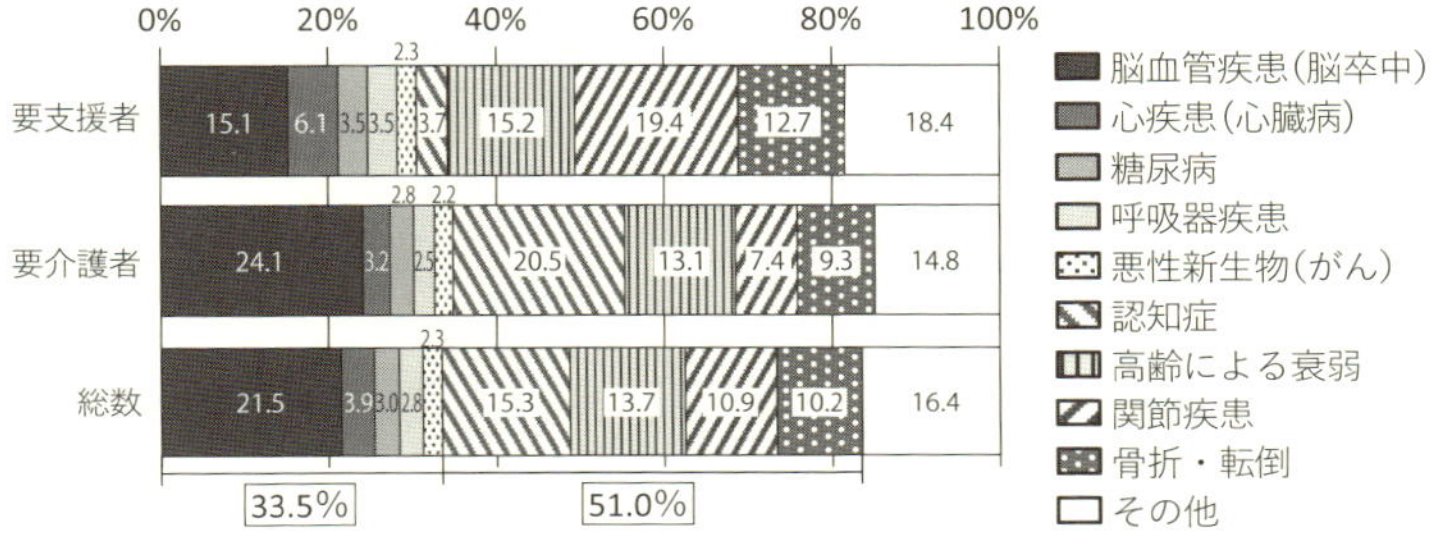

図6　要介護度別にみた介護が必要となった主な原因
(資料：厚生労働省「平成22年度国民生活基礎調査の概況」)

5割が認知症や加齢による虚弱、転倒・骨折といった老化関連疾患、老年症候群なのです。

われわれはこれまで高血圧の研究を行って来ましたが、高齢者が非常に高い割合で罹患している高血圧を含む、生活習慣病の観点からすると、脳血管障害や虚血性心疾患・心不全などの心血管疾患の発症や進展の抑制を、最終的な目標にした治療が望まれているため、研究もこれらの心血管イベント発症、進展を目的にした研究がほとんどでした。

しかしながら健康寿命の延伸を目指した予防策、医療が最も望まれる現在では、認知症の発症や要介護認定のような指標を目的にした研究が盛んに行われ、健康長寿の要因解明を進めることが重要ではないかと考えています。もちろん、今でも脳血管障害は要介護認定となる最大の原因ですので、脳卒中発症を抑制するための対策は、むしろこれまで以上に重要です。しかし、医学の発達した現在では脳卒中や心筋梗塞を発症しても要介護の状態に至らない状態で治療が行える可能性も高く、自立した生活を送っている高齢者の中にも、これらの疾病を克服した多くの方が含まれています。必ずしも、これらの疾患の発症を抑制することだけを考えても、健康寿命の延伸につながらないと考えられます。

一方、認知症などの老年症候群は、加齢とともに確実に進行するためこれらが原因で要介護状態となると、治療やリハビリなどで、ある程度進行を緩めることはできるかもしれませんが、要介護状態から脱却するのは難しくなります。したがって健康寿命の延伸を目指すためには認知症やその前駆状態である軽度認知障害、可逆性虚弱《かぎゃくせいきょじゃく》状態（フレイル）を含めて要介護を目的にした研究を行い、関連する要因を明らかにする研究こそが、健康長寿の要因の探求に必要な研究となり得ると考えています。

図7に示すように認知症の原因にはほとんどすべての生活習慣病や良くない生活習慣が直接的な危険因子となることを示す研究結果が存在していることがこの考え方の根拠となっています[6]。

このような観点から、認知機能やフレイルを評価するための身体機能や日常生活能力を評価し、検討することが生活習慣病、循環器疾患など多くの慢性疾患の研究では必要と考えられます。

健康長寿研究からの知見

これまで述べて来た観点から、健康長寿の要因を探求

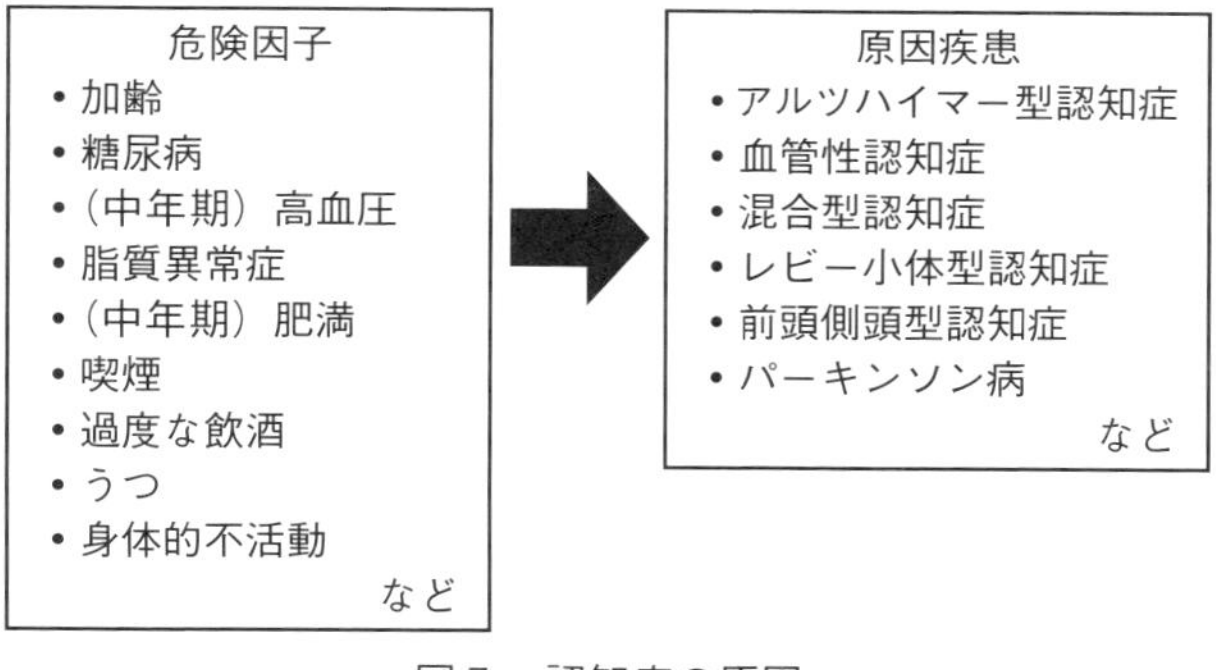

図7　認知症の原因
（文献 6 より）

するために、われわれは多くの異種分野の研究者と協働してSONIC研究を進めています(3)(図5)。

SONIC研究では兵庫県、東京都の都市部と郊外を研究フィールドとし、ボランティアで参加してもらう地域一般住民(70、80、90歳とその前後1歳および100歳以上)を対象に、主に医学、歯学、心理・社会学、栄養学などの観点からさまざまなデータを収集し、各年代に3年ごとに追跡調査を行う長期縦断疫学研究です。このSONIC研究を行うことにより、健康長寿の要因を多面的に探求しています。このように学際的に高齢者を多面的に研究することで心と体、社会環境など健康長寿にはありとあらゆる要因がかかわる可能性を網羅し、真の健康長寿の要因の探求につながると考え研究を進めています。

2010年に70歳から開始され、2010~2012年がベースライン調査(第1波)、2013~2015年が各年代の3年後調査(第2波)、そして2016~2018年は76歳とその前後1歳から始まり、96歳とその前後1歳で終わる第3波の追跡調査を行っている段階です。私たち著者は医学調査を担当しており、これまで述べて来た生活習慣病と老年症候群の観点を示した研究として、横断的な解析ですが、血圧管理が認知機能障害におよぼす影響には、年代で関与の違いが認められるといった研究成果を報告してきました(6)(表1)。

表1の解析は、軽度認知機能低下も鋭敏に反映するMoCA－Jという認知機能テストを目的

変数にした重回帰分析の結果です。

70歳前後の比較的若い高齢者では高血圧や糖尿病といった生活習慣病が認知機能を有意に下げる要因となっています（表1下線）。しかし、80歳前後の後期高齢期になるとこれらの生活習慣病の関連はなく、栄養の指標血清アルブミン値が高いほど、社会参加の指標となる外出頻度が多いほど、認知機能が保たれるという結果が得られています。

このことから、先行研究の結果も合わせて考えると、認知機能の維持には中年期から前期高齢期までは生活習慣病の適切な管理、後期高齢期になると栄養摂取や社会参加がとくに重要となることがわかります(7)。

さらに、生活習慣病の認知機能への影響を、70歳前後の人で検討すると、図8に示したように高血圧と糖尿病を併発した人では、これらを持たない人、それぞれを単独で持つ人に比べて有意に認知機能が低い結果でした(8)。

このように認知機能の低下、ひいては認知症発症に中年期か

表1　認知機能（MoCA-J total score）に対する重回帰モデル

年齢別の解析

70歳（n=816）			80歳（n=916）		
	係数(β)	P値		係数(β)	P値
性別	0.69	0.003	性別	-0.25	0.331
収縮期血圧	-0.02	0.007	収縮期血圧	-0.01	0.139
糖尿病	-0.59	0.031	糖尿病	0.05	0.882
アルブミン	-0.41	0.33	アルブミン	1.38	0.003
外出頻度	0.41	<0.001	外出頻度	0.21	0.025

（文献 7 より改変）

ら前期高齢期における生活習慣病の管理が影響することは、日本人でも明らかですので、成人期からの特定健診（メタボ健診）の時に、将来の認知症発症予防のために、検査異常値を改善することを薦める指導が重要と考えています。このような生活習慣病の適正管理のみならず、SONIC研究では噛《か》む力、咬合力《こうごうりょく》の低下が肉・魚・野菜の摂取不足を引き起こし認知機能低下と関連していること[9]や、複雑な仕事や余暇活動をしていると認知機能が保たれることなど[10, 11]も示されています。

疾病のみならず「運動、栄養、社会参加」という健康長寿の3要素と考えられている事項が認知機能維持に重要であることが示されているため、高齢者のみならず若中年期よりこれらを意識することが将来の認知症発症予防につながることは間違いないでしょう。

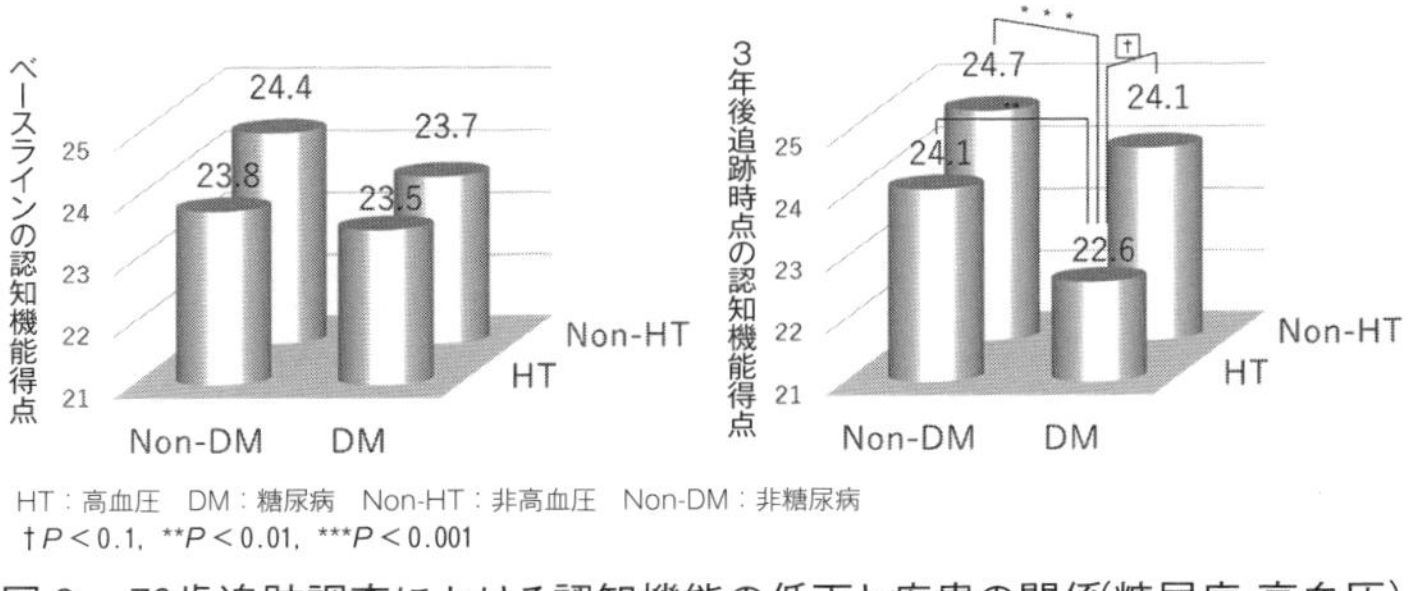

HT：高血圧　DM：糖尿病　Non-HT：非高血圧　Non-DM：非糖尿病
†$P<0.1$, **$P<0.01$, ***$P<0.001$

図8　70歳追跡調査における認知機能の低下と疾患の関係(糖尿病・高血圧)
（文献 8 より改変）

健康長寿の先にある人生の最終段階の医療を考える

健康長寿の高齢者であっても、人間は生物学的に約120歳が寿命の限度とされています(12)。国が目指す健康長寿の高齢者が、今後、非常に増えた場合でもいずれ人は亡くなる、つまりすべての人は人生の最終段階を迎えることを考えなければなりません。

現在、年間に約130万人の方々が亡くなり、高齢化の影響で年々死亡者数は増加し、厚生労働省の予測では2040年に年間死亡者数が166万人のピークを迎えると予測されています。このようにわが国は多死時代を迎えていると言っても過言ではありません。しかし、国民はどれくらい自分の人生の最期について考えているのでしょうか。

国が行った「人生の最終段階における医療に関する意識調査(平成25年3月)」の結果(図9)では、一般国民の約60パーセントの割合の人はまったく家族と自分の死が近づいた場合の医療について話をしていない現状が示されており、この問題の困難さを物語った結果となっています。また人生の最終段階を過ごしたい場所について、一般国民を対象とした平成25年度全国調査によると、一般国民の71・7パーセントが自宅で過ごすことを希望しています。

また厚生労働省は、在宅など病院以外での死亡割合を2025(平成37)年までに4割にするとしていますが、自宅や老人ホーム等、いわゆる全死因の在宅死亡率はわずかに増加しているも

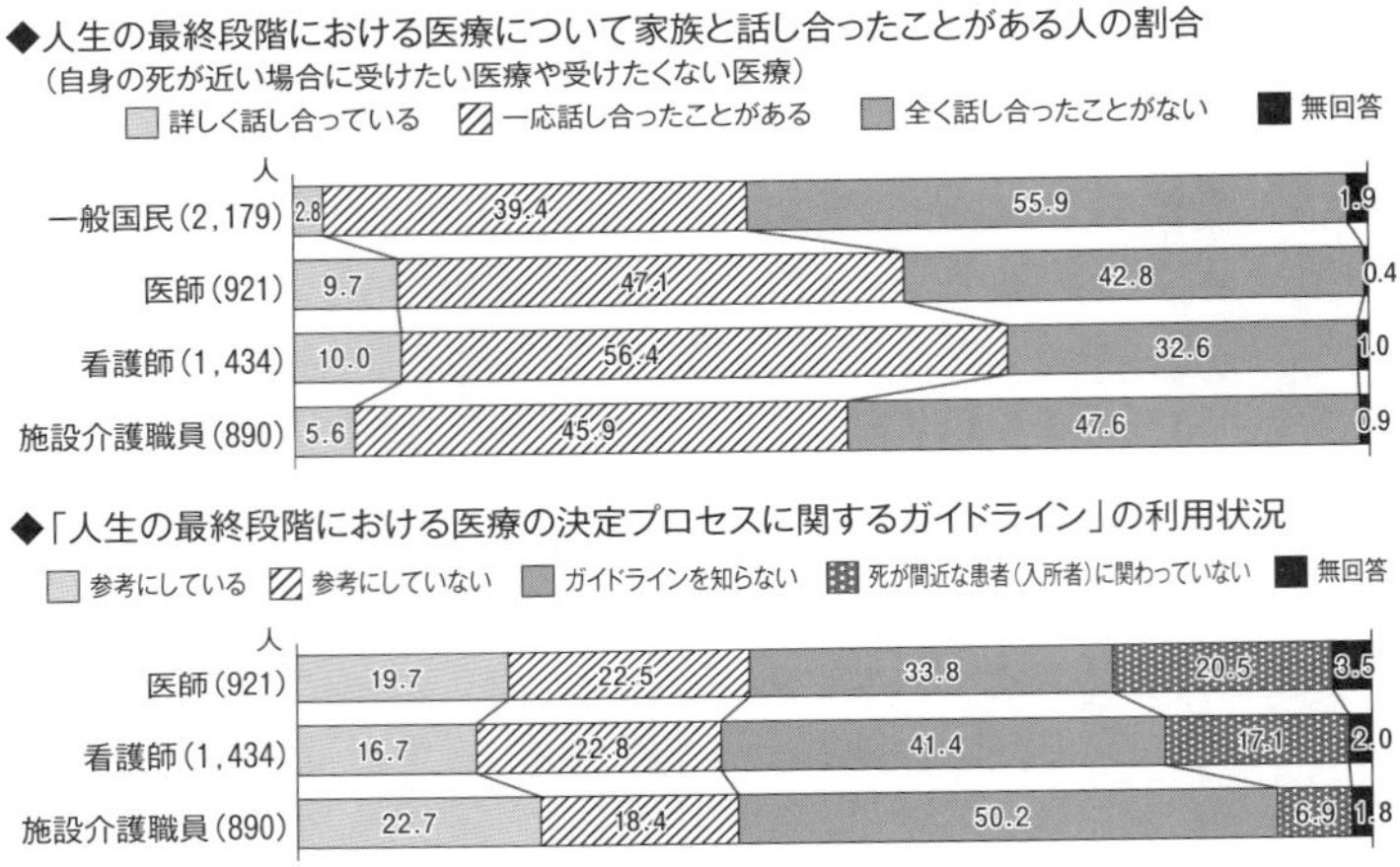

図9　人生の最終段階における医療に関する意識調査の結果
（平成25年 3 月）

の実際には少なく、一般国民の希望とかけ離れている現状があります。厚生労働省はこれまでの終末期医療の概念をより広く国民に認識してもらいやすくするため「人生の最終段階の医療」と名称を変更し、意思決定に関するガイドラインを改定しています(13)。

わが国では確立した死生観を持つ国民が必ずしも多くはなく、また死について考えたり、議論したりする国民性や文化的背景が乏しいこともあり、人生の最終段階の方針が決まらないまま実際の終末期を迎え、本人、家族、医療現場などが戸惑うケースが非常に多いです。健康長寿で生きて来た高齢者が、その終末期段階において、自分が思い描いて来た最期を迎えてこそ、満足の行く人生となり得るのです。そのためには人生の最終段階におけるその個人の理想の最期（good deathやsuccessful dyingと定義される）を、いかに実現するかということを明らかにする研究による根拠が必要となりますし、この根拠に基づいた、より具体的な指針やガイドラインなどの策定が喫緊の課題と考えます。

さらにこの本がテーマとしている認知症は「理想の最期」の成就に大きな影響をおよぼします。個人の理想の最期の実現が「理想の最期」だとすると、認知症が進んでしまってからはどのような最期を迎えたいかの確認は、きわめて難しくなるからです。そこで、現在必要とされている考え方が、事前指示です。これは、患者または健常人が、将来判断能力を失った時に自らに行われる医療行為に対する意向を文書（生前遺書 living will）や口頭で事前に示すことと、代理意思決定人を表明することとされています。

認知症は徐々に進行する疾患で、いつ事前指示を取るかの判断は難しいのです。しかも老年期には、がんの罹患や心疾患や脳卒中の発症、さらには転倒や誤嚥性肺炎《ごえんせいはいえん》で急に死期が訪れることも、まれではありません。このような状況を考慮して健康長寿からgood deathで一生を終える人を増やす方策を考えていくことが強く望まれていますが、大変難しい問題です。

われわれは、まず取り掛かれるところとして、多くの国民が理想としている「在宅での看取り」を、円滑に進めるための方策につながる科学的な根拠の構築といった研究成果を、創出していかねばならないと考え、検討を行っています。

地域での共生を目指して――地域包括ケアシステム

現在、わが国では各市町村単位でその町の資源に合った形で、医療・介護・予防・住まい・生活支援が一体的に提供される、「地域包括ケアシステム」を構築することを目指しています。これによって、地域住民が支え合いながら共に生活し、高齢者が、たとえ認知症など重度な要介護状態となっても、住み慣れた地域で自分らしい暮らしを最期まで続けることができると考えて、この方策を進めているのです(14)。

この考え方の中で重要なのは、地域包括ケアシステムを構築すればすべてが解決するということではなく、図10に示すように健康長寿の3要因である「栄養、運動、社会参加」を、いつも住民個々人が意識しておくことが重要であると思われます。

そのために、このことを住民にわかりやすく啓発し、個々人の社会関係資本を、醸成しやすい町や、地域づくりが目指されるべきです(15)。さらにgood deathを達成するため

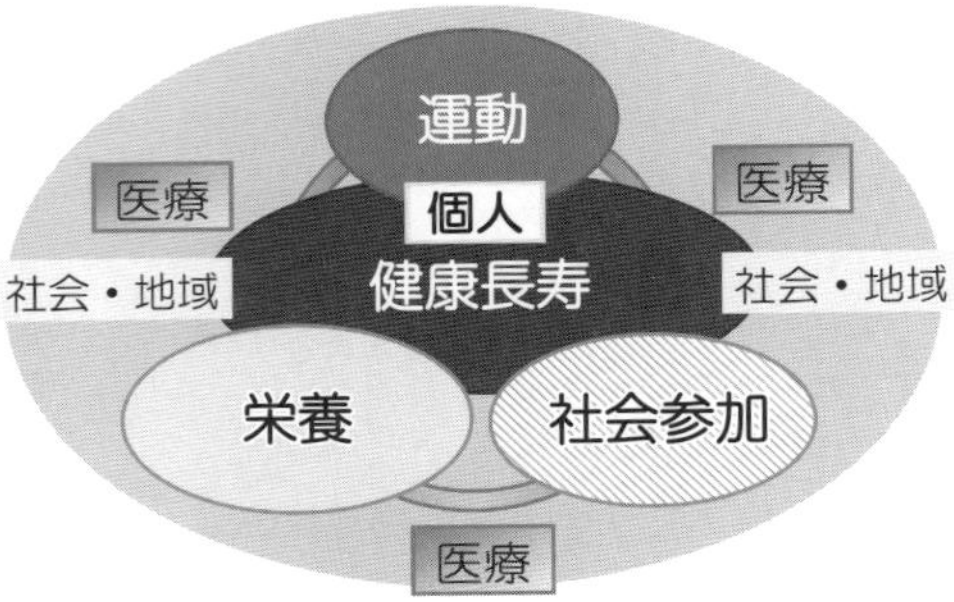

図10　健康長寿に関連する要因

の、さまざまな取り組みや個人の心構え、取るべき行動といった事項をより具体化していくことも必須となるでしょう。

超高齢者化がますます進むわが国では、認知症者は確実に増えて行きます。その状況でも、皆が幸せに共生する社会を実現化するために、どうするかを考えることや、これから老年期を迎える人々が、認知症にならないための予防方策に真剣に取り組むことが、きわめて重要なのです。

第2部のまとめ

「何が予防と治療を困難にしているのか?」

多くの人が認知症になることを恐れています。それは、今までできていたことが、できなくなることに起因します。本人にとっては生活に制限が加わりますし、家族にとっても認知症とずっと付き合っていく必要が生じるのです。病気なんだから仕方がないと、あきらめてしまわなくてはならないのでしょうか。第1部のまとめでは、「患者はなぜあきらめようとするのか?」という疑問を投げかけて、まずは認知症とは何かを知ることが大切で、さらには、脳の機能は柔らかく、環境に応じてしっかり不具合に対処する能力を持っていることを教えてくれました。そして我々は自分一人で生きているのではなくて、社会とのつながりの中で生きています。しかし、すべてをあきらめる必要はありません。もしも何かをあきらめるのだとすれば、今までなんでも自分でやろうとしてきたことを、ちょっと「あきらめる」ことで、自分らしい生活ができるのです。

そんな認知症ですが、それでは、何が予防と治療を困難にしているのでしょうか。認知症は老化に伴う脳機能の低下なのだから防ぎようがない、そうなってしまったら、老化とともに悪くなるのは仕方がないと考えがちです。本当にそうでしょうか。確かに、老化は人である限りはすべての人に起こります。しかし、明らかに個人差があることも事実です。予防も治療も、医療者側からみれば困難ですが、脳の機能をよく知り、自律の精神で、自らの生活を改善し、若いうちから健康的に生きることが予防と治療につながるという可能性はあるはずです。

事実、認知症は老化に伴う脳機能の衰えから生じます。一度悪くなった脳機能は取り戻せないのでしょうか。そんな中での朗報を第2部1章で知ることができました。マウスでも人と同じで記憶をつかさどる、脳の海馬という部分では、常に神経細胞の赤ちゃん（新生細胞）が生まれているという事実です。なんの刺激もなければこの赤ちゃんは死んでしまいます。しかし、運動をするとこの新生細胞が育って行きます。それも反復練習を必要とするような運動では赤ちゃんが育つばかりではなくて、さらにもっとたくさんの赤ちゃんを生み出すというのです。嬉しいことです。少し、難しい話でしたが、マウスを使った自らの実験とその成果を書いてくださいました。ノックアウトマウスなど研究の現場の言葉が多数出てきて、理解が難しい部分もありますが、研究の現場が生き生きと語られています。学習を伴う運動が脳機能を育てることを、実例を示しながら話をしてくださったので希望を与えられた気持ちです。

認知機能を系統的にトレーニングする方法は、脳機能を保つのに効果がある可能性があります。2章では系統的にプログラムされた内容で、数人のグループで話し合いをすることが、認知症の治療に効果があることを実例をつけて書かれています。イギリスで始まった、このような認知活性化療法は日本でも導入されており、実際に随所で実験をすることにより、大きな効果があることを知ることができました。確かに、認知症は社会活動での対応力が低下します、社会活動の中で会話はコミュニケーションに大きな役割を果たす部分です。実際にグループでの会話を系統的に練習することで、認知症の治療に大いに効果があることは理解できます。さまざまな調査から、その効果が明らかになっているという報告は説得力があります。

3章では予防に関して、行政からの取り組みが紹介されています。兵庫県尼崎市での生活習慣病の予防の活動と、さらに進んで血管性認知症の予防の活動について説明がありました。実例を伴う説明は非常にわかりやすく、成果を実感できる素晴らしい内容でした。生活習慣病は予防できるということが、尼崎市の実践の結果として書かれています。その中身は驚くべき内容で、肥満、血圧、脂肪、血糖の四つの因子それぞれの検査結果の数字がそれほど悪くなくても、これら因子の悪化が複数重なると、心筋梗塞などの生活習慣病を引き起こすということでした。その主原因は肥満にあり、これが他の因子の悪化を生み出すことも示されました。

そんな中で、認知症も予防できると力強く語っていただきました。血管性認知症は明らかですが、一般的に認知機能を調べてみると、やはり複数の生活習慣病因子の悪化がより多くの人の認知機能を低下させていることが議論されています。しかも、実際に認知機能テストで悪い点を取っている人の家庭を訪問すると、問題なく普通に生活している人も多くいるという実態も書いて頂きました。認知症は予防できる可能性があります。もっと実験データが集積することを願っています。

超高齢社会の今、国は在宅医療を推奨しています。4章では、在宅医療を実践されている先生方にその現場を語っていただきました。健康寿命、平均寿命に注目した統計がしっかりとした数字で示されていて、日本の現状を定量的に把握できます。後期高齢者は医療・介護で多額のお金を使います。その原因はどこにあるのかを総合的に調べ上げています。肥満に起因する血管性の病気や認知症、さらにはフレイルに起因する筋肉・骨の疾患が健康寿命を短くしています。これを国民が協力して健康寿命を伸ばす努力をする必要があると力説されています。今後、在宅医療はもっと充実する必要があります。

認知症は老化による脳機能の衰えで、予防も治療も無理だという印象を持ちます。頭からあきらめてしまうのが現状だと思います。しかし、日常の生活で、脳の機能をよく理解し、若い頃から生活を改善し、少しの努力をすることで予防や治療ができるという印象を持ちました。反復練習を必要とするような運動や、仲間と会話することは脳機能の治療に役立つことを知りました。予防についても生活習慣病との関係が語られています。生活習慣から認知症が引き起こされるのであれば、それぞれの人の日常の努力で脳機能の低下を抑えることができます。肥満に起因する血管性の病気はできる限り抑える必要があることを理解しました。一方で、この本ではフレイルについてはそんなにも語られてはいませんが、筋肉や骨の衰えにも注意を払う必要があります。健康寿命を伸ばすこと、さらに平均寿命に近づけることが老後の生活を豊かにすることを学ぶことができました。

（土岐　博）

第3部

認知症が教える個人の自律と社会の姿とは？

1章
認知症の「自律」支援

大庭《おおば》 輝《ひかる》・佐藤 眞一

「自立」できないから介護をする。しかし、それが行き過ぎると介護される側の人の「自律」を損なうことになります。介護する側の心理、介護される側の心理をしっかりと把握することで、気持ちの良い環境を作ることができると教えてくれます。老年心理学の先生方に人とは何かも含めて話していただきます。

認知症の人の「自立」と「自律」

私たちは通常、「○○が食べたい」「××に行きたい」といった意思を常に持っています。こうした意思を他者に伝える際、多くの場合は言葉を用いた直接的なやり取りが行われます。一方、認知症が重度になると言葉のように他者にもわかりやすい形で自分の意思を伝えることが難しくなっていきます。ここで大事なのは、伝えることが難しくはなっているけれども、本人の意思がまったくなくなっているわけではない、ということです。言葉で伝えられなくても、認知症の人は自分なりの手段を用いて自分の意思を伝えようと試みています。

認知症の多くは進行性の疾患であり、食事や排泄など日常生活で当たり前に行われている行為に次第に困難を抱え、自分の力で生活すること、すなわち「自立」が難しくなります。それゆえに、認知症の人は介護が必要になるのです。従来の介護は入浴、食事、排泄の3大介護に代表されるように、身体的な介助を主とした自立支援に焦点が当てられてきました。ただ、日常生活に誰かの助けが必要になったとしても、自分はどうしたいのかという意思を表明することは可能です。

しかしながら、介護は介護する側とされる側の関係性に偏りをもたらします。介護される側が弱者になりやすいのです。認知症の人は介護を受けることに対して申し訳ないと罪悪感を抱くかもしれませんし、今まで一人でできていたことに介助を受けなくてはいけないことによる情けなさを感じるかもしれません。人には自分のことは自分で決めたいという「自律」の欲求があります。自律とは本来自由なものです。この自律を侵害されたとき、人のこころの中では自分の自由を取り戻すための無意識的な動きが生まれます。このこころの働きによって引き起こされる行動は、しばしば認知症の行動・心理症状とも呼ばれ、本人、介護者双方に苦痛をもたらすことがあります。そのため、認知症の人自身が何を望んでいるのかを推測し、それに応じた介護を実践することが認知症の自律支援には大切です。

本人の自律に応じた支援とは

心理学には、「発達の最近接領域《さいきんせつりょういき》」という言葉があります。これはもともと教育心理学で用いられている考え方で、子どもの教育では〝子どもが独力でできること〟と〝誰かの手助けがあればできること〟の境目を見極め、状態に合わせた対応をすることが子どもの力を伸ばしていくためには大切というものです。

この考え方は認知症の介護にも応用ができると考えられます。たとえば、「入浴する」という行動を行うためにはどのような手続きを踏めばよいでしょうか？　①お風呂場の場所を確認する、②お風呂場に移動する、③服を脱ぐ、④シャワーを浴びる、⑤頭を洗う、⑥体を洗う、⑦湯船の温度を確認する、⑧湯船につかる、⑨湯船から出る、⑩体を拭く、⑪服を着る、⑫お風呂場から出る、といった多くの順番があります。これらのうち、一つでもできないことがあれば「入浴する」という一連の行為は成り立たなくなります。認知症介護において大切なのは、これらの手続きのうちどこの部分ができて、どこの部分に手伝いが必要なのか、そして本人はどうしたいと思っているのかを見極めることです。この見極めがうまくできないと、「自立支援」のつもりで行っている介護が、認知症の人の「自律」を侵した介護につながりかねません。

3ステップによる認知症の人の理解

認知症の人がどうしたいと思っているのか、その意思を推測するためには認知症の人の行動の背景にどのような要因が影響しているのかを分析することが必要です。ここでは、老年行動学の視点に基づいて作成された、3ステップ式の認知症相談・対応マニュアルについて紹介します(1)。このマニュアルは主として地域包括支援センターの職員を対象に作成されたものであり、大阪府の認知症高齢者施策のホームページからダウンロードすることができます。この方法は、認知症の人を理解するために、①問題の分析、②原因の推測、③解決に向けた方針の検討、という3つのステップに沿って考えます。

ステップ①　問題の分析

ステップ①では、認知症の人が抱える問題について、九つの問いに対して考えていきます。最終的に問題を解決するためには、「①本人はどうなりたいのか」を推測し、本人の希望に応じた支援を行うことが求められます。そのためには、「②本人はどんな人」で「③何ができる人」なのかを理解することが求められるでしょう。本人の性格やどのような環境で生活してきたのかは本人が何を望んでいるのかに影響するでしょうし、障害された能力や保たれている能力を把握することで、本人の希望に合わせた、押しつけにならない支援が可能になります。また、その前段階として、「④何が（What）問題で」、「⑤誰が（Who）困っているのか」、「⑥いつ（When）、⑦どこで（Where）、⑧なぜ（Why）問題が起きたのか」、そして、「⑨どうしたい（How）と思っているのか」を本人と介護者双方の視点から考えることで、本人やその周囲に影響をおよぼしている問題の状況について整理することができます（図1）。

ステップ②　原因の推測

ステップ②では、行動の原因を推測していきます。ここでは、検討している認知症の人の行動を何かしらの原因や誘因により引き起こされた「結果」であると考えます。原因には認知機能の障害だけでなく、身体的な問題や、対人関係といった生活環境、もともとの性格など個人の特性なども考えられます。原因が直接結果となる行動につながることもありますが、同じ原因があっても、全員が同じ行動をとるわけではありません。多くの場合、孤独や不安、恐怖、うつ、焦燥《しょうそう》などの、こころの

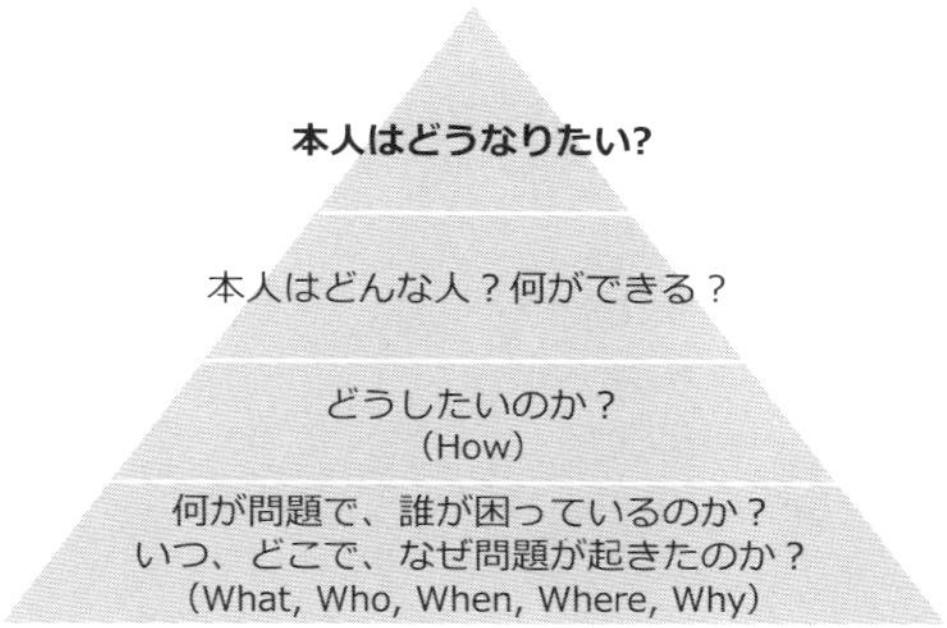
本人はどうなりたい?
本人はどんな人？何ができる？
どうしたいのか？
（How）
何が問題で、誰が困っているのか？
いつ、どこで、なぜ問題が起きたのか？
（What, Who, When, Where, Why）

図１　問題の分析（佐藤ほか，2015を基に筆者作成）

変化（誘因）があって行動が引き起こされると考えられます。このように、結果となる行動の背景にはさまざまな原因や誘因が潜んでおり、こうした認知症の人のこころの変化を推測することで、どのような支援を必要としているのかが見えてきます（図2）。

ステップ③　解決に向けた方針の検討

問題を分析し、原因の推測ができたら、解決に向けた方針の検討を行います。解決に向けた方針の検討では、ステップ②までの検討状況に基づいて、どのような関わりをするのかについての介護計画を策定します。この計画に基づいて認知症の人に介入するわけですが、その際に重要なのは記録の収集と評価です。策定した計画がほんとうに認知症の人の生活の質向上に役立っているのかを把握するためには、客観的かつ具体的な観察記録が不可欠です。介入の結果、どのような変化

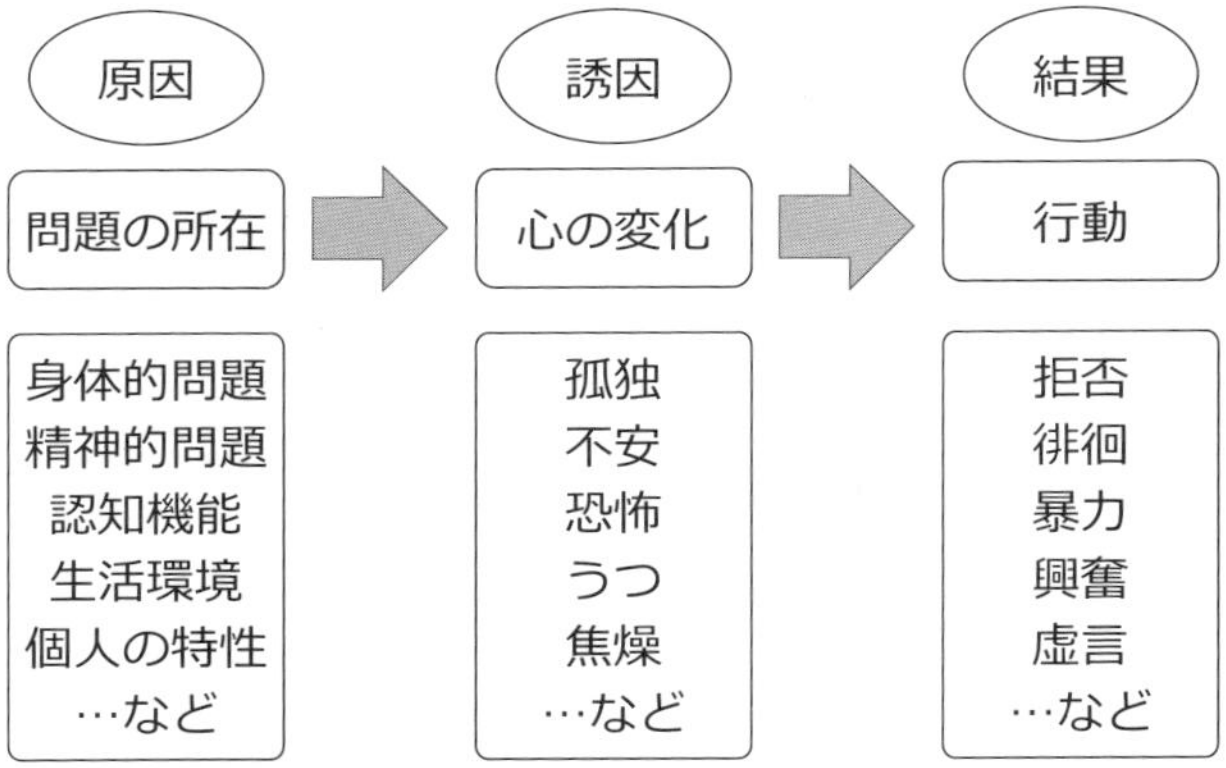

図2　原因の推測（佐藤ほか，2015）

が見られたのかを認知症の人にかかわるさまざまな人で評価し、効果が見られないようであれば再度ステップ①、ステップ②について検討し、新たな介入計画の策定を繰り返していくという循環的なサイクルが認知症介護には欠かせません（図3）。

通常、介護保険では要介護認定の区分変更や更新の時期に、制度利用の手続きのための「公的な」評価が行われます。一方で、認知症の人が抱える問題は常に変化していくものです。これらに対処していくためには、決まった時期に評価を行うのではなく、状態に合わせて観察時期を設定し、介入と評価を繰り返していくというプロセスが必要です。つまり、より個人の状態に応じて柔軟に行われる「私的な」評価を意識することがとても大切になります。3ステップによる認知症の理解は、在宅介護で専門職と介護者が認知症の人に対する共通認識を持つためだけでなく、施設介護における専門職間の連携にも役立ちます。

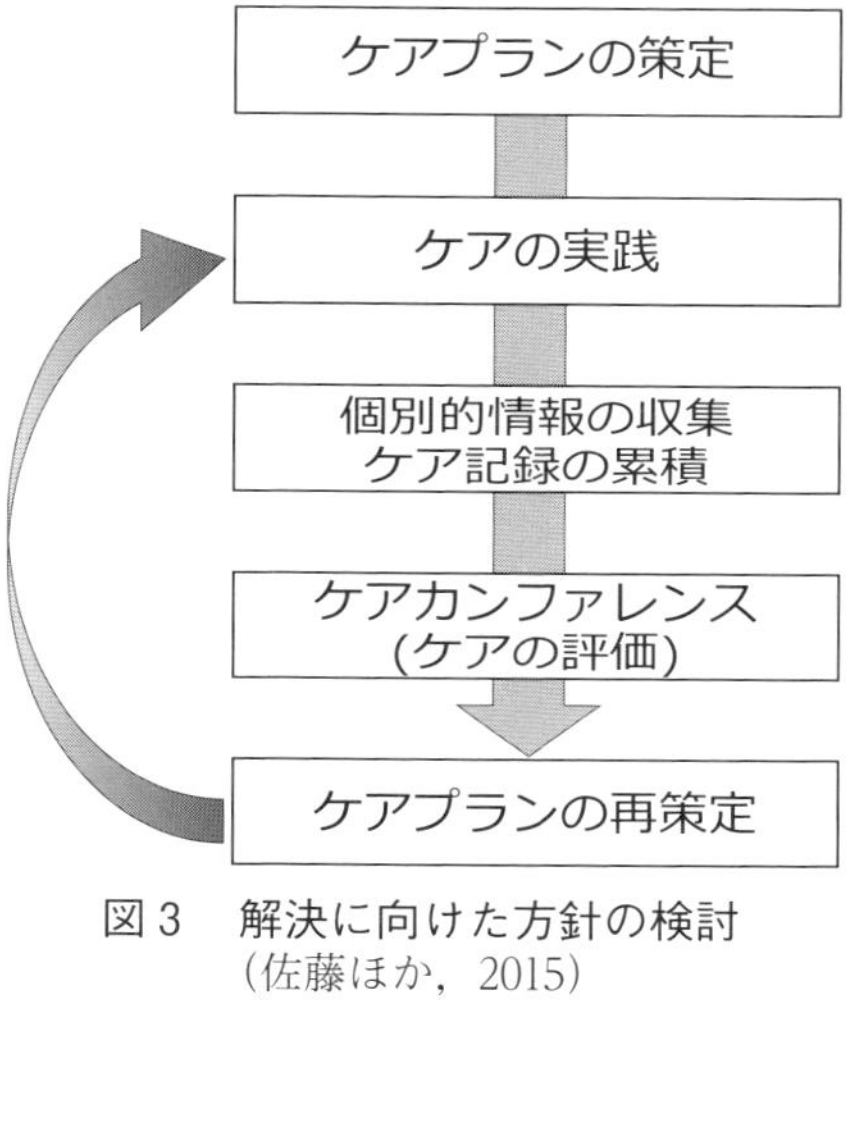

図3　解決に向けた方針の検討
（佐藤ほか，2015）

認知症の人の理解とコミュニケーション

認知症の人は、会話を理解したり、自分の考えを話したりすることに困難を感じます。こうしたコミュニケーションの問題は、介護者側が認知症の人の意思を理解することを阻害します。しかしながら、認知症により障害されるコミュニケーションの特徴を知っておくことで、日常のやり取りの中から認知症の人が抱える問題や本人の希望を理解することは可能です。筆者らが開発した日常会話式認知機能評価、ＣＡＮＤｙ《キャンディー》(Conversational Assessment of Neurocognitive Dysfunction)は認知症の人との自由な会話を通して認知機能を評価するツールです（表1）。ＣＡＮＤｙは「会話中に同じことを繰り返し質問してくる」、「会話の内容が漠然としていて具体性がない」といった15項目の質問から構成されており、これらの特徴が会話の中でどれくらい現れるかを評価するものです。ＣＡＮＤｙは30点満点で、得点が高いほど上述したような会話の特徴が高頻度で現れることを意味します。筆者らが行った調査ではアルツハイマー型認知症の人の86・2パーセントが6点以上、健常高齢者の94・5パーセントが5点以下であったことが示されました(2)。

このように、ＣＡＮＤｙは認知症の人の理解に役立つツールですが、ＣＡＮＤｙは「認知症の人とのコミュニケーションを活性化する」ということも意図して開発されました。その理由として挙げられるのは、高齢者施設で生活する認知症の人は一日の多くの時間を独りで過ごして

表1　CANDyの評価項目と関連する認知機能

評価項目	認知機能
会話中に同じことを繰り返し質問してくる	記憶障害
話している相手に対する理解が曖昧である	人物誤認
どのような話をしても関心を示さない	興味・関心の喪失
会話の内容に広がりがない	思考の生産性・柔軟性
質問をしても答えられず、ごまかしたり、はぐらかしたりする	取り繕い
話が続かない	会話に対する注意持続力
話を早く終わらせたいような印象を受ける	会話に対する意欲
会話の内容が漠然としていて具体性がない	喚語困難
平易な言葉に言い換えて話さないと伝わらないことがある	単語の理解
話がまわりくどい	論理的思考
最近の時事ニュースの話題を理解していない	社会的出来事の記憶
今の時間（時刻）や日付、季節などがわかっていない	見当識
先の予定がわからない	予定に関する記憶
会話量に比べて情報量が少ない	語彙力
話がどんどんそれて、違う話になってしまう	論理的思考

※評価シートとマニュアルはhttp://cocolomi.net/candy/からダウンロード可能

いるという事実です(3)。施設職員の一日の業務時間のうち、利用者との会話時間はわずか数パーセント程度で、会話があったとしても多くの場合は「お風呂に行きましょうか」、「ご飯を食べましょうか」といった介助に関する会話で、ただ楽しむための会話というのはとても少なかったそうです(4、5)。独りで過ごす中で感じる孤独感は、人にとってとてもつらい感情です。認知症の人の中にはしばしば大きな声をあげたり、繰り返し家に帰ろうとしたりする方がいます。なぜこのような行動をとるのか、その理由の一つとしては孤独感を感じている認知症の人が大きな声をあげたり、繰り返し家に帰ると訴えたりすると職員が自分のところに来てくれるから、ということが考えられます。つまり、認知症の人は孤独感を和らげるために職員との関わりを求めてこのような行動をとっているのかもしれません。

コミュニケーションは自分と相手の相互理解を促進するために人が用いる基本的な手段です。しかしながら、認知症の人はコミュニケーションがうまくとれないことで本来持っている力を過小評価されてしまっている場合があります。筆者らが行った研究では、介護施設職員が直接会話をしてCANDyを評価した場合、今まで気づいていなかった認知症の人のポジティブな側面に気づく可能性が示唆されています(6)。CANDyを評価するためという目的であっても、認知症の人とのコミュニケーションが活性化されることは双方にとって好ましい影響が期待できます。

介護者自身の人生を大切にすること

認知症の人の自律的な生活を支援するためには、介護者自身の生活にも気を遣う必要があります。なぜなら、介護はする側、される側双方が主役であり、いずれが欠けても成り立たなくなるからです。認知症の進行による生活能力の低下や、さまざまな行動上の問題は、介護への負担感を高め介護者の生活の質の低下をもたらします(7)。とくに、介護者と認知症の人の関係性が親密な場合、介護を始めたての頃はよいのですが、5年、10年と長期になるにつれ生活の質が低下しやすく、施設への入所も早まることが報告されています(8、9)。

一方で、しばしば認知症の人の介護者の方から「苦労をかけたから自分の生活を楽しむのは相手に対して申し訳ない。自分がずっとそばにいてあげた方が相手にとっても良いと思う」といった話を聴くことがあります。このような言葉は、相手をとても大切に思っているからこそ出てくるのだと思います。ですが、ずっと認知症の人のそばに寄り添ってあげることが本当によいのかどうかはわかりません。そばにずっといてほしい人もいるでしょうし、もしかしたら自分の世話を任せていることに申し訳なさを感じている人もいるかもしれません。

認知症の人がほんとうにどちらを望んでいるのかわからないとき、大切な人だからこそ介護者も無理をしてしまいがちです。ただ、介護者自身が介護を担うことができなくなってしまうと認知症の人の生活も成り立たなくなるということは確実に言えます。介護はいつ終わりが来るのかわかりません。このような先の見通しの立たない状況は、「いつまで自分が担わないといけないのか」、「自分が倒れたらどうしよう」、「生活費はどうやりくりしよう」、など、身体的、心理的、経済的なさまざまな不安を引き起こします。介護を頑張りすぎてしまうことは、長期的な視点で見れば介護者自身が潰れてしまう危険性を秘めています。そのため、介護サービスの利用により地域社会とのつながりを作り一人で抱え込まないようにする、自分自身の日常も楽しむようにする、といった介護者自身の人生も大切にすることが、結果としてよりよい介護の継続や、認知症の人、介護者双方の生活の質を保つことにもつながります。

おわりに

認知症の介護はうまくいったり、いかなかったり、試行錯誤の繰り返しです。「認知症の人がよりよく生活できるようにする」という目標は共有していたとしても、そこに至るためのプロセスは人それぞれ異なることもあります。唯一の正解がないことによる曖昧《あいまい》さは、時に認知症の人と介護者、介護者間での軋轢《あつれき》を生んでしまうこともあります。ただ、何が正解なのかわからないからこそ、認知症の人は何を望んでいるのかを考え続け、認知症の人を取り巻く人たちの間でそれを共有し、話し合っていくプロセスが自律を支援していくためには大切なのではないでしょうか。

2章 看護師が地域社会で果たせる役割

勝眞 久美子

「訪問看護師と訪問介護師は違うんです！」超高齢社会にあって、自宅で死ぬまで暮らしたいと願う人は多くいます。それでも、病気や認知症などでは医療が必要です。ゆっくりと話を聞いてくださって、医療活動を実践している人が身近にいます。超高齢社会を支えておられる看護師さんに、その活動の中身を詳しく語っていただきます。

はじめに

みなさんは「看護師」の仕事をどのようにイメージされているでしょうか。昔、看護婦と称されたこの職業に対して、多くの方はいまだ病院で医師の後ろでサポートをしている白衣の女性のイメージを看護師にお持ちのようです。しかし今、看護師は病院を飛び出しさまざまな場所で自律して活躍しています。本章ではそんな現状をお伝えし、超高齢社会における身近なサポーターとして、私たち看護師が地域社会で果たせる役割についてお話ししたいと思います。

看護師と介護士は異なる職種

私は、看護師が自宅に出向いて看護する訪問看護ステーションの経営をしていますが、人に「訪問看護をしています」と伝えた時に、9割以上といっても過言でないほど「訪問介護をされているのですね」というように「介護」と間違えられます。介護の役割は、加齢や障害に伴って生活行動に困難をきたす人に対して、生活の自立に向けた援助を行いますが、私たち看護師は、生活を継続するための前提である生命の維持に目を向けながら、人が生きることへの自律を援助しています。看護の一部に介護が含まれるという見解もありますが、介護士と看護師は異なる職種であり、看護師は医療の視点を持って、市民が自己選択しながら納得できる人生を歩むことを支える仕事だと私は考えています。

看護は生命力を高めるアプローチ

そんな看護師が、個人のお宅に伺い看護を提供するのが訪問看護であり、地域包括ケアシステムのなかでは、医療と介護の架け橋をするような役割を担っています。

人は心身の機能が低下したとき、自然に回復する治癒力を備えています。その治癒力を助けるために薬剤を使ったり、病巣を取り除いたりして低下した身体機能を回復に導くのが医療ですが、医療チームの中で看護師は、病原だけではなくその人を取り巻くさまざまな環境に目を向け、生命力を脅かしている要因を査定し、その要因を取り除いて治癒力を向上させる役割を担っています。しかし病気は必ず治癒するものばかりではありません。とくに高齢になると、身体機能が低下するのは自然なことで、いろんな病気が出てくるものですが、それを治そうと意気込むのではなく、うまく折り合いをつけながら自宅で暮らせるようにサポートをするのが訪問看護の役割です。生命力を脅かすのは、病気だけではなく心理的な要因も大きく、お年を召すと加齢に伴う心身の衰えに対する不安や孤独が強くなり、気持ちが沈み、体に影響がおよぶ方が多くいらっしゃいます。私たちはそんな高齢者のお宅に訪問して対話を行い、体調はもちろん、心の状態を観察させていただき、計画的にアプローチを提供して気持ちを晴らし、生命力を向上させる援助をしています。

簡単にレッテルを貼る傾向への疑念

「病は気から」というのは聞き古された言葉ですが、それは科学的に実証されたものです。日々、訪問看護をしていると、この本のテーマである「認知症」こそ、ご本人の気の持ちようが発症に大きく影響すると実感することがあります。

たとえば、高齢者が体調不良で病院に緊急搬送されたとしましょう。搬送中は頭がぼーっとしており、病院に着いてハッと我に返ると「あれ？　ここはどこだ？」と訳がわからなくなり恐怖が襲う。不安にさいなまれて朦朧《もうろう》としていると、いきなりオムツをつけられるものだから「えっ自分はトイレに行けるのに、どうしてオムツをつけなきゃいけないんだ！」と焦ります。そんな恐怖や焦り・怒りなどを医療者にストレートにぶつけてしまうと「この人は認知症で暴れている」という判断をされることがあります。

加齢に伴い記憶が飛んだり、状況変化に瞬時に適応する力が衰えたりするのは普通のことですが、医療・看護・介護者の中で「認知症」と誤認され、自らを認知症に追い込んでいく人も多いように思います。そんな二つの事例を次に紹介させていただきます。

認知症と誤認されて

「認知症」という病名で紹介があったＡさん

Ａさんは自立して一人暮らしをされていましたが、突然過度の痛みを伴う疾患に罹患されました。痛みが強く、点滴が必要とのことで訪問看護の依頼がありましたが、依頼を受けた時には「認知症があり、今後一人暮らしの継続は困難だろう」という医療者側の見解を聞きました。

訪問すると、痛みのために身繕いや身の回りの整頓はおろそかになり、生活範囲は散乱しており、イライラして攻撃的な口調になったり、辻褄《つじつま》の合わない説明をされたりしました。しかし看護師が、痛みに対する処置と並行してゆっくり話を伺い、話の内容を整理してゆくと、医療者の説明不足によるご本人の勘違いから辻褄が合わなくなっていること、また痛みが続く苦痛と不安から不安定な精神状態になっていることがわかりました。痛みに耐えている苦悩を労わることで心がほぐれ、罹患している疾患のメカニズムや、痛みの原因や今後の見通しを、ご本人が理解できるスピードで丁寧に伝えることで安心が芽生え、口調も穏やかになられました。また身の回りの環境を整え、患部をカバーしながらの入浴や、不安な気持ちの吐露をサポートすることで心が安定し、認知症を疑う要因は徐々に軽減し、今も一人暮らしを継続されています。

施設は強制収容所だったというBさん

こんな事例は数え切れませんが、ここでもう一つご紹介しましょう。

Bさんも一人暮らしをされていましたが、罹患を機に長期に入院し、退院後は一人暮らしが困難だと判断され施設に入所されていました。あるとき、ケアマネジャーから「認知症で、家に帰りたいといって施設で暴れて他人に迷惑をかけている人がいる。施設を退所して自宅に戻ることになったのでサポートしてほしい」と、訪問看護の依頼がありました。退所後に訪問すると、看護師に攻撃的で門前払い。尿臭が漂い、身なりはかなり乱れ、大声で怒鳴ったように話す様子から高度の難聴であることがうかがえました。繰り返し訪問することで徐々に心が解けていき、看護師を受け入れてくださるようになってから話を聴くと、施設では、「嫌だといっても力づくでオムツをはかされたり、プライバシーが保護されない環境で、並んでお風呂に入れられたりした。トイレも見張られ、違うフロアに行こうとすると強く叱られた。高齢になると人は強制収容所に入らなければならないのかと思った。耐えられない屈辱に自分の理性を殺さなければ施設では生きられない」というショッキングな言葉を聴きました。これらの言葉から、私たちはこの方は認知機能に病的な衰えはなく、認知症ではないと実感しました。社会で生活するためには、自分を取り戻していただかなければなりません。尿漏れは疾患からくるものであり、セルフケアの方法を提案し、気持ちをふさぐ不潔な生活環境を清潔に整えていくと、尿臭や身なりの乱れが改善し、本人自ら壊れていた補聴器を修理し、コミュニケーションがとれるようになり、好循環が生まれました。

認知機能を脅かす要因の追及が重要

先のAさんは、痛みの背景には、疾患からくる要因とともに、罹患によって一人暮らしが継続できるのだろうかという不安があることもわかりました。また急性期医療を担う医療者が、ご本人の自尊心を傷つけていることも明らかでした。認知症だと決めつけて関わる周囲への反発的な態度で、一層認知症として扱われ、説明をおろそかにして不安や不満を助長するという悪循環に陥ります。元気な時には近所のコミュニティに参加されていましたが、疾患を患い苦痛とともに、心がふさぎ混乱した時には、そのコミュニティに助けを求めることが困難であった様子でした。こんな急性期の場面では、看護師の介入は一時的にも効果的だと考えます。

またBさんについては、加齢からくる生理的な認知機能の衰えと強度の難聴が重なり、施設では度《たび》重なるミスコミュニケーションが続いたのでしょう。それがこの方に認知症のレッテルを貼り、ご本人の自尊心を傷つけ続け、その環境に適応するには、尿臭や乱れた服装でも平気なまでに精神を貶《おとし》めることが必要だったのかもしれません。仮に、重度の認知症を発症していたとしても、自尊心を尊重した関わりが必須であり、強制収容所を思わせる環境は決して許されることではありませんが、このような環境におかれたことで、単なる老化を誤認して、認知症患者をつくっている現状があるのではないかと推測できます。こんな現場をつくらないために、安易に認知症だと決めつけることに、警鐘を鳴らす必要があると考えます。

これら2名の方々の日常は、看護師だけの手で支えられるものではありません。しかし、認知機能の問題で生活しづらくなっている方に対して、医療の視点を持ちながらご本人の認知機能を脅《おびや》かしている要因を探り、その要因を取り除くための方略や、人的資源を検討する役割を担えるのは、看護師だからできることだと自負しています。

入院しないのが認知症予防

高齢になると、入院して安静を強いられることにより、疾患は治癒しても、足腰が弱って生活に困難をきたすようになったという声を耳にします。実際、私たちが訪問させていただいている利用者さんも、病状が悪化して入院されたときに様子を見に行くと、転倒予防のために、センサーを使ってすべてを監視されている姿を目にします。みなさんも想像してほしいのですが、ベッドから起き上がろうとすると「勝手に動かないで」といって看護師が飛んでくる生活は、どれほどストレスに満ちた環境でしょう。それを想像するだけでも苦しくなりますが、病院の立場からすると、入院患者さんの安全を守る責任があり、必要な行動であるとも理解できます。動こうとすると制止されるというのは、自分の思考を使って行動することを規制される日々であり、これは認知機能を低下させるリスクになるため、入院しないということが認知症予防には大切です。

入院が必要にならないように日常生活を整えることで健康を保持するためのサポートは看護師が力を発揮できることです。とはいえ、食事を制限したり、好きなお酒やたばこを我慢したりしてでも長く生きたいのか、少々寿命が短くなっても、好きなことをして暮らしたいのかなど、その人の希望に鑑みながらも、心身の衰えと付き合いながら生きる方針はご自身で立ててほしいと望み、医療者の決定にしたがう姿勢であってほしくはありません。私たち看護師は、さまざまな情報を提供して自己決定できるようにサポートし、ご本人が決定された方針のもと、持てる力を最大限に発揮して生きることを支えるのが仕事だと考えています。

自分で判断する権利の保護を

もうひとつ事例をご紹介しましょう。

病院から、「認知症の方が飲み間違っては危険な薬を持ち帰るので、正しく飲めるようにサポートしてほしい」という依頼がありました。事前の情報では、その方は、自分で判断することが困難な方であり、安全のため行動を規制することも勧められていました。病院から要請を受けた私たちは、薬をご本人の目のつかない場所に保管し、看護師が訪問して薬を飲んでもらうサポートを始めました。しかし、ご自宅での様子を見ていると、まったく判断できない方ではなく、この方は、この治療に納得されているのか？　残りの時間をどう生きたいのだろうか？という疑問にぶつかりました。また、自転車に乗って図書館に通うことを日課とされていたその方に、認知症だからと行動を規制することにも疑問を感じました。そこで病院の看護師に意見を求めると、病院側が認識しているこの方の認知機能と、ご自宅で過ごされている現状にはズレがあることがわかりました。そこで、ご本人を含めて、サポートにあたる多くの職種が集まり、医師からの病状説明や治療方針の提案、ご本人の希望をうかがいながら、今後の方針を話し合いました。結果的には、治療の継続を望まれたため、本人と相談して間違いなく内服できる方法を検討しました。また認知機能に衰えはあるものの、住み慣れた地域の地理は把握されているので、外出を規制するのではなく、道に迷った時のサポート体制を整えました。ご本人は、昔から体得している自転車の運転には自信を持っておられたものの、たまに転倒されることもありましたが、自転車で転ぶリスクは誰にでもあることから、そのリスクを奪うのではなく、リスクを背負い、自分の行動に自分で責任をもって暮らせるように見守っています。

認知機能が衰えると、周囲は過度に保護したくなるものですが、危険を避けるために家から出ることを禁じることは、危険を予測する思考力を奪い、社会参加して生きることを奪います。

過保護で容易に限界を作ってしまうのではなく、その人の持つ機能を正確に査定して、その人が持つ機能を最大限に発揮して人権を守ることを訪問看護がサポートしたいと考えています。

回想しながら認知症予防

回想法という言葉を聞いたことがありますか？　回想法とは、昔を思い出して語ることで、脳を刺激して認知症を予防するというものであり、これまでの人生を振り返り、今の自分を肯定的に受け入れるための心理療法です。私が運営している、ななーる訪問看護ステーションでは、対話を重視し、昔の写真や映像などを使って回想する時間を取り入れて、すべての利用者さんに認知症予防や人生の再構築をお手伝いしています。

また、認知症を予防するための貢献として、私たちはさまざまな取り組みをしています。そのひとつは「大阪昭和歌謡音楽隊」というボランティアバンドに協力を求め、懐かしの歌コンサートを定期開催しています（写真1）。これは、高齢者が若いころに流行した歌を聴いたり一緒に歌ったりするコンサートですが、おしゃれをしてホールに出向き、懐かしい歌を聴き、つい大きな声で歌いだしても構わない、そんな時間を共有することで、感情が動いて認知症の予防や進行を抑えることにつながれば嬉しいと考えています。

前回のコンサートでは「認知症の母をコンサートに連れて行きたくても周りに気を使って遠慮していた。今日はとても嬉しそうな母を見て私も嬉しかった」という娘さんからの声をいただきました。また「体が不調でコンサートなんて無理だと思っていたけれど、看護師さんがいると聞いて勇気を出して来ました」という方もおり、高齢社会に看護師の存在が安心を与えられることを実感しました。

高齢社会は支えあうことが大切

また私たちは「昭和酒場」と称する高齢者の集まりも定期開催しています（写真2）。これは、近所の方が集まって、お酒を片手に語り合う場です。お酒を飲んで盛り上がると必ず出てくる病気の自慢大会。「わしは肝臓の数値が悪いらしくて酒は飲んだらあかんと医者に言われてる

写真１　懐しの歌コンサート

んや〜」という手にお酒を持っておられます。禁酒するか否かを決めるのは医療者ではなく本人自身という観点で、病気と付き合いながら暮らす人たちに看護師がアドバイスをしています。また、この場は何気なく時間が流れてゆくのではなく、ある一定の意図をもって時間を流してゆく伴走者として看護師が存在したいと考えて工夫をしていますが、ここでも回想は大人気。昔の風景の映像を観ることで昔話に花が咲き、昔の歌を流して口ずさむことでみんなが同じ時代にタイムスリップ。そうして、会話が盛り上がり認知機能を刺激し合っている様子がうかがえます。

昭和酒場の参加者の年齢は多様で、90代の方も飲みに来られます。お元気な方が、道を覚えるのが難しくなった高齢の方をサポートして来てくださる姿に出会うのですが、こんな風に、サポートが必要な人には、サポートできる人が手を貸して共に集うという自然の流れを強化

写真２　昭和酒場

していくことがこの会の真のテーマだと考えています。体の臓器が侵されたら、弱った臓器とうまく付き合って生活する手段を伝えるのは看護師の役割。人が集まることで社会を構成しているのだから、その構成員の一部が社会参加に困難をきたしたら、それぞれが補いあって社会構造を保つことに手を貸すのは看護師の役割であり、これもひとつの看護だと考えてこの会を運営しています。

気軽に語れる場は重要

また当書の編者でもある大阪大学の土岐博先生、臨床哲学の研究者である鈴木径一郎先生とともに、気軽に立ち寄って対話ができる場として「哲学カフェ」を定期開催しています（写真3）。哲学カフェのルールは、①感じたことは何を話しても良い。②人の話を否定しない。③話したくなければ話さなくてよい。というもので、集まった人たちが口々に好きなことを語り合う場です。一般的に、男性は女性よりもコミュニティに参加しない方が多いようで、地域の集まりには男性よりも女性が多いようですが、この会は男性が多く参加されているのも特徴のひとつ。男性も気軽に立ち寄り、語り合える場所は有益だと言ってくださいます。また、体調に不安があっても安心して参加できる場を保証するため、このカフェの運営に看護師が存在しているのは意味があると考えています。

この哲学カフェでは、時折「死」が話題に上ります。「どう死にたいか」という問いには「自宅で死にたい」「病院が安心」などという意見が出てきますが、死を迎える場所が重要ではなく、死に方への問いは最期までどう生きたいかを問うことであり、死ぬ瞬間まで自らが望む生き方を看護師に伝えてほしいと願います。

どう生きたいかを伝えてほしい

あるとき、病院から一本の電話が入りました。電話の内容は、「一人暮らしの方が、体調が悪く遠い親戚に連れられて受診された。末期がんが見つかり、検査データを見る限り帰れる状況ではないけれど、家に帰ると叫んでやまない。無理やり入院していただくわけにもいかずサポートをお願いしたい」という依頼でした。

写真3　哲学カフェ

病院看護師からバトンを受け継ぎ、ご本人が家に帰られる時間を見計らって訪問すると、「仏さんを守らなあかん」「私は一人じゃない」と訴えを繰り返し、辻褄の合わない話が続くことから、認知機能に衰えがあることは明らかでした。また身体の状態も、余命わずかであることがうかがえ、水分をとることもままならない様子でした。遠くの親戚は一緒に暮らすことは困難であり、本来ならば施設に保護すべき高齢者なのかもしれません。しかし仏壇を守るという言葉や一人じゃないという強い訴えに、この方は仏壇で眠るご家族と一緒に暮らし、共に逝きたいという意志を強く感じたため、医療・看護・介護がタッグを組んで自宅での暮らしをサポートすることにしました。

医師が病状を説明しても、病院で治療をするという選択は強く拒否し、一人暮らしの継続を希望されたため、ヘルパーが1日数回訪問して衣食住をサポートし、その合間に看護師が訪問することになりました。看護師の訪問では。心身の状態を観察して、残りの時間を予測しながら、できるだけ痛みや苦痛を和らげるための援助を提供しました。遠くまで歩ける体力がないことから、外に出ることを制限するのではなく、ご近所の顔なじみの方に状況を伝えて、見守っていただくことを依頼。外に出て、数歩歩いて倒れこみ、ご近所の方に保護されることもありました。訪問すると、廊下に倒れこんでそのまま眠られていることもありましたが、それでも「家にいたい」という意志は強かったため、見守りながら数日が過ぎ、ある朝訪問した時、仏壇近くで亡くなられていました。

認知症の方の自己決定を支える

この方は、明らかに認知症だったと判断できます。だからこそ、躊躇《ちゅうちょ》なく最期まで自分が望む生き方を貫くことができたのだと思いました。「一人では危険」「一人で死ぬなんて可哀想だ」という意見もあろうかと思いますが、認知症だから保護しなければいけないという価値観ではなく、意志を持つ人として尊重し、社会全体で個人の意志が貫けるサポートをする準備が今の社会の重要課題だと思います。また反対に、認知症でなくても望む生き方の意志が貫けるようなサポート体制を創ることも重要ではないでしょうか。

認知症の人は判断できないという理解は誤っています。認知症があっても、自分の生き方を自分で判断する権利、また自由に暮らす権利を尊重すべきだと考えます。過度に保護するのではなく、誰もが、いつ何が起こるかわからないというリスクを背負って生きているのですから、認知症を発症しても、疾患とともに生きるうえでのリスクを背負う必要があり、それがその人の人権を尊重することだと考えながら日々の看護にあたっています。

おわりに

機械を使い続けると不具合が出るのと同じように、人も加齢に伴い心身に不調をきたすのは当然のことです。その不調と付き合いながら人生を歩む相談役として、かかりつけ医を持たれることは非常に大切なことです。しかし、かかりつけ医を受診した際に、自分はどう生きたいのかをゆっくり話す時間を持つことは困難をきたします。私たち看護師は病気という切り口だけではなく、生活するうえでの不具合に対する相談に乗り、サポートするのが可能なことから、高齢社会を生きるうえで、かかりつけ医とともに、かかりつけ看護師を持つことは有益です。かかりつけ看護師が、日ごろからその人の価値観に触れ、認知機能が不調になった時にも自己選択を支え、生き方を支えられる伴走者として、市民に貢献できる社会の創造に、これからも寄与したいと考えています。

3章 認知症を地域で支えるための専門医療と地域連携

池田 学

先生は専門医療と地域が一体となって認知症対策を行い、有名な熊本モデルで中心的な役割を果たしました。認知症を地域で支えるために必要なことを説明していただきます。一人ひとりにきめの細かいケアが必要なことを力説しています。

はじめに

急激な高齢化の進展にともない、わが国の認知症者とその予備軍である軽度認知障害（Mild Cognitive Impairment：ＭＣＩ）の人は、それぞれ５００万人を超えたといわれており、本書の他章にも触れられているように認知症を地域で支えるさまざまな試みが自治体や地域包括支援センター、医師会などを中心として展開されつつあります。その一方で、専門医療機関や介護サービスの不足が新聞紙上などで毎日のように議論されています。その主たる理由は認知症者の数の多さにあることに間違いありませんが、もう一つの理由としてわが国の高齢化のスピードを挙げなくてはならないでしょう（図1）。すなわち、わが国の認知症に関わる医療や介護のレベル

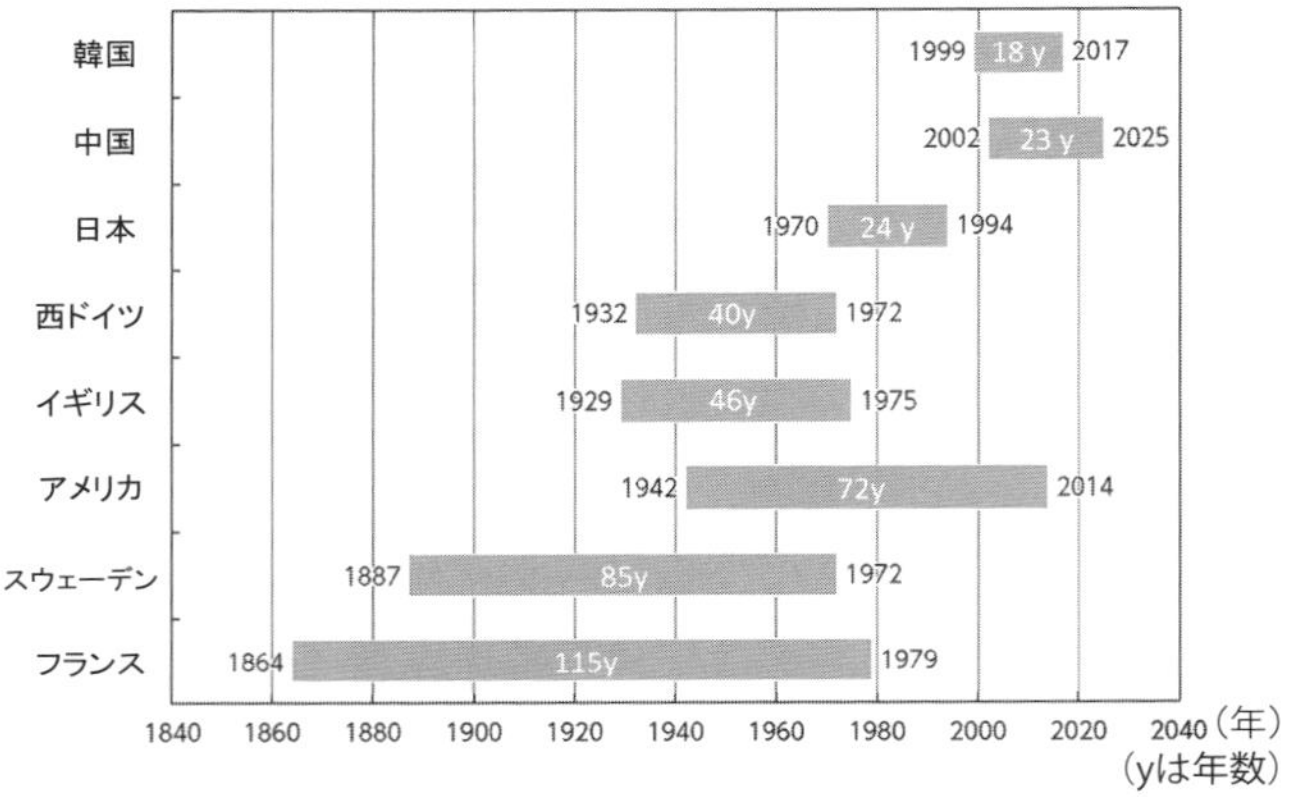

図１　主要国が高齢化率７パーセントから14パーセントになるまでに要した年数
（出典：平成30年版厚生労働白書）

は、平均的には世界屈指の水準にあると思われますが、同程度の高齢化率を誇る北欧諸国を含めて、このように急速な高齢化の道をたどっている社会は、今のところ日本の他に存在していません。したがって、認知症に関わる医療や介護の制度そのものが成熟しているとは言いがたく、国民もこのような超高齢社会を受け入れる構えができていなくても不思議ではありません。

認知症性疾患の多くは慢性疾患であり、その患者数を考えても通常の認知症治療・ケアは、かかりつけ医やケアマネジャーによる、地域に密着したきめの細かい対応が基本です。しかし認知症者とその家族を支えるためには、正確な早期診断・適時適切な治療、精神症状・行動障害への対応、身体合併症への対応など専門的医療の関与も節目節目で欠かせません。上記のような理由で絶対的に不足しているこれらの専門医療を提供する専門機関として、2007年度より一定の基準を満たす総合病院や精神科病院を中心に、全国150か所を目標（2015年末で336カ所）に認知症疾患医療センターが設置されました。

認知症疾患医療センターの基本的な役割

認知症疾患医療センターの役割として、専門医療相談、早期診断（鑑別診断）に基づく初期対応、認知症に伴う精神症状や行動障害（Behavioral and Psychological Symptoms of Dementia：BPSD）の治療、身体合併症のマネジメント、かかりつけ医や介護スタッフとの連携・医療研修の実施、標準的な認知症医療普及・啓発などがあります。ここでは、鑑別診断とBPSDについて紹介してみたいと思います。

鑑別診断

認知症の原因となる病気を検討する前に、まず必要なステップは、認知症を疑われ診察に訪れた高齢者が本当に認知症かどうかを見極めることです。つまり、認知症と認知症によく似た状態を鑑別することです。たとえば、意識レベルや注意機能の変動、幻視などの幻覚を主症状とする、せん妄の方がしばしば認知症の専門外来を受診されます。せん妄は脳に脆弱性《ぜいじゃくせい》のある認知症にもしばしば合併しますが、認知症とは無関係に出現することもよくあります。せん妄と診断できれば、肺炎や電解質《でんかいしつ》異常、昼夜逆転傾向、薬剤（一部の睡眠薬、頻尿改善薬、胃薬などによる）などせん妄の原因を検討し介入を開始することになります。また、高齢者のうつ病も、物忘れを伴うことが多いため、しばしば認知症と間違えられています。ただし、初期の認知症は抑うつ状態を伴いやすいため、認知症なのか、老年期のうつ病なのか、それとも初期の認知症に抑うつを伴った状態なのかを見分ける必要があります。うつ病であれば、休養と抗うつ薬による薬物療法といった、認知症の治療とはまったく異なる内容の治療を開始することになります。このように最初のボタンのかけ違いは、当事者や家族に大変な不利益をおよぼしますので、早期の正しい診断は専門医の極めて重要な役割の一つといえます。

受診された方が認知症であると診断したら、まず根本的治療の可能性がある認知症を鑑別します。認知症は治らないと思っておられる方も多いですが、現時点の医療のレベルでも、早期に診断し治療が開始できれば、ほぼ元の状態に戻ってもらえる認知症もあるのです（第1部2章を参照）。認知症全体の10～20パーセントですが、原因となる病気の種類は多いです。アルツハイマー病などの根本的な治療法がまだない変性疾患による認知症との違いは、経過が比較的速いことです。数か月で急速に症状が悪化している場合は、まず根本的治療の可能性がある認知症を疑う必要があります。たとえば、慢性硬膜下血腫《まんせいこうまくかけっしゅ》は、転倒による頭部打撲後（転倒のエピソードが確認できないことも多い）、数週から2か月くらいの間に認知機能の低下などが急速に進行する場合に強く疑われます。大きくなった血の塊り（血腫）が脳を圧排している場合は、直ちに除去する手術を実施する必要があります。

図2は、筆者の前任地である、基幹型認知症疾患医療センターが設置されている熊本大学神経精神科認知症専門外来を初診した連続975名の診断内訳です。認知症ないし認知症と類似の病態がいかに多岐にわたるかが明らかです。正確な早期診断に基づく治療や介護計画を立案、実行していくうえでも専門医療の関わりは不可欠です。

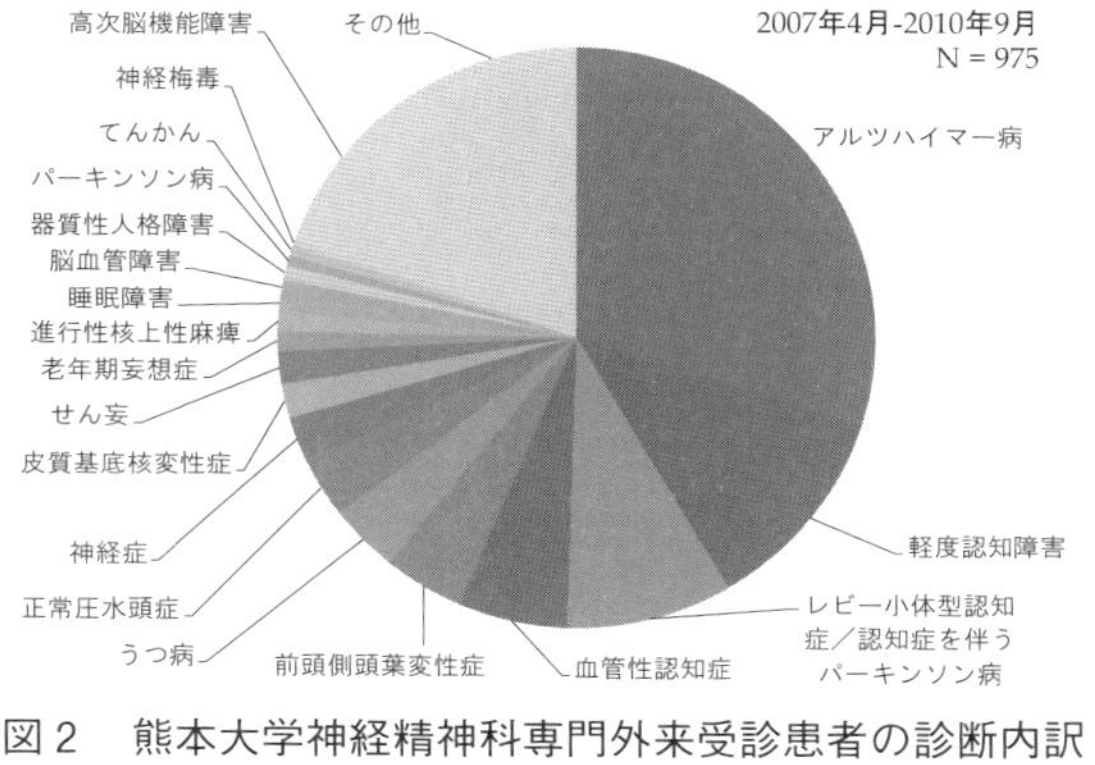

図2　熊本大学神経精神科専門外来受診患者の診断内訳

BPSDの治療

認知症の症状は、従来から中核《ちゅうかく》症状と周辺症状あるいは随伴《ずいはん》症状という形で二つに分類されてきました。脳の障害そのものから起こってくる認知機能障害を中心とする中核症状に対して、身体状態や介護環境と中核症状との相互作用で生じてくる精神症状や行動障害は、周辺症状と呼ばれてきました。しかし、後者は実際の生活場面、介護の場面では決して周辺ではなくて、プロの介護職も含めて介護者にとって大きな負担になっています。また、レビー小体型認知症や前頭側頭型《ぜんとうそくとうがた》認知症においては、精神症状や行動障害の方が主たる症状です。

１９９６年の世界老年精神医学会でこのような精神症状に対して、ＢＰＳＤという概念が提唱され、今では、ＢＰＳＤいう言葉で認知症に伴う精神症状や行動障害が語られることが多くなっています。内容的には、従来から周辺症状と言われていたものがほぼ網羅されています（図３）。ＢＰＳＤの重要性に関しては言うまでもないことですが、（１）ＢＰＳＤが認知機能障害に重なると、入院・入所の時期が早まる、（２）ＢＰＳＤによって当事者だけでなく介護者のＱＯＬも低下する、（３）ＢＰＳＤを伴

- 心理症状
  - 妄想
  - 幻覚
  - パラノイア
  - 抑うつ
  - 不安
  - 重複記憶錯誤
  - 誤認妄想
- 行動症状
  - 興奮（攻撃，暴言・暴力）
  - 徘徊
  - 睡眠障害
  - 食行動異常
  - 性的脱抑制

図３　BPSD

うと、医療経済的負担がより大きくなる、(4)ＢＰＳＤをそのまま放置しておくと、認知機能そのものの低下も進む、などといった知見が集積されてきています。このようなＢＰＳＤに対する的確な治療が、専門医療に求められています。アルツハイマー病などの病態修飾薬（病気の進行を止める、あるいは回復させる薬）の開発が滞っている中で、医療に求められる中心的な課題の一つになっています。実際に、臨床現場でもっとも受け皿が不足しているのは、ＢＰＳＤを呈し、なおかつ身体合併症の治療が必要な認知症の方であり、認知症疾患医療センターにはその対応が期待されています。

熊本県認知症疾患医療センター（熊本モデル）の取り組み

熊本県の人口は当時約180万人で、国の構想では認知症疾患医療センター2か所の設置が想定されていましたが、この方式ではＢＰＳＤや身体合併症への円滑な対応を地域で迅速に実施することは難しく、また少数の病院に早期診断などを求めて認知症の方が集中するという問題点がありました。そこで熊本県と熊本大学では、認知症の早期診断や地域の医療支援体制を充実させるために、認知症疾患医療センターを地域の認知症医療（診療拠点ならびに地域連携）を担う7か所（現在は11か所）の「地域拠点型センター」を精神科病院に、人材育成や研修などを通して県全体を統括する「基幹型センター」を大学病院に設置し、このような2層構造によるシステム（熊本モデル）を国に逆提案して認められました（図4）。熊本モデルの特徴は、8箇所（現在は13箇所）の認知症疾患医療センターが、人材育成や地域医療を分担しながら、一体となって活動していることです。このシステムで担当している患者さんの数は、ひと月あたり初診の方で約200名、繰り返し受診されている方も含めると4000名以上になります。この地域の方の多くは家族の車で通院していますが、各センターへの通院時間は、県外からの受診者もある大学病院を除いて、当初の目標通りほぼ30分以内になっています。

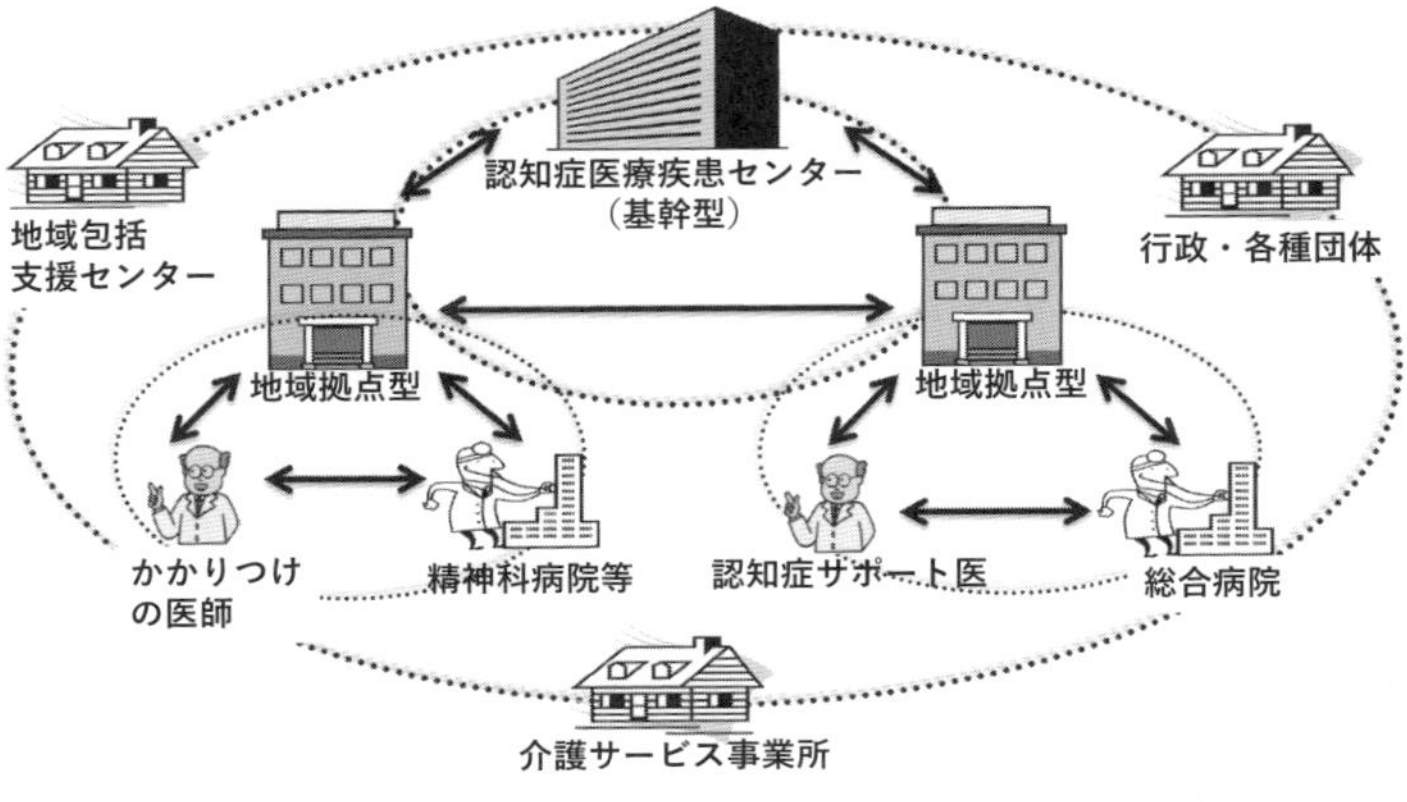

図4　熊本県認知症疾患医療センター（熊本モデル）
地域での拠点機能を担う7か所の「地域拠点型」と、県全体を統括する「基幹型」（熊本大学附属病院）の2層構造として整備する。

基幹型センターと地域拠点型センターの役割分担

基幹型センターでは、MRIやSPECTなどの画像診断、複雑な神経心理学的検査の実施が必要な軽度認知障害や若年性認知症をはじめとした、とくに診断が困難な認知症性疾患の鑑別診断や短期入院による独居の方のADL（日常生活動作）評価などを積極的に行っています。また、多職種による若年性認知症患者の訪問支援も開始しています。大学病院は総合病院として重篤な身体合併症やBPSDを伴う身体合併症例対応も重要な役目で、大阪大学医学部附属病院でも地元の吹田市初期集中支援チーム等から紹介される方々を受け入れています。地域拠点型センターはすべて民間の精神科病院に設置されていて、主な役割は正確な診断に基づく治療・介護計画の策定、BPSDに対する治療、地域の医療機関や介護施設との連携による合併症のマネジメントです。まさに認知症医療の最前線の役割を担っているということができます。

人材育成機能

基幹型センターの人材育成機能として、2か月毎に事例検討会を開催し、各センターで経験した困難事例の検討と認知症に関する研修を行っています（図5）。そこでは各センターの医師と連携担当者（主に精神保健福祉士）は参加を義務づけ、作業療法士や臨床心理士などのコメディカルスタッフ、コールセンターや地域包括支援センターのスタッフ、行政担当者にも参加を促

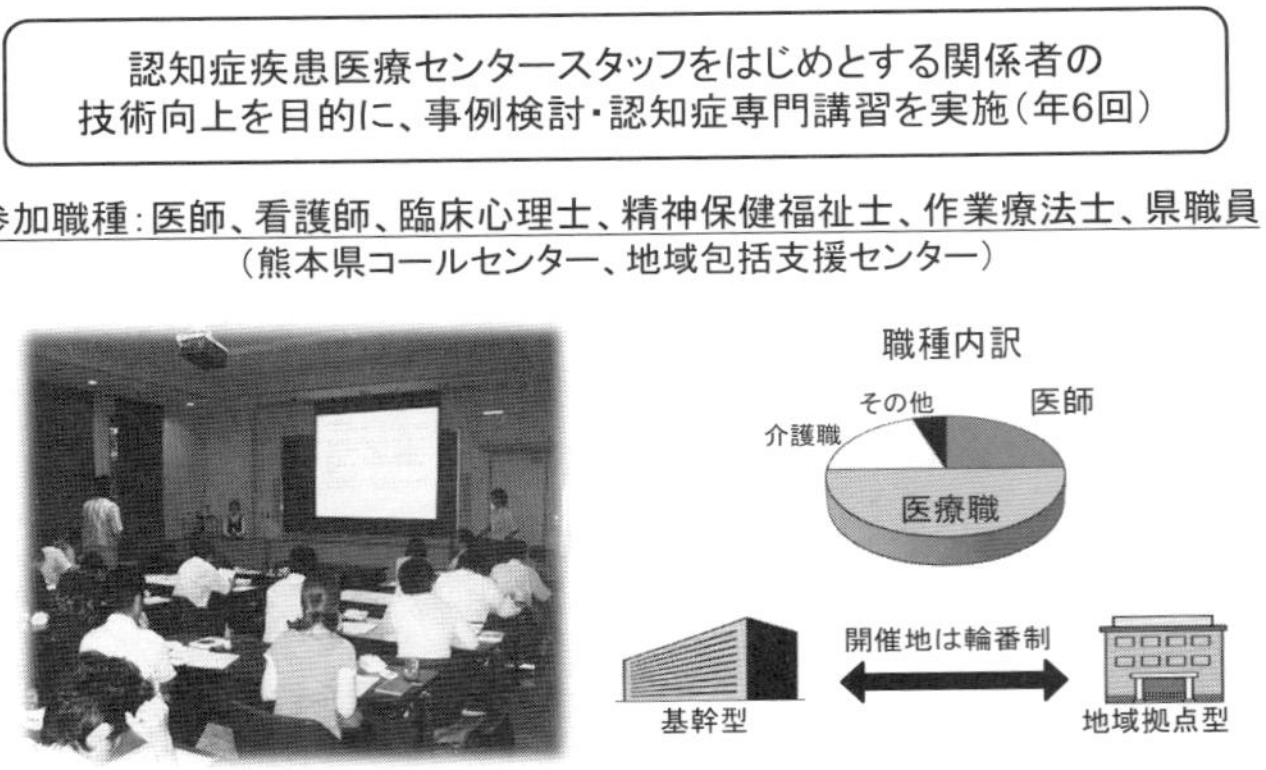
認知症疾患医療センタースタッフをはじめとする関係者の
技術向上を目的に、事例検討・認知症専門講習を実施（年6回）
参加職種：医師、看護師、臨床心理士、精神保健福祉士、作業療法士、県職員
（熊本県コールセンター、地域包括支援センター）
職種内訳
その他
医師
介護職
医療職
開催地は輪番制
基幹型
地域拠点型

図５　基幹型事例検討会

し、技術向上と診断や治療の標準化を図っています。また熊本大学病院で経験を積んだ専門医を各センターの週一回の専門外来に派遣し、地域拠点型センターの医師をサポートし、コメディカルスタッフに対して教育、指導を行っています。さらに、地域拠点型センターへは常勤医として専門医の派遣が実現しているところもあります。認知症者の多くが高齢者でその数を考えると、専門医療機関といえども熊本モデルのような相当な数と均等な分布が必要になります。しかし、その質を均てん化（恩恵を平等にする）し、数を維持するためにはシステムそのものの中にコストがかからないさまざまな人材育成機能の仕組みを内包させておく必要があると思います。残念ながら、上手くいっていた多くの認知症地域連携システムが比較的短期間で衰退してしまう原因は、この人材育成機能が十分でないために、キーパーソンの異動や引退によってシステムが維

持できなくなることによります。

2011年度からは各地域拠点型センターが中心となり地域のかかりつけ医やケアマネジャー等に参加を促し地域拠点型事例検討会も開催しています（図6）。基幹型センターの事例検討会の目的は、主にスタッフのスキルアップと各センターの診療技術の均てん化ですが、この事例検討会の目的は対応困難例の支援ならびに各認知症疾患医療センタースタッフや地域の関係者が顔を合わせることで、より連携が図りやすく地域の現状も把握できるなど地域連携を図る上で重要な関係性が構築されつつあります。基幹型が主催する事例検討会の目標は関係機関（とくに認知症疾患医療センター間の連携）との連携強化はもちろんですが、人材育成を軸に開催しているため参加メ

開催回数：30回　事例検討数：57例　（地域拠点型センター合計）

参加団体

認知症疾患医療センター、精神科病院、一般病院、診療所、地域包括支援センター、居宅介護支援事業所、デイサービス事業所、訪問介護事業所、介護老人福祉施設、介護老人保健施設、グループホーム、小規模多機能施設、有料老人ホーム、養護老人ホーム、認知症の人と家族の会、認知症サポート医、認知症医療・地域連携専門研修修了者、認知症介護指導者、認知症サポートリーダー、成年後見センター、保健福祉センター、社会福祉協議会、熊本県長寿社会局、地域振興局、市町村役場、警察署、消防署

参加職種

医師、介護支援専門員、介護福祉士、看護師、言語聴覚士、作業療法士、社会福祉士、精神保健福祉士、ヘルパー、保健師、理学療法士、臨床心理士

内容

事例検討および地域拠点型センター医師による認知症講義

図6　地域拠点型事例検討会

ンバーは上述したように固定しています。一方、地域拠点型事例検討会は当事者の支援と地域内でのネットワーク体制の構築が最大の目標であるため、認知症にかかる医療や介護、福祉をこえた地域のさまざまな機関や多職種（たとえば警察官や消防隊員、民生員、ボランティアなど）による事例検討会となっており、平成２０１１年度だけで30回実施されています。このような顔の見える連携は、当事者だけでなく支援者が地域の資源を発掘できる重要な機会であり、地域包括ケアシステム（他章参照）の実現に向けた地域ケア会議でも重要視されていますが地域によっては必ずしも活発に実施されているわけではありません。

地域で認知症患者を支えていくには、かかりつけ医の積極的な関与が必要不可欠であり、かかりつけ医のゲートキーパーとしての認知症診療の技術向上を図ることが重要です。そのような中２００６年度より国が定めた要綱に基づいて、かかりつけ医認知症対応力向上研修事業がスタートしています。熊本県では、さらに、かかりつけ医認知症対応力向上研修を受講した認知症に関心の高いと思われるかかりつけ医に対して、ステップアップ編を企画し、２０１０年度より研修会を開催しています（図7）。研修内容は、各年度1回目のステップアップ研修時にアンケート調査を行い、研修時に取り上げてほしい内容や日常診療での疑問点を調査し、各々の内容に専門医が応える形で2回目のステップアップ研修が実施されています。本研修の教材や講演はすべて基幹型センターのスタッフが準備しています。このステップアップ編を受講し

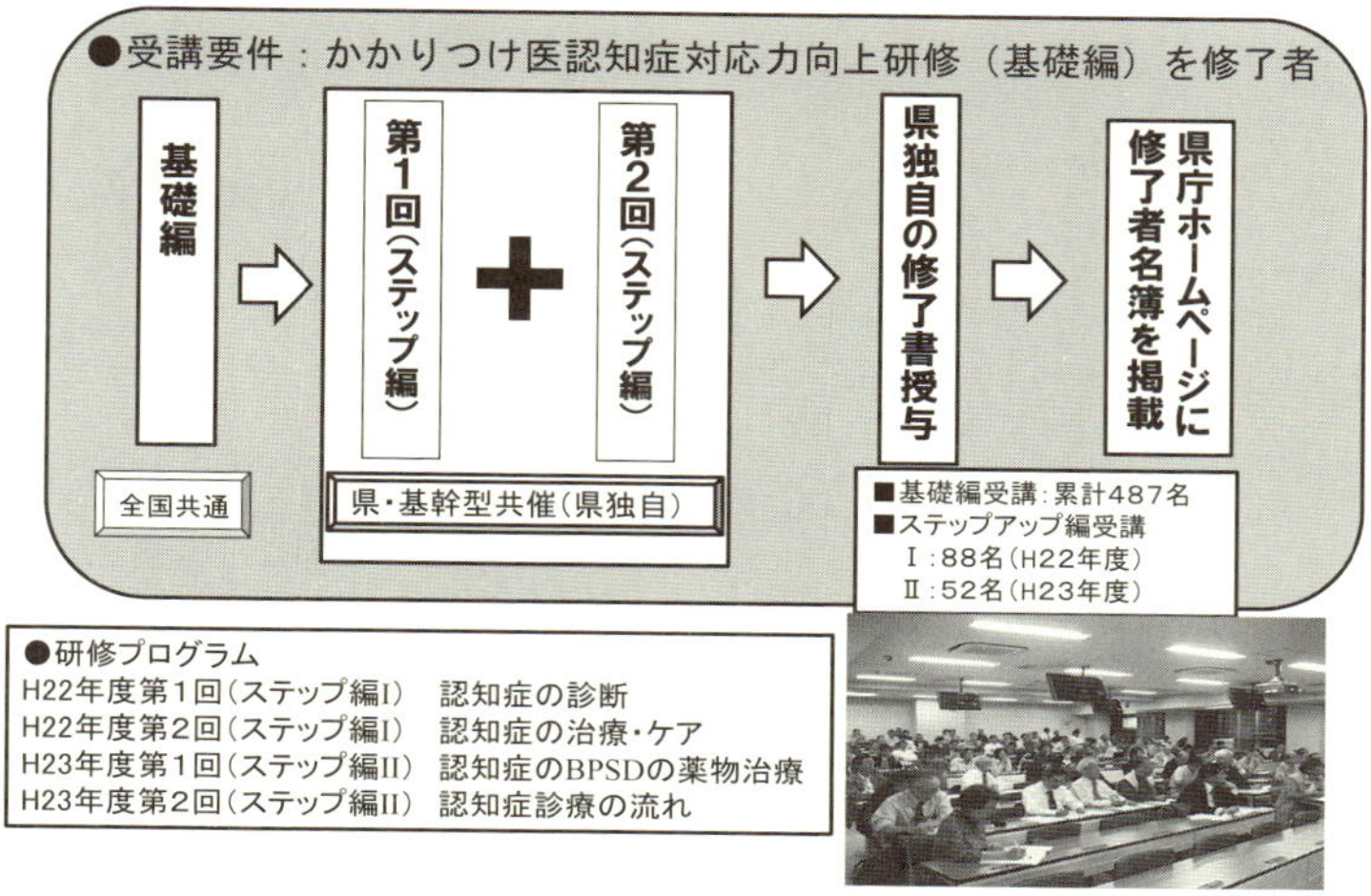

図７　熊本県かかりつけ医認知症対応力向上研修ステップアップ編

た医師へは県知事名で修了証を授与し、県庁ホームページ等で修了者名簿を公表し、認知症診療に積極的な医師として広く県民に周知を図っています。

認知症に関わる地域医療体制構築の中核的な役割を担うべく連携の推進役として、２００５年より認知症サポート医養成研修事業も開始されています。しかし、必ずしもその役割を果たせていないことも多いことが指摘されていましたので、熊本県では地域の核となってさらにより専門医に近い立場で地域連携を推進する人材を確保するために、２０１１年より認知症サポート医を対象とした熊本県認知症医療・地域連携専門研修を実施しています。認知症疾患医療センター以外の認知症専門医として県内の認知症医療体制の構築に携わってもらうためにも、一定の要件（認知症臨床経験5年以上かつ認知症サポート医研修修了者）を満たした医師を対象者としています。講師は基幹型センタースタッフおよび行政担当者が務めています。研修内容は地域連携に積極的に関与してもらう必要があるので、認知症対策についての行政説明、認知症疾患医療センターの概要説明など診療以外の活動に関わる内容も加え約7時間のプログラムを設定しています。さらに研修修了者の責務として、前述した地域拠点型事例検討会にアドバイザーとして参加するなど地域を支援する体制の一翼を担ってもらっています。かかりつけ医の研修と同様に研修修了者名簿は公表されています。

多職種による自宅訪問による支援

上述したような認知症者の急増に対して、国は認知症施策推進総合戦略（新オレンジプラン）（他稿参照）を策定し、さまざまな認知症施策を展開していますが、その基本的な考え方は、「認知症の人の意思が尊重され、できる限り住み慣れた地域のよい環境で自分らしく暮らし続けることができる社会の実現を目指す」ことです。そのためには、適時適切な介入により住み慣れた環境における日常生活動作の維持安全の確保が前提となります。独居高齢者の増加に伴い（図8）、地域における一人暮らしの初期認知症や軽度認知障害段階の高齢者、既存のサービスに馴染みにくい若年性認知症の生活支援は喫緊の課題です。

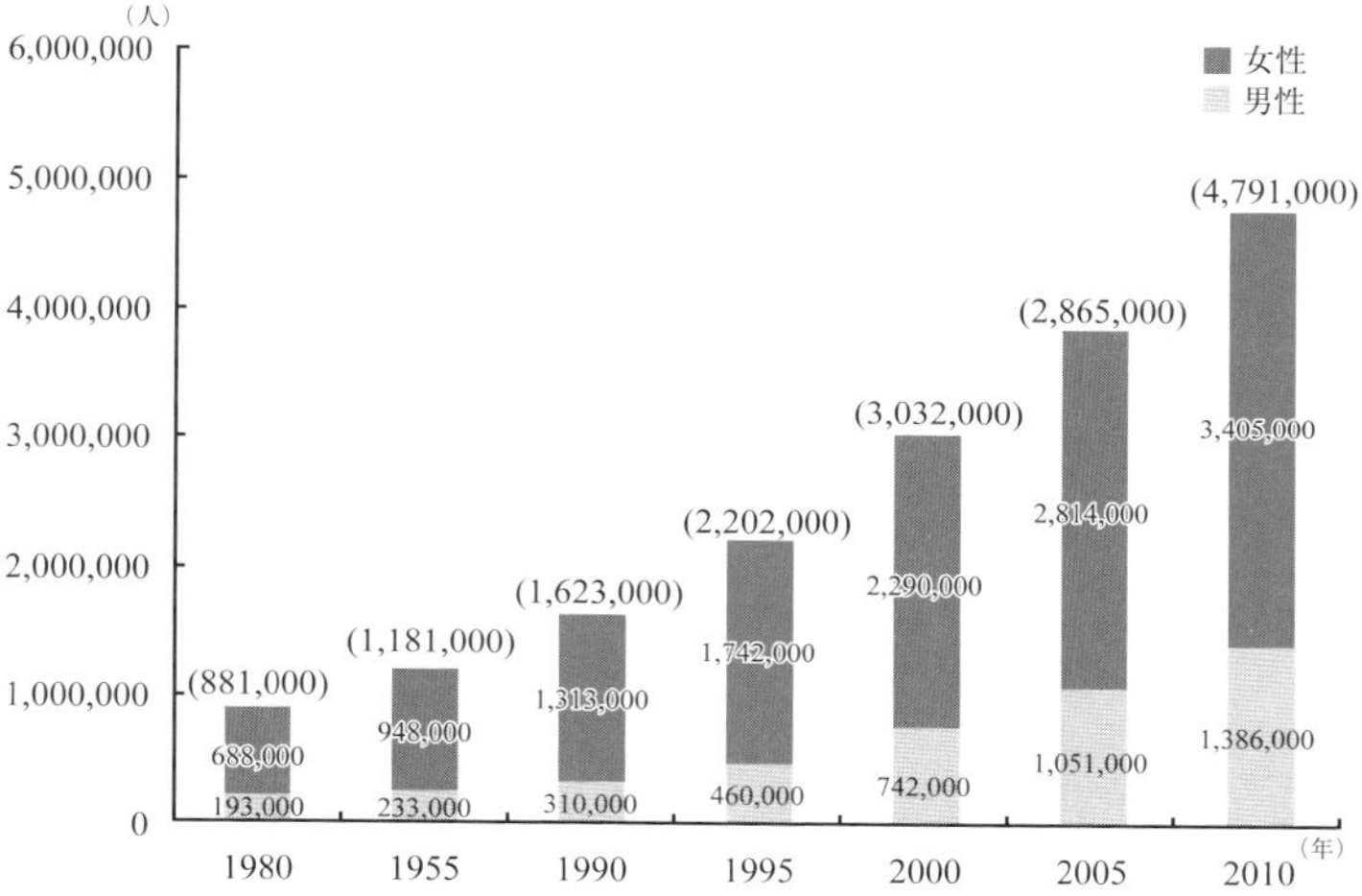

図８　日本における65歳以上の独居高齢者数

熊本大学や大阪大学の精神科では、独居の安全性評価目的の検査入院患者の退院前訪問、サービスの乏しい若年性認知症の外来通院患者の訪問支援などにおいて、作業療法士、臨床心理士、精神保健福祉士、若手医師に加えて、認知症看護認定介護士などによる、多職種チームで専門性の高い活動を展開しています。たとえば、独居の認知症の方の退院前支援では、なお住みなれた自宅で暮らし続けたいという本人ならびに離れて暮らす家族の希望を十分確認した上で、入院により主治医と担当看護師が地域のサービス利用で独居の継続が判断した場合、上記の専門職チームが当事者と離れて暮らす家族、ケアマネジャーと共に退院前に自宅を訪問し、さまざまな整備を試みます。たとえば、私が主治医だった初期のレビー小体型認知症のＳさんは、熊本市内のマンションに1人でお住まいでした。生まれた街で住み続けたいというSさんと、本人が希望するなら可能な限り応援したいという大都市で暮らす娘さんの希望を確認した上で、作業療法士と専門看護師のチームが、Sさんと娘さん、担当ケアマネジャーと共に検査入院中に自宅を訪問しました（図9）。浴室では、作業療法士が手すりの位置が危険であることに気づき、介護保険を使って手前に縦向きに設置し直すことをケアマネジャーに依頼しました。また、浴室のイスが低く滑り止めも付いていないことに看護師が気づき、娘さんに十分高さのあり滑り止めのついたシャワーチェアー

78歳　女性
レビー小体型認知症　MMSE: 22点
マンションで独居　要介護1
ケアマネジャーも参加

☆風呂場の手すりの有無・位置
☆シャワーチェアーの有無
☆入浴時の動作を確認

安全面の指導

☆手すりの追加（縦方向）
☆シャワーチェアーの購入
☆浴槽の淵に座ってから足を移動させる訓練

図9　退院前訪問例（Sさん）

の購入を勧めました。さらに、入院中にリハビリテーション部に依頼して、浴槽の高さまでの足上げ訓練を実施して退院してもらいました。その後、Sさんは3年以上にわたって、事故もなく、ケアマネジャーさんと定期的に受診を続けられました。各市町村に設置が義務づけられた初期集中支援チームなども含めて、新オレンジプランの理念を実現するためには、このような専門職のアウトリーチによる在宅支援が、ますます重要になってくると思われます。

おわりに

本書でもさまざまな視点から強調されているように、膨大な数のさらに増え続ける認知症者とその家族を地域で支えるためには、要所要所で各専門職が地域の社会資源をバックアップする地域連携の構築が喫緊の課題ですが、そのためには各専門職の人材育成が前提となります。本章では認知症の熊本モデルを中心に紹介しましたが、各地域の実情にあった地域連携システムの構築と人材育成が必要です。わが国では、これからの高齢化は都市部を中心に進むことが推定されており、各都市圏での地域連携システムの構築も急がれます。

4章 自分らしく生きるためのさまざまなツールと取り組み

山川 みやえ

「認知症になっても自分の望んだ場所で、最期まで暮らす」。それが可能になるように、いろんな取り組みが、随所で行われています。誰にでもなりうる認知症、家族の誰かがそうなるかもしれない。そんな時に、この超高齢社会ではさまざまな取り組みがなされていることを知ることは非常に重要なことです。安心して生活できるように、さまざまなツールを系統的に話していただきます。

社会の病気になってしまった認知症

ここ2、3年くらいで「認知症になっても自分の望んだ場所で、最期まで暮らす」という言葉が、関係者の間では、合言葉のようになっています。その合言葉を実現するために実にさまざまなツールが開発されていたり、いろいろな取り組みがなされています。本章ではそのツールや取り組みについて紹介します。

しかし、その前に、なぜこんな「普通」のことが合言葉のようになっているのかということを話さなければいけません。認知症は病気です。風邪などと同じなのです。しかし、認知症は個人的な病気にとどまらず、「社会の病気」になってしまいました。この本の最初に認知症という病気について説明しました（第1部1章3ページ、2章21ページ）。認知症は徐々に生活するのに必要な機能が低下して、生活での不具合が出てくるものです。それなのに、認知症になったら何もできない、徘徊などで家に帰れない。認知症であることで仕事を不当に辞めなければいけない、認知症であることを隠さないと差別的に扱われる、認知症になったら施設で暮らさないといけない、等々というようなイメージがついてしまいました。そのために、病気になっても自分の望んだ場所で暮らすという、ごくごく当たり前のことが目的になってしまいました。

この「認知症になっても自分の望んだ場所で、最期まで暮らす」という合言葉が出てきたのには、二つの理由があると考えます。一つは政策的なもの、もう一つは実際の認知症とともに生きる人たち、そしてその人たちをサポートする人たちの問題意識の高まりです。

認知症施策の変遷

まずは、政策的なことについてお話したいと思います。政策の話はいつもわかりにくくつまらなくなりがちですが、これにそって今現在の認知症についてのさまざまな活動が成り立っているので、できるだけわかりやすく、時間を追ってお話しします。2013年の12月にロンドンで「G8認知症サミット」というものが開催されました。これは、世界的な高齢化とともに認知症の問題も国際化しているために、各国が協力して認知症がもたらす諸問題の解決を目指すことを目的に行われました。それを受け、2014年にG7各国の関係者などを集め、厚生労働省、独立行政法人 国立長寿医療研究センター、社会福祉法人浴風会 認知症介護研究・研修東京センターが認知症サミットの日本の後継イベントを開催したのです。ちなみに、この独立行政法人 国立長寿医療研究センター、社会福祉法人浴風会 認知症介護研究・研修東京センターという組織は、今のさまざまな国内の認知症の施策を厚生労働省の委託を受けながら進めているところです。この施策の方向性については後ほど言及します。

この2014年の認知症サミットの日本後継イベントは、次のような目的で開催されました。

各国の協力により認知症への取組が推進されようとしているなか、下記のテーマに関して、関係者が集い、知見や経験を共有する。併せて、世界でまれに見る速さで高齢化が進んでいる日本の取組等について、本イベントを通じて世界に発信し、認知症分野での国際貢献を目指すとともに、これを契機とした国内施策の更なる充実・発展を目指す。

（厚生労働省「認知症サミット日本後継イベントの開催」より抜粋）

これを見ると、65歳以上の人口の割合を示す高齢化率が、世界の中で断トツのトップである日本が、認知症の諸問題を牽引していく役割があることを政府も認識していることがわかります。実際に、このイベントでは、首相は新しいケアと認知症の予防のモデルを作っていくと宣言しました。実はこの年から認知症に関するさまざまな取り組みは飛躍的に発展したと言えます。

実は厚生労働省は2013年に「認知症施策推進5か年計画（オレンジプラン）」を開始していました。その中では、認知症の人が自宅で過ごせるようにするためのマニュアルのようなものを各市町村に作成させ、地域での生活を支える医療、介護サービスの構築を進めてきました。それが2014年の政府の国家戦略にすべき課題として取り上げられたことによって加速しました。そして厚労省は先のオレンジプランをさらに発展させた「認知症施策推進総合戦略～認知症高齢者等にやさしい地域づくりに向けて～（新オレンジプラン）」を策定しました。

新オレンジプランについて少し詳しく説明します。これは、2015年に開始され5年間の解決すべき課題を提示しています。認知症があっても、認知症をもつ人が自分らしく、暮らしなれた地域で生活できるように、地域の環境やサポート体制を整えるための地域包括ケアシステムを構築することが重要で、以下の七つの柱から成り立っています（厚生労働省ＨＰ 認知症施策推進総合戦略より引用）。この新オレンジプランの前提にあるのが地域包括ケアシステムの考え方です。

1. 認知症への理解を深めるための普及・啓発の推進
2. 認知症の容体に応じた適時・適切な医療・介護等の提供
3. 若年性認知症施策の強化
4. 認知症の人の介護者への支援
5. 認知症の人を含む高齢者にやさしい地域づくりの推進
6. 認知症の予防法、診断法、治療法、リハビリテーションモデル、介護モデル等の研究開発およびその成果の普及の推進
7. 認知症の人やその家族の視点の重視

どんな課題にも対応できる地域包括ケアシステム

地域包括ケアシステムとは、厚生労働省は「2025年を目途に、尊厳の保持と自立生活の支援の目的のもとで、可能な限り住み慣れた地域で、自分らしい暮らしを人生の最期まで続けることができるよう、地域の包括的な支援・サービス提供体制（地域包括ケアシステム）の構築を推進する」としています。（厚生労働省ホームページ　地域包括ケアシステムより引用）　読者の皆さんは、地域包括支援センターという機関をご存知でしょうか。この地域包括支援センターは、地域包

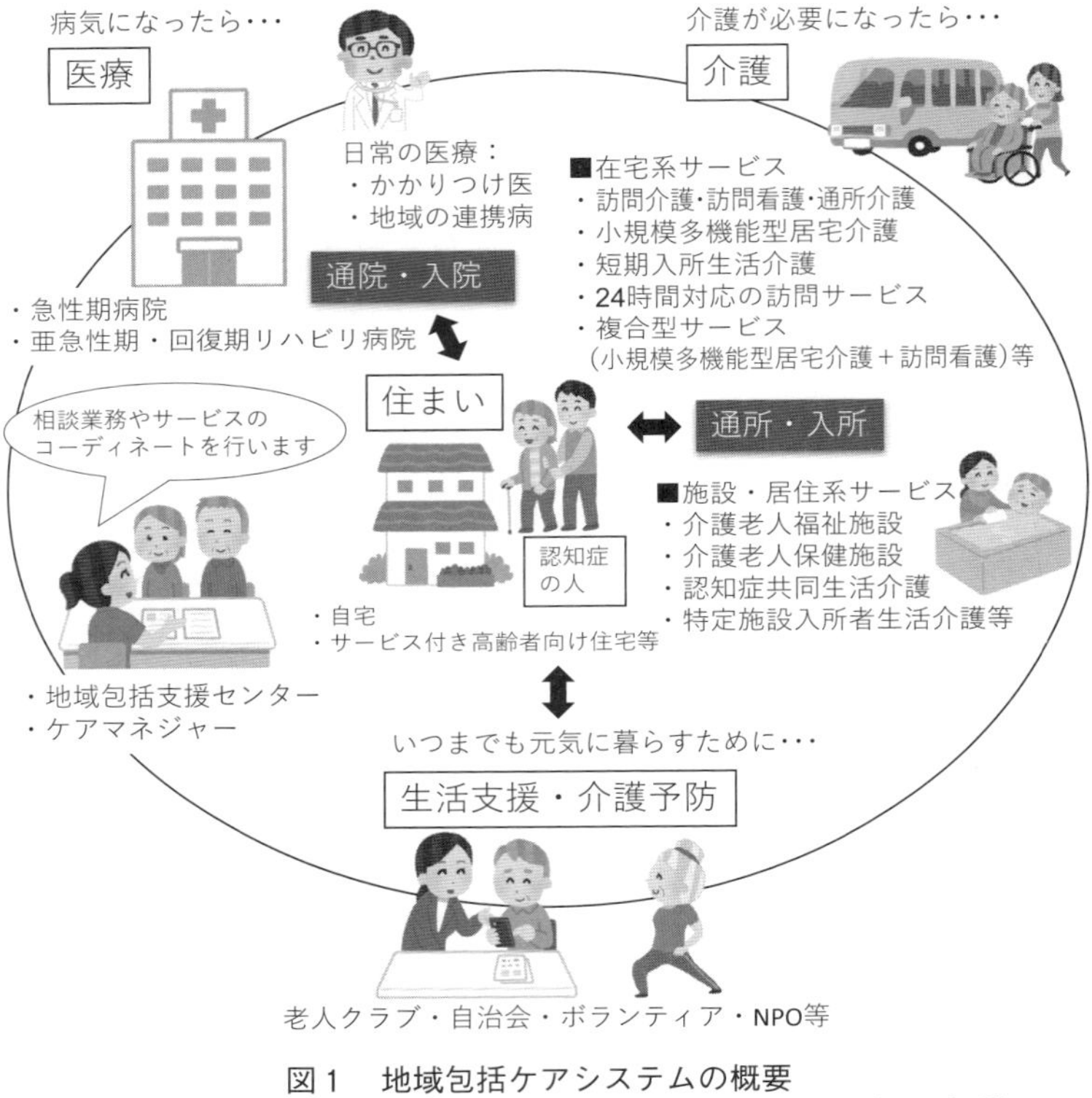

図１　地域包括ケアシステムの概要

地域包括ケアシステムは、おおむね30分以内に必要なサービスが提供される日常生活圏域（具体的には中学校区）を単位として想定。

括ケアシステムを実際に担っていく公共の機関です。市町村から委託を受けて民間の組織が運営している場合もあります。地域包括ケアシステムの詳しい説明は、厚生労働省のホームページに書いてあるのでここでは省きます。興味のある人はそちらをご覧ください。要するに地域包括ケアシステムとは、病気や障害、経済の問題、家族の問題などの個人的な問題を抱えていても、いろいろな制度（医療、介護など）や民間のサポートシステムを使って自分の思うような生活ができるようにするという（図1）、とてもありがたく、頼りになるシステムのことなのです。

私たちが直面している課題は、高齢化の象徴である認知症に対しても、地域包括ケアシステムの構築が可能なのかということです。地域包括ケアシステムは認知症だけではなく、地域に住んでいる人全員を対象にしています。しかし、先に述べたように、社会の病気になってしまった認知症で検証するのは、非常にチャレンジングだと言えます。ですが、逆に認知症で可能であれば、他のあらゆる病気や障害を持っている人にも応用可能だということです。そして、地域包括ケアシステムを認知症という病気でも構築する手段として、政府の掲げている新オレンジプランがあるのです。

認知症とともに生きる人、支える人たちの問題意識

次に、「認知症になっても自分の望んだ場所で、最期まで暮らす」という合言葉がでてきたもう一つの理由についてお話しします。少し前から認知症の病気（アルツハイマー型認知症、脳血管性認知症、などの医学的疾患）と診断された人たちが、「社会の病気」となってしまった認知症のイメージと実際の生活と違っているということで、声を上げ始めました。あちこちで当事者の声を聴くようにということで、講演会などが多数催されています。常に対象者の声を聴くというのは、医療でも福祉でも、どのようなときでも大事な視点です。認知症の場合は、継続的に認知機能が低下していくことに伴い、生活上に支障が出てくるので、一緒に生活している家族や、友人などの支援者も広く当事者であると捉えたほうが良いでしょう。人はひとりでは生きていけないということを思い知ったという、あるアルツハイマー型認知症の人が教えてくれた言葉を思い出します。

しかし、私はこの当事者の声を聴くというのは、認知症に限らず、少し怖いことだと思っています。ましてや、先にいったように認知症は「社会の病気」です。自分がその病気であることを広く世間に発表しなければいけない人、発表したい人は、一体どのような心持ちなのかと考えます。私は医療者として、さまざまな病気があることを知っています。病気とは非常に個

人的な出来事です。しかも世間での病気のイメージは千差万別です。いろいろな考え方がある中で、そのきわめて個人的なことを言っているはずの人の言葉が社会的な動向の影響、さらに言えば社会的圧力に同調する傾向がないかが気になります。というのは、認知症の人たちの語りの内容はかなり類似していて、普通の人として認めて欲しいというような発言が大半を占めているように思えるからです。認知症のために自分の考えを十分に述べることが難しいからこそ、他者の主張に影響されていないかが気になるのです。確かに、認知症の人本人の言葉は真摯に受けるべきでしょう。しかし、そのためには、その人との対話を十分に重ねて、サポートする人がその真意を十分に汲み取った上での発言とするような工夫が必要ではないかと思っています。そして、話を聞いたからには、地域包括ケアシステムを醸成するような行動を一人ひとりができるようになれば、認知症でもどのような病気や障害にでも本当にやさしいまちづくりが可能になるのではないでしょうか。

「認知症になっても自分の望んだ場所で、最期まで暮らす」ための戦略ツール

地域包括ケアシステムを構築するための手段として、認知症の新オレンジプランがあることは説明しました。その手段をどのような切り口で実践していくかということは難しいのではな

いかと思っている読者の皆さんもいると思います。システムをつくるというとオオゴトのように感じますが、実は非常に身近なことで実現できるのです。その実践の切り口として、自助・互助・共助・公助という考え方があります。

自助は、自分のことは自分でするということです。「認知症でも自分のことが自分でできるのですか？」という質問を受けることもありますが、もちろん、できます。こういう質問を受けるたびに、いかにイメージだけで認知症が理解されているかがわかります。病気の説明のところ（第1部1章7ページ、2章23ページ）を読んでみたらわかります。

互助は、相互に支え合っているということであり、家族会・患者会、NPO法人などがこれにあたります。しかし、そのようなかしこまった団体でなくても、ご近所づきあいのようなものも互助にあたります。お互いさまというやつです。

共助は介護保険などリスクを共有する者同士の負担を示す、介護保険などがこれにあたります。公助は税による公の負担であり、さまざまな補助金や障害者自立支援、生活保護、権利擁護などがこれにあたります。

これだけみたら、何か自分でもできることがあるように思えませんか。専門職でなくても、自助、互助などは明日からでもできそうです。自助については、「私は認知症ではないのに」と思っている人もいるかもしれませんが、65歳以上の実に4人に一人が認知症をもたらす疾患になるだろうといわれている中で、自分もなるかもしれないと思っていると、他人事ではなくなります。巷《ちまた》にあるたくさんの効果があるのかどうかまだわからない予防法であっても認知症にならないようにいろいろ試すのは悪いことではありません。誰しも病気にはなりたくないものです。でも、現実的に、絶対にならないと思っているだけでは仕方ありません。なってしまった時に、どのように生活を守れるか、自分の望むように暮らせるか、考えておいても損はないでしょう。

早期発見・早期対応から重症化予防するための秘策

自分も認知症になるかもしれないと思うこと。実はこのことは新オレンジプランの中でもとても大事なことだとされています。今現在、認知症にならないようにする確固たる予防法はありませんが、認知症になった後で、徐々に進行していく中でも重症化するのを予防する方法はいくつかあります。本書の中でもいくつか紹介されています（第2部2章など参照）。それもできるだけ早期に認知症であることを発見し、早めの対応をすることで認知症の重症化を予防することが可能です。

図2を見てください。これは第1章の「認知症って本当はどんな病気？」に出てきた図と同

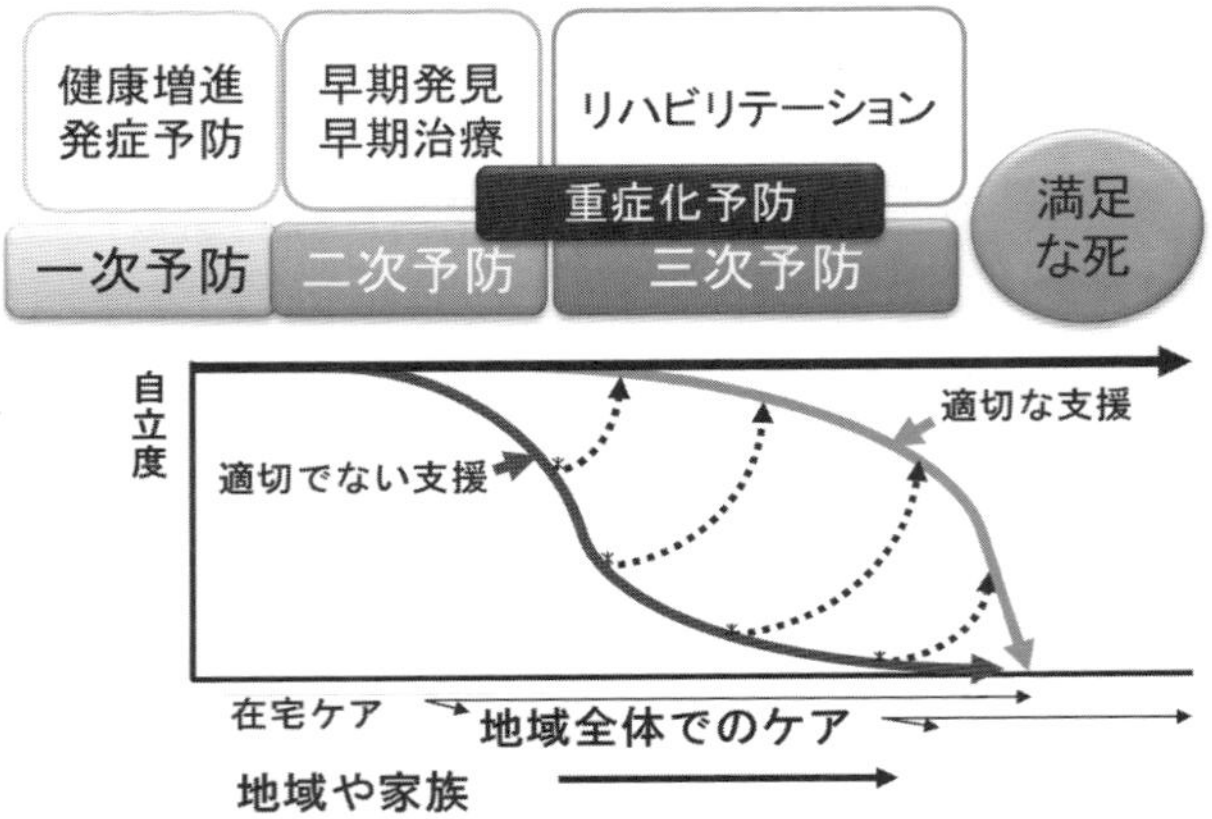

図２　認知症の進行に沿った予防の種類

じですが、その進行に合わせてできる予防法を入れました。医学的には、病気の予防には、発症予防の１次予防、早期発見・早期治療（対応）の２次予防、リハビリテーションや症状緩和する３次予防があります。読者の皆さんは、認知症だけにはなりたくないと思っている人も多いと思います。その気持ちはよくわかりますが、認知症の発症には複雑な要因がたくさんありますので、コレをしたから認知症にはならないとハッキリ言えるものがありません。そのため、認知症では、この２次予防、３次予防がとても大事です。そのために、自助・互助・共助・公助がうまく使えるようなツールやシステムがあるととても便利です。ここでは、主に四つのツールを紹介します。

早期発見のためのCANDy《キャンディー》（日常会話式認知機能評価）

これは、認知症のある人に特徴的な話し方をまとめて、認知機能の評価をするものです。本書の第3部1章で紹介しているものです（160ページ）。

いろいろなところで認知症のお話しをさせていただくのですが、「私最近物忘れが多いのですが認知症かしら？」といった質問が多いです。いろんなエピソードを聞いても、実は明確には認知症であることはわからないことが多いです。本書の第1部1章にも書きましたが、認知症は脳機能が「継続的に」低下した状態なので、早期の場合は、わからないことが多く、その後継続的に見ていくと生活上に不具合を起こすような症状が出てきて認知症であるとわかることもあります。ですので、世の中にはたくさんの認知機能を測定するチェックリストがありますが、早期であればあるほど、1回確認しただけではわかりにくいものが多いです。それにこのようなチェックリストは、早期の人の場合は、解答を覚えてしまっていることも多いです。また、自分が認知症でないと強く主張している人にはチェックリスト自体実施することができず、本当に認知機能のレベルを測定したい人には難しいということがあります。

それに対して、このCANDyは、会話をすることで、非常に自然な状況で認知機能が測定できるので、早期診断の補助にもなりますし、また進行の度合いもわかります。何より、家族とか周りの人が使えるので、それも他のものとは異なります。

CANDyで認知機能を測定することで、早期であれば、少しうまく会話が成り立たないということを認知症の疑いのある人にフィードバックしながら、早期診断につなげることができますし、進行度合いを知ることで、周りの人がその人のその時の認知機能に合わせた関わり方ができると考えられます。

認知症では、図2のように適切な支援をすることによって自立度をできるだけ下げないことが目標ですので、このCANDyを使うことによって、適切な支援につなげられると思います。つまり、CANDyは、地域包括ケアシステムでいう主に自助、互助、共助を促進する認知機能検査だと言えます。2018年7月にシカゴで開催された国際アルツハイマー病協会国際会議（ADI）で、カタールの精神科医に「このような検査を求めていた」と言われました。カタールの高齢者の多くが教育を受けていないため、MMSEのような認知機能検査はそもそも実施できないとのことでした。世界の高齢化の波は発展途上国でも問題になっていますが、発展途上国の高齢者は教育を受けていない人が多いため、認知機能検査を行わないで日常会話から認知機能を推定するCANDyは、そのような人々のためにも役に立つツールだと思われます。

自助、互助を促す学習ツール

もう一つ、自助、互助を促す学習ツールがあります。巷には認知症の人にはこのように話しかけたらよいだとか、この場合はこうしたらよいだとか、そういういわゆる「マニュアル」のようなものが出回っています。サポートする側は、いろいろ困っているのでそのようなマニュアルにすがりたいことはよくわかりますが、そのマニュアルが効果的なこともあれば、そうでないこともあります。本書第1部1章でパーソン・センタード・ケアについて説明しましたが（12ページ、図2）、認知症の症状は、認知機能低下の内容、その人の生活歴、性格、その時の健康状態、周りの環境といった五つの要因をしっかりみて、一人ひとり違うということを重視しないといけません。ですので、有用な情報を仕入れても、それが自分の場合に当てはまるのかということを考えないといけませんし、当てはまらない場合、考えてケアにあたったり、認知症と生きる人の場合でも自分で考えて日常生活が困らないように準備したりということが重要です。つまり学習するということが重要です。

そのために、私たちが作成しているのが「若年性認知症セルフサポート：くらしのヒント集」です。これは、主に家族の生の声をもとに作成されています。困ったことがあったら、その状況がなぜ起こるのか、どのように解決すればよいのかということを教えてくれるものです。しかし、このツールはまだ改良中で、現在は主に家族を対象にしたものですが、これを認知症とともに生きる人本人、専門職バージョンも作っています。そして、一つの問題を解決に導くだけでなく、認知症のことを学習してもらったり、身体の状態も考えられるような、つまり、パーソン・センタード・ケアの五つの要因に目を向けられるようなものにしています。

このツールは、一つの困りごとを解決するだけでなく、先の五つの要因にも目を向けられるような構造になっています。たとえば、少し怒りっぽい認知症の人に対して、どのように対応するのか困った場合、そういったメニューを選べるようになっていますが、実は怒りっぽい理由は、単にその場のやり取りだけではなく、身体に便秘だとかなにか問題がある場合もあります。しかし、怒りっぽいことをなんとかしたいときには、身体のことまで目が向かないことがありますす。ですので、そういった根本的な原因にも目を向けて、なぜこのようなことが起こっているのかを考えられるものになっています。このツールは2019年初旬に出来上がる予定で、インターネット上で公開します。

進行に応じた行動・心理症状に互助を促す対応をするためのツール

地域包括ケアシステムを強力に推進するツールを紹介します。本書でも紹介している「ちえのわnet」です（第1部2章、37ページ）。ほとんどの認知症の問題は、認知機能低下によって引き起こされる行動・心理学的な症状です。たとえば、お金をどこにしまったかどうかわからないので、誰かに盗まれたと思う「被害妄想」だとか、お風呂に入るという状況がわからずに、いきなり服を脱がされて、自分の身を護るために抵抗したら、「介護抵抗」と言われてしまうというような、認知機能が落ちていることによる認知症の人とケア側の状況に対するギャップがこの症状を引き起こします。この症状は世界的にみても認知症の人をケアする際に、ケアする人の負担が大きく、最も問題になるもので、この症状に対しての研究結果は多いのですが、これが効果的である！と明言しているものはないのが実情です。

しかし、実際に認知症の人をケアしている家族や専門職などは、自分たちのうまくいった関わりとそうでない関わりを適宜共有しています。その井戸端会議のようなことをインターネット上で広く共有しようということで、はじまったのが「ちえのわｎｅｔ」です。ちえのわｎｅｔの詳細は、37ページを見ていただきたいですが、実際に効果的であった関わりとそうでない関わりが一見してわかるので、関わり方の引き出しがたくさんできるのです。ちえのわｎｅｔはどんどん利用者を増やしており、現在１０００以上のケアの工夫が投稿されています。

互助を促す地域ぐるみでの見守りシステム——「みまもりあいプロジェクト」

これまで紹介した三つのシステムは、個人への関わりでしたが、この「みまもりあいプロジェクト」は地域ぐるみで認知症の人や見守りが必要な人を見守っていこうという画期的なシステムです。

これは、社団法人セーフティネットリンケージが作っているものです。誰かの「助けて欲しい！」という緊急事態に対して「地域にいる協力者を募って、皆で助け合える仕組みを作りたい！」という想いからこのプロジェクトは立ち上がったようです。このみまもりあいプロジェクトのホームページには、以下のように、日本が如何に互助の精神で成り立っているかを紹介しています。

みまもりあいプロジェクトは日本人が本来持っている互助の精神に基づいています。「1年間に日本で現金を落として交番に届けられる金額＝毎年平均160億円前後」という統計データがあります。このプロジェクトは、日本人がすでに持つ「困っている人は助けたい」とする「互助」の気持ちをＩＣＴ（Information and Communication Technology 情報通信技術）がサポートする発想で生まれた「見守り合える街」を育てるプロジェクトです。具体的には、緊急連絡ステッカー（名称 みまもりあいステッカー）と捜索協力支援アプリ（名称 みまもりあいアプリ）の二つの仕組み（図3）を使って見守り合える街作りを支援していきます。

このみまもりあいプロジェクトの特記すべき点は個人情報の流出がほぼ100パーセント阻止できることです。既にこのプロジェクトのみまもりあいステッカーは多くの自治体で導入されており、上記のアプリのダウンロード数は、30万件以上になっています。

このように、認知症の地域包括ケアシステムを強化するツールは続々と開発されていますが、大事なことは、無理せずに、認知症のことを必要な時に必要な状況で知ったり、学ぶことがで

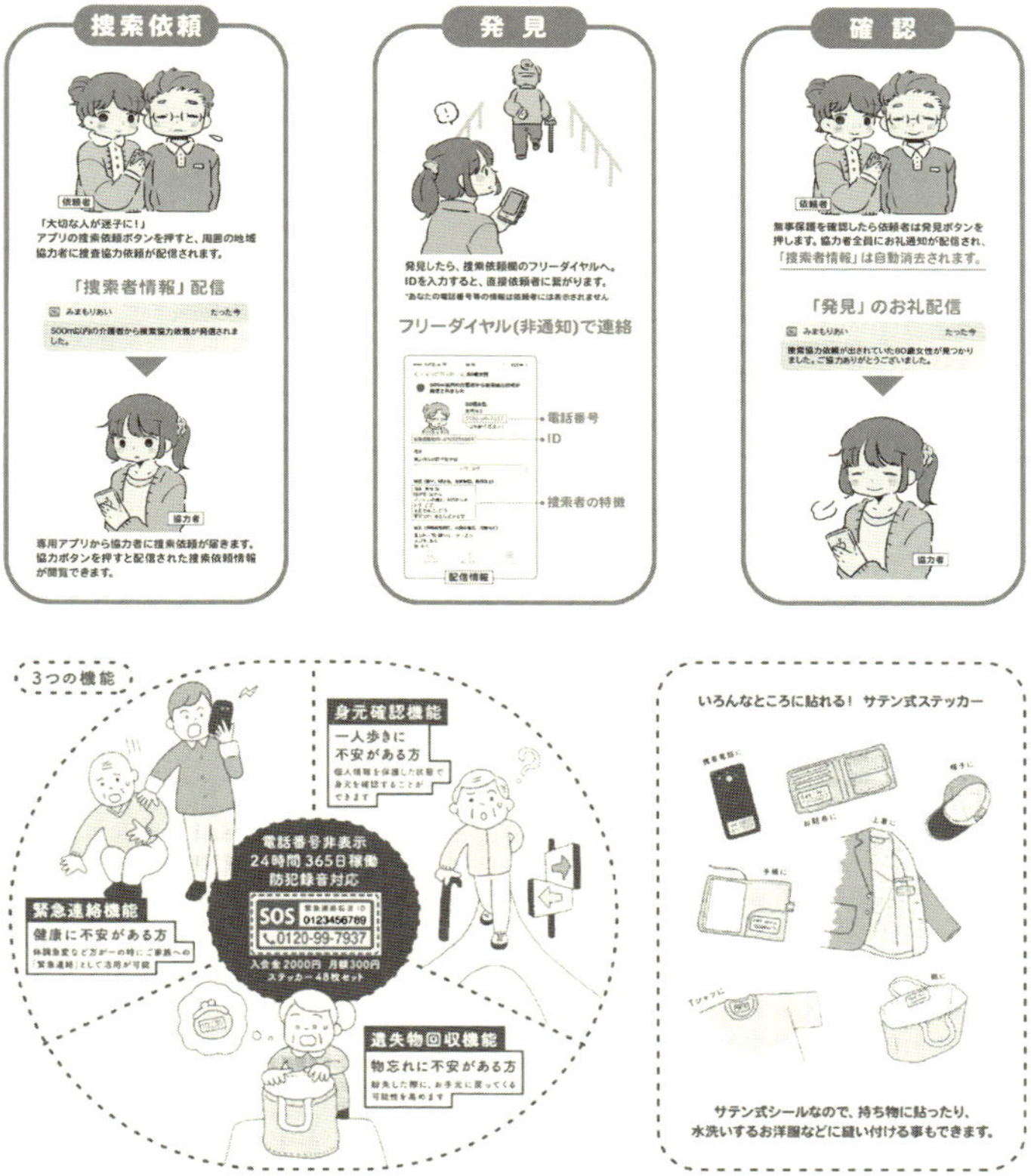

図3 みまもりあいプロジェクトの中心的なアプリとステッカーによる支援内容
(みまもりあいプロジェクトホームページより抜粋)

きるということです。マニュアルでは難しい認知症の人へのかかわりをこれらのツールで学習してみませんか。

地域包括ケアシステムにおけるハブ機能を担う図書館との協働による「認知症にやさしい図書館」

これまでは、質問紙（チェックリスト）やテクノロジーを用いたツールを紹介しましたが、もう少し、アナログな地域包括ケアシステムを作る取り組みを紹介します。それが「認知症にやさしい図書館」プロジェクトです。公共図書館は各自治体に必ずあり、全国に3000以上であり、マクドナルドより多いです。利用するのにお金はかからず、どんな人も訪れることができるとても良い場所です。しかも年齢制限もありません。あらゆる世代が自然に集まることができます。当然高齢者も、認知症のある人も図書館に行きます。実際に公共図書館に行ってみてください。たくさんの高齢者がいるはずです。とくに男性が多くみられるのではないでしょうか。高齢男性は、たとえ介護が必要な状態になってもデイサービスなどに行くよりは、最初はひとりで過ごしたいと思っている人が多いようです。そういう人に図書館はもってこいの場所なのです。

高齢者や認知症のある人の立場に立って考えれば、彼らにとって図書館が生活の場であり、同時に福祉的な場になることは必然です。しかしながら、図書館がどこまで福祉的な役割を担うのかは、その場での支援の内容によります。たとえば、尿失禁した際の介護まで図書館員がするのかといえば、それは、個人の親切心の範疇《はんちゅう》での対応であり、組織的に対応しないといけないわけではありません。

しかし、図書館のカウンターで、返却したかどうかわからなかったり、図書カードをなくしたり、家に帰れなくて途方に暮れている利用者に遭遇したときなどは、対応マニュアルなどは必要かもしれませんし。また、身元がわからなかったり、デイサービスなどの介護保険制度などを使っていない人には、その他の公共や民間サービスにつなぐというフォロー体制もあれば、なお良いでしょう。

そのときに、図書館だけで解決するのではなく、組織的に地域包括支援センターや行政の部門などと協力して体制を整える必要があります。そうでないと図書館員に多大な負担をかけることになります。人材不足は介護業界だけではなく、図書館も深刻で、日中のカウンター業務はアルバイトの学生で回している図書館もあるため、福祉や医療などの専門家が図書館に入っていける戦略を立てないといけません。

図書館から見た場合の社会学習戦略と多世代交流

図書館は言わずと知れた社会学習施設の一つです。学習したい人のための資料はたくさんあります。認知症に対しての図書館の学習機能には主に二つの役割があります。

一つは、認知症のある人、家族など当事者に対しての学習です。私の周りでも認知症の診断や疑いを指摘された後に図書館で勉強したという人は少なくありません。最初に勉強する際に、必要以上に悲観も楽観もせずに、住み慣れた町で暮らすための地域での支援が得られることを知ってもらいたいです。図書館はそういう町の情報も入手できる魔法の場所なのです。

もう一つは、認知症とはまったく関係ないという人たちへの認知症の理解を促すことです。超高齢社会で今後高齢化率は40パーセントくらいまで増加すると言われているなか、高齢者やおのずと増える認知症のある人を理解し区別せずに共存していくことが期待されています。つまり、認知症の特徴を知り、自分の周りに認知症のある人がいる際にも構えずに自然に関われるようになることが重要です。学習資料の揃っている図書館は、社会全体に対しての認知症の学習を促すことも可能であり、また、この学習は図書館に訪れる人も当然対象とできるので、子どもや子育て世代にも学習を促すことができます。認知症のことを知識として十分持たなくても、同じ図書館という場で認知症のある人や高齢者と実際に少し関わりながら学習することで、ほんの少しだけでも優しく対応することができる、つまり互助の精神を図書館でも引き出すことができるのではないでしょうか。そんなに熱心でなくても、少しの思いやりを引き出す学習が促せるように思います。

実際に若い世代と高齢者や認知症のある人が同じ場所にいるということはほとんどありません。介護保険の老人ホームで、子どもが慰問のような形で訪れるといういわゆる人工的な場面がほとんどです。そのため、自然な流れで多世代が集まるという場を各地域に作る必要があります。図書館には、その重要な役割を果たすものと今後も大きな期待を寄せています。

まとめ

社会の病気になってしまった認知症に対して、「認知症になっても自分の望んだ場所で、最期まで暮らす」というコンセプトをもとに、地域包括ケアシステムを促進する主に自助、互助をキーとした使えるツールやまちづくりの取り組みを紹介しました。ぜひともこれらのツールで自分の周り、自分のまちの地域包括ケアシステムをレベルアップしましょう。

第3部のまとめ

「いつまで人として（自分らしく）暮らしていけるのか？」

本書の第1部では認知症を脳の病気として理解することからスタートしましたが、必ずしも治らない病気と悲観するだけでなく、脳の特徴とその損傷によって起きている認知症とは何かを知ることの重要性が指摘され、「患者よ、あきらめるな！」というメッセージを受け取ることができました。第2部では、予防と治療は可能なのかというテーマでさまざまな取り組みが提示されました。現時点では、すべての認知症を予防したり、治癒させたりすることはできませんが、そうした限界と共に効用のある取り組みが示され、認知症になってもその人らしさを取り戻すヒントが示されました。そして、第3部では、「いつまで人として（自分らしく）暮らしていけるのか？」という認知症の人とその家族の最も切実な疑問に応える研究や実践の例が、その意義と共に紹介されています。

認知症の人のその人らしさが失われてしまうことが、介護する家族のつらさの背景にはあります。職業として介護をしている人たちやNPOやボランティアで介護を支えている人々には、実感としてこのつらさがわかりません。それぞれの家族にはそれぞれの歴史があるからです。家族だからこそ、かつてのお父さん、お母さん、夫、妻とは違った言動や感情に苦しむことになるのです。そのつらさにどうすれば寄り添うことができるかが社会の課題として立ち現れてきます。

認知症による大脳新皮質《しんひしつ》の損傷や変性によって、それまでのその人と全く違う姿が表れることがあります。上品で、穏やかで、子の躾《しつけ》にも熱心だった母親が、鬼の形相で「馬鹿」、「この野郎」などの言葉を発したところ見た時の家族の驚愕《きょうがく》は計り知れません。たとえそれが認知症という病気のせいだとわかってはいても、いつまでもその姿が脳裏から離れず、かつての母親が違う人間になってしまったことに、家族は苦しみ、悲しむのです。

さて、第3部では、このような苦しみから認知症の本人とその家族が、人らしく（自分らしく）暮らし続けるための対応方法や具体的な取り組みが紹介されています。

第3部3章では、認知症の人に対する自立支援は、本人の意思を汲み取ることができれば「自律」支援になることが指摘されています。要介護者は、介護者に対して弱者になりがちです。そのことを知っているからこそ、自分の意思を隠して介護者にしたがおうとします。しかし、認知症も重度化してくると、意思のコントロールができなくなるため、言動や感情によって意思表示をしようとします。しかし、それは介護者には問題行動、あるいは心理・行動症状（BPSD）と捉えられてしまいます。

このように認知症の本人と介護者はすれ違ってしまいます。第3部1章では、それを解消するための方法として3ステップ式の対応マニュアルが紹介されています。本人の意思を知り、それを実現することによってその人らしさを実現する方法です。また、認知機能テストをせずに会話の評価によって認知機能の程度を判定するために作成されたCANDyを実施する中で、認知症の人は介護の指示を受けているだけで、ほとんど普通の日常会話をしていないことがわかりました。日常会話を通じて認知症の人の孤独を解消することによって、その人らしさが取り戻せる可能性のあることが論じられています。

第3部2章では、誤認によって認知症というレッテルを貼られてしまい、施設に入ってその人らしさを失ったものの、自宅に戻り、固く閉ざされていた心を訪問看護によって徐々に解きほぐされていく事例が印象的でした。自宅であるからこそ自己決定が容易になることを訪問看護師は知っています。だからこそ、自宅での生活をできる限り続けることの重要性を主張するのです。老いによって医療的対応が必要になってきたら、「かかりつけ看護師」を持つことの意義がわかりました。

厚生労働省が示した新オレンジプランでは、「認知症の人の意思が尊重され、できる限り住み慣れた地域のよい環境で自分らしく暮らし続けることができる社会の実現を目指す」と謳《うた》われています。つまり、現時点ではそのような社会が実現していないということなのです。第3部3章では、そのような社会を実現するための医療モデルが紹介されています。認知症の初期診断の重要性は、訪問看護に関する第3部2章でも示唆されていました。認知症と誤認された方が自分を取り戻すまでの苦痛を回避するためにも、専門医による鑑別診断は重要です。また、BPSDと呼ばれる行動・心理症状によって要介護者だけでなく、介護者のQOL（生活の質）も低下してしまい、その人らしい暮らしが脅かされてしまいます。ですから、社会の仕組みとしての医療システムの構築は、日本全国各地で不可欠な取り組みと考えられます。

第3部3章で、医療の社会システムの必要性が示されましたが、第3部4章ではケアの社会システムについて述べられています。一つは、第3部3でも示された新オレンジプランで構築を推進するとされる地域包括ケアシステムです。いわばトップダウンの政策ですが、認知症に限らず、あらゆる世代のあらゆる困難を抱えた人々が、住み慣れた地域でその人らしく暮らすために大いに役立つことが期待されます。

もう一つは、トップダウンの政策に対して、草の根的に実践することを目指して作りだされているさまざまな戦略ツールです。これらはいわばボトムアップの方法です。地域に暮らす高齢者とその家族の多くが認知症におびえ、苦しみ、もがいている要因を分析し、いかに対応すれば幸せに暮らし続けることができるかのヒントが紹介されています。ここに紹介された以外にも全国ではたくさんの取り組みが行われています。「社会の病気」である認知症は、社会で支えるべきことを教えてくれています。

介護職の人や家族ではないNPOやボランティアの人々は、認知症者本人の人生を通じて形成されたその人らしさは知らないかもしれません。しかし、今現在のその人の特徴は良くわかっています。今をいかに幸福感に包まれて暮らしてくか。このことが認知症という病を得てから始まる暮らしの目標なのかも知れません。医療やケアの社会システムに支えられながら、地域社会は認知症の人とその家族を救うことができると信じています。

（佐藤　眞一）

引用文献

第1部

1章

（1）厚生労働省ホームページ「認知症施策推進総合戦略～認知症高齢者等にやさしい地域づくりに向けて～（新オレンジプラン）」について
http://www.mhlw.go.jp/stf/houdou/0000072246.html

（2）厚生労働省ホームページ「知ることから始めようみんなのメンタルヘルス認知症」
http://www.mhlw.go.jp/kokoro/speciality/detail_recog.html

（3）大熊輝雄（2013）『現代臨床精神医学』金原出版

（4）高橋誠一（監訳），寺田真理子（訳），トム・キットウッド，キャスリーン・ブレディン（著）（2005）『認知症介護のために知っておきたい大切なこと：パーソンセンタードケア入門』筒井書房

2章

（1）Ikejima, C. Hisanaga, A. Meguro, K. *et al.*（2012）Multicentre population-based dementia prevalence survey in Japan: a preliminary report. *Psychogeriatrics*, **12**(2), 120–3

（2）Nakashita, S. Wada-Isoe, K. Uemura, Y. *et al.*（2016）Clinical assessment and prevalence of parkinsonism in Japanese elderly people. *Acta Neurol Scand*, **133**, 373–379.

(3) Hashimoto, M. Ishikawa, M. Mori, E. *et al.* (2010) Diagnosis of idiopathic normal pressure hydrocephalus is supported by MRI-based scheme: a prospective cohort study. *Cerebrospinal Fluid Res*, **7**(18).

(4) Kazui, H. Miyajima, M. Mori, E. *et al.* (2015) Lumboperitoneal shunt surgery for idiopathic normal pressure hydrocephalus (SINPHONI-2): an open-label randomised trial. *Lancet Neurology*, **14**(6), 585-594.

(5) Miyajima, M. Kazui, H. Mori, E. Ishikawa, M. (2016) One-year outcome in patients with idiopathic normal-pressure hydrocephalus: comparison of lumboperitoneal shunt to ventriculoperitoneal shunt. *J Neurosurg*, **125**, 1483-1492.

(6) Mori, E. Ikeda, M. Kosaka, K. (2012) Donepezil for dementia with Lewy bodies: a randomized, placebo-controlled trial. *Ann Neurol*, **72**(1), 41-52.

(7) Kazui, H. Adachi, H. Kanemoto, H. *et al.* (2017) Effects of donepezil on sleep disturbances in patients with dementia with Lewy bodies: An open-label study with actigraphy. *Psychiatry Res*, **251**, 312-8.

(8) Kazui, H. Mori, E. Hashimoto, M. *et al.* (2000) Impact of emotion on memory. Controlled study of the influence of emotionally charged material on declarative memory in Alzheimer's disease. *Br J Psychiatry*, **177**, 343-347.

3章

(1) Watanabe, S. Kato, H. Shimosegawa, E. Hatazawa, J. (2016) Genetic and environmental influence on regional brain uptake of ^{18}F-FDG: a PET study on monozygotic and dizygotic twins. *J Nucl Med.* **57**, 392-397.

4章

（1）日本老年医学会（2015）『高齢者の安全な薬物治療ガイドライン2015』メジカルビュー社，一三九–一五一頁．

（2）Kishida, Y. *et al.* (2015) Go-sha-jinki-Gan (GJG), a traditional Japanese herbal medicine, protects against sarcopenia in senescence-accelerated mice. *Phytomedicine*, **22**, 16-22.

（3）Nakanishi, M, *et al.* (2016) Go-sha-jinki-Gan (GJG) ameliorates allodynia in chronic constriction injury-model mice via suppression of TNF-*α* expression in the spinal cord. *Mol Pain*. **12**, 1-16. doi: 10.1177/1744806916656382.

第2部

1章

（1）Kondo, M. Nakamura, Y. Ishida, Y. Shimada, S. (2015) The 5-HT3 receptor is essential for exercise-induced hippocampal neurogenesis and antidepressant effects. *Mol Psychiatry*, 20, 1428-1437.

（2）Kondo, M. Koyama, Y. Nakamura, Y. Shimada, S. (2018) A novel 5HT3 receptor-IGF1 mechanism distinct from SSRI-induced antidepressant effects. *Mol Psychiatry*, **23**, 833-842.

2章

（1）山中克夫（他）（2015）『認知症の人のための認知活性化療法マニュアル——エビデンスのある楽しい活動プログラム』中央法規．

（2）Spector, A. *et al.*（2006）*Making a Difference; An Evidence-based Group Programme to Offer Cognitive Stimulation Therapy (CST) to People with Dementia; Manual for Group Leaders*. UK: Hawker Publications Ltd.

（3）Yamanaka, K. *et al.*（2013）Effects of Cognitive Stimulation Therapy Japanese version（CST-J）for people with dementia: a single-blind, controlled clinical trial. Aging & Mental Health, **17**(5), 579-586.

（4）Yamanaka, K. *et al.*（2017）CST. International perspective; Japan（Chapter 11）. Yates, L. *et al.*, *Cognitive Stimulation Therapy for Dementia: History, Evolution and Internationalism (Aging and Mental Health Research)*. Routledge, 220-232.

（5）認知症の私たち（著），ＮＨＫ取材班（協力）（２０１７）『認知症になっても人生は終わらない　認知症の私が、認知症のあなたに贈ることば』，Harunosora.

（6）Huber, M. *et al.*（2011）How should we define health?　*British Medical Journal*, **26**, 343, d4163. doi: 10.1136/bmj.d4163.

3章

（1）厚生労働省「平成18年度医療制度改革関連資料」
https://www.mhlw.go.jp/seisakunitsuite/bunya/hokabunya/shakaihoshou/dl/05.pdf

（2）Hikichi, H. Kondo, N. Kondo, K. Aida, J. Takeda, T. & Kawachi, I.（2015）Effect of a community intervention programme promoting social interactions on functional disability prevention for older adults: Propensity score matching and instrumental variable analyses, JAGES Taketoyo study. *Journal of Epidemiology and Community Health*, **69**（9）, 905-910.　doi: 10.1136/jech-2014-205345

（3）Hikichi, H. Kondo, K. Takeda, T. & Kawachi, I.（2017）Social interaction and cognitive decline: Results of a 7-year community intervention. *Alzheimer's and Dementia: Translational Research and Clinical Interventions*, **3** (1), 23-32. doi: 10.1136/jech-2014-205345

（4）Ryo, M. Noguchi, M. *et al*, (2011) Health education "Hokenshido" program reduced metabolic syndrome in the Amagasaki visceral fat study. Three-year follow-up study of 3,174 *Japanese employees. Intern Med*, **50**(16), 1643–8.

（5）尼崎市（２０１８）「尼崎市健康増進計画・尼崎市データヘルス計画（平成30年度版）」

4章

（1）厚生労働省ホームページ
https://www.mhlw.go.jp/stf/shingi/2r98520000035rce-att/2r98520000035rfx.pdf

（2）Reich, MR. *et al.* (2011) 50 years of pursuing a healthy society in Japan, *Lancet*, **378**(9796), 1051–1053.

（3）厚生労働省ホームページ
http://www.mhlw.go.jp/stf/seisakunitsuite/bunya/kenkou_iryou/kenkou/kenkounippon21.html

（4）Gondo, Y. *et al.* (2016) SONIC Study: A longitudinal cohort study of the older people as part of a centenarian study. *In*: N.A. Pachana (ed.), Encyclopedia of Geropsychology, Springer Science＋Business Media Singapore. doi: https.//doi.org/10.1007/978–981–287–080–3_182–181

（5）平成24年度厚生労働科学研究費補助金（循環器疾患・糖尿病等生活習慣病対策総合研究事業）による「健康寿命における将来予測と生活習慣病対策の費用対効果に関する研究班」(橋本修二：研究代表者)

（6）龍野洋慶，神出　計（２０１５）「生活習慣病と認知症」『日本未病システム学会雑誌』 **21**巻，四二–四五頁．

（7）Ryuno, H. *et al.* (2016) Differences of Association between High Blood Pressure and Cognitive

Functioning among General Japanese Population Aged 70 and 80 Years: The SONIC Study. *Hypertens Res*, **39**(7), 557–563.

(8) Ryuno, H. *et al.* Longitudinal Association of Hypertension and Diabetes Mellitus with Cognitive Functioning in a General 70-year-old Population: The SONIC Study. *Hypertens Res*, **40**(7), 665–670.

(9) Ikebe, K. *et al.* (2018) Occlusal force is correlated with cognitive function directly as well as indirectly via food intake in community-dwelling older Japanese from SONIC study, *PLOS ONE*, **13**(1), e0190741.

(10) 小園麻里菜（他）(2016)「余暇活動と認知機能との関連――地域在住高齢者を対象として――」『老年社会科学』第三八巻，三二一-四四頁．

(11) 石岡良子（他）(2015)「仕事の複雑性と高齢期の記憶および推論能力との関連」『心理学研究』第八六巻，二一九-二二九頁．

(12) Dong, X. *et al.* (2016) Evidence for a limit to human lifespan. *Nature*, **538**, 257–259.

(13) 厚生労働省ホームページ
http://www.mhlw.go.jp/file/06-Seisakujouhou-10800000-Iseikyoku/0000078983.pdf

(14) 厚生労働省ホームページ
https://www.mhlw.go.jp/stf/seisakunitsuite/bunya/hukushi_kaigo/kaigo_koureisha/chiiki-houkatsu/

(15) 樺山　舞，神出　計（2017）『ソーシャルキャピタルを通じた介護予防活動』未来共生学　大阪大学未来戦略機構第５部門未来共生イノベーター博士課程プログラム発行，第四号，五一-六一頁．

1章

（1）佐藤眞一ほか（2015）「3ステップで理解する　認知症　相談・対応のポイント」大阪府，http://www.pref.osaka.lg.jp/kaigoshien/ninnshishou-gyakutai/ninchishokoureisesak.html.

（2）大庭輝ほか（2017）「日常会話式認知機能評価（Conversational Assessment of Neurocognitive Dysfunction; CANDy）の開発と信頼性・妥当性の検討」『老年精神医学雑誌』第二八巻，三七九-三八八頁．

（3）Schreiner, A. S. *et al.* (2005). Positive affect among nursing home residents with Alzheimer's dementia: the effect of recreational activity. *Aging & Mental Health*, **9**, 129–134.

（4）Mallidou, A. A. *et al.* (2013). Health care aides use of time in a residential long-term care unit: a time and motion study. *International journal of nursing studies*, **50**, 1229–1239.

（5）Ward, R. *et al.* (2008). A different story: exploring patterns of communication in residential dementia care. *Ageing and society*, **28**, 629–651.

（6）Oba, H. *et al.* (2018). Conversational assessment of cognitive dysfunction among residents living in long-term care facilities. *International Psychogeriatrics*. **30**, 87–94.

（7）Oba, H. *et al.* (2018). Factors associated with quality of life of dementia caregivers: direct and indirect effects. *Journal of Advanced Nursing*. 74, 2126-2134.

（8）Argimon, J. M. *et al.* (2005). Health-related quality-of-life of care-givers as a predictor of nursing-home placement of patients with dementia. *Alzheimer's Disease & Associated Disorder*, **19**, 41–44.

（9）Fauth, E. *et al.* (2012). Caregivers' relationship closeness with the person with dementia predicts both positive and negative outcomes for caregivers' physical health and psychological well-being. *Aging &*

Mental Health, 16, 699-711.

3章

（1）池田学（編著）（2012）『認知症　臨床の最前線』医歯薬出版株式会社

（2）池田学（2010）『認知症』（中公新書）中央公論新社

（3）池田学（2012）「若年性認知症の地域におけるサービス利用に関する研究」長寿医療研究開発費平成23年度　研究報告書　認知症地域連携マップの作成（主任研究者　武田章敬），一二〇−一二三頁．

（4）熊本県認知症疾患医療センター（編）（2011）『平成22年度熊本県認知症疾患医療センター報告書』

（5）小嶋誠志郎，池田学（2012）「認知症疾患医療センターの連携機能」『老年精神医学雑誌』第二三巻二九四−二九八頁．

4章

（1）厚生労働省「認知症サミット日本後継イベントの開催」
https://www.mhlw.go.jp/stf/houdou/0000058531.html

（2）認知症施策推進総合戦略～認知症高齢者等にやさしい地域づくりに向けて～（新オレンジプラン）
https://www.mhlw.go.jp/stf/seisakunitsuite/bunya/0000064084.html

（3）平成25年度〈地域包括ケア研究会〉地域包括ケアシステムを構築するための制度論等に関する調査研究事業地域包括ケア研究会報告書（平成25年3月）
http://www.murc.jp/uploads/2014/05/koukai_140513_c8.pdf

（4）若年性認知症セルフサポート：くらしのヒント集

http://miyatabu.net/livingsupport/

（5）CANDy

http://cocolomi.net/candy/

（6）みまもりあいプロジェクト

http://mimamoriai.net/

あとがき

認知症は不思議な病気です。誰でも知っているけれど、ほとんどの人がきちんとした説明ができません。そのために、「ほんとうのトコロ、認知症ってなに?」というタイトルを本書につけました。

医学的にいえば、認知症は脳機能に少しずつ問題を持つ状態を示していますが、ここまでいろいろな研究者が話をしてきたように、認知症は「社会の病気」になってしまいました。その大きな一つの理由として、超高齢社会であることが考えられます。

人は必ず老いて死にます。認知症の最大の発症要因は老化です。しかし、多くの人が、認知症になるのが嫌なので、歳をとる前に寿命が来ればいいと願うようになってしまう、認知症になれば人生をあきらめざるを得ないと考えることも、「社会の病気」である理由といえます。認知症はもはや、老いというものの一つの表現型です。認知症になる人もいればならない人もいます。誰しもできれば認知症にはなりたくないものですが、早期診断が可能になりつつあり、認知症になってもさほど困らずに過ごせて、天寿を全うすることができれば、それでよいのではないかと思っています。

そのために、あまり考えることがなかった「死」というものを深く考えてみることも重要ではないかと思っています。そして死を考えるとき、「生」についても当然考えます。ただ一度限りに与えられた命を全うするために、生と死について真面目に考えるときがきたと思います。

私たちは2015年から「阪大 認知症横断プロジェクト」として、生と死と命について話し合ってきました。3000人以上の研究者を有している大阪大学の叡智《えいち》を結集することによって、この社会の病気にできることはないかということを模索してきました。そして、本書の著者をはじめとした多彩な研究や活動を行っている人たちと深く議論を重ねてきました。この談話会活動を通してさまざまな方々との交流が盛んになり、地域社会と関わるいろいろな活動が始まりました。これらの活動の基盤を支える基本方針として、超高齢社会のあるべき姿をまとめあげ、大学近隣の大阪府内の自治体との協力体制の元に推進する医療・福祉の「阪大モデル」を作成しました。現在、豊中市、箕面市、吹田市の医療・福祉関係の部局の人たちとの話し合いが進んでいます。

「阪大モデル」の実践活動としては、まず、大阪府保険者協議会（大阪府設置）からの依頼による、大阪府全域の住民健診と医療費、介護費のデータ（約600万件）の分析を挙げることができます。データの整備後には阪大内の研究者がデータを共有・分析することで、大阪府民の健康増進、認知症予防、地域保健活動の高度化、さらには生と死をわが事として考える機会の提供等にも資することの可能な画期的な試みと考えています。

また、大阪大学での私たちの活動は、認知症は、医系、理系だけでなく、文系も巻き込んだ文理融合体制で取り組む課題だと認識しています。認知症を深く知るには住民全体が学習することが期待されます。社会学習を促す地域資源である図書館をさらにうまく活用するための取り組みも始めています。さらに、「死とはなにか」という答えは無限にあるテーマに対しても、ダイレクトに切り込んでいます。近隣自治体にて、「哲学カフェ」を定期的に開催し、人々の中に生と死と命ということの自分なりの考えを醸成する取り組みを行っています。

約3年にわたるこうした活動を通して、認知症横断プロジェクトは、現在ではすでに、関連する各分野の理解・学習のフェーズから文理融合体制による実践のフェーズ入っています。すなわち、私たちが、学習してきた内容を社会に向けて実践、実装していくことで、大阪大学を基盤とする社会を巻き込む活動に発展させていきたいと考えています。幸いなことに、大阪大学は2018年に社会的な課題を解決するためのシンクタンク「社会ソリューションイニシアティブ（SSI）」を立ち上げ、私たちの活動が協力プロジェクトに採択されました。そして、その後の成果が評価されて2019年度からは基幹プロジェクトに認められ、大阪大学からさらなる支援を受けることができるようになりました。

この本では、生命科学の分野から、認知症ケアの実践、認知症発症予防のための取り組みなど多岐にわたり、読者の皆さんの超高齢社会においての認知症に関する考え方、そして歳をとることへの思いの馳せ方に一つの「問い」をもたらしたといってよいでしょう。この社会の病気をどのようにとらえて、どう付き合うのか。大阪大学では、この「問い」に対しての一つの答えをもって、大学として社会に貢献し得る成果を創りだしていきます。ぜひとも読者の皆さんも、最期まで前向きに満足して生き切れるように、自分なりの答えを探してみてください。そのために、この本が少しでも役に立てば幸いです。

二〇一九年二月

編者
大阪大学
山川みやえ（大学院医学系研究科保健学専攻）
土岐　博（名誉教授）
佐藤　眞一（大学院人間科学研究科）

編者紹介

山川みやえ（やまかわ・みやえ）

大阪大学大学院医学系研究科准教授。専門は老年看護学で特に認知症ケアを主な研究領域としている。2012年大阪大学大学院医学系研究科で博士（看護学）を取得。2003年大阪府警察本部健康管理センター保健師、2005年大阪大学大学院医学系研究科助教を経て2013年より現職。また、世界80カ所以上に支部を持つ国際研究機関ジョアンナブリッグス研究所の日本支部のセンター長でもある。認知症に関する編著に『認知症：本人と家族の生活基盤を固める多職種連携』（日本看護協会出版会）がある。趣味は整理整頓と、鉄道オタクにはなりきれないが電車好き。

土岐 博（とき・ひろし）

大阪大学名誉教授。専門は理論核物理、素粒子・宇宙物理学。1974年大阪大学大学院理学研究科博士課程修了、理学博士。1974年西ドイツユーリッヒ原子核研究所、1977年西ドイツレーゲンスブルグ大学、1980年アメリカミシガン州立大学助教授、1983年東京都立大学助教授、1995年大阪大学核物理研究センター教授、2005年核物理研究センター長（6年間）、2010年退職。2000年フンボルト研究賞受賞。定年後は物理的思考を日常生活に応用する中で認知症に遭遇した。趣味は、テニス、「どうして」と質問すること。とにかく雑談が大好き。でも、午前中は物理を必死に考える。（219/250）

佐藤眞一（さとう・しんいち）

大阪大学大学院人間科学研究科教授。専門は老年心理学、生涯発達心理学。1987年早稲田大学大学院文学研究科博士後期課程満期退学、博士（医学）。1987年東京都老人総合研究所研究員、1997年明治学院大学文学部助教授、2002年ドイツ・マックスプランク人口学研究所上級客員研究員、2004年明治学院大学心理学部教授を経て、2009年より現職。認知症に関する著書に『認知症「不可解な行動」には理由（ワケ）がある』（SB新書）、『認知症の人の心の中はどうなっているのか？』（光文社新書）などがある。夜、ウィスキーを飲みながら小説を読むのが楽しみ。

阪大リーブル 69

ほんとうのトコロ、認知症ってなに？

発行日　2019 年 3 月 19 日　初版第 1 刷　〔検印廃止〕

著　者　山川みやえ、土岐 博、佐藤眞一

発行所　大阪大学出版会
代表者　三成賢次
〒 565-0871
大阪府吹田市山田丘 2-7　大阪大学ウエストフロント
電話：06-6877-1614（代表）　FAX：06-6877-1617
URL　http://www.osaka-up.or.jp
カバーイラスト　新田慈子
カバーデザイン　LEMONed 大前靖寿
印 刷・製 本　株式会社 遊文舎

ISBN 978-4-87259-637-3　C1377

HANDAI Live

阪大リーブル

- 001 ピアノはいつピアノになったか？ （付録CD「歴史的ピアノの音」） 伊東信宏 編 定価 本体1700円+税
- 002 日本文学 二重の顔 〈成る〉ことの詩学へ 荒木浩 著 定価 本体2000円+税
- 003 超高齢社会は高齢者が支える 年齢差別《エイジズム》を超えて創造的老い《プロダクティブエイジング》へ 藤田綾子 著 定価 本体1600円+税
- 004 ドイツ文化史への招待 芸術と社会のあいだ 三谷研爾 編 定価 本体2000円+税
- 005 猫に紅茶を 生活に刻まれたオーストラリアの歴史 藤川隆男 著 定価 本体1700円+税
- 006 失われた風景を求めて 災害と復興、そして景観 鳴海邦碩・小浦久子 著 定価 本体1800円+税
- 007 医学がヒーローであった頃 ポリオとの闘いにみるアメリカと日本 小野啓郎 著 定価 本体1700円+税
- 008 歴史学のフロンティア 地域から問い直す国民国家史観 秋田茂・桃木至朗 編 定価 本体2000円+税
- 009 懐徳堂 墨の道 印の宇宙 懐徳堂の美と学問 湯浅邦弘 著 定価 本体1700円+税
- 010 ロシア 祈りの大地 津久井定雄・有宗昌子 編 定価 本体2100円+税
- 011 懐徳堂 江戸時代の親孝行 湯浅邦弘 編著 定価 本体1800円+税
- 012 能苑逍遥(上) 世阿弥を歩く 天野文雄 著 定価 本体2100円+税
- 013 わかる歴史・面白い歴史・役に立つ歴史 歴史学と歴史教育の再生をめざして 桃木至朗 著 定価 本体2000円+税
- 014 芸術と福祉 アーティストとしての人間 藤田治彦 編 定価 本体2200円+税
- 015 主婦になったパリのブルジョワ女性たち 一〇〇年前の新聞・雑誌から読み解く 松田祐子 著 定価 本体2100円+税
- 016 医療技術と器具の社会史 聴診器と顕微鏡をめぐる文化 山中浩司 著 定価 本体2200円+税
- 017 能苑逍遥(中) 能という演劇を歩く 天野文雄 著 定価 本体2100円+税
- 018 太陽光が育くむ地球のエネルギー 光合成から光発電へ 濱川圭弘・太和田善久 編著 定価 本体1600円+税
- 019 能苑逍遥(下) 能の歴史を歩く 天野文雄 著 定価 本体2100円+税
- 020 懐徳堂 市民大学の誕生 大坂学問所懐徳堂の再興 竹田健二 著 定価 本体2000円+税
- 021 古代語の謎を解く 蜂矢真郷 著 定価 本体2300円+税
- 022 地球人として誇れる日本をめざして 日米関係からの洞察と提言 松田武 著 定価 本体1800円+税
- 023 フランス表象文化史 美のモニュメント 和田章男 著 定価 本体2000円+税
- 024 懐徳堂 漢学と洋学 伝統と新知識のはざまで 岸田知子 著 定価 本体1700円+税
- 025 ベルリン・歴史の旅 都市空間に刻まれた変容の歴史 平田達治 著 定価 本体2200円+税
- 026 下痢、ストレスは腸にくる 石蔵文信 著 定価 本体1300円+税
- 027 セルフメディケーションのための くすりの話 那須正夫 著 定価 本体1100円+税
- 028 格差をこえる学校づくり 関西の挑戦 志水宏吉 編 定価 本体2000円+税
- 029 リン資源枯渇危機とはなにか リンはいのちの元素 大竹久夫 編著 定価 本体1700円+税
- 030 実況《ライブ》・料理生物学 小倉明彦 著 定価 本体1700円+税

031 **夫 源 病**
こんなアタシに誰がした
石蔵文信 著
定価 本体1300円+税

032 **ああ、誰がシャガールを理解したでしょうか？** CD付
二つの世界間を生き延びたイディッシュ文化の末裔
圀府寺司 編著
定価 本体2000円+税

033 **懐徳堂ゆかりの絵画**
奥平俊六 編著
定価 本体2000円+税

034 **試練と成熟**
自己変容の哲学
中岡成文 著
定価 本体1900円+税

035 **ひとり親家庭を支援するために**
その現実から支援策を学ぶ
神原文子 編著
定価 本体1900円+税

036 **知財インテリジェンス**
知識経済社会を生き抜く基本教養
玉井誠一郎 著
定価 本体2000円+税

037 **幕末鼓笛隊**
土着化する西洋音楽
奥中康人 著
定価 本体1900円+税

038 **ヨーゼフ・ラスカと宝塚交響楽団**
（付録ＣＤ「ヨーゼフ・ラスカの音楽」）
根岸一美 著
定価 本体2000円+税

039 **上田秋成**
絆としての文芸
飯倉洋一 著
定価 本体2000円+税

040 **フランス児童文学のファンタジー**
石澤小枝子・高岡厚子・竹田順子 著
定価 本体2200円+税

041 **東アジア新世紀**
リゾーム型システムの生成
河森正人 著
定価 本体1900円+税

042 **芸術と脳**
絵画と文学、時間と空間の脳科学
近藤寿人 編
定価 本体2200円+税

043 **グローバル社会のコミュニティ防災**
多文化共生のさきに
吉富志津代 著
定価 本体1700円+税

044 **グローバルヒストリーと帝国**
秋田茂・桃木至朗 編
定価 本体2100円+税

045 **屏風をひらくとき**
どこからでも読める日本絵画史入門
奥平俊六 著
定価 本体2100円+税

046 **アメリカ文化のサプリメント**
多面国家のイメージと現実
森岡裕一 著
定価 本体2100円+税

047 **ヘラクレスは繰り返し現われる**
夢と不安のギリシア神話
内田次信 著
定価 本体1800円+税

048 **アーカイブ・ボランティア**
国内の被災地で、そして海外の難民資料を
大西 愛 編
定価 本体1700円+税

049 **サッカーボールひとつで社会を変える**
スポーツを通じた社会開発の現場から
岡田千あき 著
定価 本体2000円+税

050 **女たちの満洲**
多民族空間を生きて
生田美智子 編
定価 本体2100円+税

051 **隕石でわかる宇宙惑星科学**
松田准一 著
定価 本体1600円+税

052 **むかしの家に学ぶ**
登録文化財からの発信
畑田耕一 編著
定価 本体1600円+税

053 **奇想天外だから史実**
天神伝承を読み解く
髙島幸次 著
定価 本体1800円+税

054 **とまどう男たち—生き方編**
伊藤公雄・山中浩司 編著
定価 本体1600円+税

055 **とまどう男たち—死に方編**
大村英昭・山中浩司 編著
定価 本体1500円+税

056 **グローバルヒストリーと戦争**
秋田茂・桃木至朗 編著
定価 本体2300円+税

057 **世阿弥を学び、世阿弥に学ぶ**
大槻文藏監修 天野文雄 編集
定価 本体2300円+税

058 **古代語の謎を解く Ⅱ**
蜂矢真郷 著
定価 本体2100円+税

059 **地震・火山や生物でわかる地球の科学**
松田准一 著
定価 本体1600円+税

060 **こう読めば面白い！フランス流日本文学**
—子規から太宰まで—
柏木隆雄 著
定価 本体2100円+税

061
歯周病なんか怖くない
歯学部教授が書いたやさしい歯と歯ぐきの本
村上伸也 編
定価 本体1300円+税

062
みんなの体をまもる免疫学のはなし
対話で学ぶ役立つ講義
坂野上淳 著
定価 本体1600円+税

063
フランスの歌いつがれる子ども歌
石澤小枝子・高岡厚子・竹田順子 著
定価 本体1800円+税

064
黄砂の越境マネジメント
黄土・植林・援助を問いなおす
深尾葉子 著
定価 本体2300円+税

065
古墳時代に魅せられて
都出比呂志 著
定価 本体1700円+税

066
「羅生門」の世界と芥川文学
清水康次 著
定価 本体2000円+税

067
心と身体のあいだ
ユング派の類心的イマジネーションが開く視界《ヴィジョン》
老松克博 著
定価 本体1900円+税

068
日本を彩る香りの記憶
内野 花 著
定価 本体1600円+税

（四六判並製カバー装。定価は本体価格＋税。以下続刊）

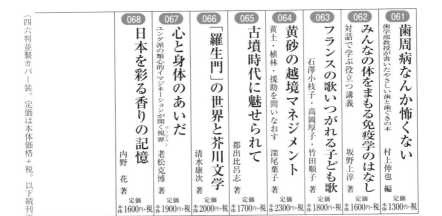

Ronso Kaigai
MYSTERY
221

精神病院の殺人

Murder in the Madhouse

Jonathan Latimer

ジョナサン・ラティマー
福森典子［訳］

論創社

Murder in the Madhouse
1935
by Jonathan Latimer

目次

精神病院の殺人　7

訳者あとがき　318

解説　笹川吉晴　321

主要登場人物

ウィリアム（ビル）・クレイン……私立探偵

ドクター・リバーモア……サナトリウムの院長
ドクター・イーストマン……医者
ドクター・ビューロー……医者
ミス・エヴァンズ……看護師長、金髪美女
ミス・クレイトン……看護師、黒髪
ミス・ツイリガー……看護師、大柄
キャンベル……運転手
ジョー・カスッチオ……使用人
チャールズ……警備員
アンドリュー……警備員、老人
ピーター・ウォルターズ……保安官
クリフ・ウォルターズ……保安官の息子

〈入院患者たち〉

ミス・ヴァン・キャンプ……老婦人、私物を盗まれたと執拗に訴える
ミス・ネリー・パクストン……老婦人、ミス・ヴァン・キャンプの友人
ミス・クィーン……イギリスの元コメディ女優
ミセス・ヘイワース……美しい女性、哀しそうな面影
ミセス・ブレイディー……豊満な女性、陽気
ミスター・ピッツフィールド……弁護士、自分はリンカーンだと思い込んでいる
ミスター・リチャードソン……中年男性、ミセス・ヘイワースを崇拝している
ミスター・ブラックウッド……大柄な男、ピッツフィールドを毛嫌いしている
ミスター・ペニー……小柄な男、一切口を利かない
ミスター・ラダム……満月の晩に〝オオカミ男〟に変身する
ミスター・ウィリアムズ……電気技師
ミスター・トム・バーンズ……新聞記者

精神病院の殺人

「冷酷無比な殺人者が私設サナトリウムの中をうろついていた。三人を殺し、まんまと逃げおおせるかと思われたが、庭の噴水が復讐の女神ネメシスとなって立ちはだかった」

第一章

夕暮れが近づいていた。丘陵地帯に少しずつ忍び寄る夕闇が窓のすぐ外まで迫っていたが、空気はまだ熱く乾いていた。コンクリートの舗道の継ぎ目のタールが黒くねっとりと溶け出し、汚れた木々の枝から葉がだらしなく垂れ、干上がった野原に寝そべる動物たちが興味のなさそうな目で道路を見つめている。救急車の中の空気も熱く乾いていた。浅い革張りのベンチに腰かけたウィリアム・クレインは、床の上の土埃の粒が車の振動で命を吹き込まれたかのように踊っているのを眺めていた。目的地はまだ遠いのだろうかと考えながら。

車はスピードを出して走り、彼の背後の汚れた窓の外では、まるで怒ったヘビがとぐろを解くように道路がくねくねと伸びていた。救急車が狂ったように大きく左右に揺れるたびに、エンジンの熱気が波となって車内に流れ込んでくる。運転席との仕切りパネルの隙間から虫が一匹飛んできて、ウィリアム・クレインの顔に当たった。払いのけようとして、両手の手錠を頭にぶつけて傷ができた。クレインが悪態をつくと、助手席の男が睨みつけてきた。「どうかしたか、ミスター?」

「虫がいた」ウィリアム・クレインが答えた。

運転手が声を上げて笑った。「虫《バグ》ってのは精神病者《バグ》に吸い寄せられるんだな」

助手席の男も一緒に笑った。ポケットの中を探って瓶を取り出すと、大笑いしすぎてあえぎながら

ごくりと飲んだ。続けて、瓶の口を運転手の唇にも押しつけた。救急車はふらふらと左の車線へはみ出し、鋭い音を立てて何かにぶつかって、すぐまた右側に戻った。対向車がかすめるようにすれちがい、怒声が遠ざかって行った。

「こいつはすげえ、上物《じょうもの》じゃないか」運転手が言った。道路の後方を確認しようと振り向く襟元から、たっぷり肉のついた黒く汚れた首がちらりと見えた。

助手席の男が瓶をそっとポケットにしまった。動揺しているようだ。「今の車、間一髪だったぞ。すれちがいざまに、あいつのネクタイに噛みつくところだった」

「このぐらい、大したことねえよ」運転手がなだめるように言った。「暗くなったら赤色灯とサイレンをつけて、こいつのアクセルの威力を見せてやるよ」

「どこまで行くんだ?」クレインが尋ねた。

「これから週末をゆっくりと過ごしに、アスターのお屋敷まで行くんだよ」助手席の男が言った。肌が黒く、金歯が二本あり、キャップをかぶっている。名前はジョーだ。

「そうとも」運転手が言った。「お偉《ビッグ・バグ》いさんたちのパーティーに行くんだ」

その駄洒落に、またジョーが笑いだした。「ビッグ・バグだって!」あえぎながら言う。「まったく、大笑いだ!」そのせいで、また瓶の中身を飲まずにはいられなくなった。運転手もひと口飲んだ。

救急車が左へカーブするたびに、ウィリアム・クレインには後ろの窓からハドソン川の黄褐色の川岸が見えた。秋が近づき、すでに木々の葉が茶色く染まり始めている。夕暮れの薄暗さと車のスピードのせいで景色がぼやけ、まるで列車の窓の外を風景が流れているように見せる舞台の大道具のようだ。救急車が猛スピードで村の中を走り抜けていると、どこかで悲鳴のような声が上がった。後ろの

窓から、三人の若い娘の姿が見えた。

「あの子たち、乗せて行こうぜ」運転手が言った。

「だめだ、頭のいかれたのが乗ってるからな」

「いやいや、こいつなら大丈夫さ」運転手は愛情のこもった目をウィリアム・クレインに向けた。そのせいで、あやうく対向車のセダンを見落とすところだった。「おまえ、今まで救急車で女を引っかけたことないのか？」運転手がジョーに尋ねた。

ジョーは、救急車で女を引っかけたことはないと認めた。

「最高だぞ」運転手が熱をこめて言う。「どっかの木陰を探したり、ホテル代を払ったりしなくていいんだからな」

道路が丘のあいだの谷間を下ると、クレインはそこだけは空気がひんやりとしているのに気づいた。涼しさを再び味わうのは心地よかった。たとえそれがほんの一時《いっとき》だとしても。

「それに、何よりもいいのは」運転手の話はまだ続いていた。「女たちがどれだけ泣き叫ぼうと、誰も気に留めないってことだ。万一誰かに何か訊かれても、その女が精神病患者だって言えばいいんだから。簡単だろう」

運転手はまた瓶の口をくわえた。ジョーに返したときには、中身はほとんど残っていなかった。

「ガソリンを入れるついでに、そいつも補給したほうがいいな」運転手が言った。

「どこかあてがあるのか？」ジョーがシナモン味の液体を飲み干して訊いた。

「あるとも」運転手がきっぱりと言った。「リンゴ酒なら、たいていどこのガソリンスタンドでも手に入る。なかなかいい代物だぜ」

「これだっていい酒だぞ」ジョーが言った。「ダッチの組織から手に入れたんだ。混じりっけなしだ」

「ダッチのとこじゃ、何でもかんでも薄めてるって言うじゃないか」

「おれもダッチの手下なんだぜ」

運転手は感銘を受けた。舌と歯茎でチュッチュッと音を立てた。「ひゅー、すげえな！　いったいどうやってダッチと手を切ったんだ？」

「切ってない。ここのドクターから頼まれた仕事が終わったら、また戻るんだ」

運転手は車を一マイル近く走らせるあいだじゅう、その情報について熟考していた。「おまえ、ダッチの下って、どんな仕事を？」

ジョーは自分の左脇をぽんぽんと叩いた。

じきに辺りは真っ暗になった。道端に木々が陰鬱そうに固まって生えている。その隙間から明かりが見えた。電灯のきらめく橋がかかったハドソン川は、まるでダイヤモンドをちりばめたバックル付きの真っ黒いベルトのようだ。救急車は徐々にスピードを落としてのろのろと走った後、道路脇の砂利道に入り、〈ブルー・ガソリン――十一セント〉という看板の前で停まった。

運転手がエンジンを切ると、灰色の木造の掘立小屋のドアが開いて、死人のように青白い顔をした痩せた男が仕方なさそうに出て来た。噛み煙草をほおばったままもごもごと言う。

「どのぐらい入れる？」

「十ガロンほど頼む」運転手が言った。「オイルと冷却水のチェックもしてくれ」

ジョーは救急車を降り、ぎくしゃくとした足取りで小屋へ向かった。中を覗いたものの、引き返して来て店員に何か話しかけた。

「小屋の裏には森が十エーカーもあるじゃないか」店員は憤慨した声で言った。「それで用は充分済むだろう?」

ジョーは小さな目を泳がせるように、無関心に背を向けた店員の後姿を見つめながら、どうすべきか決めかねて立ち尽くしていた。だがついには十エーカーの森の中へ姿を消した。運転手が車を降りて、オイルレベルを測っている店員の様子を見に行ってしまうと、ウィリアム・クレインは手錠をはめた両手を頭の上に揚げた。革で覆われた鉄の輪が手首にこすれたが、体を伸ばすと、狭い座席に浅く腰かけたまま車の揺れをこらえていた筋肉の凝りがやわらいだ。運転席との仕切りパネルに近づき、外を見た。

店員がオイルゲージを見せている。「二ガロンほど要るな」無感情に告げる。

「それも入れてくれ」運転手が言った。

「この手の車はガソリンを食うよな」店員はぬるぬるした缶からオイルを入れながら言った。「これと似た別の救急車が、二週間に一度ぐらいここへ来るんだ。だいたいいつも十ガロンか五ガロン入れて行く」男はオイルの缶をエンジンの上にそっと置いて、背中を伸ばした。

「冷却水もチェックしてくれ」

ジョーがまばらに生えた薮から出て来て、スタンドのほうへゆっくりと戻って来た。「おれが見てるから、あんたも行ってきなよ」運転手に向かって言った。運転手はうなずき、森のほうへ歩きだした。足取りはよろよろとおぼつかない。

冷却水を入れ終えてラジエーターの蓋を閉めていた店員が、ふと仕切りパネルの奥にいるウィリアム・クレインに気づいた。手錠に目が留まると、目を丸くした。「あんたら、三人連れだとは知らな

かったよ」

ジョーが煙草に火をつけていた。「三人連れ？　ああ、そいつは数に入らないんだ。頭がいかれてるから」

店員がウィリアム・クレインの顔をまじまじと見た。「ちょっと見ただけじゃ、わかんないもんだな。こんなに若いのに。どう見ても、まだ二十代じゃないか。こっちの話は聞こえてるのかい？」

ジョーは、わからないと答えた。どうでもいいとも言った。

「まあ、聞こえてたところで、どうにもならないんだろうがな。こういう連中には、頭がいかれてることを伝えてやるすべもないらしい。自分の頭がおかしいってことさえ認識できないって話だ」店員はウィリアム・クレインをじろじろ見つめたままで言った。

ジョーは道路の左右を見渡した。店員に顔を寄せる。「あんた、顔が広そうだな。どこかこの辺で、上質なやつが手に入らないか？」

店員は驚いた様子も見せず、探るような目でジョーを見つめた。

「小屋の中にあるかもしれないな」

「一クォート、いくらだ？」

店員は少し考えてから、反応を伺うように「二ドル」と提案した。

「じゃ、頼む」

店員が小屋に入ると、運転手が戻って来た。ジョーはリンゴ酒のことを伝えた。

「あいつが自分で醸造した酒だぜ？」運転手が言った。

「誰が醸造しようとかまわないさ、上質ならね」

少なくとも香りはよかったので、ジョーは約束の金を払い、運転手はガソリン代を払った。ふたりが乗り込むあいだに、店員は車の後ろへ回って窓からウィリアム・クレインを覗き込んだ。ガソリンスタンドの照明を浴びた男の顔は一層白く、歯は一層黄色く見え、まるで醜い馬のようだとクレインは思った。しばらく待ってから、クレインも窓に顔を近づけた。

「バア！」クレインは言った。「ほら、バア！」

店員の顔が窓から消えた。

救急車は再び幹線道路を疾走しだした。木や車や家や村が次々と後ろへ飛び去る。まるで懐中電灯で遺体安置所の中を照らすように、時おり道端の歩行者の顔がヘッドライトに白く照らし出された。暑さと、色つきのライトと、スピードと、けたたましいサイレンの音に、ウィリアム・クレインは地獄への一本道の奥へと引きずり込まれている気がした。


男たちが新しいリンゴ酒の味見を始めるのを見て、クレインは早くも瓶の中身が半分に減っていることに気づいた。

「悪くねえな」運転手が言った。唇をチュッと鳴らす。「重みがある」

「あんたの言うとおりだ」ジョーが言った。「ここらで手に入るリンゴ酒は、どれもこんな感じなのか？」

「出来、不出来の幅はけっこうあるな。でも、これよりうまいのがザ・ホームにあるよ」

「あんた、どこに住んでるんだ？」ジョーが尋ねた。

「ホーボーケン（ハドソン川を挟んで南にあるニュージャージー州の町）だ」

ジョーが不審そうな目で運転手を一瞥した。「あんたの家《ホーム》に酒があったって、北に向かってるおれたちには飲めないじゃないか?」

「おれの家に、何があるって?」

「酒だよ」

運転手は混乱していた。「おれの家《ホーム》にあるって言ったんじゃない。保養所《ザ・ホーム》にあるって言ったんだ。そもそも、うちじゃかみさんが許さないよ」

「何だ、そのザ・ホームってのは?」

「ここらじゃ、あの施設をそう呼んでるのさ。おれの家には酒なんか一本もねえよ。かみさんが許さないからね」

「ウィスキーはどこから来るんだ?」

「こういう瓶に詰めてどっかから運ばれて来る」そう言いながら運転手は瓶を持ち上げ、ひと口飲んだ。「今夜は泊まりの仕事で助かったよ。かみさんは短気だからね。おれが酒を飲むのが気に入らないんだ。うちのかみさんは――」

「誰もあんたのかみさんのことなんか訊いちゃいない」

「いや、おまえが訊いたんじゃないか」運転手は傷ついたように言った。「おれの家《ホーム》の酒の話を訊いただろう。だからおれは、うちに酒を置くのはかみさんが許さないって答えたんだ。うちのかみさんは、もし酔っ払って帰ってきたら離婚してやる、扶助料を払う覚悟をしときなって言うんだ。かみさんは――」

「ばかばかしい」ジョーが言った。「もうひと口飲めよ」

運転手はもうひと口飲んだ。

やがて幹線道路がカーブにさしかかると、救急車はスピードを落として脇道に入り、長い坂をのぼり始めた。タイヤは岩を砕いたような砂利敷きの道を踏みしめ、時おり跳ね上げられた石粒がフェンダーに当たって鋭い音を立てた。坂をのぼるにつれて涼しくなっていった。幹線道路を走っていたときよりも静かだ。道の両脇にはもはや明かりはひとつも見えない。

「あとたったの四マイルだ」運転手が言った。

ジョーが尋ねる。「その施設ってのは、どういうところなんだ?」

「悪くねえよ。おれたちにはうまい食事と寝心地のいいベッドが用意されてるからな。仕事もそんなにきつくない、患者の誰かが騒動を起こさない限りは。でも、看護師はみんな高嶺の花だ」

「どういう意味だ?」

「すげえ美人ばかりだが、みんな医者狙いなんだ。あんたじゃ、キスも無理だろう」

「へえ、おれには無理だって?」ジョーは明らかにそうは思っていないようだ。「今まで女を落とせなかったためしがないんだ」誇らしげにほほ笑んだ口元で、金歯がきらりと光った。「胸毛も生えてるしな」

「女にちょっかいを出してるところを、ドクター・イーストマンに見つからないように気をつけろよ」

「誰だ、それ? あそこの院長はドクター・リバーモアだろう?」

「ドクター・リバーモアは施設の責任者だけど、実際にはドクター・イーストマンが仕切ってるんだ。それも、ひどくえらそうな態度でな」運転手は唇を舐めた。ダッシュボードの光が顔に当たっている。

「ドクター・イーストマンは看護師長のミス・エヴァンズと婚約してるんだ。そりゃいい女でさ――金髪で、グラマーで。大学を出てるって話だ」彼は首を振った。「本当かどうかはわからないけどな」

ジョーは大して関心がないようだ。「ほかには何人いるんだ?」

「医者がひとりと、看護師がふたり。このふたりもまあまあだが、どっちも黒髪なんだ。おれは金髪が好みでね」彼は少し考えてからつけ加えた。「と言っても、そのうちのひとりとは結構親しくしてる。彼女に迫ってみるかな」

「医者たちは女を見る目が肥えてるんだな」ジョーが言った。「患者は何人入院してるんだ?」

「十二人ほど。それっぽっちしかいないんじゃ、あれほどの施設は維持できないと思うだろうが、最低でもひとり年間五千ドルは取ってるって話だ。入院患者は全員、かなりの金持ちだってことだな」

ウィリアム・クレインは仕切りパネルから前方を覗いた。外はそれほど暗くない。空には満月に近い月が出ていたし、砂利道には石灰石のような白い石が敷き詰められていた。周りの木々は黒く、マツだとわかった。のぼり坂はまだ続いており、救急車は快適な時速三十マイルまでスピードを落として走っていた。

「患者のほとんどは、それほどいかれてるわけじゃない」運転手が言った。「しばらくはごく普通にしてるんだけど、そのうち発作を起こしておかしくなる。そしたら、拘禁棟に閉じ込められる」

「普通にしてるときには、どんな扱いを受けるんだ?」

「そのときは、フロリダとかアトランティック・シティによくある高級リゾートホテルと変わらない。テニスコートと、クロケットのフィールドと、ゴルフのパッティング用のグリーンがあって、食事と治療の時間以外はみんな好き勝手に過ごしていいんだ。ただし、夜は十一時までにベッドに入らなき

ゃならないけどね」

「驚いたな」ジョーが言った。「頭のいかれたやつらは、クッションつきの壁の独居房に閉じ込めて、檻の隙間から餌をやるのかと思ってたよ、ライオンか何かみたいに」

運転手が鼻で笑った。「患者の中にはひどく真っ当なのもいて、いったいどこがおかしいのかをドクターたちが突き止めるまでに何週間もかかるケースだってあるんだ。その診断さえ、実際に発作を起こさなきゃ本当かどうかあやしいぐらいだ」

ジョーはまたひと口飲んだ。運転手もならった。「発作を起こすって、どんなふうになるんだ?」

ジョーが熱心に尋ねた。

「人によって全然ちがう。泣き叫ぶやつもいれば、強気になって、おれやほかのスタッフの首を絞めようとするやつもいる。元銀行員のある男は四つん這いで、すっかり犬みたいになるし、ある婆さんは発作を起こすと服を全部脱いじまうんだ」

「婆さんじゃなくて、金髪の美人看護師が脱いでくれたらいいのにな」ジョーがまたひと口飲んだ。

「おれたちもずっと患者たちと同じところで寝起きしなきゃならないのか?」

「担当する仕事によるよ」

「何を担当するのか、まだわからないんだ。おれはただダッチから、その施設へ行って、リバーモア院長の指示に従えと言われただけだから」

「まあ、使用人部屋を割り当てられたら、患者とは離れた建物で寝られる。だが、病棟の部屋を割り当てられたら、ずっと患者と同じ区域だ」

「いや、別にそいつらが怖いわけじゃない」ジョーが言った。「ただ、ずっと近くにいたらだんだん

いらいらして、患者の誰かを殴ったり傷つけたりしちまうかもしれないと思って」

ようやくのぼり坂が終わり、道はカーブしながらふたつの丘のあいだにさしかかった。前方に深い谷間が見えてきた。運転手が救急車を止めた。

「あそこだ」彼は下のほうを指さした。「着く前に全部飲んじまったほうがいいな」

ジョーも賛同し、瓶を運転手に渡した。「おれはほかにやりたいことがある」助手席から降りて、道路脇へ歩いて行った。

ウィリアム・クレインはパネル越しに谷のほうを眺めた。少し下ったところに、まるで社交界を描いたセシル・B・デミル（一八八一〜一九五九年。アメリカの映画監督）の映画のセットのような人工的な風景が広がっていた。網目状に重なった枝の隙間から下のほうに、精巧な模様を描く小道や花壇、そしてその中に何かしら大きな水たまりがきらめいているのが見えた。その成形された庭を、まるで絵を飾る額縁のように石壁がぐるりと取り囲んでいたが、片側に固まって建つ白い建物の一団が、その美的バランスを崩していた。月光を浴びた施設は、平穏と豪華さと不合理とを同時にそなえていた。

ウィリアム・クレインは、ドクター・リバーモアのサナトリウムをじっくり眺めていた。が、それを邪魔するように、ジョーが戻って来て助手席にドスンと座り込んだ。「それで、その施設とやらはどこにあるんだ?」運転手が瓶で谷の下を指した。しばらく沈黙が流れた。

「へえ、なかなか高級そうじゃないか」ジョーが言った。「酒は全部飲んじまったのか?」

「あとひと口、残ってる。おまえが飲んでくれ。おれは気分が悪くなってきた」

ジョーが最後のひと口を飲んでいるうちに、運転手は救急車をスタートさせて丘を下った。ジョーは空になった瓶を窓から投げ捨てた。ガラスの割れる音がした。

第二章

鉄の門扉が鈍い音を立てて重々しく閉まった。痩せた顔に猜疑心と好奇心を浮かべた老人がひとり、横歩きをしながら救急車の後に続いた。運転手は化粧漆喰の大きな建物まで救急車を走らせた後、まるで王族を乗せて来た馬車の御者のように、ポーチの真正面にぴたりと止めた。家具もラグもないポーチはただ、私道の小石を真珠のように輝かせている月の光を浴びて仄明るく光っていた。

地面に降り立った運転手は足元をふらつかせ、転ぶまいとして開いたままの扉を掴んだものの、車のステップに尻もちをついた。立ち上がろうとするが、腰を途中までしか浮かせることができない。

「ずっと運転してたせいで、頭がクラクラするなあ」誰にともなく言う。「排気ガスのせいだな」もう一度立ち上がろうとする。今度もうまくいかず、「排気ガスだ」とつぶやいて腰を下ろした。

その様子を不安そうに眺めていたジョーが、助手席に座ったまま彼のほうへ手を伸ばした。

「おい、しっかりしろよ」

運転手は、言うことをきかない両手の指に顔を埋めるように座り込んでいる。大きなしゃっくりをした。

「おい」ジョーが言った。「おれたちはこいつを、どこかへ連れて行かなきゃならないんだろう?」

耳障りな甲高い笑い声がした。「その男は、いつもこんな状態で到着するんだ」老人が言った。高

くかぼそい、東洋人のような声だ。「かまわない、わしが手伝うよ」ヘッドライトが届かない暗がりに立ったままで言った。

「あんた、いったい誰だ?」ジョーが尋ねた。黒い影の中へ、挑みかかるように目を凝らした。

「アンドリューだ」老人が言った。

「そうだろうとも」ジョーが言った。「だが、何者だ?」

「アンドリューだ」老人がもう一度言った。「夜はわしが警備《ウォッチ》するんだ」

「へえ、じゃあこいつを介抱《ウォッチ》してもらおうか」ジョーが言った。

「その男なら、放っておけばすぐに治る」

「わかった、わかった。だが、あの患者はどうする?」〝患者〟という言葉を、ジョーは誇らしそうに発音した。

「彼については聞いているよ。ドクターがお待ちかねだ」老人が救急車に近づいた。期待のこもった目をパチパチと瞬きさせた。「どんなタイプの患者だ?」

「タイプって、どういう意味だよ?」ジョーが怒鳴った。

老人が唇を舐めた。月光を浴びた両目は牡蠣のようだ。「暴力的かい?」

「全然」ジョーが言った。「あんたの奥さんと同じぐらい、おとなしいもんだ」

老人はがっかりしたようだ。ステップに座り込んでいる運転手のそばへゆっくりと進み、彼の頭越しに、イグニッションからぶら下がっている、いくつも鍵のついた革のキーホルダーに手を伸ばした。それを大事そうに持って救急車の後方へ回り、鍵のひとつをドアの鍵穴に挿した。「よし」老人が言った。「わしらで連れて行こう」

ジョーが助手席から降りた。「あんたが開けろよ」と老人に命令した。

救急車の後ろの扉が、大きくきしみながら開いた。クレインは庭を眺めた。小さく絶え間なく鳴くコオロギの声が聞こえる。花々の魅惑的な香りにむせ返りそうだ。まるで聴覚と嗅覚が一気に復活したかのようだった。

「着いたぜ、先生《ドク》」ジョーが言った。

「おれはドクターじゃない」ウィリアム・クレインが言った。

「そんなことはわかってるさ」ジョーはそう言って後部席に上がり込んだ。「さあ、行くぞ」

クレインは立ち上がろうとした。が、体に力が入らず、再び革張りのベンチに座り込んだ。ジョーが彼の襟元を掴み、後ろの扉から勢いよく放り出したので、危うく老人の青白い顔に衝突するところだった。クレインは砂利道に背中を強打して転がり、最後は自分の体の重みで両手を小石に押しつけた格好で止まった。よろよろと立ち上がった。

ジョーが救急車から飛び降り、手錠をはめたままのクレインの腕を掴んだ。「どっちへ行けばいい？」彼は老人に尋ねた。

「こっちだ」そういう老人の声は興奮に震えていた。安全な距離をとって離れている。

「待ってくれ！」運転手の声だ。いつの間にか救急車に片腕をついて立ち上がり、三人を見ていた。

「先にそいつの手錠を外さないと」

「わかった」ジョーが言った。「急いでくれ」

運転手が手錠の鍵を外した。クレインの顔にかかる息には酸っぱい匂いがした。老人がポーチの階段をのぼり始めると、クレインとジョーがその後に続き、運転手はふらふらとついて来た。

ポーチの網戸には留め金がかかっていなかったので、彼らはそのまま細長い廊下に入って行った。床は赤い絨毯が敷き詰められていて、蝋燭立ての形をした壁の照明器具には黄色い電球がふたつ灯り、白いカルシミン塗装の壁に恐ろしげな影を写し出している。ひとつめのドアの前に着くと、老人が遠慮がちにノックをした。

ドア口に、がっしりとした男が現れた。顔の筋肉を引きつらせ、黒い眉毛を吊り上げて睨んでいる。ズボンと肌着姿だった。

「何の用だ?」

老人が答えた。「患者です」委縮した声だった。

ウィリアム・クレインはジョーのほうへ体を寄せて、部屋の中を覗き込もうとした。ドア口の男がクレインの顔を手のひらで押さえ、右肩を引いたかと思うと思いきりはね飛ばした。クレインの頭は廊下の向かい側の壁に鈍く打ちつけられた。倒れまいと両手を伸ばす。砂利で切れていた指が、カルシミン塗装の白い壁に真っ赤な筋状の染みをつけた。

「ああ、全能なる主よ!」老人がぶるぶる震える唇を舌で舐めた。「まるで釘の跡のような……」途中で声にならなくなった。血痕を見つめ、クレインに目を移した。

「リバーモア院長なら、オフィスだ」がっしりした男はそう言ってドアを閉めた。

廊下の一番奥のドアも閉まっていた。老人は二度ノックした。部屋の中で別のドアが閉まる音が聞こえた。ずいぶん待たされた後で廊下側のドアが開いた。ドアノブを持つ手の中指に、ダイヤモンドの指輪が見えた。クレインが今まで見たこともないほど大きなダイヤモンドだった。

リバーモア院長はイタロ・バルボ(一八九六~一九四〇。イタリアの軍人。ムッソリーニ政権下の〝ファシスト四天王〟の一人)やサー・ヒューバート・ウィル

キンス（一八八八～一九五八。オーストラリアの極地冒険家）のような黒い髭を生やしていた。茶色い瞳は狡猾そうで、何かを隠しているようだ。上着に白い粉がついている。彼は温かく迎えるような笑みを浮かべた。

「どうぞ、中へ」そう言ってから、老人に向かって、もう戻っていいと言うようにうなずいた。

「ベルビュー病院（ニューヨーク市にあるアメリカ最古の公立病院。精神科が広く知られている）からこちらの紳士を連れて来ました」運転手が報告した。ドア枠の柱にもたれかかっている。顔色は白灰色だ。

部屋の中は、こげ茶色の板張りの床に東洋風の絨毯が何枚か敷かれ、中国風の陶器の台に錦織りのシェードを被せたランプがそこここに置いてある。部屋の奥のドアは閉まっていて、その脇に大きなクルミ材のデスクがあった。リバーモア院長はデスクの向こう側へ回って席に着き、何かのボタンを押した。

「あなたは、ミスター・カスッチオですね？」ジョーを見ながら院長が言った。

「ああ、そうだ」ジョーが言った。まだクレインを摑んでいる。

「ミスター・キャンベルが夕食に案内してくれます。食事が済んだら、このオフィスに戻って来てください」

ミスター・キャンベルというのは、どうやら運転手のことらしい。運転手はもたれていた壁を押しのけるようにして離れた。「行こうぜ」そう言ってジョーを部屋から連れ出し、大きな音を立ててドアを閉めた。

「ひどい暴挙だ」ウィリアム・クレインが大声で言った。「これはいったいどういうことなのか、今すぐ説明してもらおうか」院長を睨みつける。

リバーモア院長は手のひらを下に向けて指を広げ、磨き上げたデスクの上に両手を置いた。自信た

っぷりに身を乗り出す。

「ミスター・クレイン」院長の声はミュート付きのトランペットのようにくぐもっていた。「ミスター・スレーターがあなたのことを、それはそれは心配なさっています」

クレインは驚いた表情を浮かべた。「ミスター・スレーターだって？　叔父の？」

「そうです」リバーモア院長は両手を近づけ、手のひらは離したままで指先どうしを合わせた。「ミスター・スレーターは、あなたの健康を懸念されています。あなたを、こちらの静かな施設に連れて来てゆっくり休ませるべきだと決心されましてね」院長は両手の指を組んだ。「あなたが拒否することを恐れて、こういう異例な搬送法を取られたのです」

「人を誘拐するなんて、異例もいいところだ」クレインは憤慨していた。「特に、おれのように重要な仕事をしている人間を」

廊下側のドアが開いて、さっきのがっしりした体格の男が入って来た。白衣を着ている。

「呼んだか？」彼はむっつりと言った。

クレインが男を睨んだ。男もクレインを睨み返した。

「こいつもそうなのか？」クレインが詰め寄る。

「何のことですか？」リバーモア院長が尋ねた。

「こいつもあんたが雇ったギャングなのかって訊いてるんだ」

「何をおっしゃいます、ミスター・クレイン！」リバーモア院長はひどく傷ついたように言った。「こちらはわたしの同僚で、ドクター・イーストマンです。あなたがここで健康を回復する手助けをします」

「ギャングにしか見えないが」クレインは言った。

またドアにノックがあった。リバーモア院長が「どうぞ」と言うと、若くきれいな娘が入って来た。黒髪の頭に看護師の帽子が載っている。デスクの横の椅子に座った。リバーモア院長は印刷された大判の紙を彼女に手渡した。

部屋の横の壁には天井まで届く窓が三つあり、ドクター・イーストマンは窓際の備え付けのソファーの近くに、やたらと詰め物の分厚い椅子を引き寄せた。クレインは、ソファーの上の黒いクッションのうち、ふたつは座面に置かれ、ひとつだけが背もたれに立てかけてあることに気づいた。座面のふたつのクッションにはしわが寄っていて、その片方の上に金色の毛髪が一本、光を受けてきらりと光った。

「さて、ミスター・クレイン、何をおいても健康に勝るものはないことはご存知でしょう」リバーモア院長が言った。

「おれにとっては、仕事が何より大事だがね」ウィリアム・クレインが言った。「おれは重要な立場の人間なんだ」

「ですが、その仕事を続けるためにも、健康を維持しなければなりません」リバーモア院長が言った。「だからこそ叔父さまは、あなたの面倒を見るようにと、われわれに依頼されたのです」

「だが、ここは精神病患者の収容施設じゃないか。おれは普通の人間と同じで、いたって正常だ」

「そうですとも」リバーモア院長が間髪入れず――少しばかり早すぎるほどに即答した。「ですが、ここにいらっしゃる患者さんたちもみな、単に一時的な――何と言いましょうか――心理的な発作を経験しておられるだけなのです」

「つまり、ここには精神異常者はひとりもいないと言うのか？」

「そのとおりです。精神異常などというものは存在しません。ときどき短期的に理性を失う人間がいるだけのことです。悪夢を見るようなものですよ。ただその悪夢を、目が覚めている昼間に見てしまうというだけで。適切な処置を受ければ、誰でも理性を取り戻せるのです」

「でも、おれは今もきわめて理性的だ」

「ええ、もちろん」リバーモア院長は、再び指先をくっつけた。「もちろん、そうです。ですが叔父さまは、あなたがこのまま仕事を続ければ、今にも神経がまいってしまうと思われたのです」

クレインは心を決めたようだった。「来てしまった以上は、せいぜい体を休めるとするか」

「素晴らしい心がけですね」リバーモア院長は両手を頭の後ろで組んで、椅子に深くもたれた。「早速ですが、いくつか質問にお答えください。ミス・クレイトンがメモを取ります」

クレインがドクター・イーストマンに目を向けると、眠っているように見えた。分厚いまぶたが目を覆っている。顔はまるでデスマスクのように無表情だ。シダを活けた花瓶がふたつ、彼の両脇に飾ってある。背後の窓には、網戸の奥に目の細かいガーゼが張ってあることに気づいた。

「まずは、あなたの過去についてお訊きしなくてはなりません」リバーモア院長が陽気な調子で言った。「ご結婚は？」

クレインはしばらく考えていた。「いいや」

「これまでに重い病気にかかったことは？」

「猩紅熱《しょうこう》、百日咳、それにおでき」

リバーモア院長が言った。「ふざけないでください、ミスター・クレイン」

「あんた、おできができたことはあるのか?」ウィリアム・クレインが訊いた。

ミス・クレイトンが思わず笑い声を立てたが、リバーモア院長が彼女のほうを向くと、急にくしゃみに変わった。

「夜間頭痛はありますか?」

「いや。頭痛がするのは、たいてい翌朝だ」

「なるほど」リバーモア院長が言った。「つまり、お酒を飲むのですね?」

「もちろん。あんたは飲まないのか?」

リバーモア院長が同僚医師のほうをちらりと見た。ドクター・イーストマンは意図を酌むように、かすかな瞬きをした。

「今おいくつですか?」リバーモア院長が尋ねた。

「三十二」

「どちらの宗派ですか?」

「どこでもない」

「では、さしずめメソジスト監督教会と言えるでしょうか」

「〝さしずめ、メソジスト監督教会〟」

リバーモア院長が再びドクター・イーストマンと視線を合わせた。ミス・クレイトンが紙に何かを書きつけた。

「夜寝るときは——」

「さみしくひとり寝」

ミス・クレイトンはその切り返しが可笑しかったようだ。

リバーモア院長は忍耐強く尋ねた。「いえ、つまり、夜はよく眠れますか？」

「ぐっすり」

「誕生日はいつです？」

「十月三日」

「三十歳の誕生日にどこにいたか、覚えていますか？」

「もちろん」

「どこですか？」

「言いたくない」

「ご協力いただけないと、こちらも力になりようがありませんよ」リバーモア院長の髭が怒りに震えていた。

「それなら、別の歳の誕生日について訊いてくれ」クレインがミス・クレイトンにウィンクしながらそう言うと、彼女は鉛筆の先を確認するふりをした。

「いや、もう結構」リバーモア院長は机の上に身を乗り出した。「最後の食事は何を召し上がりましたか？」

「もうずいぶん経つから、覚えてないな」

「そんなはずはないでしょう」リバーモア院長がきっぱりと言った。「最後の食事ですよ」

「それなら、朝食だな」クレインが言った。「それにしても、朝食に何を食べたか訊いてくれるなんて嬉しいじゃないか。おれは自分の朝食の中身を他人に教えるのが大好きなんだ。まずは食前のオレ

ンジジュース。それから半熟のゆで卵と、バターを塗ったトーストと、コーヒーと、素晴らしくうまいマーマレード。もちろん、毎朝というわけじゃなくて、ときには――」

そのとき窓の外の庭から、奇妙な音が聞こえた。部屋にいた三人の医療関係者は、まるで耳を澄ませる影像に変身したかのように、動きを止めて神経を張りつめた。息を潜めた呼吸音とささやくようなコオロギの鳴き声がかすかに聞こえるほかは、緊迫した静寂が続いた。

すると、再び同じ音が聞こえた。何かの動物を追って来た猟犬が、その匂いを嗅ぎつけ、興奮し、苛立ち、切羽詰まったように鼻を鳴らしているようだ。だが、それは犬の鳴き声ではなかった。どんな動物の鳴き声でもなかった。

リバーモア院長の黒い瞳孔が大きくなった。「急いで」彼が叫んだ。「チャールズを呼びなさい」ドクター・イーストマンはその言葉を待たずに、すでに部屋を飛び出そうとしていた。「ミス・クレイトン、きみはここから動かないように」リバーモア院長はデスクの中からピストルと、何か別の物を取り出した。クレインは、それが野球のキャッチャー・マスクだと気づいた。マスクには頑丈な鎖がついており、リバーモア院長はそれを腕にかけて部屋から駆け出した。

「いったい何事だ!」クレインが言うと、ミス・クレイトンが指を立てて唇に当てた。真っ青な顔をしているのが、謎の音のせいなのか、部屋にクレインとふたりきりで残されたせいなのかはわからない。彼は窓のそばへ近寄った。

外では、月の光が静かに庭に降り注いでいた。遠くにある噴水の周りを、精巧に植え込まれた生垣が取り囲み、きれいに並んだ花壇の中で花々が平和そうに眠っていた。巨大な蛾が一匹、噴水の水に映った月に惹かれたように、水しぶきの上をひらひらと飛んでいる。庭は静寂と明かりに洗われたよ

うに平穏そのものだった。突然、またあの奇妙な鳴き声が聞こえた。これまでより大きく響き、音のする方向に目を向けると、生垣の向こうで動く黒い影が見えた。噴水に向かっているらしい。

次の瞬間、何かが生垣から出て来た。四つん這いで走る人間の男だ。足取りはオオカミが駆けるようで、その動作があまりに自然だったため、クレインの目にはより一層異常に映った。噴水の端で止まり、顔を上げて素早く振り向くと、やがて水を飲み始めた。ピチャピチャと水面を舐める音が、水紋が広がるように窓まで届いた。驚愕したウィリアム・クレインが眺めているうちに、男は水を飲み終え、またしても庭の中を素早く、こっそりと見回した。突然体をこわばらせ、地面に低く伏せた。いきなり、しなやかに脚を伸ばして空中へ跳び上がったかと思うと、金属がぶつかるような音を立てて歯を嚙み合わせ、乳白色の蛾を器用に口に捕えた。

「あの人、蛾を食べてるわ！」ミス・クレイトンがクレインの隣に立っていた。恐怖で顔が蒼白だ。

「どうして誰も止めないの？」

ドクターたちの姿を先に見つけたのはクレインだった。男にそっと忍び寄る人影を指さして、ミス・クレイトンに教えた。影がふたつ、窓のほうから噴水へ向かって這って行き、別のふたつが男のさらに近くの、丈の低い植物の裏から出て来るところだ。彼らがまさに飛びかかろうとした瞬間、ふたりの姿を見つけた男が歯をむき出して、挑むように唸り声を上げた。ひとりが男の首を捕まえようとした。ガチっという音が聞こえ、捕まえようとした男が痛みに悲鳴を上げて身を引いた。と同時に、オオカミ男は向きを変え、窓と、窓のすぐ下に潜むふたつの人影がいる方向へと四つん這いで走って来た。地面に落ちた窓の四角い明かりの端まで接近したとき、潜んでいたふたりが男に飛びかかった。

奇怪な唸り声やキャンキャンと鳴く声が庭に反響して恐ろしい騒音を引き起こし、重なり合って

聞こえるせいでまるでオオカミの大群がいるかのようだ。取っ組み合いの途中で、男は一度逃れかけ、瞬間的に頭が窓のすぐそばまで近づいた。その頭には、まるで人間らしいところは見られなかった。泡を吹く口から漏れ出す獣のような鳴き声、黒目よりも白目の大きい狂気の目、汗と血と泥にまみれた頬。それを見たクレインは部屋の奥へ飛びのき、椅子を手に取って自らの命を守ろうと身構えた。

だがじきに悪夢のような騒音は止み、代わりに悲しげで寂しげで哀れな遠吠えが聞こえてきた。やがてその声も遠ざかり、どこか遠くでドアが閉じる音がしたとたん、何も聞こえなくなった。

クレインは掴んでいた椅子を見下ろし、次にミス・クレイトンのほうを見た。「ひとりきりでいるときには、遭遇したくないな」ふざけて苦笑いを浮かべ、椅子を床に戻した。

ミス・クレイトンが興味深そうに茶色い目を見開いた。「わたしには、あなたが狂っているようには思えないわ」彼女が言った。

「狂っているとも」ウィリアム・クレインが言った。「酒を一滴も飲まない労働者と同じぐらいに」

彼はリバーモア院長のデスクへ歩いて行った。引き出しが開いたままになっていて、その中には別の自動拳銃のグリップが見えた。

「ここにボタンが並んでるけど、何だか面白そうだね。何のボタンなんだ?」

「それで使用人を呼ぶのよ」ミス・クレイトンが答えた。鼻に白粉をはたいている。

「今捕まえた男は、これからどうなる?」

「きっと拘禁棟に閉じ込められるんでしょうね」

「拘禁棟には、ほかにも誰か入ってるのか?」

「ミス・ヴァン・キャンプだけよ」

「その女性は何をしたんだい?」ウィリアム・クレインは興味を引かれたように看護師を見た。

「自分のものを盗まれたって思い込んでるの。それを探そうとして、何度言ってもあちこちに勝手に入って行っちゃうのよ。拘禁棟に入れられるのは、ほんの一日か二日だけだけど」

「拘禁棟には、どうしたら入れるんだ?」

「暴れてみたらどう?」

「なるほど!」

リバーモア院長とドクター・イーストマンが廊下側のドアから部屋に戻って来た。ドクター・イーストマンの顔には引っ掻き傷がいくつかついている。リバーモア院長の視線が、デスク脇の閉じたままのドアに向けられた。不安そうだった目が、安堵したようだ。リバーモア院長はデスクの席に着いた。

「今夜はこんなことになりましたので、あなたの問診はあらためて別の機会に延期しましょう」そう言って、探るような目をもうひとりのドクターに向けた。ドクター・イーストマンは無表情のままだった。

「どうしても今夜のうちに訊いておきたい項目が、少しだけ残っています」リバーモア院長が話を続けた。「あなたの職業は?」

ウィリアム・クレインはデスクに身を乗り出した。「外向きの? それとも、秘密の職業?」

「それは……両方です」

「世間一般に向けては、単なる債券のセールスマンで通ってるがね」クレインが堂々とした口調で言う。「実は、おれは名探偵なんだ」

「ですが、叔父さまは探偵業について何もおっしゃっていませんでしたよ」リバーモア院長が反論した。

「叔父は探偵業のことは知らないのさ」クレインがひそひそ声で言った。「数人の犯罪者を除けば、誰も知らないんだよ」

リバーモア院長はドクター・イーストマンのほうを見た。ドクター・イーストマンが初めて興味を示していた。ミス・クレイトンは素早くメモを取っている。

「おれの言うことが信じられないのか?」ウィリアム・クレインが怒った声で言った。「おれが探偵だって、あんたは信じないのか?」

「まあまあ、ミスター・クレイン、大丈夫ですよ」リバーモア院長が指を広げた。「お話を聞いて、みんな単に驚いているだけです」

「何が驚いてるだけだ!」クレインが言った。「おれの言うことなんて信じてないんだろう? じゃあ、証明してやるよ。花粉症にはどう対処してるんだい、リバーモア院長?」

リバーモア院長は純粋に驚いたように目を丸くした。

「そんなに庭が好きなのに、夜になって花粉が地面に落ちるまで外を歩けないなんて、実に残念だね」クレインが言った。「おまけに最近は、誰かに襲われるのを恐れて、夜ひとりで出歩けなくなってしまった。それも残念だね」

リバーモア院長はデスクの椅子から立ち上がったが、クレインは芝居がかった仕草で片手を上げた。

「ちょっと待って! 今から三十分前、ちょうどおれが救急車に閉じ込められていた頃、あんた、この部屋に誰を呼び入れてた?」

リバーモア院長が答えないのを見て、クレインはドクター・イーストマンのほうを向いた。「あんたはたしか、看護師の誰かと婚約してるんだったな？」

ドクター・イーストマンは彼を睨んだ。

「あんたにとって面白そうな話があるんだ。この部屋にいたのは、あんたの大事なミス・エヴァンズその人だよ」

リバーモア院長がドクター・イーストマンから目をそらした。

「でも、それだけじゃない」クレインはドクター・イーストマンに向かって話を続けた。「彼女がここに来たのは、職務上の理由じゃないんだよ」

「黙りなさい、狂人のくせに」リバーモア院長は叫びながら、デスクのボタンをいくつか押した。

「話をさせてやれよ」ドクター・イーストマンが言った。クレインに近づいた。「続けろ」

「ふたりは抱き合って、首筋にキスをしていた」クレインが言った。「ちょうどそこのソファーの上でだ」ドクター・イーストマンの目はもうクレインに向けられていなかった。「この畜生め」彼はリバーモア院長に向かって言った。

「汚い言葉は控えたほうがいい」クレインが言った。「この部屋にはレディーがふたりもいるんだからね」デスクまで歩いていき、その脇のドアを引いて開けた。中にはミス・エヴァンズが立っていた。ワイン色のドレスを着て、金髪が乱れている。「寝室には裏口をつけるべきだな」クレインがリバーモア院長に言った。

ミス・エヴァンズが肩を落として部屋に入って来た。映画『港の女』の主人公のサディ・トンプソンのように派手で妖艶だが、彼女ほど反抗的ではない。真っ白い肌に真っ赤な唇。ミス・エヴァンズ

が言った。「いったい何の騒ぎなの？」

「ああ、悪いね」クレインが言った。「おれが基礎的な演繹法《えんえき》を披露していたんだ」

「演繹法？」ミス・エヴァンズが尋ねた。

「こういうことだ。窓の網戸にはフィルター用の布が張ってある。花瓶にはバラではなく、シダが飾ってある。以上から、リバーモア院長が花粉を原因とするアレルギー、いわゆる花粉症を患っているという結論が導かれる」ミス・エヴァンズは何の表情も浮かべずに話を聞いていた。「次に、リバーモア院長がピストルを一丁、ポケットに入れて持ち歩き、さらにもう一丁をデスクに入れていることに気づいた。ピストルを手近なところに二丁も置いておく男など滅多にいない、襲われる危険を感じているのでなければ」

クレインは学校の先生によく見られるように、嫌味なほど得意そうに話し続けた。

「ミス・エヴァンズ、あんたがこの部屋にいたことは、窓際のソファーのクッションのひとつに、金色の髪が一本落ちていたことが証拠になった。おまけに、あんたはご親切にも顔に塗った白粉を少しばかりリバーモア院長の上着に残していた。それが、首筋にキスをしていたという下品な仄めかしになったわけだ」ドクター・イーストマンの呼吸が苦しそうに乱れていた。「それから、あんたが隣の部屋にいることは、庭での取っ組み合いから戻って来たリバーモア院長が不安そうにドアをちらりと見たことですぐわかった。ドクター・イーストマンと婚約しているとわかったのは、彼の白衣についている矢をかたどったバッジが、大学の女子学生クラブの紋章だと見抜いたからだ。ここの施設で大学出の女性はひとりしかいない。あれはあんたのバッジだ」

クレインは短く冷淡に笑った。「わかっただろう、リバーモア院長。おれを解放してもらおうか」

「いいえ」リバーモア院長が素っ気なく言った。「この者たちが、あなたを部屋までご案内します」

運転手と、白衣姿の男が現れて、クレインの両脇に立った。ふたりとも顔に血がついていて、運転手は耳に包帯を巻いている。クレインはその傷ついた耳を狙って殴りかかった。陶器のランプのひとつをリバーモア院長めがけて投げる。やがて両腕を押さえられると、ドクター・イーストマンの顎を蹴り上げた。続いて腹も蹴とばした。

リバーモア院長が叫んだ。「連れて行きなさい。拘禁棟に入れて」ドクター・イーストマンは床をのたうち回っていた。が、彼を気に留める者は誰もいなかった。ドア口で、ウィリアム・クレインは壁に両足を突っぱねて抗い、連行しようとする男たちを足止めした。

「おれを閉じ込めるなんて、大きなまちがいだ」彼は真剣に訴えた。「おれはC・オーギュスト・デュパン（エドガー・アラン・ポーの小説の登場人物。世界初の名探偵と呼ばれる）なんだぞ」

第三章

窓から射し込む太陽の光が、熱したフライパンに落としたバターのようにゆっくりと床の上を滑っていく。のんびりと吹く風が外の細い枝のアブサン色の葉を揺らし、むせるような花の香りと、ほとんど静寂に包まれた朝の空気に響くハチの羽音とを部屋の中まで運んできた。上の窓ではハエが一匹、どうにかすればガラスを通過できるんじゃないかと繰り返し挑んでいる。風の中できらめくクモの巣が、反射した光を部屋のあちこちに投げ込んでいる。

深い眠りから覚めたウィリアム・クレインは、重いまぶたを開けて部屋の中を眺めた。特徴のない部屋だ。窓のそばの隅に鉄製のテーブル、壁際に金属製の椅子、それに茶色い板張りの床の上に真っ白いタオル地のラグマットが敷いてある。灰色の壁にはさまざまなスティッチを施した刺繍が一枚かかっていて、緑と赤の糸で

〈イエスはあなたとわたしを救うために命を捧げられた〉

と書かれている。

クレインは寝返りを打って壁を向いた。目を閉じる。ドアがカタカタと鳴り、彼はベッドに寝そべったまま振り返った。ミス・クレイトンだった。プロらしく硬く糊のきいた看護師の制服に身を固め、プロらしく威厳をたたえた硬い表情をしている。小さなトレーを持っており、その上には、体温計、ひまし油の瓶、オレンジジュースのグラス、それにアスピリンの錠剤の小瓶が載っていた。彼女はトレーをテーブルの上に置くと、爪先立ちでそっと部屋を出て行こうとした。

「やあ」ウィリアム・クレインが言った。

ミス・クレイトンは穏やかな可愛らしい顔にかすかに驚いた表情を浮かべた。「あら、おはようございます」彼女は言った。「気分はいかが?」

「ひどい気分だ」彼は言った。「今、何時?」

「九時よ。こんな片田舎だと、起きるには遅すぎる時間ね」

彼女は部屋を出て、ドアを静かに閉めた。クレインはベッドから起き出し、椅子の上にきちんと畳んで置かれている麻のバスローブを羽織った。歯を磨くとさっぱりした。歯が一本も折れていないことを確認してほっとした。右目の下が切れ、両耳は赤くなり、肋骨が痛み、両手を擦りむいているが、昨晩の格闘のわりには軽く済んだと言えるだろう。

部屋を横切って窓から外を眺めた。拘禁棟の外壁に沿って丸い形の若木が並んで植えられ、左手にある小さな囲われた庭まで続いている。その小さな庭を囲む鉄製の杭柵の外側には、大きな庭園が広がっていて、昨夜オオカミ男が口で蛾を捕えた噴水がその庭園の中央に見えた。クレインの正面には化粧漆喰の大きな二階建ての建物があり、どの窓にも緑色の鎧戸がついている。建物の一方の端に、やはり緑色に塗った網戸で囲まれたポーチが張り出していた。

さんさんと降り注ぐ太陽の光を受けた庭は色彩豊かで、まぶしく派手な色が混ざり合っていた。澄んだ青緑の草が花壇の鉛色の土の上に蔓を這わせ、雑然と入り乱れて咲く花々の背景を成している。まるでホテルの屋上にいくつも広げられた緑色のパラソルのように、庭のあちこちに一本ずつ非対称に植えられた木々が、涼しげな影を根元に落としている。柵に囲まれた小さいほうの庭の中にも同じような木があり、その木陰に置かれた赤と緑のキャンバス地のデッキチェアに、老婦人がひとりで座っていた。ふっと風が止むと同時に、老婦人も庭の何もかもが静止した。その風景は、まるで彼女が膝の上に両手を組んだままずっとその花の咲き乱れる庭に座り続けてきたかのように、そしてこの先も何があろうと動くことなくいかめしい顔のままいつまでも座り続けるかのように、時間の流れを忘れさせた。すると、彼女は編み物を始め、編み針が光を受けてきらきら輝いた。

「二百万ドルも持っていて」ウィリアム・クレインが言う。「行く当てもないとはね」

彼は窓辺を離れ、ベッドに戻った。ひまし油を飲まされるのだろうかと考えた。瓶を手に取り、中身をトイレに捨てた。またベッドに寝そべっていると、廊下から重々しい足音が聞こえてきた。ドクター・イーストマンだ。後からミス・クレイトンもついて入って来た。ドクター・イーストマンはよそよそしい顔をしている。「今朝の気分はどうだ?」

「その質問ならもう受けたよ」クレインが言った。「ひどい気分だ」

「頭痛は?」

「頭を殴られたら誰だって痛むに決まってるだろう?」

「彼の体温を測ってくれ、ミス・クレイトン」ドクター・イーストマンは窓辺に行き、ミス・クレイトンが体温計を読み上げるのを待った。

「平熱よりわずかに低いです」彼女が言った。

「では彼に入浴と、軽い朝食の用意を」

「着替えは？」クレインが尋ねた。

「クローゼットに入っている」ドクター・イーストマンが言った。「十五分後にミス・クレイトンが朝食を運んで来る」

風呂から上がると、ウィリアム・クレインはさらに気分がさっぱりした。灰色のフランネルのズボンと白いシャツに着替え、ネクタイを選んでいるところへ、ミス・クレイトンが戻って来た。オレンジジュースのグラス、シリアル、トースト三枚、そして牛乳のグラスを、新しいトレーに載せている。

「どうしてオレンジジュースをもう一杯持って来たんだ？」

「さっきのジュースはひまし油と一緒に飲むためのものよ」ミス・クレイトンが、優しそうな茶色い目を丸くした。「あら、ひまし油がなくなってるわ」

「おれが飲んだんだ」

「全部？」

「最後の一滴までね」ウィリアム・クレインがきっぱりと断言した。「どうせおれの体には、何の影響もない」

「そうだといいけど」ミス・クレイトンは持っていたトレーを、鉄製のテーブルに置いてあったトレーに並べた。「とにかく、何か食べたほうがいいわ」

クレインは二杯めのオレンジジュースを飲みかけて途中でやめた。「ゆうべあいつらが捕まえようとしていた男、あれはいったい何だったんだ？」

「ミスター・ラダムね。ここの患者さんの中でも一番症状が重いの。満月の頃になると、決まって発作を起こすのよ。ゆうべはいったいどうやって外に出たのかわからないわ」

「庭に婆さんがいる。あれは誰だ？」

「ミス・ヴァン・キャンプよ。拘禁棟に入っているって、ゆうべ話したでしょう？」

「なんで彼女は庭に出られるんだ？」

「あそこは庭のほんの一部なのよ。向こう側の大きな庭園からは仕切られていて、拘禁棟の患者さんしか入れないようになってるの。庭園の大部分はあっちの宿泊棟のそば、あなたが昨日見た噴水のあるところよ」

「宿泊棟っていうのは、ここの真正面に見える建物かい？」

「そうだけど、あなたにあれこれ教える理由はないわ」

「じゃ、せめてこれだけ教えてくれ」彼は言った。「おれの黒い瞳に合うネクタイは、濃いブルーか紫か、どっちだと思う？」

ミス・クレイトンはきれいな歯を見せた。「何だってかまわないわよ」彼女が言った。「ここは、服装にはうるさくないから」

ウィリアム・クレインは濃いブルーのネクタイを締めた。首が痛んだ。ネクタイを外し、シャツの襟元を開けて鏡を見る。これじゃ、まるでアーネスト・ヘミングウェイだな。ただし、おれのほうが賢そうに見える。

「午前は好きに過ごしていいそうよ」ミス・クレイトンが言った。「リバーモア院長はお忙しいそうだから」

「好きに過ごすって、何をして？」

「寝ていてもいいし、庭に出て本を読んでもいいし」

「本を読むことにしよう」ウィリアム・クレインは言った。「読書が好きなんだ」


庭に出ると、とても心地よかった。涼しい空気が、花に照りつける直射日光を逃れるように木々の下に集まり、建物の壁にしがみついている。ウィリアム・クレインは老婦人のほぼ向かいの木の下に空いているデッキチェアを見つけた。老婦人には彼が目に入らないようだ。クレインは椅子に深くもたれて座り、看護師に渡された本を出して読み始めた。つまらない本だった。

それでも庭は気持ちよく、クレインは立ち上がって、施設全体を取り囲む壁と庭の鉄製の杭柵がぶつかるところまで歩いて行った。温かみのある灰色の石壁の上には、ガラスのかけらが埋め込まれていた。ここから逃げ出すのはかなり難しそうだと思った。壁の反対の端まで戻って来て、拘禁棟の脇にある鉄製の門の前で立ち止まった。


前夜会った老人がクレインの前に立ちふさがった。鷲鼻で白髪の老人は白衣を着ていた。「どこへ行く？」老人が問いただした。

「さあ」クレインが言った。「あんたはどこへ行くんだ？」

「外だ」門を指さしながら老人が言った。

「何の外？」

「ここの外さ」老人が誇らしげに言った。鷲鼻がより際立って見えた。こめかみにねじれた青い血管が浮き上がった。

「外には何があるんだ?」ウィリアム・クレインが尋ねた。

「草原や平原や丘だよ」老人が言った。「すべてが主《しゅ》の恵みに照らされている」

「この近くに町はないのか?」

「キリスト教徒にふさわしい町はひとつもない」老人は暗い声で言った。「一番近いのは、おそらくトリーヴィルだろう。不道徳の巣窟、主にとっては目を覆わんばかりの醜態でしかない町だ」

「トリーヴィルの何がいけないんだ?」

老人はしわだらけの両手を怒りに握りしめ、義憤に鼻を震わせた。「何がいけないかって?」あえぐように息を吸う。「あそこは正真正銘のソドムとゴモラだ、邪悪なものの掃きだめ、主の鼻を穢す悪臭だ。だが主は、汚物にまみれた酔っ払いどもや、嘘のもたらす暗闇を喜ぶ者たちを打ちのめし、売春婦やあばずれや姦婦らをきっとその手で握りつぶしてくださる。膝が出るほど短い薄っぺらなドレスだけを裸の上にまとった、女たちのやわらかく白い体を」

「どうしてドレスの下に何も着てないとわかる?」クレインが訊いた。

「わしにはわかるんだ」老人が言った。「ずっと観察《ウォッチ》していたからな、女たちが、わしや主に見られているとは思いもよらないときに」

「何のために観察していたんだ?」

「女たちだけじゃない、わしはすべての人を監視《ウォッチ》しなきゃならないんだ」老人が門の鉄柵の隙間から頭を出した。「気の触れたやつもいれば、まともな人間もいる。わしはその見極めをするよう、主から仰せつかっているんだ」

「あんたとおれ、頭がおかしいのはどっちだ?」ウィリアム・クレインが尋ねた。

老人が答えた。「あんただよ。わしは見張り番だからな」

クレインは庭のほうへ戻った。どこかの木の上から、流れるような鳥のさえずりが聞こえてくる。老人の背後の門の向こう側に、広い庭園と何人かの人影が見えた。柵に囲まれた狭い一画にいるのが息苦しく感じられた。老人が拘禁棟に戻って行った。代わりにチャールズという警備員が門の見張りに立った。彼は正確な長方形を描くように歩いた。三歩進み、横に一歩曲がって、三歩戻る。クレインはしばし彼の様子を見てから、まるで駅の待合室で電車を待つように、微動だにせずに体をこわばらせて座っているミス・ヴァン・キャンプの元へ歩いて行った。

「ここは暖かいね」ウィリアム・クレインが言った。

一瞬、黒い小さな目が動いた。ミス・ヴァン・キャンプはクレインをちらりと見てから、また元どおりの、何かを見ているのでも見ていないのでもない、無関心な表情に戻った。

クレインは庭をぐるりと見回した。誰もいない。

「おれはウィリアム・クレインだ」彼は言った。「あんたを助けるように頼まれて来た」

「罠だね」ミス・ヴァン・キャンプが言った。珍しいオウムのような瞬きをした。「罠だ」

「ちがう、あんたの弟に依頼されたんだ。あんたから伝言を受け取ったそうだ」

ミス・ヴァン・キャンプの小さな目が疑い深そうにきらりと光った。「あたしは伝言なんて送らないよ」

クレインは誰にも話を聞かれないように彼女に顔を近づけた。「おれは、探偵なんだ」

ミス・ヴァン・キャンプは、まったく驚いた様子を見せなかった。

「あんたの弟から、どんな手を使ってでもあんたを助けるようにと言われて来た。この施設で何か怖

い目に遭ってるらしいって」

まるで油膜が張るように、一瞬ミス・ヴァン・キャンプの目が曇り、鋭い眼光が和らいだ。だがすぐに顔をこわばらせ、断固として言った。「帰っとくれ！」

「そうしたら、あんたはやつらに殺されるんだぜ？」クレインが言った。

彼女の目が再びクレインに向けられた。そこには怒りと、そして恐怖が秘められていた。「あんたが本当に弟に頼まれたっていう証拠でもあるのかい？」

「エイドリアンのことを覚えているかって、あんたに訊いてみるように言われたよ」

「弟の言いそうなことだわ」ミス・ヴァン・キャンプが言った。締めつけていたコルセットを誰かに緩めてもらったかのように、緊張が解けていく。「今話をしても誰にも聞かれないかい？」

「もちろん」クレインが言った。「これ以上ない絶好の機会だ」

「誰かに手提げ金庫を盗まれたんだ」ミス・ヴァン・キャンプは言った。「それを取り戻さなきゃならないんだよ」

「盗まれたって、誰に？」

「それがわかってたら、あんたを呼ぶわけがないだろう？」

「中には何が入ってたんだ？」

「だいたい四十万ドル分の債券だよ」

クレインは歯の隙間から笛のような音を漏らした。

ミス・ヴァン・キャンプは静かに彼を見ていた。「それだけじゃない。あたしのニューヨークの貸金庫を開けるのに必要な二本の鍵のうちの一本も、その手提げ金庫に入れていたんだ」

「貸金庫にはいくらぐらい入ってるんだ?」

「ちょっとした現金や宝石や債券だけだよ」

「いくら分?」

「だいたい八十万ドルぐらいかね」

「何だって!」クレインが言った。この老女の身に降りかかった災難は、とんでもない規模のものらしい。「どこで金庫を失くしたんだ?」

「あたしの荷物の中から誰かが持って行ったんだよ。一番下の棚に入れて、上からガウンを被せておいたのに」

「盗みそうなやつに、心当たりは?」クレインが尋ねる。庭の中を見回した。

「わからないね」

「金庫があると、誰かに話したことは?」

「リバーモア院長にしか話してないよ」

「じゃ、きっとリバーモア院長が盗ったんだ」

「ちがう」ミス・ヴァン・キャンプが言った。「もし院長が盗ったのなら、あたしなんてとっくに殺されているはずだ。たぶんリバーモア院長も今、あの金庫を探しているんだよ」

「まさか院長があんたを——その——始末するなんて、本気で思っちゃいないだろう?」

ミス・ヴァン・キャンプは思いきりさげすんだ目で彼を見た。「愚問だね」

「院長に金庫の話をしてから盗まれるまでは、どのぐらいだったんだ?」

「一週間ぐらい」

「それで、金庫が盗まれたのはいつ？」

「二週間ぐらい前」

虫が飛び交う羽音や一羽ずつ順に鳴く鳥たちの声などが庭に静かに響いていた。温かい空気に、南国の花々の濃い香りが満ちている。太陽が空高くのぼっていた。

「彼は誰かに話しただろうか？」

「ほかのドクターたちには話したんじゃないかね」ミス・ヴァン・キャンプはいらいらしたように、目にかかった細い髪を払いのけた。「きっと話しただろうね」

「つまり、ここのドクターの誰かが、二週間前に比べて四十万ドル分裕福になってるってことか」

「そうだね。おまけに、あたしを殺して二本めの鍵を手に入れられれば、ニューヨークの貸金庫にある八十万ドルまで入るよ」

ウィリアム・クレインはじっと彼女を見つめた。やはり完全に頭がおかしいのかもしれない。百二十万ドルと言ったら大金じゃないか。だが弟の話によれば、彼女はニューヨークの不動産をかなり所有しているらしい。クレインはミス・ヴァン・キャンプがしかめっ面でこちらを見ていることに気づいた。「あんた、昼寝でもして来たほうがいいんじゃないのかね？」

「ドクターたち以外に、その金庫を欲しがるような人間はいないのか？」クレインは尋ねた。

「いないよ」ミス・ヴァン・キャンプは語気を強めた。「ここの患者はみんな頭がおかしいからね、あたし以外は」

「あんたとおれ以外は」クレインが言った。

老婦人の目が何か言いたそうだった。「そうかもしれないね」彼女はそれだけ言った。

「金庫がなくなったいきさつを教えてくれ」

「夜ベッドに入ったときには荷物の中にあったんだ。次の朝起きて見たら、もうなくなってた」

「誰かが部屋に入って来る音は聞こえなかったのか？」

「何も」

「部屋のドアに鍵はかけてたのか？」砂利道を踏む音がした。「やっぱりパンジーに比べて、ペチュニアのほうがたくましいと思うんだがなぁ」ウィリアム・クレインが言った。「ある年の秋に、うちの庭にいつもより早く霜が降りて、パンジーは一本残らず枯れてしまったんだ。とても残念だったよ……」

きちんとした身なりの中肉中背の男が小道を歩いて来る。ミス・ヴァン・キャンプに向かってお辞儀をした。面長で青白く痩せこけた顔の男だ。骨と筋ばかりの顔は痩せすぎていて、機械とちがって人間の特徴であるはずの、脂肪のついたやわらかい肉の層がまったくない。高い頬骨の上に皮膚だけがピンと張っている。髪は黒い。

「おはようございます」そう言って男はもう一度お辞儀をした。

男の大きく茶色い目は、まるで誰かが焦点をはるか遠くに合わせたまま元に戻すのを忘れたかのように、どこを向いているのかよくわからない。

「おはよう」ウィリアム・クレインが言った。「いい陽気だね」

ミス・ヴァン・キャンプはまた自分の殻の中に閉じこもっていた。不安そうに背中を丸め、体が震えている。

「そうですね」男が言った。唇を歪めてほほ笑んだが、両目の表情は変わらない。「昼間がお好きな

人にとっては、そうでしょうね」やわらかな口調だった。

クレインは髪が逆立つのを感じた。男はもう一度ほほ笑み、ふたりの前を通り過ぎて、庭の裏手にゆっくり歩いて行った。後にはひどい臭いが残された。

「あの男、どこかで見た気がするな」クレインが言った。

ミス・ヴァン・キャンプは返事をしなかった。ささやくような声で言う。「ここから連れ出しとくれ」

クレインは彼女の腕を取り、デッキチェアから立ち上がるのを手助けして、一緒に門のほうへ足早に歩きだした。ミス・ヴァン・キャンプの息が荒くなった。老人とチャールズが角から出て来た。

「ちょうど迎えに行くところだったんだ」チャールズが言った。大きいほうの庭園から続く小道を、先頭に立って拘禁棟の入口までふたりを連れ帰った。ドアを開けてふたりを中に入れた後、掛け金をかけるのにしばらくひとりだけ後ろに残った。

「最後にもうひとつ教えてくれ」クレインはミス・ヴァン・キャンプに言った。「その手提げ金庫だが、見た目はどんな感じだ？」

「金庫の見た目は、金庫に決まってるだろう」威厳を取り戻したミス・ヴァン・キャンプは、スタスタと自分の部屋へ戻って行った。

第四章

リバーモア院長はまるで大臣のように、指先どうしを合わせて椅子に深くもたれた。面長の顔から緊張が消えて、振る舞いが大らかに変わった。

「今日はこの辺にしておきましょうか」彼は言った。

ウィリアム・クレインは座ったまま、ドクター・イーストマンのほうを見ていた。ドクター・イーストマンはデスクの横の、背もたれのまっすぐな椅子に腰かけていた。琥珀色の午後の陽射しが部屋に斜めに射し込んでいる。噴水の水が跳ねる音が遠くからとぎれとぎれに、小鳥のけだるい鳴き声に混じって聞こえてくる。

「こいつは、またあの部屋に戻すのか?」ドクター・イーストマンが尋ねた。黒い眉毛を低く寄せて睨んでいる。

リバーモア院長は部屋の反対側にいる大きな男のほうを向いた。「あなたはどう思いますか、ドクター・ビューロー?　引き続きあの部屋に入れるのがいいでしょうか?」

ドクター・ビューローはやや若く、金色の髪をドイツ人のようにオールバックにして、金色の口髭を生やしていた。まだ大学のフットボールの試合にV字隊形攻撃が許されていた時代（しばしば重傷者や死者が出たため、一九〇五年にルーズベルト大統領の提案で禁止された）の、コーネル大学のフットボールチームの選手に見えた。彼はその質問の答えをじ

っくりと考えた。「いえ、必要ないでしょう」ようやく口を開いてそう言った。「ほかの患者のみなさんと一緒でかまわないと思います」

「わたしは賛成しかねるよ」ドクター・イーストマンは言い、がっしりとした下顎を突き出した。「そこには、クレインに蹴られた赤い痣があった。「彼は狂暴だ。このまま拘禁棟に入れておいたほうが」

「落ち着いてください、ドクター・イーストマン」リバーモア院長は人差し指を立てて言った。「このモットーは承知しているでしょう」

「分別ある行動をしないことだろう」ドクター・イーストマンが言った。短い脚、長い腕、それに分厚い胸板の彼が、椅子に浅く腰かけて全身を揺する姿は、まるで猿そのものだった。

リバーモア院長はその発言を無視した。「彼には角部屋に入ってもらいましょう。十一号室ならぴったりだと思いますよ」彼はデスクの上のボタンのひとつを押した。「ドクター、彼を部屋まで連れて行ってくれませんか。今チャールズに荷物を運ばせますから」

「わかったよ」ドクター・イーストマンは怒った声で従った。「あんたのモットーとやらは承知している」立ち上がってクレインをちらりと見た。「行こう」

「待ってください！」ドクター・ビューローが筋肉の盛り上がった腕を振った。「その前に、ミスター・クレイン、すみませんが、今からわたしの言うことをそのまま繰り返していただきたいのです」

「何を繰り返すって？」ウィリアム・クレインが言った。

「これが言えますか？」ドクター・ビューローが言った。「貧しいマフィアが真っ黒い丸太の周りを回った」

「貧しいマフィアが真っ黒い丸太の周りを回った」

ドクター・ビューローがリバーモア院長のほうを向いた。「うーん、これはいったい、どうしたことでしょうね」大きな顔の中で、青い目が困惑していた。

ドクター・イーストマンはクレインを、拘禁棟から向かい側に見えていた大きな建物へ連れて行った。ポーチから入り、広々としたリビングルームを通り抜け、錬鉄の手すりのついた階段をのぼり、二階の狭い廊下を進んでいく。十一号室は壁の二面に窓があった。ペパーミント・キャンディが無数に描かれたベッドカバーのセミダブル・ベッド、安楽椅子、机、背もたれのまっすぐな椅子、そして壁の中ほどまで高さのある鏡つきの低い化粧台。浅い緑色の絨毯が床全体に敷き詰められている。ベッドの足元の絨毯に、糸くずが落ちていた。

「ここがあんたの部屋だ」ドクター・イーストマンが言った。「じきにあんたの荷物を持って来させる」

クレインはベッドに腰を下ろした。小さく上下してみる。「悪くないね」

ドクター・イーストマンが、ふたつの窓のシェードを上げた。太陽の光が部屋を満たした。ドクターはドアに向かって歩いて行った。

「ああ、氷水なんていいから、気にしないでくれ」クレインが言った。

ドクター・イーストマンが険しい目で彼を見つめた。「言っておくが、ふざけた真似はしないことだ」部屋を出て思いきりドアを閉めた。

クレインは窓辺へ行った。片方の窓からは、下の噴水を挟んで拘禁棟が見えた。もう片方の窓の正面には、柵の外側に見えていた庭園が広がっていた。外を注意深く観察しているところへ、ノックが聞こえた。

チャールズだった。鞄をふたつと、布の包みを運んで来た。髭のない顔全体にびっしょりと汗をかき、前髪が目の上にかぶさっている。鞄を床に降ろして、前髪を掻き上げた。「何かほかに用は?」

ウィリアム・クレインはズボンの前ポケットから五ドル札を取り出した。「この辺で作っているっていう酒を一クォート持って来てくれ」

チャールズは後ずさってドアを閉めた。「あんた、酒が欲しいのか?」悪賢い表情を浮かべている。「ここの患者は現金の持ち込みを禁止されてる。あんた、あといくらぐらい持ってるんだ?」

ウィリアム・クレインはひと摑みの紙幣を取り出してみせた。「六十ドル」

「こっちへ寄越せ」チャールズが命じた。「ドクターには黙っておいてやる」

「渡さなかったら、どうするつもりだ?」

チャールズは緑色の絨毯の上に黒い靴を滑らせるように、じりじりと近づいて来た。

「おまえが刑務所に入ってたことを、リバーモア院長が知ったらどうなるかな」クレインがさりげない口調で言った。「まさかこんな身近にムショ帰りがいたとは、とか言って、おれに感謝するかもな」

薄く細めたチャールズの目がぎらぎらと光っていた。

「どんな重罪で入ってたかを教えてやったら、大喜びするだろうな」クレインが言った。「そういうわけで、酒を持って来てもらおうか」

少しのあいだ、チャールズはどうすべきか決めかねているようだった。やがて金を受け取った。

「誰だって更生するチャンスは与えられるべきじゃないか」

「とても更生したがっているようには見えないがね」

チャールズはようやくいつもの不可解な表情を浮かべた。穏やかで静かな、まるで出番の合間の聖

歌隊メンバーのような表情だ。ひとつうなずき、部屋を出て行った。

クレインは、化粧台の鏡に映った自分のひどい顔を見て苦笑いした。「推理にかけちゃ」と声に出す。「おれもC・オーギュスト・デュパンにひけをとらないな」

作りつけのクローゼットは大きく、洋服をかけるハンガーも入っていたので、クレインは豚革のスーツケースの荷解きを始めた。ゴム底のゴルフシューズをクローゼットにしまっていると、ドアにノックの音がした。クローゼットの扉を閉め、スーツケースを足でベッドの下に押し込んで、窓辺に行った。

「どうぞ」彼は言った。

ミス・クレイトンが、タオルを何枚かと〈パームオリーブ〉の石鹸をふたつ持って入って来た。それらを化粧台の上に置いて、「ほかに必要なものはある?」と尋ねた。

「砕いた氷と〈ホワイト・ロック〉をひと瓶」

ミス・クレイトンはきれいに並んだ小さな歯を見せてほほ笑んだ。「それに合うおつまみは、もうあるの?」

「その質問には答えられないな」ウィリアム・クレインが言った。「きっとあんた〝Gガール〟だろうからな」

ミス・クレイトンはきょとんとしている。

「〝Gメン〟ならぬ〝Gガール〟だよ。スパイか、禁酒法の取締官か、密輸監視官か」

「あら、面白いことを言うわね」そう言いながらも、ミス・クレイトンは傷ついたようだ。「わたし、お酒を飲むのが悪いことだとはちっとも思わないわ」

「いいね」クレインが言った。

「もちろん、ここではお酒の持ち込みは禁止されてるけど」

「持ち込んでないよ」

「もし持ってるなら、上手に隠しておくことね」

「持ってないって」

「もし持ってるなら、って言ったでしょ」

「ここじゃ酒を持ち込んでないか、部屋の中まで調べに来るのかい？」

「いいえ。でも、きっとミス・ヴァン・キャンプが見つけ出すわ。いつもみんなの持ち物を漁ってるんだもの」

「何の目的で？」

「ゆうべ教えたでしょう？　何かを失くしたと思い込んでるの。でもそれが何かは、誰にも言わないのよ」

「処女を失くしたとか言うんじゃないだろうね？」

「下品な人ね」ミス・クレイトンが言った。「育ちのいい人は、そんなことを言わないものよ」

「でもそれなら、ミス・ヴァン・キャンプが失くしものを明かさない理由が通るだろう？」

ミス・クレイトンはむっとしながらも、一応笑顔は返した。

「ここにいる天才たちの真似をしてるだけさ」クレインが言った。

「馬鹿たちのまちがいでしょう！」ミス・クレイトンはドアのほうへ歩きだした。「夕食は一階で七時からよ」

「きちんと着替えなきゃならないのか?」

「何かしら着たほうがいいわね」ミス・クレイトンが出て行きかけた。

「ちょっと待って」ウィリアム・クレインが言った。「ゆうべあの噴水に変わったところはなかったかい?　おれが拘禁棟に閉じ込められた後、水が止まったような気がしたんだけど」

「わたしも噴水の音がしないなと思ってたのよ。ここに来てからそんなこと一度もなかったのに」

「それならいいんだ、幻聴まで始まったのかと心配になってね」


午後を過ぎた太陽の光は、濃いブロンズ色だった。外には早くも、木々の葉やマツや煙の香りを含んだ夜のもやがかすかにかかり始めていた。風は止み、平穏そのものだ。部屋のふたつの窓の外をツタが部分的に覆って、射し込む陽光がやわらかな血管のような影を落としている。クレインは靴を脱ぎ、キャンディ柄のベッドカバーを外して横になった。すぐに起き上がり、ドアの鍵をかけてからまたベッドに戻った。

遠慮がちに、だが執拗にドアを小さく叩く音で目が覚めた。ベッドから飛び起き、ドアを開ける。チャールズが、丸めたタオルを何枚も抱えて立っていた。

「この部屋に、そんなにタオルは要らないぞ」クレインは言った。

「このタオルは要ると思うよ」チャールズは部屋に入ってタオルを投げ捨て、一クォート瓶を二本化粧台の上に置いた。透明なガラス瓶には、中ぐらいの価格帯の白ワインに似た淡い黄色の液体が入っていた。

「こいつは質のいい酒だぞ」チャールズが言った。

「こんなにたくさん手配できるとは思っていなかったよ」クレインが言った。「いくらかかった?」

「四ドルだ」チャールズは人懐こく、ニタニタと笑った。「余った一ドルは次回まで預かっとくよ」

「全額を酒代に当てなくてよかったのに」クレインは紙幣をもう一枚ポケットから取り出した。「ほら、五ドル。これはあんたがとっておけ」

「どうも。そうだ、飲んでみて気に入らなかったら、返品して来るから」

「試しに飲んでみよう」クレインはバスルームからグラスをふたつ持って来た。瓶のコルクを抜き、両方のグラスの縁いっぱいまで酒を注いだ。

「おれはまだ仕事が残ってるんだ」チャールズが警戒するような身振りをした。「こんなに飲んだらぶっ倒れる」

　クレインがグラスを片方手渡した。「こうやるんだ」そう言って自分のグラスの中身を一気に飲み干した。

　初めは平気だったものの、次の瞬間には死ぬかと思った。まるで冷たいシャワーを一気に浴びると同時に、溶けた鉄を一パイント飲み込んだかのようだ。だがそれもじきに収まって、何事もなくなった。

　チャールズは一目置くようにクレインを見つめた。「すげえ!　水は要らないのか?」チャールズは自分のグラスから小さくひと口飲んだ。

　クレインは揺らいでいた声帯が落ち着くのを待ってから口を開いた。「悪くない酒だな」瓶を化粧台の裏へ押し込む。「全部飲めよ」

　チャールズはグラスに残っていた酒をゆっくりと飲み干した。「あんた、ずいぶん酒が強いんだな」

彼は言った。

「嫌いじゃないね」

チャールズは自分のグラスをバスルームへ持って行った。水を使う音に混じって声が届いた。「あんた、ドクター・イーストマンとボスのあいだに、大した火種をまいたものだな」

「どういう意味だ?」

「あのふたり、近いうちに殴り合いを始めてもおかしくないぜ」

「どうして?」

「ミス・エヴァンズの一件だ」

「それがどうかしたか?」

「あいつらはみんなミス・エヴァンズにぞっこんなのさ」チャールズが言った。「あのドクター・ビューローまで夢中になってる」

「そういうあんたは?」

「見た目は悪くない女だが」とチャールズが言った。「痩せすぎだ」彼は化粧台の裏の瓶をちらりと覗いた。

「わかったよ」クレインが言った。

ふたりはもう一杯ずつ飲んだ。

「ああ、本物の味だ」クレインが言った。

チャールズがゆっくりとドアに向かった。「おれがムショに入ってたって、なんでわかった?」

「〝九対二〟の歩き方だ。三歩進み、横へ一歩曲がり、三歩戻る」

チャールズの瞳に合点がいったという光が灯った。「あんた、馬鹿じゃないな」

「そうだな」ウィリアム・クレインが言った。「おれは馬鹿じゃない」

クレインはドアが完全に閉じるのを見届けてから、チャールズが使っていたグラスを底の部分で注意深く持ち上げて古新聞にくるんだ。その包みをスーツケースにしまった。


目を覚ますと日が暮れていた。部屋の中は暗く、窓の外で緩く絡み合うツタの隙間から薄暗い光が差し込んでいるのが見えた。時おり吹き込む、どこかよそよそしいかすかな風が、徐々に部屋の空気を冷やしていく。遠くから食器がぶつかる音や、水の流れる音がする。クレインは立ち上がって明かりをつけた。酒を少し飲んでから、顎と唇の傷に注意しながら顔を洗って髭を剃った。目の周りの痣の色が、派手な赤からくすんだ青に変わっているのを見てほっとした。試しに無傷のほうの目を閉じて、ウィンクをするとどんな顔になるのか、鏡に映して確かめた。

階段を降りて、広々としたリビングルームに入っていった。部屋の正面に大きな暖炉があり、長椅子が二脚、暖炉と垂直に置かれていた。壁際には安楽椅子がいくつかあり、部屋の中央の大きなマホガニー材のテーブルの上には、さまざまな雑誌が並んでいた。壁の作りつけの本棚は本で埋め尽くされている。暖炉の前でふたりの男が話をしていた。

「やあ、初めまして」そのうちのひとりが薄暗がりの中から出て来てクレインに声をかけた。ところどころにグレーがかった髪が混じり、顔に優しそうなしわが刻まれた中年男だ。「新しく来た人だね？」

「ああ。クレインだ」

「わたしはピッツフィールド。弁護士だよ。こちらはリチャードソンだ」

リチャードソンはいかにも嫌そうに、ゆっくりと進み出た。おそらく四十歳前後と思われたが、がっちりとした体は若々しかった。顔は日に焼けている。口角を不機嫌そうに下げている。「こんばんは」彼は言った。

「うっかり眠ってしまってね」クレインが言った。「夕食はもう終わったのかな?」

「まだ始まってもいないよ」ピッツフィールドが言った。青い目をきらりと輝かせた。「ここの爽やかな空気のおかげで、わたしはすっかり食欲旺盛になったよ。ワシントンにいた頃より、はるかにね」

クレインはうなずいた。どういうわけか、リチャードソンのほうは自分を警戒しているらしい。

「ここの料理がうまいといいんだが」クレインが言った。

「食事は最高級だよ」ピッツフィールドが言った。「手の込んだ料理じゃないが、味は素晴らしい」

クレインは礼儀正しくうなずいた。

「わたしの友人のジョン・ヘイ（一八三八～一九〇五。アメリカ合衆国国務長官を勤めた）がね」とピッツフィールドが言った。「本物の味がわかる、舌の肥えた男なんだ。彼にとって最高のディナーとは、澄んだコンソメスープに炭火で焼いたステーキ、生野菜、少しばかりのポテト、あとはサラダとチーズとビスケットという簡単なメニューだそうだ。それにブルゴーニュのワインを一本と、チーズに合うポートワインさえあれば、会話も弾むというものだ」

「あんたの意地汚い食べ物の話のせいで、すっかり食欲をそがれてしまったじゃないか」大柄でだらしなく太った、黄ばんだ歯の男が、馬鹿にするような笑みをピッツフィールドに向けて立っていた。

小さな茶色い目の奥が金色に光っている。彼は礼服に身を包んでいた。

「やあ、きみか」ピッツフィールドが言った。「ブラックウッド、こちらはミスター・クレイン。しばらくここに滞在するらしい」

「お目にかかれて光栄だよ」ブラックウッドが言った。安楽椅子にどっかりと腰を下ろし、肉づきのいい手を腰にあてた。「きみがフットボールと法律以外に関心を持っていることを祈るよ。フットボールは、知ってのとおり、紳士としての立場を捨ててまで酒場で乱闘を繰り返す、勇気のない悪党連中の心のよりどころにすぎないからね」

リチャードソンが鼻を鳴らしてどこかへ行ってしまった。

ブラックウッドは黄ばんだ歯をむき出しにした。「まだこの新入りの関心事が何かを聞いていないのに」遠ざかるリチャードソンの背中を見送りながら言った。

「殺人だ」ウィリアム・クレインが言った。

ブラックウッドは彼のほうを向いて、金色に光る目をぱちくりさせた。「殺人だって?」

「そう、殺人」ウィリアム・クレインが言った。

「冗談だろう」ブラックウッドが言った。

「まったく真剣な話だ」

「殺人に関心があるって、どういうことだい?」ピッツフィールドが言った。「現実の殺人かい?それとも理論的な話?」

「現実の殺人だ」クレインが言った。

「つまり、実際に人を殺したいと言うのか?」ブラックウッドが訊いた。警戒するような表情でクレ

インを見ている。

「そうじゃない。人殺しを捕まえるんだ」

「じゃあ、探偵？」ピッツフィールドが尋ねた。

「そのとおり」

「あんたの噂は、聞いたことがないがね」ブラックウッドが言った。

「探偵としての名前のほうは、聞いたことがあるはずだ」ウィリアム・クレインが言った。

「ああ、なるほど。偽名で活動しているというわけか」ブラックウッドが言った。「探偵で偽名とは、三流作家のペンネームと同じだな。正体は隠せても、欠点まで隠してくれるわけじゃない」

「こんばんは、みなさん」深い声が響いた。クレインが振り向くと、宝石をつけた背の高い女が長椅子の後ろに立っていた。一歩踏み出そうとした瞬間を切り取ったかのように、ぴたりと静止している。おそらくは五十歳ぐらいだろう。色黒の細長い顔が哀しげだ。ひどく大きな目は濃いマスカラに縁どられている。

「ああ、ミス・クィーン！」ブラックウッドが言った。席を立つことはしなかった。「紹介しよう、こちらは――名前は何だったかな？」

「クレインだ」

ミス・クィーンは長椅子の後ろから堂々とした物腰で近づいて来て、いくつも指輪をはめた片手を差し出した。「お目にかかれて嬉しいわ」

ウィリアム・クレインは、その宝石がイミテーションだと気づいた。

「ちょうど殺人の話をしていたところだったんだ」ピッツフィールドが言った。「ミスター・クレイ

ンは、殺人事件の捜査をされるそうだよ」

「なんて恐ろしいんでしょう」ミス・クィーンが言った。「もっと面白味のある話はできないものかしら——たとえば、愛についてとか？」長い顔を歪めて、男に媚びるような表情を作った。

「どっちにしても違法だ」ブラックウッドが言った。

ピッツフィールドが「いや、場合によるよ」と言った。

「不倫の話だ（ニューヨーク州では姦通は違法行為にあたる）」ブラックウッドが言った。「面白味のある愛の話と言えば、不倫しかない」

「あら、なんてことを！　不倫が殺人ほどの犯罪だと言うの？」ミス・クィーンが尋ねた。扇を広げ、その陰からウィリアム・クレインを横目で見る。

「そうだとも」ブラックウッドが言った。「むしろ殺人よりもひどい」

「どうして？」

「つまり殺人の場合、快感を得るのは当事者の一方だけだ。不倫は双方に快感を与える。だから、より非難されるべきなのだ」

「ミスター・ブラックウッドったら、本当にひどい方ね」ミス・クィーンは嬉しそうにブラックウッドを扇で軽く叩きながら言った。「ここがロンドンなら、きっとあなたにこう言っていた——」

ロンドンでミス・クィーンがミスター・ブラックウッドに何と言うつもりかはわからずじまいとなった。ミス・ヴァン・キャンプがずかずかと部屋に入って来たからだ。彼女より少しだけ若く、ひと回り小柄な女性と一緒だ。染めていない茶色い髪、しわのないやわらかな白い肌、青い瞳の老婦人で、襟と袖口に白いフリルがついた黒いドレスを着ている。一方のミス・ヴァン・キャンプの黒いドレス

にはフリルがなかった。クレインは、もしもドリー・シスターズ（一八九二年生まれの一卵性双子のダンサー、女優）が一九八四年まで生き永らえたとしたら、こんな感じになっているだろうと想像した。ミス・ヴァン・キャンプは、まっすぐ彼のいる一団に向かって歩いて来た。

「ミスター・ピッツフィールド」彼女が言った。「ちょっと話があるんだけどね」

「ええ、いいですよ。みなさん、ちょっと失礼します」ミスター・ピッツフィールドは、ミス・ヴァン・キャンプの後について一団から離れた。もうひとりの女性もその後に従った。

「あなた、最近ロンドンにいらっしゃったことはあるの？」ミス・クィーンがウィリアム・クレインに尋ねた。

「一九二九年（世界恐慌の発端となった、ニューヨーク市場の株価大暴落の年）以降は行ってないね」

「ああ、あれは素敵な年だったわね。あなた、劇場に行ったことはあるかしら？」

クレインがうなずいた。

「何をご覧になった？」

「タルラー・バンクヘッド（一九〇二〜六八。アメリカの女優）が出てるやつだ」

「それ、どんな女優さんかしら？」

「ストリッパーだよ」

「どういうこと？」

「おれが見た芝居では、どんどん着ているものを脱いでいったんだ。最後はネグリジェと黒いストッキングだけになった。今にそれも脱ぐんじゃないかと思ったよ。脱がなかったけどね。同じ芝居を三度も見に行った」

「まさか、舞台裏にまで押しかけたんじゃないだろうな?」ブラックウッドが尋ねた。

「そんなことはしない」クレインは、ミス・ヴァン・キャンプが自分を手招きしているのに気づいた。

「ちょっと失礼」

ミス・ヴァン・キャンプがクレインの耳に口を近づけた。「ミスター・ピッツフィールドが、手がかりを見つけたそうなんだよ」

「どんな手がかり?」

「詳しくは後で」ピッツフィールドはそう言って辺りを見回した。「われわれは冷酷無比な敵と対峙している」ふたりの老婦人は感銘を受けていた。「万一のときには、ワシントンから海兵隊を呼ばざるを得ないかもしれないな」

「ワシントンの海兵隊だって?」クレインが言った。ミス・ヴァン・キャンプがこちらを睨んでいるのが目の端に見えた。「そこまでの事態にはならないんじゃないかな」

「そうだといいがね」ピッツフィールドが立ち去った。

「おれのことは誰にも話してないだろうね?」クレインが尋ねた。

「話してないよ、ここにいるネリー以外には」ミス・ヴァン・キャンプが言った。「ネリーならほかの誰にも話したりしないさ。ミスター・ピッツフィールドと一緒に、あたしを助けようとしてくれてるんだよ」

「これ以上は絶対に誰にも話しちゃだめだぞ」

ふたりは真面目な顔でうなずいた。

「あのミス・クィーンってのは、何者だ?」クレインが尋ねた。

「昔はイギリスで有名な喜劇スターだったんだよ」ミス・ヴァン・キャンプが言った。「何度か神経を病んで、キャリアを捨てざるを得なくなったんだ」

そのとき、青いドレスに身を包み、日焼けした肌の、貴族を思わせる若い女性がドアのそばにいるのが、クレインの目に入った。「あれは誰だ?」若い女性は、ひとりで立っていたリチャードソンの元へ歩いて行った。

「ミセス・パターソン・ヘイワースだよ」ミス・ヴァン・キャンプはそう言うと、ネリーと一緒にクレインのそばを離れた。

リチャードソンはミセス・ヘイワースと親しげにしていた。顔を寄せて何か話している。彼女は笑みを浮かべて部屋の中を見回し、クレインと目が合った。まるきり知らない人物を見るかのように、その視線がクレインの上を素通りしたと思った瞬間、彼女の表情ががらりと変わった。新たに顔に浮かんだのは、彼のことを知っているという、親しさのこもった嬉しそうな表情だ。まるで恋人にやっと会えたかのような、正気とは思えない、どこか超越した表情だった。クレインは彼女をじっと見つめた。突然、彼女が警告するように唇に人差し指を当てた。そしてリチャードソンのほうに向き直った。

クレインは椅子に腰を下ろした。「何なんだ」彼は言った。「今のはいったい何なんだ」チャイムのメロディーが鳴った。クレインは姿勢を正した。

「夕食だ」誰かが言った。

「そうか」クレインは立ち上がって歩き始めた。

「そっちじゃありませんよ」誰かの声がした。「そっちは庭です」

リバーモア院長がクレインの腕を取った。「ご案内しましょう」院長はまじまじとクレインの顔を見た。「おや、心ここにあらずですね」

クレインは言った。「ああ、そうだな」

一同はダイニングルームへ移動した。

第五章

コーヒーが運ばれて来る頃には、クレインはその場の全員の情報をほぼ摑んでいた。彼の席はミス・クィーンと、ひと言も話さない小柄な男に挟まれていた。名前はホレース・ペニーで、婦人下着を製造していると紹介されると、男は少し下品に右目の視線をちらりと下げるだけで、そのふたつの情報を肯定した。ミスター・ペニーは、実に見事な男だった。夕食中、セロリを取ってほしいと言う代わりに、さっと小指を向けた。魚料理への不満には、唇をかすかに歪めてみせた。クレインにチャツネを食べるようにと勧めるときは、左の眉をひょいと上げた。ひと言も発することなく、充分に意思疎通ができていた。クレインの向かいの席には、金髪で赤ら顔の、豊満な胸と真っ白に輝く歯の女性が座っていた。甲高い声で絶えず話し続けている。名前はミセス・ブレイディー。人生を謳歌する上質のものが大好きだと言う。つまりはギャンブル、競馬、それに賭けボクシングだ。

純銀のカトラリーとリネンで簡素ながら上品にセッティングされたテーブルの上席には、リバーモア院長がロシアの皇帝よろしく鎮座していた。重厚な雰囲気で、食べ物を丁寧に、とは言えあまり味わうわけでもなく、じっくりと嚙みしめている。時おり顎髭をナプキンでそっと拭いた。

クレインはコーヒーの味見をして、クラッカーにカマンベールを少し載せた。「ここでは夜は何をして過ごしてるんだ?」彼は尋ねた。クラッカーを齧りながら、ミス・クィーンに視線を向ける。

「今夜は映画の日よ」彼女はクレインの手に残ったクラッカーをじっと見ながら答えた。

「映画？」クレインはクラッカーの残りを口に放り込んだ。「本当にここで映画を上映するのかい？」

「後でわかるわ」ミス・クィーンが言った。

クレインの目が、やたらときらきらしたミセス・ブレイディーの目と合った。彼女がテーブル越しに大声で話しかけてきた。「あなた、馬は好き？」

「馬って、どういう馬？」クレインが訊き返した。

「競馬の馬よ」ミセス・ブレイディーが言った。「ほら、昔主人が持っていたような馬」

「あんたのご主人とは面識がないんでね」

「もう、ミスター・クレインったら！」ミセス・ブレイディーは感情をむき出しにして体を震わせた。

「わたしが言いたいのは、すべての競走馬って意味よ」

「それなら、素晴らしいと思うね」

「やっぱり、あなたもそう思う？」ミセス・ブレイディーが大声で言った。「わたしもそう思うのよ」

それで気が済んだようだった。ウィリアム・クレインは再びチーズを食べ始めた。リバーモア院長とは反対側のテーブルの端では、ブラックウッドがピッツフィールドに何か話していた。

「法律関係の書類には、美しさのかけらも見受けられない」ブラックウッドが言っている。「まるでヴィクトリア朝の規律の元で育て上げられた令嬢のように、お堅くて、気取っていて、抑制されている」

「たしかにあんたの言うとおりかもしれないな」ピッツフィールドが言った。「だが、弁護士にも美しい散文が書けることは否定できないだろう？」

「否定できるとも」ブラックウッドが言った。「いや、否定する。本当に芸術的な文を書いた弁護士などひとりもいない。弁護士になる修行を積むうちに可能性の芽が摘まれるんだ、ジャーナリストと同じように」

「合衆国憲法の草案を書いた連中は弁護士だよ」

「あれが素晴らしい散文だとでも？」

ピッツフィールドの顔が青くなった。「こう見えてわたし自身、いい散文を書いたと褒められたものだがね。例えば、ゲティスバーグの演説（リンカーン元大統領による演説。〝人民の人民による人民のための政治〟で有名）はどうだ？　あれは文芸評論家も認める名文だろう？」

「まあまあ、おふたりとも」リバーモア院長が言った。「散文の最終的な良し悪しは、未来の人々に判断を委ねようじゃありませんか」

「あんたを国外追放にしてやるからな――」ピッツフィールドがブラックウッドを睨みつけながら言う。「――わたしがワシントンに戻り次第」

ブラックウッドの丸々とした顔に笑みが広がった。テーブルを囲むほかのメンバーにウィンクして見せた。ピッツフィールドは椅子に深くもたれた。顔から表情が消えている。リバーモア院長が食事に戻った。

「かわいそうに」ミス・クィーンが言った。「いつもブラックウッドに挑発されちゃって」面長の顔が、同情するように一層伸びた。

「なんでブラックウッドはわざわざちょっかいを出すんだ？」クレインが尋ねた。

「お互いに相手を嫌ってるのよ。性格がまったくちがうせいじゃないかしら。一方は純粋で素直なの

に、もう一方はひどく複雑で」

ふたりいる黒人のメイドのひとりがミス・クィーンのカップにコーヒーのおかわりを注いだ。クレインはミセス・ヘイワースのほうを見た。リチャードソンと話をしている。少年のような短い髪の上を滑る光が、カールした黒いまつげに影を落としている。視線に気づき、ミセス・ヘイワースはクレインに顔を向けて彼の目をじっと見つめた。温かく親密な視線だ。クレインは急いでチーズに注意を戻した。ナイフに手を伸ばした拍子に水の入ったグラスを倒し、ナイフを床に落とし、膝の上にクラッカーが落ちた。

ミス・クィーンが言った。「いっそテーブルごとひっくり返したら？」

「え？」クレインはズボンの上のクラッカーをつまみ上げた。

「この食事を締めくくるには、酒だな」ブラックウッドが宣言した。小さな目が意地悪く光った。

「ポートワインは置いてないんだろうね、リバーモア院長？」

「アルコールですって？」リバーモア院長の髭が、中で動物が何匹か駆け回っているのかと思うほど震えた。「せっかくの食事の最後に、毒をあおるつもりですか？　ミスター・ブラックウッド、どうしてそんなことがおっしゃれるのでしょう？」

「夕食を締めくくるには、それしかないだろう。毒だと言うが、飲んでも死なない人間はいくらでもいる」

ブラックウッドがしゃべっているあいだに、クレインは目の端でミセス・ヘイワースをちらりと見た。リチャードソンと話しているのを見てほっとした。

「アルコールに反対するわたしの強い気持ちは、とても言い尽くせません」リバーモア院長がテーブ

ルの全員に向けて言った。「人間の起こすすべての厄介事の主な原因のひとつと言えるでしょう。士気を下げ、病気に対する身体的な抵抗力を弱め、神経系統を破壊するのですから」

院長が自分ひとりに向かって話しているように思えて、クレインはぎくりとした。息に混じるリンゴ酒の匂いを消すために、慌ててコーヒーをひと口飲んだ。

「ネズミを例に挙げましょう」リバーモア院長が言った。「アルコールを与えられたネズミが子を産むと、子ネズミは虚弱体質で、知的レベルも通常の個体と比べてはるかに低くなります。さらにその子ネズミにもアルコールを与えると、一生涯、生育不全のままで終わります」

「あんたはネズミの例を挙げていればいい」ブラックバードが言った。「おれは祝杯を挙げたいね」

リバーモア院長が話を続ける。「癌という観点をとっても、癌を発症しているネズミのうち、アルコールを与えられたネズミは、与えられなかったネズミと比較して早く死ぬという実験結果が出ています」

「アル中のネズミにしてみれば、早く楽になれてよかったじゃないか」ブラックウッドが言った。同意を求めるように、テーブルをぐるりと見回した。

「アルコールにまつわる通説は、すでに科学によって粉砕されたのですよ」リバーモア院長は、笑いごとにして済まそうという試みなどには到底屈しそうもなかった。「例えば、毒蛇に嚙まれたとき、毒消しにはウィスキーが有効だと信じられてきました。ところが、アルコールの成分は毒を強めることが証明されたのです」

「興味深い話だ、もしそれが真実ならな」ブラックウッドが言った。「だがそれなら、秘境を冒険する際には必ずウィスキーが携行される事実はどう説明するんだ?」

「単に冒険者たちが、誤った情報を熱心に信じ続けているだけのことです。さて、別のネズミの実験ですが、極端に暑い環境もしくは極端に寒い環境に置かれた――」

ミス・ヴァン・キャンプが、体をこわばらせて立ち上がった。「あたしはネズミの話なんか聞きたくないよ」弱々しい声で言う。「特に、食事時にはね」ネリーも立ち上がり、ふたりはそろってテーブルに背を向けて立ち去った。リバーモア院長は髭でくぐもった声で何かをつぶやいてから、椅子を引いて立ち上がった。誰もが一斉に話しだした。全員でリビングルームに移動するときに、ピッツフィールドがクレインに近づいて来た。追い抜きざまに「映画が終わったら、例の金庫の話をしよう」とささやいた。クレインはうなずいた。

リバーモア院長が暖炉の上の真鍮の置時計をちらりと見た。八時ちょうどだ。「さて、さて」と陽気な声で言う。「そろそろ映画を始めますよ」

先頭に立って廊下を進み、奥の大きな部屋へ一同を案内した。部屋の一方の壁にスクリーンがあり、反対の壁まで何列も椅子が並べられている。後ろの壁から数フィート離れた床に台が設置されていて、その上に奇妙な形をした、ぴかぴかのクロムと鉄でできた重そうな機械が載っていた。機械の横には背の高い椅子があり、大柄な看護師がひとり、澄ました顔で座っていた。歳は三十ぐらいだ。非常に胸が豊満で、まるでゴム製の帯で腹をきつく締めつけて、全身をS字の形に固定しているように見えた。微動だにせず、堂々と座っている。

部屋に入って来た人々のほとんどは、ひとつ以上あいだを空けて好きな席に着いた。リチャードソンとミセス・ヘイワース、ミス・ヴァン・キャンプとネリーのふた組だけは隣どうしに座った。ウィリアム・クレインは最後列の、ドアに近い席を選んだ。リバーモア院長が彼の後ろに立った。

「映像を見ているあいだ、リラックスすることを忘れないでください」リバーモア院長が言った。「リラックスが肝心です。心をゆったりと休ませましょう。深く、完全な休息です。これから一時間、ゆったりと、ゆったりと休みましょう」

明かりが消された。暗闇の中は静まり返り、クレインには背後のリバーモア院長の息遣いや、映写台のほうで糊の効いた看護師の制服がカサカサと擦れるかすかな音までが聞こえた。やがてスクリーンがかすかにぼんやりと光りだした。その奇妙な光は弱々しく、初めは気づかないほどだった。やわらかな緑や青の光がいくつもスクリーンをふわふわと横切り、合わさって淡い色を織り成していく。色は濃くなって、海のような青、紫、藤色、深緑などのさまざまな色合いを生み、そこへかすかに赤も混じったせいか、黄色や薄い金色までが見えてきた。そのいくつもの色が、今度はスクリーンに形を作りだした。雲や暗い丘や湖、それに幽霊のような不思議な形が、スクリーンの右から左へ流れていく。

見ているうちに穏やかな気持ちになり、いつの間にか蓄音機から、色とりどりの映像に合わせた音楽が静かに流れていることにクレインは気づいた。不思議な曲だった。まるで音楽に匂いまでついているかのようだ。いや、実際にいくつも匂いがする。クレインはそのうちのいくつかに覚えがあった。刈ったばかりの草の匂い、バラの香り、乾燥させたラベンダーの香り、何かしら酸っぱいような匂い、動物の糞のような匂い、リコリスやパインやミントやシナモンなどのハーブの香り、それにはっきりとは思い出せないものの、どこか懐かしいような匂い。これらの匂いもごくさりげないもので、クレインは心も体も完全な無の世界の中に委ねた。眠りに落ちる寸前、もしくは目覚めたばかりのわずかな瞬間にしか訪れない、ふわふわと浮いたような感覚を味わっていた。そのまま眠ってしまいそうに

なったところで、背後の絨毯の上で衣擦れの音がした。少し仄明るい入口のほうへゆっくりと顔を向けると、ドアの隙間からそっと抜け出す人影が目に入った。すぐにその後を、より小さなもうひとつの人影が素早く出て行った。

クレインは少し間を置いてから、爪先立ちで廊下へ出て行った。リビングルームに続く廊下の先を見たが、誰の姿も見えなかった。リビングルームの中も空っぽだった。真鍮の置時計は八時十五分を指している。つまり映画が終わるまで、少なくとも三十分はあるわけだ。彼は二階を調べに行くことにした。まず自分の部屋に行って、豚革のスーツケースの中から懐中電灯を取り出した。用心しながらまた廊下に出る。ひとつめの部屋のドアの鍵が開いていたので、中に忍び込んだ。彼の部屋と造りは同じだが、窓はふたつともドアの向かい側の壁についていた。男性の部屋らしい。ベッドの上には白いズボンが置かれ、ベッドの下には何足かの紳士靴がきちんと並べられている。サイズが小さいのを見て、ミスター・ペニーのものだろうと推測した。ミスター・ペニーには興味がなかったので、隣の部屋へ移った。こちらも明らかに男性の部屋だ。さらに隣へ移動する。

そこは驚くような部屋だった。ベッドの代わりに、色とりどりの枕を並べた派手な寝椅子が置かれていた。窓のカーテンは赤と茶色のろうけつ染めだ。絨毯は赤と黒。赤と黒のアールデコ風の椅子が二脚と、パイプを曲げて作ったクロムの書きもの机が窓の下にあった。クローゼットの扉を開けて懐中電灯の光を当てると、何枚ものドレスが吊るしてあるのが見えた。クローゼットの床は靴で埋め尽くされている。角にはテニスのラケットがある。クレインはクローゼットを閉じ、書きもの机に戻った。ミセス・ヘイワースと背の高い男性、そして赤ん坊が写った写真が目に留まった。なんとなく見たことのある男だと思った。懐中電灯の光が、長椅子の頭のほうにある物体を捉えた。最初はティ

ー・ワゴンかと思った。光をまっすぐに向けると、それが乳母車だとわかった。灰色に塗られ、ゴムのタイヤと銀色のハンドルがついている。顔を近づけ、中を覗いてみる。懐中電灯の光が、こちらを見つめる青い瞳と、バラ色のエナメルで塗られた頬に反射した。それは大きな人形で、青いウールの毛布が丁寧にかけてあった。人形の横には、ミルクが半分入った哺乳瓶がある。動くことのない青い目に見つめられているのは気味が悪く、クレインは部屋を出ることにした。懐中電灯を切り、ドアノブを回してゆっくりと引いた。そっと暗い廊下に出ようとしたとき、布が擦れる音が聞こえた。誰かが彼の横を通り過ぎ、階段を降りて行った。

何分か待ってから廊下に出て、捜索を再開した。部屋をあと三つ調べた。ふたつは男性、もうひとつは、黒いレースのランジェリーから推測するに、明らかにミス・ヴァン・キャンプよりも若い女性の部屋だった。四つめは空き部屋だった。そして五番めの部屋こそが、彼の目指していた部屋だった。ベッドにかかった上品なパッチワークのキルトの中央には、何かの記念の年なのか、白く分厚い素材で〝一八一二〟と縫いつけてある。

ウィリアム・クレインはそれが、ミス・ヴァン・キャンプがバッサー大学を卒業した年だろうかと思った。重厚なマホガニー材のロッキングチェアを引きずってドアのそばに置き、誰かが不意に入って来るのに備えた。それから光が部屋の奥の窓に当たらないよう向きに注意しながら、懐中電灯を化粧台の上に設置した。その間接的な明かりの中で、ふたつの窓のシェードと留め金を確認したが、異常はなかった。右側の窓台の端に、最近画鋲で刺したらしい小さな穴がいくつも開いているのを見つけてぎょっとした。百ヵ所近くもある。その穴をじっくり観察してから、部屋の捜査に戻った。三週間近く前の窃盗の痕跡を摑むのは難しいだろうが、何か見つからないかと望みをかけた。

クローゼットの中身は、黒っぽいドレス、黒いペチコート、部屋着がそれぞれ何枚かずつ、それに黒っぽい上着が二着で、特に変わったものは出て来なかった。バスルームも同じで、ナイトウェアが吊ってあるほか、きれいなコイル状に巻いたゴム管が何本もかかっているだけだったが、クレインはそれが何に使うものなのかは考えたくなかった。

書きもの机の上にも特に注意を向けるべきものはなかったが、預金通帳の残高が二万六千三百八十四ドル三十一セントとなっていた。クレインはしばらく、その数字をうらやましそうに見つめていた。タンスの上の針山をちらりと一瞥し、その隣にあった箱の中身を全部注意深く空けた。小さな宝石や指輪やカメオがいくつか、一シリング硬貨が一枚、〈日曜学校出席率——一等賞〉と刻まれた銀色のメダル、一セント硬貨が三枚、それに大きな画鋲が一個。タンスの左上の引き出しには、刺繍の施されたシルクのハンカチがぎっしり詰め込まれていた。右上の引き出しの中には、シルクとウールのストッキングがきちんと重ねてある。黒いレースのストッキングも何枚かあった。次の段の長い引き出しには、高級なシルクのペチコート、ウールの下着、クモの巣のように編まれた灰色の高級そうなシルクのドレスが一枚と灰色のシルクのストッキングが何足か、それに高級そうなペイズリー柄のショールが一枚入っていた。引き出しの中はラベンダーの強い香りに満ちていて、ウィリアム・クレインは一階で上映されている映画を思い出した。次の引き出しを開けると、ナイトガウン何枚かと、またしてもウールの下着が、ごちゃ混ぜに放り込まれているのを見つけた。乱雑な衣類を懐中電灯で照らしながら、左手を突っ込んで注意深く触っていく。くしゃくしゃになった布の感触しかしない。そっと引き出しを閉めて、一番下の長い引き出しを開けると、その中がきちんと整理されているのを見て、すぐに閉じた。中身のひっくり返った引き出しをもう一度調べ直した。ようやくその引き出しを閉め

て、タンスの下部に懐中電灯の光を向けた。タンスの下に敷いた分厚いウィルトンの絨毯の、ドアから遠いほうの縁がめくれ返っている。クレインはそれが気になって、しばらく考えていた。やがてため息をついて立ち上がり、部屋の中をぐるりと懐中電灯で照らした。ほかに乱れているところはない。緑色のくずかごへ歩いて行って中を覗き込んだ。空っぽだ。ドアに向かおうとしてベッドの横を通ったとき、しゃがんでベッドの下を照らしてみた。

白く明るい光が、苦悩の表情を浮かべた顔を照らし出した。充血した、飛び出しそうな目玉が、部屋の中を凝視している。肌は茶色がかった青で、歪んだ口の中から、まるで収納場所をまちがえたベルベットのネクタイのように、腫れあがった舌がだらりと下がっていた。

クレインがようやくまた息ができるまでしばらくかかった。死体はピッツフィールドだとわかった。ベッドの下に手を伸ばして死人のベストを探り、立派な金時計がそのままになっているのを確認した。ズボンのポケットにある財布の中身は空っぽだったが、右手にはめているふたつの指輪は残っていた。ネクタイにはダイヤモンドのタイピンが留めてある。財布の内側には郵便切手がひと綴りと、エイブラハム・リンカーン元大統領の肖像画の写真が一枚入っているだけだった。財布を死人の尻ポケットに戻したクレインは、膝をついていた部分の絨毯を手で撫で起こしてから、素早く部屋を後にした。

暗い廊下を通って大急ぎで自分の部屋に戻り、ドアを閉めると急に安堵感がこみ上げてきた。バスルームでグラスを探して来て密造酒を半分ほど注ぎ、ひと口で飲み干した。すぐに気分がよくなった。懐中電灯をスーツケースに戻し、グラスを洗い、酒の瓶を化粧台の裏に突っ込んだ。ピッツフィールドが自分に何を伝えるつもりだったにしろ、それは永遠に叶わなくなったのだと思った。それにしても、ひどい死に方だな。首を絞められたうえに、婆さんのベッドの下に押し込まれるなんて。

クレインはリビングルームへ降りて行った。リビングルームにも、映画が上映されている部屋に続く薄暗い廊下にも、誰もいなかった。上映中の部屋のドアは隙間が開いたままだったので、こっそり中に入って元の席に戻った。部屋の中から聞こえるのは、不規則な呼吸の音と、カラー映写機がかすかに唸るような音だけだ。椅子にもたれたものの、神経が張りつめて、先ほどまでの抗いがたい安息は得られそうにない。スクリーンいっぱいに広がる多色の光景は、あふれ返るほどの色が目にけばけばしく映る。音楽はまがいものだし、漂ってくるさまざまな匂いは、遊技場で見かける安っぽい香水の自動販売機（硬貨を入れると、一回分の香水が噴射される装置）のようだ。彼の背後で、足音を忍ばせて分厚い絨毯の上を歩いているらしい音が聞こえた。誰かが部屋に入って来たのだ。足音は映写機の方向へ移動し、機械の静かな唸り音と合わさって聞こえなくなった。

次の瞬間、スクリーンに映し出されていた色が消え、電灯が煌々と輝いた。クレインはそのまぶしさに瞬きをして、映写機のほうを向いた。高い台の上に、落ち着き払った不愛想な看護師が座っていた。リバーモア院長の姿が見えない。クレインは部屋の中を見回し、全員がそろっていることを確認した。ただし、ピッツフィールドを除いて。患者たちはみな、睡眠中に起こされて頭がぼんやりしている鳥のようだった。看護師が言った。「おやすみなさい、みなさん」

まるで催眠術にかかったかのように、患者たちはみな出口に向かって歩きだした。クレインは、ブラックウッドがそばに立っているのに気づいた。「この後はみんな何をするんだ？」クレインが尋ねた。

「部屋に帰って寝るんだよ。全員十時までに眠りの女神《モルフェウス》の優しい腕に抱かれていなくてはならないんだ」

「明日の朝食は何時からだ?」

「七時半から正午までの好きな時間に行っていいことになっている」

彼らはリビングルームに来ていた。「朝食は必ず食べなくちゃならないのかな?」クレインが尋ねた。

「そうだ、必ず。リバーモア院長の信念のひとつらしい。人類にとってアルコールが害であるのと同じぐらい、朝食は有益だと信じているんだな」ブラックウッドが声をひそめた。「だが、その院長に、おれは今夜とどめを刺したんだ。そして、ピッツフィールドにもな」

「え?」ウィリアム・クレインが言った。

「あんたも聞いていただろう? 夕食の席で」ブラックウッドが得意げににやにやと笑った。「あのふたりとの議論は、どっちも最後はおれが言い負かしてやった」

「ああ」

「あんたもそう思うだろう?」ブラックウッドがしつこく確認した。

「もちろん」ウィリアム・クレインが言った。寝室の並ぶ廊下への階段をのぼって行くところで、彼の前を歩くミセス・ヘイワースの、シルクのストッキングを穿いた細い足首が目に入った。彼女はリチャードソンと並んで歩いていたが、廊下ではクレインの部屋のある右側へ曲がった。リチャードソンは彼女に会釈をして、反対方向へ曲がった。クレインは階段をのぼると、ミセス・ヘイワースに続いて右へ曲がり、ブラックウッドもクレインの後を、奥から四番めの部屋の前までついて来た。

「ここがおれの部屋だ」ブラックウッドが言った。「おやすみ」

クレインは、ミセス・ヘイワースが人形のある部屋に入って行くのを見届けた。

「おやすみ」ブラックウッドがもう一度言った。

「また明日」クレインが言った。そのまま廊下を歩き続けた。ミセス・ヘイワースの部屋の前を通るとき、ドアが細く開いていて、中の電気をつけていないことがわかった。彼は自分の部屋のドアを開け、わざと音を立てて閉めてから、そっと小さく開けた。ミセス・ヘイワースのドアがカチリと鳴るのが聞こえ、クレインは自分のドアを閉めた。

明かりをつけ、バスルームで着ていた服を脱いだ。茶色いパジャマに着替えて窓を開ける。月明かりを浴びた庭園は美しく、静かだった。ごく小さな炎の粒がいくつも見えるのは、庭のあちこちの夜露に月が反射しているからだ。噴水の水盤の水面にも星が映って見えた。今夜は噴水が止まることなくしぶきを上げ続けているようだ。ベッドまで行って、その下に何もないか覗き込んでから、毛布の中に潜り込んだ。はたしてミス・ヴァン・キャンプは寝る前にベッドの下を覗くだろうかと考えながら、眠りに落ちていった。

第六章

ミス・ヴァン・キャンプがベッドの下を覗き込んだことが、すぐに明らかになった。静かに降りかけていた夜のとばりを切り裂くようにかぼそい悲鳴が上がり、そのまま不気味なほど長く単調に伸びていたかと思うと、やがて別の、より甲高い悲鳴が重なるように上がった。ウィリアム・クレインは毛布の中に潜ったまま、しばらくその二重唱に耳を澄ましていたが、やがて急いでバスローブを羽織って廊下に出た。リチャードソンとペニーより少し遅れてミス・ヴァン・キャンプの部屋に駆けつけた。ふたりはドアの前で立ち止まり、黄みがかった光の中に大きな影を作っていたが、その肩越しに部屋の中が見えた。ミス・ヴァン・キャンプは、まるで苦悩のうちに何かを懇願している場面を再現した蠟人形館の人形のように、不自然な格好で床に膝をついていた。白い分厚いガウンに覆われた体は輪郭がまるでわからない。彼女の頭にほとんど髪が生えてないことに、クレインは衝撃を受けた。まだ悲鳴を上げ続けているものの、彼女の口から声は一切聞こえない。その隣に立っている、ラベンダー色のガウン姿のネリーが、痙攣するように小さな体を震わせながら、部屋じゅうに悲鳴を響かせているのだった。ベッドカバーが途中まで剝がされていて、ベッドの下からピッツフィールドの顔が覗いているのがクレインには見えた。不気味さはさっきと何ら変わっていない。

三人が戸口に立ち尽くしていると、階段に靴音が響き、映写機を操っていた看護師を従えたドクタ

ー・イーストマンがクレインを押しのけて部屋の中に入って行った。かかとの低いゴム底の靴を履いた看護師はまったく靴音を立てずに歩きながら、ふたりの老婦人を両腕に抱え、無慈悲に押し出すように部屋から連れ出した。ドクター・イーストマンはベッドを部屋の中央まで動かして、床に倒れている人物の上に屈み込んだ。「死んでいる」彼は宣言した。

「まあ、ドクター！」クレインの後ろから大きな声が上がった。「嘘でしょう?」ミセス・ブレイディーだった。全身の線がはっきりとわかる、赤と金色のキモノを体に巻きつけている。好奇心と、てかてかに塗り込めたコールドクリームとで、上気した顔が光っている。素足に日本風のサンダルを履いていた。

「首を絞められたように見えるな」リチャードソンが言った。

ミセス・ブレイディーが自信なさそうに言った。「それって、ひどいことよね」

ドクター・イーストマンがうなずいた。ベッドのキルトを引き剝がして死体にかけると、ちょうど死んだ男の胸の真上に〝一八一二〟の数字がかかった。急に部屋の中から人がずいぶんと減ったように思えた。

「これからどうする?」リチャードソンが訊いた。

「リバーモア院長が到着するまで何もするな」ドクター・イーストマンが言った。「誰も死体に触れさせるな」

三人の男も部屋に入って行った。「誰が殺したんだろう?」ウィリアム・クレインが尋ねた。

ミスター・ペニーは肩をそっと一度上下させることで、まったくわからないと伝えた。追悼の意を表し、またいかなる暴力も認めないと言うように、口を歪めてから、さっと手を振った。彼にとって

この犯罪は衝撃的であり、解明に役立ちそうな情報を何ひとつ持ち合わせていないことがはっきりと伝わった。

リチャードソンが言った。「ブラックウッドがやったんじゃないのか。そうじゃないなら、どうしてここに来ていないんだ?」

ミスター・ペニーが両方の眉を上げた。

「こんなことができるヘビのようなやつと言ったら、あいつだろう」リチャードソンが言う。自信に満ちた声だ。「あいつ、ここ数ヵ月はピッツフィールドと仲が悪かった。けんかを吹っかけようとして、あらゆる場面で侮辱してはピッツフィールドを刺激していた。その挙句、ついに殺したんだ」

「殺すにしては、おかしな場所を選んだものだな」クレインが言った。

「疑いの目をそらそうと、死体をここへ運び込んだんだろう」リチャードソンの口調は、ブラックウッドなら何でもやりかねないと仄めかしていた。

「そうだろうとも、ミス・ヴァン・キャンプに容疑を向けたかったんだろうな」クレインが示唆した。

「まさか、彼女には無理――」リチャードソンは振り向いてクレインを睨んだ。「なるほど、あんた、冗談が好きなようだな」顎を突き出して言う。

「いや、冗談じゃない」

「あんたの顎を殴ったら、冗談で済まないよな」

「ああ、冗談じゃない」

「殺人も冗談ごとじゃないんだ」

「なるほど、よくわかった」クレインが言った。「じゃ真面目な話、これからどうすればいい?」

「部屋の中を調べよう。殺した犯人が、まだ隠れているかもしれない」リチャードソンがクローゼットの扉を開け、果樹園の木のように整然と並んで吊るされている洋服の中に首を突っ込んだ。ミスター・ペニーは、犯人を見つけられるかもしれないと言うような意気込んだ表情でその場を離れた。クローゼットにもバスルームにも誰もいなかった。リチャードソンには、もう打つ手がないようだった。

「どうやら犯人は逃げたようだ」不満げに死体を見下ろしながらリチャードソンが言った。「いったい、いつ殺されたんだろう?」

「リバーモア院長ならわかるだろう」クレインが言った。

「きっとみんなが映画を見ていたときだ」

クレインはうなずき、ミスター・ペニーが部屋の中を細かく調べている様子を眺めた。

リチャードソンが言った。「わかったぞ! きっと誰かが外から侵入して殺したんだ」

「どうしてそう言える?」

「全員そろって映画を見ている中から、誰かが抜け出すことなんてできなかったはずじゃないか」

「そうかもな」

「わたしにはアリバイがある。ミセス・ヘイワースと一緒だったからな。彼女が証言してくれる」リチャードソンは顎を突き出し、賛同を求めた。

「あんた、アリバイは?」クレインはミスター・ペニーに問いかけた。

ミスター・ペニーは肩をすくめた。目をつぶって見せ、残念ながら映画の大半は眠ってしまっていたことを伝えた。

「おれも同じだ」クレインが言った。

そこへドクター・イーストマンがリバーモア院長を連れて戻って来た。「なんとひどいことでしょう！」リバーモア院長が言った。恐怖に髭がこわばっている。「死体はどこです？」

「こっちだ」ドクター・イーストマンが言った。まるで奇術師がショーで〝体をのこぎりで真っ二つにされた女〟を披露するように、かけてあったキルトをさっと取り外したが、ミスター・ピッツフィールドが起き上がることはなかった。「どうやら首を絞められたようなんだ」ドクター・イーストマンは言い添えた。「犯人は何を使ったんだろう」

ミスター・ペニーが、両端に紫のタッセルのついた黒いウールの紐を差し出した。「どこから持って来た？」リチャードソンが詰め寄った。

ミスター・ペニーは、ベッドの下の床のほうを小さく指した。〝たった今人殺しに使った紐を、ほかのどこで見つけられると言うんだろうね？〟とでも言いたげに、クレインにウィンクをした。ドクター・イーストマンが紐を取り上げた。「これに合うバスローブが見つかれば、ピッツフィールドを殺した犯人がわかるはずだ」

そのあいだにも、リバーモア院長は素早く死体の様子を調べ、腕を曲げ伸ばしさせたり、胸に手のひらを当てて感触を確かめたりしていた。

「まだ死んでからそれほど時間は経っていませんね」彼は言った。床についていた膝を上げて立った。

「二時間以内でしょう」

「誰か、宿舎をうろついている人物を見なかったか？」ドクター・イーストマンが強い口調で訊いた。

リチャードソンが、誰も見ていないと答えた。

「あんたはどうだ？」ドクター・イーストマンがクレインを睨みつけた。「頭の切れるあんたのこと

だ、きっと何かわかってるんだろう？」

「何もわからない」

「これ、やめなさい！」リバーモア院長の手が震えていた。「今回の不幸な事故について、誰かに言いがかりをつけるのはよしましょう」

ドクター・イーストマンが言った。「事故？　殺人は事故とはちがう」

「これ！」そう言うと、リバーモア院長はうわべを取り繕うような口調になった。「そちらのお三方には、下で待っていただくことにしましょう、われわれが対策を講じるあいだ」

三人は足音を鈍く響かせて階段を降りて行った。すると突然、その音が何かに跳ね返って来たかのような足音を立てながら、チャールズと運転手が階段を駆けのぼってすれ違っていった。クレインが一階のホールに着くと、誰かがポーチに潜んでいるのが見えた。男のくわえ煙草の火が赤く光ったとき、それがジョーだとわかった。リビングルームの中にはミス・クィーンとミセス・ヘイワースがいた。かつての喜劇の女王は、細い肩から垂れさがるような黒いシルクの服を着ていた。ミセス・ヘイワースは青いパジャマの上に黄褐色のラクダの毛のコートを着ていた。

「死体は見たの？」ミス・クィーンが尋ねた。白い鼻の穴が震えている。「どんなふうだった？」

クレインが言った。「死んでたよ」

肘掛け椅子に座り込んだミスター・ペニーは、まるで貧血を起こしたブッダのような顔をして、すべてを受け入れるような表情で目を閉じていた。リチャードソンがミセス・ヘイワースの隣に立った。

「彼、殺されたの？」ミス・クィーンが切実な声で尋ねた。

「そうらしいね」リチャードソンは言った。「首を絞められていたから」

「誰がやったの?」

「まだわからない」リチャードソンはミセス・ヘイワースの腕に手を置いた。彼女は好奇心に満ちた大きな目でクレインを見つめていた。

ミス・クィーンが彼らのそばに寄った。「次は誰の番かしらね?」彼女はわざと聞こえるようなひそひそ声で言った。「次は、誰?」

「そんなことを言うなよ、ミス・クィーン。ピッツフィールドを殺した犯人は、きっと朝までにわかるさ」リチャードソンはなだめるように言った。

ミス・クィーンは不吉な予感に暗い面持ちをしていた。悲しそうに首を振り、鉛白色の手で奇妙なデザインの黒いシルクの上着のしわを伸ばしている。「ここではいろんなことが起きているわ」彼女は言った。「そしてそれは、これからも続くのよ」

「どういう意味だい?」クレインが尋ねた。「ここで、何が起きているんだ?」

ポーチの横の開いた窓にかかったシェードを冷たい風が揺らし、まるで誰かが植え込みの中を歩いているかのような音を立てた。二階からも音が聞こえてきた。床に何かがぶつかる重い音と、板木がきしむ音だ。

クレインはさっきの質問を繰り返した。

ミス・クィーンが重い口を開いた。「夜になると、何者かが施設内をうろつくのよ。わたし、それは人間じゃないと思うの」

ミスター・ペニーの目がほんの一瞬きらめいたかと思うと、再びくもった。リバーモア院長がリビングルームに入って来た。その後ろから、医療用の簡易ベッドに載せたピッツフィールドの死体を、

チャールズと運転手が足取り重く運んで来る。最後にドクター・イーストマンが入って来た。

「この大変な悲劇について、できる限りの情報を集めたいと考えています」リバーモア院長が言った。

「みなさん、力を貸してくれますね？」

「もちろん、みんなそのつもりだ」リチャードソンが言った。ドクター・イーストマンが出て行った。

クレインは、ジョーがまだポーチに立って、開いた窓からこちらの様子を見ているのに気づいた。

リバーモア院長が言った。「ほかのみなさんもすぐに降りて来るはずです」少しすると、全員がリビングルームに集まった。ミス・ヴァン・キャンプとネリーは寄り添って入って来たが、ふたりともひどく怯えて今にも壊れてしまいそうに見えた。大柄な看護師とミセス・ブレイディーが、ふたりを見守るようにすぐ後ろについて歩いている。自然と女性たちとリチャードソンがひと固まりに座り、クレインとミスター・ペニーがばらばらに座った。

「この悲劇について、何か言いたいことがある方はいますか？」リバーモア院長が尋ねた。

誰も何も言いたくないようだった。

「映画が上映されているあいだに起きたようです」リバーモア院長が言った。「途中で退席した方はいませんか？」

沈黙が流れる中、蛾が繰り返し窓に体当たりをする音だけが聞こえていた。

リバーモア院長が言った。「誰かが抜け出したことはまちがいないのです」

「抜け出したやつならいるよ」クレインが言った。

「誰です？」

「ピッツフィールドだ」

リバーモア院長の顔の、髭で覆われていない肌が赤く染まった。小さな目が怒ったように光った。堂々とした看護師がウィリアム・クレインを睨み、怒ったように鼻を鳴らした。

「そういうあんたはどうなんだ？　抜け出さなかったのか？」ドクター・イーストマンが、かすれた声で訊いた。

「出てない」クレインは嘘をついた。

「証明できるのか？」

「できない」

リバーモア院長が納得したようにうなずいた。「あなたはどうですか、ミスター・ペニー？」

ミスター・ペニーは首を横に振った。

質問を重ねるうちに、ミス・ヴァン・キャンプとネリーが互いのアリバイの証人であることがわかった。それはミス・クィーンも部屋を出ていないと断言したが、それを証明してくれる人間は誰もいなかった。それはミセス・ブレイディーも同じだった。リチャードソンは、二階での主張を繰り返した。ミセス・ヘイワースは彼の話が耳に入らないようで、夢遊病者のような目でクレインを見つめている。

クレインが言った。「上映中どこにいたのか、その看護師にも訊いてみたらどうだ？」

彼女は大きな胸を突き出して言った。「まあ、なんてこと言うの」

「いいから、訊いてみな」

「聞き取り調査に、例外があってはいけませんね」リバーモア院長がきっぱりと言った。「ミス・ツイリガー、きみは映画の上映中に一度でもあの部屋を出ましたか？」

ミス・ツイリガーは何か言いかけたが、考え直した。軽蔑するような目をクレインに向けた。「あ

んた、あたしが出て行く音が聞こえてたんでしょ？」厳しい口調で責めた。「それを黙っていてくれないなんて、この卑怯者」

「ミス・ツイリガー！」リバーモア院長が大声を出した。

「いいわ。たしかに少しのあいだ部屋を出たわよ」

「どこへ行っていたんですか？」

「外のガレージで運転手と会ってたの。伝えたいことがあって……頼みごとが……彼が次にニューヨークへ仕事で出かけるときに買って来てほしいものがあって。話をしたのは、たぶん十五分ほどかしら」

「わかりました」リバーモア院長が言った。質問はそれで終わりだという身振りをした。

「ちょっと待ってくれ」リチャードソンが言った。「ブラックウッドはどこだ？」

リバーモア院長が驚いた顔をした。「わたしが連れて来ましょう」彼は急いで階段をのぼって行った。

リチャードソンが言った。「あいつなら何か知ってるだろう」

ブラックウッドは支えなしには階段を降りて来られなかった。だらしなく脂肪のついた体を緑色のローブで覆っただけの姿で、恐怖に視線が定まらない。あえぐように浅い呼吸をしながら、顔にびっしりと汗をかき、ガタガタと震える足で、椅子に倒れ込むように座った。「片づけたのか？」彼はうめくように言った。

「何を？」クレインが訊いた。

「死体だ。おれは死体に目を向けられないんだ。気が狂っちまう。もう片づけたか？」

部屋じゅうの誰もが、怖がる彼の気持ちに共感した。ミス・クィーンははっきりわかるほどガタガタと震えながら両手をきつく組み、体を前後に揺すり続けた。ミス・ヴァン・キャンプとネリーは抱き合っていた。ふたりの目には新たな恐怖の炎が燃え上がっていた。

「片づけましたよ」リバーモア院長が言った。「でも、どうして死体があることを知っていたんですか？」

「あの恐ろしい悲鳴の後、廊下でみんなが話しているのが聞こえたんだ。ベッドの中で震えながら、次はおれが殺されるんじゃないかと怯えていた。ほんとうに怖かった」ブラックウッドは両手で自分の顔をそっとさすった。

「部屋から出て来ればよかったじゃないですか」

ブラックウッドは驚いて目を丸くした。「何のために？　死体を見に？　ああ！　ああ！」彼はまた大きな音で息を荒らげた。

「わたしたちが訊きたいのは」とリバーモア院長が言った。「あなたが映画の最中に、どこにいたかということです」

ブラックウッドが答えようとしたが、ミセス・ヘイワースのくぐもったうめき声にさえぎられた。彼女は催眠術にかかったように、まっすぐ部屋の奥の窓のひとつを見つめていた。窓の下半分の長方形の枠の中に、まるで額縁に飾られた絵のように、牙をむき出し、唇によだれの雫がついた狂人がにたにたと笑っている顔が収まっていた。前夜のオオカミ男だ。男の顔が枠の外へ消え、後には女性たちの半狂乱で緊迫した悲鳴だけが響き続けた。

リバーモア院長はポーチへ走り出て、銀色の月明かりの下へ大声で叫んだ。「来てください！　チ

ヤーリー！　ジョー！　こっちです！　手を貸して！」

遠くで答えるように叫ぶ声がして、やがてチャールズとドクター・ビューローが走って来た。ポーチで立ち止まる。リバーモア院長がチャールズに向かって言った。「ラダムは、きみが拘禁棟に閉じ込めたんじゃなかったんですか？」

「ちゃんとやりましたよ」チャールズが言った。

「ちゃんとどころか、外を走り回っています。たった今まで、ここにいたんですよ」

「そんなはずは」

「すぐに捕まえなくては。運転手も呼んで、手を貸すように言ってください」

三人の男は急いで本棟である病棟へ向かった。ミスター・ペニーが部屋を横切って、ポーチの横の窓を閉めた。ミス・ツイリガーにうまくなだめられ、ネリー以外の女性たちはすっかり静かになった。ネリーだけが暗い声で泣いていた。ブラックウッドは身を守ろうと胸の前にクッションを掲げ、その陰からおずおずと覗くように、ほかの者たちの様子を観察していた。人々の注目が自分に集まっていることにクレインは気づいた。自分が次のきっかけを出すまでは先に進まない芝居のようだ。何とも気まずく、クレインは庭園に面した窓辺へ歩いて行った。外から叫び声が聞こえた。怒りを帯びた声は徐々に大きくなったかと思うと、突然まったく何も聞こえなくなった。やがてジプシーの音楽のように物悲しさと寂しさを秘めた、聞き覚えのある遠吠えが聞こえてきた。それを聞いて、クレインは身震いがした。「何なんだ！」大声で言った。「いったいここはどうなってるんだ？」

首筋に生温かい息がかかった。「知らなかったの？」女のささやき声がする。「ここは精神病院《マッドハウス》なのよ（マッドハウスには〝めちゃくちゃに混乱した場所〟の意味もある）」

そう言ったのはミス・クィーンだった。同情に満ちたきらめく瞳で彼を見つめている。「かわいそうにね」

クレインはたまらず、その場を逃げ出した。ポーチへ出た。ニューヨークへ帰りたかった。ミスター・ピッツフィールドのことを思い浮かべ、この中の誰が彼を殺したのだろうかと懸命に考えた。だがこれという考えに至らず、代わりに手提げ金庫を盗んだのは誰かと考えてみた。それもうまくいかなかった。ただ、おそらくドクターの誰かが盗んだのだろうと思った。あれだけの金を手に入れるためなら、誰が盗っても不思議ではない。考えにふけりながらポーチを降りて庭に入って行ったが、何本か集まって生えた木の陰まで来たとき、後ろから誰かに羽交い絞めにされた。抵抗すると、固い鈍器のようなもので頭を強殴された。砂利の小道の上にうつ伏せに倒れ込んだ。小石が顔に食い込む。

誰かが背中に膝を載せ、力いっぱい首を絞めてきた。

男の低い声がした。「金庫《ボックス》をどこへやった?」

クレインは地面に押しつけられた顔を上げて何か答えようとしたが、男の指が喉にさらに強く食い込んだ。手を伸ばすと誰かの脚に触れ、それを掴んだ。艶やかなシルクに覆われた細い足首だ。すると、鋭いもので手首を踏みつけられた。彼は手を放した。首を絞めていた指が離れ、走り去る足音が聞こえた。クレインは起き上がれなかった。

懐中電灯の光が彼に向けられた。その光が反射する先に、大勢の人間が取り囲んでいるのが見えた。

「死んだのかな?」誰かの声がした。そう望んでいるような言い方だった。

クレインの胸に手が置かれた。「いいえ、心臓はまだ動いています」

この人たちは味方なのだと気づいたクレインは、よろよろと立ち上がった。ドクター・ビューロ

ーが懐中電灯を握っていた。彼を取り囲んでいたのは入院患者たちだった。乳白色の月光を浴びて、どの顔もオパール色に染まっている。ミス・ツイリガーがクレインの顔を覗き込んだ。「何があったの？」

「わからない」

「女の悲鳴が聞こえたわよ」ミス・ツイリガーは咎めるように言った。

「おれは聞こえなかった」クレインが言った。鼻血が出ていることに気づいた。

「自分の部屋に戻ってください、ミスター・クレイン」ドクター・ビューローが言った。「傷の手当てをしに行きます。何があったかは、後で聞かせてください」

安全な距離を空けてついてくる患者たちを従えて、クレインは自分の部屋に上がって行った。タオルを取り、水で湿らせて鼻に当てた。ベッドに寝そべると、頭を低くして鼻血を止めようと、のけ反るように首をベッドの端から逆さに垂らした。

ドクター・ビューローがミス・クレイトンとともに部屋に入って来たときには、鼻血は止まっていた。ドクター・ビューローは、砂利で切れたクレインの顔の傷を丁寧に手当てし、骨折していないかと頭のあちこちを触診した。どこも折れていなかったが、殴られた箇所は触れられると痛んだ。

「大丈夫ですよ」ドクター・ビューローが言った。「ほらね、こうしても痛くないでしょう？」彼は傷をアルコールで消毒した。「これなら包帯も必要はありません」

ミス・クレイトンがベッドカバーを手際よくクレインにかけた。枕を重ねてちょうどいい高さになるように調節してくれた。

「何があったか、教えてもらえますか？」ドクター・ビューローが尋ねた。

「背後から誰かに殴られた。首も絞められた。誰かの脚を摑んだら、たぶんそいつかが悲鳴をあげたんだと思う。それしかわからない」

ミス・クレイトンが尋ねた。「でも、その人たちはどうしてこんなことをしたのかしら?」

「わからない」

「誰にやられたか、心当たりはないんですか?」ドクター・ビューローが尋ねた。

「手がかりならある」クレインが言った。

「どんな手がかりです?」

クレインが手首を差し出した。「誰かがハイヒールのかかとで踏みつけたんだ。痕が残っているだろう?」

「でも、そんな痕が何の役に立つの?」ミス・クレイトンが言った。

「これで犯人を捕まえられる」ウィリアム・クレインが、ひどく深刻な声で言った。「後はただ、この痕に合うハイヒールさえ見つければいいんだから」

第七章

次の朝は冷え込んだ。太陽は懸命に輝いてはいたが、気温を上げるという面では役に立たなかった。風の強い日で、いつものマツの香りや薪を燃やす匂いに混じって、空気の中に雪の匂いが感じられた。毛布を全部かぶっても足りず、ウィリアム・クレインは葛藤した末に、ようやくベッドから起き出して窓を閉めた。すぐにベッドにとって返すと、心地よいまどろみの世界に戻った。

それからおよそ一時間後にミス・クレイトンがノックをして部屋に入り、厳しい顔でクレインを見た。「今何時かわかってるの?」〈アルコール〉というラベルの瓶と綿球を持っている。

クレインはおずおずと毛布を顎まで引き下げた。「知らない」

「十一時を過ぎてるのよ」

彼は驚きと後悔を示すように、舌打ちをした。

「あなたを好きなだけ寝かせておこうという話になったの、ゆうべの……あの女性との不運な一件の後だから」

「あの女性だって?」クレインが訊き返した。「あれが誰か、きみは知ってるのか?」

「あなたこそ、名前を訊いておけばよかったじゃないの!」ミス・クレイトンは鼻をぴくぴく動かした。

「まさか、おれが彼女を襲ったと思ってるんじゃないだろうな?」

「わたしにはどちらとも判断できないわ」

「もしも誰かを襲うとしても、あんな女レスラーみたいなのはごめんだよ」

ミス・クレイトンが笑い声を上げた。「名誉の負傷を消毒するわね」

「この調子だと、今週が終わるまでに顔がどんどんすり減って全部なくなるんじゃないかな。首の上に、ただ小石の山が残されているだけかもしれない」

アルコールが切り傷にしみたが、やがて痛みは楽になった。ミス・クレイトンの手当は優しかった。

「実はね、あのかわいそうなミスター・ラダムの仕業だっていう話なのよ」

「おれを殴ったのが?」

「ちがうわよ、馬鹿ね! ミスター・ピッツフィールドを殺した犯人よ」

「なんでドクターたちは彼を鎖につないでおかないんだろう」

「つないでるのよ。でも、ときどき逃げ出しちゃうの。今回も彼が宿泊棟に忍び込んでミスター・ピッツフィールドを殺したって考えているみたいよ」

「誰が?」

「ドクター・イーストマンとリバーモア院長」

「そうか、もしかすると彼の仕業なのかもしれないな」

「わたしはそうは思わないわ」ミス・クレイトンが言った。「誰かに嚙みつくことはあっても、紐で首を絞めたりはしないもの」

「論理的な意見だな」クレインはベッドに横たわったまま、もう少しだけ体を起こした。「でも、そ

れなら犯人は誰だ?」

ミス・クレイトンは、考え事に集中するように顔をこわばらせた。「ずっとそれを考えてるんだけど、どうしてもわからないのよね」

「ピッツフィールドには、誰か敵対している特定の人物はいなかったのか?」

「いなかったと思うけど。優しくて、いい人だったわ。自分のことをエイブラハム・リンカーン元大統領だと思い込んでいたのよ」

「ああ、なるほど!」ウィリアム・クレインが声を上げた。「犯人がわかった」

「誰がやったの?」

「ジョン・ウィルクス・ブース(一八三八~六五。リンカーン大統領の暗殺犯)だ!」

ミス・クレイトンがクレインの顔を消毒していた綿球のアルコールが、彼の目に入った。「痛い!――おお、いて!」

ミス・クレイトンが言った。「もう起きてちょうだい。リバーモア院長が正午にリビングルームに全員集合してほしいんですって」使用済みの綿球をくずかごに捨て、瓶にガラスの栓をはめた。「あなたに訊きたいことがあるそうよ」

「おれに?」

「あなたが襲われた件も、ゆうべの殺人と関係があるんじゃないかと考えているみたい……あなたが本当に襲われたのだとしたらだけど」

「これがおれの自作自演だと信じてるのなら、院長はおれをサーカスの軽業師か何かだと思ってるにちがいない」

ミス・クレイトンは口角を引いて笑みを浮かべた。「あなたが女性をそこまで強く撥ねつけたという話だって、充分信じがたいと思うでしょうけどね」

ミス・クレイトンはいつも気の利いたひと言を残して立ち去るのだった。


クレインは髭を剃ろうとして鏡に映った顔の毒々しさに言葉を失い、何分もかけて自分の顔をあらゆる角度からしげしげと眺めた。一昨日の夜にできた頬のふたつの紫の痣と、目の周りの痛ましい傷痕に比べ、昨夜の傷はまだ生々しく、鮮やかな赤色だ。鼻梁には皮膚がめくれた跡があり、首を絞められた指の圧迫痕が青く残っている。

洗顔を済ませ、少し浴槽に浸かってから着替えた。リビングルームに入って行くと、石組みの暖炉の小さな炎の前に、ミス・ヴァン・キャンプが座っているのが見えた。隣に座るよう手招きされた。

「ゆうべは不快な目に遭ったようだけど、気分はどうなんだい？」彼女が尋ねた。目を上げずに編み物を続けている。

「かなりひどい気分だ」

ミス・ヴァン・キャンプが顔を近づけた。「あたしもさ」彼女は言った。「一睡もできなかったよ」

「おれは凍死するかと思った」

「けっこう冷えたからね。急に寒くなったもんだから、あたしのお風呂の予定が中止になっちゃったよ」

「あんたの風呂？」

「二階の大きな風呂場で週に三回、特別に蒸し風呂に入れてもらってるんだ。神経を鎮めるのに効く

んだそうだよ」

「そうか！……それでわかった」

ミス・ヴァン・キャンプは、編みかけていた編み目のゆるい灰色の毛糸を膝に載せた。「ミスター・ピッツフィールドを殺した犯人がわかったのかい？」

「いや」

「ゆうべのことは、あんたが金庫を見つけるのに影響はあるかね？」

「ないと思うよ」クレインは足を暖炉に向けて伸ばした。「ピッツフィールドはおれに何を言おうとしていたんだろう？」

編み針が止まった。「はっきりはわからないがね。リバーモア院長についてじゃないかと思うよ。ミスター・ピッツフィールドは、金庫がなくなった夜遅くに、廊下でリバーモア院長を見かけようだから」

「それは役に立つ情報かもしれないな」クレインは老女のほうへ顔を近づけた。「蒸し風呂に入るときは、何も身につけないのか？」

「失礼な男だね、ずいぶんと恥知らずな質問じゃないか」

クレインは恥など知るもんかと思った。「いや、つまり鍵のことだよ。ニューヨークの貸金庫の一本めの鍵を持ってるやつが、貸金庫を開けるのにどうしても手に入れなきゃならないはずの、もう一本の鍵さ。風呂にまで、首から提げて入るわけじゃないんだろう？」

「そんなことはしないがね、絶対に見つからない安全な隠し場所があるんだよ」

「紐で窓の外に吊るすのが安全だとは思えないね。窓台の画鋲の穴なんて、簡単に誰の目にも留ま

る」

「あたしの部屋に入ったんだね」ミス・ヴァン・キャンプは急に頑なでよそよそしくなった。「いつ入ったんだい？」

「ゆうべ」

「それは、ミスター・ピッツフィールドが殺されたときかい？」彼女の声はクレインを非難していた。

「殺された後だ。あんたが死体を発見した後だよ。おれが部屋に駆けつけたのが見えなかったのか？」

「ああ、そうだったね！」ミス・ヴァン・キャンプが長い吐息を漏らした。「あたしは、疑い深い年寄りなんだよ。で、そのとき何か見つけたのかい？」

「ミスター・ピッツフィールドを殺した凶器の紐が見つかった」

「どこにあったの？」

「ベッドの下だ」

「今、それは誰が？」

「ドクター・イーストマンが持ってるんじゃないかな、たぶん」

「その紐の持ち主を見つければ、手がかりが掴めるんじゃないかね？」

「もちろん」

「どうしてドクター・イーストマンはみんなにその紐のことを公表しないんだろうね。持ち主が誰なのか、知ってる人がいるかもしれないのに」

「リバーモア院長が正午に全員を招集したのは、そのためなんじゃないかな」

「ああ！　言い忘れるところだった。変更があって、院長は夕食前にここに集まってほしいんだそうだよ。四時頃に」

「わかった」クレインは立ち上がった。「ゆうべあんたがいないはずの時間に、ピッツバーグがあんたの部屋に立ち入る理由に心当たりはないのか？」

「まったくないね」

「昼食は何時から？」

「昼食は一斉には摂らないんだよ。マリアに頼んでごらん。何でも用意してくれるはずだから」

マリアというのは、昨夜夕食を運んでくれたふたりの黒人メイドのうちのひとりだった。クレインはオレンジジュース、コーヒー、半熟のゆで卵、そしてトーストを食べた。ダイニングルームを出ようとして、ドクター・イーストマンに会った。

「顔の傷はどうだ、クレイン？」ドクターが尋ねた。

「ひどいね」

「今日のカウンセリングは全部キャンセルしたから、自由に過ごしてくれ」

「そりゃいい」

クレインはポーチから庭の小道に出て、昨夜襲われた地点へ行ってみた。辺りの砂利はすでにきれいに整えられていた。最初にミス・ヴァン・キャンプと会った、柵で囲われた小さな庭への入口に、例の警備の老人がいた。スツールに腰かけて、何かをナイフで削っていた。まばらな髪が風になびいている。頭頂部が禿げていた。老人は顔を上げてクレインを見たが、歓迎の笑みを浮かべることはなかった。

「やあ」クレインが声をかけた。「ちょっと肌寒いんじゃないか?」

「そう感じる人間もいるだろうな」老人が言った。

「あんた、ゆうべはどこにいたんだ? 宿舎の中はてんやわんやだったんだぜ」

「余計なことに関わらないように、おとなしくしていた」

「おれもそうしていたんだ」クレインが言った。「そしたら、頭を殴られた」

老人が言った。「昨夜はずっと、彼女を見ていた」

「ああ、彼女!」クレインはそう言って、うなずいてみせた。「そうか、彼女だね?」

「彼女、本当は嫌がってるんだ」老人が言った。口からよだれを垂らし、紫がかった青い瞳を突然クレインに向けた。「何かに取り憑かれているんだよ。悪魔がそばから離れず、いつも罪を犯すようにけしかけている。わしはその悪魔を見たんだ」

老人は立ち上がって、クレインの顔の前に顔を近づけた。

「わしが彼女を捕えてやる。邪悪な売春婦、悪の娘を。あいつらはわしの持ち場を変えて阻止しようとしたが、そんなことじゃ止められない」

「持ち場を変えた?」

「夜勤に回されたんだ。主《しゅ》のために彼女の見張り《ウォッチ》をすることができなくなった。夜に働けだと!」老人は骨ばった両手を握りしめた。「ああ、主よ! あなたのしもべは、いかに迫害されることか!」

クレインは老人を見下ろすように立ったまま、頭を垂れて言った。「〝それゆえに、『神の知恵』も言っている、『わたしは預言者と使徒とを彼らに遣わすが、彼らはそのうちのある者を殺したり迫害したりするであろう』と〟」(新約聖書『ルカによる福音書』より)

「神に栄光あれ！　神に栄光あれ！」老人が叫んだ。唇が震え、青い目が空の彼方を見つめている。

「あんた、わしの代わりに見張ってくれるかい？」

「〝そうしよう〟」ウィリアム・クレインが言った。

「彼女は夜になるとガレージへやって来る。だがわしには一度もやつらを捕まえられなかった」

「やつら？」

「彼女、そこで男と会ってるんだ」

「相手は？　悪魔か？」

「それを確かめようとして、何度も行ってみたんだ」老人は不満げに話した。「が、いつも姿を消してしまう。そのうえ、これからはもう見張ることさえできなくなった」

「彼女の外見は？」

「金色の髪をしている」

「では、何も恐れるな」クレインが言った。「わたしは腰布を締め直し、ダマスカスの剣よりも鋭い目を持って彼らを見張るであろう」

老人が狡猾そうな表情を浮かべた。「そしてふたりの罪深き交わりの現場を捕らえ、正義の怒りを以《も》って彼らを打ち砕こう」老人は手の甲で鼻をこすった。「あんたは悪魔を撃て、彼女はわしに任せろ」彼はクックッと笑った。

「わかった」クレインが同意した。

彼はガレージと使用人棟のほうへ歩いていった。気温が下がり、強い風が吹きつけていた。まぶしく冷たい日の光がニレやカシの木に当たってちらつき、まるで草創期の映画を見ているようだ。茎を

低く曲げた花々は痙攣するように震え、クレインが噴水の横を通ると、その水面は執拗に風に揺すられて小さなさざ波を立てているのが見えた。

　使用人棟は地味な灰色に塗った木造で、窓に四角い緑色の鎧戸がついている。その奥の、少し脇へ外れたところに、車が二台入る石造りのガレージがあった。クレインはガレージに入って行った。中には車が二台駐めてあった。例の救急車と、パッカードのセダンタイプの大型車だ。セダンは濃いブルーで、右の後部扉には〈W・L〉の頭文字が金色で描かれている。ガレージの中は油まみれの工具やがらくたや箱であふれていた。それらを調べていると、声が聞こえてきて、クレインは救急車の陰に身を潜めた。

「ここに隠してあるんだ」声の主はチャールズだとわかった。何か重いものを動かす音がする。「こいつはきつい酒でね」チャールズが笑う。「ある人に頼まれて酒を手配してやったときに、取り分としてもらったんだ」

「ちょうど飲みたかったところさ」ジョーの声がした。「いかれ野郎と取っ組み合うのは好きじゃない。こんなこと、とても慣れそうにないぜ」彼は音を立てて酒を飲んだ。

「全部飲むなよ」今度は運転手の声だ。「おれも飲みたいんだからな」するとチャールズが言った。

「まだいっぱいあるよ」また誰かが飲む音がした。

「それにしても、この施設はいったい何なんだ？」ジョーが尋ねた。「ここじゃ、あいつらを何人も殺してるのか？」

「患者が死ぬのは、一年近くぶりだ」運転手が言った。

　チャールズが言う。「ドクターたちは、オオカミ男が殺したんだって思ってるみたいだな」

「おまえはそう思わないのか?」運転手が訊いた。

「どうだろうな」チャールズが言った。「誰かを殺すとしたら、あいつならあんなやり方はしない気がして」

「ドクターたちがそうだと言うなら、おれもそれで満足だ」運転手が言った。

「そりゃ、あんたは満足に決まってるよな」ジョーが言った。

「どういう意味だ?」

「ゆうべあんたがきれいな女とここに入って行くのを見たぜ」

「ああ、それか」運転手が言った。照れくさそうにクスクス笑っている。

「へえ!」チャールズが言った。鋭い声だ。「相手は誰だ?」

ジョーが言った。「あっちもこっちもでかい女さ」瓶をくわえたましゃべっているように聞こえた。

「それなら、ミス・ツイリガーだな」チャールズが言った。「いい体をしてる」

「それで、どうだった?」ジョーが尋ねた。

運転手がまたクスクス笑った。「よしてくれよ、おれは女房持ちなんだぜ」

「そうだろうとも」ジョーが言った。「でもそれじゃ質問の答えになってない」

「単に親しくなりかけてるってところだ」言い訳するように運転手が言った。「映画の途中で、新鮮な空気を吸いに抜け出して来たんだとさ」

「おれだってあの女となら親しくなりたいぜ」ジョーが言った。

「いい子だよ」運転手が言った。

「ああ、どこにでもいる華奢な娘だよな」ジョーはそう言うと、またチャールズと一緒に笑った。

「あの女を押し倒せるのは、ピアノの運搬業者ぐらいなもんだ」

「まあ、まあ、その話はもういいじゃないか」チャールズが言った。「もっと飲もう」

三人が酒を飲んでいるあいだ、しばし沈黙が流れた。

運転手が言った。「外はそれほど寒くないな」

「内側もぽかぽかだ」ジョーが言った。

「なあ」チャールズが言った。「ここらじゃ空いた時間は、いったい何をして過ごせばいいんだ?」

「おれが知るもんか」ジョーが言った。「ここに来てからというもの、片時もそばから離れるなって院長に言われてたのに、急に三十分ほど前に〝一時間ほど休憩して来ていい〟って言うんだぜ? 誰かに殺されるのがそんなに怖いなら、なんでおれを追っ払うんだ?」

「自分を狙ってる相手が、今は手が離せないとわかってるのかもな」チャールズが言った。

ジョーが言った。「自分を狙ってる相手がわかってるなら、なんでおれに教えないんだ?」

「それは難しい質問だな」運転手が言った。

「そろそろ酒をしまって来る」チャールズが言った。「ラダムを捕まえて、部屋に閉じ込めなきゃならないんだ」

「ひとりで行くのか?」ジョーが訊いた。

「昼間はおとなしくしてるからな。暴れだすのは夜だけだ」クレインの位置から、チャールズが瓶を箱の裏に隠し、箱ごと押して壁際にくっつけている様子が見えた。「もう行かないと」チャールズが言った。

「忘れるなよ、ボスはおれたちにも夕食前に宿泊棟のリビングルームに集まれと言っていたぞ」運転手がそう言うと、彼らは出口に向かった。

「ああ、忘れずに行くよ」チャールズが言った。

彼らの声が葉擦れの音や喘息のような風の音に消えると、クレインは救急車の陰から出て来て壁際に置かれた箱に近づいた。瓶を取り出してコルクを抜き、中身を確かめた。彼の部屋の密造酒と同じものだった。ぐびぐびと飲んでから、救急車のステップに腰を下ろした。

今の話で大柄な看護師と運転手とジョーは容疑が晴れたな。万々歳だ。おかげで容疑者が十五人ほどにまで絞られたんだから。C・オーギュスト・デュパンなら楽勝のはずだと思った。腕時計を見る。もうひと口飲んで、瓶を元通りにしまった。宿泊棟に戻りながら、さっきより暖かくなったように感じた。

自分の部屋に戻り、顔を洗ってシャツを着替えた。ゆっくりと酒を飲んだ。それからリビングルームへ降りて行った。リバーモア院長とジョーを除いて、すでに全員が集まっていた。部屋の片側で患者たちがソファーと安楽椅子に腰かけていた。リチャードソンはミセス・ヘイワースの後ろに立っていた。ドア口で戸惑っているクレインに、ミセス・ヘイワースがほほ笑みかけた。

ミス・ヴァン・キャンプとネリー、それにミセス・ブレイディーは、ソファーに腰かけていた。ブラックウッドは肘掛け椅子にどっかりと背中をもたれて座っている。ミス・クィーンは別の肘掛け椅子に座っている。ミスター・ペニーはソファーの肘掛けにちょこんと腰かけている。彼らと向かい合うようにドアのそばに立っているのは、チャールズ、運転手、ドクター・ビューロー、そしてドクター・イーストマンだ。三人の看護師たちは長テーブルにもたれかかっている。クレインはミス・エ

ヴァンズに目を向けた。到着した夜以来、彼女を見るのはこれが初めてだ。白い看護師の制服を着て、髪は〈バス〉のビールのような色だ。顔は青白く、赤く分厚い唇は口角が下がって色っぽく見える。実に誘惑的な女だ。クレインは部屋を横切ってリチャードソンとミセス・ヘイワースのそばに座った。

「寒いね」クレインは声をかけた。

リチャードソンが、信じられないという顔で彼を見た。「そうかな」大きな顔は無表情のままだ。

「あんた、外に出てたのか?」

「ちょっと散歩にね」

リチャードソンが尋ねた。「また誰かに殴られなかったかい?」

クレインは笑みを返そうとしたが、顔の傷が痛んだので、顔を歪めて冗談めかした表情を作った。

「今日は非番らしい」

ミセス・ヘイワースがほほ笑んでリチャードソンを見上げた。「わたしは寒いわ、ディック」彼女が言った。「上着を取って来てくださらない? わたしの部屋のベッドの上にあるの」

リチャードソンがいそいそとその場を離れた。彼が部屋を出たとたん、ミセス・ヘイワースはウィリアム・クレインに体を寄せた。顔は美しく日焼けし、張りがあってきめ細かく、やわらかそうな肌の下に繊細な骨の形が見える。彼女の高貴さに、クレインは新聞で見た、パームビーチやバミューダに遊びに来ている上流階級のお嬢様たちの写真を思い出した。ミセス・ヘイワースは彼を大きな茶色い目でじっと見つめている。

「お怪我なさったなんて、本当にお気の毒ね」彼女が言った。

「このぐらい、なんてことないさ」クレインは粋がった。

「用心してちょうだいね」

「いつもは用心している。が、どうもここに来てからは手に負えないことばかりだ」

「そう、いろいろ起きるわね、本当に」さらに顔を近づけた彼女の目は思いやりに満ちていた。「わたしが力になるわ、ね、いいでしょう？」

クレインは喉が詰まって唾が飲み込めなかった。顔が赤く染まった。わざと咳をした。「いいとも」上着を持ったリチャードソンが戻って来るのを見つけて、ほっとした。クレインは立ち上がった。

リチャードソンがミセス・ヘイワースに、まるで子どもに対するように優しく上着をかけた。背もたれのまっすぐな椅子をそばに持って来て、クレインとは反対側のミセス・ヘイワースの隣に座った。急に嬉しそうな表情になった。

「ピッツフィールドの件は、どう思う？」彼が尋ねた。

「誰が彼を殺したと思うか、という意味か？」クレインは、ミス・クィーンが悲しそうな目でこちらを見ているのに気づいた。

「ラダムがやったとは思っていないんだろう？」

「ちがうと思うね」

「わたしもだ」

「わたしもよ」ミセス・ヘイワースが言った。彼女もクレインを見つめていた。

「じゃあ、誰がやったんだろう？」クレインが尋ねた。

リチャードソンが言った。「ブラックウッドだよ。やっぱり彼がやったんだと思う」

「でも、彼は上映中の部屋から出なかったと言ってたじゃないか」

「あいつが上映中に部屋を出て行ったのはまちがいない」リチャードソンが激しい口調で言った。「今朝思い出したんだよ。映画が終わったとき、あいつは始まる前とはちがう席に座っていたんだ」

クレインがうなずいた。部屋の向かい側に目をやる。ミス・エヴァンズの三角形の顔が、さげすむようにじっと彼を見ていた。リチャードソンが言った。「普通は映画の途中であんなふうに席を移ったりしない。どの席から見ても変わりないからね」

「初めに座った椅子が壊れていたのかもしれない」

「今朝、椅子を全部調べて来た。どれも同じだった」

「部屋から出たからと言って、必ずしも彼が犯人だという証拠にはならない。もしかすると……何かが飲みたかったのかも」ウィリアム・クレインは遠回しに言った。ミセス・ヘイワースの顔をちらりと見ると、彼女はまっすぐにクレインの目を見つめたままほほ笑んでいた。こちらの会話は耳に入っていないようだ。

リチャードソンが言った。「それはないと思うが。でも仮に正当な理由で席を外したのなら、なぜ嘘をついたんだ?」

「自分に余計な注目を引きたくなかったんじゃないか」

リバーモア院長がジョーを従えてリビングルームに入って来た。紙の包みを持っている。

「なあ」リチャードソンがささやいた。「ブラックウッドに訊いてみてくれないかな。あんたなら訊けるだろう?」

「わかった」ウィリアム・クレインが言った。

リバーモア院長が堂々とした足取りで部屋の中央に進み出る一方、ジョーは運転手とチャールズの

いる隅に立った。リバーモア院長が紙包みをテーブルに置いた。「みなさん、お呼び立てして申し訳ありません。今日は、いくつかお伝えしたいことがありまして。ひとつめに、昨夜の残念な出来事が解明できました」

彼は劇的効果を上げるために、そこで間を空けた。

「実は、ラダムが拘禁棟のベッドの下にドアの鍵を隠し持っていたことが判明したのです。今朝ベッドの下にあるのを発見しました。ラダムは昨夜それを使って部屋を抜け出し、みなさんが映画を見ているあいだにこの建物に入り、二階へ上がったのです」

クレインは、ソファーに座っている三人の女性たちが身を乗り出して息を詰めているのに気づいた。ミス・ヴァン・キャンプとネリーは手をしっかりと握り合っている。

リバーモア院長が話を続ける。「ミス・ヴァン・キャンプの部屋の外で、ミスター・ラダムはミスター・ピッツフィールドと遭遇しました。そこで何が起きたかは詳しく述べませんが、ラダムはミス・ヴァン・キャンプの部屋に死体を残して出て行ったのです」

クレインが言った。「嘘だ」

リバーモア院長は、クレインから顔をそむけた。「ミスター・ピッツフィールドの死体は明日か明後日には運び出します。ラダムについても、もうご心配は要りません」リバーモア院長が顎髭を引っぱった。「安全な場所に鍵をかけて閉じ込めてあります。ドクター・イーストマンが責任をもって彼を見張ります」

みなが一斉にドクター・イーストマンのほうを見た。彼は不機嫌そうな顔をしていた。

「警察に通報しないのか?」クレインが尋ねた。

リバーモア院長が言った。「その必要はありません」ドクター・イーストマンを見て「そうですよね?」と言った。

「警察は何の役にも立たない」ドクター・イーストマンが言った。

リバーモア院長が言った。「もう一点だけ、みなさんにお伝えしたいことがあります。昨夜ミス・ヴァン・キャンプの部屋で、これが見つかりました。まちがいなく、ミスター・ピッツバーグが亡くなる原因となったものです」彼は包みを取って開けると、ミスター・ペニーがベッドの下で発見した、紫のタッセルのついたバスローブの紐を披露した。「見覚えのある方はいませんか?」

しばらく沈黙が流れた。ゆっくりと、明らかに自分の意思とは別の力によって吊り上げられるように、ネリーがミス・ヴァン・キャンプの隣で立ち上がった。あえぐように言う。「なんてことなの!それ、わたしのだわ!」

クレインが彼女の声を聞いたのは、それが初めてだった。

第八章

感情的にならないように気を張りつつ、恥ずかしさから静かにむせび泣くネリーを、ミス・クレイトンとミス・ツイリガーが部屋へ連れ帰ると、リチャードソンがドクター・イーストマンのところへ行って、何かを耳打ちした。ドクター・イーストマンは不機嫌そうな驚いた表情を浮かべ、仕方なさそうにうなずいた。

リバーモア院長が片手を上げた。「ミス・パクストンがバスローブについて質問に答えられるようになるまでは、何もできそうもありませんね」

「ちょっと待ってくれ」ドクター・イーストマンが言った。厳しい声だった。「訊きたいことがある」

リバーモア院長が優しい顔でうなずいた。

「映画の途中で部屋を出た人はいないという話だったが」ドクター・イーストマンが言った。「この中で、少なくともひとりは抜け出していたことがわかった」

患者たちは無言のまま、威嚇するようなドクターの姿を見つめていた。

ミス・ヴァン・キャンプは怒ったような顔で勝気に背筋《せすじ》を伸ばし、咳払いをした。ミス・クィーンは不安そうに首を指で撫でている。クレインをちらりと見て、唇を震わせた。

ドクター・イーストマンが問い詰めた。「昨夜あの部屋を抜け出したのは誰だ?」ひと固まりにな

った患者たちにさらに迫った。誰も答えない。

「さっさと話したほうが身のためだぞ」不気味に抑制した声で言う。

ドクター・イーストマンの背後に立っている者たちは、興味深そうにその様子を眺めていた。ジョーは、イーストマンの言うとおりだとばかりに患者たちを馬鹿にするような目で、運転手は顔に畏敬の念を浮かべ、チャールズは曖昧な忍び笑いをしている。ミス・エヴァンズの顔は、まるで精巧に彫った仮面のようだ。落ち着き払い、何を考えているのかわからない残忍な表情をしている。部屋の中は不安の声でざわついた。

ドクター・イーストマンが繰り返した。「この中のひとりが部屋を出たんだ」

ウィリアム・クレインは、ドクターの視線が自分に向けられていると確信した。いったい誰に目撃されたのだろうかと考えた。

「なるほど、名乗り出るつもりはないんだな?」ドクター・イーストマンの黒い眉が中央でくっついた。「いいだろう。ブラックウッド、おまえだってことはわかってるんだ」

ブラックウッドは驚いて、まるで拍車で蹴られた馬のようにぴくっと跳び上がった。「ちがう！そんな、誰にも見られてないはずだ！」

ドクター・イーストマンが言った。「おまえが部屋を出たことはわかっている」

「ちがう！」ブラックウッドは椅子の中で太った体をよじった。「ちがう！　ちがう！　ちがう！」

ドクター・イーストマンがうんざりしたように彼を見つめた。助手たちのほうを振り向く。「病棟まで連れて行って、白状させろ」

ジョーと運転手がブラックウッドに近づいた。ジョーは平然と冷たい笑顔を浮かべている。運転手

はふらつき、小さなしゃっくりをした。ふたりはブラックウッドの両側から腕を掴み、小麦粉の袋のような体を引き上げて椅子から立たせると、ドアに向かって歩き始めた。ジョーがリバーモア院長に呼びかけた。「いいんだな、ボス？」

リバーモア院長がうなずいた。

ブラックウッドは苦悩に満ちた目でクレインに訴えかけた。「助けてくれ」彼は言った。「お願いだ」やがて引き立てられそうになると「わあ、やめろ、やめろ、やめろ！」と言った。その声は子どものように甲高かった。三人はドアの向こうに消えて行った。

「これで何かわかるかもしれない」ドクター・イーストマンが言った。

クレインが尋ねた。「どうしてそんなことにこだわるんだ？　ミスター・ラダムが殺したと確信したんじゃなかったのか？」

「わたしは、ラダムが犯人だとは言っていない」ドクター・イーストマンが言った。

リバーモア院長は、自分の両手の置き場所に悩んでいた。何をしてもおさまりが悪い。後ろに回して手を組んでみた。両手を体の前に置いた。顎髭の中に突っ込んだ。「すべての証拠が、ラダムがやったことを示しているんです」と言った。

「ラダムがやった証拠など、ひとつもない」ドクター・イーストマンが言った。ネリーを二階へ連れて行ったふたりの看護師が戻って来た。ドクター・イーストマンが何かを尋ねたそうにふたりに目を向けた。

「寝かせて来たわ」ミス・ツイリガーが言った。

ミス・クレイトンが補足する。「しばらくはベッドから起き上がらないほうがいいと思います。か

なりヒステリックな状態でしたから」

遠くからかすかなくぐもった声で、誰かが叫んでいるのが聞こえてきた。一同は耳を澄ませたが、それきり聞こえなくなった。

ドクター・ビューローが沈黙を破った。「誰か、あの紐についてミス・パクストンに話を訊くべきですね。紐を持ち去ったのが誰なのか、何か覚えているかもしれません」

ドクター・イーストマンが彼のほうを振り向いた。「だめだ。落ち着くまで、しばらく待ってやれ」

リバーモア院長が言った。「ええ、そのとおりです。あれこれ質問する時間はいずれたっぷりありますから」

「ではクレインが襲われた件について、本人に事情を訊きましょう」ドクター・ビューローが言った。

「いいだろう」ドクター・イーストマンが言った。クレインのほうを向く。「誰に襲われた？」

クレインが言った。「わかるはずがないだろう」

「どんな理由で襲われた？」

「それも、おれにわかるはずがない」

「ここに来てから、誰かの反感を買った覚えは？」

「反感？　そんな覚えはないな」

クレインが首を振ったとき、廊下で音がした。ジョーと運転手、そしてふたりに挟まれたブラックウッドの姿が見えた。ブラックウッドの丸い顔に、いくつも赤い痣が浮かび上がっている。鼻から血が細く流れていた。右目の下にはひどい切り傷がある。右の耳が奇妙に曲がり、まるで引きちぎられた後で無造作にもう一度糊付けされたかのようだ。しゃくりあげるように息をし、視線が狂ったよう

にあちこちに泳いでいる。

ジョーが報告した。「こいつ、しっかり白状したぜ」血のついたシルクのハンカチで上品に眉の汗を拭いた。「何もかもぶちまけた」ブラックウッドをぐいと突き出す。「簡単にしゃべったよ」

「映画の途中で部屋を出たことを認めた」運転手が言った。聴衆に向かって、酔った目を瞬きさせた。

「三十分間、抜けたそうだ」

「でも、話はそれだけじゃない」ジョーはそう言いながら、ブラックウッドの腕を引っぱった。「ほかにも言いたいことがあるそうだ」ブラックウッドは恐怖に全身を震わせ、おそるおそるクレインに視線を向けた。ジョーがまた彼の腕を引っぱる。「そうだろう、え？　何か言いたいことがあるんだよな？」

ブラックウッドは力を振り絞るようにうなずいた。空いたほうの手を上げ、クレインを指さす。ごくりと唾を飲み込んだ。

「ほら、さっさと話しな」ジョーが言った。腕を摑んでいる手に力を込めた。運転手が反対側から体を寄せて言った。「怖がらずにしゃべれよ」

ブラックウッドは言葉がうまく出て来ないようだった。「あれは……あいつだった……クレインだった……二階で見かけた」後ずさりしようとしたものの、ジョーにしっかり押さえられた。「あいつを見たんだ、本当だ」彼は言った。ガタガタと震えながら腕を振り払うと、両目を覆った。

「さっきおれたちにもそう言ってた」運転手が言った。ブラックウッドの肩から手を放すと、ドアのほうへ下がった。ブラックウッドは赤と茶色の絨毯の上にどさりと倒れ込んだ。

「なんてことだ！」ドクター・ビューローが言った。「きみたち、いったい彼に何をしたんですか？」

「ああ」ジョーが言った。気まぐれな笑顔を浮かべ、両手を水平に振って軽蔑的な身振りをしてみせた。「何発か軽くビンタを食らわしただけさ」

再び部屋に戻ったクレインは、夕食まであと数分と迫る中、黄色い密造酒をちびちび飲みながらその午後の出来事を思い返していた。映画を抜け出すとき、C・オーギュスト・デュパンほどには慎重でなかったことを後悔した。だが、これで自分と同様に抜け出した人間が三人いることが判明したわけだ。ミス・ツイリガー、ブラックウッド、それにリバーモア院長だ。これは進歩だ。三人のドクターに、明日どんな質問をされるだろうかと考えた。さっきリバーモア院長は、今はクレインを尋問している時間がないと言った。ドクター・イーストマンは、彼を鍵のかかる部屋に閉じ込めたがったが、ほかのふたりが反対した。

外はまだ寒かったので、窓を閉めに行った。外の音もうるさかった。風を受けた木々が不満をまくしたて、それに同調するように枝が吠えている。暗闇が迫り、嵐の雲が地平線の彼方で敵意をむき出しにして頭をもたげている。庭園を見ると、噴水の水面に金色の夕日の名残りがわずかに映っている。突然一陣の風が部屋の中に冷気を送り込み、クレインは音を立てて両方の窓を閉めた。ベッドに戻り、酒の続きを飲んだ。

相変わらず、ピッツフィールドを殺す可能性は誰にでもありそうに思えたが、その中でも特に考えられる人物を思い浮かべた。頭の中のリストに真っ先に名前が出てきたのは、ブラックウッドとリバーモア院長だ。ブラックウッドは憎悪が元で殺した可能性がある。一方のリバーモア院長は、自分が映画を抜け出したことについてひと言も言わないからだ。次はドクター・イーストマンとドクター・

ビューローだ。動機は、ミス・ヴァン・キャンプの手提げ金庫。きっとあの金庫の盗難とピッツフィールド殺害は関連があるにちがいない。彼らの次には、ジョー、チャールズ、それに運転手が挙げられる。たぶんあの高慢な看護師と運転手には強力なアリバイがあるのだろうが、ジョーが実際にふたりを目撃したわけではなく、殺人を犯した可能性は捨てきれなかった。ほかにも可能性の非常に高い人物がふたりいる。つまり、ラダムと、あの信心深い老警備員だ。これでかなり有力な容疑者はしめて十人となったが、ついでだからリチャードソンも加えておくことにした。

女性たちについては、ウールのバスローブの紐でピッツフィールドを絞め殺すには、みな力が弱すぎると断定した。

一連の思考と酒が底をついたところで、クレインはうめき声をあげながらやわらかいベッドからゆっくりと降り、しぶしぶ顔と手を洗った。傷はほとんど回復していなかったものの黒っぽく変色し、朝見たときに比べればそれぞれの色の差がなくなってきたようだ。腕時計を見る。間もなく夕食の時間だ。彼は急いで顔を洗い終え、タンスの引き出しからきれいなシャツを取り出した。やわらかなブロード地は肌に心地よかったが、襟が首の圧迫痕に当たるとまだ痛みを感じた。暗いブルーのネクタイを選び、緩めに結んだ。上着を着て、ハンカチを出そうと左上の引き出しを開けた。きっちり正方形に畳んだリネンを積み重ねた上に、白い封筒が置いてあった。表にインクでこう書いてある。

ミスター・嗅ぎ回り屋へ

クレインは注意深く封筒を手に取ってひっくり返した。裏には何も書かれておらず、封は糊付けさ

れていなかった。封筒を開けて便箋を一枚取り出した。そこにはこうあった。

おまえに少しでも分別があるのなら、すぐに荷物をまとめてここから出て行け。ここにはおまえの髪型が気に食わない連中がいて、真ん中で分けてやろうと考えている——三八口径の拳銃を使って。彼らはけっして失敗しない。盗んだ金庫を使用人棟の入口の階段の下に入れておけ。三段めの板が外れるようになっている。そこに金庫を中身ごと置きさえすれば、その後ここを逃げ出したとしても、誰もおまえを追いかけてまで手を出さない。

友人のひとりより

クレインは頭を働かせ、前に新聞紙でくるんでおいたグラスの上にその手紙を載せた。別のグラスにたっぷり酒を注ぎ、一気に飲み干す。もう一杯飲んでから、水を一杯飲んだ。けっこう気分がよくなった。

ここはくつろぐにはぴったりの場所だな、と思った。瓶をしまい、そっと廊下に出た。ちょうどミス・クレイトンが階段の近くの部屋から出て来るところだった。

「ミス・パクストンは、ずいぶん落ち着いてきたわよ」

「よかった」クレインは心からそう言った。「ブラックウッドの具合は？」

「自分の部屋で眠ってるわ」

クレインが階段を降り始めたとき、ミス・クレイトンが出て来たのと同じ部屋から、ミス・ヴァン・キャンプが現れた。ドア口で立ち止まる。

「紅茶とトーストをここへ運ぶように言っておくよ」部屋の中の誰かに向かって言った。

中から弱々しく哀しそうな声が聞こえた。ネリーだ。うめくように言う。「わたしをひとりにしないで」ミス・ヴァン・キャンプが鼻を鳴らした。「何を言ってるんだい！」そう言ってドアを閉めかけた。「すぐに誰かが食事を運んで来るから」

「わたしが持って来るわ」ミス・クレイトンはそう言うと、ミス・ヴァン・キャンプとクレインと三人で階段を降りて行った。

リビングルームでは、すらっとスタイルがよく、褐色に日焼けして鍛え上げた体格のミセス・ヘイワースが、プリント地のインフォーマルなイブニングドレスを着ていた。パチパチと燃える暖炉のそばのソファーにリチャードソンをひとりで残し、クレインのそばへ来た。

「あなたを信じてるわ」短くそれだけ言ってクレインの右手を握り、まっすぐ彼の目を見つめた。

クレインは赤面した。「ありがとう」そう言うと、足元に視線を落とした。

ミセス・ヘイワースはもう一度彼の手を握ってから、ソファーへ戻った。

リチャードソンが怒りのこもった目でこちらを凝視しているのを、クレインは意識していた。階段のほうへとって返そうとした拍子に、ミス・クィーンと衝突した。彼女の体を支えようとして、さっと腰を抱いた。

「きゃあ！」ミス・クィーンが悲鳴を上げた。その口は彼の口とほんの数インチの近さにあった。

「まあ！」彼女は息を荒げ、クレインの腕を押しのけて後ずさった。

「失礼」クレインは言った。ミス・クィーンは何も返さなかった。驚愕したように見開いた目をクレインから離すことなく、ミスター・ペニーが座っている席まで慎重に進んで行った。

いったいどうしたんだろう、とクレインは考えた。首元を確かめてみたがネクタイは一応締めてあるし、ズボンが脱げたわけでないのは見ればわかる。彼は部屋の隅の椅子に座った。ドクター・ビューローがダイニングルームのドアから現れた。「間もなく夕食ですよ」彼は、ランプの光のもとで静かに編み物をしているミス・ヴァン・キャンプに気づき、「ミス・パクストンの様子はいかがです？」と尋ねた。

「ずいぶんよくなったよ、ありがとう」羊革のようなミス・ヴァン・キャンプの両手は、集中した神経を途切れさせることなく生き生きと動き続けていた。「明日の朝にはすっかり元気になってるだろうよ」

ドクター・ビューローの大きな顔に優しさがみなぎった。「それはよかったです。気分を害されるのは当然のことですからね」と言い、背もたれのまっすぐな椅子に座った。ドクターの重みに椅子がきしんだ。ミス・クレイトンが彼の前に進み出た。

「わたし、ちょっと外しますが、戻ったらミス・パクストンに食事を運ぶつもりです」

「いいね」ドクター・ビューローが言った。「何か食べたら元気も出るだろう」

クレインは座ったまま部屋の中を見回した。ミセス・ヘイワースはまだ優しそうな目で彼を見つめている。ミスター・ペニーの小さな茶目っ気のある目には、親しみがこもっている。ミス・クィーンは、おぞましいものでも見るような目でこちらを伺っている。クレインは、黒いイブニングドレスを着て、たっぷり白粉を塗ったミセス・ブレイディーをしばらく見てから、ちらりとミス・クィーンに視線を移した。彼女は表情をこわばらせ、顔をそむけた。震えている。彼女は立ち上がったかと思うと、また座った。ウィリアム・クレインは、眉の上に冷や汗が流れるのを感じ、ハンカチを取り出そ

うとポケットに手を入れた。ハンカチがない。注目を浴びていることを意識しながら、階段を上がって自分の部屋に戻った。

廊下の寒さに気づき、どこかの窓が開いたままになっているのだろうかと思った。彼の部屋の中は暖かく、タンスからハンカチを一枚取り出した。密造酒をひと口飲んだ。ニューヨークが恋しかった。


ディナーテーブルに着くと、患者たちはとたんに生き生きとしだした。ミセス・ブレイディーは、かつて夫とともにルーイビルで最高級のホテルに宿泊したときに、そこの支配人に侮辱された話を詳細に赤裸々に話した。

「『あなた、いったい誰に向かって口を利いていると思ってるの?』」支配人に向かって言った台詞をそのまま再現していた。

支配人は、彼女たちが何者なのかは知らないと答えたらしい。

「だからきっぱりと教えてやったの。『今あなたが話している相手は、R・J・ブレイディーなのよ、この愚か者』って」ミセス・ブレイディーは、愚か者という言葉を強調するかのように、バターナイフを振った。

話は続いた。「そのときの支配人の顔を見せてあげたかったわ。『まさか、著名な競走馬愛好家の、あのR・J・ブレイディーでは?』って言うの。わたしが『まさにその当人よ』と言ったら、その後は、そりゃあ下にも置かないサービスぶりよ。三十年もののバーボンの一クォート瓶を部屋に届けさせて、気に入らなければどうぞ窓から捨ててくださってけっこうです、なんて言うの。もちろん、最初の一本は本当に窓から落としてやったわよ、冗談でね」ミセス・ブレイディーは当時を思い出して

大笑いした。「まさかそれが警察署長の頭に命中するなんて、思いもしないじゃない？」

ミセス・ブレイディーがバターナイフを手に元気よく、次々と秘話を公開するかたわらで、ウィリアム・クレインは考え事をしながら食べていた。真向かいの席にはミス・クィーンが座っていたからだ。コーンスープが運ばれたときも、炙ったチキンも、食べながらこっそりと彼女を盗み見た。トマトとキュウリのサラダの段になって初めて、まるで自転車を漕いでいるかのように、発作を起こすかのように、彼女の胸が上下しているのに気づいた。視線を上げて彼女の顔を見ると、目が合った。ミス・クィーンは青ざめた顔で立ち上がった。膝のナプキンが床に落ちる。「これ以上我慢できないわ！」彼女が叫んだ。

クレインを指さし、テーブルに体重をかけて体を揺すった。狂ったような目の上に黒い髪が落ちた。「あんたの邪悪な意図はお見通しなんだ」かすれた声で言う。「でも、あたしを誘惑しようなんて無理よ」彼女はテーブルから離れ、椅子をひっくり返し、部屋を飛び出した。よろよろと階段を上がって行く音が聞こえる。クレインは顔が赤く染まるのを感じ、口に入れたキュウリが飲み込めなかった。サラダに関心を向けているふりをしたが、ほかの者たちの視線が集まっているのを意識していた。

「彼女のことなら気にしないでください、ミスター・クレイン」ドクター・ビューローが言った。「これまでにも、似たような妄想を起こしたことがあるんです」クレインが皿から視線を上げると、ミスター・ペニーが彼の注意を引こうとしているのに気づいた。どう見ても大きすぎるチキンのかたまりを口に入れようとして見せることで、その小柄な男は、すべての女性の精神のアンバランスさを滑稽に表現するとともに、今の一件は取るに足りないささいな出来事だから気にするなと言っているのだ。恥ずかしさを抑えるようにクレインがほほ笑むと、ミスター・ペニーは嬉しそうにほほ笑み返

した。

　マリアがサラダの皿を下げているところへミス・クレイトンが台所のドアから入って来た。「ミス・パクストンにスープとトーストと紅茶を持って行ってもいいですか？」とドクター・ビューローに尋ねた。

「彼女が食べたいと思うものなら、何でも持って行ってあげていいよ」ドクターが言った。「胃袋が動きだせば、頭にばかり神経を集中できなくなるからね」

　ミス・クレイトンが言った。「ミスター・ブラックウッドの食事は、また後で運びます」

　ドクター・ビューローはそれも了承し、やがてミス・クレイトンはネリーの食事のトレーを持ってダイニングルームを通り抜けて行った。

「わたしの朝食もベッドまで運んで来てもらいたいものだわ」ミセス・ブレイディーが遠慮がちに言った。

「女をだめにする一番の早道だね」ミス・ヴァン・キャンプがぴしゃりと言った。「朝食にベッドから出て来ない、そして自分で朝食を作らないのは、ふしだらな女さ」最後の〝さ〟の発音が耳に障った。

　ミセス・ブレイディーは、ミス・ヴァン・キャンプには言い返すべきではないと承知しているはずだった。だが挑発するように言った。「わたしなんてここに来るまでは、いつもベッドで朝食を摂ったものだわ」

　ミス・ヴァン・キャンプは、持論が証明されたとばかりに言った。「それはつまり、あんたがふしだらだってことだ」

ミス・クレイトンが部屋に駆け込んできた。小麦粉のように真っ白い顔をしている。両手に血がついていた。

「どこか切ったのかい、ミス・クレイトン？」ドクター・ビューローが訊いた。

「いいえ。ああ、ちがうの！」ミス・クレイトンは怯えた目で自分の手を見つめた。「ミス・パクストンです。ミス・パクストンが、殺されてるんです」

クレインはドクター・ビューローの広い背中を追うようにダイニングルームを出て階段を上がった。時間の流れが止まったようなネリーの部屋に飛び込んだときも、ドクターのすぐ後ろにいた。

驚くほど整頓された部屋だった。化粧台の上には琥珀色の化粧品の瓶が並び、それぞれが計算されたバランスで正確に配置されていた。向かい合う壁にそれぞれ一枚ずつ、パリの風景のカラーのエッチングが対象の位置にかけてある。片方の絵には金色のカボチャを売っている市場が、もう片方は石造りの橋の下を流れるラベンダー色のセーヌ川の支流が描かれている。背もたれに茶色と白のレース編み飾りをつけた安楽椅子が、壁にあるふたつの大きな窓のちょうど中間に置かれている。床にきれいに敷いた無地の青いラグマットにはしみひとつない。ミス・パクストンはベッドに横たわっていた。不思議なほど色味のない髪をきっちり三つ編みにしたおさげが二本、枕から垂れ下がっていた。顔には、安らかで平穏な表情を浮かべている。ベッドにはしわひとつなかった。ミス・パクストンはまるきり眠っているかのようだった。その細い首に突き立てられた邪悪な短剣を除けば。猟師が使うような大ぶりの短剣で、動物の骨で作った茶色い柄《つか》がついている。この老婦人を殺すのに、彼女が愛用していた化粧品とまったく同じ色の短剣を使うとは、なかなかセンスのある犯人じゃないかとクレインは思った。

ドクター・ビューローが彼女の上に身を屈め、口元に耳を近づけ、胸に両手を当てた。「死んでいます」数秒置いて、彼は言った。背筋《せすじ》を伸ばし、両手についた血を、呆けたように眺めている。「温かい」彼は言った。「まだ温かい！」

「なんてことだ！」リチャードソンがクレインの後ろで声を上げた。「女性たちが中に入らないように、わたしが止めておこう」彼はドア口をふさぐようにクレインを見た。「彼女には、これ以上何ひとつしてあげられません」突然彼の両方の目尻にしわが刻まれたように見えた。

ドクター・ビューローが、申し訳なさそうにクレインを見た。「彼女には、これ以上何ひとつしてあげられません」突然彼の両方の目尻にしわが刻まれたように見えた。

ウィリアム・クレインは、ベッドに手のひらを当ててみた。ミス・パクストンの腕に触れた。小さく滑らかで、温かい腕だ。手の甲で短剣の感触を確かめる。骨でできた柄《つか》はひんやりとして硬かった。鋼鉄の刃は氷のように冷たかった。「そのようだな」クレインは言った。「だが、ブラックウッドはどうだろうか？」

ドクター・ビューローは、馬車馬のような勢いで走りだしたかと思うと、ブラックウッドの部屋のドアを突き破らんばかりに廊下を駆け抜けて行った。クレインが追いついたときには、ブラックウッドの部屋から出て来るところだった。

「よかった」ドクターが言った。「彼は生きています。何が起きたか、まったく知らなかったそうですよ」彼は青いサージのジャケットの袖で額を拭った。ふたりはミス・パクストンの部屋に戻った。部屋の外にはミセス・ブレイディー、ミス・クィーン、それにミセス・ヘイワースが立っていて、口々にリチャードソンを質問責めにしていた。ミス・ヴァン・キャンプと、まるで小さなフクロウのようなミスター・ペニーは、部屋の中にいた。ミス・ヴァン・キャンプは、死んだ友人の安らかな顔

を覗き込みながら、何にもならないと知りつつもベッドカバーを優しく撫でている。

「ご自分の部屋に戻られたほうがいいんじゃないですか?」ドクター・ビューローが言った。

「いやだ！　行かないよ！」ミス・ヴァン・キャンプが強い口調で言った。「あたしには、もうこの人しかいなかったんだよ」そう言うと、また艶やかなベッドカバーを撫で始めた。「一緒にいてやればよかった」

ミスター・ペニーが彼女を見守るかたわらで、ドクター・ビューローとクレインは部屋の中を調べた。おかしなところは何もないように思いながら、クレインはクローゼットの扉を開いた。中には何着ものドレスやコートやほかの衣類がきちんと整理されて並んでいた。どれも黒か灰色だ。灰色のバスローブがハンガーにかかっていたが、クレインはそのベルトを通すループの紐が、ミスター・ピッツフィールドを絞め殺すのに使われたのと同じ、黒いウールの編み紐であることに気づいた。もっとよく観察しようと、ローブをクローゼットから取り出した。どこも破れたところはなく、しっかりとしたウールの生地は擦り切れてもいなかった。黄色いラベルがついている。〈ブロックマン・ウール・ミル、ミネソタ州・セントポール〉「ふー！」クレインが言った。「ずいぶんとナフサの匂いがきついな」ポケットがどれも空っぽなのを確認し、バスローブをクローゼットに戻した。並んでいる靴を観察する。ハイヒールは一足しかなく、黒く真新しかった。クローゼットの扉を閉じたところへ、ミス・クレイトンがドクター・イーストマンを連れて来た。

「殺されたのか?」ドクター・イーストマンが尋ねた。その暗い顔は怒りに燃えていた。

ドクター・ビューローが、短剣を指さした。

「なんでこいつらを部屋の中に入れた?」ドクター・イーストマンが怒り狂った。「さっさと出て行

け」ドクター・イーストマンは胸の前で拳を握っていたが、勢いよく両腕を広げた。「出て行けと言ってるんだ、聞こえないのか?」

険しさと同時に悲しみに暮れた表情で目尻にしわを刻んだミス・ヴァン・キャンプさえも、部屋を出ざるを得なかった。クレインは自分の部屋に戻り、死体を運び出す音が階段を降りてポーチへ出て行くまで、聞き耳を立てながら待っていた。足音を忍ばせて階段の上まで行ってみると、リビングルームにまだ数人が残っていて、何か話しているのが聞こえてきた。手すりの上にのぼって手を上に伸ばす。天井の照明に手が届いた。クレインはポケットから一セント硬貨を一枚取り出すと、光っている電球を回して外し、その電球の口金の上に一セント硬貨をそっと載せた。そのまま慎重に、ソケットの中にコインを押し込むように、電球を徐々に回しながら元どおりに装着していった。最後にひと回しした瞬間、閃光が走り、建物じゅうの灯りが一斉に消えた。一階から慌てたような話し声が聞こえて来る。クレインは自分の部屋に戻ると、服を脱いでベッドに入り、一階で電気を復旧させようと無駄な努力を続けているらしい音を聞きながら、ぐっすりと寝入った。

第九章

目を覚ますと、クリーム色の日の光が部屋のふたつの窓辺に降り注いでいた。宿泊棟の外壁を伝うツタのどこかにスズメが隠れているらしく、ときどき思い出したように甲高い声で鳴いている。ハチやハエやほかの昆虫たちも、朝を迎えた窓辺の変わりようを楽しんでいるようだった。クレインは二度寝しようとしたがすっかり目が覚め、シャワーを浴びることにした。シャワーから出ると、時間をかけて着替えながら、顔の痣を確かめた。色が濃くなっている。いくつかは緑色に変色していて驚いた。内出血の痕のことを〝ブラック・アンド・ブルー〟と呼ぶことは知っていたが、〝ブラック・アンド・グリーン〟など聞いたことがない。先祖にアイルランド人がいたのかもしれない（アイルランドのナショナルカラーは緑）。いや、いないほうがいいか。

一階に降りると、暖炉の置時計は八時一分前をさしていた。早起きできた自分に拍手を送りたくなった。演繹を始めるときには、朝からすっきり目が覚めるものだ。マリアがダイニングルームで食器棚にはたきをかけていた。

「おはようございます」大きな声で彼女が言った。「朝食は何にしますかね？」

「何があるんだ？」

「メロンに、オレンジジュースに、シリアルに、卵に、ベーコンに、そば粉のケーキに、タラのつみ

れ団子に、ポテトに、トーストに、コーヒー。どれもお気に召さねえようでしたら、特別メニューも用意できますよ」

「いや、それでいい」ウィリアム・クレインが言った。

「どれのことです、ミスタ・クレイン？」

「あんたがさっき挙げたやつだよ」

「全部？」

「全部」

マリアは目を丸くした。その顔は、まるでマホガニー材のテーブルの上に陶器の皿をふたつ並べたかのように見えた。「こりゃたまげた！」大声で言った。「また恐ろしくお腹を空かせてなさるんですね」

「マリア、おれはこれから演繹法を使って重大な推理をしなきゃならないんだ。演繹法を使うと、体がどれほどエネルギーを消費するか、わかるかい？」

「すぐに用意しますよ！」マリアが言った。「まったくたまげたもんだ！」

クレインが、そば粉ケーキを重ねた上に目玉焼きとベーコン二枚を載せて、全体にメープルシロップをかけているところへ、ドクター・イーストマンが青いオーバーオール姿の男を連れてリビングルームに入って来るのが見えた。

「ずいぶん早く来られたものだな」ドクター・イーストマンが男に言った。「いつもなら電気技師が来るのに、三、四時間はかかるのに」

技師は、がっちりとした体格の中背の男だった。白髪交じりの短髪で、緑色の目は、さまざまな経

験を重ねてきた者特有の鋭い眼光を放っていた。顔じゅうが泥で汚れている。「ちょうどこの近くまで別件の依頼で来ていてね、〈デルコ〉の部品を注文しようとうちの事務所に電話したら、すぐこっちに行けって言われたんだよ」彼は工具の入った袋をドサリと床に降ろした。「修理が必要なのはこかい?」

「どこが原因なのか、さっぱりわからないんだ」ドクター・イーストマンが言った。「昨夜ここで話をしていたら、急に電気が一斉に消えたんだ。ヒューズが飛んだのかと思ったが、新しいヒューズと交換するたびに、また飛ぶんだよ。どこかで回線がショートしてるんじゃないか」

「調べてみるよ」技師が言った。道具袋の横に膝をついて、ワイヤーと工具をいくつか取り出し始めた。

「マリア」ドクター・イーストマンが呼んだ。

「はい、ドクタ」マリアはキッチンにつながるスイングドアから出てきて、クレインの後ろに立った。

「この人は電気技師だ。キッチンのヒューズボックスを見せてやってくれ」

「はい、ドクタ」

「用があるなら、わたしは向かい側の建物にいるから」ドクター・イーストマンは男に声をかけた。

「オーケー」技師はそう言って、マリアに続いてダイニングルームを抜けてキッチンに入って行った。

クレインがタラのつみれをひと口食べているところへ、技師がキッチンから出て来た。

「なかなかうまそうなものを食わせてもらってるじゃないか?」男はそう言って、照明のスイッチを二度、三度押して試した。

「おれの食べ残しなら、何を食べてくれてもかまわないよ」ウィリアム・クレインは言った。最後の

つみれをフォークで刺し、クリームソースをかけて口に押し込んだ。電気技師はその様子をうらやましそうに眺めていた。ウィリアム・クレインはコーヒーを飲み干した。立ち上がってナプキンを畳んだ。「なあ、この電気トラブルは、おれの部屋が原因じゃないかと思うんだ。読書ランプのコードがちぎれててね」

技師の男はクレインについて二階へ上がり、部屋に入った。

クレインがドアを閉めた。

「おまえ、あいつらにいったいどんなひどい目に遭わされてるんだ?」電気技師が尋ねた。

クレインが言った。「ここじゃ、拳をおとなしくポケットに突っ込んでおけない若いのを何人か雇ってるんだよ。何かって言うと、人の目を殴らずにはいられないんだ」

「ボクサー崩れってわけか?」電気技師が言った。

「それだけじゃない」クレインが言った。ほとんど空になった密造酒の瓶を化粧台の裏から取り出した。ふたつのグラスに音を立てて酒を注ぐのを見て、技師の獲物を狙うような鋭い目がきらりと光った。「おれが来てから、ふたりも殺された」

「本当かよ!」電気技師がおそるおそるグラスのひとつを指でなぞり、持ち上げ、明かりに透かしてじっくり見た。「なんで誰も警察を呼ばないんだ?」彼はひと口飲んで唇を鳴らした。「きちんと熟成させた醸造酒にまさるものはないいな」

「中身がテレピン油じゃなきゃな」クレインが言った。「この施設は、リバーモア院長のオフィスにしか電話がないし、院長はここに警察がやって来るのは感心しないらしいんだな」

電気技師は自分のグラスの中身を飲み干し、黒目がすっかり見えなくなるほど白目をむいた。「こ

この話し声を聞かれる心配はないのか?」クレインが首を振る。「じゃあ、話を聞かせてくれよ。ヴァン・キャンプのじじいが姉ちゃんから受け取ったっていう伝言には、ちょっとでも本当のことが含まれてたのか?」

「ちょっとでもだって? 実はな、そのヴァン・キャンプの姉ちゃんっていうのが部屋に小さな手提げ金庫を持ち込んでいたらしく、その中に換金可能な債券が四十万ドル分入ってたんだ。その金庫が誰かに盗まれたって言うんだよ」

電気技師は絨毯の上に膝をついて、読書ランプをいじりながら言った。「話を続けろ」彼は大げさな手つきで赤いシェードを外した。

「債券よりも重要なのは、ニューヨークにあるミス・ヴァン・キャンプの貸金庫の鍵だ。それも手提げ金庫に入っていた。その鍵と、今もミス・ヴァン・キャンプが持ってるもう一本の鍵がそろわなきゃ、貸金庫は開けられない。貸金庫のほうには、八十万ドル分の現金と宝石と債券が入ってる。で、婆さんは愚かにも、ドクターの誰かに手提げ金庫や鍵の話をべらべらしゃべっちまったんだ」

「なんてうまい話なんだ! こんなうまい話があるかよ!」電気技師はペンチを振り回した。「手提げ金庫を盗んだやつは、あとはミス・ヴァン・キャンプの持ってる二本めの鍵さえ取り上げりゃ、百二十万ドル持って南アメリカへ高飛びできるってことか」電気技師はその数字を楽しむかのように、うっとりと反芻した。

「もう一本の鍵を手に入れるには、たぶんミス・ヴァン・キャンプを殺さなきゃならない」クレインが言った。

「わかった、じゃ殺したうえでだ」

「おまえ、電気技師のわりには飲み込みが早いな。ここにいる人間も、同じことを考えているらしいんだ。それに、ここが誰にとってもけっして安全じゃないってことも、みんな感じてる。院長のリバーモアが、ブルックリンから用心棒を雇ったんだ。ジョー・カスッチオという名のガンマンだ。おれがここへ連れて来られたとき、同じ車に乗って来た」

技師はすでにランプをばらばらに分解していた。「その金庫は今、誰が持ってると思う?」

「おれの推理では、リバーモアが盗んだのを、また誰かが盗んだ」

ドアにノックがあった。クレインはボトルとグラスを摑んで化粧台の裏にしまって言った。「どうぞ」

ミス・ツイリガーが入って来た。テープをひと巻きとガーゼを何枚か持っている。床に座り込んでいる電気技師の姿を見て、急に足を止めた。何インチか鼻を上向ける。「あら、お客さんが来ていたとは知らなかったわ」

クレインが言った。「お客ってわけじゃない。電気技師だ。この部屋のランプが原因で停電したんじゃないかと言うんでね。こちら、ミス・ツイリガーだ。あんたは、ええと、ミスター……?」

「ウィリアムズだよ」技師がぶっきらぼうに言った。

ミス・ツイリガーは名前の紹介を無視した。「リバーモア院長から、あなたの傷の治り具合を見てくるようにと言われたの。ガーゼの交換の用意もしてきたわ」

「その必要はないよ」クレインが言った。「傷ならもう大丈夫だ」

ミス・ツイリガーはためらってから、ドアのほうへ戻りかけた。「お酒の匂いがする。リバーモア院長がお酒についてどう考えているかは、あなたも知ってるわね?」

「いいや」クレインが言った。「知らないね。リバーモア院長は、酒を飲むってことをどう考えてるんだ？」

「患者全員に禁酒を命じてるの。残念ながら、あなたをお酒から遠ざけるために、特別な処置をとることになるわね」

ミス・ツイリガーが去った。

「いい女だな」技師がうきうきとした声で言った。

「ほかの看護師たちもすごいんだぜ。アール・キャロル（一八九三～一九四八。アメリカのミュージカル演出家。作品の多くに肌を露出したショーガールが大勢出てくる）が経営してる店かと勘ちがいしそうだ」

「本当か、そりゃまたおいしい話だな。なんでボスはおまえにばっかりうまみのある依頼を回すんだろう？」

「ああ、おいしい話さ」ウィリアム・クレインが苦々しげに言った。「毎日一回ずつ袋叩きにされりゃいいんだから」

「そんなことで落ち込むなって、ビル。どんなに腕が立つやつだって、たまには袋叩きになるさ」技師は、自分のグラスと瓶を引っぱり出して来て、酒を注いだ。「さてと、その手提げ金庫の件だ。おまえはドクターの誰かが持ってるって思ってるんだな？」

「さっきも同じ質問をしなかったか？」

「おれの考えはこうだ。たぶん金庫を盗んだのはリバーモアだが、彼の手元からまた盗まれた。やつはそれを取り戻したがってる。だからガンマンを雇った。一方、そのもうひとりの医者は、ニューヨークの貸金庫にある大金の話を聞きつけ、ヴァン・キャンプが持ってるもう一本の鍵を狙ってる」

クレインが言った。「それか、リバーモア自身が婆さんからもう一本の鍵を盗もうとしているかだ。すでに一本めの鍵を自分で持っているから、あるいは鍵を持っているやつと交渉するために。その後で、そいつをあの安っぽいガンマンに始末させるんだろう」

「なるほど。それで、殺されたふたりってのは何者だ？」

「ピッツフィールドという男が、おれがここへ来た次の夜に絞殺された。昨夜、誰かがネリー・パクストンって婆さんにナイフをぶっ刺した。ふたりともここの入院患者で、ミス・ヴァン・キャンプと親しかった」

「その殺しを、やつらは誰に押しつけようとしてるんだ？」

「たぶん、おれじゃないかな」

「どうする？」

「どうもしない」

「おれから保安官に電話しとくよ」

「それはいい考えだな。待て、帰る前に、おまえにこれを渡したかったんだ」クレインは新聞に包んだグラスを出して来た。「グラスに指紋がついている。ここで働いている元受刑者のものだ。やつの前科と、ほかにも掴める限りの情報が知りたい。ファーストネームはチャールズ。たぶんニューヨーク出身だと思う」

例の手紙も渡すと、技師は素早く目を通した。「おまえ、ここのみんなに嫌われてるようだな」

「そうでもないぜ」クレインが言った。「とにかく、ドクター・オーウェンに手紙を調べてもらってくれ。ドクターなら、それを書いた人物について何かわかるはずだ。筆跡鑑定は得意だから」

「オーケー」技師が言った。「もう一杯飲んでいいか?」

クレインがグラスの片方に酒を注ぎ、もう片方に残りを空けようとしていたところで、急に体をこわばらせた。瓶を置き、ドアに駆け寄って素早く開けた。廊下には誰もいなかった。

「えらく神経質じゃないか」技師が言った。

「こんなところに放り込まれちゃ、神経質にならないほうがおかしい」クレインはまたグラスに酒を注いだ。「おまえは頭がいかれてるんだって、思い込ませようとしやがるんだからな」

「そりゃ大変だな」技師がグラスを揚げた。「乾杯」ふたりはグラスを傾けた。

技師は「これを見ろよ」と言って、道具袋の中から、ヒューズがついた赤く太い棒状のものを引っぱり出した。「おれは今トム・バーンズと一緒に、この丘の一マイルほど先に駐めた旅行用トレーラーで寝泊まりしてる。〝大佐〟のアイディアさ。おまえが窮地に立たされたときのために、すぐ近くで待機していろって。そして、どうやらおまえは思いきり窮地に立たされている」

クレインは、おそるおそる赤い棒を手に取った。「これは何だ?」

「ローマ花火だ。ものすごい爆音を上げて空高くのぼり、何発も爆発する。半径数マイル内なら聞こえるはずだ。おれたちの応援が必要になったら、それを打ち上げろ。すぐに駆けつけてやる」

「〝大佐〟のアイディアはいつも大したもんだよな」クレインが言った。「じゃ、おれがどこかに閉じ込められたら、お友だちに連絡したいんでローマ花火を持って来てくれって見張りのやつに頼めばいいわけだな? じゃなきゃ、どこに行くにもこいつを持ち歩けと。一番いいのは、常に口に突っ込んでおくことだろうな、パイプを吸うふりをして」

技師はうろたえる様子もなくにやりと笑った。「〝大佐〟のアイディアだからな、おれたちは従うま

でだ」道具袋を片づけ始めた。「〝大佐〟のアイディアは、本当、いつも大したもんだよ。おまえが停電を起こすことも、おれたちが電話を盗聴しながら修理が呼ばれるのを待つことも、全部〝大佐〟のアイディアじゃないか。おかげでこうして潜り込めた」彼はドアに向かった。「明日か明後日にまた来るよ」

クレインが言った。「帰る前に、電気を直して行ってくれよ」

「どんな手を使ったんだ?」

「階段の上の電球のソケットに一セント硬貨を突っ込んでおいた。電球を外してから、下でヒューズの交換をすれば終わりだ」

「おまえ、頭がいいな」技師はウィリアム・クレインを大げさに持ち上げた。「そうだ、誰に殴られたんだって?」

「初めの夜は、警備の男たち。昨夜のは、誰だかおれにもわからない」

「心当たりは?」

「いくらでもある。たぶん、さっき渡した手紙を書いたのと同一人物じゃないかな。別人だとしても、どっちのやつもおれが金庫を盗んだと思っていて、さらにはおれから取り上げたいと思っている」

技師はクレインの顔をじっくりと眺めた。「ずいぶん芸術的な腕前を発揮してくれたもんだな」首を傾け、片目を閉じてさらに眺める。「配色が絶妙だ」

「馬鹿言うな」ウィリアム・クレインが言った。「おまえ、酔ってるだろう」

「もっと色を足してもいいぐらいだ」技師はまだ言っている。「酒も、まだまだ飲んでもいいぐらいだ。残念ながら、もう空っぽだけどな」

クレインは、新しい酒瓶を化粧台の裏から出してみせた。

技師は、抱えていた道具袋を再び床に置いた。「おまえがどうしてもって言うんなら……」彼はもう一杯飲むことにした。タンブラーになみなみと注いだ。クレインもう一杯飲んだ。それからふたりはそろっておかわりをした。

「さっきここに来た美人さんは、夜はどこで寝るんだ?」技師が言った。

「知らない」

「何だって! 三日もここにいて、あの女がどこで寝てるか知らないのか?」自分が道具袋をどこに置いたかわからなくなっていた技師が、ようやく見つけだして言った。「ずっとひとりで何をやってたんだ?」一歩ずつゆっくりとドアに近づき、ノブに手をかけた。「そうだよ、いったいひとりで何を、やってたんだよ?」

ウィリアム・クレインが言った。「ここの読書ランプは直してくれないのか?」

「自分で直せ」技師が言った。「忘れるなよ。おれたちの応援が必要になったら、花火に火をつけろ。どっちにしても、二日後にはまた来るけどな」ドアを開け、廊下に出て行った。

その数分後、ばらばらになったランプを元通りに組み立てていると、廊下から電気技師の声が聞こえてきた。「こういう田舎は照明用の配線がひどくてね」明らかに一階にいる誰かと会話をしているらしい。「すぐに壊れるんだ、まったく!」

無言が続いた後、何かがどすんと落ちる音と、電球が割れる音がした。くぐもった声で悪態をついているのが聞こえる。

「おい! 下にいるあんた」技師が突然大声で呼びかけた。「新しい電球を持って来てくれ。こいつ

はひどい不良品だった」

　廊下でドアがいくつも開く音がして、クレインは一階から聞こえる話し声から、人が集まって来ているらしいと推測した。少しして、誰かが階段をのぼって来た。

「そうそう、この電球だよ」技師は集まっている群衆と、誰かは知らないが電球を届けてくれた人物に向かって断言した。「これですぐにすっかり直してやるからな、あんた」

　どうやら技師が話している相手はリバーモア院長ではないかとクレインは思った。

「おーい」技師が大声で叫ぶ。「下にいるチンピラどもの誰でもいいから、そこのヒューズボックスに新しいヒューズをつけてくれ」

　また少し沈黙が流れた後、クレインの部屋の電気が白い光を放った。

「ほらな！　ほらな！」技師が喜びの声を上げている。「このウィリアムズ様に直せなかったら、誰にも直せないってなもんだ」

　クレインは、技師が大威張りで階段を降りて行く足音、報酬の額で短く揉めた末に粘り勝つまでのやり取り、そして外に出た彼が大きな声で馴れ馴れしく聴衆に別れを告げる声を聞いていた。ようやく、咳き込むような金属音を上げげつつ、車が唸り音とともに私道を出て行き、クレインの窓から見える丘に向かって坂をのぼって行くのが聞こえた。怖いほどの静寂が建物にゆっくりと戻る中で、クレインは黒い旅行用の車が砂利道のカーブにさしかかるたびに見え隠れする様子を見送っていた。

　すっかり暖かくなっていた。鳥の鳴き声は、時おりあちこちでピヨピヨと聞こえる程度に減っていた。いい天気になることはまちがいなく、いたずらな風すら吹いていなかった。クレインが噴水の水面に映った空に見惚れていると、庭園の北側の林に向かってぶらぶらと歩いて行くリバーモア院長と

ミス・エヴァンズが、ちょうど噴水の前を通りかかった。いったいどういう冶金の賜物なのか、ミス・エヴァンズの髪に反射した太陽の光は真っ白だった。彼女は猫のように体をくねらせて歩いていたが、そこに女らしさは感じられなかった。リバーモア院長は彼女に熱心に語りかけている。ふたりを興味深く観察していると、驚いたことにドクター・イーストマンが建物の角から出て来て、用心深く迂回しながら、ふたりの後を追い始めた。不機嫌な表情だ。クレインの胸に、ドクター・イーストマンに対する嫌悪感が湧いてきた。

「やあ、ドクター！」窓から呼びかけた。「なかなかいい天気だと思わないか?」

ドクター・イーストマンは驚いてクレインを見上げた。返事はしなかったが、くるりと向きを変えて、出て来たばかりの角を曲がって姿を消した。クレインは小さな声で笑って、また酒を飲もうと窓辺を離れた。化粧台の前で酒を注いでいると足元がふらついた。鏡に映った自分に向かってウィンクをする。まったく上等の酒だ。

第十章

昼食のテーブルに現れたクレインは、楽観的思考と酒のおかげですっかり上機嫌だった。すでに席に着いている何人かに向かって「今日はまったく気持ちのいい日だな」と大きな声で挨拶をした。

いつものようにテーブルの上席に座っていたリバーモア院長はそれを聞いてうなずき、「秋というより、夏のような日和ですね」と司祭のような口調で言った。

「〝インディアン・サマー（十月頃の暖かい日の呼び名。小春日和）〟というやつだな」クレインが言った。

「〝聖マーティンズ・サマー（インディアン・サマーと同意）〟ですよ」リバーモア院長が言った。

「いや、〝聖ラファエルズ・サマー〟だ」クレインが言った。

テーブルの反対側の席でトーストにバターを塗っていたミス・ヴァン・キャンプが、陰気な声で言った。「次は誰だろうね」

「〝聖クリストファーズ・サマー〟だ」ウィリアム・クレインが言った。

ほかの者たちはクレインをちらちらと盗み見ていた。おそらくはミセス・ヘイワースとミスター・ペニーは例外として、誰もが急に自分によそよそしくなっていることに、突然クレインは気づいた。彼の冗談を面白がってくれていないことは確かだった。ミス・ヴァン・キャンプが怖い顔をして、彼を毛嫌いするような目つきで見た。

「今はふざけていいときじゃないよ」彼女が言った。「この中に、殺人犯がいるんだから」

ミス・クィーンが言った。「わたしたちの誰かが、次に殺されるかも知れないのよ」クレインに視線を向けないようにしている。

オレンジのワンピースを着たミセス・ブレイディーの顔は、無表情で生気がない。「何か手だてはないのかしら？」彼女はリバーモア院長に向けて言った。

「警察を呼んでくださらないの？」ミス・クィーンが言った。

「絶対に警察には知らせるべきさ」ミス・ヴァン・キャンプが言った。咎めるような声だったが、説得力はあった。

リバーモア院長が髭でくぐもった咳をした。「それは絶対にできません」指先でトーストをちぎった。「ドクター・イーストマンとわたしとで、状況をしっかり掌握できています」

敗北感が漂う沈黙に包まれ、クレインは患者たちに対する同情がふつふつと湧いてくるのを感じた。

「なあ」彼は言った。「あんたたち患者はみんな事件とは無関係だ。ドクターには犯人である可能性があるが」

リチャードソンが口を挟んだ。「犯人はブラックウッドなんだろう」

「ああ、主人さえここにいてくれたら」ミセス・ブレイディーが言った。目を潤ませ、全身がわなわなと震えている。

クレインが言った。「ブラックウッドがやったんじゃない。あんたたちでもない。それはもうわかってるんだ」

「あんたにはお見通しだろうとも」リチャードソンが言った。「なにせ、あんたはかの名探偵、C・

オーギュスト・デュパンなんだから。それなら、誰がふたりを殺したのか、聞かせてくれよ」

「わからない」

「じゃあ、どうしてブラックウッドじゃないって言いきれるんだ?」

「ミスター・リチャードソン、お願いします」リバーモア院長が言った。「推理の話でミスター・クレインを興奮させないでください。彼なりの思いつきをつぶさないであげてください」

クレインが言った。「おれなりの思いつきとやらは、適切な時期が来るまで胸の中にしまっておくことにするよ」

「ミスター・クレインは、犯人を捕まえようと思えばきっと捕まえられると、わたしは信じているわ」ミセス・ヘイワースが言った。クレインは疑わしそうな目を向けたが、彼女は目に同情の色を浮かべてほほ笑みかけてきた。リチャードソンは急に怒りに火がついたかのように座っていた椅子をガタンと引いた。

「それはありがとう」クレインが言った。

ミセス・ブレイディーが両手でドレスの襟元を引っぱり始めた。「犯人はミスター・ピッツフィールドの首を絞めたの。そして今度はわたしの首を絞めようとしているのよ」そう言うとよろよろと立ち上がり、不安定な足取りで部屋から走り去った。

昼食のあいだじゅう、ミス・ヴァン・キャンプとミス・クィーンは緊張し、怯えていた。食事が終わると、ふたりはそろって席を立った。クレインは、彼女たちが怯えるのも無理はないと思った。酒の効き目が薄らいできた今、彼自身もそれほど気を大きく持てなくなっていた。

ミスター・ペニーも女性ふたりに続いて出て行くところだった。元気がない。クレインにウィンク

しようとしたのだが、不安がないところを見せようとしたのなら、失敗としか言えなかった。

「ブラックウッドはどこだ？」クレインはリチャードソンに尋ねた。リチャードソンはミセス・ヘイワースと席を立つ準備をしていた。

「まだベッドから出て来ないんだよ」リチャードソンが馬鹿にしたように言った。「あの腰抜けめ！急病とやらが治った際には、ドクターたちがどんな手を使ってでも真実を白状させるだろうと、あいつもわかってるんだ」ミセス・ヘイワースを出口までエスコートしたが、彼女は足を止めた。

「ねえ、ミスター・クレイン、あなた、主人にとても似てるわ」茶色い目でじっと見つめてくる。

「それは知らなかったな」クレインは礼儀正しく返事をした。ミセス・ヘイワースは不満そうな顔で背中を向けると、リチャードソンを引っぱるように部屋から出て行った。

リバーモア院長が神経質そうな指先を緑色のフィンガーボウルに浸けているところへ、ドクター・イーストマンがリビングルームから入って来た。「保安官が来てる」さらりと伝えた。

リバーモア院長がいきなり立ち上がった。手を拭くのも忘れている。

「リバーモア院長はどこだ？」深みのある低い声が響いてきた。

院長はリビングルームに向かった。持っていたナプキンを背中に隠した。

「保安官のピーター・ウォルターズだ」深い声の主が言った。「こっちは息子のクリフ。この丘の上で、何かトラブルが起きたと聞いて来たんだが」

リバーモア院長がリビングルームに一歩入ったところで立ち止まったので、ウィリアム・クレインの位置からは彼の後姿が見えていた。

「おふたりとも、どうぞおかけください」リバーモア院長が尻ポケットに突っ込んだナプキンが、収

まりきらずにはみ出して垂れていた。「同僚のドクター・イーストマンとはもうお会いになったようですね」

「ああ、会ったとも」ウォルターズ保安官が熱を込めて言った。「最初はなかなか中に入れてくれなくてね。だが、ちゃんと話はつけた」

ドクター・イーストマンが言った。「あれは単なる誤解だったんですよ」

「そうだろうとも」ウォルターズ保安官が言った。「それで、ここで起きたトラブルというのはどうなった?」

「どんな話を聞いて来られたんですか?」リバーモア院長は如才なく話を進めた。

「何でも、ピッツフィールドって男がどうかしたって話だ。ピッツフィールドという名の患者はここにいるのか?」

「ええ、いました。でも亡くなったのです」

「そうか、わたしもそう聞いて来た。それで、その死に方に不審なところはなかったのか?」

「正確に言えば、たしかにありました。別の患者に首を絞められたのです」

「それなら、殺人じゃないか」保安官が厳しい声で言う。その声から、大柄な男だと想像できた。クレインは直接見てみたいと思った。「知ってると思うが、殺人と知りながら通報を怠ったとなれば、あんたも共犯とみなされるぞ」

ドクター・リバーモアの声に焦りが感じられた。「ですが、ウォルターズ保安官、やった本人に悪意はなかったのです。警察に通報する必要があるとは思えません。犯行は、そもそも犯行と呼べるかもわかりませんが、精神障害のある男によって行われたのです。罰することはできません」

「まあ、あんたと揉める気はないからね、リバーモア院長、その件については聞かなかったことにしてもいいんだが、もうひとつの死亡案件はどうだ?」

リバーモア院長の背筋《せすじ》が伸びるのが見えた。「もうひとつの死亡案件?」

「女性だよ。ミセス・ハックストーンとかいう」

どうやら保安官に電話をかけたときには、ミスター・ウィリアムズの酔いが残っていたにちがいない。

「ああ」ドクター・イーストマンが言った。「ミス・パクストンのことですね」

「名前はよくわからないが、ここで殺された女性はいるのか、いないのか、どっちだ?」

「います」リバーモア院長が弱々しく答えた。

「殺したのは誰だ?」

「わかりません。おそらく、別の患者かと」

「別の患者かもしれないと言うのか?」保安官の声は鋭かった。「ニューヨーク州の州法は知ってるのか、リバーモア院長?」

「多かれ少なかれ」

「自然死と証明できない死に遭遇した際は、必ず検視官に通報しなければならない。知らないのか?」

「知っています」

「知っていながら、通報しなかった。あんたは重大な違法行為を二件も犯したんだ、わかってるのか?」

「たしかにそうですが、でもこれには――」

「まあ、いい。あんたを逮捕するほどのことじゃないだろう」保安官の声には、どこか親しみが感じられた。「最初の殺人は、誰がやったと考えてるんだ?」

「きっとミスター・ラダムの仕業です。ときどき、ひどく狂暴になるのです。ピッツフィールドの死体が発見された直後、外をうろついているのを発見しましたから」

「なるほど! それで、もうひとりの女性のほうは?」

「すみませんが、ちょっと待ってください」ドクター・イーストマンがやわらかい口調で割り込んだ。「今の話に異議があります。わたしはどちらの殺人も、同一人物の犯行だと考えています」

「誰がやったんだ?」

「わたしがお話しする前に、ご自分で患者たちから話を聞いてみてください。わたしの意見で、保安官に先入観を植えつけたくありませんから」

「じゃ、患者の誰かだということだな?」

リバーモア院長が口を挟んだ。「ええ、そうです。犯人は患者にちがいありません。ここの従業員は、患者を殺しても何の得にもなりませんから」

「なんとも捜査のしがいがありそうな事件だな」ウォルターズ保安官が言った。「殺人犯を捕まえても、精神障害を理由にすぐに釈放しなくちゃならないとは」含み笑いをした。「どのみち保安官というのは、いくら事件を解決したところで、何の褒賞も出ないがね」

「保安官というお役目が、楽しいことばかりじゃないのはお察しします」リバーモア院長が言った。「そんなに悪いものでもない。それで、患者たちと話をさせてもらえるのか?」

「どうぞ。この部屋へ呼んで来ましょうか?」

「ああ、ここでいい」

ドクター・イーストマンがリバーモア院長に近づき、クレインの視界の中に入って来た。上体を屈めてリバーモア院長に何か耳打ちし、院長も熱心にうなずいている。ふたりが並んで立っていたところへ、網戸が勢いよく閉まる音が聞こえた。

ミス・ヴァン・キャンプが入って来たのだった。「ちょっと失礼。たしかここに編み物を置いて行ったと思うんだけどね」と言う声が聞こえてきた。

「この可愛らしいご婦人がたも、ここに入院しているのか?」保安官が尋ねた。

リバーモア院長が言った。「ミス・ヴァン・キャンプは一年以上ここにいます。ミス・ヴァン・キャンプ、こちらはウォルターズ保安官ですよ。そして、もうひとりはうちの看護師長のミス・エヴァンズです」

ウォルターズ保安官がつけ加えた。「そしてこれは、わたしの息子のクリフだ」

「よろしく」やる気のない声でクリフが言った。甲高い声だ。

「今からミス・ヴァン・キャンプの髪をシャンプーしに、二階の蒸し風呂へお連れするところだったんです」ミス・エヴァンズが説明した。きれいな声だ。

「このふたりから始めてかまわないか?」保安官が訊いた。「非常に知的な人たちとお見受けする」

「かまいませんよ」リバーモア院長が言った。

「ミス・エヴァンズ」ウォルターズ保安官が言った。「ここで何が起きたのか、あなたには何か考えがあるかい?　つまり、今回の——その——連続死について」

ミス・エヴァンズが言った。「全然わかりません」

「ふたつの事件が起きたとき、あなたはどこに？」

「ミスター・ピッツフィールドが殺されたときは、ミス・クレイトンと一緒にラジオを聞いていました。昨夜は、使用人棟にいました」

ドクター・イーストマンが補足した。「昨夜というのは、ミス・パクストンが死んだときのことです」

「昨夜は、誰かと一緒にいたのか？」保安官が言った。

「残念ながら、ひとりでした。チャールズなら見かけたんだけど。チャールズはわたしと廊下ですれちがった後、男性用のバスルームへお風呂に入りに行くところでした。一時間ぐらい入っている音が聞こえていたわ」

「それで、あなたが提供できる話はそれだけかい？　今回の――その――連続死について」

「わたしが知ってるのは、それだけです」

「そうか、どうもありがとう、お嬢さん」保安官の声は、やけに親しげに聞こえた。「それなら確実にあなたは容疑を外れる――それにそのミス・クレイトンとチャールズとやらも。彼が何者かは知らないが」

「使用人のひとりです」ドクター・イーストマンが言った。

「さて、こちらのご婦人にも伺おう」保安官の口調が、妙に優しくなった。「あなたなら、ふたつの恐ろしい事件について、何かお話ししてくれるんじゃないかな、ミス・ヴァン・キャンプ？」

ミス・ヴァン・キャンプが言いかけた。「当然――」

「わたしはもう失礼していいですか?」ミス・エヴァンズの声がさえぎった。「やらなきゃならないことが、たくさんあるんです」

「ああ、もちろんだとも、お嬢さん」保安官が言った。「もっとも、あなたがいなくなったら寂しくなるがね、そうだろう、クリフ?」

「そうだね」とクリフが言った。

網戸が閉まる音がして、ミス・ヴァン・キャンプが話し始めた。「やっと警察に通報してくれたんだね。あたしには話したいことがいっぱいあるんだよ」早口でまくしたてる。「ミスター・ピッツフィールドもミス・パクストンも、あたしの友人だった。友人は、あのふたりだけだった。彼らを殺すことで、犯人はあたしの鍵を盗もうと狙ってるんだ」

「鍵というのは、何のことですか?」保安官が訊いた。

「手提げ金庫に入れてた鍵だよ。金庫を盗まれたとき、中に入ってた鍵まで盗られたんだ」

保安官が混乱したような声で訊いた。「金庫?」

「その金庫には、四十万ドル入ってた」ミス・ヴァン・キャンプはきびきびと話している。「誰かがあたしの部屋から金庫を盗んだ。そして今度は、あたしを殺そうとしてるんだよ」

声が震えている。

保安官はきっとふたりのドクターをちらりと見たにちがいない。ドクター・イーストマンが自分のこめかみのあたりを指さして、意味ありげに首を振ってみせた。

「ミス・ヴァン・キャンプ、おかげでたいへん助かりましたよ」ウォルターズ保安官が言った。「殺されるなんて心配は無用です。われわれは、あなたを守るためにこうして来たんですから。そうだな、

クリフ?」

「そうだね」クリフが言った。

ミス・ヴァン・キャンプが言った。「でも、金庫――」

「この施設のどこかにあるのなら、きっとわれわれが見つけますよ」保安官が言った。

クリフが言った。「そうだね」

ミス・ヴァン・キャンプが苦々しく抗議しながら部屋を去ると、保安官はほかに誰から話が聞けるのかと尋ねた。「もっと常識のあるやつを呼んでくれ」彼は言った。「あんなに頭がいかれていては、さっぱり話がわからないからな」

「おっしゃるとおりです」リバーモア院長が言った。

「徹底的に真相を追求するぞ」保安官が断言した。「クリフ、タイとトムに外で待ってろと伝えてくれ。このドクターに別の証人を連れて来てもらって話を聞くから」

しばらくして、ドクター・イーストマンがリチャードソンを連れて来た。

「ほかの患者たちには、順番に呼ばれるまではそれぞれの部屋でひとりで待機しているように言っておきました」ドクター・イーストマンが言った。「口裏を合わせられては困りますからね。看護師をひとり、廊下に見張りに立たせています」

「よく考えが回るな」保安官の低い声が響いた。「クリフはどこに行った? おい、クリフ! 頭のいかれてるのがもうひとり来てるんだ、話を聞くぞ」

「わかった、すぐ行くってば、パパ。外でタイと話してただけだよ」不機嫌そうに網戸を閉める音がした。

ウォルターズ保安官が言った。「あなたの名前は?」

「リチャードソンだ」

「住まいは? いや、つまり、施設のどこに寝泊まりしているんだい?」

「この建物の南翼に部屋がある。ミス・ヴァン・キャンプの部屋のすぐ近くだ」

「今回の犯罪について、何か知っていることはあるかな?」

「何も」リチャードソンはむっとした声で言った。「ただ、誰の仕業か目星はついてる」

「誰の仕業なんだ?」

「ブラックウッドという患者だ」

リバーモア院長が言った。「ブラックウッドはどちらの事件にも関係していないと、わたしは確信しています」

「あんたが何を確信しようと、どうでもいいんだ」保安官が言った。「今はこの人の話が聞きたい」

ウォルターズ保安官は咳払いをした。「ブラックウッドがふたりを殺したと思う根拠を聞かせてくれないか?」

「彼にはその機会と動機があったからだ。ピッツフィールドを殺したのは、憎んでいたからだ。ふたりはいつもけんかしていた。それから、ミス・パクストンを殺したのは——それは——彼女のことも嫌っていたからだ」

「どう思う、ドクター?」保安官が尋ねた。

ドクター・イーストマンが答えた。「彼の言うことはちがうと思います」

「リチャードソン、初めの事件の発生当時はどこにいた?」

「ミセス・ヘイワースと一緒だった。彼女が裏付けしてくれる」

「おい、クリフ」

「何？」

「今のを書き留めておけ」

「うん」

「話はわかったよ、リチャードソン。ブラックウッドがやったという可能性を調べてみよう」

「やつを逮捕しないのか？」

「今のところ、逮捕はしない」

がっかりしたようなリチャードソンの重い足音が遠ざかって行った。

ウォルターズ保安官が言った。「別の男を呼んで来てくれ。女たちはデザートに取っておこう」また小さく笑った。

「それならミスター・ペニーという患者ですが、彼は口を利かないのです」

「どこか悪いのか？」

「耳は聞こえますが、まったく話しません。四年前にここに来てから、ほとんど一度も声を発したことがないのです」

「じゃあ、役に立ちそうにないな。次は誰から話を訊くのがいいかな？」

「ミス・クィーンがいいと思います」

「わかった。連れて来てくれ」

ドクター・イーストマンがまた部屋を出て行った。

「ねえ、パパ」クリフが言った。「狂った連中から話を訊いて何になるのさ？　供述をとっても、どうせ法廷じゃ使えないんだろう？　証拠能力に欠けるからって」

「いいじゃないか、クリフ」保安官が言った。なだめるような声だ。「この事件の真実を突き止めなきゃならないんだ。狂人の誰かひとりが連続殺人を犯したのなら、狂人全員に会ってみなきゃ、どのひとりか決められないだろう？」

クリフが言った。「それなら、従業員を調べたほうが話が早いよ。入って来たときに見かけた看護師たちに、おれが話を訊いて来ようか――」

「おまえはわたしのそばを離れるな。看護師には、後で一緒に話を訊こう」

階段を降りて来る足音がした。

「こちらはウォルターズ保安官だよ、ミス・クィーン」ドクター・イーストマンがクレインの狭い視界の中に入って来て、リバーモア院長の隣に座った。

ウォルターズ保安官が言った。「ミス・クィーン、今回の殺人について知っていることを話してもらえたらと思うんだが」

「ああ、保安官さん、とても悲劇的な出来事だわ。とても話なんてできそうにないの。今日は元気で幸せそうだったふたりの人間が、あくる日には――死んでしまったのよ。恐ろしい話だわ！　ミセス・ブレイディーが言っていたように、次はわたしたちのうちの誰が死ぬのかしら？」

「落ち着いて、落ち着いて、ミス・クィーン。大丈夫だよ。あなたたちを守るために、われわれはこうして来ているんだ」

「ああ、保安官さん」ミス・クィーンの声は、パイプオルガンのトレモロ用ストップを引いたかの

ように震えだした。「わたしたち女どもには、あなたのように立派で頼もしい男性の助けが必要なの。わたしたちがここで、どんなひどい目に耐えてきたことか」

「ミス・クィーン！」保安官はまんざらでもないような声で言った。「たしかにわたしは男の中の男だと言われてはいるがね。安心なさい。事件について知っていることさえ話してくれれば大丈夫だ」

「誰がやったか、たぶん知っているわ」ミス・クィーンは、いかにも重要な情報だというように声を落とした。「最近来たばかりの人よ」

「それは誰だい？」

「ミスター・クレイン。あの人が来るまでは、何もかもがうまく行ってたんですもの。それに、ひどく変わった人なの。わたしを見るあの目つき。次はわたしを殺そうと狙っているにちがいないわ」

「そのクレインというのは何者だ？」

「患者です」リバーモア院長が言った。「三日前に来たばかりです。しっかりした身元紹介を経ているのですが」

「どこが悪いんだ？」

「まだはっきり診断できていません。妄想癖があります。自分が名探偵だと思い込んでいるのです。信じてもらえないと、かなり乱暴になる傾向があります」

保安官が言った。「ミス・クィーン、どうして彼が殺人に関わっていると思ったんだね？」

「ミス・パクストンが殺されたとき、ミスター・クレインは二階へハンカチを取りに行っていたわ。簡単に彼女を殺せたはずだし、かわいそうなミスター・ピッツフィールドが殺された夜、ミスター・クレインを廊下で見かけたって、ミスター・ブラックウッドが言っていたからよ」

「ふむ」保安官が考え込んだ。「なかなか疑わしいな。だが、動機は?」

ミス・クィーンが推理した。「ひょっとすると、殺人事件を解決する役回りを楽しみたくて、自分で事件を起こしたんじゃないのかしら?」

「わたしが怪しいと睨んでいるのも、クレインです」ドクター・イーストマンが言った。「ここに来てからというもの、不審な行動ばかりしていました」

「ミセス・ブレイディーも、ミスター・クレインの情報を持っているみたいよ」ミス・クィーンが言った。「彼女にも訊いてみたらいいと思うわ」

「ミセス・ブレイディーを連れて来てくれ」ウォルターズ保安官が命じた。

「わたしが呼んで来ます」とドクター・イーストマンが言った。

階段を駆け上がる足音のしばらく後に、ドアを叩く大きな音がクレインの耳に届いた。

「ミセス・ブレイディー、一階でお呼びだ」ドクター・イーストマンの声が筒抜けになっている。

また沈黙があった。ドクター・イーストマンは再びドアを大きく叩き始めた。

「ミセス・ブレイディー? 聞こえないのか?」

ミス・ツイリガーの声も混じって聞こえた。「ミセス・ブレイディー、下に降りてきてほしいそうよ」ドアのノックの音も倍になった。

リバーモア院長が言った。「部屋の中にいるのはまちがいありません。昼食の途中で席を立って部屋に戻ったのですから。外には出られませんし」

ミス・クィーンがリビングルームの中の、ウィリアム・クレインから見える範囲内へと歩いて来た。

リバーモア院長の前で祈るように両手を組んだ。面長の顔は悲嘆に暮れている。

「死んでるんだわ」彼女が言った。「きっと、死んだのよ」

保安官が言った。「そんなことを言うもんじゃないよ、ミス・クィーン」

二階の騒音はますます大きくなっていた。誰かがドアを蹴っている。

「ミセス・ブレイディー」ドクター・イーストマンが大声で呼んだ。「起きろ」

ドクター・イーストマンが、またドアを開けさせようと声をかけた。

「ミセス・ブレイディー！　中にいることはわかってるんだ」

「すごい声だな」クリフが言った。「あいつならささやくだけで、郡主催の〝豚の呼び寄せコンテスト〟に優勝できそうだ」

「よせ、クリフ」保安官が言った。

「おーい、リバーモア院長」ドクター・イーストマンの声が階段の上から響いてきた。**「合鍵を持ってないか？　ミセス・ブレイディーが眠っているらしいんだ。ドアを開けなきゃどうにもならない」**

リバーモア院長もこの馬鹿騒ぎに参加することにしたらしい。

「今すぐ持って上がります」

ダイニングルームの窓がビリビリと震えた。

リバーモア院長が立ち上がって保安官にお辞儀をした。「ちょっと失礼してもかまいませんか？」

ミス・クィーンにも会釈をしてからドアへ向かったが、ポーチから重々しい足音が聞こえてきて立ち止まった。網戸が勢いよく閉まる音がして、はあはあと息を切らした呼吸音がリビングルームに響いた。

「大変です、保安官」聞き覚えのない男の声が、あえぐような息の合間に言った。「庭に面した窓か

ら、裸の女が飛び降りようと……」最後までもたずに男の声が消え入った。

「何と言った?」

「女が……窓……飛び降り」

クリフが訊き返した。「裸の女?」

「素っ裸です」

クリフは駆け足で庭に飛び出して行った。

「きっとミセス・ブレイディーです」リバーモア院長が言って、両手を握り合わせた。

「誰だろうとかまうものか」ウォルターズ保安官が言った。「とにかく誰か下で受け止めろ」

「タイが外で待機していますが」見知らぬ声の主が言った。「でも、とても受け止められそうにありません。かなり太った女です」

ウォルターズ保安官が言った。「行くぞ! 現場に行って、なんとか思い留まらせないと。すでに飛び降りていなければの話だが」

ミス・クィーンを含めた一行は、外の庭にいるというタイとクリフの元へ急いだ。クレインも後からついて行った。

第十一章

庭では、クリフと、無精ひげで赤ら顔の、喉仏が飛び出した背の高い年配の男とが、頭上を見上げていた。彼らの上方にはツタに縁どられた窓があり、ミセス・ブレイディーが窓台の上に立っているのが見えた。彼女に関する報告は正確だった。本当に全裸だったのだ。後ろ手に窓枠の上部を摑み、これからプールの飛び込みをしようと構えるかのように、大きく外へ上体を乗り出している。空高くのぼった太陽が、彼女の白い肌に模様をつけるようにツタの葉の影を落としている。彼女の表情は落ち着いており、髪に飾ったダイヤモンドとルビーのピン留めが光っていた。

「奥さん」保安官が叫んだ。「飛び降りちゃだめだ。もう大丈夫だから」保安官はがっちりとした体格の男だった。コバルトブルーの瞳に、嚙み煙草の汁がしみ込んだ黄色い口髭、インディアンのお守りであるヘラジカの歯をぶら下げたベスト、それに大きすぎるズボンといういでたちだ。

彼の呼びかけがミセス・ブレイディーの耳に届いた様子は見られなかった。彼女の顔には何かしら謎めいた、穏やかな満足の表情が浮かんでいる。ひょっとすると、注目を集めているという満足感かもしれない。だがその表情は、再びノックの音が始まったとたんに一変した。驚愕した目つきで、窓の上からさらに身を乗り出す。

「ミセス・ブレイディー」建物の中からドクター・イーストマンが呼びかける声がする。「起きろ!」

「おい、中のあんた」ウォルターズ保安官が叫んだ。「しつこくノックするのはよせ」

保安官とイーストマンの交わす声が、ミセス・ブレイディーの立っている窓を通って聞こえているのか、それとも一階のリビングルームと階段を回って届いているのか、クレインにはわからなかった。

ドクター・イーストマンが叫んだ。「何としてもこのドアを開けなきゃならないんです」彼は挑戦的にドアをノックし続けた。

運転手、チャールズ、それにミス・クレイトンが走って外へ出て来た。

「わお！」運転手が言った。「真っ裸じゃないか、え？」

リバーモア院長が言った。「わたしが合鍵をドクター・イーストマンに届けて来ます。ドアを開けて、彼女を押さえ込みます」彼は建物のほうへ向き直った。

「あいつにノックをやめるように伝えろ」保安官が言った。「誰か、梯子を持って来てくれ、彼女のいる窓まで登って行こう」

「おれが持って来るよ」運転手が言った。

彼が走り去ると、ドクター・ビューロー、ジョー、そしてミス・エヴァンズが到着した。ミス・クレイトンがクレインのそばに来た。「ミセス・ブレイディー、どうしちゃったの？」

「たぶん、自分も殺されるんじゃないかと怯えてるんだろう」クレインが言った。「今日はずっと様子がおかしかった」

「お気の毒ね」

ウィリアム・クレインが言った。「下で彼女を受け止めるやつも、きっとお気の毒なことになるだろう」

やがて運転手が梯子を持って戻って来た。ミセス・ブレイディーの窓の下に立てかけ、一歩下がった。

ウォルターズ保安官が尋ねた。「誰が登る?」

名乗り出る者はひとりもいなかった。

「彼女、別に誰かを傷つけたりはしないだろう」保安官が言った。

またドアを思い切り叩く音が聞こえてきたが、突然止まった。リバーモア院長が到着したらしい。

保安官が言った。「おまえが登ってくれないか、タイ?」

「いやです、保安官」タイが言った。初めにミセス・ブレイディーが窓に立っていると報告した声の主はこの男だった。彼は頑固に拒否した。「いやです」背の低い男で、ズボンとはミスマッチな光沢のある青い上着の下で、背筋《はいきん》が盛り上がっているのがわかる。

「無害な婆さんに過ぎないじゃないか」保安官が言った。「誰も傷つけたりしないはずだ」

「まだ婆さんってほどの歳じゃないよ」クリフが言った。

「おい、クリフ」

「だって、見りゃわかるじゃないか」

ジョー・カスッチオが自信たっぷりに保安官の前に進み出た。「サツってのはみんな同じだな」薄く歪めた唇は、まるで醜い傷痕のようだ。「臆病者ばっかりだ。おれが梯子を登って、あの女を捕まえてやる」

ジョーは堂々とした態度で登り始めた。が、半分まで来たところで、ミセス・ブレイディーは体格には不似合いな俊敏さで部屋の中へ引っ込んだ。窓をぴしゃりと閉めて留め金をかける。彼女の姿は

部屋の中に消えた。みな一斉に建物に入ろうと走りだした。先頭のウィリアム・クレイントとミス・クレイトンがほかを大きく引き離している。ミセス・ブレイディーの部屋のドアの前に人だかりができていた。ふたりの医者とミス・ツイリガーに加え、ミスター・ペニー、ミス・ヴァン・キャンプ、そしてリチャードソンとミセス・ヘイワースだ。彼らは暴徒が押し寄せるのを見て驚いた目をしていた。

リバーモア院長がドクター・イーストマンのそばを離れて、一行に歩み寄った。「何事ですか？」

リバーモア院長が尋ねる。「彼女、飛び降りたんですか？」

「部屋の中に戻ったんだ」保安官が言った。「また窓に出ないか、下で見張らせている」

ドクター・イーストマンが言った。「じゃ、後はこのドアを開ければいいわけですね」彼はリバーモア院長が持って来た鍵の束を取り上げた。ドアの鍵穴に一本ずつ差し込んでみる。四本めで正解に当たった。ドアが大きく開かれた。窓のそばの部屋の角に、ミセス・ブレイディーがうずくまっていた。乳房の前で両手を交差させ、駄菓子屋の飴玉のように目を丸く見開いている。

「誰が彼女を捕まえに行くんだ？」保安官が言った。

「彼女に用があるのは保安官でしょう」ドクター・イーストマンが言った。「ご自分で捕まえるのがいいんじゃないですか？」

「わたしは遠慮するよ」ウォルターズ保安官が言った。「妻がいるんでね」

トム・パワーズ保安官代理がドアのそばへ近寄り、帽子を脱いだ。「奥さん」彼は呼びかけた。「誰もあんたを傷つけるつもりはないんだよ。ただ話がしたいだけなんだ」

「そのとおりだ、奥さん」ウォルターズ保安官がつけ足した。「あんたの力になりたいんだ」

ミセス・ブレイディーは、さらに奥へ身を縮めた。「やめて！」彼女は言った。「やめて！　あのふ

たりみたいに、わたしのことも殺したいんでしょう。わかってるんだから」彼女は抑えようとしながらも、悲鳴を上げ始めた。

「ああ、たいへんだ！」ウォルターズ保安官が言った。「トム、部屋に入って、彼女を連れ出して来い」

「わかりました」背の高いトムは、ドア口を通るのに屈まなければならなかった。

部屋の中を進み、おそるおそるミセス・ブレイディーの太った腕を摑んだ。彼女は悲鳴を上げてトムに飛びかかった。ふたつの人影が回転したかと思うとドアにぶつかり、ドアが勢いよく閉まった。ドア越しに、何かを強打する音、走り回る足音、平手で打つ音、それに家具が壊れる音が聞こえてきた。ようやくまたドアが開いて、トム・パワーズ保安官代理がよろよろと出て来た。顔は真っ赤で引っ搔き傷がいくつもついており、シャツは引き裂かれ、耳から血を流し、ミセス・ブレイディーの歯型が残る片手を胸に抱えている。

「何があった？」保安官が訊いた。

「油まみれの豚を捕まえようとしたことはありますか？」パワーズ保安官代理が苦々しそうに尋ねた。

「あの女は、油まみれの虎ですよ」

傷の手当てを受けるために、彼はミス・ツイリガーとともにその場を立ち去った。ミセス・ブレイディーは元通り、部屋の角でうずくまっている。二脚の椅子の残骸がその周りに転がっていた。タンスが壁に斜めに倒れかかっている。絨毯はベッドの下まで飛ばされたらしく、堅木張りの床がむき出しになっている。

人々の後ろにいたドクター・ビューローが、人混みを搔き分けて出て来た。「わたしにいい考えが

ありますか？」彼は言った。「ミス・エヴァンズ、たしかあなたの部屋には携帯式の蓄音機がありませんでしたか？」

ミス・エヴァンズが金髪の頭を上下に振った。

「少しのあいだ、借りてもかまいませんか？」

「もちろん、どうぞ」ミス・エヴァンズは戸惑っていた。「すぐに取って来てもらうわ。チャールズ、あなた、わたしの蓄音機を持って来てくれない？」

チャールズは即座に走りだした。

「何を始めるつもりだい？」保安官が疑わしそうに尋ねた。

「じきにわかりますから」ドクター・ビューローが言った。

数分後、チャールズが赤い革のケースを持って来て、ドクター・ビューローに手渡した。

「みなさん、ちょっと下がっていてください」ドクターが言った。ミセス・ブレイディーのドアの前の廊下で蓄音機を床に置き、ハンドルを回してレコードに針を載せた。「どうぞ、お静かに」

誰かがウィリアム・クレインの手を握った。ミセス・ヘイワースだ。彼に体を寄せてきたが、両目はドアの前の光景を凝視したままだった。ウィリアム・クレインは、どうやって彼女から離れればいいかわからなかった。

蓄音機はパチパチと弾けるような音をいくつか立てて、やがて「セントルイス・ブルース」が流れ始めた。ドクター・ビューローは蓄音機の横に立っていた。

夕日が沈むのを見るのはつらい
　夕日が沈むのを

黒人と思われる歌声だ。
ドクター・ビューローがゆっくりと部屋の中へ入って行った。歌声は続いている。

おれには四十九人の女がいるが
　最後にもうひとり
おれには四十九人の女がいるが
　最後にもうひとり

ドクター・ビューローがもう一歩進んだ。ミセス・ブレイディーは彼に背を向け、丸まった体を壁につけた。尻が土で汚れている。

おれの桃が気に入らないなら、
　どうして木を揺する?
おれの桃が気に入らないなら、
　どうして木を揺する?

ドクター・ビューローはじっと待った。裸の肩越しに彼をじっと見るミセス・ブレイディーの目が光った。

大きな犬が戻ってきたら、教えてやれ
小さな犬が何をしていたか
大きな犬が戻ってきたら、教えてやれ
小さな犬が何をしていたか

音楽は続いている。熱く脈打つような原始的な音楽。サキソフォンが悲しげに泣き、トランペットが気だるく唸り、ドラムが野蛮なリズムを打つ。部屋じゅうがリズムに包まれていた。

ドクター・ビューローが声をかけた。「よかったら、わたしと一曲踊っていただけませんか、ミセス・ブレイディー?」

ミセス・ブレイディーがドクター・ビューローに近づいた。ドクターが抱きしめると、ふたりは音楽に合わせて体を揺らし始めた。ミセス・ブレイディーの裸足の足が滑らかな床板をぺたぺたと踏むたびに、ドクター・ビューローの黒い靴がそれに続き、ふたりは部屋の中をくるくると回った。レコードの終わりが近づくと、ミス・クレイトンが膝をついて針を最初に戻した。静かにハンドルを回す。やがてカップルはドアのそばに現れ、しばらくドア枠の上を奇怪なステップで行きつ戻りつしてから、憤慨する保安官の目の前を通って、ゆらゆらと揺れながら廊下を進んで行った。

しわがれた声がオーケストラに合わせて大きく歌っていた。

おれはシカゴへ帰るぜ
　茹でたハムボーンが恋しいんだ
おれはシカゴへ帰るぜ
　茹でたハムボーンが恋しいんだ
ニューヨークの女たちには
　あの味は出せやしない

廊下の先で、カップルは向きを変えて戻って来た。音楽に合わせて不器用なスピンをし、痙攣したように後ずさり、勢いよく前進し、止まり、横へ移動し、そして回転しながら。ミセス・ブレイディーは、観衆にまるで気づいていないような顔をしていた。穏やかなうっとりとした表情で、何も目に入らない様子だ。ドクター・ビューローは眉を寄せて集中している。ふたりは〈蒸し風呂〉と表示されたドアで向きを変えて中に入り、唐突に姿を消した。ミス・クレイトンが蓄音機の上に屈んだ。

夕日が沈むのを見るのはつらい
　夕日が……

ミス・クレイトンがレコードから針を上げると、廊下は静寂に包まれた。
「こいつはまいったな」ウォルターズ保安官が言った。帽子を脱いで、節くれだった指で頭を掻いた。

クリフのほうを見た。「このことは、ママには黙ってたほうがよさそうだ」

「言うわけないだろう」クリフは舌舐めずりをした。

パワーズ保安官代理が訊いた。「風呂場なんかに連れ込んで、彼女をどうするつもりでしょう?」

「温かいお風呂に入れるんです。三、四時間後には、すっかり良くなっているはずですよ」リバーモア院長が言った。「お風呂に入ると、緊張がお湯に溶け出していくんです」

「こいつはまったく、まいったな」ウォルターズ保安官が言った。

クリフは父親のそばへ歩いて行って、何かを耳打ちした。「だめだ」保安官が言う。「看護師たちには、後で話を訊く」クリフがまた何か耳元にささやいた。「わかった」保安官は廊下に集まっていた群衆に顔を向けた。

「リバーモア院長と、何という名前だったか、そこのドクターとを除いた全員は、下の広い部屋へ降りて待機しててくれ。パワーズ保安官代理も一緒に行かせる」

三十分後にリビングルームに入って来たウォルターズ保安官は、深刻な表情を浮かべていた。クリフとタイ・グレアム保安官代理が、獰猛な猟犬の母親の後を追う子犬のように、保安官のすぐ後ろをついて来た。そのさらに後ろから三人のドクターが入って来た。ドクター・ビューローが心配そうな表情を浮かべている。

保安官が尋ねた。「その男はどこにいる?」

ドクター・イーストマンの小さな目が勝ち誇ったように光り、クレインを指さした。「あそこですよ、お目当ての男は」

「ウィリアム・クレインというのは、おまえか?」保安官が詰め寄った。

クレインがうなずいた。保安官が部下たちのほうを振り向いた。「いかにも悪そうな男だな」部下たちは、足を大きく広げて背中を丸め、威嚇するような姿勢を取った。けっして誰も逃がさないという構えだ。

「ミスター・クレイン」ウォルターズ保安官が言った。礼儀正しい口調だ。「あなたが二件の殺人事件に関与していると信じるに足る理由がある。今しがた二階で、ドクターたちからあなたの話を聞かせてもらった。何か申し開きしたいことはあるかい?」

クレインが言った。「どうしておれが殺人事件に関与しているなんて思うのか、理由が知りたいね」

「あなたに不利な状況がそろっているんだよ。ミス・パクストンとやらを殺す機会があったのは、どうやらあなたしかいなさそうだ。あなたはちょうどその時、ハンカチをとりに部屋に戻っていたのだから」

「まさかあんたら、ハンカチを取りに行っただけで誰かを逮捕したりしないだろう?」クレインが訊いた。

「もちろん、そんなことでは逮捕しないが、あなたにはそれ以上の目撃証言がある。ピッツフィールドの死体が発見される直前に、あなたがミス・ヴァン・キャンプの部屋から出て来るのを見た人物がいるんだよ」保安官はクレインの態度をたしなめるようにうなずいた。

「昨夜ブラックウッドが脅されて話したことを真に受けてるんじゃないだろうな?」

「それはどっちでもいいんだ」保安官が誇らしげに言った。「目撃者はほかにもいるんだから」

「誰のことだ?」

「リバーモア院長だよ」

「そうだと思ったよ」クレインは院長を睨みつけた。「あいつだっておれと状況は変わらないじゃないか。両方の殺人のあった時間帯にどこにいたか、あいつにも訊いてみろよ」

保安官が言った。「われわれが興味を持っているのは、あなたなんだよ。医者が自分の患者を殺す理由などあるかい?」

「いくらでもある」クレインが言った。

「どんな理由だ?」

「自分で見つけるんだな」

クリフが言った。「ねえ、何か知ってることがあるんなら、しゃべっちゃったほうがいいよ」賭けビリヤード場に出入りするタイプの若者だ。真っ白で不健康そうな顔に、ラッカーを塗ったように艶やかな黒い瞳。

「おまえは看護師の尋問にだけ興味を向けてりゃいいんだよ」ウィリアム・クレインが言った。

「よく聞きなさい」保安官が言った。「われわれはあなたの言い分は何でも聞くつもりだ」

「ブラックウッドには訊かないのか? リバーモア院長からは? なんであいつらに質問しないんだ? なんでおれだけなんだ?」

「必要になったら、ふたりからも話を聞く」ウォルターズ保安官が言った。「あんたが生意気な態度をとるなら、留置場に放り込むぞ。われわれが知りたいのは、ピッツフィールドが殺されたとき、ミス・ヴァン・キャンプの部屋の中であんたが何をしていたかだ」

「どうしておれがその部屋にいたと言われている時間にピッツフィールドが殺されたとわかるんだ?」

「それは簡単だ」クリフが言った。「リバーモア院長によれば、その男が死んだのは、あんたが部屋を出るよりも早い時間なんだってさ」

「それはまた、実に興味深い話じゃないか」

「なあ、そう思うだろう?」クリフが言った。「じゃあ、あんたがそのとき部屋の中で何をやってたか、教えてくれよ」

「おれはあの部屋にいたとは、ひと言も言ってない」

保安官が言った。「そんな言い逃れは通用しないぞ」

「あんたが犯人だとしか思えないんだけどな」クリフが言った。

「それこそが演繹的推論なんだよ」クレインが言った。「あんたらは、おれが殺人を犯したと認めないから有罪だと言っている。じゃ、やったと告白したら、無罪放免になるのか?」

「そういう態度は意味がないと言っただろう」保安官が言った。「演繹法について、どれほど知ってるって言うんだ?」

「すべてだよ」クレインが言った。「何せおれは名探偵だからな」保安官がドクター・イーストマンと目配せを交わした。「演繹にはふたつのタイプがある。基礎と高度だ。ひとつめのタイプは、たとえばさっきのあんたの推察だ。つまり、おれには殺人を二件とも実行する機会があった、ゆえにおれが犯人にちがいないという考えだな。だがそれは、何の結論にもつながらない。ふたつめのタイプこそが、探偵に確定的な情報を提供してくれるものだ。たとえば、保安官、あんたのシャツの前面に黄色いしみがついているのに気づいたおれは、あんたが今朝の朝食に卵を食べてきたのだろうと推察する。これが基礎的な演繹法。だがさらに、あんたの首が汚れていることに気づいたとしたら、おれは

初めの推察を変更せざるを得なくなる。あんたの汚れた首を見て、最近風呂に入っていないのだろうと考える。風呂に入らないままシャツだけ着替えることはしないはずだから、こう考える。保安官は最近、朝食に卵を食べたのだと。これが高度な演繹法」

トム・パワーズ保安官代理が尋ねた。「こいつを連行しますか?」

「ちょっと待ってくれ」クレインが言った。保安官に一歩近寄った。「早まったことをする前に、考えてみてほしいことがいくつかある。ピッツフィールドとミス・パクストンを殺すのに、おれにどんな動機があるだろうか? 患者の誰をとっても、どんな動機があると言うのか? どのみちここから逃げられないのに」ウィリアム・クレインは、彼の後ろに集まっている患者や従業員たちに見えるように手を大きく広げて見せた。「細心の注意を払い、誰にも知られないように犯した殺人の場合、ふつう考えられる動機とは何か? 個人的な利益だ、そうだろう? 今回のは情熱や憎悪や激しい感情に駆られた衝動的な犯罪とはちがう。そういう突発的な事件は、起きた後に犯行を隠そうとするものだ。今回の二件のうち、少なくともミス・パクストンが殺された事件は、緻密に計画されていた。犯人は、われわれがみな夕食の席に着くまで慎重に機会を待っていた。そう思うだろう?」

「ああ、そうだね」クリフが言った。「でも、それで何がわかるんだ?」

「つまり、この施設を自由に出入りできる人物を調べるべきだということがわかる」

クリフが言った。「どっちにしたって、動機なんて誰にもないじゃないか」クリフの父親が息子を称賛するように見つめた。

「ちょっと前に、ある女性が犯人の動機を説明していたのに、あんたたちが聞く耳を持たなかっただけだろう」

「ああ、ミスター・クレイン、さすがに鋭い分析ですね」リバーモア院長があざけるように言った。

「もちろんあなたには、犯人がわかっているのでしょうね？」

「わかるはずがない」クレインが言った。「でも、あんたは犯人像にぴたりと当てはまる」

「それはあなたにも当てはまるのでは？」

「おれはちがう」

「やっぱりこの話には何の意味もないな」保安官が言った。「あんたを逮捕したくないんだ。どうだろう、あんた、しばらく自分の部屋でひとりで休んで来たら？　この後また何かが起きるのなら、予防措置になる」

「部屋には行きたくない」

「ならば、裁判所へ連行して留置所に放り込むしかない」

クレインが言った。「その選択肢を突きつけられるなら、部屋に戻るかな」

「タイ、ミスター・クレインについて行ってくれ」ウォルターズ保安官が赤みがかった手で階段を指した。「部屋から出ないよう、見張るんだ。夕食の時間になったら誰か交代に行かせるから」

タイはよろよろとクレインのもとへ近づき、腕を掴んで階段へと駆り立てた。クレインは、患者や看護師や助手たちの視線が自分に集中しているのを感じていた。ミセス・ヘイワースの茶色い目と、ミス・クレイトンの黒い目だけが同情的だった。ミセス・ヘイワースの横を通るとき、彼女はクレインの上着の袖をそっと引っぱった。「大丈夫よ」彼女がささやいた。その低い声を聞くと、クレインは背筋《せすじ》がぞくっとした。

階段をのぼり始めたクレインの耳に、クリフの声が届いた。「あいつ、けっこう頭がいいじゃない

か」

　リバーモア院長が説明していた。「ボーダーラインの精神障害の場合、人の目を欺くのがうまい患者もいるのです」

「そういう患者は、特徴的な性質をはっきりと示す者に比べて、危険なケースが多い」ドクター・イーストマンがつけ加えた。「こちらの警戒心が緩むからね」

　タイはクレインの部屋の中までついて来た。「銃は持ってるのか?」タイが尋ねた。

「いいや」

「ほかの武器は?」

「いいや」

　タイは窓辺まで行って、片方の窓、次にもう一方の窓から下の景色を覗いた。両方の窓の留め金をしっかりかける。

「飛び降りて逃げるには高すぎる」彼は言った。「だが、念には念を入れておかなきゃな」彼は部屋の中を手早く調べ、クローゼットの中とバスルームを見て回った。試しにトイレのチェーンを引っぱって、一気に水が流れていく音を、いかにも楽しそうな表情で聞いていた。

「配管がずいぶんとしっかりしてるんだなぁ」彼は所見を述べた。

「そう、ずいぶんとね」ウィリアム・クレインが同意した。

「おれはドアのすぐ外に座ってるからな」タイが宣言した。「窓をいじってる音なんか聞こえたら、承知しないぞ」

　タイは書きもの机の前にあった小さな椅子を廊下へ持ち出すと、壁際に置いた。くずかごを部屋か

ら取って来て、廊下の椅子に座ったまま唾が吐ける位置に置いた。それから細い隙間を残してドアを途中まで閉め、椅子に座って向かい側の壁をじっと睨んだ。何気なく顎を上下させながら噛み煙草を噛んでいる。

クレインはベッドに腰を下ろした。花火に火をつけてウィリアムズを呼ぶべきだろうか。しばらく迷っていたが、もうしばらくはこのままで成り行きを見守ろうと決めた。時間というのは探偵にとって強い味方になる。そう考えながら、化粧台の裏に手を突っ込み、ほとんど手をつけていなかったほうの密造酒の瓶を出し、中ぐらいの量をグラスに注いだ。それを飲み、さらにもう一杯飲むと、花火に火をつけなくてよかったと思った。タイが廊下で咳込むのが聞こえた。黄色っぽい酒をグラスに半分注ぎ、ドアから廊下へ半身を乗り出した。

「一杯やらないか？」クレインは声をかけた。「その症状を抑えてくれるはずだ」

タイ・グレアム保安官代理の目が輝き、口の左端に一瞬舌先が覗いた。

「おれはそういうものは、まず飲まないんだ」物欲しそうな口調だ。

「いいじゃないか」ウィリアム・クレインはグラスをタイの鼻先に突き出した。「あんたのお膝元で作られた酒だぜ」

「そうだな」グレアム保安官代理が言った。廊下の先をちらりと目で確かめる。「ひどい一日だったもんな」

およそ一時間後、瓶は空っぽになった。

第十二章

ウィリアム・クレインが目を覚ますと、夕暮れが闇へと移りかけているところだった。頭痛がして、バスルームへ顔を洗いに行った。まだ少し酔いが残っている。廊下に出るドアの隙間を少し広げて見ると、タイが椅子に座ったまま眠り込んでいた。アルコールのせいで、大きな寝息を立てている。廊下も暗くなっており、保安官代理のやかましい呼吸音を除けば、静まり返っていた。クレインはそっと彼の横をすり抜け、廊下を進んで階段を降りた。誰にも見つかることなく庭へ出た。外はまったく寒くなかった。風はぴたりと止まっていて、拘禁棟を取り囲む細長いポプラの木々は、まるで棺桶に寄りそう会葬者たちのようだ。半透明の空にいくつか灯った星たちが、噴水の鏡のような水面に映る自分たちの姿を、目を大きく開けて見下ろしている。

クレインは病棟まで注意深く歩いて行くと、這うように茂みをくぐり、目指すリバーモア院長のオフィスの窓の外に出た。オフィスの明かりはついていたが、中には誰もいなかった。巨大なマホガニー材のデスクの上には何も載っていない。クレインの目の前の窓辺に置かれたクッションは、ふんわりと膨んで、しわがなかった。オフィスの中はすっきりと整頓され、これから客を迎えるホテルの部屋を思わせた。窓を開けようとしたとき、寝室へ繋がるドアのノブがゆっくりと回るのが見えた。クレインは影の中に引っ込み、様子を見ていた。ドアが開き、ミス・エヴァンズがのろのろと出て来た。

細いデザインのシルクのドレスが小さな尻と胸にぴったり貼りついている。ドレスの下には何も着けていないように思えた。壁にかかった銀縁の鏡に向かって口紅を塗り、顔にさまざまな角度から光が当たるように頭を左右に振った。まるでいくつもの別人の顔が映し出されていくようだ。どれも美しかったが、中には冷酷でよそよそしい顔、謎めいた東洋的な顔、ひどくみだらな顔などもあった。高い頬骨、頬のこけた繊細な輪郭、美しい肌、それにカラシ色の髪と紫がかった瞳。信じられないほど美しいこの女が、いったいどんなわけで看護師をしているのだろうとクレインは不思議に思った。

ミス・エヴァンズが自身の唇を凝視しているところへ、リバーモア院長が寝室から出て来た。中国風のシルクのガウンに革の室内履き姿で、髪も髭も乱れている。唇には赤い口紅がべったりとついている。

「まだ行かないでくれ」彼は言った。懇願するような目だ。「ここで一緒に夕食を摂ろう」

ミス・エヴァンズは無頓着に振り向いた。「あなた、六十歳のわりにはなかなかなものだけど」彼女が言った。「ヤギの睾丸はついてないでしょ」かすれた声でそう言った。（一九二〇年代にアメリカの医者が男性の性機能回復を謳って提唱した、ヤギの睾丸の人体への移植手術のこと）

「いや、そういう意味じゃないんだ」リバーモア院長は指を絡ませるように両手を組んだ。「きみが、いや、ただそばにいてほしいんだ。あれは」とベッドルームの方向を示す「単に二次的なものに過ぎない」

ミス・エヴァンズは機械的な笑い声を上げた。「二次的？　あんなに必死に口説いてたくせに」馬鹿にしたような笑みをリバーモア院長に向けたかと思うと、その顔が例の奇跡的な変化《へんげ》を遂げた。

「気にしなくていいのよ、リビー、ほかの男と比べてあなたが劣ってるわけじゃないんだから。ただ、

少し歳をとってるだけ」そのしゃがれた声だけ聴いていれば、修道女が話しているのかと思われた。

「そういうことじゃないんだよ」リバーモア院長が言った。「全然ちがうんだ。愛してるんだよ、結婚してほしい、きみと――」

「まずは奥さんに相談することね」

「妻とは離婚する。もう何年も別居してるんだ」

「離婚なんてしてもらえないわよ。あなたがミス・ヴァン・キャンプの金庫の大金を手に入れたなんて、奥さんが聞いたらね」

リバーモア院長の声が低くなった。「もうあの金庫のことは忘れることにした」

「どうして?」

「あれを二度と取り戻せなかったとしても、わたしたちの関係は何も変わらないだろう?」

リバーモア院長が伸ばした手を、ミス・エヴァンズは余裕のある表情で逃れた。「そう思う?」

「わからない」リバーモア院長は見るからに哀れだった。「きみを失いたくないんだ」

「もし金庫を取り戻したら、どうするの?」

「何が言いたい?」

「貸金庫のもう一本の鍵を手に入れるために、ミス・ヴァン・キャンプを消す覚悟はあるのかってこと」

「つまり……彼女を殺すってことか?」リバーモア院長の髭と、伸ばした手の細長い指が震えた。

「いや、無理だ! そんなことはできない。そんな考えは――」

「あら、わたしのためなら、どんなことでもしてくれるって言ったわよね?」

「ああ、もちろん何でもしてあげるよ。でも、誰かを殺すことはできない」

「それを平気でできる人が、どうやら近くにいたみたいね」

「あのクレインとかいう患者にちがいない。あいつが来てからおかしなことが起き始めたんだ。危険な男だよ」

ミス・エヴァンズは心から楽しそうに笑った。「今は捕まってるわ。朝になれば、あの間抜けな保安官に引き立てられて、留置場に放り込まれるのよ。目の周りに痣をつけたままね」

「おかしな話だよ。二回めは誰に襲われたんだろう？　ここにいる誰かの恨みを買ったにちがいない」

「あの新しい警備の男じゃないかしら。ミスター・クレインのことが気に食わないようだったから」

「もうひとつ解せないのが、誰が警察に通報したかということだ。警察さえ乗り込んで来なければ、悪評を立てられることもなく、静かにミスター・ピッツフィールドとミス・パクストンのことは隠しておけたのに。おかげでこのサナトリウムはおしまいだよ」

「だからこそ、ミス・ヴァン・キャンプの件を真剣に考えてみるべきなのよ」ミス・エヴァンズが残忍な口調で言った。「歳とった女ひとりでしょ。どのみち、あと一年かそこらで死ぬんだし――」

「できない……」リバーモア院長が片手を上げた。「一緒にどこかへ逃げないか？　わたしには四万ドル近くあるんだ。ヨーロッパに行けば、その金でふたりで長く暮らせる。フランスのリビエラの小さな町か、どこかイタリアの小島か。降り注ぐ太陽の光に、うまい食事に――」

「わたしはごめんだわ」ミス・エヴァンズはポインセチアのように光り輝いていた。「わたしはひとりで生きていきたいし、それを楽しみたいの。わたしが働くのに向かない人間だって、あなたもわか

るでしょう？　老いぼれの女たちに浣腸したり、食事を運んだり、体温を測ったりしながら、可愛くて親切で善良で優しく振る舞い続けるなんて。そんなの、いやなのよ！」彼女は早足で部屋の中を行ったり来たりしだした。向きを変えるたびに、肉の薄い尻を九十度くねらせる。「きれいな洋服がほしいし、あちこち旅したいし、メイドもつけたいの。音楽に囲まれて、愉快に過ごして、ちやほやされたい。人に指図できる立場になりたい。それに――ああ、あなたにはわからないでしょうね！」

リバーモア院長は不安そうな表情で、黙ったまま彼女を見ている。

「それを叶えるには大金が必要なことぐらい、わたしだって知ってるのよ」ミス・エヴァンズが言った。ゆっくりとした口調で、まるで自分自身に言い聞かせるように言う。「何としても、手に入れてやるわ」

一瞬、ふたりの視線がぶつかった。男の視線が揺らぎ、下を向いた。顎鬚をシルクのガウンに押しつけ、落ち着かないようにまた指を動かした。ミス・エヴァンズは彼の頭頂部をじっと見ながら考え込んでいた。やがて間延びしたようなしゃべり方で言った。「またね、ダーリン」その声は平坦で抑揚がなかった。リバーモア院長の周りを迂回するように、廊下に出るドアのほうへ優雅に歩いて行った。ドアの前で笑顔も見せずに振り返ったかと思うと、すぐに消えた。リバーモア院長はデスクの後ろの椅子に座り込んだ。光沢のあるシルクのガウンの下には何も着ていなかった。その顔は急に疲れたように見えた。

クレインは窓の下に頭を引っ込め、茂みの外の暗がりへと這い出ると、建物に沿って歩きだした。建物の中ほどの別の窓から黄色い光が漏れていて、庭の低木やバラの茂みをグロテスクな生き物に変えていた。庭のずっと奥の青白い月光の下で、小さなスコップを使って懸命に不思議な動作を繰り返

しながら、芝生を掘っている男がいる。信心深い夜警の老人だ。芝生の茂る土をスコップで少しずつすくい上げては、掘った穴の中を覗き込み、その土をまた注意深く戻している。背中を屈めて、すくい取った土の縁まできれいに押し込もうとしている。直径六フィートほどの円の内側すべてを、ちょうど調べ終わるところらしい。最後にスコップをひとすくいしようとしたところで、老人は大きなうめき声を上げ、自分の声にぎょっとして両手で口をふさいだ。落としたスコップもそのままに、暗闇の中へ走り去った。

光の漏れている部屋から何人かの低い声が聞こえ、クレインはその窓に向かって進んだ。部屋の中ではミス・エヴァンズがデスクにもたれかかっており、そのデスクの椅子にはドクター・イーストマンが座っていた。シャツの袖を肘までまくり上げた腕には、黒い毛がふさふさと生えているのが見える。ウィリアム・クレインに蹴られた顎に、生々しい痣ができていた。ミス・エヴァンズは目を大きく開けていた。慎み深そうな顔だ。

「あら、ジョージ、あのときわたしがリバーモア院長の部屋の中で話をしていたのは、あくまでもあなたが行けと言ったからよ」彼女は言った。さっきよりも高く、女らしい声に変わっている。「覚えてるでしょう、あなたが――」

「ああ、よく覚えているとも」ドクター・イーストマンが言った。「だが、あいつと寝ろとまでは言っていない」

「ジョージったら！」ミス・エヴァンズが青い目をパチパチと瞬かせた。「金庫を盗んだのがあなただって院長が知っているかどうか、あの夜はそれを確かめようとして院長室まで行ったのよ。あなた、言ってたじゃないの、それがはっきりわからないことには――」

「だからと言って、やつの寝室にまで行くことはないんだ」

「寝室に入ったのは、あのクレインって男が連れて来られた後よ。あんな遅い時間にリバーモア院長のオフィスにいるところを人に見られるのはまずいと思って、咄嗟に隣の寝室に飛び込んだだけなの」

ドクター・イーストマンの醜いしかめっ面が少し緩んだ。心のどこかで、説き伏せられるのを望んでいるのだ。「じゃあ、なんであの悪賢い男はあんなにいろいろ知ってたんだ?」

「知ってたんじゃないわよ。うまくひとつ言い当てただけなのに、あなた、彼の言うことは全部正しいにちがいないって信じちゃったのよ」まるで丸いプールの水面にさざ波が立つように、ミス・エヴァンズの無垢な瞳に涙が込み上げた。「ジョージ、お願い、わたしを信じて。あの夜以来、リバーモア院長とふたりきりでは会ってないわ。あなたという人がいるのに、いったいあんな人のどこに魅力を感じると思うの?」

ほんの一瞬、ドクター・イーストマンの顔に喜びが浮かんだようだった。突然立ち上がり、窓のそばへ寄った。クレインは地面に伏せて、影の中へと転がった。

「ちょっと待て」ドクター・イーストマンが言った。その声は疑念の刃を秘めていた。「わたしの手元から金庫がなくなったことは、どう説明する? 誰が盗ったんだ?」

「わたしにわかるはずがないじゃない」

クレインがまた窓のそばへ戻って来ると、ちょうどミス・エヴァンズが優雅な仕草で肩をすくめているところだった。

ドクター・イーストマンが言った。「わたしが持っていることを知ってたのは、おまえだけだ」

「どうしてそう言いきれるの？」

「ほかには誰にも話してないからだ」

「あなたがもっとうまく隠していたら、盗まれなかったかもしれないわ。そのデスクの引き出しの中なんて、誰でも探すに決まってるもの」

ドクター・イーストマンが険しい顔をミス・エヴァンズに向けた。今にも飛びかかりそうな、脅すような恐ろしい顔だ。「まさかわたしを裏切って、あのスケベじじいに寝返ったんじゃないだろうな？」

「馬鹿じゃないの？　あの人、妻帯者なのよ」

「心変わりして、あいつに金庫を渡したんだろう」

「ちがうわ。言ってるでしょ、あの人も金庫を持ってないの。どこに行ったかなんて考えるのはやめて、もう忘れるって言ってたわ」

「あの夜以来、会ってないんじゃなかったのか？」

「ふたりでは会ってないわよ。宿泊棟でほかの人もいるときに、そう言ってたの」

「それが本当の話だとは思えない」

窓の外は寒かった。じめじめと冷たく、ウィリアム・クレインは手足がしびれてきた。早く話を終えてくれと願った。ミス・エヴァンズは怒り始めているように見えた。

「馬鹿ね」彼女が言った。「あの金庫をあなたから盗み出すことなんて、誰にだってできたわ。クレインが盗ったのかもしれないし、いつもリバーモア院長のそばから離れない、あのジョーって男かもしれない。ふたりともどんなことでもやりかねない顔をしてるわ」

「わたしも初めは、きっとクレインが盗ったんだと思ったが、今はそう言いきれない。ここに着いたその夜に早速金庫を見つけ出すなんて、頭がいかれたあいつには無理だ」

「でも、すごい偶然だわ、そうでしょ?」ミス・エヴァンズの愛らしい口が皮肉な笑みを作った。「彼がここに来た日に、金庫が消えた。それにあの人、そこまで頭がいかれてないのかもしれない」

「ひとりでいるところを見つけたら、直接訊き出すんだがな。たとえ殺してでも白状させてやる」ドクター・イーストマンが浅黒い手を拳に握ると、節が白く浮き上がった。

ミス・エヴァンズが言った。「もう彼に何かを訊き出すのは難しくなっちゃったわね」

「もしかすると保安官が力づくで吐かせてくれるかもしれない。あの殺人はクレインの仕業だったと、ようやく信じさせることができたからな」

「本当に彼が殺したのかもしれないわよ。誰かがミス・ヴァン・キャンプを殺そうとしてるのだとは思わない?」

「きっとリバーモアだ。もう一本の鍵を手に入れるためなら、どんなこともやりかねない」ドクター・イーストマンは、目をすっかり覆い隠すほどふさふさとした眉をぎゅっと寄せた。「わたしだって、もし今も一本めの鍵を持っていたら、この手で彼女を殺したかもしれないからな」

ミス・エヴァンズはドクター・イーストマンに近づき、彼の腕に手を置いた。「わたしのことが信用できないの、ジョージ? わたしはただ、あなたの力になりたいだけよ。そう思ってなきゃ、そもそもあなたがリバーモア院長から金庫を盗み出す手助けなんてしなかったわ。そうでしょ?」

ドクター・イーストマンは目をそらしていた。「何を信じればいいか、わからなくなった。確かなのはただひとつ、誰かがわたしから金庫を盗んだってことだけだ」

「わたしが信じられないって言うのなら、そのバッジを返してちょうだい」ミス・エヴァンズは彼のシャツから、金色の矢をかたどったバッジを外そうとした。その目は光を帯びて、潤んでいた。ドクター・イーストマンは彼女の両手を握った。「やめろ」彼は言った。「外すな。どうすればいいか、ひとりで考える時間をくれ」

「わたしを信じてほしいの、ジョージ」ミス・エヴァンズが言った。「信じなきゃだめ」彼の腕を優しく叩いた。ドクター・イーストマンは彼女を抱きしめ、熱いキスをしてから、押しのけた。

「おまえといると、気が狂いそうだ」

ミス・エヴァンズは神秘的で賢明な顔になっていた。「嬉しいわ、あなたが狂いそうなぐらいわたしに夢中なのだとしたら」彼女は寂しそうにほほ笑み、下唇を噛んで部屋を出て行った。

クレインの足はしびれてはいたが、まだ歩けそうだったので大急ぎで正面玄関へ回った。ミス・エヴァンズが出て来るのを影に潜んで待っていた。彼女は「ザ・ラスト・ラウンドアップ」を鼻歌で歌っていた。クレインは小枝を拾うと、彼女の後をつけて小道を歩いている途中で、その小枝を彼女の背中の真ん中に押し当てた。「言うとおりにしろ」しわがれた声で言う。「悲鳴を上げたら、内臓をぶち抜くからな」

ミス・エヴァンズは鼻歌をやめた。悲鳴は上げなかった。「目的は何?」彼女が訊いた。まったく怯えている様子はない。

クレインは「そのまま歩け。ガレージの中へ」と言った。

使用人棟からの明かりがガレージじゅうに、いくつもの影を作っていた。救急車が駐まっていたので、クレインはミス・エヴァンズを脅して前の座席に座らせた。自分は隣に座った。反射する光を受

けて、彼女の顔がぼんやりと浮かび上がった。

「あなただったのね」ミス・エヴァンズが言った。「自分の部屋に閉じ込められてたんじゃなかったの？」

「ああ、閉じ込められてる」クレインはそう言ったきり、黙って彼女を見つめていた。

「何がしたいわけ？」ミス・エヴァンズが開き直った。

「そばにいたいだけだ。いつも遠くから、いいなと思って見てたんだ」

「好意を伝えるにしては、やり方が突飛じゃない？」

「きみの周りにはお友だちが大勢いるからさ。ふたりきりで話をするには、これしかないと思ったんだよ」

ミス・エヴァンズは敵意を抱いているにはちがいないが、一旦はそれに蓋をすることにしたらしい。

「今度は前もってデートに誘ってね。これじゃ突然すぎるわ」

「でもほら、きみがどう思ってるかわからなかったから。誘っても断られたかもしれないだろう？」

「あら、断らないわよ。わたしもいいなと思ってたの」

ウィリアム・クレインが言った。「きみこそ、好意を伝えるにしては、突飛なやり方をするんだな」

「どういう意味？」

彼は手首を出した。「この黒い痣は、あんたがハイヒールで踏みつけた跡だ。覚えてるか？　あの夜、あんたはドクター・イーストマンと一緒におれを襲っただろう？　おれはこんなふうにあんたの脚を摑んだ」彼は手を伸ばしてミス・エヴァンズの足首を握った。細い足首は、シルクのストッキングに覆われていた。ミス・エヴァンズは足首を摑まれたままじっとしていたが、やがてそれを振りほ

どいた。

「急に誰かに足首を摑まれたのよ、あなたならどうする？」

「同じことをしただろう。別にそのことは恨んじゃいないよ」

「でも、どうしてわたしのハイヒールだってわかったの？」

「ほかの看護師はふたりとも、あの夜はゴム底の白い靴を履いてたんだ。気づかなかったのか？　彼女たちが靴を履き替えて、ちょいと脅迫と暴行をした後で、また元の靴に履き替えたとは思えない」

「どうしてドクター・イーストマンと一緒にいたってわかるの？」

「それは、あてずっぽうが当たっただけだ」

「そもそも、なんでこんなことに興味があるのよ。あなた、何者？」

「おれの正体はC・オーギュスト・デュパン、名探偵だ」ウィリアム・クレインが言った。「推理の天才なんだ。あらゆるものに興味がある。それに、たとえおれがC・オーギュスト・デュパンでなかったとしても、自分を殴ったのが誰なのかってことには、興味を持つだろう」

ミス・エヴァンズが右手をぶっきらぼうに払った。「そういうくだらない話は要らないわ」怒った顔をしている。「わかりやすく話しなさいよ」

「わかった」クレインが言った。「だがその前に、どうしてあんたとドクターがおれを襲ったのか、その理由が知りたい」

「彼はあなたに顎を蹴られて、気持ちが収まらなかった。そしてわたしは、リバーモア院長のオフィスで何をしてたか、さんざんなことを言われたのが気に食わなかった」

「ドクターは、おれが箱《ボックス》で蹴ったとでも思ってるんじゃないのか。覚えてるだろう、おれの首を絞

める前に、何やら〝ボックス〟に関心があるようなことを言ってたのを」

「全然知らないわ」

「そうかな？」彼は小枝を彼女の脇腹に押しつけた。「だが、ドクター・イーストマンのほうはよく知ってるようだったぞ。ついさっき、あんたが菜食主義者のロミオ、つまりリバーモア院長と組んで、自分から金庫《ボックス》を盗み返したんじゃないかって言ってたじゃないか」

「そういうことね！」ミス・エヴァンズは見下すような目つきになった。「あなた、ただの覗《ピー》き《ピン》魔《グ》・トムだったのね」

「そう呼ばれても仕方ないが、おれとしては〝観察力豊か《ウォッチフル》なウィリアム〟のほうがすわりがいい」

「まあ、いくらわたしとドクター・イーストマンのやり取りを立ち聞きしても、あなたには面白くなかったでしょ」

「たっぷり聞かせてもらったさ。だが、あんたの個人的な交際には興味がない。おれに関係がなければだが」

「あの金庫が、あなたとどんな関係があるっていうの？」

「それを今、探ってるんだ」

「わたしは金庫を持ってないわよ」

「ああ、だが、ミス・ヴァン・キャンプから金庫を盗んだとリバーモアに聞かされた後、イーストマンがリバーモアから盗む手助けをしてやった」

「愛する男のためなら、どんな女だって同じことをしたはずだわ」ミス・エヴァンズは道理を説いているような口調で言った。「リバーモア院長が金庫を持ってるって彼に伝えたら、彼は院長が金庫を

そのまま自分のものにするつもりじゃないかと心配したの。だからわたしは、彼が院長から金庫を取り返す手助けをしたのよ」

「どうしてドクター・イーストマンはそれをミス・ヴァン・キャンプに返さなかったんだ？」

「あのね、ミス・ヴァン・キャンプは心臓が弱ってるの。いつ死んでもおかしくないわ。だからジョージは、あの金庫を安全なところに保管するのが一番いいって、彼女が死んだときに誰にも盗まれないようにしようって決めたの」

「デスクの引き出しが安全なところかい？」

「全部聞いてたのね」

「いつものことさ」クレインは、ミス・エヴァンズの不機嫌そうな顔を見てにやりと笑った。「そして今度は、ドクター・イーストマンから金庫を盗んだのはおれだと思わせたいんだな？」

ミス・エヴァンズは黙っていた。

「言っておくが、おれは金庫を持ってないぞ。猛烈に喉が渇いてるけどな」クレインは座席から降りた。「あんたはじっと座ってろ。おれはピストルを撃たせたら百発百中だからな」クレインは角にある箱のところへ歩いて行き、密造酒の瓶を取り出して戻って来た。両方の手のひらで瓶を挟んで持ち、ごくごくと飲んだ。次の瞬間、胃袋の中で爆発が起きたように、温かい金色の光線が脳みそに送り込まれた。「ああ、いい酒だ！」彼は唇を鳴らして、ミス・エヴァンズのほうを振り向いた。「飲むか？」彼女は冷たく拒否した。「おれはもうちょっと飲むが、いいか？」今度は拒否する様子はなかったので、クレインはまた飲んだ。瓶を車内の床に置いた。「あんたに訊きたいことがいくつかある」

「じゃ、この十五分間はいったい何をしていたわけ？」

「ピッツフィールドとミス・パクストンを殺したのが誰か、知ってるか？」

「あなたがやったんじゃないの」

「おれじゃない。ドクター・イーストマンじゃなかったと言いきれるか？」

「彼にはできなかったはずよ。見た目ほど悪い人じゃないの。心根は優しいんだから」

「陪審員を説得するには充分な根拠だな」

「絶対に彼じゃないわ。動機がないもの」

「一時的に金庫を持ってたことが、誰かにばれたのかもしれない」

ミス・エヴァンズが黙り込んだ。青白い光はほとんど彼女の顔に当たらず、顎、頬骨、そして高貴な曲線を描く鼻の輪郭線だけが白く浮かび上がる以外は、すべてが真っ黒い影に溶け込んでいた。美しい女だ。ウィリアム・クレインは、また彼女の脇腹を小枝で突いた。

「殺人が誰の仕業か、本当に知らないんだな？」

「そうよ」

「ミス・ヴァン・キャンプについては、どれぐらい知ってる？　誰か彼女に恨みを持っていそうな人間は？」

「そんな人がいるとは思えないわ」

「彼女の担当医は誰だ？」

「ドクター・ビューローよ」

「週に三度の蒸し風呂は、誰が介助してる？」

「わたし」

「今まで彼女から何か聞いたことはないのか？　誰かを怖がっているとか」

「彼女が怖がっていたのは、哀れなミスター・ラダムだけだと思うわ。彼が発作を起こしているときは、ほとんどひと晩じゅう眠れないって言ってたから」

「無理もないな」クレインはまたひと口飲んだ。「あの男は、おれも死ぬほど怖い」

ミス・エヴァンズが訊いた。「それ、あなたのお酒なの？」クレインが首を横に振った。気分がいい。「誰かにひどく恨まれることになるわよ」ミス・エヴァンズが言った。

「かまうもんか。かまわないからほっといてくれ」クレインが瓶を掲げた。「ちょっと飲まないか？」

ミス・エヴァンズがうなずいた。「ひと口だけね」瓶を手に取った。

「なあ」ウィリアム・クレインが言った。「その瓶でおれに殴りかかろうとしたら、木っ端みじんに吹き飛ばすからな」

「あら、ミスター・クレイン！　まさか、わたしがそんなことをするなんて思ってないでしょう？　わたし、あなたが好きよ。すごく頭がいい人だと思うの」彼女は瓶を返した。クレインはまた飲んだ。瓶を下に置いたとき、誰かがガレージに入って来た。

「大変だわ！」ミス・エヴァンズが小声で言った。今度は本気で怖がっているらしく、クレインはなぜだろうと不思議に思った。

用心深いすり足で、その人影は救急車に向かって横歩きで一歩近づいて来た。クレインは瓶の首をしっかり握った。ピストルがあればよかったのにと思った。「誰だ？」クレインは呼びかけた。声がかすれていた。

壁に映った影は大きくなり、かすかに揺れている。声が聞こえた。「〝あなたのことは知らなくとも、

わたしはあなたをじっと見ている〟」またしてもあの信心深い警備員だ。クレインはまた瓶を車の床に置いた。「おまえは誰だ、何者だ?」老人が尋ねた。

「わが名は大天使ガブリエル」クレインが言った。「彼らが来るのを待っている。おまえが探しものをするあいだ、わたしが代わりにここで待つ」

壁に映った影が小さくなったように見えた。「わしがあれを探していたのをご存じでしたか?」

「海岸の砂のひと粒たりとも、森の中のドングリのひとつたりとも、ヒツジの背のダニの一匹たりとも、主の御知恵がなければ自ら動くことはできない」クレインが言った。「われらを恐れるな、ただ自らに問うてみよ。自分の信じたものに誠実であるかと」

老人が唱える。「わしは内なる悪をすべて追い払いました。穢れがなく、誠実です」

「何を探すべきか、知っているのか?」

「前に見たことがあります。鉄の宝箱です。真夜中にあいつが自分の部屋に持って行くのを見ましたが、今はそこにありません。御言葉によれば、どこかに埋めたにちがいありません」

「それは誰だ?」

「髭の男です」

「宝箱には何が入っている?」

「あなたならご存じでしょう」

「知っている。大天使ガブリエルは何でも知っている」ウィリアム・クレインは怒りをこらえた。

「おまえを試しているだけだ」

「宝箱の中には、失われた御言葉の書物が収められています。それを見つけるようにと、わしが選ば

れたのです」

ミス・エヴァンズが足を動かしたはずみに、片足のヒールがギアシフトのレバーを蹴とばした。

老人が強い口調で尋ねた。「誰かご一緒にいるのですか?」

「マリアだ」クレインが短く答えた。

「マリア様が、そこで何をなさってるんです?」

「わたしと一緒に、彼らを待っている」

「では、わしも探しものを続けなければ」老人が言った。

彼がガレージを出る寸前に、ウィリアム・クレインが言った。「おまえの力が必要になったら、ヨルダンを呼ぶ。それが合図だ」

老人が完全にいなくなると、ミス・エヴァンズはため息をついた。「わたし、あの人が怖いの。患者の誰より頭がいかれてるわ。ずっとわたしを覗き見《ウォッチ》してるんだもの」

「彼じゃなくてもあんたを見るだろう」ウィリアム・クレインが男らしく言った。ミス・エヴァンズにまた酒を勧めると、彼女は受け取った。

「あなた、あの人の扱い方をよく心得ているのね」

「おれも頭がいかれてるからな」ウィリアム・クレインが言った。「だから、話が合うのさ」

「前にもあの人と話したことがあるのね」

「あるけど、おれが大天使ガブリエルだと打ち明けたのは、今回が初めてだ」

「そんなことを打ち明けられたら、お友だちは誰だって驚くでしょうね。わたしがマリア様だなんて聞いたら、わたしの友だちはびっくりするわ」

「まさか、聖母マリアのほうだと思ったのか?」

「意地悪ね」

ウィリアム・クレインが言った。「いや、公平なだけだ。必ずしも意地悪じゃない」

「そう?」

「そうだ。おれは優しくも意地悪くもなれる」

「じゃあ、優しくなってよ」ミス・エヴァンズが細い脚をクレインの脚に押しつけた。「優しい男って好きよ」

「わかった。優しくなろう」クレインはかなり酔っていた。「とても優しくなろう。リバーモア院長の部屋の窓から見たことは、誰にも言わないでやろう」

ミス・エヴァンズが脚を引っ込めた。緊迫した沈黙が流れた。これはまちがいなく、息を呑むような、劇的な瞬間だ。拡散した光がミス・エヴァンズの無表情な顔をやわらかく照らし、まるで外の世界とは無関係に、彼女の内側から輝いているように光った。彼女は目をうっすらと細めていた。

「そう怒るなよ」ウィリアム・クレインが不安そうに言った。「誰にも言わないから。あんたも、今夜ここでおれに会ったことを黙っていてくれるならな」

ミス・エヴァンズが機械的な笑い声を上げた。声がいく段か低くなっている。結核を患っているかのような声だ。「あんた、ずいぶん紳士的なんだね」クレインは、彼女が怒っている、それも激怒しているのだと思った。ただし、自分ではない何かに対して。「これからは夜寝るとき、ベッドの下を確かめてから明かりを消すことにするわ」

クレインが言った。「それより、ベッドの中を確かめるんだな——おれが潜むとしたら、そっちだ」

そのときになって初めて彼女に好意を感じた。

「あんたって、邪悪な考えをする人ね」ミス・エヴァンズが言った。「リバーモア院長のオフィスで、本当は何を見たの？」

「いろいろ」

ミス・エヴァンズがクレインに体を寄せ、冷たい指を彼の手に重ねた。薄暗い明かりの中で、彼女の顔は真剣に見えた。「あんたは知らないかもしれないけどね」彼女が言った。「女だって食べてかなきゃならないんだ。院長の言うとおりにしなかったら、クビになってた。わたしはクビになるわけにはいかないんだよ」

「どうして？」

「事情が……家族の事情があってね」

「どうしてドクター・イーストマンと結婚しないんだ？」

「あの人、ある程度お金が貯まるまでは結婚しないって」

「彼だってここで給料をもらってるんだろう？」

「そりゃ、もらってるわよ」ミス・エヴァンズがまた笑った。苦々しそうな笑い声だ。「でも、妻を養うほどの額じゃないって、あの人はそう思ってる」彼女は手を引っ込めた。

ウィリアム・クレインが話題を変えた。「あの金庫、リバーモア院長が取り返したんだと思うかい？」

「わからない」

「金庫の中に、鍵はまだ入ってるのかな」

「それもわからない」

「鍵を見たことはあるのか?」

「いいえ、外の金庫だけよ」

「ドクター・イーストマンが、金庫も鍵も盗られたのは、まちがいないんだな?」

「彼はそう言ってたけど」ミス・エヴァンズの目が、警戒するように光った。「あんただって、聞いてたんでしょう?」

「どっちも盗られたと、あんたにそう思わせたいだけなんじゃないか?」

「そんなはずないわ」彼女は唇を歪め、軽蔑するような口調で言った。「あの人がわたしを騙すはずがない」

ウィリアム・クレインも同じ口調になった。「本当に、あいつはあんたを騙すはずがないのか?」

彼女のほうへ身を乗り出す。「ミス・ヴァン・キャンプのニューヨークの貸金庫の中には何が入ってるか、彼に訊いてみたか?」

「古い宝石が入っているだけだって」

「あそこには、八十万ドル分の現金が入ってると教えてくれなかったのか?」

ミス・エヴァンズはクレインの膝を押しのけた。彼の上を乗り越えて救急車を降りた。「あのくそ野郎」彼女が言った。暗闇の中へ大股で歩いて消えて行った。

クレインは最後にもうひと口酒を飲んでから、瓶を元の隠し場所に戻した。注意深くガレージを出て、宿泊棟に向かってこっそり歩いていると、少し先に大柄な人影がにょっきりと現れた。クレインは後ろの茂みの中に隠れた。頭が少しクラクラした。

その人影は、ジョー・カスッチオだった。暗闇の中から警戒しながらも止まることなく近づいて来た。砂利の小道を歩いていたジョーは、クレインが身を隠している暗がりのほうを、疑わしそうにじろりと見た。

「誰だ、そこにいるのは?」ぶっきらぼうに尋ねてきた。

「保安官事務所の者だ」ウィリアム・クレインはそう言うなり小道に飛び出して、大振りのスイングで相手の頬骨にパンチを食らわせた。ジョーは唸り声を上げて、背中から倒れた。小道の白い砂利の上に、彼の頭が黒いしみのように映った。クレインは、上を向いたジョーの顔のちょうど真ん中に右のかかとを載せ、その足に全体重をかけた。そのまま足を右にひねる。何かが割れるような音がして、かかとの裏に濡れたような感触が伝わってきた。クレインは足をどけて、舗道脇の草むらにかかとをこすりつけ、急いで宿泊棟へ歩いて行った。ポーチに上がる正面の階段に、保安官が座っていた。明らかに夕食を待っているらしく、葉巻を歯にくわえている。クレインの姿は目に入らないようだ。

映画を見た部屋の窓のひとつが少し開いていた。クレインはそこから中へ滑り込み、誰にも見られずに二階へ上がった。だが、自分の部屋のドアまであと数フィートというところで、椅子に座ったままのタイ・グレアム保安官代理がかすかに動いた。目は覚めていないものの、眠りが浅くなっている。クレインは廊下の反対側の、蒸し風呂のある女性用の浴室まで引き返した。シャワーの下にあった白いエナメル塗りの小さな浴用椅子を持ち上げ、廊下へ運び出すと、廊下の突き当りの、外の正面階段を見下ろす窓から投げ落とした。窓ガラスが割れたとたん、耳を刺すような高い裏声で悲鳴を上げてから女性用の浴室に戻った。グレアム保安官代理は無意識状態から覚醒し、早速駆けだしていた。女性用の浴室の前を通り過ぎ、割れた窓から顔を出して外の様子を見た。

「おい、下でいったい何があったんだ?」彼は大声で叫んだ。

クレインが無事に自分の部屋にたどり着いた後、保安官の憤った返事が聞こえてきた。

「そっちこそ、いったいぜんたい、上で何があった? わたしを殺そうとしているのか?」

その数分後、すっかりしおらしい態度に変わった保安官代理がクレインの部屋の中をそっと覗いた。ベッドが乱れているところを見ると、クレインがずいぶん前からそこで寝ていたのはまちがいなさそうだ。クレインは眠り続けていた。軽いいびきまでかきながら。

第十三章

保安官代理がクレインの体を揺すっている。少し前から揺すっていたらしい。

「は?」クレインは言った。ぐっすり眠っていたふりをする。「あっちへ行ってくれよ。気分が悪いんだ」枕に顔を埋める。

保安官代理がまたクレインを揺すった。「保安官が一階で呼んでる」力ずくでこちらを向かせた。

「一回起き上がれば、気分もよくなるさ」

「いやだね」ウィリアム・クレインが言った。

保安官代理は彼をバスルームへ連れて行って、洗面台に冷たい水を張った。「その中に頭を突っ込め」彼は命じた。

水に浸かった耳の辺りがちくちくして、鼻と目がしびれてきた。水は氷のように冷たく、ウィリアム・クレインは数秒のあいだ、クラクラしすぎて気を失うかと思った。吐きそうだと思った次の瞬間、突然すっきりした。固いバスタオルで顔と髪を拭き、髪を後ろへとかしつけた。

「あれは後に残らない、いい酒だな」彼は保安官代理に向かって得意気に言った。

タイ・グレアム保安官代理は、いかにも傷ついたような表情をした。「おれにあんなに飲ませないでほしかったよ」彼は言った。「あとちょっと飲んでいたら、あやうく眠ってしまうところだった。

保安官は部下が酒を飲むのを嫌がるんだ」意味ありげに、じっとクレインを見つめる。

「ドクターたちも同じだ」クレインが言った。「お互い、このことは黙っていようぜ、いいだろう?」

「そうか。もちろんだ！　お互いにすっかり忘れることにしよう」

ウィリアム・クレインはネクタイを締め、ズボンを穿き、靴に手を伸ばした。靴のかかとにはまだ血が生々しくついていたが、気にせず履いた。

「保安官が、おれに何の用だろう?」

「誰かが保安官を椅子で殺そうとしたそうだ。そこの廊下の端の、正面に面した窓から、保安官めがけて椅子を投げつけたらしい」

「まさか！」ウィリアム・クレインは驚愕したような顔をした。「いったい誰が?」

「それを突き止めようとしているんだ。当時二階にいた人間のはずだから、きっとまだここにいる。出口は全部ふさいだ。保安官は下で、二階にいる全員に話を訊くそうだ」

廊下に出ると、ウィリアム・クレインが尋ねた。「あんたは犯人を見なかったのか?　ずっと廊下に座ってたんだろう?」

「おれはあんたを見張ってたんだ、廊下じゃなく」

「なるほど！」

ウォルターズ保安官はリビングルームに座っていた。いらいらしながら嚙み煙草を嚙み、氷のような青い瞳を恐ろしげに光らせている。ミス・ヴァン・キャンプ、ミス・クィーン、そしてミスター・ペニーが、暖炉のそばのソファーに浅くかけている。三人とも緊張した、怯えたような表情をしていて、ミス・クィーンの指は黒いドレスの裾を神経質そうに摑んでいる。リチャードソンは、ミセス・

ヘイワースが座っている椅子の肘掛けに腰かけている。ミセス・ヘイワースがウィリアム・クレインを安心させるようにほほ笑みかけた。すべすべの褐色の肌に、白い歯がまぶしかった。彼女は特に怯えているようには見えなかった。クリフが階段の下に立ち、階段の一番上には、瘦せて背の高いトム・パワーズ保安官代理の姿があった。

「あと何人だ?」パワーズが下にいるクリフに呼びかけた。

「あのブラックウッドって男と、あんたのガールフレンドのミセス・ブレイディーだけだ」クリフが言った。

「女はこりごりだ」パワーズ保安官代理が言った。「おれはブラックウッドを連れて来る。ミセス・ブレイディーを呼びたいなら、自分で上がって来るんだな」

保安官はその反抗的な言葉を聞いても怒ることはなかった。「看護師を呼んで来い」彼はグレアム保安官代理に言った。「看護師にミセス・ブレイディーを迎えに行かせろ」

やがてパワーズ保安官代理がブラックウッドと階段を降りて来た。ブラックウッドは明らかに怖がっていた。顔は歪み、目が血走っている。声にできない抗議の代わりに、唇が震えていた。青いシェードのランプの下の椅子に倒れ込んだ姿は、罠に捕えられた動物を思わせた。その数秒後に、パワーズ保安官代理はミス・ツイリガーと一緒に、もう一度階段をのぼって行った。保安官が群衆に顔を向けた。

「実は」彼は切りだした。「誰かが二階の廊下の窓から椅子を投げて、わたしを殺そうとした。これは由々しき事態だ。そこであなたたちに訊きたい。誰がやった?」

患者たちは驚いた顔をすると同時に、ほっとしていた。さっき聞こえた悲鳴は、たったひとつのこ

とを意味すると思っていたからだ——また誰かが殺されたのだと。

「誰も自分から申し出ないのなら」保安官は冷たく言った。「白状させなきゃならないな」疑念に光る青い目で女性たちを見回す。「犯人は女だ」

保安官の背後から、ミセス・ブレイディーがミス・ツイリガーの腕につかまって入って来た。茶色い糸を編んだ網のような素材の上に金色の葉を縫いつけたイブニングドレスを着ていた。厚く白粉を塗って明るい色の口紅を引き、目はマスカラで縁どられている。だが、髪を整えるのを忘れたらしい。三つ編みが二本、肌の露出した背中に垂れていた。振り向いて睨みつけている保安官に優雅な会釈をし、暖炉のそばの椅子へ堂々と歩いて行った。明らかに、午後のダンス事件はなかったことにするつもりらしい。あまりに穏やかな彼女の表情に、クレインは驚いた。が、その厚塗りの顔にあるふたつの目をよく見ると、まるでメキシコの真っ白な干しレンガの刑務所のふたつの覗き窓の奥から、夜明けとともに銃殺刑に処されるふたりの受刑者が縮み上がってこちらを見つめているように思えた。

「もう二階には誰もいないんだな、クリフ?」ウォルターズ保安官が強い口調で尋ねた。

「たぶんね」

「おれが見て来るよ」グレアム保安官代理が言った。階段をのぼりながら、いたずらっぽい顔でクレインを見た。クレインは、部屋の酒はもう全部飲んでしまったことを彼に伝えていなかったと思い出した。

保安官が言った。「さて、話を戻そう。窓が割れたときに悲鳴を上げたのは誰だ?」

誰も答えなかった。

「女の声だった」ウォルターズ保安官が話を続けた。「あんたたち四人の誰かだったはずだ。椅子が

投げられた後に、建物を出た者はいない。さて、ミス・クィーン、あんたは窓が割れたとき、どこにいたんだね？」

「ミス・ヴァン・キャンプと一緒にいたわ」ミス・クィーンが顔を上げて言った。両手でハンカチをねじっている。

「まちがいないかね、ミス・ヴァン・キャンプ？」

ミス・ヴァン・キャンプがうなずいた。だが、思い直したように言った。「そんなこと、あんたには関係ないだろう」

保安官が息を深く吸い込んだ。「わたしを殺そうとした犯人を見つけようとするのが、わたしに関係ないと言うのか？」顔が赤く染まっていく。「ミス・ヴァン・キャンプ、悲鳴が上がったときにミス・クィーンはあなたの部屋にいたのか、いなかったのか？」

「いなかったよ」

「いなかったのか？」保安官の顔が勝ち誇ったように輝いた。

「ああ。あたしが彼女の部屋にいたからね」

「どちらかが悲鳴を上げたのか？」

「いいや」

「あんたは？」保安官がミセス・ヘイワースをじろじろと見た。「どこにいた？」

「ベッドに入って、読書をしていたわ」ミセス・ヘイワースは、上品ぶった声で言った。

「ほかには誰かいたか？」

「いいえ、ひとりきり」

「悲鳴を上げなかったか?」

「いいえ、でも、悲鳴は聞こえたわ」

「あんたはどうだ、ミセス・ブレイディー?」

「わたしは着替えていた。悲鳴を上げなかったけど、ひとりだった」ミセス・ブレイディーは、まるで覚えた台詞を暗唱するように言った。穏やかそうに見せかけた表情を崩すことはなかった。

ウォルターズ保安官が鼻を鳴らした。「誰かが嘘をついている。あの椅子を投げた人物は悲鳴を上げたし、悲鳴を上げた人物は女だった」恐ろしい顔を、次はリチャードソンに向けた。「この件について、何か知ってることはないか?」

「何も。悲鳴が聞こえたときには寝ていた。その後でドアへ駆けつけると……」リチャードソンの声は小さくなって途中で止まった。信じられないと言うように階段のほうを見つめている。

タイ・グレアム保安官代理とミス・エヴァンズが、周りには無頓着な様子で、いかにも親しげに腕をしっかりと組んで階段を降りて来るところだった。ミス・エヴァンズはほほ笑んでいて、真っ白い歯が真っ赤な分厚い唇の奥で輝いていた。階段を一段降りるたびに薄い尻を左右に揺らし、安酒場の女のようなこれ見よがしで下品な歩き方をしていた。鈍感な保安官代理という低木の横で咲き誇る花のようだ。

階段を降りたところでふたりは足を止め、グレアム保安官代理はミス・エヴァンズが離れるのを名残惜しそうに受け入れた。保安官に向かって報告した。

「二階で彼女を発見しました」

ウォルターズ保安官が、氷のように青い瞳でミス・エヴァンズを見すえた。「おやおや。こちらの

お嬢さんは二階で何をしていたんだ？」

「隠れていました」グレアム保安官代理が言った。

「どこに？」

グレアム保安官代理が、恥ずかしそうに咳払いをした。「彼女がいたのは……いや、つまり……音が聞こえて……中に入って……」

ミス・エヴァンズが馬鹿にするように口を挟んだ。「どうしてはっきり言わないの？　さっきは大胆に中まで飛び込んで来たくせに」彼女は横柄な態度で保安官を見た。

「あんたは、二階で何をしていた？　何をしに上がってたんだ？」

「ミス・ヴァン・キャンプの蒸し風呂の準備がしたかっただけよ。週三回、いつも夕食の直前に入浴させるの」

「本当か、ミス・ヴァン・キャンプ？」

「そうだよ」

ウォルターズ保安官がミス・エヴァンズに近づいた。「誰かの悲鳴が聞こえたか？」

「悲鳴？　いえ、聞こえなかったわ」

「窓が割れる音は？」

「どこの窓？」ミス・エヴァンズが怒りだした。「いったい何があったの？」

「あんたは二階にいた」保安官が言った。「誰かが悲鳴を上げた。誰かが窓を割って、椅子を投げてわたしを殺そうとした。なのに、あんたには何ひとつ聞こえなかった」ひどく威張って言った。「耳が聞こえないのか？」

「いいえ、耳はよく聞こえるわ。でも、浴槽にお湯を張っていたの。水の音がうるさくて、ほかには何も聞こえなくなるのよ」

「浴槽には湯が溜まっていたのか、タイ?」

「ああ、半分ぐらい溜まってましたよ」グレアム保安官代理が言った。

保安官が疑うような目でミス・エヴァンズを見た。「どっちにしても、おかしな話だ。何も聞こえなかったはずがない」再びグレアム保安官代理のほうを向いた。「タイ、その浴室は廊下の突き当りからどのぐらい離れているんだ?」

「部屋ふたつ分だけです」

「割れた窓の隣は、誰の部屋だ?」

「ミセス・ブレイディーよ」ミス・ツイリガーが答えた。

「その隣は?」

「ミス・ヴァン・キャンプ。廊下の同じ側にあるわ」

「廊下の向かい側の部屋は?」

ミス・ツイリガーが言った。「ミスター・ピッツフィールドの部屋とミス・パクストンの部屋……いえ、かつての部屋よ」

「なるほど」ウォルターズ保安官はじっと考え込んだ。

正面のドアに立ったままミス・エヴァンズをじろじろと眺めていたクリフが、彼女に近づいて行った。「ねえ、パパ」彼が言った。「あの椅子がどこにあったものか、調べてみたら?」

「いい考えだ。トム、椅子は今どこにある?」

パワーズ保安官代理がポーチから、白い欠片をいくつか運び込んで来た。ウォルターズ保安官がそれを受け取り、ミス・ツイリガーのほうを向いた。「見覚えはあるかね？」

「まあ。ええ、あるわ」ミス・ツイリガーが言った。嬉しそうな顔でミス・エヴァンズを見る。「女性用の浴室にあった椅子よ」

「そうだったか！」ウォルターズ保安官が勝ち誇ったようにミス・エヴァンズを睨みつけた。「何か言いたいことはあるか？」

「誰かが浴室から椅子を持ち出したからって、わたしが投げた証拠にはならないわ」

「証拠にはならなくとも、あんただという可能性がぐっと高まった」

ミス・エヴァンズが言った。「どうでもいいけど、わたしは投げてないわ」

「そもそも、どうやってここに入ったんだ？　わたしはずっと正面の階段に座っていたが、誰も入って来なかったぞ」

ミス・エヴァンズが辛抱強くほほ笑んだ。「裏口から入って、キッチンを通って来たの。何か悪いかしら？」

「つまり、忍び込んだんだな？」

「忍び込んだとは言わないでしょう？　裏から入っただけ」ミス・エヴァンズは無垢な顔をしていた。「今までだって、しょっちゅう裏から出入りしてたのよ」

ウォルターズ保安官は半分閉じた不気味な目をして、じっくり考え直した。「二階にいた誰かがやったんだ」彼は言った。「しかも女だ。さて、ミス・クィーンとミス・ヴァン・キャンプはしっかりしたアリバイがある。残るのは、ミセス――ふむ――」

「ヘイワース」リチャードソンが怒ったように言った。「ミセス・パターソン・ヘイワースだよ」

「ミセス・ヘイワースと、ミセス・ブレイディーと、このかわいい看護師だけだ」保安官が言った。「そして、わたしを殺そうとした人物は、二件の殺人とも関係があると確信している」怒りで真っ赤に染まった顔で、考えに集中するように、リビングルームを行ったり来たりした。「言っておくが、嘘をつくと、犯罪に関わる情報を隠蔽したとみなされる。そのために共犯者として逮捕され、重い罰を科されるぞ」

ウォルターズ保安官はウィリアム・クレインを睨み、次にミス・エヴァンズを睨んだ。「この中の少なくともふたりは、かなりの説明を求められるだろう。言い分を変えるかどうか、審問までによく考え直すことだ」

ドクター・ビューローが正面のポーチから入って来た。顔面蒼白で、恐怖と怒りが同時に彼の目にありありと見てとれた。「保安官、あなたにだけお伝えしたいことがあるのですが」

「いいとも」保安官が言った。ふたりは正面のドアの近くへ歩いて行った。ドクター・ビューローが何か耳打ちした。

「何だと！」保安官が言った。「クリフ！　一緒に来てくれ。タイ、おまえはトムとここで待機していてくれ。誰も部屋から出すなよ」

ドクター・ビューローに先導され、保安官とクリフは靴音を立ててポーチを横切り、夜の闇の中へと走って行った。椅子にうずくまり、両手で顔をすっかり覆っているブラックウッドを除いて、その場の全員が、相手かまわず一斉にしゃべりだした。

「いったい何があったのかしら？」ミス・ツイリガーが言った。

「わたし、朝になったらここを出て行くわ」ミセス・ブレイディーが言った。「ルーイビルか、ニューオーリンズへ行くつもりよ」

「きっとまた誰かが殺されたのよ」ミス・クィーンが言った。「絶対に誰か殺されたんだわ」

「殺されたのがリバーモア院長だといいんだけどね」ミス・ヴァン・キャンプが言った。「なにせ、あの間抜けな保安官だという可能性はまったくないんだから」

「殺人なんて起きてない。そういう類の知らせじゃないと思う」リチャードソンが大きな声で言った。

「たぶん、検視官か誰かが保安官に用があって来たのだろう」

「検視官のはずがないわ」ミス・ツイリガーが言った。「明日来ることになってるんだもの」

ミス・クィーンが言った。「絶対にまた誰かが殺されたのよ」

クレインとふたりの保安官代理は正面のドアをじっと見つめていた。「じきにわかる」クレインが言った。「誰かが戻って来た」砂利の小道を歩いて来る三人の人影が見えてきた。ひとりは懐中電灯を持っている。小道の片側に光を向け、続けて反対側に向ける。誰かの手がクレインの腕に触れた。ミス・エヴァンズだった。彼の耳に口を寄せている。

「あんた、わたしと協力するの？　それとも、あんたが外に出てたって、保安官に話そうか？」

クレインが何か答えるより早く、ウォルターズ保安官、ドクター・ビューロー、そしてクリフがリビングルームに入って来た。どの顔も険しい表情をしている。

ウォルターズ保安官がはっきりと言った。「ミス・クレイトンが殺された」

「やっぱり！」ミス・クィーンが大きなうめき声を上げた。「わたしたち、もう逃れられない運命なのよ。誰ひとり」

ほかの者たちはその知らせを、無言で受け止めていた。誰も運命から逃れられそうになかった。

「全員ここから動くな」ウォルターズ保安官の表情は厳しく、大声で次々に指示を出していった。

「タイ、おまえはトムと一緒に外にある死体を病棟に運んだら、そこにいる人間を全員こっちへ連れて戻って来い。クリフ、おまえもふたりを手伝え。それと、あのオオカミ野郎も連れて来るんだ」

クレインが尋ねた。「何があったんだ?」

「ミス・クレイトンが背後から、首を刺されていたんです。かわいそうに、わたしが発見して間もなく、息を引き取りました」ドクター・ビューローが言った。

「わたしの言ったとおりでしょう?」ミス・クィーンが言った。顔いっぱいに悲しげな笑みを浮かべる。「またひとり殺されたわ」何度も首を上下に振る。「さあ、次は誰の番かしら?」

「黙れ」保安官が乱暴に言った。「次なんてないんだよ。命に代えても、こいつはおれが捕まえてやる」

ウィリアム・クレインはドクター・ビューローの隣に移動した。「彼女を殺した人間に、心当たりは?」

ドクター・ビューローは首を振った。気分が悪そうだ。「かわいそうに。ここの看護師でまともなのは、あの子だけだったのに」

「どこで殺されてたんだ?」

「拘禁棟のすぐ前の庭で……あやうく彼女を踏みつけるところでした」声が震えている。「こんな情けない姿をさらして申し訳ないけど、気力をすっかり奪われることってあるんだね……」

「わかるよ」クレインが言った。「本当にいい子だった」

「あとほんの少し駆けつけるのが早かったら……発見したときには、まだ息があったんだ……何人も殺している犯人を捕まえることができたかもしれない……」ドクター・ビューローのたくましい手が、開いたり閉じたりを繰り返している。「そうとも、きっとこの手で犯人を殺してやったのに」声が大きくなる。「卑怯じゃないか……首の後ろをナイフで刺すなんて……」

クレインが尋ねた。「どんなナイフだった？　ミス・パクストンを刺したのと同じようなものか？　骨の柄《つか》がついてたか？」

「ああ、そうか！　たしかにそうだ！　そっくりだった！」

ドクター・ビューローは、打ちひしがれながらも、何かを期待するかのようにウィリアム・クレインをじっと見つめた。

「誰の仕業かは、おれにもわからない」クレインが言った。「だが、少しずつ真相に近づいている」

ドクターの腕を摑んだ。「ミス・パクストンの世話は、どの看護師が担当していた？」

「ミス・クレイトンです」

「もうひとつだけ教えてくれ」クレインが言った。「亡くなる直前に、彼女は何か言わなかったか？」

「首を刺されていましたからね。何か言いたそうにはしていましたが、口から血がこぼれて……何を言っているかはわかりませんでした」

「何も聞き取れなかったのか？」

ドクター・ビューローが申し訳なさそうに言った。「何か〝クリーニング〟みたいな言葉を言ったように思ったけど、意味がわかりません。聞き取れたのは、そのひと言だけです」

「クリーニング？」クレインが言った。「クリーニングか。ふむ……クリーニングね」

ふたりの保安官代理とクリフは、敷地内にいる全員を見つけるのに十五分近くかかった。ドクター・イーストマンとチャールズがミスター・ラダムを連れてリビングルームに入って来た。ミスター・ラダムの黒い目は、何か超自然的な光を放っており、さすがの保安官も思わず後ずさりした。白髪頭の年老いた警備員がひとりで歩いて来て、クレインに向かって、訳知り顔でほほ笑んだ。

「主がみなを一堂に集められたんだな」彼が言った。

「これで、やつらを一度に打ち砕きやすくなったわけだ」クレインが言った。

「たしかにそうだ」老人が言った。「たしかに」彼は両手を組んで腰を下ろし、主が彼らを打ち砕いてくださるのを待った。

リバーモア院長とグレアム保安官代理に付き添われて、ジョー・カスッチオが到着した。怒りにぎらぎら光る目を除いて、顔じゅう白い包帯と粘着テープに覆われている。その後ろから運転手が、そして最後にクリフとパワーズ保安官代理がやって来た。

「あのふたりの黒人の女たちも連れて来い」保安官が言った。

マリアとウラーが、目を丸くしながら入って来た。丸々とした体が震えているのがわかった。

「おまえらふたり、この一時間はどこにいた?」ウォルターズ保安官が厳しい口調で尋ねた。

「あたしらは、すぐそこのキッチンにおりました」ウラーが言った。耳が痛くなるほど甲高い声だ。

「何をしていた?」

「夕食の用意です」

「キッチンから、一度も出ていないのか?」

「出ていません、サー！」

保安官が質問をぶつけるようにマリアを見た。

「出ていません、サー」彼女も言った。

「誰かキッチンから入って来た者はいたか？　そこのミス・エヴァンズのように」

「ミス・エヴァンズ以外にキッチンを通りなさった人はいませんでした」ウラーが自信たっぷりに答えた。

「いいだろう」ウォルターズ保安官は満足していた。「キッチンに戻って、夕食の準備を続けてくれ」

ふたりの姿は、まるで手品かと思うほどあっという間に消えた。「さて、今外から戻った人たちに話を訊く前に、それ以外で一時間以内にこの建物から出た人間がいたら、教えてくれ」

ミス・エヴァンズがさりげなくウィリアム・クレインを見た。どことなく勝ち誇ったような雰囲気が感じられた。

「あんたはどうだ、クレイン？」保安官が尋ねた。「外に出なかったか？」

クレインが言った。「その質問なら、保安官代理に訊いてくれ」

「彼はこれっぽっちも動きませんでしたよ」グレアム保安官代理が保証した。「一秒も目を離さず、彼を見張っていました」

ミス・エヴァンズの表情に変化は見られなかったが、青い目の上に薄いヴェールが一枚かぶさったようだった。クレインは彼女にウィンクをした。

「ほかの者たちも、外へ行かなかったんだな？」保安官が尋ねた。

誰もが自信を持って出ていないと態度で示していた。

保安官が興味深そうにジョー・カスッチオに目を向けた。「その怪我はどうした?」彼の傷だらけの顔を指さしながら答えを求めた。

「あんたが一番知ってるだろう」ジョーが言った。

「どういう意味だ?」

「あんたか、あんたの目ざとい部下の誰かにかかとをお見舞いされたのさ。だからこっちこそ、これがいったいどういうことか知りたいんだよ、わかるか?」声がかれている。「こんなことをしておいて、無事に済むはずがない。たとえ辺鄙な田舎町で威張りくさってるやつでも。これをやったのが誰だかわかったら、おれの手で……」

「ちょっと待て」保安官が恐ろしい形相になった。「どうしてそれをやったのがわたしか部下だと思うんだ?」

ジョーは、少しのあいだ黙っていた。「おれにはわかる」

「相手を見たのか?」

「いや。見てたら、その場で殴り返してやったさ」ジョーの口調には憎しみが満ちていた。「いきなり警告もなしに襲われたんだ。だが、声は聞いた。もう一回聞くチャンスがあれば、すぐにわかる」

「何と言ってた?」

「おれが庭にいるところへ暗闇の中から近づいて来て『保安官事務所の者だ』って言ってた。それから、殴ってきやがったんだ。ひどい男だろう?」

「ひゅー!」保安官はクリフとパワーズ保安官代理をじっと見た。「おまえらのどちらかがやったのか?」

「馬鹿なこと言わないでよ」クリフが言った。「誰かを殴る前に、自分の正体を名乗るやつなんているもんか。例の殺人犯にやられたんだろう。たぶん、あの看護師を殺して逃げる途中だったんだよ」

クリフがジョーのほうを向いた。「よかったね、あんたは殺されなくて」

「そうだとも！」保安官が言った。「ひょっとして、殺人犯の手がかりになるものを覚えてないか？」

「あんたら頭がどうかしてるぜ」ジョーが不機嫌そうに言った。「おれが襲われたときには、ミス・クレイトンはまだ生きていた。リバーモア院長がこの包帯を巻くのを、彼女が手伝ってたんだから」

「そのとおりです」リバーモア院長が補足した。「ドクター・ビューローが彼女を発見するほんの五分前に、わたしたちは彼女と別れたばかりでした」

「あんたらふたりは、その後何をしてたの？」クリフが訊いた。

ジョーが言った。「おれは自分の部屋に帰って、手を洗った」

「あんたは？　リバーモア院長？」

「自分の部屋にいました」

「嘘つけ」ドクター・イーストマンが言った。「裏口から出て行くのを見たぞ。庭のほうへ向かっていた」

「証言を否定されるとは心外です」リバーモア院長がむっとして言った。神経質そうに顎髭を引っぱっている。「自分の部屋にいたと言ってるじゃないですか」

「自分の部屋にいたと、あんたが言ってるに過ぎない」ドクター・イーストマンが言った。「でもおれは、あんたが庭に出て行く後をつけてたんだ」

ふたりのドクターは睨み合った。「どうして彼の後をつけたんだ？」ウォルターズ保安官がドクタ

ー・イーストマンに尋ねた。

「この数日、様子がおかしかったからです。連続殺人について院長が何か知ってるはずだと思いましてね。庭に何をしに行くのかが気になったんです」

「それで、彼は何をしに行ったんだ?」

「わかりません。庭で見失いました」

リバーモア院長が言った。「わたしを庭で見失ったって? では、ミス・クレイトンが殺された頃、あなたも庭にいたわけですね?」

「あんただってそうだろう?」ドクター・イーストマンが言った。

「どうやら、あんたら三人とも、説明してもらわなきゃならないようだな」保安官が言った。

「おれはちがうだろう」ジョーが言った。「部屋に帰って来たところを、そこの運転手が目撃してたんだ」

「そうだ」運転手が言った。「こいつは、保安官代理たちが呼びに来る十分前には、部屋に戻って来てたぜ」

「つまり、まずい立場に立ってるのは、ドクターおふたりということだね?」保安官が言った。「どちらがミス・クレイトンを殺したとしてもおかしくない。彼女とトラブルになったことは? ふたりとも、どうなんだ?」

「いいえ」リバーモア院長が言った。「看護師の手本のような子でした」

ドクター・イーストマンがうなずいた。「優しい子だった」

ダイニングルームにつながるガラス戸が開き、トマトスープとローストビーフの匂いがリビングル

ームを侵略した。「夕食の用意ができました」ウラーが言った。

ウォルターズ保安官が言った。「中断して食事にしよう」

「席はいくつ用意したんだね、ウラー?」リバーモア院長が尋ねた。「保安官も夕食を召し上がるそうだ」

「席なら充分ございます」ウラーが言った。「食事も、みなさんの分まで充分ございます」

「クリフとわたしは、ここでいただこう」ウォルターズ保安官が言った。「タイとトムは、使用人の食堂で食べて来るといい」

「ミスター・ラダムはどうしましょう?」リバーモア院長がドクター・ビューローに言った。「わたしたちと一緒に食事を摂らせても大丈夫でしょうかね?」

「たぶん、大丈夫でしょう」ドクター・ビューローが半信半疑のまま答えた。

ミスター・ラダムの美しく黒い瞳がきらめいた。「喜んでご一緒しましょう。ひとりで食事をするのにはうんざりしていましたのでね」黄ばんだ歯を見せてほほ笑んだ。「新鮮な肉はありますか?」

第十四章

夕食の席は静寂に包まれていた。夜ごと外から聞こえるかすかな物音、鳥の鳴く声、乾いた木々のあいだを吹く風、時おり遠くから聞こえる犬の遠吠え。そういったさまざまな音が窓から流れ込んで、ガラスや銀の食器がぶつかる文明的な雑音と混ざり合った。おびただしい量のローストビーフやマッシュポテトやパンが、ウォルターズ保安官父子の胃袋の中へと消えたが、ほかの者たちはほとんど食が進まなかった。不安と不信の空気がテーブルを覆っていた。上席には、黒い髭に半分覆われたリバーモア院長の白く心配そうな顔があった。向かいに座るドクター・イーストマンは不機嫌そうな目で、同席者たちに血走ったような視線を向けている。ドクター・ビューローは看護師たちと食事をしに使用人棟へ行っていた。

クレインはブラックコーヒーを二杯飲み、ミセス・ヘイワースが別の誰かのほうを見てくれないものかと願っていた。愛情に満ちていながら寂しそうな、何かを激しく求めつつも同情的な彼女の視線は、片時もクレインを離れることがなかったのだ。その目には母性的なものまで感じられて、クレインは落ち着かない気分になった。彼女の夫と赤ん坊は、今どうしているのだろうと思った。まだこちらを見つめているかと彼女をちらりと見るたび、リチャードソンの不機嫌そうにすぼめた唇の端が、警告するようにぐっと下がるのだった。それを除けば、リチャードソンはブラックウッドのほう

ばかり見ていた。ブラックウッドは食事に手もつけなかった。ミス・クィーン、ミセス・ブレイディー、そしてミス・ヴァン・キャンプは、互いに何かひそひそ話を交わしている。その隣では、ミスター・ペニーが深く考えにふけっている。黒人のメイドが震える手でコーヒーを注いだ後、最終的に沈黙を破ったのは、ミスター・ラダムだった。

「いつ頃殺人犯を逮捕できる見通しですか、ミスター保安官?」彼は尋ねた。ドクター・イーストマンの隣の席に座り、長く黄色い歯を見せながら上品に話した。

ウォルターズ保安官は、パンを口に運ぶ途中で手を止めた。「は?」彼は後ろ髪を引かれる思いで、おいしそうなパンを緑色の皿に戻した。「そうだな、まあ、それはわたしも知りたいぐらいだ」

「わたし、かつてある探偵と知り合いになったことがありましてね」訊かれもしないのにミスター・ラダムが話し始めた。「彼が常々心がけていたのは、何を置いても動機を見つけることでしたよ」ミスター・ラダムの犬のようなきらきらした瞳が、礼儀正しくも邪悪そうな光を放った。「今回の動機はもうおわかりになったのですか、ミスター保安官?」

「いや」

ミスター・ラダムの唇が笑みを作ると、インディアンのような頬骨の上の皮膚が引きつれた。「わたしなら、すぐにでも動機を探すところですけど」

リチャードソンが白いテーブルクロスの上に身を乗り出した。「動機ならあるんだ、保安官が知らないだけで」

「そうなんですか?」ミスター・ラダムがきれいな眉を上げると、彼の白目部分が褐色がかっていて、血管が網目状に浮き出ているのが見えて、クレインはぞっとした。

リチャードソンが続けた。「保安官は、ミス・ヴァン・キャンプの金庫や債券のことは何も知らないんだ」彼はミス・ヴァン・キャンプに目を向けないようにして言った。「誰か教えてやるべきじゃないのか?」

「それならもう、あたしが、とっくに教えたよ」ミス・ヴァン・キャンプが言った。ひと言ずつ区切るようにはっきり発音した。「でも、あたしの話になんて聞く耳を持たない大馬鹿なのさ」

ウォルターズ保安官は言葉に詰まった。「ちょっと待て、ちょっと待て」まるで雄鶏のようだ。「言葉を慎しんだほうがいいぞ、でないと二階へ連れて行くからな」

「へえ、あんたが連れてってくれるのかい?」ミス・ヴァン・キャンプが訊き返した。

クレインは思わず笑ってしまった。

「わたしは、あの手提げ金庫こそがすべての事件に関わる手がかりだと思うんだ」リチャードソンが真剣な顔で言った。「四十万ドル分の債券なら、どんな人間だって手に入れたいはずだからな」

「保安官は欲しくないそうだよ」ミス・ヴァン・キャンプが鋭く言った。「殺人事件の手がかりとして認めないそうだから」

ウォルターズ保安官はドクター・イーストマンに救いを求めた。「いったい何の話をしてるんだ?」

ドクター・イーストマンは答えなかった。

「リバーモア院長に訊いてみな」クレインが言った。「金庫とその中身については、彼が何もかもご存じだ――そうだろう、リバーモア院長?」

「そうですね……ある意味では……たしかに知っています」リバーモアの髭が震えた。「ですが、わたしには――」

ウォルターズ保安官が怒ったようにさえぎった。「手提げ金庫があったことは知ってるのか？」

「ミス・ヴァン・キャンプから聞いていました」

「実際に見たのか？」

「見てないと思いますが……」リバーモア院長は考えながら、苦しそうに目を閉じた。

「そうかい、あんた、見てないって、そう言うんだね？」ミス・ヴァン・キャンプのひと言ひと言には、象を狩るライフルの弾丸ほどの勢いがあった。「あの債券に触ったことも覚えてないのかい？『これまで賢明な助言に基づいて投資してこられたのですね』って、そう言った覚えもないのかい？」彼女の口調が落ち着き、丁寧に変わった。「こう言ってたのもご記憶にないかね。『ミス・ヴァン・キャンプ、こういった貴重品はわたしがお預かりしたほうがいいと思うのです。この金庫はとても――頼りないですから』そうは言わなかったかね？」ミス・ヴァン・キャンプの皮肉が最高潮に達した。「それから、あたしがそれでも金庫を渡さないものだから、あんたは金庫を盗んで、その後はそれがばれないように何人もの人を殺したんだよ」

リバーモア院長の指が苦しそうに震えた。

「あんたはあたしの金庫を盗んで手に入れた」ミス・ヴァン・キャンプは少し落ち着きを取り戻していた。「でも、それ以上はもう何も手に入らないんだよ。あたしが死んだら、遺産のほとんどをこのサナトリウムに遺すつもりだったけど、気が変わったよ。ここの誰にも、一セントたりともやるもんか」

「おいおい、ちょっと待ってくれ」保安官が言った。

「ぼくにこの人と話をさせてよ」クリフが言った。甘草のお菓子のような黒い目には警戒の色が浮か

んでいる。「どうして院長に債券を見せることになったんだい、ミス・ヴァン・キャンプ？」

「このサナトリウムの将来的な運営に不安を感じないでほしいって伝えたかったんだよ。院長は、患者が少ないことをずっと思い悩んでいたのでね。これまで親身になって面倒を見てくれて、本当に感謝してたんだ。おかげでずいぶん気分がよくなったし、これからもドクターたちがここで仕事を続けられるようにいくらか遺すつもりだってことを、今のうちに伝えておいたほうがいいと思ったんだ。もし金を貸してくれって直接頼んでくれたなら、喜んでいくらか譲ってあげただろうに、この臆病者ときたら、金庫ごと盗むようなやつなんだよ」

クレインは、リバーモア院長が苦悩に満ちた視線をドクター・イーストマンに送るのを見つけた。急いで振り向くと、ちょうどドクター・イーストマンが、わからないほどかすかにうなずき返すのが目に入った。

リバーモア院長が急き込んで言った。「ここでは人の話をやすやすと信じてはいけませんよ、ウォルターズ保安官。こんな状況で、ミス・ヴァン・キャンプは気が動転しているのですから」

「彼女は、金庫がなくなったことをずっと気に病んでいたのです」ドクター・イーストマンが説明した。「ですが、新しいものを見つけてあげれば解決すると思いますよ、同じような金庫さえあれば」

「〝同じような金庫さえあれば〟だって？　どういう意味だ？」保安官が詰め寄った。

クリフが尋ねた。「それってつまり、初めから金庫に債券なんて入ってなかったってこと？」

リバーモア院長が神経質そうな指で顎髭を引っぱった。「本当は言いたくなかったのですが、こうなっては仕方ありません、事情を知ってもらったほうがいいでしょう」息が詰まって、一旦言葉を切った。「ミス・ヴァン・キャンプの財産というのは、彼女の妄想に過ぎないのです」

「嘘だ！　この嘘つきの泥棒め」ミス・ヴァン・キャンプが骨ばった指をリバーモア院長に向けた。「これであんたがあの金を盗んだことがはっきりしたよ。そうじゃなきゃ、嘘をつくこともないからね。あんたは人殺しで、盗人で、おまけに――」

突然ミス・ヴァン・キャンプの顔から血の気が引き、ホルスタインの牛乳のように真っ白になった。むくんだ目に恐怖の色を浮かべて宙の一点を凝視したかと思うと、テーブルの上に力なく倒れ込んだ。バター皿の中に顔を突っ込み、今しがたドクター・リバーモアを指さしていた手は、チーズの載った銀の皿の上に落ちた。タンブラーの水がテーブルクロスにこぼれて、濡れた灰色の輪がみるみる広がっていく……

「ああ、なんてことなの！」ミス・クィーンが言った。「わたしたちの目の前で殺されたわ」

ドクター・イーストマンが、ぐったりしたミス・ヴァン・キャンプのそばに駆け寄った。太い指で脈を探り当て、耳を澄ますように頭をわずかに傾けて、緊張した表情で少し待った。

「気絶しただけだ」ドクターが宣言した。「誰か、濡れた布巾をくれ」彼女の黒いドレスの、きつく締まった襟のリボンを緩めようとした。

クレインが彼を見下ろすように立った。「彼女の首から手を放せ」クレインが言った。「襟を開けるなら、ミス・クィーンに代わってもらえ」そう言うとドクター・イーストマンの右手の親指を握って、手首の骨につくほど思いきり後ろに反らせた。と同時に、ドクターの体をテーブルから押しのけた。ドクター・イーストマンは痛みにうめき声を上げ、左手でクレインの顔を殴った。

保安官がふたりのあいだに割って入った。「いったいどうなってるんだ？」保安官が問い詰めた。「こっちが訊きたいね」ドクター・イーストマンは憤慨していた。「おまえ、許さないからな」彼は

クレインに向かっていこうとした。顎がこわばっている。

「やめろ」保安官が怒鳴った。「ふたりとも気持ちを鎮めろ、でなきゃ、そろって留置場に放り込むぞ」

クレインはドクター・イーストマンに背を向けた。ミス・クィーンの介抱を受けて、ミス・ヴァン・キャンプは意識を取り戻しかけていた。こめかみに青い血管がうねり、紫色の唇に水滴がついている。まるで九十歳の老婆のように見えた。

「二階へ連れて行ったほうがいいですね」リバーモア院長が言った。「ミス・ツイリガーを呼んで来てもらえますか、ドクター・イーストマン?」

ドクター・イーストマンは、右手の親指を何度も引っぱりながら部屋を出て行った。「この続きは後だ」出がけにクレインに向かって言った。「このままじゃ置かないからな」

「いいとも」クレインが言った。

リバーモア院長がミス・ヴァン・キャンプの口元に水の入ったグラスを近づけた。彼女はそれを押しのけた。「放っておいとくれ」彼女は言った。「あたしなら大丈夫だよ」

「ミセス・ブレイディーと一緒に、彼女を部屋へ連れて行くわね」ミス・クィーンが言った。細長い顔が、少し嬉しそうだった。「ベッドに寝かせるわ。まだまだ安心できないから」

リバーモア院長が言った。「わたしも行きましょう」

ふたりの女性に腕を支えられ、ミス・ヴァン・キャンプはゆっくりとだが、自分の足で歩けた。リバーモア院長が後からついて部屋を出て行った。

「おい、あんた」ウォルターズ保安官が青い目を細めてクレインを睨んだ。「いったい何を考えて

るんだ？　老いた女性を助けようとしていたドクターの邪魔などして。彼女が死んでもよかったのか？」

「よくない」ウィリアム・クレインが言った。「だからこそ、あいつを押しのけたんだ」

ウォルターズ保安官が息子に問いかけた。「おまえはどう思う？」

「さっぱりわからない」クリフが言った。「でも、新しい考えが浮かんだよ」灰色のハンカチで、大きな音を立てて鼻をかんだ。「なんであのドクターが婆さんを殺そうとしているなんて考えたんだ？」

彼はクレインに訊いた。

「あんただって、もし婆さんの金を盗んで、自分が疑われる唯一の証拠が婆さんの証言だったとしたら、きっと婆さんを殺したくなるだろうよ。婆さんが心臓発作を起こした隙にこっそり何かを飲ませることのできる立場だったら、なおさらだ。それなら病死に見せかけられるだろうからな」クレインはチーズナイフを手の上に載せて、ゆらゆらとバランスをとった。ドクター・イーストマンに殴られた顔が痛んだ。「さらにだ、もし婆さんのニューヨークの貸金庫を開ける二本の鍵の片方を持っていたとしたら、婆さんが生きてるより、死んでもらったほうが、もう一本を手に入れるチャンスが大きくなる」

保安官の青い目は、信じられないと言わんばかりだった。「それが本当だとすれば、興味深い話だな」彼は言った。テーブルを見回す。「おい！　オオカミ野郎はどこへ行った？」

ミスター・ラダムの席が空いていて、皿の前にナプキンが丁寧に畳んであった。クラッカーは手つかずだったが、チーズは全部、固い皮まで残らず食べられていた。

「どうやってここを出たんだ？」ウォルターズ保安官が言った。

ブラックウッドが動揺したように椅子を後ろに引き、ナプキンを投げ捨てて腰を浮かせた。

ウォルターズ保安官がねっとりした目つきで彼を見た。「あんたは、どこへ行くつもりだ?」

「ここを離れるんだ」テーブルに押しつけたブラッドウッドの親指が白くなっている。「あいつ、テーブルの下にいるかもしれない、誰かの脚を嚙みちぎろうと狙って」

保安官が鼻を鳴らした。が、リネンのテーブルクロスを小さく持ち上げてみた。「誰もいないぞ」

「同じことだ」ブラックウッドの声が震えている。「おれは怖いんだ。二階へ行って自分の部屋に鍵をかけて閉じこもる。ここにいたんじゃ、次に何が起こるか、誰にもわからない」

「ああ、部屋に戻るといい」保安官が馬鹿にしたように言った。「だが、心配は要らない。今夜は部下の誰かが廊下に泊まり込むから」

リチャードソンが立ち上がり、ミセス・ヘイワースの椅子の後ろに立った。「あなたも部屋まで送って行くよ」

「わたしはまだ寝たくないわ」ミセス・ヘイワースが言った。クレインにほほ笑みかける。「楽しいじゃないの。人殺しが誰なのか知りたくて、わくわくするわ。本当にあの哀れなミスター・ラダムがやったと思う?」

ウォルターズ保安官が見るからに表情を緩めた。「それはどうだろうね、奥さん、わたしも犯人の逮捕をお見せしたいところだがね。ひょっとすると、明日の朝にはお目にかけられるかもしれないな、あんたが美容のための睡眠をたっぷりとった後で」

リチャードソンが言った。「さあ、行こう、ダーリン。長すぎる一日だった」

ミセス・ヘイワースはリチャードソンにほほ笑みかけてから、まっすぐにクレインの目を見つめた。

「おやすみなさい」彼女は言った。その表情は優しく、哀しかった。連れ出されるままに、おとなしくダイニングルームを後にした。ブラックウッドがふたりの目につかない程度に距離を空けて、後からついて行った。

クリフが言った。「いい女だったね！」

「たしかに美しい人だ」ウォルターズ保安官が同意した。

「彼女とミス・エヴァンズを連れて歩いたら、自慢できるのにな」

保安官は「クリフ！」と言って、息子に首を振ってみせた。「仕事に戻ろう」

リバーモア院長がドア口に現れた。一緒に戻って来たドクター・イーストマンが、ウィリアム・クレインに不機嫌そうな目を向けている。

「ミス・ヴァン・キャンプをベッドに寝かせて来ました」リバーモア院長が言った。「神経が高ぶっているので、寝入るまではミス・ツイリガーが付き添います」

「わたしが知りたいのは」と保安官が切り出した。「どうしてあんたが金庫の件で嘘をついたかだ」

リバーモア院長の髭が、笑い声とともに揺れた。「重要なことだとは思わなかったからですよ。この何ヵ月というもの、彼女は金庫のことが心配で仕方なかったのです。どこかへ隠しては、誰かに盗まれたと騒ぐのですから」もう一度笑い声を上げる。「たとえ本当に盗まれたとしても、大したことではありません。金庫の中には、彼女が敷地内のあちこちで拾い集めた、破れた新聞紙や布きれが詰まってるだけですから。全部まとめても、一セントの価値にもなりませんよ」

「まさか！」ウォルターズ保安官が言った。「それなら、なぜ夕食の席でそう言わなかった？」

「ミス・ヴァン・キャンプの前で、そんなことを言いたくなかったのです。自分の言うことを誰かに

真正面から嘘だと指摘されると、怒って暴力をふるいだすものですから。彼女自身の健康をひどく害する結果になるのです、ご覧いただいたとおり」

ウォルターズ保安官は冷たい態度で、ドクターの証言を聞いていた。

「保安官には、一番初めに金庫の話を伝えておくべきでした」ドクター・イーストマンが言った。

「ただ、わたしも院長も、わざわざお話しするまでもないと思っていたのです。前にミス・ヴァン・キャンプがあなたに債券の話を始めたとき、保安官もそれが彼女の妄想だとすぐに見抜いておられるようにお見受けしましたので」

「なるほど、ではこの一件は解決だな」ウォルターズ保安官が言った。ほっとした様子だった。

「まだ人殺しを見つけなきゃいけないんだよ」クリフが父に釘を刺した。

体を張った捜査が待っていると思うと、ウォルターズ保安官の表情が明るくなった。「そうだったな」彼はきびきびとした調子で言った。「ラダムを追わなきゃな」

「彼がどうかしたんですか?」リバーモア院長が訊いた。

「どうやったのかはわからないが、いつの間にかここから逃げ出していたんだ」

「チャールズと、ほかにも何人か手を借りたほうがよさそうだ」ドクター・イーストマンが言った。

クレインのほうをちらりと見た。「その気があるなら、手伝ってもらえないか?」

「ああ、その気はある」

「ウォルターズ保安官、使用人棟にいる連中を呼び戻したほうがいいですか?」ドクター・イーストマンがドア口で立ち止まって言った。

「ああ、こちらに戻って来させたほうがいいな。保安官代理のどちらかを連れて行ってくれてかまわ

ない」

「ありがとうございます」ドクター・イーストマンが出て行った。

クレインは座っていた椅子を後ろに傾けるように、背もたれにもたれかかった。「金庫の件をまるきり無視するのはよくないと思うな」彼は言った。「たとえドクターたちが金庫の中は空っぽだと知っていたとしても、使用人たちはそうは思ってなかったんだ。債券が詰まってると思い込んだ助手の誰かが、金庫を盗んだのかもしれない」彼は残念そうに苦笑いした。「ミス・ヴァン・キャンプの話を聞いたら、誰だってお宝があると信じただろうさ」

「どんな可能性も見過ごすつもりはない」保安官が約束した。「特に鼻の骨の折れたジョーとかいう男。あいつはどうにも悪そうな気がする」

「ジョーは一連の事件とは関係ありませんよ、わたしが保証します」リバーモア院長が早口で言った。

「まだここに来て三日しか経ってないのです」

「誰かを殺すのに三日もかからない」ウォルターズ保安官が言った。

くぐもったような何人かの話し声が聞こえた。初めはかすかに、やがてかなり大きくなったその声は、使用人棟の食堂から移動して来た者たちが到着したことを知らせていた。ドクター・ビューロー、ミス・エヴァンズ、そしてパワーズ保安官代理が先導している。ウォルターズ保安官は彼らのもとへ歩いて行った。

「今夜は全員、こっちの建物に泊まってくれ」彼は言った。「部屋は足りるか、リバーモア院長?」

「ええ、部屋なら充分にあります」リバーモアが咳払いをして、礼儀正しい口調で言った。「ああ、その、ミス・エヴァンズ、ベッドの用意は間に合いますか?」

「マリアとウラーに頼んで、すぐに準備させます」ミス・エヴァンズも他人行儀な話し方で返した。ウラーが呼ばれて来た。「それじゃ、あたしもマリアもこっちで寝ていいってことですか?」ウォルターズ保安官は、葉巻のセロファン包装を外した。「あんたたちはこっちに泊まる必要はないだろう。ベッドの用意をしたら、自分たちの部屋に戻ってかまわない」

「保安官さん」ウラーが言った。「あたしたち、自分の部屋には帰りたくねえんですよ。こっちで寝たいです。キッチンで寝ますから」

マリアが強く同意した。「お願いします、サー!」

「わかった。さっさとみんなのベッドの用意をして来てくれ」


それから全員がそれぞれの部屋に落ち着くのに、何分もかからなかった。保安官が、ドクターたちも今夜は病棟にある自分たちの寝室で寝てもかまわないと判断し、パワーズ保安官代理を見張りとして一緒に行かせることにしたのだ。ドクター・ビューローとリバーモア院長が病棟へ向かおうとしていたところへ、手に土汚れのついたドクター・イーストマンが戻って来た。「ラダムを捕まえました」ドクター・イーストマンが言った。「拘禁棟に閉じ込めて来ましたよ」

「その見張りは、誰がやるんだ?」ウォルターズ保安官が訊いた。

「自分で外へ出ることはできないのです」リバーモア院長が言った。「見張りは要りませんよ」ウォルターズ保安官もそのとおりだと思った。「それにしても、夜間警備のあの老人は、どこへ行った?」

ドクター・イーストマンが言った。「正面の門にいるはずです。夜通し、そこで見張りをすること

になっていますから」

「様子を見ておこう」ウォルターズ保安官は、網戸にもたれて立っていたグレアム保安官代理を手招きした。「ちょっとあの老人を見て来てくれ。門の警備についているなら、そのまま放っておいてかまわない。クリフ、おまえは二階の廊下へ行け。ミス・エヴァンズの部屋の前に座って、彼女を外に出すなよ」

クリフは暖炉の前のソファーの上からクッションをひとつ取って、階段をのぼり始めた。「今夜は、誰にもうろうろさせないよ」階段の一番上で、彼は宣言した。

「みんなが落ち着いた頃、わたしも少し様子を見て回るよ」ドクターと部下たちがそれぞれ行ってしまうと、ウォルターズ保安官はそう言い、暖炉の前に座っているクレインとミスター・ペニーに、非難するような視線を浴びせた。「あんたたちは寝に行かないのか？」

「行くよ」クレインが言った。「でも、ふたりともまだ眠くないんだ。何か手助けできるんじゃないかと思ってね」

「あんたたちの手助けは要らない。そうでなくても、問題は山積してるんだからな」

「なあ」クレインが言った。「頭はよくよく使ったほうがいいぜ、また誰かが殺される前に」

ウォルターズ保安官は苛立ったように言った。「それはどういう意味だ？」

クレインは椅子に座ったまま身を乗り出した。「演繹法についておれが言ったこと、覚えてるか？実は、探偵業において、それと同じぐらい便利な推理方法があるんだ」

「本当か？」

「消去法って言うんだ。聞いたことはあるか？」

ウォルターズ保安官が、怒ったようにうなずいた。

「消去法は演繹法よりも、さらに正確だ」クレインが言った。「あんたの奥さんは、目が茶色い。そうだろう?」保安官は驚いた。「今のは運にも助けられたがね」クレインが言った。「主《おも》にメンデルという人物の助けを借りた演繹法だ。彼は青い目と茶色い目の両親から生まれる子どもの比率は、茶色い目の子どもが三に対して青い目の子どもが一になるという法則を発見した。これだともちろん、さっきのおれの推理は当たらない可能性もあった。だからこそ消去法のほうが有益なんだ。消去法で導いた答えは、決して外れない」

保安官は黙ったまま聞いていた。

「さて、この消去法を使って、いくつか検証してみよう」クレインは優しい口調で話した。「もしも三件の殺人がどれも同一人物の犯行なら、何かが見えてくるはずだ」彼は立ち上がって暖炉に近づいた。マントルピースに片肘をついて、燃えさしの薪を覗き込んだ。「まずは、ピッツフィールドを殺すことのできなかった人物を判別する」

「うーむ、そうだな」ウォルターズ保安官が言った。「彼自身には自分を殺すことはできなかっただろうな」彼はクレインを疑い深そうに見た。「だが、たとえあんたが、ピッツフィールドを殺すことのできなかった人物を挙げたとしても、それを信用していいかどうか、わたしには判断できない」

「あんたが判断しなくていいんだ」クレインが言った。「おれの言ったことは、ミスター・ペニーが裏付けの証人になってくれるだろうし、彼のことも信用できないと言うなら、ほかの人たちに確認してくれればいい」

保安官は心を決めたように、急に激しくうなずいた。「わかった、続けてくれ」彼は手帳と、割れ

た黄色い鉛筆を取り出し、背もたれのまっすぐな椅子に腰を下ろした。

「おれの見たところ、ピッツフィールドを殺すことができなかったのは、全部で五人だ」クレインは相変わらず、暖炉の中のビロードのような暗闇の中で輝いているやわらかそうな燃えさしをじっと見つめながら言った。「ミス・ヴァン・キャンプは映画のあいだずっとネリーと手を繋いでいた。ミセス・ヘイワースとリチャードソンも、たぶん手を繋いでいたと思われる。何せ、互いに相手が席を立たなかったと確信していたからね。ミス・ツイリガーは運転手とガレージにいた。どのみち、あの殺し方は女には無理だったとは思うが」

ウォルターズ保安官は、砂色の口髭の下に鉛筆を突っ込むように芯を舐めてから、五人の名前を書きだした。「クリフがここにいればよかったんだが」と憂鬱そうに言った。

暖炉の炉床の奥では、まだ燃えきっていない薪からまぶしい火の粉が舞い踊っていたが、手前のほうのベージュやグレーの灰の中には、まるで赤や紫の目がいくつもついていて、瞬きもせずに部屋の中を覗いているようだ。火のそばを離れると、空気は冷たく新鮮だった。

「二番めの事件では、ネリー・パクストンが殺された」クレインが続けた。「彼女を殺すことができなかった人物は多すぎるので、逆に彼女にナイフを突き立てる機会があった者に絞ったほうがいい」

彼は燃えさしの上に、新しい薪をくべた。「ここでは、一件めの事件で排除した五人には触れない。つまり、残されたのは、ブラックウッド、ミスター・ラダム、ミス・エヴァンズ、顔に包帯を巻いた男、おれ、ミス・クィーン、リバーモア院長、ドクター・イーストマン、そしてあの夜警の老人だ」

ウォルターズ保安官が、次々に名前を書いていった。クレインが続けた。

「黒人のメイドたちには、この犯罪を計画するのは難しいと思われるので除くことにする。チャール

ズは、使用人用の浴室に入るところをミス・エヴァンズに目撃されているので外す。ドクター・ビューローとほかの患者たちは、そろって夕食を摂っていたので、排除する」

ウォルターズ保安官は口の端に鉛筆をくわえた。「ここまでは納得した」もごもごと言う。「だが、あんた自身とミス・クィーンは外さないのか？ あんたたちもほかの患者と夕食を摂ってたんじゃないのか？」

「おれは途中で酒――ハンカチを取りに二階の部屋に戻った」クレインが言った。「そしてミス・クィーンはおれに気を悪くして、やはり途中で席を立っている。ふたりとも殺すチャンスはあった」

「わかった、わかった」保安官が言った。「次は？」

クレインは両方の肘をマントルピースに載せた。「いよいよ最後の殺人だ。残った八人から、誰を排除できるだろうか？」彼は保安官の顔を見て、眉を上げてみせた。

「たぶん、ブラックウッドとミス・クィーンは外していいだろうな」ウォルターズ保安官は首をさすっていた。「ミス・クレイトンが殺されたときには、二階にいたはずだ」

「それなら、おれも外せるな」クレインが言った。「おれは一度も部屋から出なかったと、あの保安官代理が保証してくれるだろう」保安官にほほ笑みかける。「それに、もしもあんたに椅子を投げつけたのがミス・エヴァンズだとしたら、彼女にはとてもミス・クレイトンを殺すことはできなかったはずだ」

ウォルターズ保安官は右手で拳をつくり、自分の左手の手のひらを殴った。「たしかにそうだ。同じ人物が同時に二ヵ所にはいられない」彼は機嫌よく言った。「あんな美しい人が殺人事件にかかわるはずがない」目を閉じ、しばらく考えていた。「あの椅子を投げた可能性ならあるだろうがな」

ウィリアム・クレインは本来の話に戻った。「今の段階で、容疑者は五人しか残っていない。ドクター・イーストマン、リバーモア院長、ジョー、ミスター・ラダム、そして警備の老人だ」

「五人全員を逮捕するわけにはいかないぞ」

「そうだが、これで捜査のとっかかりができたはずだ」クレインはミスター・ペニーの視線をとらえ、それから階段のほうを見た。ミスター・ペニーは眠そうに瞬きをして、うなずいた。「もちろん、これらのアリバイは完璧ではないだろう。特に、共犯者がいた場合、片方がもう片方のアリバイ証言をしている可能性がある。それぞれの証言と当時の居場所を、明日確認し直したほうがいい」

クレインとミスター・ペニーが階段を半分ほどのぼったところで、ウォルターズ保安官が咳をした。

「なあ、クレイン、あんたなかなか頭がいいじゃないか」彼は言った。「なんでこんなところに入ってるんだ？」

「ひどい災難に巻き込まれただけだ」ウィリアム・クレインは言った。そのまま部屋に帰った。

第十五章

クレインは、探偵である身としては、朝まで用心しながら寝ずに成り行きを見守るべきだと強く思っていたものの、激しい眠気に襲われていた。ベッドは誘惑的だし、ずっと起きているには部屋は寒すぎる。もうバスルームで着替えることにした。滑らかなパジャマは肌に心地よかったが、着替えているときに、右の腰に新しい打撲傷を見つけた。変色したそのミミズ腫れをいくら観察しても、どうやってついた傷だったか思い出せなかった。初めに殴られたときなのか、二度めに襲われたときに蹴られたものなのか。鏡に映った自分の顔は相変わらず色とりどりで、ついじっくりと眺め入った。夕食の席でドクター・イーストマンに殴られたところには鉛色の痕がふたつできているし、キュビズムの一種の流派による作品を思わせた。そっと顔を洗った後、用心深い探偵のせめてもの妥協策として、もしも廊下の外で大きな物音がしたら中まで聞こえるように、ドアに半インチほどの隙間を空けて包装紙を挟んでおいた。それから窓を全開にして、ベッドに潜り込んだ。

だが、ようやく両膝を壁に押しつけるという寝心地のいい姿勢が見つかったと思ったら、まったく寝つけないことに気づいた。腹の中が空っぽになった感じがするうえに、心臓の鼓動がいつもより速く、脈を打つたびに血液が送り出される音が耳の中で大きく響くのだ。軽い吐き気もする。密造酒を飲み過ぎたせいか、でなければ、怯えているからか。酒のせいであってくれと願った。

部屋の中は静まり返っていたが、外では弱い風が吹き、時おり木の枝が宿泊棟の漆喰壁にこすれる小さな音がした。まるで誰かが手足の爪を立てて壁を這っているように聞こえる。さっきから、びくびくしながら窓ばかり眺めてしまう。今にもそこから黒い人影が現れるのを、心のどこかで期待しているかのようだ。一度カーテンが突風にあおられたときには、反射的にベッドに起き上がってしまった。「何だよ！」彼は自分に毒づいた。「何をやってるんだ！」全身をぎゅっと丸め、枕に顔を押し当て、強く目を閉じた。

ようやく眠れそうだと思ったとき、どこかずっと遠いところで、水が激しく流れる音がした。音はときどき大きくなった。と思うと、かすかにしか聞こえなくなった。まるで誰かが移動式の浴槽に入っていて、蛇口を全開にして庭の中を走り回っているようだ。ウィリアム・クレインはぼんやりしたままベッドから起き出してバスローブを羽織り、廊下に首を出してみた。水の音がよりはっきり聞こえた。廊下の端の、割れた窓のそばに、クリフが立っていた。これから何かをするぞと決心したような表情だ。彼は頭を後ろへ反らせると、恐ろしい叫び声を上げた。ソプラノの高いドの音から始まった声は、バリトンになって低く響きわたり、最後は甲高いファルセットになって笑いだした。クレインは彼に向かって廊下を走りだしたが、半分まで行ったところで女性用浴室のドアが開き、中から顔を真っ赤にして怒っているウォルターズ保安官が、もうもうと立ちのぼる湯気とともに飛び出して来た。

「誰がそんな声で叫べと言った？」保安官が息子を怒鳴りつけた。息子のほうは、見事なアリアを歌いきったオペラ歌手が休憩をとるように、静かに待機している。「いったい何を考えてるんだ？」

「誰がって、叫べって言ったのはパパじゃないか」クリフが言い返した。「パパが……」

「わたしは、呼びかけてくれと言ったんだ。頭のてっぺんから甲高い雄叫びを上げろとは言っていない」

クリフは注意深く袖で鼻の頭をこすった。「でも、知りたかったことはわかったんだろう？」彼が尋ねた。「水を出しっぱなしにしても、ぼくの叫び声が聞こえたんだね」彼は誇らしげににやりと笑った。

保安官の真っ赤な頬が徐々にピンクに変わった。「ああ、聞こえたとも」彼は言った。「町の反対側にいるママにまで、はっきり聞こえただろうよ」額にしわを刻んで考え込んだ。「あの女め、もしもあのとき本当に浴室にいたのなら、悲鳴は聞こえたはずだ。彼女の証言にはおかしな点がある。逃げられないように見張っておいてよかったな」

保安官は水を止めに浴室へ戻り、クレインも自分の部屋に戻ろうとした。廊下に面したドアが、もうひとつだけ開いている。その開いたドア口に、茶色いパジャマの上にウールのガウンを着たリチャードソンが立っていた。ミセス・ヘイワースの部屋のドアをじっと見ている。

「何かあったのか？」彼が尋ねた。

「捜査の一環だ」クレインは立ち止まらずにリチャードソンの前を通り過ぎて、自分の部屋に入った。また包装紙をドアに挟んで隙間を開けておき、バスローブをベッドの足元に脱ぎ捨て、シーツのあいだに潜り込んだ。まだほんのりと温かかった。

クレインが目を覚ましたのは、午前三時だった。身動きはしなかったが、目ははっきりと覚め、腹筋と脚の筋肉が弓の弦のように張りつめていた。死んだような沈黙が流れている。風が雲をどこかへ

連れ去ったらしく、月が左の窓から部屋の中を冷たく見下ろし、ベッドから数フィートの床に長方形の光を映しだしていた。静けさの中に、何者かが聞き耳を立てているような空気があった。静寂を破ってしまうのではなく、気づかれないほど小さく掻き乱しているかのようだ。クレインもじっと耳を澄ました。

ドアのそばで、何かがかすかにきしむ音と、蝶番がこすれる音がした。ドアの辺りは黒い毛糸を幾重にも編んだように、まったく何も見えない。当然ながら、そこにいるのは殺人犯だとわかっていた。体じゅうがすっかり麻痺している。手も足も出せない無力感は、彼がときどき夢の中で味わうものと似ていた。崖っ縁に向かって滑り落ちたり、ブレーキの利かない車に乗って山を駆け降りたりする夢だ。ただし、今回のは夢ではないと認識していた。音は静かに、ゆっくりと近づいてくる。まっすぐに、執拗に。息を止めると、潜在意識のひらめきの中で彼の脳みそが、きっとこれはリバーモア院長だと伝えてきた。ドクターはおれをナイフで刺すつもりだろうか、それとも首を絞めるのだろうか。それでもクレインはけっして動いたり叫んだりしようとはしなかった。ドクターがピストルを持っているかもしれないからだ。

音はすでにベッドのすぐそばまで迫っており、四角い月光の中に、別の光が見えた。突然それは彼の上に屈み込んだ。クレインはすぐにベッドに起き上がり、相手を捕まえて自分の上に引き寄せ、首を摑もうと手を伸ばした。と同時に横に回転して馬乗りになり、片脚を相手の体に巻きつけた。

彼が押さえ込んでいたのは女だった。それも、裸だった。女はクレインの顔を両手で挟み、キスをした。ミセス・ヘイワースだ。その目は月の光を浴びて狂気に輝いていた。クレインは彼女から飛びのいた。しばらくすべての思考が停止した。どこかで自分が悲鳴を上げる声が二度聞こえた。それか

ら開いていた窓によじ登って下へ飛び降りた。低木が衝撃を吸収してくれ、顔や肩に引っかき傷ができたものの、すぐに立ち上がって走ることができた。庭の中を走り抜け、自分と、丘の北側に駐まっているはずの観光用トレーラーとのあいだに立ちはだかる高い壁を乗り越えようとした。壁の上のガラスのかけらや鉄条網で指が切れ、あきらめてまた庭へ飛び降りた。

しばらく荒い息をついているうちに、裸足の足の裏がひどく冷たいことに気づいた。その瞬間に五感が蘇り、それとともに自分の臆病さを恥じる気持ちも戻って来た。寝ているベッドの中に狂った女が忍び込んで来た経験のある男は自分以外にもいるのだろうか、もしいるなら、そのときどんな反応をしただろうかと考えた。きっとその男も自分とまったく同じように、一目散にその場を逃げ出したにちがいないと思うことで、自分をなぐさめた。

次に、いったいどうやって部屋に戻ればいいだろうかと考えた。庭全体が、土までもが冷たく、風はないものの、空気はちくちくと肌を刺すようだ。どこもかしこも霜の匂いがする。遠くに宿泊棟が見えた。まぶしい明かりと、騒々しい声にあふれている。どうやら彼の悲鳴を聞いて、捜索隊が組まれたらしい。保安官がしわがれた声で指令を出しているのが聞こえる気がした。できるだけ誰にも気づかれずに戻るために、壁から離れて庭の反対側へ移動した。慎重に歩いても小石で足の裏が切れ、一度は何か重い金属の物体に思いきり足の親指をぶつけた。草の中へ手を伸ばして持ち上げてみた。月の光に照らされた物体はシャベルで、彼の左側の、小道をわずかにはずれた草の中に、以前老人が掘っていたのと同じような円形の穴が空いていた。クレインが穴を見下ろしていたところへ、宿泊棟との中間辺りで何かが動くのが目に入った。男がいる。湿った草の上に裸足の足を滑らせるようにして少しずつその男に近づいてみると、驚いたことに、それはリバーモア院長だった。

捜索隊は扇状に広がり、庭の低木の中を棒で叩きながらゆっくり進んでいる。遠くに見えるその光は、木々や低木や花の上に急流のように降り注ぐ透明な月光の中で、弱々しくかすんでいた。不安そうなうめき声を漏らしたリバーモア院長が立ち上がり、クレインはゼラニウムの花壇の後ろに身を伏せた。せめて靴下を履いて来ればよかったと思った。リバーモア院長はシャベルを落としたはずの場所へ急いで戻り、草の中を手探りで探してから、捜索隊の一翼に向かってよろよろと歩きだした。茂みの前を通ったときに、シャベルをその裏へ投げ捨てて行った。

捜索隊から逃れるのは無理だと判断したクレインは、ゼラニウムの花壇の中から起き上がり、両手をズボンの尻で拭って、近くのベンチに腰を下ろした。ゆったりと背中をもたれ、まぶしいほどの月が白く染めた夜空を見上げた。

のんびりと空を眺めているところへ、パワーズ保安官代理と運転手がやって来た。ふたりはクレインから安全な距離を空けて立ち止まった。パワーズ保安官代理は、法の執行官としての立場上仕方なさそうに、運転手より一歩前に出た。「おい！」彼は言った。「おい、そこのあんた！」クレインが返事をしないでいると、彼は運転手のほうを向いた。「あいつも殺されたんじゃないのか？」期待のこもった声だった。

クレインが立ち上がった。「残念だったな、死んでなくて」彼は言った。「寒いだけだ」慎重に砂利の小道を越えて近づいて行く。「戻ろう。次のカドリール（ダンスの種類）は、きみと組む約束だったな、ミスター・パワーズ？」

「次の何だって？」

運転手がクレインの腕を強く掴み、彼の背後からパワーズ保安官代理に言った。「まともに相手を

しなくていい」

　宿泊棟へ歩いて戻る途中で、パワーズ保安官代理は保安官に報告をするためにふたりから離れた。月光を浴びた庭は、写真のネガのように黒と灰色と白だけでできており、まるでひとつの黒板の上に黒い紙でできたシルエットを何枚も貼りつけただけの絵のように、そこには奥行きも、形どうしの繋がりもないように見えた。白い小道は、チョークで乱暴に線を一本引いたかのようだ。低木や花の影が黒いかたまりを作る一方、植物自体はすべて灰色で非現実的に見えた。頭上で夜行性の鳥たちが、ときには怒ったように、ときには警戒するように鳴いている。

　クレインと運転手が正面玄関に立っていると、残りの捜索隊が戻って来た。保安官は怒りを爆発させた。

「おまえはいったいぜんたい、何をするつもりだったんだ？」神に呼びかける牧師のように、両手を大きく振りながら言う。「パジャマのままハドソン川まで走って逃げようとでも思ったか？」

「いや」ウィリアム・クレインが言った。「とにかく、あの部屋から逃げたかっただけだ」

　保安官は、抑えきれないというようにさらに両手を振った。「部屋から逃げ出したかっただけだと？」世界じゅうに知らせるかのように、大声でクレインの言葉を繰り返した。「こいつは、とにかく部屋から逃げたかったのだそうだ。朝になるのすら待てずに」節くれだった拳がクレインの鼻先に突きつけられた。「だから、いったいどういうわけで、部屋から逃げ出したかったんだ？」

　保安官の伸ばした腕は危険なほど近く、クレインは一歩後ろへ下がった。「誰かが部屋の中にいるような気がしたんだ」

「だからといって、悲鳴を上げてみんなを死ぬほど怖がらせていいことにはならない」

「そうだな」

「それに、二階の窓から飛び降りていい理由にもならない」

「そうだな」

保安官は肩をすくめた。艶やかな灰色の空を背にして、その肩は真っ黒に映っていた。「今なら安心してひとりでベッドで寝られそうかい?」ひどい皮肉をこめて尋ねる。「それとも、誰かに添い寝させようか?」

「それなら、ミス・エヴァンズにお願いしたいね」クレインは言い、網戸を開けて中に入ると、後ろ手にそっと閉めた。

ウォルターズ保安官は首を振った。「完全に頭がいかれてる」小さな群衆に向かって言った。

「そうでしょうか」グレアム保安官代理が言った。「おれもミス・エヴァンズと一緒に夜明かししたいものですがね」

「黙れ」保安官が言った。


静寂が破られるのは、その夜三度めのことだった。ドアに小さなノックが執拗に繰り返されている。ウィリアム・クレインはベッドから出るなり後悔した。ウールのズボンをはくと毛玉が肌にちくちくしたが、そのままベルトをしっかり締めた。今度こそ、万全の備えを整えてからだ。ベッド脇のランプをつけると、薄暗い明かりに部屋が不気味に映し出された。

抑えたようなノックはまだ続いている。

クレインはドアを引いて開けると、二歩後ずさった。廊下に、ミスター・ペニーが立っていた。日

本風のガウンを着て、革のサンダルを履き、唇に指を一本当てている。まるで東洋の玩具のように見えた。クレインは彼を部屋に入れた。ミスター・ペニーは手首をひねる動作をして、クレインにドアを閉めるよう促した。魔法のように、どこかのポケットから白いメモ帳を取り出す。右の拳を突き出し、ゆっくりと手を開いた。ウィリアム・クレインは訝しむような目でその様子を見ていた。手の中には短い鉛筆が入っていた。メモ用紙に、ミスター・ペニーが何かを書き始めた。〈あなたの力になれるかもしれない〉

　クレインはベッドに座り、ミスター・ペニーにも隣に座るようにと、シーツのしわを伸ばした。

「誰かの力を借りたいと思ってたんだ」クレインは会話を交わすように話した。「この事件を終わらせたいんだよ」

　ミスター・ペニーが飴玉のような目を瞬かせた。鉛筆がメモ帳の上を走る。〈あなたに、これまでの経緯を伝えられると思う〉

「それはありがたい」ウィリアム・クレインは言った。「だがその前に、ミセス・ヘイワースについて教えてくれ。彼女はどうしてここに入ってるんだ？」

　鉛筆が書き進める。〈ご主人と子どもが交通事故で亡くなった。彼女はふたりの死を受け止められずにいる。彼女の頭の中では、あなたはご主人そっくりに見えるらしい〉

「彼女が頭に思い描いているのは、それだけじゃないようだがね」クレインが言った。「それで、これまでの経緯っていうのは？」

　鉛筆が走る。〈これは役立つ情報だと思う。ドクターE《イーストマン》とドクターL《リバーモア》は、何度もひどいけんかをしていた〉

ウィリアム・クレインが、顎だけで軽くうなずいた。

〈ドクターEがドクターLを殴ると脅したので、ドクターLはボディーガードを雇った。それがジョーだ〉ミスター・ペニーがメモ用紙を裏返した。

クレインは下唇を噛んだ。「けんかの原因は？」

白紙の面に、一文字ずつ大文字が並んだ。〈E・V・A・N・S〉

「エヴァンズ？　どうして彼女のことで？」

テラピン（食用の亀）を白ワインで煮込んでいる香りをかいだ美食家のように、ミスター・ペニーはうっとりと目を閉じた。それからかっと目を開け、ウィリアム・クレインを睨みつけて、丸い拳を握った。美しい女を巡って戦わない男などいるか、と言いたいらしい。

ユーモラスなパントマイムを茶目っ気たっぷりに演じ、ミスター・ペニーは目をきらきらさせながら続きを書いた。

〈それに、ふたりとも金庫のことでも怒っている〉

「その金庫だが、本当のところはどうなんだ？」クレインは身を乗り出すように尋ねた。「中身は紙くずばかりなのか、債券が詰まっているのか、どっちだ？」

ミスター・ペニーが書いた。〈債券〉

「どうしてわかる？」

憤慨したように鉛筆が震えた。〈この目で見た〉

「なんでそれを保安官に言わなかったんだ？」

メモ用紙の裏面も文字で埋め尽くされていた。ミスター・ペニーはくしゃくしゃと音を立てて紙を

丸め、くずかごに投げ捨てた。新しいページに書き始めた。〈誰がわたしの言うことなど信じてくれる？〉
ウィリアム・クレインは、そういう自分もはたして彼を信じていいものだろうかと思いつつ、その懸念が伝わっていないことを祈りながら、いかにも信頼しているような目を小柄な男に向けた。
ミスター・ペニーは、何もかもわかっているような笑みを浮かべた。〈ふたりのどちらかが金庫を持っている〉
クレインはうなずいた。「どうしてそう言いきれる？」枕をベッドの頭に立てかけてもたれかかった。
鉛筆が素早く、勝ち誇ったように紙を引っかいていく。〈ミス・エヴァンズが金庫を持っているのを見た〉
クレインの背中から、枕が床に落ちた。「いつだ、それを見たのは？」
〈あなたが到着した日〉
「何だって！　彼女、そのとき金庫をどうしていたんだ？」
ミスター・ペニーは首を横に振りながら書いた。〈わからない。ドクターLのオフィスの外の廊下で会った。わたしを見て、背を向けた〉
クレインは前歯の隙間から笛のような息を鳴らした。これが本当なら、かなり重要な情報だ。「まちがいなく、ミス・ヴァン・キャンプの金庫だったんだね？」
〈まちがいない〉
「彼女はそのとき、金庫を持って何をしていたんだろう？」

鉛筆がゆっくりと動いた。〈ひとりのドクターのところから、もうひとりのドクターのもとへ、金庫を運んでいた〉——そこで鉛筆の芯がためらいを見せ、やがて書き足した——〈のでは？〉ミスター・ペニーの顔は悲しそうだった。

ウィリアム・クレインが思い描いていた空想は、次の鉛筆の文字によって打ち砕かれた。〈今金庫を持っている人物が、殺人犯にちがいない〉

「どうしてそう思う？」

〈貸金庫の二本の鍵について知っているだろう？〉

クレインがうなずく。

鉛筆が大急ぎで書き続けている。〈すでに一本めを持っている人物でなければ、二本めを手に入れたいと思わない。ピッツフィールドは、そのために殺された。彼はミス・ヴァン・キャンプの部屋で、誰かが鍵を探しているところを見てしまったのだ〉

「きっとあんたの言うとおりだな」クレインは言った。ベッドから降り、両手を伸ばしてあくびをした。

ミスター・ペニーの手の中で、また紙が一枚丸められた。新しいページに何か書き、その一枚を破り取ると、丁寧に折り畳んでクレインに渡した。滑るようにドアへ向かう彼の派手なガウンが、照明を受けて赤と青に光った。ミスター・ペニーは少しのあいだドアのそばで立っていたが、大きな笑みを浮かべ、そして出て行った。廊下から、左右不均等にサンダルを引きずるように歩く音が聞こえていた。

折り畳まれた手の中の紙を、ウィリアム・クレインは開いた。こう書いてあった。〈あなたが到着

した夜、どうして噴水の水は止まったのか？〉
くずかごの上で手を放すと、その紙切れはジグザグを描きながら落ちていった。ウィリアム・クレインはベッドの中に戻った。

第十六章

翌朝、窓から射し込む朝日がカーテンの模様をタトゥーのように壁に刻みつける中、クレインは目を覚ました。丸い雲を浮かべた洗いたての真っ青の空をふたつの窓が四角く切り取り、北東のそよ風の奏でるメロディーに踊る木々の先端とともに、そのふたつの額縁の中に納めている。部屋の中の空気は、水銀アーク灯の強烈な照明に照らされたような匂いがした。深呼吸を二回してからベッドを降りた。窓辺へ歩いて行くと、石を踏んだときに切れた足の裏がまだ痛んだ。何人かが庭に出て、昨夜彼が見つけた穴を取り囲むように立っていた。ウォルターズ保安官、パワーズ保安官代理、ドクター・イーストマン、そしておそらくは検視官と思われる、極端に瘦せた黒ずくめの男の姿が見えた。その一団と拘禁棟のちょうど中間あたりで、朝日を浴びた噴水が、銀色の背中を反らすように水を噴き上げていた。

クレインはレモン色と緑のストライプのネクタイ、茶色いハリスのツイードのゴルフジャケット、そしてフランネルのズボンを身につけた。ミス・エヴァンズに蹴られた夜に着ていたスーツを腕にかけて、一階へ降りて行った。

「腹が減った」マリアに向かって言った。「備蓄食品をじゃんじゃん出してくれ」

「はいはい、ただ今」マリアが承知しているというふうに言った。「たんと召し上がりなさるのは、

いつものことですからね」

ダイニングルームでオートミールにたっぷりのバターと砂糖を加えて食べていると、ミス・エヴァンズがキッチンから入って来た。ぱりっと糊の効いた白と青の制服を着て、どこかへ出かけるような様子だ。彼女が横を通り過ぎた。

「ちょっと待てよ」クレインが言った。「一緒にニシンかカレーを食べないか？」

ミス・エヴァンズはドアのそばで立ち止まった。「今すごく忙しいの」

クレインが言った。「ちょっと訊きたいことがあったんだ。ここでは洋服のクリーニングを誰かに頼めるのか？　このスーツ、汚れがひどくて着られないんだ」

「チャールズがときどきクリーニングを引き受けてくれるのよ。訊いてみるといいわ」衣擦れの音を立てて、彼女は出ていった。

「どうも」ウィリアム・クレインはそう言って、またおいしそうにオートミールを食べ始めた。あらかた食べ終えた頃、マリアがさらにハムエッグを山のように皿に載せてキッチンから出て来た。

「あの男は誰だい？」クレインはハム四枚と目玉焼き三個を食べながら訊いた。

「死体を見る人ですよ」マリアが目玉をぐるりと回して天を仰いだ。「えらいお人です。郡の検視官ですからね」

「ひゅー！」クレインがトレーに載っていたトーストを一枚取った。「おれは見てもらいたくないね」

「まったくですよ」マリアの顔が青ざめた。「あたしの死体を白人の男につつき回されるなんて、まっぴらごめんですからね」彼女がキッチンに消えた後も、スイングドアがしばらく揺れていた。

朝食を済ませると、クレインはスーツを持ってまぶしい日差しの中へ出て行った。温かい太陽の下

で、昨夜の霜に凍えていたバラたちが、希望に花びらを広げている。スズメがうらやましそうな目で睨む中を、エンジンが三基搭載された輸送機のように正確に往復しながらハチたちが飛んでいる。庭じゅうが甘い香りに包まれていた。

クレインはガレージのそばでチャールズを見つけた。果物の木が六本敷地の奥の壁際に押しやられただけの果樹園があり、彼は堅い草の上に落ちたリンゴを拾い集めているところだった。上着を脱ぎ、シャツの襟を開けた首元から覗く肌は、日焼けしてきめ細かかった。

クレインがスーツを差し出した。「この汚れを落としてもらうことはできるかな? 転んだんだ」チャールズが訝しげな目を向けてきたので、慌ててつけ加えた。「膝と肘のしみだけでいいんだ。もし頼めるようなら……」クレインは五ドル札を取り出した。

チャールズがほほ笑んで服に手を伸ばした。「金なら要らないよ」五ドル札を見ながら言った。

ウィリアム・クレインが言った。「じゃ、このあいだの酒をまた手に入れてくれたら、これにもう五ドルつけるよ」チャールズがうなずいて、五ドルを受け取った。「スーツと一緒に届ける」

「いつ頃できる?」

「一時間ほどで」

爪先がリンゴに当たり、クレインはしゃがんでそれを拾った。全体に赤く、黄色い斑点が片側に寄っている。嚙んでみると実は硬く、スパイシーな香りがして甘かった。

チャールズが言った。「霜が降りたおかげで、甘くなったんだ」

クレインが唇を鳴らした。「本当だ」またひと口齧った。「なあ、ここで起きてる事件について、あんたはどう思う?」奥歯に押しつぶされた甘い果汁が喉へ流れ込んだ。

「おれには何もわからない」チャールズが言った。スーツを左の腕に持ち替え、右手で周りを指した。「こんなところ、早く出て行きたいよ。あの保安官じゃ、アリ一匹だって捕まえられやしない。気がついたときには、みんな死んでるね」彼は使用人棟のほうへ歩きだした。「賢い対策は、夜は外に出ないことだ」

クレインが言った。「そのとおりだな」

チャールズが立ち止まった。「あのラダムってやつが逃げ出すたびに、おれは怖くて仕方ないんだ」彼はウィリアム・クレインのほうへかすかに身を乗り出した。「実を言うと、あいつはいつでも好きなときに自由に外へ出られるんじゃないかと思ってるんだ」

「どうしてそのことを保安官に言わないんだ?」

チャールズはまた歩きだした。「そんなことをしたら、クビになるだろう?」クレインのほうを振り向いてそう言うと、早足で使用人棟まで行き、建物の中に消えた。

もう一度リンゴに齧りつくと、鼻に果汁が飛び散り、クレインはそれを腕で拭いた。落ちている実をもうふたつ拾って上着のポケットに入れた。正面の門で、何か動きがあるようだ。重そうな鉄の柵のそばに何人か集まっている。いい香りのする空気の中に、話し声が流れてきた。ぶらぶらと門に向かいながら、遠回りをして噴水の前を通った。丸い水盤の中央に積み上げられた岩の中からパイプが突き出ており、水はその噴射装置によって八フィートほどの高さまで噴き上げられた後、霧状に広がっている。魚が水の中に黒い影を落としながら、元気に泳ぎ回っている。

開きかけた門扉のすぐ外に立っている男を見たクレインは、それが電気技師のミスター・ウィリアムズの分身だとわかった。今日は顔に泥汚れはついていないが、怒りで真っ白に血色を失っていた。

顎を突き出し、腕を振り回している。自分の言い分を短く訴えていたらしい。ゴルフニッカーズを穿き、首からストラップのついた大きな黒いカメラを提げている。

怒り狂う雄牛のように彼と向き合っているのは、ドクター・イーストマンだ。「出て行け」ドクターが言った。「あんたが何者だろうとどうでもいい。とにかく出て行け、二度と来るな」

ミスター・ウィリアムズの陰に立っている背の低い男が食い下がっている。「だがね、ドクター、そうすると大衆がそれをどう受け止めるか、おわかりかな?」黒い口髭を生やしている。あれはトム・バーンズだ。ミスター・ウィリアムズが丘の上のキャンピングカーで一緒に待機していると言っていた男だ。

ドクター・イーストマンが声を轟かせた。「だめだ！　出て行け！」門を閉めようとしたが、ミスター・ウィリアムズが茶色い靴を突っ込んで阻止した。

「何の騒ぎだ?」ウォルターズ保安官がウィリアム・クレインを押しのけるように進み出た。痩せぎすの検視官も一緒だ。「どうしたんだ?」保安官が詰め寄る。やわらかそうな黒い帽子をかぶった検視官は、鷲鼻と金歯と大きな喉仏が特徴的だった。

放埓そうなミスター・ウィリアムズの顔が、急に純粋無垢な表情に変わった。「おれたちは〈ミラー〉紙の者なんだ。写真を撮って、それからここで起きてることについて話が聞きたいんだけどね」

ウォルターズ保安官は腕組みをした。「今のところ、何もコメントはできない」背の高い検視官のほうへ敬意を示すようにうなずく。「こちらのベンボウ検視官のご協力をいただきながら、今捜査をしている。近いうちに進展があるはずだ」

「いやいや」ミスター・ウィリアムズが言った。「今、話が聞きたいんだよ」

保安官はいくぶん落ち着きを失い「話などない」と短く言った。

ミスター・バーンズの小柄な体が、ドクター・イーストマンをすり抜けるように前に出た。「つまり」彼は言った。「報道機関は立ち入らせないと」まるでシェイクスピアを朗読しているような声だ。「ならば、新聞の一面はこんな具合になるだろう。〝ウォルターズ保安官とベンボウ検視官、大困惑。超人的な犯罪者を前に手も足も出ず。市民から高まるリコールの声〟とね」

ウォルターズ保安官が何か言い返そうとしたとき、検視官が彼の腕に手を置いた。「彼の言うとおりかもしれん」検視官が言った。「われわれが知っていることを話しても、害はないだろう。どのみち彼らは独自に探り出すだろうからな」彼は威厳を見せつけるようにドクター・イーストマンを睨んだ。「門を開けろ」すでに門が開いているのは、彼にはどうでもいいことだった。

ドクター・イーストマンの顔が引きつった。眉どうしが鼻の上でくっついている。「こんな暴挙を許すべきではありません」彼は保安官に訴えた。「マスコミに報道されたら、医療施設としての評判がズタズタにされます」

ミスター・ウィリアムズは、早くも黒いカメラをいじっていた。「どのみちマスコミには報道されるんだから」彼はカメラの右側にあるネジを回して前面のカバーを開き、ニッケルのレールに沿ってレンズのついた蛇腹《じゃばら》を引き出した。「はい、もっとくっついて立って……」

「いいとも」検視官は興奮した手でネクタイを直した。「これでいいかね――」

そのとき一匹の大きなハエが暖かい陽射しに誘われ、子犬がじゃれるように黒いカメラの周りを飛び始めた。ミスター・ウィリアムズがそのハエめがけて拳を振り下ろした。「一般大衆はきっと知りたがるはずだ、この件を担当している……」彼は激しく鼻を鳴らした。「おい、あっちへ行け！」カ

メラが揺れてストラップにぐんと重みがかかった。ミスター・ウィリアムズは腹を立てて手を振り回した。ハエはまるでしたり顔で馬鹿にするかのように輪を描きながら、手の届かない高さまでのぼった。ミスター・ウィリアムズが話を続けた。「……有能な捜査担当者が誰なのかを」

茶色い歯を見せて笑みを浮かべ、脱いだ帽子を胸に当てて、ベンボウ検視官は写真用のポーズをとった。その隣には、いかにも寡黙な捜査責任者らしい様子のウォルターズ保安官が立っている。ミスター・ウィリアムズは少し離れて立ち、箱の中の板ガラス越しにふたりを覗いていた。

「木の棒でできた台みたいなやつは使わないのか?」ベンボウ検視官が尋ねた。笑顔を崩さないよう、歯の隙間からしゃべっている。「手で持ったまま撮ると、ぶれるんじゃないのか?」

ミスター・バーンズが素っ気なく笑った。「彼なら大丈夫。三脚など使わない。そんじょそこらのカメラマンであれば、もちろんぶれるところだがね。だが、彼は大丈夫。道具には頼らない」きっちりとワックスで手入れされている口髭の端をねじった。「何せ〈ニューズ〉紙始まって以来、最も優秀なカメラマンだからな」

保安官の青い瞳が疑念で曇った。「あんたら、〈ミラー〉紙から来たって言わなかったか?」バーンズに顔を向けようとしたが、思い直した。

「ああ、言ったとも」ミスター・バーンズは、少し喉の調子が悪くなったようだ。「だが、このフィルって男は〈ミラー〉に来る前は、〈ニューズ〉のカメラマンのエースだったのだ」ミスター・バーンズは軽く笑った。「いくつも重大事件の写真を撮った男だぞ――リンドバーグ誘拐事件やスター・フェイスフルのスキャンダル……」

「〈ニューズ〉だろうが〈ミラー〉だろうが、どっちでもいい」ベンボウ検視官がいらいらしながら

言った。「さっさと撮ってくれ」

ミスター・ウィリアムズは、最後にもう一度ちらりとガラスを覗いてから、カメラの背面を閉じ、小さなばねを押した。カチャッという音が驚くほど大きく響いた。ミスター・ウィリアムズは左手の手のひらを保安官たちに向けて挙げた。「はい、では、もう一枚。そのまま動かないで」

再びカチャッと音がした。ウォルターズ保安官は、まるで足がしびれたかのように、ぎくしゃくとその場を離れた。ベンボウ検視官は顔の筋肉をすっかり緩めて言った。「名前はC・H・ベンボウだ。紙面には、わたしがトリータウンにある〈ベンボウ葬儀社〉の社長であることも入れておいてくれ」驚いたことに、彼は喉仏を震わせて笑いだした。「もっとも、商売は死んだように停滞してるがね、わかるかな？」彼は腰を折り、膝を打って大笑いした。

トム・バーンズも可笑しそうに大笑いした。「おふたりにちょっと訊きたいことがあるんだがね」彼は言った。三人は一緒に門の脇へ移動し、運転手とパワーズ保安官代理はゆっくりとオフィスへ向かい始めた。ドクター・イーストマンはその場を動こうとしなかった。

懸命にカメラを閉じようとしていたミスター・ウィリアムズは、すぐそばに来るまでウィリアム・クレインに気づいた様子はなかった。「ここからだと、町はどっちの方角になるんだ？」ミスター・ウィリアムズが突然尋ねた。やたらと大きな声だった。

クレインは門から数歩離れた。トリータウンの大まかな方向へ腕を伸ばす。「おまえがカメラを使えるなんて知らなかったぜ」小さな声で言う。

「使えないよ」ミスター・ウィリアムズが言った。「フィルムも入ってない」彼はウィリアム・クレインを横目で見た。「おまえ宛てのあの手紙、女が書いたものだった」彼はカメラをクレインに渡し

た。「ちょっと持ってろ。よし、おれの手の中に瓶を潜ませるから、カメラを返すタイミングで受け取ってくれ。あの手紙からかすかに香水の匂いがするって言うんで、〝大佐〟がいろいろ調べて、同じ香水の瓶を用意してくれたんだ。あとはこの香水を使ってるのが誰か、おまえが調べてくれればいい」

「〝大佐〟は頭が回りすぎる」ウィリアム・クレインが苦々しく言った。「自分もここで日夜乱暴なやつらに囲まれて、二回も袋叩きにされてみろって。そうすりゃ、少しは馬鹿になるだろうさ」

ミスター・ウィリアムズが不安そうに辺りを見回した。「おいおい、聞こえるぞ……」警戒するような目をしている。「そんなことを言うもんじゃない」彼はクレインからカメラを受け取り、小さな瓶をこっそり渡した。「預かってた手紙も返すぜ。指紋は出なかった。それから、もうひとりの件だが、ほら、グラスに指紋をつけた男。詐欺罪で二年ムショ送りになってた雑魚《ザコ》だ。偽の株券で、どこかの女から三千ドル騙し取ったらしい。その前は大衆演芸の役者をしながら、ジャグリングをしたり、ナイフを投げたり、ピストルでいろんなものを撃ったり、少しばかり手品もやってたようだ。女泣かせだって評判でな。そいつについてわかったのは、そんなもんだ」

「オーケー」

「あのな、若造」ミスター・ウィリアムズは、親しみのこもった目でクレインを見た。「もしもどうしようもなくなったら、おれたちを呼ぶ方法は教えたよな。すぐに駆けつけてやるから」ミスター・ウィリアムズがカメラにストラップを取りつけた。「〝大佐〟が、急げってさ。予定では、二日前にすべて完了してたはずだって」

「〝大佐〟なんて糞くらえ」クレインが言った。「おれを患者としてここに送り込んだのは〝大佐〟の

アイディアじゃないか。おれがやり遂げるまで、黙って待ってろって言うんだ」

ミスター・ウィリアムズの顔が青ざめた。「おまえ、そんな口を利いて、おれまで巻き込むんじゃねえぞ」彼は激しい調子で言った。「〝大佐〟は頭がいいからな」

「そうだろうな」クレインが言った。「仕事に送り込むたびに部下を死なせるなんて、実に頭がいい」

ミスター・ウィリアムズがクレインを訝しそうに見つめた。「そんなに危険な仕事なら、〝大佐〟に言って誰か代わりに――」

「いいよ」クレインが早口で言った。「おれなら大丈夫だ」

「それは見りゃわかる」ミスター・ウィリアムズが楽しそうに横目でクレインを見た。「特に、その顔を見ればな」顔を近づけた。「〝パンサーのよだれ〟（アルコール度数の高い酒のこと）はまだあるのか？」

「もう一滴もない。パンサーが死んだんだ」

「本当か？」ミスター・ウィリアムズは、まぶた以外の顔の筋肉を一切動かすことなく、ウィンクをした。「じゃ、またな」唐突に背を向けた。

「またな」ウィリアム・クレインが言った。宿泊棟に向かってゆっくり歩きだした。正面の階段の、ちょうど屋根が落とした影の内側に立つと、仲間たちが保安官や検視官と握手を交わして車に乗り込み、土道をのぼっていくのを見送った。タイヤが巻き上げた土埃が、いくつか小さな花火のように舞い上がり、斜めに庭の上まで運ばれて、木々の緑の葉を覆うように太陽にきらめいた。

二階へのぼりかけて、降りて来るリチャードソンとぶつかりそうになった。

「ミセス・ヘイワースはどこだ？」リチャードソンがクレインの行く手をふさいだ。憤怒の表情を浮かべている。「彼女をいったいどうした？」

クレインの内側で、警報が鳴った。リチャードソンは昨夜の一件を知っているのだろうか？「何のことだ？」彼は訊き返した。

「数分前に出て行ったんだ、たぶん、あんたに会いに」彼はクレインを見下ろすように背を高く伸ばした。「それが、戻って来ないんだ」

「おれは見なかったな」クレインはリチャードソンをよけるように離れて階段を二段のぼり、同じ高さに立った。「ずっと正面の門のところにいた」

「もし彼女に何かあったら……」リチャードソンが激しい不安に体を震わせた。「もしおまえが彼女を傷つけたら……虫の息になるまで殴り続けてやる」

「殴り始めると決めたら教えてくれ」クレインは自分の部屋に戻ったが、何もかもうまくいっていない気がして、早くチャールズが酒を届けに来ないかと願った。

部屋に入ってドアに鍵をかけると、香水の小瓶を取り出して、清潔なハンカチに数滴垂らした。それからハンカチを二度振ってから、鼻のそばへ近づけた。ミス・エヴァンズの香りだ。そうとわかっても、驚きはなかった。あの手紙が、ドクター・イーストマンの指示で彼女が書いたものだとしても、驚かなかっただろう。

部屋の北側の窓辺へ行った。太陽の下で庭は生き生きとして、どこか色の派手な外国の絵葉書を思わせた。草の緑や葉の黄色と緑が鮮やかで、まるで塗ったばかりの絵具がまだ乾いていないのではないかとさえ思えた。花壇に一列に並んだグラジオラスは、現実にはあり得ないピンクの外套をまとった歩兵隊のようだ。窓の下には、彼が飛び降りた名残の、枝の折れた低木や飛び散った小枝が見えた。明るい昼間に見下ろすと、ぎょっとするほどの高さだ。

砂利の小道を踏む足音がして、リチャードソンとミセス・ヘイワースが腕を組み、宿泊棟のほうへ歩いて来るのが見えた。リチャードソンの話を、ミセス・ヘイワースが熱心に聞いている。彼女の顔は日焼けして美しく、これだけ離れたところから見ても、その目が優しく溶けているのがわかった。彼女が上を向いたので、クレインは窓から首を引っ込め、ベッドに戻った。ドアにノックの音がした。

暗い廊下に、チャールズの肌がやけに白く見えた。クレインのスーツを腕にかけている。チャールズは中に入ってドアを閉じた。「ほら、持って来たぞ」彼はベッドの上に一クォート瓶に入った酒を置いた。ウィリアム・クレインはスーツを受け取った。ナフサの強い匂いがしたが、膝と肘の土汚れは落ちていて、全体にプレスまでしてあった。クローゼットにスーツを吊るし、チャールズに五ドル札を渡した。「一緒に飲むか?」彼は尋ねた。

「いいや、今は遠慮させてもらうよ」チャールズが言った。礼儀正しい答え方だ。「これからドクター・リバーモアに呼ばれていてね。酒の匂いをさせてたら、クビになる」

「クビになってもいいんじゃないのか?」

「今はなかなか仕事がないからな」

クレインが瓶のコルク栓を抜いた。「あんたがムショ送りになったのは、どういうわけだって言ってたっけ?」彼は尋ねた。いい匂いの酒だ。

チャールズは落ち着いた表情をしていた。「あんたに話した覚えはないが、別に教えてもかまわない」彼は白い上着の一番上のボタンを指でいじりながら、しばし沈黙した。「ひどい話さ。ある女と付き合っててね。おれは彼女が本当に好きだったし、向こうもまあ好いてくれてた。おれは文無しで、彼女が金をくれるって言ったんだ。金を恵んでもらうのは気が進まなかったが、どうしてもその金が

必要だった。そこでおれは、以前買った石油会社の株券を見せて、彼女にこう持ちかけた。『たぶんこんなものに何の価値もないとは思うが、担保代わりに持っていてくれ。おれが金を返したら、その株券を返してくれればいい』ってな」チャールズは平坦な調子で話していた。「それで話はついてたんだ、おれたちがけんかをするまでは。彼女、おれが偽の株券を売りつけて詐欺行為を企てたって訴えて、おかげで懲役二年を食らったってわけさ」

クレインはまだ酒の瓶を手に持ったままだった。「そりゃ、厳しい話だな」彼は言った。「二度と女なんかに関わるなって教訓になっただろう」

「ムショを出てからは女と関わっちゃいない」チャールズが言った。訴えかけるような目をウィリアム・クレインに向ける。「この話、保安官には黙っててくれないか？ 疑いをかけられて逮捕されたら、クビになっちまう」

「あの馬鹿には誰も逮捕なんてできないさ」クレインが言った。「だが、何にしろ、誰にも言わないから安心しな」

「ありがとう」チャールズがドアを開けた。「もしもそれ――いや、〝クリーニング溶剤〟がもっと要るようなら、いつでも声をかけてくれ」

ドアが閉まると、クレインは化粧台からグラスを持って来た。一杯飲んだ。おかわりを注ぎ、殺人事件について考えようとベッドに座った。酒を飲み干し、もっとじっくり考えようと寝ころんだ。すぐに眠りに落ちた。

第十七章

午後五時四十五分。

クレインが目を覚ますと、静かな黄昏が部屋を満たしていた。もう午後も遅い。空に横たわるひと筋の雲だけが、まだ太陽は沈んでいないのだと証明していた。ゆっくりと、だが確実に冷たい夜の空気が近づいていた。勢いをつけてベッドから降りた拍子に、床に置いたままのグラスを蹴とばしてしまった。グラスは割れなかったので、化粧台の上に置いてある細長い白いリネンの上に置いた。シャツを脱ぎ、洗面台に水を張って頭を突っ込んだ。渋い表情で鏡に映る自分の顔を確認してから、タオルで頭を乾かした。それから清潔な白いシャツとツイードのジャケットを着て、ドアを開けた。部屋に戻って酒を飲んでから、密造酒の瓶をクローゼットに隠した。

一階に降りて行くと、皿や銀のカトラリーがぶつかる音がダイニングルームに響いていた。マリアだ。テーブルのセッティングをしているところだった。彼女は、驚くほどたくさんの金歯を見せて笑った。「ミスタ・クレイン」彼女が言った。「これまでに会った中で、あなたは一番寝て**い**る人ですよ」

ウィリアム・クレインは、グリーン・オリーブをつまみ食いした。「そろそろ夕食かい?」オリーブはおいしかった。マティーニが飲みたくなった。

「十五分以内には用意できますよ、ミスタ・クレイン」

「ほかの人たちは？」

マリアは背の高いクルミ材のタンスの引き出しを開けて、ナプキンをひと摑み取り出した。「たぶんみなさん、庭に出ておいでじゃないですかね」ナプキンの一枚をリバーモア院長の席に置いた。「検視官はトリータウンにお帰りなさりました。たぶん、明日戻ってみえますよ」

セロリはパリパリと新鮮だった。齧った残りの茎の部分に塩をかけた。「なあ、マリア。ミス・エヴァンズの部屋の掃除は、誰がするんだ？」

ミス・ヴァン・キャンプの席にナプキンを置こうとしていた褐色の手が、空中で止まった。「おや、それならあたしです。誰か文句でも言ってましたかね？」

「いつもあんたが掃除してるのか？」

「ええ、そうですよ、サー！　彼女がここへ見えてからずっと、掃除に入ったのはあたしだけですよ」

「ほかには誰も彼女の部屋に入らない？」

「入りませんよ、サー！　ミス・エヴァンズはうるさいからね。あたししか入ってませんよ」

完熟オリーブは、少しばかりやわらかすぎる気がしたが、クレインはかまわず三個食べた。「そりゃよかった」彼は言った。「部屋に変わった様子がないかどうか、教えてくれないか」

「変わった様子？」マリアの顔に困惑した表情が浮かんだ。

「部屋にタイプライターはあるかい？　誰かから手紙をもらったんだけどね、もしかすると彼女じゃないかと思うんだ」

「いいや、手紙を書く機械は部屋にねえです。でも、ドクタたちなら持ってなさいますよ。ドクタたちっていうのは、ドクタ・リバーモアとドクタ・イーストマンですがね」

「へえ」ウィリアム・クレインは感心するようにうなずいた。「彼女の部屋で、何か変わったものを見かけなかったか?」

「いいや、サー。変わったものは、何もねえです」

「蓄音機はどこに置いてある?」

「ああ、それならクローゼットの中です。一番上の棚。あの人、ほとんど使ってないみたいですがね」

「どうして?」

「さあ、なんでかね。ラジオがあるからかね」

「どういうラジオ?」

「持って歩けるようなやつです。小さいの。それでも、きれいに聞こえるんですよ」

「まさか、ラジオを聞きながら掃除してるんじゃないだろうね?」彼は厳しい顔をしてセロリを振ってみせた。「ラジオを勝手につけてないね?」

マリアは動揺して目を白黒させた。「たまにですよ、ミスタ・クレイン。ちょっとだけ、誰にも迷惑かけねえように」

クレインは乱暴にセロリを口に放り込んだ。

「言いつけたりしねえですよね、ミスタ・クレイン?」マリアが言った。「ミス・エヴァンズは、ひどく怒りなさるでしょうからね」

セロリを飲み込んでから、クレインは言った。「あんたの秘密は守り抜くよ、マリア、失われしアトランティス王国の底知れぬ墓穴に、深く深く埋めたかのように」

マリアが口を開けた。「はあ、そうですか、サー」彼女は後ずさりしてキッチンへ消えた。ミス・クィーンの席にナプキンをセットするのを忘れて行ってしまった。

クレインは外へ出た。まだ景色が見える程度には明るかったが、何もかもがぼんやりして、煙がかかったようだ。空気の中にも煙の匂いが混じっていて、彼はそれを深く吸い込みながらガレージへ歩いて行った。

引き戸の前で立ち止まった。半分開いている。耳を澄ました。救急車の中から声がする。ガレージの角に空っぽのバケツが落ちていたので、クレインはそれを壁に向かって蹴とばした。救急車の後ろの扉から髪の乱れた男が顔を出し、クレインを睨みつけた。例の運転手だった。「いったい何の用だ？」彼が訊いた。

「別に」クレインが落ち着いた口調で言った。

「用がないなら、出て行けよ」

「ここが気に入ってるんだ」クレインは両手をポケットに突っ込んでドアにもたれた。「ここはいいね」

「出て行けって言ってるんだ！」

「いやだね」クレインの声は小さかった。「わからないかな、おれはここが気に入ってるんだ」

運転手は扉の隙間から肩と胸を押し出した。「待ってろ、めちゃめちゃにぶん殴ってやる」

クレインはポケットに突っ込んでいた右手を出して、肩を掻いた。「そんな乱暴なことを、ミス・

ツイリガーの目の前でやる気かい?」さりげない口調で訊いた。

運転手の顔が怒りに満ち、ところどころ紫色に染まった。「こんなところで彼女の名前を出すな」酔っているのがクレインにもわかった。

運転手の後ろから誰かの手が伸びて彼の喉を摑み、救急車の中へ引き戻した。「そうよ、わたしの名前を出すのはやめてもらいたいわね」ミス・ツイリガーが扉の隙間から出て来た。クレインを見て、瞬きをしている。髪も服もくしゃくしゃに乱れていた。

「何か外れてるんじゃないか?」クレインが言った。

ミス・ツイリガーが慌ててブラジャーをドレスの中に突っ込み、首元のボタンをふたつ留めた。「出て行きなよ」彼女が言った。「いかれ野郎め」

「おいおい、ミス・ツイリガー!」

ミス・ツイリガーは小さな目玉が飛び出すかと思うほど息を深く吸い込んだ。口を開ける。「ふざけやがって」そう言うと、素早く車の中へ引っ込んだ。

救急車の中でごそごそと動く音が聞こえてきた。「このクランクで殴りつけてやる」運転手の声がした。金属の物体で木を打ちつける音がした。「このレンチのほうが重くていいわよ」ミス・ツイリガーが勧めている。クレインは急いで果樹園に逃げ出し、一番奥の木の裏の暗がりからガレージを見張った。

やがてふたりが出て来た。運転手は、まるで元気な馬のように、足を高く上げて走っている。片手にクランクを握り、もう片手に靴を持っている。ふたりの姿は、濃くなる夕闇に飲み込まれて見えなくなった。

クレインは急いでガレージに入り、救急車に乗り込んだ。白粉と安物の香水とウィスキーと葉巻の煙の匂いがした。前の座席の床に工具が散らばっており、その中からペンチ、モンキーレンチ、そして金槌を選んだ。それらを体のあちこちに隠し、金槌の柄をベルトに差し込んだ。

宿泊棟の正面の階段でリバーモア院長と会った。「いい夜ですね」ドクターが言った。すれちがいながら、クレインも同意した。「ああ、素晴らしい夜だ」自分の部屋に戻って工具をベッドの下に押し込んでから、酒を飲んだ。

午後七時四十五分。

夕食後に部屋に戻ったクレインは、香水の匂いのする手紙を取り出した。きれいなシャツを着て夕食に現れた保安官が、三人のドクターをリビングルームに集めて話を訊いているところだった。クレインは誰にも見られることなく宿泊棟を抜け出し、病棟へ向かった。正面の門の番をしている人影を見かけたが、遠すぎてそれが誰かまではわからなかった。クレインは病棟に入り、廊下を進んでドクター・イーストマンの部屋に入った。テーブルの上にタイプライターがある。黒いゴムのカバーがなかなか取れなかったが、スペースレバーに引っかかっていたのがようやく外れた。ウィリアム・クレインは引き出しの中から白い紙を出し、タイプライターにセットしてキーを打った。

〈俊敏な茶色いキツネが、だらけた犬の上を跳び越えた〉

タイプしたばかりの紙と、香水のかかった手紙を比較してみて、いくつかの文字の特徴がそっくりだと思っていたところへ、ミス・エヴァンズが部屋に入って来た。

「あら」彼女は言った。「今度は不法侵入?」

ウィリアム・クレインは慌てて立ち上がったが、彼女はまったく怯える様子がなかった。青白い肌が唇の赤さを引き立てている。彼は手紙を彼女の目の前に突きつけて迫った。「どうしてこんなものを書いた？」

手紙を読みながら、ミス・エヴァンズの胸が呼吸に合わせて規則的に上下した。不思議そうな顔を彼に向ける。「見たことがないわ。まさか、これをわたしが書いたと考えて……」

「いろんな可能性が考えられる。だが、これに関してははっきりしている。その手紙を書いたのは、あんただ」

「どうしてはっきりしているなんて言えるの？」ミス・エヴァンズは優雅に手首を返して、手紙をテーブルの上に投げた。「自分には何でもお見通しだとでも思ってるの？」

「あんた、手袋をはめずにその手紙を書いただろう？」

ミス・エヴァンズの目が、納得したように細くなった。「指紋ね！　まさか、もう保安官に見せたの？」

クレインは手紙を拾い上げて畳んだ。「なあ、おれたちはこれまで、互いに騙し合いを続けてきた。そろそろ本当のことを白状したらどうだ？」

「どうして指紋がついてるってわかったの？」

「粉をふりかけて、虫メガネで見ればわかることさ」

「でも、わたしの指紋はどこで手に入れたのよ？」

クレインが誇らしげにほほ笑んだ。「あんたのラジオだよ。どこもかも指紋だらけだった」

「なるほど、わたしの部屋にも侵入したわけね」ミス・エヴァンズの声は、回転が落ちてきたレコー

ドのようだ。徐々に低くなっている。「でも、部屋の中からは、おもしろそうなものは何も見つからなかった、そうでしょう?」

「何ひとつ。あのシルク製の何とかいうやつを除いて」これはうまい答えだと思った。どんな女も、たとえミス・エヴァンズであっても、ドレスの下には何かしら着けるだろう。「あれはなかなか素敵な品だった」

「そのうちあなたを素足で踏みつけてあげるわ」ミス・エヴァンズが言った。「あのストッキングは履かずにね」

ウィリアム・クレインは、その言葉を無視した。「素直に話すのか、これを保安官に届けるか、どっちだ?」彼は手紙を掲げた。

ミス・エヴァンズは、まるでマックス・ラインハルトの映画に出てくる横柄な善人のようだった。「保安官に届けたって、どうせ何もならないわよ。でも、それはわたしが書いたって認めてあげるわ。婚約者のドクター・イーストマンが口頭で指示するとおりに、そこのタイプライターでわたしが打ったの。あの人は初めあなたが、ジョーと同じようにリバーモア院長に雇われた用心棒だと思ったのよ。自分を傷つけるんじゃないかと、あなたを恐れたの」

「だから、先におれを傷つけることにしたわけか?」

ミス・エヴァンズはうなずきもしなかった。誘惑するように尻を滑らかに振りながら、部屋を出て行った。


午後八時二十分。

月明かりの下、ウィリアム・クレインは宿泊棟の正面の階段をのぼった。衣擦れの音を立てながら、ミス・クィーンが漂うように近づいて来て、彼の手を握った。黒い髪が肩にかかっている。

「ああ、ミスター・クレイン！」彼女が言った。指には体温がまったく感じられない。「怖いの！どうかわたしを守って」

「どうした、ミス・クィーン！」クレインは彼女の手を放した。「いったい何があったんだ？」

「この建物よ。どこにいても死を感じるの。すべてにまとわりついているわ。恐ろしい――恐ろしいわ！」

遠くで夜行性の鳥があざ笑うように鳴いた。超然として冷たく、陰鬱な声だった。

午前四時二十分。

ウィリアム・クレインは手元に腕時計がほしいと思いながら、午前三時はとうに過ぎているだろうと推測した。服を着たまま眠ってしまったらしい。起き上がってドアの鍵を確かめ、ベッドのシーツを剥がした。保安官は今夜もクリフに廊下で見張りをさせていた。クレインは浴槽に半分ほど水を張り、その中にシーツを二枚浸けてから水気を絞り、堅く結び合わせた。ベッドを北側の窓まで動かして、ベッドの足のひとつにその結び目を引っかけ、両方のシーツの端を窓の外へ垂らした。

救急車から取って来てベッドの下に入れておいた工具を取り出す。レンチとペンチをポケットに入れ、金槌は再びベルトに挿した。クローゼットからローマ花火を出し、化粧台からマッチの箱を出す。酒を飲みたい衝動に駆られたが、こらえた。

シーツを伝ってゆっくり下に降りると、指のあいだに水がしみ出た。夜空にはもやがかかっていた。

まるで医療用ガーゼ越しに月の光が漏れてくるようだ。口にくわえたローマ花火は、火薬の味がした。シーツの端まで降りたところで、やわらかな地面までの五フィートを飛び降りた。濡れた質素なシーツの色は、外壁の漆喰に溶け込んで目立たなかった。

庭の爽やかな空気の匂いは心地よく、かすかに甘い香りもする。幾何学模様を描いて並ぶ花壇を注意深く通り抜け、噴水のそばまで来た。水の中を覗き込むと、金魚やコイが懸命に逃げだした。水面に自分の顔が歪んで映り、白い霧状の水粒が降りかかる中央部分では、反射した月の形が斬新な角度に曲がって見えた。

ローマ花火を草の上に置いてから、靴と靴下を脱ぎ、ズボンの裾をたくし上げて、噴水の水盤の中に入った。水は冷たく、膝ほどの深さがあった。噴射装置の周りに積み上げられた岩のほうへ歩きだした足にさざ波がまとわりついた。岩からパイプが突き出ていて、そこから水が噴き出している。パイプの端から一フィートほどのところにボルトがあった。最近つけられたらしい引っかき傷がある。ペンチで回そうと試したが、大きすぎてペンチでは挟めなかった。レンチにボルトをはめようとしているところへ、噴水の反対側で足音がした。

「誰だ、そこにいるのは?」男の声がした。

保安官代理のどちらかのようだが、クレインにははっきりわからなかった。行く手をはばむように腰にまとわりつく水を跳ね上げながら、ローマ花火を置いて来たところまで駆け戻る。すぐ横で銃弾が銀色の間欠泉のように水を跳ね上げ、銃声が建物のあいだで狂ったようにこだました。クレインは噴水の中から這い出し、花火を掴み、宿泊棟へ戻ろうと走りだした。何にもさえぎられずに走っていると思ったら、五ヤード先の低木の中から人影が立ち上がり、彼に向かって腕を伸ばした。

クレインは慌てて右へ方向転換した。必死でスピードをあげる。赤く笑うように、銃が五度火を噴いた。それに続く静けさの中を、地面を蹴るクレインの足音が響いた。使用人棟に向かって走った。

「おい、あそこにいるぞ」保安官の声がした。「あいつを撃て」

別のピストルがかすれた咳を繰り返し、鉛玉がクレインの頭上をかすめる音が聞こえた。使用人棟の角を曲がり、リンゴの果樹園の裏に続く壁で立ち止まった。壁の上にガラスの破片が埋め込まれているのを思い出した。保安官は部下たちを庭に集合させていた。

ひとまずは追っ手を振りきったようだと思ったクレインは、くわえていたローマ花火の底を地面に埋め込んだ。全身を風よけにして、マッチの火を導火線に移す。怒ったように火の粉がパチパチと飛び始めた。クレインはガレージに向かって走り、中に入るとわずかな隙間を残して重い引き戸を閉めた。息を切らしながらその心地いい板面にもたれかかった。グリースとガソリンの匂いがする。引き戸の隙間から、保安官が部下たちとゆっくり庭を抜けてこちらへ近づいて来るのが見えた。果樹園で金色の火花が噴水のように上がり、青い煙を照らし出した。保安官一行が咄嗟に足を止め、恐怖に駆られるままにそちらの方向へ集中砲火を浴びせている。

「爆弾だ」保安官が叫んだ。「急げ、確保するんだ」

保安官とパワーズ保安官代理は勇敢にも火花をまき散らしている棒に近づき、身を屈めた。点滅する光がふたりの顔を浮かび上がらせている。ローマ花火は突然、猫が咳き込むような音を立てたかと思うと、まばゆい青い流れ星が飛び出して保安官の首に命中し、すさまじい音を轟かせて弾けた。その奇妙な青い炎の一部が、パワーズ保安官代理の顔を包み込んだ。彼は悲鳴を上げ、仰向けにひっく

り返った。リバーモア院長とドクター・イーストマンが駆け寄り、ふたりで彼を抱え上げて病棟へ引き返し始めた。パワーズ保安官代理はまだ悲鳴を上げ続けている。ウォルターズ保安官がよろよろと後を追った。

残ったふたりの男は、ガレージの扉の陰にいるクレインの姿を見つけ、低木の陰に隠れて、ガレージに向けて手当たり次第に銃を撃ち始めた。やがてふたりの狙いがしっかり定まってくると、ガレージの横壁に弾が当たる音が響き、木製の扉の断片が飛び散った。花火はまだ燃えており、爆音と破裂する星と色のついた光の玉が夜空いっぱいに広がっていた。辺りは硫黄と火薬の強い匂いに満ちており、煙がカーテンのように庭全体を覆っている。クレインが見ているうちに、青い星があとふたつ飛び出したかと思うと、花火本体が揺れだし、ぷるぷると震えながら、想像を超える大きさの赤い玉をひとつ打ち出した。その玉は空高くまで上がると、突然黄色い炎を上げて消えた。数秒の間を置いて、急にガレージの扉がガタガタと揺れ、宿泊棟からガラスがぶつかり合う音が聞こえてきた。空が雷鳴のような轟きをあげてふたつに割れた。弱々しい女の悲鳴を最後に、すべての音が止んだ。

静寂の幕が夜を覆う中、クレインは救急車の前の座席に乗り込んだ。マッチの小さな炎を頼りに、キーが挿しっぱなしになっているのを確認する。キーを回してイグニッションをオンにしたところで、声がした。

「ビル？　大丈夫か？」

ウィリアムズだった。クレインはイグニッションをオフに戻して車を降りた。

「来ないんじゃないかと思い始めてたところだ」

ウィリアムズは男をふたり連れて来ていた。ひとりはトム・バーンズだ。バーンズがもうひとりを

クレインに紹介した。「こちらはニューヨーク州警察のウィルソン巡査部長だ。一緒に食事をしているときに、おまえの上げた信号が聞こえたんだ」

クレインが尋ねた。「ピストルを撃ってたふたりはどうした?」

「じきに保安官と合流することでしょう」ウィルソン巡査部長が言った。「いったいここで、何が起きていたんですか?」

ウィリアム・クレインが説明した。


午前五時。

「そんなことはどうでもいい」保安官が頑なに抗議している。「あいつが私立探偵だろうと何だろうと、とても無実とは思えない」クレインに挑みかかるような視線を向ける。包帯を巻かれて首を動かせないらしい。「われわれの仕掛けた罠にかかったじゃないか。部屋から出るなと全員に言ってあったんだ、当然それを破ったやつが犯人に決まっている」

ウィリアムズは背伸びをしながら、右手の拳で左の手のひらを音を立てて殴った。「じゃあ何だ?あいつが報酬欲しさに自首しようとして、こんな馬鹿騒ぎを起こしたとでも?」

「どうでもいい」ウォルターズ保安官が言った。「あいつが何か知っていながらわれわれに伝えなかったことが理解できないんだ。こんな大騒ぎを引き起こしていいはずがない。誰かが死んでいてもおかしくなかったんだぞ。あいつを留置場にぶち込めないなら、部屋に閉じ込めて見張りを立たせる」

「しわくちゃ顔の馬鹿だな、あんた」ウィリアムズが言った。

「おい」保安官が言った。「そんな口を利いてただで済むと思ってるのか」

「あなた自身、留置場行きになる可能性が高いんですよ」ウィルソン巡査部長が言った。背の低さもずんぐりとした体形も保安官と似ていたが、巡査部長のほうが年下だった。若々しく血色のいい顔の顎に少し肉がついている。警察官の青い制服に、片方の肩から斜めに革のベルトをかけている。シャツは清潔だ。「殺人事件が発生した際には、州警察本部に報告しなければならないことは知っているでしょう？」

「これから報告するつもりで——」

「あなたは自分だけで解決するつもりだった」巡査部長が言った。「地方警察の方々はとかくそうしたがるものですよ」冷たい声だった。「朝になったら施設の中を見て回ります。その後で、わたしから本部に報告を入れます」

「なあ」クレインが言った。「おれはもうくたくただ。これから寝るよ。ただ、午後に目が覚めたら話したいことがある。三時頃、全員をリビングルームに集めておいてくれないか？」

「わかりました」ウィルソン巡査部長が言った。「全員集めておきます」

クレインは二階へ上がって行った。


午前五時十五分。

ウィリアム・クレインがちょうどパジャマに着替え終えたところで、ドアにノックの音がした。「あんたの見張りを言いつかってるんだ」

「少し隙間を空けておいてくれるかい？」グレアム保安官代理が申し訳なさそうに言った。「あんたの見張りを言いつかってるんだ」

「オーケー」クレインはベッドカバーを剥がした。「ローマ花火が当たった彼はどうしてる？」

「トム・パワーズだな。少しやけどをした程度だ。二日ほどで回復するらしい。あれは携帯するには便利な代物だね。ピストルなんかよりよっぽど役に立つ」

「一杯飲むか?」クレインが瓶を掲げた。保安官代理は首を振った。「じゃ、おれひとりで飲んでいいか?」

保安官代理が言った。「どうぞ」

強い酒だったが、味はうまかった。

第十八章

リビングルームはさしずめ喜歌劇のグランド・フィナーレのようだった。ウィリアム・クレインと忠実なグレアム保安官代理が部屋に入ったときには、ミスター・ラダム以外の関係者全員が顔をそろえていた。クレインは、雑誌を並べた長テーブルのところまで猫背で進み、腰を下ろしながら左手であくびを抑えた。午後も半ばを過ぎ、気まぐれに降りだした小雨のせいもあって、外はすでに暗くなり始めていた。

ウォルターズ保安官は椅子に座ったまま、クレインの様子を眺めていた。「さあ、説明してもらおうか」彼は言った。「あんたのお仲間さえいなけりゃ、さっさと留置場に放り込んで、法廷で釈明させるところなんだがな」包帯を巻いた首に、乾いた泥がひとかけついていた。

患者とドクターたちはそれぞれで固まるように赤々と燃える暖炉の前に座り、使用人の男たちとふたりの看護師はダイニングルームにつながるドアのそばに立っていた。

「なあ」クレインが言った。「明日まで待ってくれないか?」鼻をこする。「おれもまだすべてがわかったわけじゃないんだ。あんた、何か考えがあるのか?」

ウォルターズ保安官が言った。「わたしの考えだと、あんたが犯人だ。さっさと話を始めろ。あんたは明日にはもうここにいないんだからな」

「わかったよ」クレインが疲れたように話し始めた。「話すよ」そう言って、ミスター・ウィリアムズとミスター・バーンズと一緒に窓辺に立っているウィルソン巡査部長に目を向けた。「あんた、何か考えは？」

巡査部長の丸い赤ら顔が申し訳なさそうな表情になった。「すみません、そういうのは専門外で。もしよければ――」

「いや、もういいよ」クレインが言った。「ミスター・ウィリアムズとミスター・バーンズは、そっちに立ってくれ」ドアのほうをそれとなく示した。ふたりが部屋の中を移動し始めると、クレインはウォルターズ保安官に向かって言った。「保安官、車にモンキーレンチは積んであるかい？」

「どうかな。たぶんあるだろう」

「誰かに持って来させてくれないか？」

父親の隣に立っていたクリフが取りに行くことになった。パワーズ保安官代理がクリフの代わりに保安官の横に立った。顔じゅうが包帯でぐるぐる巻きになっていて、目と口に暗い隙間が空いていた。

部屋の反対側の端で、リバーモア院長が立ち上がって訊いた。「こんな茶番劇を続けていて、何かがわかるのですか？」神経質そうに長い手をこすり合わせている。

突然の風に窓ガラスがガタガタと揺れ、煙突から暖炉に煙が少し逆流して来た。「座れ」ウィリアム・クレインが言った。「そのまま黙ってろ」彼は、ジョー・カスッチオがリバーモア院長の隣に立っているのに気づいた。鼻にはまだ包帯が巻かれ、機嫌の悪そうな目つきをしている。

「ミスター・ラダムはどこにいる？」クレインが尋ねた。

ドクター・ビューローが言った。「様子がおかしかったので、拘禁棟に閉じ込めておいたほうがい

いとわたしが判断しました。呼んだほうがいいなら――」

「その必要はない、ただし――」ウィリアム・クレインはチャールズと目を合わせた。チャールズが首を横に振る――「彼が絶対に外に出られないのならだが」

「絶対に出られませんよ。今までとは別の部屋に入れたんです、ドアに二重錠がついている部屋に」

網戸がバタンと閉まる音がした。「ほら、レンチだよ」クリフが言った。その声には敬意が感じられた。クレインはレンチを受け取らなかった。「クリフ、ウィルソン巡査部長と一緒に噴水まで行って、これで水を止めて、水盤に溜まっている水を抜いて来てくれるかい？　中央の岩の下に手提げ金庫があるはずだ。たぶん油布に包まれていると思うんだが。それを持って来てほしいんだ」

「オーケー」クリフが言った。

クレインはふたりが出て行くまで黙っていた。「あのふたりが戻って来るまで待っててくれないか？」保安官に尋ねた。

保安官は低いうめき声を漏らした。

窓ガラスに吹きつける風が、まるで誰かが外で注目を引こうと窓をたたいているような音を鳴らした。煙突から雨水が滴り、燃えさしの熱い薪の上に落ちてシューと音を立てている。外はいっそう暗くなってきた。

「あの手提げ金庫の中に何が入ってるか、誰か教えてくれる人はいるかな？」クレインが尋ねた。

「この中の何人かは見たことがあるはずなんだ」リバーモア院長のほうを見た。「まだ古い紙切れや新聞が詰まってるだけだって言い張るかい？」

突然咳き込んだリバーモア院長の髭が震えた。「わたしはただ、ミス・ヴァン・キャンプに見せて

もらったときは、中に古新聞が入っていたと言ったに過ぎません。きっとドクター・イーストマンなら――」

ドクター・イーストマンが言った。「わたしはあの金庫を一度も見たことがない」無精ひげの生えた青白い顔が、ミス・エヴァンズの肩の後ろからリバーモア院長を睨んでいる。「紙切れが詰まっているという話を聞いただけだ」

深く考えるように、ウォルターズ保安官はふたりのドクターをじっと見つめた。「あの夕食の席で言っていた話とちがうぞ。ドクター・イーストマン、あんたも金庫を見たと言っていたじゃないか」

「わたしの言葉を誤解されたのでしょう」ドクター・イーストマンが言った。「わたしが言ったのは――」

クレインがさえぎった。「今はいいよ。ふたりが帰って来るまで待とう」

ミス・ヴァン・キャンプはミス・クィーンとミセス・ブレイディーと一緒にソファーに座っていた。編み物をする指が素早く動いている。間もなくショールが編み上がりそうだ。「中には債券が詰まってるよ」彼女がしみじみと言った。「あたしの大事な債券だ」

火の前に屈み込んだチャールズが、新しい薪を取って薪載せ台の奥に放り込んだ。赤と淡い褐色の炎が煙突まで立ちのぼった。

「どうして金庫が噴水の中にあるとわかる?」リチャードソンが訊いた。ミセス・ヘイワースの座っている椅子の肘掛けに腰かけている。彼女はクレインがリビングルームに入ってから一度も彼の顔を見ていない。「あんたが自分で噴水の中に入れたのか?」

クレインが言った。「そこにあるかどうか、はっきりわかってるわけじゃない。そうじゃないかと

考えてるだけだ」ミセス・ヘイワースのきらきらした茶色い目は、暖炉の火を受けて美しく光っていた。「ミスター・ペニーと一緒に、その結論を導いたんだ」

「どうやって？」リチャードソンが尋ねた。

「おれがここへ来た最初の夜、誰かが噴水を止めた。三十分近く止まっていた」クレインは、ブラックウッドの隣に座っているミスター・ペニーに向かってにやりと笑った。ミスター・ペニーの座っている木彫りのベンチは、暖炉の横の壁際にあったのを引っぱって来たものだ。「どうして誰かが夜中に噴水を止めたと思う？」

ウォルターズ保安官が関心を持ち始めた。「さあな」彼は言った。「どうしてだろう？」

「水盤の中の水を抜くために止めたんだ」クレインが言った。「そして、水盤の水を抜く理由はただひとつ、そこに何かを隠すためだ。この辺で誰かが何かを隠したがっていたと言えば、ミス・ヴァン・キャンプの金庫しかない」

「筋が通ってるな」ウォルターズ保安官は上着の中に手を入れて脇腹を掻いた。「で、誰が隠したんだ？」

「その答えは、金庫を見てからにしよう」クレインが答えた。

すっかり暗く、寒くなっていた。チャールズと運転手が明かりをいくつかつけて回った。リビングルームの北の端の、ちょうどダイニングルームにつながる引き戸のすぐそばに、黒人のメイドがふたり、暗がりの中で目と歯を白く浮き立たせて、背もたれのまっすぐな椅子に浅く腰かけていた。クレインと目が合ったミス・ツイリガーは、馬鹿にするように聞こえよがしに鼻を鳴らした。

やがて雨の中を、クリフと巡査部長が戻って来た。ふたりの帽子とコートから水が川のように流れ

落ちていた。クリフが、黄色い油布の包みをウィリアム・クレインに渡し、クレインはそれを保安官に渡した。「開けてくれ」

保安官の太い指が不器用に包みを開けていると、警備の老人が人を掻き分けるように前に進み出た。大声で言った。「おい、その油布、わしのレインコートじゃないか！」しわだらけの顔が驚きと興味に満ちていた。

クレインが問い詰める。「いったい、なんでここにあるんだ？」

「わからない、本当に」血管の浮き出た老人の手が震えている。「一週間ほど前に盗まれた。ずっと探していた」

「すぐに返すよ」ウィリアム・クレインが言った。保安官が金庫を開けたのが目に入った。「中には、何が入ってる？」

「何だこれは！」ウォルターズ保安官が畏れるように指で金庫に触れた。「債券が詰まってる」丁寧に包んだ袋を取り出す。「百万ドル分はあるんじゃないのか。それに鍵もある」

ミス・ヴァン・キャンプの手元は少しも狂うことなく、編み物を続けている。「あたしのだよ」穏やかに言う。「全部、あたしのものさ」手首がせわしなく動き、膝に載せた籐の籠の中で緑色の毛糸の玉がときおり跳び上がる。「ほかの債券を預けてるニューヨークの貸金庫に入れるんだ」

「それがいい」クレインが言った。

ウォルターズ保安官が金庫を閉め、小脇に抱えた。「盗んだのは誰だ？」

「これであんたも、金庫を手に入れたいという動機が存在することを認めるだろう？」クレインが言った。

ウォルターズ保安官が勢いよくうなずいた。「その点は、あんたの言うとおりだったと認める。この金の一部でも欲しがる人間はいくらでもいるはずだ」

クレインが言った。「リバーモア院長が最初にミス・ヴァン・キャンプから金庫を盗んだのは、まさにそれが目的だった」

神経質そうな指以外には、リバーモア院長はぴくりとも動かなかった。「わたしは――」

ウィリアム・クレインが手をさっと振ってさえぎった。「あんたは金庫を自分の部屋に持ち帰った。ミス・エヴァンズにその話をした。おれは知ってるんだ。彼女から聞いたんでね」リバーモア院長は打ちひしがれた顔をミス・エヴァンズに向けた。「だが、彼女がその話をしたのはおれだけじゃない」クレインが続ける。「ドクター・イーストマンにも話した」リバーモア院長の青白い目はミス・エヴァンズを見つめたまま動かない。目の縁が赤かった。

クレインが言った。「それを聞いたドクター・イーストマンは、あんたから金庫を盗んだ」

「なんでわたしがその金庫を持ってたなんて言えるんだ?」ドクター・イーストマンがミス・エヴァンズより前に進み出た。彼女の腕に、名残惜しそうに手を置いたまま。「発言には気をつけろ」

「それも、ミス・エヴァンズから聞いた」ウィリアム・クレインが言った。

「そんなこと、証明できないだろう?」

「あんたがおれにこの手紙を書いたことは、ミス・エヴァンズの証言によって証明できる」クレインは手紙を保安官に渡した。「あんたが口述筆記で彼女にタイプさせたものだ。そしてこの手紙には金庫のことが書かれている」

ドクター・イーストマンはミス・エヴァンズを睨みつけた。「仕方なかったのよ」彼女の顔は落ち

着き払っていた。「手紙にわたしの指紋がついてたんだもの」

手紙を読み終えた保安官が言った。「やっと何か掴みかけてきたようだ」ドクター・イーストマンの腕力を推し測るようにじろじろと見る。「それで、この男が金庫を噴水に隠したわけか？」

「ちがう」ウィリアム・クレインが言った。「別の人物が、ドクター・イーストマンからまた金庫を盗んだんだ」両手をテーブルについて、座ったまま椅子を後ろへ傾けると、足が床から浮いた。「込み入った話だよ」彼は脚を組んだ。「ここまでは合ってるかい、ドクター・イーストマン？」

「なかなかの推測ではあるな」ドクター・イーストマンが分厚い下唇を嚙んで言った。「たしかにわたしは金庫をリバーモア院長の部屋から盗んだ。どのみちあいつの物じゃなかったんだ。だが、それを誰かにまた盗まれた」

「リバーモア院長から盗むときには、ミス・エヴァンズに助けてもらったんだろう？」クレインが尋ねた。ドクター・イーストマンがうなずく。「なのに、そこまでしてくれた彼女に、ミス・ヴァン・キャンプのニューヨークの貸金庫に八十万ドル分の現金や債券が入っていることは教えなかった。彼女を裏切るつもりだったのか？」

ドクター・イーストマンの口がかすかに開いた。「そんな、彼女には全部話したぞ」混乱したように瞬きをしながら、彼女のほうを見た。

「話したのか！」

「そのことが、噴水や殺人とどう関係するんだ？」ウォルターズ保安官が訊いた。

「ちょっと待て」クレインが考えながら言った。「おれがパジャマのまま庭を走り回っていた夜、あんたはなんで庭で土を掘ってたんだ、リバーモア院長？」

「わたしのところから金庫を盗んだ人間が、庭のどこかに埋めたんじゃないかと、ミス・エヴァンズに聞いたからです。庭に最近掘り返した跡があったので、そこじゃないかと思ったのです」

「ドクター・イーストマンがやったと疑ってたんだな？」

「彼かもしれないとは思いました」

「ドクター・イーストマンを脅せば取り返せるかもしれないと考えたんだろう？　だから、あのギャングの男をニューヨークから呼び寄せた」

リバーモア院長は悲しそうに髭を上下させながら言った。「そんな考えが頭に浮かんだかもしれません」

「それに脅すことで、彼をミス・エヴァンズから遠ざけたいとも思った、そうだろう？」

ドクター・イーストマンが肩をいからせた。「こんな話に彼女の名前を出すな」

「いいとも」クレインが言った。「だがそれじゃ、クレオパトラの名前を出さずにエジプトの歴史を語るようなものだ」片方の肘をテーブルに置いて、老人に顔を近づけた。「あんたはなんで庭を掘ってたんだ？」

老人が驚いて青い目を見開いた。白髪頭を振る。「リバーモア院長が言ってたんだ、あれは庭に埋められていると」彼はぶつぶつと言った。「わしがあれを見つけ出すことを、神は望んでおられるのだ」

「〝あれ〟って、何のことだ？」

「主《しゅ》の失われし御言葉だ。この近くのどこかにあることはわかっている」彼は興奮のあまり体を震わせた。「金の板に刻みつけられているんだ」

「ばかばかしい」保安官が言った。「事件の本筋に戻ろう」

クレインは組んでいた脚をほどき、茶色い靴をじっと見下ろした。「どうして連続殺人が起きたか、教えてやろう。ニューヨークの貸金庫を開けるための、もう一本の鍵を手に入れたいと願った人間がいる。その鍵さえあれば、八十万ドルが手に入るんだ。誰だって人殺しぐらいするさ、そうだろう?」

「この金庫の中にある鍵のことか?」保安官が訊いた。

「たしかにそれもだが、貸金庫を開けるためには鍵が二本必要なんだ。もう一本の鍵は、ミス・ヴァン・キャンプが常に首から提げている」ミス・ヴァン・キャンプの編み針は、相変わらず規則正しく動き続けている。「蒸し風呂に入れてもらうときを除いて」

窓ガラスを雨が激しく流れ落ち、網戸に雨粒がついた。地面にできた水たまりに軒から水が音を立てて滴り落ちていく。濡れて重くなった枝が風にあおられてうなりを上げている。

「ドクター・イーストマンから金庫を盗んで噴水に隠した人物が、殺人を犯した張本人だ」ウィリアム・クレインが続けた。「鍵は一本しか手に入っておらず、もう一本を探していた。患者全員が映画を見ているはずの時間にも、鍵を探そうとしてミス・ヴァン・キャンプの部屋に入ったが、それをミスター・ピッツフィールドに見られてしまった」風が窓ガラスを乱暴に揺すり、クレインは音が収まるまで待たなければならなかった。「犯人は、その部屋で何をしているのかと尋ねたミスター・ピッツフィールドの首を絞めた。タンスの下から二番めの引き出しの中を探している最中に、突然ピッツフィールドが入って来たからだ。ミス・ヴァン・キャンプがいつも鍵を首から提げていることは知らなかったらしい」

暖炉の中では、猫が舌で生クリームを舐めるように、小さな炎が黒く焦げた薪にちろちろと傷をつけていく。

「その後は、一件めの殺人を隠すために、あとのふたりを殺さざるを得なくなった」ウィリアム・クレインが言った。「二件めと三件めの殺人においては、覚えていると思うが、まったく同じ二本のナイフが使われた。そうだったね、リバーモア院長？」

「たしかによく似てはいました」リバーモア院長が認めた。部屋の中は肌寒いというのに、汗で濡れた額が光っている。「どちらの短剣も、同じ人物の手によって振るわれたように思えました」

ウォルターズ保安官が言った。「それはわかったが、じゃあ、いったい誰の手だったんだ？」

「冷えてきたな」クレインが言った。テーブルについていた肘を下ろした。「チャールズ、暖炉にもう一本薪をくべて、ついでにどうしてあの三人を殺さなきゃならなかったのか、説明してくれないか？」

薪を入れた籠に伸ばしかけていたチャールズの手が、ぴたりと止まった。驚きに両目を大きく見開いている。「何のことだ？」その場の誰もが驚愕の表情で彼を見つめている。チャールズはあえぐように息をついて、大声を出した。「何だよ、あいつ、頭がおかしいぞ。殺しなんて、おれは何も知らない。おれに罪をなすりつけることで、窮地を逃れようとしてるんだ」低木に降りかかる雨は、誰かが小包を次々に薄紙で包んでいるような音を立てていた。「おれは何もやってない、本当だ、誓って言うが、おれは無実だ」

「まあ、どっちでもいいよ」ウィリアムズが彼の横に立っていた。「弁明する機会なら、また後であるからさ」

「いったいどういうことだ、これは――」ウォルターズ保安官の顔が真っ赤に染まった。「今の話の流れで、どうしてあいつが出て来るんだ?」

チャールズは、ウィリアムズとトム・バーンズに挟まれて立っていた。顔から血の気が引いている。「おれがここに着いた日に、あいつが金庫を盗んだんだ」クレインが言った。「そうだよな、ドクター・イーストマン?」

「たしかにあの夜、金庫がなくなっていることに気づいた」

クレインは薪を籠から取り出して炎の中に放り込むと、飛び散る火花がかからないように体を引いた。「金庫を盗んだ後、チャールズはもう一本の鍵のことを知った。当然ながら、ミス・ヴァン・キャンプからその鍵をも盗もうとした。八十万ドルは四十万ドルよりも大金だからな。鍵はミス・ヴァン・キャンプの部屋にあるはずだと見当をつけたものの、誰かに見られたときのために、宿泊棟に立ち入る理由が必要だった。そこで、ちょうどクリーニングを終えたミス・パクストンのバスローブを持って行った。誰かに訊かれたら、それを届けに来たと言えるように。患者たち全員が映画を見ている隙にミス・ヴァン・キャンプの部屋へ鍵を探しに行ったが、思いがけずミスター・ピッツフィールドに見つかり、秘密がばれると思って、思わず持っていたバスローブの紐で首を絞めて殺した。これは大きな誤りだった」パチパチと音を立てる新しい炎はウィリアム・クレインの脚を心地よく温めた。「なぜなら、ここでクリーニングをしているのはチャールズひとりだからだ。ミス・エヴァンズがそう教えてくれた」

ミセス・ヘイワースの椅子の肘掛けに座っていたリチャードソンが口を開いた。「だが、どうしてそのバスローブをチャールズが持っていたと言えるんだ?」

「ピッツフィードを殺した後、チャールズはバスローブを現場に残して行けば、自分の犯行だとわかってしまうと気づいた。そこで、ミス・パクストンのクローゼットにバスローブを吊るしに行ったのだが、気が動転して紐のことを忘れていた。その紐が凶器である以上、当然おれはバスローブそのものに関心を持った。ミス・パクストンの部屋を調べたとき、手がかりは何も見つからなかったものの、強いナフサの匂いが気になった。誰だって気づかずにはいられないほどの匂いだった」クレインは頭を掻いた。「哀れなミス・パクストンも、自分のバスローブの紐がピッツフィールドを殺すのに使われたと知った後で、その匂いに気づいたのかもしれない。どちらにしろ、チャールズは彼女も殺した。自分のバスローブの紐だと公言したとき、彼女は遅かれ早かれ自分にクリーニングを頼んだことを思い出すにちがいないと思ったんだろう。そこであの夜、みんなが夕食を摂っている時間に、彼女の部屋に忍び込んでナイフで刺し殺した」

ウォルターズ保安官が反論するように手を挙げた。何か紙を持っている。「二件めの殺人について、チャールズにはアリバイがあると言ったじゃないか」紙を確認しながら言った。「その時間には、彼は風呂に入っていた。ミス・エヴァンズが見たと証言したはずだ」

クレインが尋ねた。「ミス・エヴァンズ、チャールズと一緒に浴室まで入ったのか？」彼女は金髪の頭を横に振った。おもしろがりつつも、馬鹿にするような目つきだ。「おい、あんた！」クレインが運転手に声をかけた。「たしかあの浴室には、窓があったな？」

運転手が指で襟に触った。「そうだ」シャツの襟は汚れていた。「大きな窓がある」

「窓から出入りする人間もいるんだ」クレインが言った。

「でも、水が流れる音が聞こえてたわ」ミス・エヴァンズが口を挟んだ。

「浴槽の栓を閉めずに水を勢いよく出しておけば、ずっと水の流れる音がするだろう」

「たしかに、考えられることですね」ウィルソン巡査部長が保安官に向かって言った。「まるで風呂で水を使っているような音がするでしょうね、特に初めに少しだけ水を溜めておけば」

クレインが話を続けた。「チャールズは浴室の窓から外へ出て、こっちの建物に向かった。三十分ほど外で様子を伺って、隙を見て忍び込んだ。それからおれたちが夕食を摂っているあいだにこっそり二階へ上がり、婆さんを殺した」

「ちょっと待て」ウォルターズ保安官が眉を引き寄せてしかめっ面を作った。「どうして外で様子を伺っていたとわかる？」

「おれたちはみんな、ミス・パクストンが殺された数分後に部屋に駆けつけている」ウィリアム・クレインが辛抱強く説明した。「そのときおれはナイフに触れてみた。氷のように冷たかった。外はひどく寒かった。そこで、あのナイフはしばらく外にあったはずだという結論に至ったわけだ」

クリフの茶色い目が知的に光った。「ドクターの誰かがナイフを持ち込んで彼女を殺した可能性も考えられるよね？」彼が尋ねた。

「ドクターたちなら、外をうろつく理由がない。この建物に入っても、それどころかミス・パクストンの部屋に出入りしてもおかしくないんだから。ドクターが持ち込んだなら、ナイフは温かかったはずだ」

チャールズがわめいた。「全部でたらめだ。おれは――」

ウィリアムズがチャールズの目の前で拳を握った。「黙れ。これを口の奥に押し込んでやろうか？」

「それからしばらくは、ミス・パクストンを殺したことで、すべてをうまく隠せたと思っていたはずだ」クレインが言った。「だがやがて、ミス・パクストンの世話を担当していたミス・クレイトンが、あの紐のことを気にしだした。ミス・パクストンがあのバスローブのクリーニングをチャールズに頼んだことを知っていたんだ。そこで、そのことを訊きに彼に会いに行った」クレインは風の音に負けないよう、声を張り上げなければならなかった。「だから彼女も殺した。同じようなナイフを使って。彼女は最後に〝クリーニング〟と伝えようとして息絶えた」

ドクター・ビューローが言った。「そうです、たしかにそう聞こえました」

「あんたら、ふたりとも頭がおかしいぞ」チャールズが言った。少年のような顔がすっかり崩れている。「そんな作り話、誰にだって当てはまるじゃないか」

「黙れって」ウィリアムズが言った。

「あのナイフについては、ほかにも気づいたことがある。メキシコ製で、投げるのに適したタイプだ──大道芸で使うような」クレインは暖炉で充分温まり、テーブルに戻って来た。「チャールズはかつて、大衆演芸の役者をしていた。さまざまな芸も見せていた、ナイフ投げもな！　だからそっくり同じナイフを二本持っていたんだ」

「こいつが元俳優だって、どうしてわかったんだ？」ウォルターズ保安官が訊いた。

「指紋を調べた」

「どうやって？」

「ここにいるミスター・ウィリアムズが電気技師のふりをしたんだ。おれが停電を引き起こした後、電気系統の修理にやって来た。そのとき、チャールズの指紋のついたグラスを預けておいた」

ウィリアムズが親しげにチャールズの腕に手を置いた。「ほかにも、こいつが詐欺罪でしばらくムショに入ってたこともわかったんだぜ」彼は言った。「婆さんを騙そうとしたんだ」

「ムショ帰りか！」ウォルターズ保安官がチャールズに嫌悪の目を向けた。「印象が悪くなったな」

クレインは袖についた灰を払った。「おれにわかるのは、それだけだ」彼は続けて、保安官に向けて言った。「ああ、それと、あんたをこの事件の捜査に加えてやって、おれたちは感謝されてもいい立場だってことだな」

ウォルターズ保安官が訊き返した。「何だ、どういうことだ？」

「ここで殺人が続いて起きたってあんたんとこに垂れ込んだのは、おれだったんだよ」ウィリアムズが言った。「おれの美声に聞き覚えはないか？」しわがれた笑い声を上げた。

ウォルターズ保安官は、ウィリアムズからクレイン、そしてまたウィリアムズに視線を移した。青い目はすっかり曇り、唇が歪んでいる。

「あいつを、留置場に、ぶち込まないのかな？」クレインは病人に話しかけるように、優しく話した。

ウォルターズ保安官は指で顎をこすった。「クリフ、クレムに連絡して、独房を空けておくように言ってくれ。院長のオフィスの電話を使わせてもらえ」重い体を引き上げるように立った。「まったく、なんてことだ！」

グレアム保安官代理と、包帯で顔をぐるぐる巻きにしたパワーズ保安官代理がチャールズの身柄を確保した。わざわざ手錠をかけるまでもなかった。「おれはやってない」チャールズが言った。少年のような顔が悲嘆に暮れた。訴えかけるような目でウォルターズ保安官の赤い顔を見つめる。

次の瞬間、息を切らしたクリフが戻って来た。「今夜はここから出られないよ」彼が告げた。「町の

南側の橋が流されたんだ。今、復旧工事をやってるけど、明日の朝まで通れそうにないって」彼の鼻を水がひと筋流れ、顎に落ちた。「どうしたらいい？」

「ウォータータウンを経由したらどうですか？」ウィルソン巡査部長が訊いた。

「だめだ、こんな天候の夜には遠すぎる」保安官がきっぱりと言った。「今夜はここでどこかに閉じ込めて、朝になったら連行しよう。リバーモア院長、こいつを入れておくような部屋はあるかい？」

リバーモア院長は十歳若返ったようだった。緊張していたことを示す名残は、目尻の細かいしわぐらいのものだ。「拘禁棟に入れましょう」彼は言った。

ウィリアム・クレインが言った。「まさか、ミスター・ラダムが何度も抜け出した、あの部屋じゃないだろうな？」

リバーモア院長がほほ笑んで、髭を横に振った。「いや、ちがいますよ。この男にぴったりの部屋があります。絶対に外に出られませんよ」

叩きつけるような雨をよけるようにうつむいたまま、彼らは水を跳ね上げながら庭の小道を拘禁棟まで進んだ。庭じゅうで嵐の音が渦巻いている。水の撥ねる音と風の気まぐれな音楽に合わせて、濡れた枝が伴奏を奏でている。どこか遠くで、剝がれかけた板がくり返し何かを打ちつけている音がする。

拘禁棟のセメントのポーチで大きく足踏みし、靴についた泥を落としてから玄関ホールへ入った。リバーモア院長の先導のもと、二階へ向かう。黄色い電灯の光が、院長の影を大きく映している。

「階段をのぼってすぐの、この部屋に入れましょう」彼は言った。「ここのドアには円筒錠がついていますから」

さほど広くない部屋だった。奥の壁の高い位置に、窓がひとつだけあった。下側の窓ガラスの中に、若木の枝が揺れているのが見える。クレインは、部屋の中のベッド、椅子、そしてデスクが床に固定されているのに気づいた。壁はすべてマットレスのような素材で覆われている。

チャールズは武器を隠し持っていないか調べられた後、部屋の中に放り込まれた。「弁護士を呼んでくれ」悲しそうな声を上げた。

保安官は音を立ててドアを閉め、足音高く先頭に立って階段を降りて行った。下のホールにあったベンチを指さした。「タイ、おまえはあそこで見張りをしろ。あいつが何かしでかすようなら、撃て」

クレインがそのベンチから見上げると、ちょうどチャールズの部屋のドアがよく見えた。「寝るなよ」クレインがグレアム保安官代理に忠告した。外の雨の中へ出たとき、クレインが保安官の腕に触れて言った。「あの窓、どう思う？　あそこから飛び降りられないだろうか？」

ウォルターズ保安官の濡れた顔が、窓から漏れた明かりを反射して輝いていた。「無理だろう」彼は言った。「できるわけがない。あの窓から出るとしたら、頭を先にしなきゃならないんだ。あそこから真っ逆さまに転げ落ちたら首の骨を折るにちがいない」口髭に滴る水を、ぎゅっと絞った。「わたしとしては、首の骨を折ってもらいたいぐらいだがね」

彼らは宿泊棟に戻りかけた。クレインが言った。「あんたに任せるよ」泡が浮かんだ水たまりに足を突っ込んだ。「あいつのナイフのコレクションは調べたほうがいいと思う」

「クリフに調べさせよう」ウォルターズ保安官は何事か考えにふけりながら、次々と水たまりを踏んで歩いて行った。「なあ、もう夕食の支度はできているだろうか？」

第十九章

雨風は少しやわらいだが、外は相変わらずの嵐だった。それにもかかわらず、夕食は楽しい席になった。ウィリアムズが、運ばれて来たフィンガーボールを丁重に断り、もう飲み物は充分だと言ったときには、あのミス・クィーンまでもが自制心を失うほど大笑いした。

「あなた、本当におかしな人《ファニー》ね」ミス・クィーンは、ナプキンの上からいたずらっぽい目を覗かせながら言った。「それに、とても優しい《カインド》顔をしているわ」

ウィリアムズが唇をすぼめた。肉食動物のような目が、今はきらきら輝いている。「ああ、変人《ファニー・カインド》なんだよ」そう言って自分でも大笑いした。

何気ない会話が交わされる空気に紛れて、ミスター・ペニーがウィリアム・クレインの手の中にそっと紙を渡した。クレインは膝の上でそれを開けてみた。〈おめでとう。後で見せたいものがある〉と書かれていた。

クレインは視線を上げた。小柄な男は、謎めいたウィンクをした。クレインも謎めいたウィンクを返した。

葉巻の先からゆったりと青い煙をくゆらせて、ウォルターズ保安官は椅子に深くもたれかかった。ウラーに合図して呼び寄せた。「囚人の分の食事はどうなってる?」

ウラーが答えた。「ミス・エヴァンズが何やらトレーに載せて用意しておいででしたがね。ちょうど今、トレーを持ってお出なさったとこですよ」

「殺人犯と言えども、何かしら食わせないわけにはいかないからな」保安官は自己満足したように皮肉を言った。「いつもこんなうまいものが食えるのなら、囚人になるのも悪くないかもな」そう言ってテーブルを叩いた。

「訊いてもいいですか」リバーモア院長がクレインに話しかけた。「あなたはそもそも、どうやってここに潜り込んだんですか？　ベルビュー病院からの書類は本物でしたよ」

　ウィリアム・クレインはミスター・ペニーのメモを細かく破り、シロメ（スズが主成分の合金）の灰皿に捨ててから言った。「そう難しいことじゃなかった。五番街の真ん中で自主的に交通整理をしてやったのさ。それでベルビュー病院に連れて行かれた後、ミス・ヴァン・キャンプの弟がここへの転院を指示した。彼の同僚のミスター・スローンという人物が具体的な手続きを取ってくれてね。書類上は、おれの叔父さんってことになっていたはずだ」クレインはデミタス・コーヒーを飲み干した。「実は、ここに来た本来の目的は、あくまでもミス・ヴァン・キャンプと彼女の弟の依頼の遂行だけだった。彼女は債券を取り戻したいと言い、おれはそれを取り戻した。殺人が起きたのは、たまたまだ」

「三人も殺されたんだ、たまたまじゃ済まないだろう」ブラックウッドが言った。いつもの口やかましさを取り戻したようだ。

「そうかもしれないな」クレインは同意した。ミスター・ペニーが部屋を出るのが目に留まった。

「ちょっと二階へ行ってくる。荷造りをしたいんでね」

　バーンズとウィリアムズと一緒に部屋を出ようとして、ミセス・ヘイワースの前を通り過ぎた。や

わらかな茶色い瞳が彼を捉えたが、何の認識もされなかった。彼女にとってはもう、クレインの顔には見覚えがないようだ。

慎重な動作で、ミスター・ウィリアムズが自分のグラスにたっぷりと密造酒を注ぐと、瓶の中身がほとんど空になってしまった。ウィリアムズはトム・バーンズにウィンクをした。

「今回は見事にやりきったな、おれたち」彼がしみじみと言った。「正義の味方だぜ」クレインのベッドを降りて、西側の窓から拘禁棟を見やる。「必ず悪を捕らえるんだ」窓が細く開いていたので閉めた。「チャールズの部屋には、まだ明かりがついてるようだな」

「もうあいつの心配はよせ」バーンズが言った。「次の依頼に備えて、体力を温存しなくちゃならないんだ」

「そうだな」クレインが言った。半分ほど酒の入ったグラスを手に持っている。「丘の上のキャンピングカーで過ごすのはさぞ辛かっただろうな、おれはこんなにいい思いをしていたのに」

バーンズが興味深そうにクレインの顔を観察した。「その痣、あのエヴァンズって美女に殴られたんじゃないのか」ストレートで飲むのを好む彼には、グラスは必要なかった。「たまらなく色っぽい女だよな」酒の瓶に手を伸ばした。クレインが瓶を取り上げた。

「いつここを出る?」彼が尋ねた。

「雨がやみ次第だな」ウィリアムズが言った。自分のグラスの酒を飲んで、唇を歪めた。「なあ、金を取り戻してやった礼に、婆さんから何をもらったんだ?」

「何も」

「ありがとうのひと言も?」

「ない。ひと言も」

「おいおい、本当か」ウィリアムズは黄色い酒をひと口舐めた。「まったく恩知らずな婆さんだな」椅子に座り、背もたれを後ろに傾けて壁にもたせかけた。「結局、誰に襲われたのかはわかったのか?」

「ドクター・イーストマンとあのエヴァンズって女だ」

「ほらな!」バーンズがベストの左右の袖ぐりに親指を突っ込んでポーズを気取った。「女が関わってるって言っただろう?」

「そうだな」クレインが言った。「〝シェルシェ・ラ・ファム〟（事件の捜査で使う〝事件の影に女あり〟という言い回し）だな」

「は?」

クレインが説明した。「フランス語で〝女を探せ〟って意味だ」

「おれなら女を探す必要はないぞ」バーンズが言った。「いつも女のほうがおれを探してるからな」

部屋のドアが開いて、ウォルターズ保安官とクリフ、それにパワーズ保安官代理が入ってきた。

「ウィリアム・クレイン」保安官が言った。「おまえを殺人の容疑で逮捕する」

ウィリアム・クレインはベッドから降り、後ずさった。「何だ? 何があった?」

「窓の外を見てみろ」ウォルターズ保安官が言った。

クレインは拘禁棟に面した窓から外を覗いてみた。窓から漏れた筋状の光に照らされて、雨が細かく、銀色に輝きながら、真下の小道に倒れた人影の上に優しく降り注いでいる。仰向けに倒れ、雨に濡れた穏やかな顔の主は、まちがいなく死んでいた。ミスター・ペニーだった。

第二十章

頭上から斜めに落ちて来る雨で、ミスター・ペニーの服はすっかりずぶ濡れだった。頭の周りの血だまりが徐々に広がり、そこに雨粒が当たるたびに起きる小さなさざ波が、ミスター・ペニーの黒髪を揺らしていた。小豆《あずき》色の別の血だまりが、彼の首の後ろから広がり始めていた。先の犠牲者のふたりとまったく同じように、そこを刺されていたのだ。

「刺し方が同じだという理由で、今回の殺人もチャールズにかぶせられると思ったのだろう」ウォルターズ保安官が言った。手の甲で砂色の口髭を拭う。「だが、そうはいかん。たしかにまたひとり殺された、それもまったく同じ手口で。だが、これはチャールズには絶対にできなかったのだ」

ミスター・ペニーの片方の脚が不自然にねじれて背中の下敷きになっている。骨が折れているにちがいない。上着の襟の後ろが頭のほうへ引き上げられていて、まるで誰かが脱がせようと引っぱったかに見える。上着の前のボタンがひとつ、ちぎれてなくなっている。

「おまえに現場を見せてやる理由もないんだがな」ウォルターズ保安官が言った。クレインのすぐ後ろを離れようとしない。「おまえがやったのはわかってるんだ。おまえが殺して、おまえの部屋の窓から投げ落とした」もう何度も同じことを繰り返している。

ウィリアムズは上着の襟を立てていた。宿泊棟の、明かりのついた窓を見上げる。それから首から

短剣の柄《つか》が突き出た、つぶれた死体を見下ろした。「たしかに誰かが上から放り投げたように見えるな」彼も同意した。

「放り投げられたに決まってる」ウォルターズ保安官が言った。「首にナイフが刺さったまま、ここまで歩いて来たはずがない」

「引きずって運んで来たのかもしれないぜ」ウィリアムズが言った。小さな懐中電灯で小道とぐっしょり濡れた芝生を照らした。

「そんなはずはない」保安官が断言し、大きな電球のランプで死体の周りを照らした。「それなら、ナイフの傷から流れた血で引きずった痕が残っているはずだ」

「なあ」クレインが言った。「おれが殺したなんて根拠は何もないんだろう、あんたがそう思い込んでるだけで」彼はなだめるような声で話した。「おれに、拘禁棟の中を見せてくれよ」

「根拠がないだと？」ウォルターズ保安官の言葉が熱を帯びてきた。「わたしが何も知らないと思ってるんだな？　ミス・クレイトンが殺されたとき、おまえは外に出て、何をやっていたんだ？　ミス・エヴァンズがおまえに会ったと、さっき白状したぞ」

「彼女が嘘をついたのかもしれないだろう」トム・バーンズが言った。雨に濡れて情けない姿になっている。「今、彼女はどこにいる？」

「クリフがリビングルームで警護している。クレインが彼女まで殺しに来る恐れがあったのでな」

「クレインに拘禁棟の中を見せてやってください」ウィルソン巡査部長がいらいらしながら言った。「あなたには何の損もないでしょう」

保安官が肩をすくめた。

生い茂る草に隠れて見えないが、足元には雨水が一インチほども溜まっていた。空気よりも水分を多く含んでいるような風が、しおれた花たちを容赦なく揺すっていた。雨が拘禁棟の白い化粧漆喰の壁に濃い灰色のしみをいくつも作っている。チャールズの部屋の窓と、建物の奥のほうにあるミスター・ラダムの部屋の窓に、それぞれ明かりがついているのが見える。

拘禁棟の正面ホールの奥の階段の下に、グレアム保安官代理が椅子を置いて座っていた。彼は、はっとして目を覚ました。大きな顔に驚きの表情を浮かべて尋ねた。「おれの夕食は？」

「後で持って来てやる」保安官が言った。「あの男は、ちゃんと二階にいるんだな？」

「もちろんです。ここで絶えず見張ってたんですよ、そうでしょう？」

クレインが訊いた。「誰かあいつに会いに来たやつはいるか？」

「いいや、ミス・エヴァンズと、あの小さくて口の利けない男だけだ。彼女が夕食をたっぷりと載せたトレーを持って来て、彼はそのすぐ後に来たよ」

「ミスター・ペニーを、チャールズに会いに行かせたのか？」クレインが訊いた。

「ああ、そうだ。断る理由があるか？」

「ミスター・ペニーが上がって行ったとき、ミス・エヴァンズはまだ二階にいたのか？」

「ああ、いた。ふたりで一緒に降りて来た」

「ミスター・ペニーは、たしかに降りて来たんだな？」

「たしかだとも」

「どうしてそう言いきれる？　顔を見たのか？」

「ちゃんとは見てない。でも、ミス・エヴァンズがドアの外で彼におやすみと言っているのが聞こえ

たんだ。おれはちょっと、その、目を休めていたから、ふたりが一緒に降りて来るところは見てなかった」

「それが全部、あんたの夢の中の話ってことはないのか？」

「いや、彼女の声はちゃんと聞こえた。『おやすみなさい、ミスター・ペニー。急いでね、びしょ濡れになっちゃうわ』そう言ってた」

ウォルターズ保安官は新しい囚人の腕を掴み、苛立ったように言った。「いつまでも時間稼ぎをしようったって無駄だ」

クレインは保安官の手を振り払った。正面の入口へ歩いて行くと、ドアを開けて外を見た。風に吹かれた雨が、風呂場のシャワーのように降って来る。突風を受けた木々は折れ曲がり、チャールズの窓の下の低木が濡れてつぶれていた。

しばらくしてクレインが言った。「チャールズに会いに、上の部屋へ行こう」

彼らは足音を立てて階段をのぼり、保安官がグレアム保安官代理から受け取った鍵でドアを開けた。チャールズは彼らを見て驚いた表情になり、一瞬、今にも暴れだすのではないかと思えた。「何の用だ？」彼が尋ねた。両腕を小さく振り回している。彼はベッドに座っていた。黒いズボンと白いシャツを着ているが、裸足だった。

「今夜、誰か訪ねて来なかったか？」クレインが尋ねる。

「ミス・エヴァンズが夕食を運んで来た」チャールズはけんか腰で答えた。

「ほかには誰か来なかったか？」

「ミス・エヴァンズが部屋を出るときに、ミスター・ペニーがちょっと中を覗いて行ったな。おれに

ウィンクをしただけで、彼女と一緒に行ってしまった」

「ミスター・ペニーは、あんたの部屋で見つけたナイフを見せなかったか？」

チャールズは傷つくと同時に、驚いた顔をした。「実はあんたの使ってた部屋を全部調べたが、ナイフは見つからなかったんだ」

「そのとおりだ」ウォルターズ保安官が言った。

クレインがウィリアムズのほうを振り向いた。「あいつが何か隠してないか確認しろ」

ウィリアムズがチャールズの全身を手で撫でて調べた。クレインは高い位置にある、部屋で唯一の小窓から外の嵐を見上げた。雨は、まるで誰かが手で水をすくっては窓にぶちまけているかのように、周期的に激しくガラスに打ちつけている。風が不機嫌そうな怒った唸り声を上げている。窓の下の床には、水で濡れたような小さな跡がふたつあった。クレインが手を上に伸ばすと、ちょうど窓辺に指がかかった。指先を見る。濡れても汚れてもいない。また手を伸ばして窓を押してみる。鍵がかかっていた。板ガラスが窓枠にはまっている境界に沿って指を滑らせ、指先についた乾いた土埃をズボンの尻で拭った。

「こいつ、何も持ってないぜ」ウィリアムズが報告した。

クレインはデスクと椅子を確認した。どちらもがっちりと床に固定されている。チャールズの脱いだ靴下を触ってみた。少し湿っていた。「ベッドは移動できるのか？」

ウィリアムズが動かそうとしたが、無理だった。

「わかった」クレインが言った。チャールズのベッドカバーを触り、マットレスの下を見た。何もなかった。「よし、ミス・エヴァンズに会いに行こう」

ミス・エヴァンズは黒いシルクのドレスを着て、赤い造花を胸に飾っていた。ドレスは彼女の尻にぴったり貼りつき、細い足首には茶色いシルクの薄いストッキングを穿いていた。左手の黒い袖の上から、真っ赤なサンゴのブレスレットをはめている。暖炉のそばにクリフと並んで立つ彼女の金色の髪は、半透明にぼやけて見えた。彼女は猫のように優雅な身のこなしで、ウィリアム・クレインと彼を捕らえている警官たちのほうを振り向いた。「あなた、ついに捕まっちゃったみたいね」いつものかすれてざらづいた声で言った。

「ミス・エヴァンズ」クレインは保安官の腕を振り払って彼女に近づいた。「保安官から、あんたにいくつか質問をする許可をもらった」

ミス・エヴァンズは黙って待っていた。小馬鹿にするような目つきで見ている。

「あんたがチャールズの部屋に入っているあいだに、ミスター・ペニーも上がって行ったか?」

彼女がうなずいた。

「彼は何をしに行ったんだ?」

彼女は丸い肩をすくめた。「ただ部屋の中を覗いてにっこり笑っただけよ。それからわたしと一緒に一階へ降りたの」

「彼はチャールズに何か見せなかったか?」

ミス・エヴァンズは、ほとんどわからないほどかすかに頭を振った。暖炉の炎に照らされて、顎のやわらかな輪郭が際立った。

「あんたはチャールズの部屋に、どのぐらいいた?」

「十五分ぐらいね」

「あんたがいるあいだ、あの部屋の窓は開いていたか?」

「そんなはずないでしょう」

「トレーを持って降りるとき、上からナプキンをかけていたか?」

ミス・エヴァンズは眉を上げた。「かけてなかったと思うけど。そう、かけてなかったわ。マリアに確認してみたら?」

「では、トレーの上には何も載っていなかったんだな?」

「何が訊きたいのかよくわからないけど」彼女の青い目がかげった。「食器以外には、何も載っていなかったわ」

「拘禁棟を出た後、どこへ行った?」

「この宿泊棟へ戻って、キッチンに入るときに保安官に会ったわ。リビングルームで保安官と話をして、ミスター・ペニーの死体が発見された後、息子さんとここに残るように言われたのよ」

「部屋に戻って服を着替えたりはしていないんだな?」

「ええ、着替えなかったわよ!」彼女は保安官に訴えかけた。「ずっとこんな質問に答え続けなきゃならないの……?」

「悪いね」クレインが言った。ミス・エヴァンズに近づき、右腕を彼女の腰に巻きつけた。「離してよ!」突然狂ったように怒りだした彼女がそう叫んだ。平手を振り下ろして彼の手を払いのけ、膝で股間を蹴り上げた。強烈な痛みに、クレインは唸り声を漏らした。ミス・エヴァンズのドレスの、胸の造花の上あたりを摑み、腰まで引き下ろすように破った。

引き締まった乳房を包む肌色のシルクのブラジャーの下に白い肌が見えた。腰には細いベルトが巻かれ、そこから鞘《さや》が六つぶら下がっていた。そのうち三つは空だったが、残りの三つから、骨の柄《つか》のついた短剣が突き出ていた。

「これでわかっただろう?」ウィリアム・クレインが言った。「ミスター・ペニーは、こうやって殺されたんだ」

ミス・ツイリガーがひとりで拘禁棟から戻って来た。片方の頬を水滴が流れ落ち、目を大きく見開いていた。クリフとふたりの保安官代理がミス・エヴァンズをチャールズの隣の部屋に閉じ込める前に、ミス・ツイリガーがその新しい囚人の身体検査をしたのだった。「どうやって体形をごまかしていたのかしらね、あれだけのナイフをぶら下げて歩きながら」

「針を飲み込む奇術師のように、ナイフを飲み込んでたのかもしれないな。時間を置いて体の別のところから出すんだ」ウィリアムズが言った。

ミス・ツイリガーがベルトと三本のナイフを掲げた。「これはどうすればいいの?」

「わたしが預かる」保安官が言った。「あんたはクリフが見張り《ウォッチ》をするのについてってやってくれ、彼女が何か要求したときのために」

「おれもあの美女を覗《ウォッチ》きに行ってやろうか?」ウィリアムズが名乗りを上げる。

クレインが彼に指を突きつけて言った。「おまえはここにいろ」

ウィルソン巡査部長はリビングルームの暖炉の前で背筋《せすじ》を伸ばして立っていた。手の甲で顎をこすった。「わたしにはまだ、やつらがどうやってミスター・ペニーを殺したのか、まるでわかりません」

「推理するのは、そう難しくなかった」クレインが言った。「説明しよう」彼は長テーブルの前のお気に入りの席に着いた。「まず初めに、ミスター・ペニーがチャールズの部屋に入ったのはまちがいない。保安官代理が目撃しているからな」

「そうです、そして彼が出て来るところも目撃しています」巡査部長が言った。

「そこがまちがってるんだ。保安官代理は、ミス・エヴァンズがミスター・ペニーにおやすみなさいと言うのを聞いたと言ったんだ。彼女はペニーに雨に濡れないよう忠告したが、ペニーにはその言葉は届かなかった。すでに死んでいたからだ」

「つまり、彼女は死体を運んで階段を降りたというのか？」ミスター・ウィリアムズが訊いた。

「いいや、そんな馬鹿な真似はしないだろう。保安官代理に見られるかもしれないんだから。そうじゃなくて、彼女は外にある死体のところへ行ったんだ、チャールズの窓から投げ捨てた死体のね」

ウォルターズ保安官が頭を掻いた。「だが、あの窓には鍵がかかっていたぞ」彼は反論した。「第一、チャールズには手が届かない高さにある」

「おれもそう思っていた。だからこそ、あの部屋に閉じ込めることになったときにも反対しなかった。誰もあそこにのぼることができないと思ったし、覚えているだろうが、たとえあの窓から這い出すことができたとしても頭から出るしかないから、落ちたら死ぬという結論になった」クレインが首を振った。「ミス・エヴァンズのことまでは考えが至らなかった。チャールズなら彼女を抱え上げて、窓を開けさせることができたのに。そして窓を閉めるときにも、同じように抱え上げたんだ。窓の真下に濡れた跡がふたつあるのを見て、絶対に窓を開けたはずだと思った。おれたちがチャールズに会いに行ったときには、床が濡れていたからな。そこで窓台を触ってみたが、乾いていたし、汚れてもい

なかった。下の窓枠も触ってみたが、そこは土埃がついていた。さて、どういうことだと思う?」

誰も答えなかった。

「それはつまり、誰かが濡れた窓台をきれいに拭いたということだ。そうでなければ、そこにも土埃がついているはずだからな。もしかするとチャールズは何かを踏み台に使って窓を開けたのかと思ったが、すべての家具は床に固定されていた。ということは、誰かの手助けがなければできないはずだ。ついでに言うと、窓台を拭くときに、やつの靴下を使ったにちがいない。湿っていたからな」

ウィルソン巡査部長が、暖炉の炎から少し下がった。「あなたの推理では、あのふたりが協力して拘禁棟の部屋の中でミスター・ペニーを殺し、窓から投げ捨てたということですか?」

「そのとおりだ。ミスター・ペニーはミス・エヴァンズの部屋でナイフを見つけ、それを持ってチャールズに会いに行った。たぶん、彼はミス・エヴァンズが犯行に関わっているとは思いもせず、見つけたナイフを保安官に渡せば、彼女が逮捕されてしまうと思ったんだろう。あくまでもおれの想像だが、ミスター・ペニーはチャールズにナイフを見せれば、やつが観念して自白し、結果的にミス・エヴァンズの無実が証明できると考えたんだと思う。だが、チャールズはそのナイフを見たとたん、策略が暴かれたと悟った。そのナイフを調べられたら、遅かれ早かれ自分のものだと証明されてしまう。そこで、ミスター・ペニーを殺した」

「そこまではわかる」保安官が言った。「ペニーが投げ落とされた説明はつく。だが、どうやってあんたの部屋の真下に落としたんだ?　チャールズの部屋の下から小道までについた血の跡を、ミス・エヴァンズが拭いて消したのか?」

「血を拭く必要はなかった。血なんて流れていなかったからだ」クレインは感嘆して聞き入る聴衆を

見て、にやりと笑った。「ミスター・ペニーはチャールズの部屋で、絞殺されたんだ。ミス・エヴァンズは落とした死体をおれの窓の下まで、水に浸かった草の上を引きずって移動させた――濡れた草は滑りやすく、容易に物を動かせるし、痕を残さないだろう？　ミス・エヴァンズはおそらく、靴跡を残さないように靴を脱いでストッキングのまま歩いたのだろう。それに、ミスター・ペニーは百ポンドほどしか体重がないから、引いて滑らせるのはそう大変なことでもなかったはずだ。そして、おれの部屋の下までミスター・ペニーの死体を運んだ後で、彼の首にナイフを刺して、おれの仕業に見せかけようとした。なかなかよくできたアイディアだ」

「ミス・エヴァンズは、ドク・イーストマンと仲良しこよしじゃなかったのか？」ミスター・ウィリアムズが言った。「なんでチャールズとつるんでたんだ？」

「チャールズはなかなかの美男子だからな」クレインがテーブルの椅子に深くもたれた。「大衆演芸の世界じゃ、女泣かせとして名を馳せてたそうじゃないか。ミス・エヴァンズが心を奪われても無理はない。あのふたりが夫婦だったと聞かされても、おれは驚かないね……と言うか、夫婦も同然だ。あいつは夜な夜な彼女の部屋に通ってたんだから」

ウィリアムズが「チッ」と三度舌打ちをした。「どうしてそんなことがわかる？」

「おまえらには絶対にわからないと思うぜ。たしかにミス・パクストン殺害のとき、彼女はチャールズのアリバイを証明した――やつが浴室に入るのを見たと言って。だが、その時点では彼女が共犯だとは言いきれなかった。チャールズが彼女を騙してアリバイに利用するために、風呂の水を出しっぱなしにして窓から抜け出したという可能性を、おれたちが推理してやったからな。それから彼女は、ドクター・イーストマンがリバーモア院長のところから金庫を盗み出すのを手伝った後で、チャール

ズがドクター・イーストマンから盗むのも手伝った。その二番めの盗難には、彼女が絶対に関わっていたはずなんだ。ドクター・イーストマンが金庫を持っていることを知っていた人物は、彼女以外にいなかったのだから。そのうえ彼女は、ミス・ヴァン・キャンプの貸金庫に八十万ドル入っていることを、ドクター・イーストマンから聞かされていなかったと言って、おれもあやうくそれを信用しかけた。だがおれが、彼女とチャールズが通じているとわかったのは、まったく別のことからだった」クレインはくるりと保安官のほうを振り向いた。「ミセス・ブレイディーがヌード・ダンスを披露したときのことを覚えているか?」

ウォルターズ保安官がうなずいた。「忘れたくても忘れられないだろう」

「ドクター・ビューローがミス・エヴァンズに、まだ蓄音機を持っているかと尋ねただろう? 彼女は『もちろん。チャールズ、取って来てくれない?』と言った。マリアに教えてもらったんだが、ミス・エヴァンズは最近はラジオばかり聞くようになって、蓄音機はクローゼットの一番上の棚にしまい込み、その上にいろいろなものを載せていたそうだ」クレインは首の後ろの打撲痕をさすった。「だいぶ治ってきている。それからチャールズには、普通に仕事をしている限り、絶対にミス・エヴァンズの部屋に入る機会も、ましてやクローゼットを開ける機会もないこともわかった。そのチャールズが、蓄音機がどこにあるか教えてもらわなくてもすぐに持って来られたのを、不思議に思っていたんだよ」

保安官が確固とした足取りで、部屋の中央に進み出た。「あのふたりを甘く見ていると、また痛い目に遭いそうだ。あまりに巧妙なやつらだからな」ドアを開けた。冷たい空気が一気に部屋の中に流れ込んで来た。「今すぐに留置場へ移す、雨が降っていようと何だろうと」外に出ようとして足を止

めた。「そう言えば、わたしに椅子を投げつけたのは、誰だったんだ？」

「ミス・エヴァンズだよ」クレインが嘘をついた。

「やっぱりそうか」保安官はそこで初めて心底激怒した。「仮面をかぶった嘘つき女め」勢いよくドアを閉めて出て行った。

「なあ、おれたち今日はここに泊まるのか、それとも今すぐ出て行くのか、どうする？」ウィリアムズが訊いた。

「すぐに出ようぜ」クレインが言った。「家に帰りたい」

ウィルソン巡査部長が言った。「こんなに大変な目に遭ったのですから、一週間ほどどこかのサナトリウムでゆっくりと体を休ませたいんじゃありませんか？」

ウィリアム・クレインがドア口で立ち止まった。「おいおい、やめてくれ！」彼は言った。「どこかで休暇をとるにしても、サナトリウムだけは絶対にごめんだ」

訳者あとがき

ジョナサン・ラティマーは一九〇六年にシカゴで生まれ、大学卒業後に新聞記者として活躍した後、本作を含む〝ビル・クレイン探偵シリーズ〟で作家に転じた。その後、第二次世界大戦中にアメリカ海軍に従軍し、カリフォルニアへ移って映画やテレビの脚本を書いた。その中には、日本でもおなじみのテレビシリーズ『弁護士ペリー・メイスン』や『刑事コロンボ』も含まれる。そして作家デビューとなった〝ビル・クレイン探偵シリーズ〟の記念すべき一作めとなったのが、本作『精神病院の殺人（原題 Murder in the Madhouse)』なのだ。

ビル・クレインが活躍する作品は全部で五作だが、実は残りの四作はひと足先に邦訳されている。二作めの『処刑六日前』（東京創元社）、三作めの『モルグの女』（早川書房）、四作めの『サンダルウッドは死の香り』（論創社）、そして五作めの『赤き死の香り』（論創社）だ。これらの作品を読んでクレインの性格についてはご承知の方もおられるだろうが、とにかく驚くほど酒にだらしない。女にも弱い。頭は切れ、気転が利き、度胸も据わっているのだが、口が悪く、シニカルなユーモアのセンスがあって、どこかのらりくらりと摑みどころがない。本作でも、本気で事件を解決するつもりがあるのだろうかと疑いたくなる場面がいくつも出てくる。ハードボイルドではありながら、クスリと笑いを誘う親しみやすさを合わせ持っている。

本作の舞台となるのは、ニューヨーク州北部の、人里離れた丘の中に建つ豪奢な精神科専門のサナトリウムである。どこか精神のバランスを欠いた裕福な患者たちが、リゾートホテルかと見まごうような広大な庭園の中の立派な宿泊棟にそれぞれ個室をあてがわれ、治療と食事、就寝時間を除けば、敷地内でおおむね自由に過ごしている。クレインがある依頼を受けてここへ潜入した時点で、サナトリウムにはスタッフとしてドクターが三人、看護師が三人、警備などの男手が四人、そしてメイドが二人いるのに対し、入所している患者は十人だ。しかも、それぞれにひと癖もふた癖もある人間ばかりだ。中には、スタッフであるにもかかわらず言っていることが支離滅裂だったり、反対に、どうして入院しているのかわからないほど正常に見える患者がいたりと、異常と正常の境目がいかに紙一重なものであるかを思わせる。主人公であるはずのクレインまでが、潜入のために精神異常を偽っているのか、酒に酔っているせいで言動がおかしいのか、ひょっとすると本当にどこか常識が欠落しているのか、この〝Madhouse〟のれっきとした一員にしか見えない。

外の世界とは隔離されたこの特殊な環境の中で、連続殺人が起きる。いざ犯人探しに乗り出して〝怪しい〟人物はいないかと見渡すと、逆に〝怪しくない〟人物などほとんどいない。誰もかれもが〝怪しすぎる〟ぐらいだ。外から捜査に駆けつけた保安官一行などを含めると、登場人物の多さにげんなりされる方もおられるかもしれないが、サナトリウムという独特の狭い世界の中だけで生きている誰もが、それぞれにどこか哀しく、どこか愛らしいことに、徐々に愛着を感じていかれるのではないだろうか。

本作は一九三五年に書かれたものであり、精神的な問題を抱えて苦しんでいる方や有色人種に対して、現在の基準では差別的ではないかと思われるような描写も出てくる。翻訳するにあたり、あまり

にも不適切と思われる部分についてはなるべく不快に思われない表現を使うように留意したが、同時に原書のニュアンスがぼやけることは避けたいところでもあった。もし違和感を覚えられる方がいらっしゃったとすれば、お詫び申し上げたい。

読者の方々にはひととき現実世界を忘れ、遠い丘の中腹の高い壁に囲まれた美しいサナトリウムの中へクレインとともに潜り込み、愛すべき患者たちとスタッフと触れ合いながら、連続殺人の真相を探り出していただけたら幸いだ。ただし、お酒はどうぞほどほどに。

本格マッドハウスの探偵たち

笹川吉晴（文芸評論家）

ニューヨーク郊外の谷間にひっそりと佇む精神病患者の療養施設《サニタリウム》。金持ちの入所者ばかりを集めたそこ《ザ・ホーム》にまたひとり、新たな患者が担ぎ込まれた。〝名探偵〟を自称するその男があちこち首を突っ込み何やら嗅ぎ回る中、奇怪な連続殺人が幕を開けようとしていた——。

というわけでジョナサン・ラティマーのウィリアム（ビル）・クレイン・シリーズがここに、遂に驚きの全作訳出を遂げた！　しかも満を持しての第一作『精神病院の殺人』*Murder in the Madhouse*（１９３５）である。本国での発表から八十余年、死体置き場《モルグ》から盗まれた美女の死体は、そもそも一体誰なのかを巡って争奪戦が繰り広げられる第三作『盗まれた美女』*The Lady in the Morgue*（36）による日本初登場（五〇年）から七十年近く、執行間近の死刑囚の無実を証すべく、密室殺人の謎を解こうと奮闘する第二作『処刑6日前』*Headed for a Hearse*（35）および『盗まれた美女』の新訳『モルグの女』を含むラティマー作品がまとめて紹介された六〇年代からでも半世紀以上を経て、ようやくシリーズが全作揃ったことになる。

ちなみにこの論創海外ミステリでいうなら二〇〇八年の初登場が、田舎町の実業家一族を巡る不審な自殺事件を調査するため、クレインが〝夫婦探偵〟となって潜入する最終第五作の『赤き死の香

り』*Red Gardenias*（39）、十年後にそこから、若き富豪兄妹への不可解な脅迫が誘拐事件へと発展する第四作『サンダルウッドは死の香り』*The Dead Don't Care*（38）へと遡り、本書に至ってついに原点へと回帰するという3―2―5―4―1のまことに長く迂遠な道のりだったではないか。

このように同一作家やシリーズが順を追って紹介されない場合、後回しになればなるほど落穂拾いというか、後回しにされるだけの理由が……というのはよくあることだが、本作については心配無用。職人のイメージとは裏腹に寡作なこともあってか、ラティマー作品が常に一定以上の水準を保っていることは、この『精神病院の殺人』も同様である。いや、むしろ〝作家の全ては第一作にあり〟と俗に言われる通り、本作にはその後、さまざまに趣向を凝らしながら展開されていくラティマーの作風が最も明快に現れている。

そして、もしこれが最初に紹介されていたならラティマーという作家の日本におけるイメージ、受容のされ方もいささか違っていたのではないかとさえ思えてくるのだ。

大方のミステリ・ファン（特に本格ミステリ・ファン）にとってジョナサン・ラティマーのパブリックイメージは〝ハードボイルド＋本格風味〟といったところではないだろうか。つまりあくまでハードボイルドが主、本格ミステリ趣向は単なる味付け、あるいはプロット上の結果に過ぎないというわけだ。

それゆえハードボイルドと本格ミステリ両派の間にあった深くて暗い河に阻まれ、本格ファンはラティマーを、今ひとつ気を入れて読んでこなかったところがあると思う。〝ハードボイルドにしては本格趣向もあるけど、所詮は趣向止まりで軽いよね〟みたいに。

実際その〝軽さ〟もまた、ラティマーがまさに軽んぜられる所以ではある。

確かにラティマー作品にはオールタイムベスト級の大傑作といったものはなく、筆致もあくまで軽い。しかし全十作のうち少なくとも邦訳された八作について言えば、飛び抜けた出来の作品はない代わり、どれも粒揃いで外れなし。そのアベレージの高さには驚かされる。例えば死刑囚の無実を証せる女を探すタイムリミット型サスペンスとしてウィリアム・アイリッシュ『幻の女』のエピゴーネンのように誤解されることの多い『処刑6日前』は、実は『幻の女』に先立つこと七年、しかもアイリッシュが数ヶ月に及ぶ話に仕立てたところをわずか六日間に凝縮し、不可能興味まで盛り込んでいる。謎とアクションとユーモアとお色気で、テンポ良く軽やかに読者を引き回す、歯切れの良い軽ハードボイルドの体裁はそれ自体が実に巧みな手腕によってものされており、それゆえそこにまぶされた本格趣向もまた、スパイスとして読み流してしまいがちである。

だがちょっと待て。確かに一本で長篇を構成するような大ネタこそないものの、単なるスパイスにしては盛り込まれた小ネタの量がやけに多くはないか？　物語の進行がハードボイルドの行動様式というより、推理と検討を繰り返す本格ミステリの方法論に則ってないか？　これはひょっとしてスパイスそのものを味わうべきで、作者がやりたいのは実は本格ミステリの方なんじゃないのか——？と、この辺のことは前刊『サンダルウッドは死の香り』の解説で詳述しているのでお読みいただけたら幸いなのだが、『精神病院の殺人』を最初に置くと、この読みにより明確な補助線が引かれていくのである。

ここでそもそもウィリアム（ビル）・クレイン・シリーズとはいかなるものか説明しておくと、主

人公クレインは〝大佐〟率いるニューヨークの探偵社に籍を置く若き私立探偵。酒と女に目がなく（酒の方がかなり勝っているが）のべつ幕なし軽口を叩き、腕っ節も強いといういかにも軽ハードボイルド的なキャラクターだが、いささか異色なのは軽口とセットの過剰な理屈っぽさ。細かい矛盾やディテールを見過ごすことが出来ず、それらを手がかりにひねくり回した推理を披露して周囲をうんざりさせるのが習い性で、行動派のドク・オマリーやトム・バーンズの支援チームと共にニューヨークのみならずシカゴ（『処刑6日前』『モルグの女』）やフロリダ（『サンダルウッドは死の香り』）などにも派遣され、畏怖すべき〝大佐〟の人遣いの荒さを嘆きながら、ことあるごとに酒を浴びるように飲んではくだを巻き、脱線迷走する雑談と混然一体となった議論の中で推理を重ねていく。サボってばかりいるように見えて、実は仕事熱心なのだ。

事件の方もそんなクレインに歩を合わせるように、普通のハードボイルドに比べると過剰で歪。それ、要るか？　が必ず盛り込まれているのだ。無実の死刑囚を救うタイムリミットだけでも充分なのに、密室殺人に消えた凶器とか、脅迫・誘拐事件に忽然と不可能な場所に現れる脅迫状や密室殺人まで絡んできたりとか、連続自殺の方法が特異なものだったりとか——。わざわざ、というよりむしろその過剰で歪な部分こそがやりたいのでは、と思えてくるのも無理はあるまい。

そんなクレイン初登場となる『精神病院の殺人』は出だしこそ夕闇の中を突っ走る精神病院の救急車、その後部座席に手錠で繋がれた主人公、病院に用心棒として派遣されるギャングの手下と運転手の会話と大いにハードボイルドタッチだが、病院に辿り着くや口の減らない探偵は医師たちを引っかき回した挙げ句、「おれは名探偵なのだ」「おれはC・オーギュスト・デュパンなんだぞ」と宣言。患者の老婦人から盗まれた、八十万ドルの債権入り貸金庫の鍵と四十万ドルの債権が入った手提げ金庫

の行方、そして次々と起こる連続殺人を巡って「演繹法」と「消去法」による推理を掲げて周囲にうるさがられながらも、真相に迫っていく。

その「周囲」とは金庫を盗まれたと主張する狷介な老婆に、神経を病んだ元喜劇女優や感情の起伏の激しい夫人、クレインを亡夫そっくりだと思い込んで秋波を送ってくる若き未亡人とその崇拝者、過剰に攻撃的な男やひと言も喋らない小男、果ては狼男や自称リンカーンとバラエティに富んだ患者《バグ》たち。一方、施設の職員側も腹に一物ありげなうさんくさい医者と看護師たちに、件のギャングや刑務所《ムショ》帰りの運転手、そして神から全ての人間を監視《ウォッチ》する役目を仰せつかったという狂信的な雑用の老人と、これまた怪しいことこのうえない。彼らが入り乱れるマッドハウス《精神病院＝混乱した場所》状況での、これは紛れもなく謎解きものだ！

かくして、クレインは時に荒事もこなしつつも基本はいたって論理的に、ちょっとした出来事や何気ない会話の断片から手がかりを拾い集めて組み立てていく。その散りばめられた伏線《小ネタ》の数の多さと、それらが一見無駄話のような会話や、単なる情景描写を装って読者にもきちんと見える形で、さりげなく明示されているのがラティマー作品の本格的妙味で、これは以後のシリーズ作品や、私立探偵が新興宗教《カルト》とギャングの支配する町に、洗脳された娘を求めて潜入する『第五の墓』*The Fifth Grave/Solomon's Vineyard*（１９４１／これには新本格ばりの大ネタあり！）、美女殺しの濡れ衣を着せられた新聞記者が社内に張り巡らされた陰謀の網を解きほぐそうとする『シカゴの事件記者』*Sinners and Shrouds*（１９５５）、映画《ハリウッド》の撮影現場で起こった密室状況下の女優殺しを、ラティマー自身を思わせる脚本家と監督（盟友だったジョン・ファーロウ？）がテクノロジーを駆使して解決する『黒は死の装い』*Black is the Fashion for Dying*（１９５９）においても一貫している。

ただ先述したように、そうした満載の小ネタが巧みな軽ハードボイルドの体裁に紛れて提示されることで見過ごされた、あるいは軽く見られたという側面は如何ともし難い。
例えばラティマーの本邦初お目見えである『盗まれた美女』（50／新樹社ぶらっく選書）の帯には

美女の屍体盗難をめぐって、犯罪の街シカゴに展開する新聞記者・探偵・殺人者の三つ巴の暗闘

との惹句が躍る。間違いではない。間違いではないのだけれど、なあ……。更に同作の別訳『モルグの女』（ハヤカワ・ミステリ）の裏表紙では

アメリカ探偵小説界の大家ジョナサン・ラティマーが、ユーモラスな筆致で描くハードボイルドの名作！

となっている（もっとも僕の手元にあるのは七九年の再版だが、六二年の初版では「ハードボイルド」ではなく「風俗小説」となっているようだ）。それに先立って本格紹介の皮切りとなる『黒は死の装い』では、訳者の青田勝があとがきでラティマーを「ハードボイルドの大家」として紹介している（61／ハヤカワ・ミステリ）。さらに創元推理文庫に目を転じると、『処刑6日前』の扉（65）がない！

この絶望的な状況から真犯人を割り出すみごとさは、まさにハードボイルド派の雄編の名に恥じ

また『シカゴの事件記者』の扉（65）は

シカゴの大新聞社を舞台に、命がけで奮闘する事件記者の生態をハードボイルド・タッチで描くラティマーの代表作！

と、あくまでハードボイルドとして推す向きが強いのである。

とはいえ、実際に読んでみればそこはかとない違和感を覚えることもまた確かなようで、本邦に初紹介した訳者・葉山しげるは『盗まれた美女』のあとがきで既に

本書「盗まれた美女」が推理小説としてどんな位置に屬するものか、私は知らない。しかし、讀者もただちに感じられるにちがいないように、たとえばエラリ・クィーンなどの數學的解析にも似た、理詰めの付置と展開を見慣れた眼には、いささか桁がはずれているようにすら見える。しかし、ここに、智的パズルに興ずる一群の作家たちに對するこの作家のユーモラスなアイロニーがひそんでいるのであろう。作者はここで、飲んべえの私立探偵クレインを中心に、同じく飲んべえの同僚二人を配して、隙の多いその膝栗毛的曲線のなかに、現代シカゴの明暗と錯綜とを描きだしている。（中略）現代アメリカの都會生活の一斷面が映畫においてのように見え隠れするのを知るであろう。

と述べていて、同書の訳は何かと評判が悪いのだけれど、この評言に関しては「ハードボイルド」

いか。

というタームを使うことなしに、ラティマーの魅力をかなりはっきりと捉えているといえるのではないか。

その、同書の訳に疑問を呈する佐倉潤吾は自ら訳した『モルグの女』のあとがきで、ラティマーをハメットの影響を受けた作家としてチャンドラーらと並べるヘイクラフト『娯楽としての殺人』や、「ラティマーの作品はハメットの作品にくらべて、よりユーモラスであり、より自由かつ平易であり、そのスタイルはより融通性に富んでいる」とするサザランド・スコット『現代推理小説の歩み』を挙げるが、その後で

初期のこの派の特徴は、アクションとユーモア――ことに会話のユーモア――で、退屈な本格探偵小説読者を救ったと同時に、犯罪の謎とそのデテクションという探偵小説の重大な要素が厳重に守られている点で、この要素を失った後期のハード・ボイルドや犯罪小説とはちがう。

と、本格ファンとは真逆の方向からだが、ラティマーの謎解き姿勢を評価している。

また、ラティマーといえば、その熱心な推薦者であった佐倉潤吾を思い出すという田中小実昌は『第五の墓』の訳者あとがき（65／ハヤカワ・ミステリ）で、やはり『現代推理小説の歩み』を挙げて、

ラティマーの特徴は不気味なグロテスクさと喜劇味であり、本格探偵小説的な謎と、ハメット的なアクションとユーモアである。

と端的にまとめている。

一方、ラティマーを「ハードボイルド派の大家」とした『黒は死の装い』のあとがきで青田勝は

とにかく本格推理小説の形をととのえてはいるが、普通の型にはまった本格ものとは、かなり毛色が変っている。すくなくとも、超人的頭脳を具えた名探偵が登場して、苦心惨憺、灰色の細胞を働かせて、複雑奇抜なトリックを明快に解きほぐしてゆく一本筋の推理小説とは、だいぶ趣きがちがう。（中略）渦中にまきこまれた人物のあるものが、犯罪を引き起こした動機と事情を、逆に追及してゆくことによって、事件の解決の暗示を得るという仕組みになっている。

と述べる。

これらに対して厚木淳は『処刑6日前』『シカゴの事件記者』(65)の訳者解説（同一の文章である）でラティマーを「アメリカ・ハードボイルド正統派の系譜」の中で「ハメットからチャンドラーへの過渡期ともいうべき三十年代に台頭して、ハードボイルド派の発展に貢献した」「それぞれ一家をなす大家ぞろい」の「筆頭」に挙げている。しかしそのうえで、ラティマー作品の共通点をこの作者を一概にハードボイルド派に分類するのをためらわせるほど、トリックと捜査のプロセスが充実して隙のないことである。

としている。

つまりこうして追ってみると、日本におけるいわば最初の読者である訳者たちからして、ラティマーを〈ハードボイルド〉という枠《パッケージ》の内に位置付けることに多かれ少なかれ据わりの悪さを感じていたのではないか、ということが仄見えてくるような気がしてならない。それは厚木淳が右の言葉の直後に

ハードボイルド、イコール、アクション・スリラーという誤解が一般化したのは、戦前の「ブラック・マスク」はさておいて、一九五三年の「マンハント」誌創刊以後、いや五八年の日本版「マンハント」誌創刊以後のことであろう。


と述べるほどの著しいレベルではないにせよ、やはり本格探偵小説／ハードボイルドという後から、更にいうなら日本で作られた後付けの枠組みに、自身の意識か読者への配慮かはともかく、どこか囚われていた面は否めまい。その中で「過渡期」ゆえの「自由」な「融通性」によって固定的な位置付けをすり抜けるラティマーは、いみじくも厚木淳がいうように「寡作家で、作品数の少ないことが理由の一半」ともなって、読み継がれることのない徒花としてミステリ史の狭間に埋もれていくことになる。粗製濫造の通俗作家ではなかったがゆえに、というのは何とも皮肉な話だ。

しかし、時は流れた。『サンダルウッドは死の香り』の解説で三橋暁が

ミステリにおける「本格」と「ハードボイルド」は、互いに相容れないもののように言われる。

しかし、それは間違いである。（中略）思索的な本格、行動的なハードボイルドという手垢のついた区別は、今でもよく耳にする。しかし、両者の関係は、二元論のようなものでもなければ、水と油でもない。（中略）謎とその解決にも重きをおいた本格ミステリと相思相愛の関係にあったハードボイルド系の作家は数知れず。

と熱っぽく明言するように、ジャンルセクトは滅んだ——とは決して言えないがジャンル、サブジャンルの越境と境界自体の無化は、かつてに比べれば格段に進行していることは間違いない。何しろゾンビ状況下や、正体不明の怪異が普通に発生する民俗社会での本格ミステリがど真ん中でありなのである。本格とハードボイルドなど探偵小説という括りで見れば、全く同じものではないか。

そこでラティマーである。

軽ハードボイルドの体裁に過剰でアンバランスな謎をぶち込んで、銃とアクションと美女こそが味付け、ことあるごとに喋りたおす推理こそがメインであるかのような何とも奇妙な探偵小説は、確かな職人技に裏打ちされたB級の愉しさに溢れている。目を瞠るような大ネタがなくとも、ストーリーテリングの巧みさによって小ネタを散りばめ読者を唸らせることは出来るのだという、ゴリゴリの本格プロパーへのささやかなアンチテーゼ——とは言い過ぎかもしれないが、〈ハードボイルド〉であることと〈本格〉であることが両立するように、〈ミステリ〉であることと〈小説〉であることもまた両立するのだというのを、探偵小説芸術論のように文学対ミステリの大所高所に上らずともエンターテインメントの形でさりげなく示してみせる、実に愉快で痛快な作品群。

未読の人はもちろん、かつて読んだ覚えのある人もぜひこの『精神病院の殺人』から、あらためて

順を追って読んでいって欲しい。ラティマーの本格魂、というより業《ごう》を親しく感じ取れるだろう。現在生きている邦訳は三作、残りの五作は残念ながら品切・絶版状態だが古書価は安いし、ポケミスと創元推理文庫だから近所の図書館で見つかるかもしれない。それくらいするだけの価値は絶対にある。

軽くたって、ハードボイルドだって、本格だ！

〔著者〕
ジョナサン・ラティマー
本名ジョナサン・ワイアット・ラティマー。アメリカ、イリノイ州シカゴ生まれ。ノックス・カレッジを卒業後、〈シカゴ・トリビューン〉紙で新聞記者として働く。1935年、私立探偵ビル・クレインが登場する『精神病院の殺人』で作家デビュー。シナリオライターとしても活躍。ダシール・ハメット原作の映画「ガラスの鍵」や、テレビドラマ「ペリー・メイスン」、「刑事コロンボ」の脚本を担当した。またピーター・コフィン名義での作品もある。

〔訳者〕
福森典子（ふくもり・のりこ）
大阪生まれ。通算十年の海外生活の後、国際基督教大学卒業。訳書に『真紅の輪』『厚かましいアリバイ』『消えたボランド氏』『ソニア・ウェイワードの帰還』（論創社）。

精神病院《せいしんびょういん》の殺人《さつじん》
——論創海外ミステリ 221

2018年11月20日　初版第1刷印刷
2018年11月30日　初版第1刷発行

著　者　ジョナサン・ラティマー
訳　者　福森典子
装　丁　奥定泰之
発行人　森下紀夫
発行所　論 創 社

〒101-0051 東京都千代田区神田神保町2-23 北井ビル
TEL:03-3264-5254　FAX:03-3264-5254　振替口座 00160-1-155266
WEB:http://www.ronso.co.jp

印刷・製本　中央精版印刷
組版　フレックスアート

ISBN978-4-8460-1772-9